Papel certificado por el Forest Stewardship Council®

MIXTO
Papel procedente de
fuentes responsables
FSC® C117695

Penguin
Random House
Grupo Editorial

Primera edición: octubre de 2022

© 2022, Axael Velasquez
© 2022, Penguin Random House Grupo Editorial, S. A. U.
Travessera de Gràcia, 47-49. 08021 Barcelona
© 2022, Mei Ivens, por las ilustraciones
© iStockphoto LP, por los recursos gráficos del interior

Printed in Spain – Impreso en España

ISBN: 978-84-19085-87-0
Depósito legal: B-13.788-2022

Compuesto en Compaginem Llibres, S. L.
Impreso en Gráficas Estella
Estella (Navarra)

GT 85870

Axael Velasquez

NERD

Libro 2

A mis lectores de Wattpad.
Ellos son mi jaque mate.

1

De amigos a novios

SINAÍ

—¿Quieres que te muestre algo? —preguntó mi novio dándome de nuevo un tierno beso en los labios mientras yo le sonreía tumbada en su cama.

Me resultaba raro llamarlo así, «mi novio», no lograba acostumbrarme. Era mi amigo. Soto. El que me apodó Monte. El chico al que le dije «buen provecho» el primer día de clases al verle fumar un cigarrillo delante de mí, el que soltó una broma sobre chuparle el pene a mi crush. El mismo al que una vez le pedí el favor de que me fotografiara casi desnuda.

Y a pesar de todo, de lo extraño y repentino que pudiera parecer, él me gustaba. Me encantaba ser su novia, el trato especial que me daba, la manera en que nuestras manos encajaban al agarrarse, la suavidad de sus labios al posarse sobre mi mejilla, la intensidad de sus ojos cuando me miraban con adoración.

Me gustaba tanto que me hacía sentir miserable. Miserable porque era consciente de todo el daño que podía hacerle al menor desliz.

Miserable porque sabía que cualquier persona me llamaría perra, puta y hasta maldita por no ser capaz de obligarme a sentir lo mismo, aunque lo intentara con todas mis fuerzas.

Y era precisamente la presión por no hacerle daño lo que me tenía ahí junto a él, dañándonos a ambos.

—Enséñame lo que quieras —le contesté de manera insinuante.

Podía hacer eso. Podía ser su amiga, besarlo, dejar que me tocara, hacerlo reír y corresponder a sus chistes. Tenía práctica, no era nada, no era una mentira.

Pero no iba a durar.

Él sacó algo de debajo de su cama. Era un libro encuadernado en cuero. Me lo tendió y me senté para sostenerlo. Al abrirlo y hojearlo, descubrí que en muchas páginas había pasajes tachados en negro.

—¿Una Biblia? —inquirí sin comprender.

—Me la sé entera. Siempre tacho los párrafos que me parecen misóginos, contradictorios, injustos, crueles o controversiales.

—¿Y por qué me la muestras? —pregunté tan interesada como fascinada ante aquella faceta que acababa de descubrirme.

—Porque eres mi novia y quiero empezar a desnudar mi alma ante ti antes de que me desnudes en otro sentido.

Apreté los labios conteniendo la risa.

—Vaya, pues diría que ya llegas tarde.

Le pasé una mano por la nuca y lo atraje hacia mí para besarlo. Lento, con todo el cariño y la gratitud que sentía hacia él.

—Me encantan tus tatuajes —confesé contra sus labios. Él llevaba una camiseta negra que me permitía jugar con los relieves del escorpión que tenía tatuado en el antebrazo.

Era un verdadero alivio que ya pudiera decirle ese tipo de cosas, que no tuviera que callarme todo lo que me hipnotizaba de su físico. Como su cabello siempre despeinado, tan similar a las alas de un cuervo.

Él me correspondió con otro cumplido, uno extraño que no esperaba pero bonito.

—Y a mí me gusta cómo te quedan los bráquets.

—¿En serio? Pensé que los odiabas.

—¿Porque casi me dejas sin boca con ellos? No te diré que no.

Se encogió de hombros y por la sonrisita que se formó en sus labios ya pude adivinar qué tipo de comentario seguía a eso.

—Pero no puedo guardarles rencor, porque son los mismos con los que me sonreías cuando tenías mi...

—Entendido el mensaje, muchas gracias.

—Tú preguntaste.

—De hecho, no. Cambiando de tema..., ¿sabes que eres mi primer novio?

—No solo soy el primero en eso.

Le propiné una cachetada suave. No sé cómo logré contenerme para no dársela como quería.

A pesar de su broma y de que se reía a más no poder, no había dicho nada que no fuera cierto. El muy desgraciado hasta había sido el primer chico al que había besado. ¿Quién lo habría imaginado? Mi madre me mataría cuando se enterara.

Solo llevábamos un día siendo novios, así que esperaba que todavía no hubiese presión por su parte para que lo presentara como mi pareja, al menos de momento. Además, ese día, y a pesar de su declaración, al llegar a su casa su madre me recibió como a otra amiga.

Soto no le había contado lo nuestro.

—Ya que hablamos de primeras veces..., ¿a qué altura de nuestra relación es prudente que empecemos a resolver el nueve por ciento de la última primera vez que me falta?

Al principio no entendí la cara que puso o por qué su sonrisa se había borrado con brusquedad.

Luego caí en cuenta. El día anterior le había dicho que me había acostado con Axer y, al margen de que hubiese tomado mis últimas palabras como un juego, una esperanza o una mentira, la pregunta despertó ese recuerdo en su mente. La explosiva conversación en la que acabé aceptando ser su novia a mi pesar.

—Oye... —dijo al cabo de un incómodo silencio—. ¿Piensas volver a clases algún día?

—Claro que sí, algún día.

—Pero ¿por qué estás faltando?

—Porque necesitaba dinero y empecé un trabajo a la misma hora que las tenía.

—Eso está mal, Sinaí, si necesitabas dinero, podías pedírmelo, no sería la primera vez. Los profesores ni sabrán quién eres cuando vuelvas.

—¿Y qué? Las vacaciones de Navidad están al caer, no vale la pena que me reincorpore a las clases. Ya doy el primer trimestre por perdido, pero quedan dos más, me pondré al día.

—¿Cómo piensas hacerlo? Para eso tendrías que sacar unas notas perfectas en los próximos seis meses, ni un punto menos.

Me tiré a la cama con dramatismo mientras ponía los ojos en blanco. Esa era la última conversación que quería tener. Simplemente no podía decirle que volvería a la escuela cuando Julio Caster, el protagonista de mis pesadillas, estuviese muerto.

—Sacaré solo notas perfectas —aseguré con indiferencia—. Y, si no, iré a recuperar cada maldita asignatura a final de año si hace falta, pero no es como si fuese a repetir el curso, ¿de acuerdo? Deja ya ese tema.

—¿Por qué faltas? —insistió, a pesar de que ya le había dado una explicación.

—Para serte honesta, porque me da la gana.

—Sinaí.

—Ser mi novio no te da derecho a regañarme usando mi nombre. Dime Monte.

—¿Que te monte? —bromeó con una sonrisita juguetona.

Eso no me quitó el enfado y, encima, el cambio de tema me dejó desorientada, pero de todos modos respondí:

—Por favor. Y gracias.

La puerta del cuarto se abrió y la madre de Soto entró. Llevaba el delantal sucio porque estaba cocinando. Él me había explicado que subsistían gracias a la venta de galletas y otros dulces que hacía su madre y repartía a domicilio por el vecindario. También llevaba algo en la mano, una bolsa de plástico llena de cosas que no alcancé a distinguir, y se la entregó a su hijo.

—Han pasado a dejarlo para ti.

—Dale. Cierra la puerta de nuevo cuando salgas.

Aunque frunció el ceño en señal de desagrado, la señora Mary hizo lo que su hijo pedía. Me pregunté si ya sospecharía de nuestra relación.

—¿Qué es? —interrogué mirando a Soto mientras él abría la bolsa.

Como la niña entrometida que era, me uní a la tarea y le ayudé a sacar varias cajas de pastillas y jarabes.

—¿Vendes drogas?

Se lo pregunté muy muy en serio. Ya nada me habría sorprendido de él.

—¿Te pica el culo? ¿Qué droga voy a estar vendiendo? No sé qué es todo...

Me arrancó el papel que tenía en las manos. Eran instrucciones médicas que señalaban cuánta dosis de cada medicamento había que tomar y cada cuánto tiempo. A pesar de que me lo quitó, ya había visto el sello.

Lo miré con una ceja enarcada.

—¿Por qué Frey's Empire te envía pastillas y vainas médicas?

—No tengo ni puta idea, pregúntale a tu ruso —espetó Soto de mala gana mientras metía todos los medicamentos de vuelta en la bolsa.

—Soto.

—¡Que no lo sé!

—¿Por qué me has quitado así el papel? —insistí.

—No sé, quería leerlo yo primero.

—¿Por qué me mientes con tanto descaro?

—Solo buscas una razón para pelear, ¿te das cuenta? No tiene sentido que te pongas así, pero lo haces porque quieres tener motivos para decir que nuestra relación no funciona.

—Pero... —Abrí la boca, estupefacta, y volví a cerrarla cuando comprendí que mi expresión podría verse dramática—. Tienes razón, esto es una estupidez, solo que... Me parece extraño, y ya.

—Ya te lo he dicho. Pregúntale a tu ruso.

—Soto, ya basta. Si sigues así, me voy a molestar contigo, te lo digo en serio.

—Solo era una broma, Monte, calma.

—Ya.

Al cabo de un rato de silencio incómodo, recordé una cosa y decidí no quedarme con la curiosidad.

—Ayer cuando me pediste ser tu novia, dijiste algo...

—Ya, olvida eso —me interrumpió, y se agachó para esconder la bolsa de Frey's Empire debajo de su cama.

—Pero...

—Lo digo en serio, Sina. Ya.

—Pero yo lo quiero hablar.

—Yo no.

—No me cansaré de preguntar...

—Las personas inseguras decimos cosas desesperadas para que las chicas que nos gustan acepten ser nuestras novias. Fin del tema. —Soto se levantó—. Tengo que ir a entregar unas fotos, te escribo más tarde, ¿sí?

—Supongo.

Él me dio un beso en la frente y me abrazó por la cintura.

—Todo comienzo es difícil, pero estaremos mejor.

En un principio solo respondí con una sonrisa cariñosa, hasta que con un suspiro dramático decidí agregar unas palabras que en ese momento creí honestas.

—Lo sé. Solo nos falta la bendición de María Betania y todo lo demás será un chiste.

Entonces dejó un beso fugaz en mis labios.

—Primero mi madre, pero no hoy. No le digas nada a María antes de eso.

—Okay, bebé —dije burlándome.

—Bebés son los que quiero hacerte cuando vienes a mi casa vestida así, pero no hablemos de eso ahorita porque, si no, no te dejo ir.

Me ahorré el comentario de que era él quien estaba pidiendo que me fuera y me reí de su broma.

Luego de salir de la casa de Soto... Mi novio, ¿no? En fin, que mientras caminaba por la acera rumbo a la parada de autobuses, recibí una llamada.

Era mi madre.

Me pregunté qué podía querer en ese momento, ya le había dicho que estaría fuera hasta tarde. De hecho, estaba volviendo supertemprano para lo que le había prometido.

—¿Dónde estás? —preguntó apenas atendí.

—Con María, mamá, ya te había...

—Deberías avisar a tus visitas cuando no vayas a estar en la casa, no soy tu secretaria.

—¿Qué visitas, mamá? No esperaba a nadie.

—Pues te vinieron a buscar en un carro negro todo precioso. Y dice que dónde estás, que te va a buscar. ¿Dónde vive María?

—Ya va... ¿Un qué? Pero yo no... Espera, ¿quién está en el coche?

—Un tipo simpático y narizón con acento italiano.

Tenía que ser Lingüini. Excepto por lo de simpático. Una colonoscopia tendría más don de gentes que él.

Pero... ¿por qué Lingüini habría ido a mi casa...?

Axer.

Mierda. Todavía no tenía resuelto ese asunto.

—Ponlo al teléfono, mamá, yo misma le explicaré cómo llegar.

No debí hacer eso.

2

Ultimátum

SINAÍ

Lingüini no me quiso decir hacia dónde íbamos o por qué había venido a buscarme. Se limitó a conducir, como era costumbre en él y su odiosa existencia.

Solo para molestarlo, aproveché mis privilegios como pasajero VIP y me pasé todo el camino escuchando canciones de Factoría, reproduciéndolas en el teléfono sin usar auriculares, cantando a pleno pulmón como en la primera década de los 2000.

No vuelvas a mí aunque te quiero.
No vuelvas a mí aunque te extraño.
Te necesito aquí,
pero tu amor ya no es para mí.
TODAVÍA ME ACUERDO DE TIIII.

Imaginé a Lingüini crucificándome mentalmente, y esa sospecha, avalada por la mirada de asesino en serie asqueado de su propia víctima que mostraba Lingüini, me hizo gritar con más fuerza.

Si Axer me hubiese visto en ese momento, se habría avergonzado de mí, pero no me importó. Porque Axer ya no tenía que importarme, ahora tenía novio.

Llegamos a un auditorio y bajamos. Al entrar en la sala, vi que todos los asientos estaban ocupados por personas uniformadas, de traje o vestidas con una exquisitez y elegancia que ni haciendo un curso para ello yo habría podido emular. Todos parecían adinerados, influyentes y de gran importancia.

En los asientos vacíos habían colocado unos cartelitos con nombres para indicar que estaban reservados, y junto a una pared había una hilera de mesitas donde se ofrecían toda clase de tentempiés, dulces y salados.

En el escenario, amplio como una cancha, había una especie de estrado largo con una mesa tras la que se hallaban sentadas al menos seis personas. Tenían micrófonos, tabletas para tomar notas y una pequeña pantalla frente a cada uno que los identificaba con nombre, cargo, empresa y profesión.

En la entrada me recibió Anne, la mujer que me acompañó a la óptica por órdenes de Axer. La que me dijo que se encargaba, básicamente, de arreglarle la vida al ruso.

—Ven conmigo.

La acompañé hasta un asiento reservado con mi nombre completo y me senté, esbozando una sonrisa forzada.

Estaba completamente abrumada, tanto por la gente que me rodeaba, tan presentable, digna y poderosa, como por la magnitud del espacio en el que nos encontrábamos. No solía frecuentar lugares como ese. Y, sobre todo, me sentía absolutamente confundida.

—¿Qué hago aquí? —susurré a Anne mientras el resto de los asientos reservados se iban ocupando.

—Shhh, ya entenderás todo —respondió en inglés.

—¿Y Axer?

—Ya lo verás.

—En este momento no creo que esté entendiendo nada.

—Mira. —Señaló el centro del escenario, donde vi a una elegante mujer uniformada de blanco con una tableta en la mano—. Ya va a empezar a hablar.

Y, en efecto, así fue. Por medio del micrófono sujeto a su oreja, la mujer se dirigió a todos nosotros:

—Muchos de ustedes han acudido hoy a este acto porque son amigos, familiares o invitados de nuestros aspirantes. Otros, en cambio, no conocen más que información muy vaga sobre nosotros, y están ahí, aguardando pacientes en un intento de retener todo para sus reportajes, estudios o para decidir si vale la pena arriesgar sus donaciones o postularse para el ingreso.

»Así que esto es para ustedes: les presento la OESG, la Organización de Estudios Superiores para Genios. Nuestro programa es una especie de alternativa a la universidad que da acceso a una educación superior a jóvenes con un coeficiente intelectual superior, habilidades sobresalientes y mentes extraordinarias, sin importar su edad, otorgando un título equivalente a un posgrado en el tiempo que otros obtienen una licenciatura. Es decir, títulos en menor tiempo, con mayor inmersión de estudios y rendimiento académico a fin de llevar al aspirante a su máximo potencial y que nuestros genios puedan obtener tantas carreras, grados y doctorados como su mente pueda, y quiera, abarcar.

La mujer deslizó el dedo por su tableta antes de continuar.

—Los jóvenes que hoy se presentan se están postulando ante nuestros evaluadores, ingenieros, científicos, premios Nobel, profesores de universidades de élite, etc., para ser uno de los cuatro a los cuales se les aprobará el adelanto de su tesis.

»Cada uno de ellos ha preparado su propia evaluación para impresionarnos a nosotros, y también a ustedes.

La mujer volvió a fijarse en la pantalla, como si buscara alguna instrucción de cómo continuar.

—Con ustedes, el primer aspirante...

La mujer siguió hablando, pero yo dejé de prestar atención cuando vi que una chica rubia con un vestido plateado con lentejuelas avanzaba por el pasillo central de la platea hacia mí.

—Anne, sé que mi hermanito te pidió que cuidaras de su... —me miró de reojo— espécimen. Pero ya puedes irte, te relevo de tus responsabilidades.

—Lo siento, señorita Frey, pero las órdenes que he recibido...

—Ya no tienen relevancia. En ausencia de mi hermano, yo soy tu jefa. ¿Vas a desafiar una orden directa?

Anne bajó la cabeza, apretando los labios con aire de contrariedad. Yo me limitaba a intentar que las dos únicas neuronas de mi cerebro que no se habían fundido en esa conversación reaccionaran y unieran las piezas para aclararme el rompecabezas al que me enfrentaba.

Quería pensar que había entendido mal el inglés de Anne y que Verónika era una perra loca.

Al fin, Anne se levantó y la rubia ocupó su asiento.

—Hola, Sina. ¿Estás cómoda?

—¿Frey? ¿Te ha llamado señorita Frey?

—Y también soy rusa.

15

Al decir eso me di cuenta del cambio en su acento... Pero no tenía sentido. Nada en ese lugar parecía tenerlo.

—Oye. —Me volví para encararla—. Hace muchos siglos que tengo diez mil preguntas sobre ti y Axer. Háblame claro, por favor. Me dijiste que no estabas interesada en él, y ahora resulta que están comprometidos y yo...

—¿Comprome... qué? —Ella negó con la cabeza con horror—. Frey es mi apellido de nacimiento. Axer es mi hermano, no mi prometido.

Solté tal carcajada que las personas delante y detrás de mí se volvieron a mirarme con aire de reproche y me mandaron callar.

—Cuando veas lo que está a punto de pasar ya no te parecerá tan gracioso —aseguró Verónika sacando algo de un pequeño bolso satinado que tenía al lado.

—¿Qué...?

—Es alcohol, bébelo.

—¿Por qué debería beber eso?

—Te hará más fácil todo.

—Pero ¿todo qué? ¿De qué coño hablas?

—Sinaí.

Los largos dedos de Verónika se cerraron alrededor de mis mejillas, presionando para mantenerme quieta, callada y con la mirada fija en sus ojos intensos. Sus uñas perfectas me rozaban la piel causándome una sensación que odié disfrutar, y su rostro se aproximó al mío hasta dejarme sin espacio personal ni aliento.

—Cállate, maldita sea —espetó—. No soy tu rival, misógina de mierda. Todo lo que he buscado es acercarme a ti porque me vuelves loc... Si apartaras tus celos por un momento y entendieras que entre Axer y yo no hay más sentimientos que los estrictamente necesarios entre los miembros de una familia, y eso a duras penas, tal vez te darías cuenta de que te estás perdiendo una muy buena oportunidad para erizar tu piel.

—Pero yo...

Posó un dedo sobre mis labios para callarme.

—Solo te pido que bajes tus barreras, que dejes de atacarme. Eso es todo.

Me zafé de ella.

—¿Cómo es posible que Axer sea tu hermano?

—Mira.

Señaló al escenario, donde uno de los prodigios se marchaba después de haber expuesto su prueba de intelecto y volvía la mujer que había hablado en primer lugar.

—El siguiente aspirante es una de nuestras más prometedoras apuestas. A sus veintiún años ya es biólogo y actualmente está cursando Medicina para obtener el título de cirujano avalado por nuestra institución. Se presenta para optar a la aprobación del adelanto de su tesis... ¡Axer Viktórovich Frey!

No.
Me.
Pu.
To.
Jo.
Dan.
—Vero...

Me volví para mirarla. Por alguna razón, mis ojos estaban empañados. No tenía ni puta idea de lo que sentía, pero el impacto me horrorizó. Solo se me ocurre compararlo con descubrir ya de mayor que eres adoptada y que te cuenten que tus verdaderos padres son espías y te lo ocultaron para protegerte.

Me sentía encerrada en un *plot twist* de ciencia ficción.

Pero no podía ser cierto, debía haber algún sentido lógico.

Llegué a pensar que lo que veía no era más que el acto de una obra de teatro y que Axer era uno de sus personajes.

Porque no podía tener veintiún años. Tenía dieciocho y estudiaba en mi colegio, no en una organización universitaria futurista y millonaria para cerebritos.

Pero es que... tenía sentido. Tenía todo el maldito sentido del mundo que el hijo de Víktor Dmítrievich Frey estudiara en una institución de esa envergadura. Lo ilógico era que estudiara conmigo, pero eso no había querido verlo.

Y su edad también era tan estúpidamente adecuada... Tantas veces me dije que ese hombre no podía tener dieciocho, y ahora que lo confirmaba sentía que Satán me estaba jugando una broma de mal gusto. Axer era demasiado listo. Demasiado elocuente. Maduro. Amargado. Arrogante. No se relacionaba con los de mi edad. Odiaba... odiaba que lo llamara adolescente, pero yo nunca había entendido por qué.

Y su cuerpo... Lo dije desde la primera vez que lo vi, era como esos actores de más de veinte que Netflix suele contratar para representar adolescentes.

Pero... ¿biólogo? ¿A punto de presentar la tesis para su especialización como cirujano? Eso no tenía pies ni cabeza.

Por mucho que Axer tuviera la capacidad, el intelecto y la entrega que hace falta para obtener un grado universitario a su edad, eso dejaba demasiadas piezas sueltas. Primero que nada, ¿qué coño hacía en mi cochino liceo?

—Vero —repetí.

Sentía un nudo en la garganta y la boca seca, me palpitaba la cabeza, todo el entorno me daba vueltas y tenía los ojos tan nublados que no distinguía nada más allá de las voces de mi mente. Noté que me estaba bajando la tensión, de modo que agradecí estar sentada y tener un respaldo donde apoyarme.

Pero estaba experimentando otra caída, una de la que ningún respaldo podría salvarme: el derrumbe de las mentiras de Frey, que habían sido tantas, y cada una de tal magnitud que arrasaron conmigo.

Verónika me puso el envase con el alcohol en la mano y no dudé en beberlo todo de un trago, hasta la última corrosiva gota.

Axer era hermano de Verónika, eso ya no lo dudaba, pero ¿por qué mentía? ¿Por qué mentían todos ellos? Porque Axer no era el único que ocultaba cosas, en aquel engaño estaban él, su padre y Vero. Y tal vez había más.

Definitivamente, sin duda había mucho más.

Estaba abrumada, y no porque sintiera que todo eso era personal. Al contrario, lo veía como algo más grande, de mayor escala y desligado de mi mundana existencia adolescente. Lo malo era que no procesaba la información con suficiente rapidez.

Lo malo era que no había sido lo suficientemente astuta para unir las piezas.

O, mejor dicho, lo suficientemente paranoica, pues la astucia no te lleva a pensar que tu crush está envuelto junto con toda su familia en una especie de conspiración científica.

Había estado jugando con Axer, creyendo que podía ser la reina de un tablero que era suyo sin saber que en la ecuación existían más piezas. Y no eran las piezas lo que debía preocuparme, eran las manos que orquestaban sus movimientos: los Frey.

Escuché los vítores y los aplausos a mi alrededor y me obligué a reaccionar. Necesitaba ver lo que ocurría para retenerlo en mi memoria y luego asimilarlo.

Axer salió por una de las puertas que había a los lados del escenario y se situó en el centro, de cara al público. No dijo ni una palabra, pero era él, no tenía duda.

Su cuerpo estaba cubierto por una bata de laboratorio, sus ojos protegidos por los lentes cuadrados.

Un grupo de personas llevaron tres camillas rodando hasta él y las dejaron ahí.

Una de las camillas estaba llena de utensilios quirúrgicos, otra era una especie de simulación de paciente abierto —al menos esperaba que fuese simulado— y la otra tenía un cronómetro, una carpeta y varios monitores encima.

—Axer Frey está a punto de realizar una operación en vivo —explicó la mujer de antes desde un rincón mientras otro grupo de asistentes corría a ponerle a Axer su mascarilla, los guantes y el gorro—. Tiene exactamente seis minutos para leer el expediente del caso, diagnosticar el problema e intervenir antes del deceso del paciente.

»En cuanto el aspirante toque el expediente, el tiempo comenzará a correr.

Axer tocó la carpeta y la hojeó a una velocidad que me dejó mareada. El monitor de una de las camillas debía de tener alguna especie de cámara, puesto que una imagen ampliada de las manos de Axer aparecía en una enorme pantalla situada de modo que todo el público pudiera verla. Imagino que los evaluadores estarían viendo algo parecido en sus tabletas.

Axer se veía tan sereno que imaginé que esos grandes auriculares que llevaba puestos emitían la más lenta y armoniosa de las sonatas sinfónicas.

Uno de los monitores marcaba las constantes vitales del paciente y, hasta que no se estabilizaran, no se daría por acabada la operación. El reloj corría a un paso que me tenía sin respiración, como si una mano me apretara la garganta y otra me retorciera el estómago.

Ahora entiendo que, a pesar de cualquier engaño, y sea cual fuese la explicación que tuviera Axer para esto, lo último que quería era verlo fracasar.

En la pantalla apareció la mano de Axer tomando el bisturí y seccionando la piel del paciente desde el esternón, dejando un canal rojo y profundo a su paso.

Cuando lo vi hacer eso, tuve el impulso de levantarme boquiabierta por el asombro. No era una broma, eso quedaba descartado; sus manos se movían como las de un cirujano, usando un aparato de succión para limpiar el exceso de sangre, abriendo aquí, cortando allá y...

Cuando todavía quedaba medio minuto, levantó la mano con una pinza en alto que apresaba un pedazo minúsculo de vidrio. Ese fragmento entre los dientes de la pinza debió de ser el problema del paciente, porque los valores del monitor se normalizaron y los jueces comenzaron a aplaudir.

Me moría por levantarme a gritar y celebrar la proeza como en un jodido concierto.

El hombre de mi vida acababa de salvar a un paciente en una operación pública y evaluada por expertos en menos de seis minutos.

En seis minutos yo no resuelvo ni el dilema de qué quiero desayunar.

No. Me. Jo. Dan.

Axer Puto Prodigio Frey.

Era real.

Pero no acabó ahí, porque apartó las manos del paciente y dio unos pasos por el escenario con un estilo que solo podía compararse con la comodidad de un artista frente a su público.

Se quitó los guantes ensangrentados y los arrojó a las camillas como si fueran una pelota de baloncesto.

Sonreía, su seguridad era desbordante. Actuaba como si no necesitara evaluación. Él sabía que era bueno, que era capaz, estaba disfrutando de su momento como si fuesen los demás quienes tuviesen que esforzarse para que él los aprobara.

Su arrogancia no tenía límites, y eso solo empeoraba lo mucho que ese hombre me enfermaba la mente.

Por detrás de él, otro grupo de ayudantes apareció en el escenario arrastrando un tanque de cristal lleno de más o menos medio metro de agua. Me removí en mi asiento para fijarme mejor, ya que al principio pensé que lo había imaginado.

—¿Qué va a hacer ahora?

Me llevé las manos a la boca, horrorizada, pero no pude apartar la vista. No quería ver, pero menos quería perderme el espectáculo.

Axer se quitó la bata y la entregó a uno de sus ayudantes. Cuando vi que se desabrochaba el cinturón y que alzaba los brazos para quitarse la camisa... no pude creer lo que presenciaban mis ojos sedientos.

Axer quedó semidesnudo delante de todos, solo con sus auriculares y un bóxer negro. Todo lo demás estaba al alcance de mi codiciosa vista... Sus brazos, fuertes y tallados como por demonios artistas; sus piernas expuestas, las mismas sobre las que me había sentado y había hecho otras cosas que no debía estar rememorando.

Axer tenía un físico tan atractivo que debería ser ilegal por lo mucho que influía en la toma de decisiones, porque no se podía superar. Era como una droga, adictiva y manipuladora.

Es que cada retazo de su piel me ponía muy mal, me tenía imaginando cosas y... Mierda.

Me estaba calentando hasta las orejas, una estúpida reacción de mi cuerpo en un acto académico.

Y no sé qué me delató, tal vez estaba babeando, tal vez fue mi agitada respiración, pero Verónika supo leer mi excitación y sacó ventaja.

Posó una mano sobre mi pierna, tocando zona de piel que la falda no cubría.

Contuve la respiración y casi pierdo el equilibrio y la noción de mi identidad cuando sus uñas comenzaron a acariciar mi piel de arriba abajo en un roce leve pero delicioso.

No quería mirarla, porque estaba segura de que mi expresión me iba a delatar. Ella sabía que yo estaba fantaseando con su hermano y aun así aprovechaba la oportunidad con tal de ser ella quien me estimulara.

Abrí la boca, pero creo que mis palabras se habían ido junto con mi saliva, así que la volví a cerrar.

Su mano y sus dedos subieron más por debajo de mi falda, cada vez más hacia la cara interior del muslo. Supe que era momento de parar cuando sentí que mi cuerpo me traicionaba, cuando fui consciente de que me estaba mojando como nunca.

Pero, en lugar de decir «no», que habría bastado sin dar explicaciones y me habría dejado en mejor posición, escogí la patética opción de balbucear:

—Tengo novio.

Su mano se detuvo, su rostro se perturbó de sorpresa. No sé por qué, pero sentí que lo que la incordiaba no era saber que tenía novio, sino que ella no estuviese enterada.

—¿Quién es? —interrogó.

—Eso no es tu problema.

—De todas formas, da igual, no es «él» —expresó en tono confidencial deslizando su mano más al interior de mi falda, pero dándome tiempo a que la detuviera.

Como no le puse freno, Vero avanzó más bajo mi falda hasta rozar con las uñas mi entrepierna por encima de la ropa íntima.

Agradecí que las luces estuvieran tan bajas y que los demás estuvieran tan concentrados en el discurso de la mujer que hablaba en el escenario, de lo contrario no solo habrían visto lo que hacía Vero, sino también la patética expresión de mi rostro.

—Da igual quién sea tu novio si quien quieres que te haga suya es otro. Ya lo descubrirás, Sinaí. Un Frey solo se supera con otro Frey.

En ese punto mi humedad sin duda dejaría una marca en la tapicería del asiento.

—¿Y qué piensas hacer? —espeté con la respiración entrecortada—. ¿Llevarme al clímax aquí? ¿Delante de todos?

—No. —Su mano se detuvo y ella volvió a enderezarse en su asiento, como si solo hubiese estado inclinada sobre mí para contarme un secreto—. Voy a regalarte esta frustración hasta que admitas que me necesitas para resolverla.

En efecto, mi necesidad explotó al no tener su mano sobre mi piel ni sus uñas sobre mi braga. Su ausencia lo hacía todo más doloroso y frustrante, pero yo no iba a admitir eso ni aunque amenazaran con amputarme la lengua.

Volví a fijarme en el espectáculo de Axer a tiempo para ver cómo lo encadenaban a una silla dentro del tanque. El agua ya le cubría la mitad de las piernas. Solo le dejaron libre una mano, en la que sostenía una especie de lápiz, y le acercaron una mesa cuya superficie era una pantalla táctil.

Lo encerraron dentro, solo, y de nuevo volvió a escucharse la voz de la presentadora del evento.

Lo que me preocupaba es que el agua no se detenía, seguía subiendo, escalando por las extremidades de Axer, cubriéndolo poco a poco y de manera continua.

Si lo ahogaban ahí, yo misma iría a matarlos a todos, aunque se hubiese metido en eso por voluntad propia.

—Es necesario hacer énfasis en el riesgo de esta prueba. El señor Axer Frey hizo una declaración legal ante notario respecto a su voluntad. Él mismo ideó este método de evaluación para demostrar que ninguna circunstancia, ni la proximidad de la muerte, el tiempo, ni ninguna presión o estrés, puede afectar el ritmo en que su cerebro responde a las emergencias.

»Por medio de los auriculares, nuestro aspirante escuchará un problema médico en el que se le describirán ciertos síntomas. Él debe escribir en su pantalla el diagnóstico y la solución que crea correcta, ya sea un procedimiento quirúrgico, anotado paso por paso, o algún medicamento.

El agua ya cubría a Axer hasta la cintura, estaba sumergido por completo de ahí hacia abajo. Apreté los reposabrazos con terror vívido y latente ansiedad, hasta la calentura se me había pasado.

—Así mismo —continúo la presentadora—, se le improvisará alguna complicación, y él debe escribir una solución que no provoque la muerte del paciente. Si falla, se reiniciará la prueba con otro problema médico, pero para entonces el agua ya podría haberlo cubierto por completo y no tendría tiempo para respirar. Provocaría su muerte.

»Cabe aclarar que Axer Frey, con la autorización de su padre, ha firmado una petición de no ser reanimado. A pesar de que el aspirante es mayor de edad, se prefirió contar con el beneplácito paterno para evitar conflictos políticos y legales con el presidente de Frey's Empire.

El agua le llegaba hasta los putos hombros. ¡¿Cuánto más pretendía hablar esa maldita mujer?! ¡Tenían que narrar el problema de una vez! ¡Lo estaban matando con cada segundo de retraso!

Sin embargo, él parecía sumamente tranquilo, con una sonrisa ladina en su rostro enfocado por las cámaras, y en el verde de su mirada brillaba una satisfacción que no podía ser humana. ¿Qué ser sensible podía permanecer así, tan imperturbable, hallándose al borde de una de las muertes más agónicas posibles?

«Si mueres, te mato, maldito».

—Vero —susurré con la voz quebrada.

La mano de ella se posó sobre mi puño en un intento de reconfortarme.

—Confía en él.

Pero ¿cómo podía hacerlo cuando me había ocultado tantas cosas? ¿Cómo podía estar segura cuando la apuesta era su vida?

La mano libre de Axer se comenzó a mover a una velocidad apremiante, reaccionando al estímulo de la voz que él captaba por los auriculares y que los demás oíamos a través de los altavoces.

23

Sus respuestas aparecían transcritas en la pantalla frente a nosotros, nombrando medicamentos y sus dosis, instrumentos quirúrgicos, métodos de reanimación y otras cosas que no entendía, pero que me hacían sentir en una especie de episodio de *The Good Doctor* en vivo.

Se suponía que, si fallaba, una alarma sonaría y la pantalla se encendería en rojo intenso. Cada nueva palabra que escribía sin que se accionara la alarma era como una bocanada de oxígeno a mis atribulados pulmones, pero el agua, que ya le cubría los labios y escalaba hacia su nariz, era como una maldita patada que volvía a robarme todo el aliento.

Sentí que me estaban operando a mí, porque aunque el procedimiento fuera una simulación, si Axer fallaba, él moriría.

De pronto la pantalla brilló en verde y el agua dejó de subir justo cuando rozaba sus pestañas inferiores, y yo me levanté junto a todo el público a aplaudir y gritar como si mi ídolo estuviese cantando a pleno pulmón en su último concierto.

Drenaron el agua del tanque y desencadenaron a Axer. Los asistentes le consiguieron una manta para que se secara, pero no tuvo oportunidad de vestirse, ya que un montón de personas influyentes, incluidos los jueces, se acercaron a felicitarlo, a estrecharle la mano y a tomarse fotos con él.

No sé en qué momento empecé a llorar, pero estaba tan feliz, tan aliviada, que las lágrimas brotaban de mis ojos sin rumbo claro. Y no dejaba de aplaudir, ni siquiera pensaba en volver a sentarme. Él se merecía la ovación, y todo el auditorio se la concedió con júbilo.

Verónika y yo nos desplazamos hacia el pasillo para esperar a que Axer se alejara un poco de toda la gente importante y poder darle una felicitación más informal, de amigos y familiares.

Pero él no se movía, y el desfile de personas parecía no terminarse nunca. Hasta que llegó el grupo de sus compañeros de la organización de genios, los demás prodigios, y me di cuenta de lo hermosas que eran todas las mujeres que lo habían rodeado a lo largo de sus estudios.

Todo explotó cuando una de ellas cruzó la línea de la formalidad: introdujo la mano bajo la manta para rodear el torso de Axer en un abrazo y le pidió que sonriera para hacerse una foto con él en su celular.

No debería haberme importado, lo sé.

Primero, yo tenía novio. Segundo, ese novio no era Axer. Y tercero, era demasiado misógino por mi parte odiar a una mujer a la que no conocía solo porque estuviese tocando a un hombre que, además, no tenía ningún compromiso conmigo.

Pero los celos me cegaban, aunque no estuvieran justificados.

Me di cuenta de que Axer no la tocaba. También me fijé en cómo se deshacía del abrazo con disimulo, o al menos eso me pareció, porque fue muy educado, así que me quedé algo confusa.

Pero lo que sí fue evidente es que mientras ella le hablaba sonriendo, con los ojos casi chispeando de idolatría, él no la miraba. O sí, pero no a los ojos. Ella no era el centro de su atención, porque seguía socializando con todos los que se acercaban a saludarlo.

Y no fui la única que lo notó, porque otras chicas se acercaron a intentar acaparar su atención.

Las odié a todas, y no porque estuvieran haciendo nada mal, sino porque sacaban lo peor de mí, esa parte que no dejaba de compararse y menospreciarse.

Seguro que eran buenas chicas. Seguro que ni estaban interesadas en él.

Pero a mí eso me importaba una mierda.

Así que tomé una decisión, y de ello dependería todo.

Si yo era invisible e insignificante para él, si el mundo que él prefería era ese y yo no encajaba, si era demasiado para mí, pues que se quedara con el resto y me dejara en paz. Renunciaría a Axer para siempre, eso me juré.

Pero le daría una oportunidad, una última oportunidad de probarme a mí, y a sí mismo, si era por mí por quien esperaba, si era yo la que estaba en su cabeza mientras fingía prestar atención a los demás.

Así que mandé a Verónika al carajo y a toda razón y desfilé decidida hacia el escenario, sabiendo que si fracasaba supondría una vergüenza tan estratosférica que no la superaría en la vida.

Pero me arriesgué, tenía que intentarlo, pisar el miedo con mis botines y desfilar con la frente en alto como si no contemplara otra opción que una victoria.

—Señoritas —saludé con una sonrisa al llegar a la altura de Axer.

Todas me miraron con extrañeza, pero me abrieron paso sin preguntar.

Solo faltaban un par de pasos, un par más para descubrir toda la verdad.

Pero no tuve que darlos yo.

Axer me alcanzó y abrió sus brazos al tenerme cerca, reclamando mi cuerpo, envolviéndome con la manta.

Nos miramos a los ojos, negras y blancas enfrentadas en una jugada con solo dos variables: mate o tablas. Y sonrió, como si no hubiese esperado a otra persona en el mundo más que a mí.

Cuando sus dedos hicieron contacto con mi barbilla, acariciándola con gentileza, sentí que las piernas me fallarían, que no podría sostenerme más.

—Frey —saludé en un hilo de voz.

—Te extrañé, Schrödinger.

3

Rompecabezas

SINAÍ

Tenía demasiados interrogantes juntos ese día, pero había algo de lo que no dudaba: de mi debilidad. Quería demasiado al que ahora llamaba mi novio, pero las sensaciones que Axer despertaba en mí eran demasiado difíciles de ignorar, de resistir.

Lo especial que me sentí en sus brazos en medio de aquel auditorio lleno de gente importante que lo admiraba y evaluaba no era normal.

Eso era lo especial de Axer, que con él nada era convencional.

Cuando al fin me soltó, un montón de gente se acercó a él para indicarle lo que tenía que hacer a continuación. Le sugirieron que se marchara un momento para cambiarse y luego volver, pero, antes de obedecerlos, Axer volvió a mí.

—Entonces..., sí viniste —me dijo con una sonrisa contenida, tomándome de ambas manos como a una doncella de los libros de época, donde cualquier roce de piel es una indiscreción.

—Claro que vine, me mandaste a buscar con tu chófer.

—Pudiste haber dicho que no.

Y debí hacerlo, ya que acababa de empezar una relación. Pero no había necesidad de mencionarlo en ese momento.

—Pude, pero siempre eres tan misterioso que... tenía curiosidad —expliqué encogiendo los hombros.

Con una sonrisa soltó mis manos para ajustar la manta a su cuerpo. No quería imaginar el frío que debía tener... Tampoco quería imaginar las soluciones que inventó mi cerebro para que entrara en calor, pero hacía mucho que ya había perdido la batalla contra mis pensamientos.

—Imagino que ya empiezas a entender el porqué de tanto misterio —señaló Axer tiritando.

—De hecho, no entiendo un...

—Hola, bebé —canturreó Verónika acercándose adonde estábamos.

Puso una mano sobre mi hombro para luego dirigir la mirada a su presunto hermano.

—¿Qué haces tú aquí? —espetó él. Todo rastro de buen humor se había evaporado.

—Vine a ver a mi hermano en su momento triunfal. ¿No puedo?

Axer se volvió a mirarme, como si le aterrara que yo hubiese oído sus palabras. Parecía muy molesto por que Verónika lo llamara hermano delante de mí. ¿Cuánto más pretendía ocultarme ese hecho? ¿Qué ganaba con eso, aparte de ponerme celosa sin motivo?

—Le contaste —concluyó Axer con la mandíbula tensa.

—¿Algún problema? —inquirió Verónika con la cabeza ladeada—. Ya que nos estamos sincerando, no creí que hiciera daño...

—Era mi decisión cuándo decirle, no la tuya.

—Te equivocas. Era mi decisión cuándo dejar de participar en tu pantomima.

Esa conversación me estaba poniendo muy incómoda. De pronto me empezaba a sentir muy pequeñita, como si el efecto de las caricias y la atención de Axer de repente empezara a desintegrarse.

—Hablaremos luego —cortó él, y volvió su rostro hacia mí.

Me miró concentrado, como si estuviera decidiendo qué hacer, cómo manejar su amargura repentina, cómo dirigir la situación a partir de ese momento.

Con sus ojos felinos tan fijos en mí, fui muy consciente de mi aspecto. Los botines negros con la suela todavía llena de la tierra del barrio de Soto, el suéter gris que no me cubría la cintura, como un top, y una falda negra con cuadros blancos similar a la de una colegiala.

No iba vestida para la ocasión, las prendas que llevaba no eran de la marca ni la calidad de las que lucían las personas congregadas en ese auditorio. E, incluso así, Axer no estaba mirando a nadie más. No con la intensidad con la que me miraba a mí.

—Quédate —pidió al fin, sobresaltando de sorpresa incluso a su hermana.

—¿Que me quede a qué exactamente? —pregunté.

—Terminaron las pruebas, ahora empezará la celebración. Ahí darán los resultados de lo que me viste hacer, escogerán los cuatro que merezcan el adelanto de sus tesis. Sé que tienes muchas preguntas...

En realidad, estaba muy conforme con la situación. Demasiado a gusto. Seguía desconcertada, con cientos de preguntas, pero no me tomaba nada de lo ocurrido como algo personal. Había muchas personas involucradas en aquel engaño, pero no era como si Axer me hubiese mentido solo a mí mientras todos confabulaban en silencio. Esto iba más allá. Mucho más allá. Era una mentira de familia, una familia poderosa que engañaba a todo un país, a un colegio, a sus vecinos. Al mismísimo Google.

No podía sentirme ofendida, sería darme demasiada importancia. Por el contrario, me sentía afortunada de una manera ilógica, porque Axer me estaba confiando aquel secreto a mí. Envió a su chófer a buscarme para que presenciara aquel momento tan significativo en su carrera secreta.

Ahora la pregunta era por qué. Por qué a mí. Por qué así. Por qué entonces.

—Sí. Me quedaré —lo interrumpí—. Siempre que no me dejes sola. No conozco a nadie y...

Axer me tomó del brazo, tirando de mí hasta estrecharme contra su cuerpo. Un gesto fuerte y desconcertante, como un impulso, e igual de efímero.

Verónika carraspeó detrás de nosotros.

—Yo te la cuido, hermanito. Ve a cambiarte.

Axer enfrentó a la rubia con una mirada que podría igualar el efecto de diez mil cuchillos de hielo.

—No la dejaré sola contigo ni aunque me drogue.

—No tienes opción, ¿esperas estar en este evento vestido con una manta toda la noche?

Axer ignoró a su hermana y se volvió hacia mí.

—¿Te molestaría acompañarme a los camerinos?

—No puede —recordó Verónika con fastidio, como si su hermano estuviese ignorando cosas demasiado obvias.

—¿Y quién la va a detener? ¿Tú? Además, ella también tiene que cambiarse, ¿no?

—Vik, si... —empezó a amenazar Verónika, pero Axer la calló dándole un repentino beso en la frente.

—Nos vemos, hermanita.

Y, tirando de mi brazo, me arrastró con él al fondo del auditorio, a un laberinto de pasillos y puertas por donde otros genios transitaban.

Aunque el lugar lo estaba ocupando esa organización de estudios avanzados para genios, el auditorio seguía siendo un lugar destinado al teatro, por lo que los camerinos, pese a tener el nombre de los aspirantes en cada puerta, estaban repletos de maquillaje y trajes para representar distintos personajes de ficción.

Cuando al fin llegamos al camerino con el nombre de Axer, él cerró la puerta con urgencia detrás de nosotros y apoyó la espalda en ella. Tiró de mis manos para pegarme a su cuerpo semidesnudo, solo protegido por la manta, y comenzó a hablarme en voz baja y confidencial, usando sus dedos helados para llevar mis mechones de cabello rebelde detrás de mi oreja.

—Hazme un favor esta noche —pidió.

Yo a ese tipo, así como estaba, le hacía todos los favores que me pidiera las noches que lo quisiera.

Pero solo en mi mente, por supuesto. Ahora estaba en una relación, ya no tenía las mismas libertades.

—Di-dime —tartamudeé, y enrojecí por completo al ver que Axer contenía una sonrisa de satisfacción al notarme tan nerviosa.

—Serán dos favores, a decir verdad.

—Okay... —Aproveché esa oportunidad para alejarme un par de pasos de él. Los puntos donde su piel helada rozaba la mía no me estaban ayudando a pensar claro—. Te escucho.

—Primero, aléjate de Verónika.

—¿Hay algo que temas que me diga? —indagué con altanería, pues ya sospechaba la respuesta.

—Al menos una docena de cosas, sí. Pero no porque yo no te las vaya a decir, simplemente no quiero que te enteres por ella. En serio, lo dirá de la peor manera posible, y no es así como quiero que lo sepas.

—Pues... Ya me estás asustando —bromeé.

—Lo muy asustada que puedas estar es igualmente proporcional a la cantidad de teorías erróneas que hagas. La solución es evidente; no le des vueltas a las cosas, no intentes adivinar. Los hechos me inclinan a concluir que no tienes imaginación suficiente para acertar la verdad.

—No me jodas... —Parpadeé, una vez. Y luego otra. Y una más. Él no daba indicios de estar bromeando—. Lo decía jugando hace un momento, pero ahora sí me asusté.

De pronto, Axer me veía como si no entendiera nada. Como si no me entendiera a mí. Me miraba con los ojos entornados, buscando una lógica a quién sabe qué.

—¿Por qué? —preguntó al final.

Me reí con incredulidad.

—¿Por qué qué?

—Lo lógico sería que estés muy alterada, e imagino que por dentro debes estar hecha un desastre con todo lo que recién descubres, pero no discutiste de ninguna manera mi invitación a acompañarme esta noche...

—Porque es importante para ti —corté sin rodeos—. Las explicaciones sobre tus cosas raras y aparentemente inverosímiles, que supuestamente son tu realidad, pueden esperar. Simplemente no me provoca perder la oportunidad de estar en este momento de tu vida.

—Pues... —Axer parecía en serio desconcertado por mis palabras, como si fuese lo último que esperaba escuchar—. Gracias. A pesar de que casi no te oí por las cacofonías que crearon los múltiples adverbios terminados en mente que repetiste en una oración tan breve.

Mientras yo ponía los ojos en blanco mordiéndome la mejilla para no ceder a una sonrisa, Axer se despegó de la puerta y fue directo a uno de los tendederos donde colgaban distintos tipos de chaquetas, camisas y pantalones.

—¿Me crees si te digo que no había pensado en eso? —lo escuché decir mientras sus manos hurgaban entre las telas en busca de algo para sí mismo.

—¿Pensado en qué? ¿En que no estaba tu familia allá fuera entre quienes te ovacionaban? Salvo Vero, claro.

—Oh, créeme, Verónika está, pero sus intenciones no tienen nada que ver con apoyarme.

—Axer, yo...

Intenté acercarme a él, pero giró hacia mí, con un traje colgando de un gancho en su mano.

—Ni se te ocurra.

—¿Qué cosa?

—Esa condescendencia en tu voz... —espetó como si fuera un insulto—. No hagas eso. No lo necesito. Lo que dije fue por señalar un hecho, y es todo. No le doy importancia a esas cosas.

—¡No te tengo lástima, por Dios! —reí indignada—. Envidia sí, un poco. En realidad estoy condenadamente orgullosa de ti porque, de hecho, eres diabólicamente impresionante.

Axer resopló, mirándome con un gesto de sabelotodo que quise golpear y besar.

—En serio tienes que parar con los adverbios de modo. Stephen King te mataría por menos.

—Cuando dices cosas como esas...

—Te provoca secuestrarme y casarte con mi cerebro, lo sé.

Axer se sentó en el aparador del camerino y puso su traje a un lado. Seguía en bóxer, luciendo toda su tentativa piel con comodidad, como si no estuviese mal que yo lo viera así.

Abrió las piernas, apenas lo suficiente para hacer espacio a mi cuerpo, y palmeó sus muslos para llamarme.

Mientras más me acercaba, mi mente más repetía: «Tienes novio, díselo. Dile, Sina. Dile de Soto...».

Una vez estuve entre sus piernas, él parecía incluso más grande que de costumbre, tan intimidatorio mientras mi rostro apenas alcanzaba su estómago e imponente cuando sus manos tomaron mis hombros por encima de la tela, masajeándolos con una ligera presión, la justa para relajarme en una oleada de sensaciones satisfactorias que casi me hace gemir.

Se inclinó hacia mí, sonriendo como si compartiéramos una travesura. Y de cierta forma así era, puesto que aquello que me susurró tan cerca del rostro era una especie de broma interna entre ambos.

—¿Y si nos saltamos el secuestro? Digo, ya hoy me tienes en tu poder, ¿no? ¿O es estrictamente necesario que esté amarrado?

—Dirás tu cerebro, ¿no? —Ladeé la cabeza—. Nunca dije que quisiera hacer nada contigo.

—Mi cerebro está sobrevalorado, bonita, mejor será que escojas después de que sepas lo que te pueden hacer mis manos.

Soto me iba a matar si se enteraba de esa conversación.

Tenía que desviar el tema a algo menos... delicado.

—Ya vi lo que pueden hacer tus manos, Frey. Lo vio todo el mundo.

—¿Y qué tal?

—Te lo dije. Me encantó, considérame suscrita al club de fans. No entiendo un carajo, pero respeto lo que haces.

Axer alejó sus manos de mí y suspiró atribulado. Enseguida se puso un poco más serio.

—Y eso me lleva a la segunda cosa que necesito pedirte hoy —dijo.

—A ver.

Me crucé de brazos mientras esperaba y alcé la cabeza para poder mirarlo a la cara. Rogaba que no notara lo mucho me costaba existir con el rostro tan cerca de su abdomen y el aroma que desprendía su piel desnuda o cómo de nerviosa me ponían sus piernas, que pasaron a convertirse en mi cárcel.

—Sin preguntas —expuso—. Al menos esta noche. Te explicaré todo, lo prometo. Pero no hoy. No ahora.

—No puedes esperar que no haga preguntas, estás loco si crees que...

Pero sus manos en mi cuello y sus pulgares reclamando el dominio de mi rostro, elevándome la barbilla para que tuviese que mirarlo directamente a los ojos... me silenciaron por completo.

Solo podía pensar en que me moría por que me besara, lo cual era contradictorio, porque sabía que si lo intentaba iba a empujarlo. No podía hacerle eso a Soto.

—Por favor —insistió—, hoy necesito que finjas por mí, tanto como puedas.

«Dile que tienes novio, Sinaí».

—¿Que finja, qué?

—Que somos un chico y una chica, tan normales como cualquiera, viviendo una absurda historia donde solo existen ellos, un baile y la música, por ridícula que pueda ser. Quiero que tomes mi mano cuando estén a punto de anunciar los cuatro aprobados y que me dejes cargarte en celebración cuando mencionen mi nombre.

—Estás muy seguro, eh.

Su rostro se distorsionó con una sonrisa ladina.

—¿Quieres que te mienta? Puedo fingir toda la modestia que quieras.

—Creo que ya has mentido suficiente por una vida, Frey.

—Auch. —Se mordió el labio como si de alguna forma eso aminorara el golpe de mis palabras—. Imagino que lo merezco.

—¿Por qué quieres que finja eso hoy? Tratas de decirme que mañana... que mañana acabará la tabla y que volveremos a ser solo blancas y negras que se buscan tanto como se repelen, ¿no?

—Trato de decirte que mañana volveré a ser el médico, el estudiante, el hombre que no tiene tiempo para nada de lo que tú quieres y necesitas. Y... es posible que mañana me odies. Siempre está esa posibilidad.

—Qué alentador.

—Pero hoy quisiste quedarte, Schrödinger. No renuncies a eso. Juega conmigo esta noche a que en este tablero solo somos tú y yo.

Moví mi cabeza de forma dubitativa hacia ambos lados.

—Puedo hacer eso, pero necesito saber una cosa primero.

—Nazareth..., sin preguntas.

—Una. Y no tiene nada que ver con tu edad, tu familia, tus estudios o... el resto de tus secretos.

Axer frunció el ceño, pero ya había despertado su interés.

—Entonces..., ¿qué quieres saber?

Sabía que ya no estaba soltera, que ahora Soto y sus sentimientos entraban en la ecuación. Sabía que, sin importar la respuesta, no podría hacer nada al respecto, que ahora estaba en una relación y ya no había marcha atrás.

Pero, después de tantos capítulos de deseo y persecución; después de haber pasado tanto jugando a que la nerd podía poner de rodillas al inalcanzable; después de los retos, los jaques, las tablas, las fantasías, la lujuria y aquel vistazo de su abismo, me debía esa respuesta. No podía terminar nuestra historia sin saber la verdad que había detrás de sus jugadas.

—¿Yo te gusto?

Las pupilas de Axer se dilataron por la sorpresa ante mi pregunta directa.

—No... —Se llevó las manos al cabello confundido—. Tenemos diferentes lenguas maternas, tendrás que explicarme qué entiendes tú exactamente por «gustar».

—Gustar, Axer. ¿Me miras y te atraigo? ¿Sientes química entre nosotros? ¿Te gusta estar conmigo? ¿En algún mundo paralelo en el que fueras normal me considerarías para ser tu... algo?

—Por Dios, ¿eso?

Axer sonrió tanto que me dio la impresión de que estaba a punto de soltar una carcajada. Parecía... aliviado.

¿Qué mierda había pensado que significaba mi pregunta?

—Bien, Nazareth. Tendrá que valer como respuesta decirte que eres una distracción dolorosa y una atracción ineludible. Por ello me es imposible soportarte, y también dejarte ir.

Abrí la boca para hablar, pero Axer me calló con su mano, como si hubiese desatado algo en él que no quería que interrumpiera.

—Lo que hicimos en el carro...

Se bajó del aparador y quedó de pie frente a mí. Nuestros cuerpos tenían una indecorosa cercanía, él inclinado sobre mí con una imponencia que me hacía sentir acorralada y que daba acceso a sus labios al hueco de mi cuello. No se movió de ahí, dejó que sus palabras rozaran mi piel, convirtiéndola en una víctima de su atracción.

—Me devolviste el apetito que creí perdido hace tiempo —añadió, sus dedos rozando mi barbilla para hacerse espacio mientras devoraba mi aroma con la punta de su nariz sobre mi garganta—.Y en consecuencia te robas todo el control que siempre creí tener.

Su mano se fue cerrando en mi cuello con la promesa de un apretón mientras su sonrisa diabólica me recorría la piel desde la clavícula hasta la oreja, aumentando la firmeza de su agarre al sentir que mi cuerpo se resistía a las sensaciones que él estaba despertando.

Sentí una indiscreta dureza rozar mi estómago y jadeé, sucumbiendo al impulso de aferrarme con mis manos a su espalda como si quisiera pegarme a él. Mis uñas se clavaron en su piel en una arrebato, y escucharlo gruñir en reacción me llevó a un punto en que me avergonzaba de mis pensamientos.

—Sinaí Nazareth Ferreira Borges... —Sus dedos movieron mi mentón para que lo mirara—. ¿Cómo te atreves a preguntar algo así? Cuando sabes que no ha sido accidental, que llevas tiempo jugando con mi mente. —Su mano en mi cintura me atrajo hacia él. Quedé presionada a su erección de forma que no me costaría dibujarla desnuda en mi mente—. Claro que me gustas, Nazareth. Por eso siento que te odio, porque te metiste en mi cabeza, el único lugar donde estaba seguro de que nadie podría entrar.

—Siempre me has subestimado, Frey —jadeé—, aun cuando en nuestro primer enfrentamiento conseguí vencerte.

Se mordió el labio, asintiendo a mi provocación, pero no aceptó el anzuelo. Por primera vez no discutió mi victoria.

—No es personal, subestimo a todos.

—O te sobreestimas demasiado —insistí en atacar su ego.

—Eso lo tendrás que decidir tú... —Sus dedos rozaron la piel desnuda entre la falda y el top—. Ya me dirás si soy tan bueno como prometo, como fantaseas cuando...

—Axer...

Necesitaba que ese hombre me tomara al menos una vez en la maldita vida, si no nunca saldría de mi cabeza. Luego de eso, sería libre.

—Hoy no —dijo como si me leyera los pensamientos.

—Entonces ¿qué mierda quieres de mí hoy?

—Todo lo demás, todo lo que nunca nos he permitido.

—¿Romance y cursilerías? —Enarqué una ceja, adornando mis palabras con una sonrisa burlona.

Pero él seguía con esa sonrisa seductora y los ojos brillantes de hambre y devoción... No estaba jugando.

—Todos nos merecemos un cliché, al menos hasta la medianoche. Mañana puedes volver a ser mi gatita si así lo prefieres.

—Dime que estás jugando.

—¿Quieres que te lo pida de rodillas?

—Tal vez —bromeé—. Haría todo más fácil de creer.

Para mi sorpresa, Axer Frey hincó ambas rodillas en el suelo a mis pies. Me dejó con la boca abierta y el corazón descontrolado. No estaba preparada para verlo así, y menos para sentir sus manos cerrándose sobre mi cadera. Fue como si me vaciaran los pulmones.

Un gemido escapó de mis labios cuando los suyos rozaron la tierna piel de mis muslos y fue depositando pequeños besos en todas direcciones, haciéndome sentir como la reina mejor tratada de cualquier monarquía.

—No hagas eso... —susurré sin voz cuando sus manos se deslizaron hasta el interior de mi falda, deteniéndose en mi trasero.

No podía creer que estuviera viviendo eso.

Axer Frey me estaba tocando.

Y de qué manera.

—¿Te he dicho que me encantan tus piernas, Nazareth? —preguntó sonriendo con picardía.

—Axer, creo que así no hacen las cosas en las novelas románticas.

—Eso es porque no has leído las mías.

—No escribes romance, mentiroso —reí.

Entonces él sacó las manos del interior de mi falda y se levantó para darme un beso fugaz en la mejilla que me dejó recalculando hasta mi fecha de nacimiento.

—Olvidaba que no puedo engañar a mi acosadora.

—No me llames así. —Me tapé la cara con vergüenza, sin dejar de sonreír—. Me vas a matar, Axer Frey. No sé qué mierda quieres de mí, pero deja de esforzarte porque la respuesta de todos modos va a ser sí.

—Lo sé —reconoció quitándome las manos de la cara—. Solo estoy improvisando según lo que se me antoja. No te estoy mintiendo, al menos no ahora, Schrödinger.

—Sí, pues ese «no ahora» te resta puntos de credibilidad. Además, ya para. Haces todo demasiado difícil.

—¿Todo qué? ¿Qué es lo difícil para ti? No te he tocado así nunca. No he tocado tanto a nadie en mi vida, de hecho. Pensé que lo querías.

«¡Háblale de Soto, coño!»

—Por supuesto que lo quiero, pero... Puta madre, no creas que no tengo muy presente que tarde o temprano nos llegará la medianoche.

—Si las personas se pusieran a empezar algo siempre pensando en que tiene que terminar, nadie disfrutaría nada en la vida.

Axer se apartó de mí, tomando el traje que había escogido y desechándolo.

—¿Qué novelas te gustan? —preguntó.

—¿Por qué la pregunta? Me gustó *A sangre fría...*

—Románticas, por favor —aclaró—. No podemos recrear *A sangre fría* con tantos testigos cerca.

—No leo mucho romance fuera de Wattbook. Soy más de misterios.

—Genial. Entonces a improvisar.

Se alejó de los trajes elegantes y se fue al tendedero de disfraces de teatro, tomando un traje de un azul tan oscuro que parecía negro, como mi cabello, con detalles dorados como los botones, el bordado y un león grabado como distintivo de un reino. Era el ropaje de un príncipe, no de un graduando.

—Toma. —Me tendió un vestido blanco, con encaje por arriba y una falda satinada rellena con algo de tul para darle estructura—. Me parece una interesante ironía que usemos nuestra tabla para que tú seas el blanco y yo el negro. Por esta noche.

—¿Serás mi caballero esta noche? —interrogué mientras estudiaba el vestido—. ¿Se trata de eso?

—Seré lo que tú quieras que sea.

—Debe ser horrible lo que vas a contarme, ¿eh?

Axer rio conmigo mientras negaba con la cabeza. Empezó a ponerse el pantalón del traje de inmediato, pero no me contradijo en ningún momento.

El vestido en mis manos era hermoso de una manera objetiva, mas la idea de ser la reina de Frey, aunque fuese solo por esa noche, era el principal atractivo de la situación. Me lo puse, enamorada de cómo se veía el encaje blanco en mis brazos, y dejé que las manos de Axer ajustaran el corsé por detrás con firmeza y habilidad, tanto que imaginé demasiados escenarios indecentes.

Me senté frente al tocador para escoger el adorno que me pondría en el pelo y vi que la pantalla de mi teléfono se iluminaba anunciando la vigésima llamada pérdida de mi madre.

—Mierda.

—¿Todo en orden?

—Sí, sí... —Empecé a escribirle un mensaje explicativo en respuesta—. Es mi mamá, está preocupada porque ni le avisé al llegar ni le he dicho dónde estoy ni cuándo volveré.

—¿Tendrás problemas por eso?

Me volví para mirar a Axer justo cuando se ponía la chaqueta encima de la camisa. Se veía demasiado hermoso y... adecuado. Como si en secreto perteneciera a una monarquía rusa, lo cual a esas alturas no me habría sorprendido.

—No —respondí cuando al fin aterricé desde las nubes—. Si le digo a mi mamá que estoy contigo, se le pasará cualquier cosa.

En ese momento me sentí fatal, pensando que debería escribir a Soto para decirle dónde y con quién estaba, por lo menos para ser honesta, para aminorar el golpe cuando nos tocara hablar al respecto, pero entonces... sucedió algo insólito.

El teléfono de Axer, también en silencio, se iluminó. Estuvo un rato así mientras la llamada seguía sin ser atendida. Un nombre de contacto se leía con claridad, el último que pensé que Axer tendría agregado.

Jesús Soto. Con el emoji de un cigarrillo al lado.

Ni a mí me había dado su número.

Cuando la llamada de Soto se cortó, vi que era le segunda perdida en el día.

Tenía que estar soñando esa mierda.

Soto no me había escrito ni a mí para saber si había llegado viva a mi casa, si había conseguido un autobús o al menos para desearme una feliz noche... Nada.

En cambio a Axer lo había llamado. Dos veces.

Me acordé del tema de los medicamentos y decidí que si mi ahora novio no me quería hablar al respecto, tendría que conseguir respuestas por otro lado.

—Frey —dije con más seriedad de la que pretendía.

Axer me miró con el ceño apenas fruncido.

—¿Pasa algo?

—Tengo que hacerte una pregunta.

—Dijimos que...

—No. No tiene nada que ver con todo este espectáculo, espero.

—¿Entonces...?

—Hoy le enviaste medicinas a Soto. Al menos tu empresa lo hizo. ¿Por qué?

Axer parecía genuinamente sorprendido por mi pregunta y el tono en que la hice.

—¿Te lo contó él?

«Si tú supieras...».

—Solo dime, por favor —insistí.

—¿Quieres la respuesta corta o la larga?

—La más clara.

—¿Cuánto tiempo tienes?

—Todo el que tú quieras.

Axer suspiró, derrotado.

—Si son tan buenos amigos no entiendo por qué te contó que Frey's Empire le dio medicamentos, pero no te habló del accidente que...

—¡¿Accidente?!

—Es más complicado que eso. —Axer se acercó más a mí, sentándose en el borde del aparador—. Intentaron asesinarlo. Fue... en la fiesta. En la fiesta de disfraces a la que fui contigo.

—Pero si Soto estaba en perfecto estado cuando nos fuimos...

—Lo estaba, sí, pero luego dejó de estarlo. Sufrió una sobredosis por narcóticos que iban desde estimulantes, que aceleran el sistema cardiorrespiratorio, hasta depresores, que hacen justo lo opuesto. Fue un ataque premeditado, no un accidente. El punto es que yo lo auxilié, de lo contrario estaría muerto. Él no sabe ese detalle porque..., claro, no podía revelarle, pues... todo esto. Él cree que nos drogaron a los dos. Solo recuerda haber despertado en el hospital y que yo estaba en la camilla de al lado.

Fruncí el ceño, escéptica.

—¿Quién dijo que solo recuerda eso?

—No recordaba nada cuando despertó.

«O eso quería que pensaras».

—Espera..., Axer, ¿cómo llegaste con Soto? Te fuiste conmigo, me dejaste en mi casa...

—Pero volví.

—¿Por qué? ¿Qué coño tenías que hacer con Soto como para...?

—No volví por él, ¿qué te pasa? Vikky estaba en la fiesta, tenía que volver con ella o mi padre se pondría de muy mal humor, y créeme que no quieres...

—¿Vikky?

Axer se masajeó el entrecejo.

—Verónika. Es Verónika Viktoria.

—Hermoso.

—Cállate —dijo reprimiendo las ganas de reír—. No quieres escuchar el mío.

—De hecho ya lo escuché hoy. Y lo sabía antes de eso.

Axer puso los ojos en blanco.

—A veces me olvido de con quién estoy hablando.

—Te dije, me subestimas. Pero, ajá, volviendo al tema... ¿Cómo terminaste con Soto? ¿Qué le pasó? ¿Está bien ahora?

—Perfectamente, pero tiene que cumplir al pie de la letra el tratamiento que le receté. Si puedes, haz que lo haga. Como su amiga, que vea que hay alguien que se preocupa presionando por ello.

Asentí, mordiéndome la lengua para no decir que éramos más que amigos.

—Y sobre cómo terminé con Soto esa noche, no lo sé, Nazareth. Lo vi ahí, tú y yo acabábamos de... No soportaba la idea de que nadie más te tocara, así que pensé que hablando con él...

—Imbécil. —Reposé mi rostro sobre ambas manos puestas en el tocador—. Además, estúpido. Con eso solo ibas a conseguir motivarlo más.

—Perdona, pero tengo que diferir. Antes de caer desmayado, Soto parecía haber cedido, me dijo que, si yo realmente quería... algo serio contigo, no se interpondría.

«Y vaya que no se iba a interponer, ¿eh?».

—Pero luego pasó todo eso. Lo drogaron, se desató el caos, me encargué de los procedimientos prehospitalarios y luego lo llevé de emergencias a que le hicieran un lavado estomacal como correspondía. Que él te cuente su versión. Es más bonita, no recuerda lo peor.

En ese momento una idea se plantó en mi mente como un parásito, piezas que empezaban a cobrar sentido, pero me asustaba tanto la posibilidad de tener razón que decidí ignorar esa corazonada.

Al menos por esa noche. La noche que esperaba que fuese la decisiva. Después me ocuparía del rompecabezas.

4

Angels like you

SINAÍ

Cuando terminamos de arreglarnos de verdad parecíamos una pareja de un cuento de hadas. Mi cabello azulado estaba suelto a mi espalda, con una diadema de pedrería alrededor de la frente.

Axer me tomó del brazo con galantería. Nadie podía decir que no al príncipe encantado, impecable, hermoso como si el mismo sol hubiese escogido sus facciones; pero sin importar cuántos disfraces se probara, nada borraba el aura de villano que desbordaban sus ojos cada vez que me miraba.

Mi escolta me llevó al auditorio donde las sillas habían sido removidas y solo quedaba a la vista la mesa de snacks y la decoración.

En la tarima, donde antes Axer había hecho su prueba, ahora estaba una orquesta que combinaba instrumentos de cuerda, piano y percusión, animando la fiesta como solo había visto suceder en memorables eventos televisados o descritos en libros.

Mientras Axer hablaba con uno de sus mentores que lo felicitaba con entusiasmo, me acerqué a una de las mesas para disfrutar de los bocadillos disponibles.

Dice la Biblia que es mejor arrepentirse de lo que se vomita que de lo que no se come.

Así que uno a uno fui probando los tequeños con distintos rellenos, los panes cortados en triángulo con diablito, las salchichas con salsa rosa y las empanaditas de carne molida.

Qué irónico que, entre tanto diplomático y extranjero, celebraran respetando la gastronomía venezolana. Solo faltaban las arepas.

Había una nevera de refrescos de acceso libre, así que la abrí para escoger alguna malta con la cual pasar los pastelitos, pero justo en ese momento me vibró el teléfono que había escondido en mi escote para no cometer la vulgaridad de llevar mi bolso descombinado encima.

Saqué mi teléfono, rogando para que nadie hubiese notado cómo me metí la mano en el escote y que no pensaran que me estaba guardando comida ahí.

Antes de contestar ya había visto que era una llamada de María.

Y yo que todavía guardaba la esperanza de que fuese Soto.

Respiré hondo y decidí contestarle a mi amiga como se debe.

—¡Amiga! —contesté emocionada—. ¡Si te contara dónde estoy!

—¿En Las Vegas? Dime que no estás en Las Vegas sin mí, porque te juro que te mato.

—No, tonta. Mejor.

—A ver...

—Te cuento después. Nos hace falta vernos para ponernos al día con muchas cosas.

—Para eso mismo te llamaba, tengo algunas cosas que contarte, pero después del juego de Stop tú y Soto se olvidaron de mi existencia. Hay que cuadrar para hacer algo, ya que tú no te dignas a ir a clases...

Ufff, otra más a la que tenía que explicarle de mi noviazgo. Solo que Soto me había pedido que no lo hiciera.

—Claro que sí, te llamo después, que ando un poquito ocupada, pero ya cuadramos luego.

Colgué y di media vuelta para apartarme de la mesa de bocadillos. Me sobresalté al ver a un muchacho que estaba detrás de mí y que, por desgracia, me pilló con la boca llena.

Era un chico rubio, ese rubio que es casi dorado. No iba disfrazado como yo, llevaba un traje elegante moderno, y a decir verdad le quedaba bien, solo que a mí me tenía sin cuidado su apariencia. Por su perfume, zapatos y reloj rápido me di cuenta de que era alguien en una alta posición económica.

—¿Disfrutando de la fiesta? —preguntó.

—Ajá —asentí intentando tragar más rápido.

—¿Son ideas mías o te he visto con los Frey?

Al fin pude tragar y le dije, de manera muy elocuente:

—Sí.

—¿Que sí son ideas mías?

—No, o sea que... Sí, ando con ellos.

—¿Están emparentados?

Sus ojos café se entornaron con su interrogante, lo que me hizo pensar: «Sí, claro, chico. Soy pariente de los Frey. ¿No ves que somos idénticos?».

—Pues... no —respondí en cambio. Ya me imaginaba por dónde iban sus intenciones. A veces algunos hombres son demasiado básicos.

—Viniste a acompañar a... —dejó la frase en el aire sin terminar, esperando que yo la completara.

—Es el evento de Axer, ¿no?

—Así que vienes con él. ¿Es tu pareja o algo así?

Qué más quisiera yo.

Bueno, eso era antes, porque ya la situación había cambiado; estaba en una relación.

—No, solo soy... Una amiga.

—Toda amiga de Frey es amiga mía —dijo extendiéndome un vaso con alguna bebida y una sonrisa radiante.

El chico podría ser atractivo para muchas personas, y a mí me encantaba beber. En una fiesta cualquiera, tal vez le habría aceptado el trago, tal vez me habría interesado en él. Pero, en ese lugar, yo solo tenía ojos para una persona. Es que nadie, estando cerca de Axer, podía deslumbrar ni un poco para mí.

Por otro lado, la historia de Soto casi muriendo por un trago lleno de droga no me salía de la cabeza. Y puede que fuese adolescente y estúpida al tomar decisiones amorosas, pero no era pendeja. Aquellos chicos eran genios, vi a Axer salvar una vida en una operación en vivo de seis minutos, ¿acaso uno de sus compañeros no podría hacer un veneno que no dejara huella o algo parecido?

Me estaba volviendo paranoica, pero prefería prevenir que lamentar.

—En realidad no bebo —me excusé.

—No, descuida, no es alcohol.

—No tengo sed —insistí.

—Pero...

—Edward.

La mano de Axer se dejó caer sobre el hombro de su compañero con un golpe seco y amenazante. El chico se dio la vuelta, recibiendo a Frey con una sonrisa tan hipócrita como la que este ostentaba.

—Axer, no te vi cerca.

—Siempre estoy cerca, Edward. ¿Por qué? ¿Es muy necesaria para ti mi ausencia?

—No me vendría mal justo ahora, ¿sabes? Estaba conociendo a tu amiga.

—Sinaí —dijo Axer mientras me señalaba. Me tomó desprevenida que usara mi primer nombre—, Edward Ligthood —añadió señalando a su compañero—. Edward, Sinaí Ferreira. Ya está, se conocen. Ahora...

El chico rio.

—¿Cuál es la prisa? No creo que la chica quiera que me vaya, ¿o sí? —preguntó en mi dirección con una sonrisa torcida.

—A ver...

El ruso se llevó los dedos al entrecejo. Su compostura se estaba agotando, pero yo ni loca iba a interceder para detenerlo. Quería ver hasta dónde llegaría Axer Frey en un ataque de celos, y que el diablo me llevara si alguien se atrevía a interrumpirlos.

—¿Cómo te digo esto? —prosiguió Axer volviendo a poner su mano en el hombro del chico. Noté, en sus nudillos blancos y en la punta de sus dedos hundidos en la tela de la chaqueta, que lo estaba apretando más de lo debido—. No quiero que hables con ella, ¿está bien?

—¿Crees que puedes intimidarme, Frey? —preguntó el tal Edward en voz baja—. Somos colegas, ¿no? Creo que podemos ser tan civilizados como cualquiera, y tú no puedes decidir si quieres que hable con ella. Es solo tu amiga, ¿no?

—No quiero que hables con ella, no quiero que nadie más en este maldito lugar se le acerque, ¿puedes llevar ese mensaje por mí? Y que te dé igual si es mi amiga o mi esposa, lo único que tiene que importarte es que es mía.

Al terminar esa frase, Axer soltó el hombro de Edward, avanzando con paso acelerado hacia mí. Al alcanzarme me tomó del brazo y me arrastró lejos de su compañero.

Nos detuvimos cerca de una pared al otro extremo del salón, junto a una improvisada pista de baile donde varias parejas de diplomáticos se movían al compás de una melodía adormecedora.

—Edward es uno de mis compañeros más apreciados —empezó a explicar Axer, inusualmente sarcástico y muy malhumorado.

Lo vi agarrar un vaso de licor de la bandeja de uno de los camareros. Se bebió la mitad de un solo trago.

—Quiere todo lo que tengo desde que sabe de mi existencia. Quiere mi promedio y un lugar en Frey's Empire. Cree que puede superarme en lo que sea, pero hasta ahora solo me supera los nervios y un día de estos voy a...

—No soy tuya, Axer. Lo sabes —lo interrumpí mirando fijamente su perfil.

La comisura de sus labios tembló hacia arriba mientras contemplaba a las parejas que bailaban. La arrogancia brotaba de cada poro de su piel. Se llevó el vaso a la boca, dejándolo muy cerca pero sin beber. Sus labios rozaron el vidrio cuando respondió:

—Lo eres, solo que hasta ahora no te había avisado.

Fue entonces cuando decidí mandar a la mierda eso de «novio».

—Deberías hacerme tuya antes de decir esas cosas, ¿sabías?

Él ladeó el rostro para mirarme.

—Dime una sola parte de ti que se resista a mí. Dime una sola situación en la que me dirías que no, y me callo. Lo juro. No vuelvo a decir que eres mía.

Abrí la boca para volverla a cerrar, momento que él aprovechó para beberse el resto del contenido de su vaso, todavía con esa odiosa sonrisita en los labios.

—Te pierdes muchas cosas por lo mucho que le temes al éxito, ¿sabías? —señalé—. Claramente me deseas, y sabes que me par... Que me dejaría hacer cualquier cosa por ti, pero ahí estás, perdiendo el tiempo.

En ese punto Axer se giró, uno de sus hombros estaba pegado a la pared mientras él me miraba de frente con los brazos cruzados.

—¿Por qué eres así?

—¿Tan sucia?

Aunque lo reprimió, vi el intento de una sonrisa temblar en su boca. Me estaba desnudando con sus ojos y yo no tenía ninguna objeción al respecto.

—Sí.

—Si supieras que todavía soy quince por ciento virgen...

—¿Qué coño significa eso?

Me mordí los labios para no soltar una carcajada. Axer sucumbiendo a la jerga de mi país fue de las mejores cosas que viví para presenciar.

—¿No eres un genio? Sacas tus cuentas.

—Maldita sea, Nazareth. —Me rodeó con su brazo por la cintura pegándome a su cuerpo, inclinando su rostro para susurrarme al oído—:

Si me sigues hablando así, tendremos que volver al camerino, lo cual no me apetece justo ahora. Me costó mucho ponerte ese vestido.

Mientras mordía mis labios, quedé pasmada por lo que los dedos de Axer hicieron a continuación: viajaron a mi boca, deteniéndome, y separaron mi mandíbula hasta que mi boca quedó abierta y a su merced. Cuando estuve así, solo entonces su pulgar acarició mi labio inferior como si fuese una especie de recompensa.

—¿Qué...? —comencé a preguntar cuando alejó su mano de mi rostro.

—No quiero que nadie más te vea hacer eso.

—Eres demasiado posesivo para lo poco que te pertenezco, Frey.

—Por eso deberías renunciar a este juego —confesó en voz baja con una expresión traviesa—. No te convengo.

—Mi respuesta no ha cambiado desde aquella mañana que le llamaste después de lo que hicimos en el carro de Lingüini.

—¿Quién *chert vozmi* es Lingüini?

«Maldición».

—Me refería a tu chófer —expliqué sin pasar vergüenza.

Axer reprimió las ganas de reír.

—Se llama Federico, Nazareth, no Lingüini.

—Es que... su cara... —Tenía que cerrar la puta boca si no quería seguir avergonzándome—. Da igual, eso no cambia lo que te estaba diciendo.

—¿Y qué me decías?

—Que sigo queriendo que me arrastres contigo.

Axer se relamió, y prefiero abstenerme de describir las cosas que imaginé que podría hacer con su lengua.

—Ven acá, bonita. —Me arrastró con él en pasos delicados, su mano todavía anclada a mi cintura—. Vamos a bailar.

Nos incorporamos a la pista de baile, y no podía creer en serio lo que estaba viviendo. Meses atrás yo era un espanto al que le huían y humillaban en clases, pero esa noche era el centro de atención, la devoción del prodigio Frey.

—Sé que lo tuyo es el perreo, milady —comentó en broma procediendo a hacer una leve reverencia—. Espero puedas perdonarme que la orquesta no se sepa ninguna de Bad Bunny.

—Eres...

Pero, si tenía un insulto preparado, lo olvidé por completo cuando me besó el dorso de la mano. Volvió a atraerme hacia sí en un gesto elegante y delicado, y, cuando estuve lo suficientemente cerca de su cuerpo, me rodeó la cintura.

Si Axer quería cursilería, si quería que jugáramos a estar enamorados, le iba a dar lo que me pedía con creces. Hasta saciarme. Hasta que, al recordarlo años más tarde, cuando ya no conociera ni su paradero, pudiera pensar «Hice a ese hombre mío, viví con él, aunque fuese una mentira de una noche, algo con lo que la mayoría solo fantasea».

—¿Es normal que me gusten todas las maneras que tienes de llamarme? —le pregunté.

Axer extendió el brazo y tomó el mío, ajustando la posición de baile antes de dar el primer paso rumbo a la enajenación provocada por la melodía de la orquesta.

—¿Es normal que me gustara tanto que me llames imbécil? —contraatacó.

—Si así son las cosas, te lo diré más segui...

—Shhh...

Entendí por qué quiso silenciarme al instante. Acababa de romper el clímax de la canción, y él tenía preparado un torbellino de sensaciones para mí en ese punto.

Me giró, pegando mi espalda a su pecho. Así la dirección del baile cambió, moviéndonos con mi vista al frente y su cuerpo contra el mío. Extendió mi brazo y me llevó a dar un par de vueltas de ese modo hasta que usó la mano que antes estaba en mi cintura para recorrer el camino desde la muñeca de mi brazo extendido hasta las clavículas en un movimiento apasionado y veloz.

Con su mano entonces en mi pecho, dimos un par de pasos tranquilos, pero pronto sus dedos escalaron por la sensible piel de mi cuello hasta alcanzar mi barbilla y la sujetó para dominarme como a una marioneta mientras nuestros pies seguían el compás acelerado de la sinfonía. Me hizo volver el rostro hacia un lado y lo miré a los ojos a tiempo de captar el guiño que me regaló. Luego sus manos viajaron a mi cintura, que aferró con fuerza.

Me alzó apenas unos centímetros para poder girarme sobre nuestro eje y sentí que en aquella vuelta dejaba de ser Sinaí para sumergirme por completo en el cuento de hadas monárquico.

Él mi caballero ruso, yo la doncella a la que cortejaba.

Apenas tenía aliento ni ganas de recuperarlo. Quería perder el que me quedaba siempre y cuando fuese con él.

Mis reservas habían caído por completo, lo que Axer quisiera de mí, eso tendría. No podía seguir fingiendo que mi relación me satisfacía lo suficiente como para renunciar a *él.*

—Si esta fuera una novela de época, estaríamos hablando de mi dote y fertilidad a mitad de este baile —acoté.

—Depende de la novela —discutió Axer girándome para que quedara de nuevo frente a él—. A mi hermana le gusta mucho una donde, si fuéramos los protagonistas, tú estarías bromeando sobre no necesitar la cabeza encima de tus hombros, y yo estaría peleando contigo porque no te supiste combinar el vestido con el cintillo.

—¿Qué novela es esa?

—*Vendida.*

Hasta Axer conocía la historia. Eso sí me ofendía.

—Pero, ya que no somos los protagonistas de *Vendida* y que no puedo hacer preguntas sobre un coño de la madre..., ¿de qué quieres que hablemos, caballero?

—De nosotros, ¿no? ¿No es eso lo que hace la gente normal?

—Pero tú y yo no somos normales, ¿o sí? Imagino que si estuviéramos juntos nuestras citas serían jugar al ajedrez, y cada vez que uno se coma una pieza del otro, el perdedor deberá quitarse una prenda de ropa.

—Sería tan fácil desnudarte así...

—¿Me estás retando, Frey?

—Deja ya de provocarme, Nazareth.

Me mordí el labio, a pesar de que antes tuvo que meterme los dedos en la boca para que dejara de hacerlo.

—¿Por qué debería?

—Porque no es el momento.

—Repites tanto esa mierda que te juro que, si algún maldito día llega ese puto momento, vas a necesitar amarrarme para contener todo lo que vengo acumulando desde hace tiempo.

—Tu apetito me intriga. Es tentador. Casi me convenzo de que no tendrías miedo.

—¿Miedo? —Reí—. Yo perdí la sensatez hace tiempo, y tengo muy claro desde aquel encuentro en el auto que no hay miedo que pueda interponerse a las ganas que tengo de que culmines lo que empezaste.

—Me vuelves loco. Y no lo digo... —Extendió su mano hacia mi rostro, como si quisiera tocarlo, pero se contuvo—. No lo digo de la manera ligera en que suele usarse esa afirmación. Realmente siento que te robas mi cordura, y que debo alejarte para poder pensar claro.

—Axer, mierda, ¿cuál es tu miedo?

—Escucha eso.

La música en vivo había terminado, pusieron otra en su lugar a través de los altavoces. Una canción que conocía y me encantaba tanto como me dolía.

Axer me pegó más a él para abrazarme, ya que la canción era mucho más lenta, del tipo que debía bailarse así, con mis brazos alrededor de su cuello.

—Solo escúchala —insistió.

La canción era «Angels Like You», de Miley Cyrus. Y, aunque era cantada en inglés, me sabía cada verso en español.

> *Sé que no eres lo mejor para mí.*
> *Ojalá nunca te hubiese conocido el día que te dejé.*
> *Te hice caminar de rodillas.*
> *Porque dicen que la miseria ama la compañía.*
> *No es tu culpa que yo arruine todo.*
> *Y no es tu culpa que yo no pueda ser lo que necesitas.*
> *Ángeles como tú no pueden volar al infierno conmigo.*
> *Soy todo lo malo que te dijeron que sería.*

—*Angels like you can't fly down here with me* —repitió el verso de la canción.

Quería decir algo, lo que fuera. Al menos reír, fingir que seguíamos bromeando. Pero no podía repararme tan rápido, no cuando el coro de la canción seguía repitiéndose, no cuando cada palabra me golpeaba el pecho, demandando acceder a un corazón que bloqueé para que nadie más pudiera herirlo.

Entendí que Axer no me estaba mintiendo al decir que solo me daría esa noche, por mucho que yo le dijera que estaba preparada para más.

Nuestro baile fue interrumpido por alguien del equipo de la institución para genios.

—Señor Frey, ¿podría acompañarme?

—¿Adónde?

—Los jueces han deliberado, pero decidieron dar el resultado en privado a todos los aspirantes para no humillar públicamente a los que no hayan sido aprobados.

Axer me miró de soslayo en ese momento, y la persona entendió su preocupación.

—Será solo un momento, se lo aseguro.

—Ya lo alcanzo —dijo Axer y se giró hacia mí—. ¿Me esperas en el vestidor? Salgo de ahí y te llevo a tu casa.

—¿Y cuándo hablaremos?

—¿Quieres quedarte a dormir?

—¿Dónde? —dije viendo mi entorno.

—No, no. No aquí. Conmigo. En mi cuarto.

La. Purísima. Madre. Que. Me. Parió.

—¿Me estás jodiendo?

—No. Ya es tarde, podrías quedarte.

—Yo...

Pero no podía hacerlo. Aunque mañana la oferta expirara y no se repitiera jamás, tenía que hablar con Soto primero antes de hacer cualquier cosa que lo pudiera herir. Lo iba a necesitar más que nunca luego de que me quedara tan claro que Axer no podía ser parte de nada más que mis fantasías.

—Con que me lleves a mi casa está bien. Te espero en el camerino.

—No tardaré.

Cuando llegué al vestidor donde antes había estado con Axer, me dejé caer en el suelo contra la pared, derrotada.

Axer y yo, y nuestros siete muchachos, solo viviríamos en mi enferma mente.

Quería llamar a Soto, contarle cada detalle de lo ocurrido, de cómo me sentía, y llorar en su hombro. Quería abrazarlo hasta quedarme dormida a su lado. Era la desventaja, y la hipocresía, de que tu mejor amigo también fuese tu novio.

—¿Qué hizo el *sukin syn* de mi hermano ahora? —preguntó Verónika entrando al camerino.

Suspiré de frustración y enterré mi cabeza en mi falda, entre mis rodillas.

—Vete —dije con mi voz amortiguada por la tela.

—No seas ridícula, no deberías estar sola en un momento como este.

Se sentó a mi lado, su mano sobre mis rodillas, aunque no había verdadero contacto ya que mi falda llena de tul me protegía.

—Verónika, te voy a decir una cosa y espero que te quede claro a la primera. —Hice contacto visual directo para que notara la seriedad—. Si vienes a decirme algo de Axer, cállate, ¿okay? No quiero escuchar nada, quiero que él decida cuándo quiere decirme las cosas. Y, si no le da la gana de decirme nada, pues prefiero no enterarme. No sé qué mierda quieres, pero supongamos que te creo y que yo te gusto. No vas a conseguir nada haciendo quedar mal a Axer, solo mi mal humor.

Ella parecía en serio sorprendida por mis palabras.

—Él... de verdad te importa. Qué asco.

—No soy estúpida, sé lo que piensas de mí. «Ay, pobre». De pobre nada. ¿Crees que no sé que me está manipulando? ¿Que me dice lo que sabe que quiero oír? Lo sé, pero no me importa un carajo. Si esta mentira se va a sentir así toda la vida, pues que me siga mintiendo. Supongo que es como... como enamorarse de un personaje ficticio, ¿no? El escritor hace que el personaje diga lo que sabe que el lector quiere oír. Y de todos modos caemos. Al menos Axer sí es real, si tan solo se dignara a tocarme...

—Si crees que Axer y tú algún día van a coger, olvídate de eso. Y no te lo digo por maldad. No va a caer justamente porque *quiere* hacerlo, y así no funciona. Él necesita control, en especial sobre él mismo, y tú se lo quitas.

Pero bastante que lo perdió en el carro aquella noche.

—Pendejo —murmuré—. No sé qué mierda pierde.

—Es que... Si tan solo *supieras*. Axer nunca va a poner nada por encima de sus estudios, de su carrera, de sus metas. Jamás. Él te necesita, pero no de la forma en que te quiere tener. Porque tenerte lo pone en desventaja.

—¿En desventaja de qué? ¿Para qué me necesita?

—Me dijiste que no te dijera.

Y empezaba a arrepentirme, sí.

—Bien —me resigné.

—Si te hace sentir mejor, el payaso de mi hermano cree que te está manipulando, sí, pero... Yo lo conozco. Nunca ha sido más honesto con la parte humana de sí mismo que esta noche. No lo va a admitir, ni a mí ni a sí mismo, pero parte del encanto de su manipulación es que te está diciendo toda su verdad.

Una sonrisita estúpida se me formó en los labios.

—¿Qué fue eso? —le pregunté a Verónika—. ¿Tu cambio de estrategia? ¿Ahora vas a ayudar a tu hermano para tenerme contenta y receptiva a tus encantos?

—¿Funciona? —preguntó con coquetería.

La miré a la cara; primero a sus ojos de largas pestañas y delineado profesional, luego me fijé en el brillo dorado de su piel, tan sana, tan impecable. Bajé mi mirada a sus labios pintados de rojo. No era un labial mate, estaba cargado de brillo haciendo su boca lucir como un caramelo de cereza.

Una vez ella me besó, en el primer juego de verdad o reto que compartimos, pero no tuve tiempo de retener nada, porque estaba concentrada en otras cosas.

Y viéndola así, tan carente de defectos, recordé las palabras de Axer aquel día sobre la belleza y su subjetividad. Verónika era normativamente hermosa, era una Frey, pero jamás me había impresionado porque sus gestos, su esencia, su actitud, siempre me habían repelido, despertando en mí una aversión aunada a un estado de alerta.

Pero en ese momento, mientras ya no la veía como una rival, fijándome en la manera en que su lengua mojaba sus labios rojos o en cómo su lenta respiración podía leerse en el hueco de su cuello, empecé a sentir curiosidad, y decidí que me merecía los detalles de aquel beso olvidado.

—Yo creo que sí —fue lo que dije antes de lanzarme a su cuello, atrayendo su rostro para besarla.

La muy desgraciada besaba demasiado bien, sus labios conjuraron un hechizo de adicción sobre mi piel, porque mientras más la besaba, más quería prolongar el momento.

Pero nada podía compararse a cuando empezó a usar su lengua. Las sensaciones que su habilidad despertó en mí me hacían querer arrodillarme y jurarle a aquella mujer que jamás en la vida volvería siquiera a mirar a nadie que no fuese ella.

Y entonces la puerta se abrió.

Ambas lo escuchamos, pero ninguna se detuvo al momento. Tampoco hubo reacción del recién llegado durante unos segundos, como si hubiese tomado tiempo en asimilar lo que veía, pero cuando al fin entendió lo que estaba pasando...

Ambas no, sobresaltamos por el impacto tan fuerte que el puño de Axer provocó en la madera del aparador contiguo a la puerta. Mi corazón estaba demasiado acelerado por la sorpresa.

Me habría encantado saber cuáles fueron las palabras de Axer a continuación, pero solo pude leer la ira en su rostro rojo y sus venas sobresalientes, pues todo lo que empezó a decirle a su hermana lo hizo en ruso.

Mantuvieron una acalorada discusión en ese idioma, Verónika riendo todo el rato, Axer difícilmente ocultando las ganas que tenía de estrangularla.

Pero yo en ningún momento me sentí avergonzada o arrepentida, solo intrigada.

Porque lo que estaba sucediendo no era nada que no hubiese previsto y esperado.

Axer Frey era un genio en todo su esplendor, pero me había revelado más de lo que se propuso a lo largo de nuestro intercambio de piezas durante el tablero. Porque aquel día en que besé a Soto delante de él, cuando la indiferencia de Axer amenazó con acabar el juego, él cometió un desliz que me dio la ventaja que necesitaba.

Axer sabía que me tenía, que, sin importar nada, yo siempre estaría ahí para él. Pero era incapaz de compartirme tanto como de tenerme. Así que la única forma de hacerlo ceder a mis deseos, y a los suyos, era que se sintiera amenazado por alguien más; lo obligaba a mover sus piezas para recuperar el supuesto dominio que tenía sobre mí.

Sus celos eran mi jaque bajo la manga.

Al fin me levanté del suelo al ver que Axer se me acercaba con paso apresurado. Cuando llegó ante mí, tomó por la parte posterior de mi cuello con firmeza, demandando mi atención.

—¿Así quieres jugar, gatita?

Mordí la sonrisa en mis labios, haciendo que él tuviera que verlo en primera fila. Me deleitaba con su ira, a pesar de que al hablar fingí inocencia.

—No juego a nada, Frey.

—¿Ah, no?

—No.

—Juguemos ahora, entonces.

Me soltó con brusquedad y se volvió hacia su hermana. Con un gesto de la mano la llamó hacia donde estábamos y luego la hizo detenerse a escasos pasos de mí.

—¿Te gusta mi hermana, Nazareth?

Esa pregunta me tomó tan desprevenida que estuve un rato perdida antes de decidirme a responder.

—Tenemos diferentes lenguas maternas, Frey, tendrás que ser más específico.

—Te hablaré claro, entonces. ¿Te excita mi hermana?

Tragué saliva. No sabía qué debía contestar ni qué demonios estaba buscando Axer con esa conversación.

—Yo... Puede ser, un poco —admití, a pesar de que el asiento que había ocupado en el auditorio podía delatar que mi respuesta se quedaba corta.

—Un poco... —repitió Vero con una risa escéptica.

—Bien —concluyó Axer, y se situó detrás de mí.

—¿Qué...?

Intenté mirarlo, pero sus manos me obligaron a volver la vista al frente. Oí que le ordenaba algo en ruso a su hermana, quien enarcó una ceja antes de esbozar una leve reverencia.

—Como usted ordene.

Las manos de Axer me desataron las tiras del corsé mientras su hermana avanzaba hacia mí con pasos tan lentos que en el proceso pude contemplar toda la longitud de sus piernas y la erótica elegancia de sus movimientos.

—¿Qué mierda haces? —susurré a Axer.

—Te doy lo que quieres.

—Pero...

Tomé una profunda inhalación de sorpresa cuando sus labios se posaron sobre la piel de mi cuello, besándolo con una maestría que me debilitó desde las rodillas hasta los pensamientos. Solo podía desear que subiera hasta mi boca, que me diera el beso que durante todo ese tiempo me había estado negando.

—Cállate, Nazareth —ordenaron sus labios cerca de mi cuello, de modo que su aliento me acarició con pasión—. Cállate y no vuelvas a abrir la boca a menos que sea para decirme que ya no quieres esto.

Tragando saliva, asentí, y fue la señal que él necesitó para volver a su tarea de quitarme el vestido.

Verónika se aproximó a ayudarlo, quitándome una de las mangas hasta dejar mi brazo desnudo y a la merced de sus uñas que empezaron a recorrerme con maldad desde la muñeca hasta el hombro.

Los escalofríos me herían de necesidad. Como no podía volverme hacia Axer, mis ojos se concentraron en el demonio rubio que estaba a mi lado. Ella no me miraba como si me quisiera de ninguna forma, sus ojos gritaban el deseo de asesinarme. Era como si necesitara la satisfacción de tenerme de rodillas pidiendo que lo hiciera. Y, si seguía tocándome así, tal vez iba a concedérselo.

—Axer... —musité al sentir su respiración en mi nuca y sus manos acariciando mis hombros desnudos.

—¿Hmm? —El sonido salió de su boca amortiguado, porque justo en ese momento me apartó el cabello para rozar con sus labios el centro de mi espalda.

Reprimí un jadeo, mordiéndome los labios con fuerza, justo cuando Verónika se situaba delante de mí.

—Yo no... —balbuceé—. No puedo hacer esto contigo mirando.

Axer rio con complicidad y empezó a masajearme los hombros.

—No seas mentirosa.

Eso me hizo sonreír y me bastó para mandar mis reservas al carajo.

Fue entonces cuando la rubia me tomó el rostro y con un beso me robó el aliento, desencadenando la lujuria que hasta entonces había conseguido mantener a raya.

Abracé a Verónika para profundizar el beso, ansiosa por devorar aquel momento de gloria y placer, pero Axer me tomó los brazos y los llevó a mi espalda, donde los sujetó con firmeza para impedir que escapara.

—No seas así —jadeé mientras Verónika me besaba un lado del cuello.

—No puedes pedirme que no sea todo lo que te gusta de mí, Nazareth —sentenció Axer antes de unirse a besar, morder y lamer el otro lado de mi cuello.

Ese par de Freys iba a matarme. Me enloquecía sobre todo la impotencia de estar sometida, de no poder tocar a ninguno de los dos mientras Vero devoraba mi piel con la boca y las manos de Axer se deslizaban por mi cintura, bajando por el abdomen hasta el inicio de mi ropa interior, donde dejó sus dedos jugar con el encaje, solo para hacerme desear con más intensidad el resto.

A la vez, las manos de Verónika me mostraban otro mundo de sensaciones sobre mí misma. Una estaba anclada a mi rostro para controlar la profundidad cada vez que su boca decidía embestir la mía, y la otra masajeaba mi pecho por encima del sostén como si mi cuerpo le perteneciera.

Pero quién era yo para decirle que no a ella. Quién era yo para decirle que no a *él*. Solo me quedaba rendirme, y con todo el placer que nadie te dice que puede entrañar una derrota.

Las manos de Axer dejaron de jugar en mi ropa íntima y subieron de nuevo por las curvas de mi cuerpo hasta sustituir a su hermana en mi pecho. En cuanto rozó el sostén, decidió que ya quería quitármelo.

Mientras las manos de Axer se ocupaban en mi espalda, Vero comenzó a agacharse de forma lenta, con los ojos fijos en mí.

—¿Qué...? —comencé a preguntar, pero la mano de Axer me cerró la boca y sus dientes saludaron a mi cuello.

Gemí con furia inhumana contra su mano. Escuché su susurro en mi oído, cómo me pedía que le confirmara que aceptaba todo eso, y asentí, justo cuando la lengua de la rubia comenzó a deslizarse por mi abdomen en su viaje de descenso hasta mi vientre.

Mi respiración no tenía quien la domara.

Mis pechos quedaron libres, mis pezones expuestos y erectos añorando contacto, sufriendo en su ausencia.

Subí una mano al rostro de Axer. Quería tocarlo, necesitaba sentir que era real, que no estaba soñando todo eso que experimentaba, que él realmente estaba ahí contemplando mi placer.

Pero en cuanto mis dedos rozaron su mejilla, su mano libre me apartó y me sujetó de nuevo el brazo a la espalda.

—Las manos quietas, gatita.

Gemí de frustración, pero mis sonidos quedaron amortiguados por su mano, y empecé a llorar. Mis senos necesitaban sus caricias, mis pezones rogaban ser mordidos, mis manos querían alcanzarlo y todo mi cuerpo ansiaba que él lo tomara.

Pero él lo controlaba todo a su modo y, aunque yo me quejara, no me habría excitado tanto si hubiese hecho las cosas de forma distinta.

Verónika empezó a bajarme la ropa íntima y, al imaginar lo que seguía, me horroricé.

Empecé a negar con insistencia, moviendo la cabeza a ambos lados.

—¿Qué pasa? —preguntó Axer con preocupación y liberó mi boca para que pudiera responderle—. ¿Quieres parar? Dime si ya no estás bien con esto.

—No, estoy bien, es solo que no... No estoy segura de querer que tú veas.

Los labios de Axer se acercaron a mi oído para susurrar:

—Pero yo quiero verte.

Tragué saliva. Quería decir algo, lo que fuera, pero había olvidado hasta el alfabeto. Así que solo asentí, porque de verdad moría por lo que estaba a punto de pasar.

Axer le dijo algo a su hermana en ruso y esta le guiñó un ojo en respuesta antes de proseguir.

Mientras Verónika me bajaba las bragas por la piernas, un hilo de humedad siguió conectando el encaje a mi centro.

Quise taparme la cara de vergüenza hasta que sentí el cambio en la respiración de Axer. Se estaba excitando.

En un arrebato de atrevimiento, volví a usar mis manos a pesar de su orden. La llevé hacia atrás para alcanzar la entrepierna de su pantalón, pero él fue más rápido. Dobló mi brazo en mi espalda, lastimándome, y se pegó con fuerza contra mi cuerpo, restregando su erección en mi culo.

—¿Era eso lo que querías sentir? —susurró mientras me sostenía por la nuca.

—No precisamente así, para ser honesta.

El final de mi frase casi la gemí como consecuencia de la descarga de placer que ocasionó la caricia de la lengua de Verónika en mis pliegues mientras sus dedos jugaban en mi clítoris.

—¿Te gusta? —preguntó Axer sonriéndome con perversión.

—Tienes esa estúpida costumbre de preguntar vainas demasiado obvias.

Se mordió el labio en respuesta y aferró mi cuello con mucha más fuerza, como si necesitara de ese control para contenerse a sí mismo.

—Tómame, imbécil. —Gemí—. No sé qué mierda estás esperando.

—Que acabes —admitió dándome un pequeño y rápido mordisco en la mandíbula.

No sé cuándo coño de la madre pretendía besarme por lo menos.

La lengua y los dedos de Verónika pronto me llevaron a un punto de enajenación del que no quería regresar jamás. Grité, maldije y gemí sin importarme nada más que mi más primitivo deseo.

Cada vez que me volvía, jadeando, en busca del rostro de Axer, de su reacción, lo veía sonreír complacido y deleitado, y eso solo le daba más rienda a mi lujuria.

Cerca del final, comencé a mover mis caderas a un ritmo precipitado contra la boca de Verónika, cuya lengua no perdía efectividad.

Jadeé con más fuerza, grité mil cosas y me estremecí hasta desplomarme de placer, casi de forma literal, pues mis rodillas flaquearon, pero los brazos de Axer estuvieron ahí para sostenerme.

Mientras asimilaba la onda expansiva de mi reciente orgasmo, Verónika se despidió de su hermano en ruso y nos abandonó.

Axer se dejó caer en el suelo, sentándose contra la pared, y me hizo un gesto con el dedo para que me acercara luego de que volví a ponerme ambas piezas de mi ropa íntima.

Me senté junto a él, pero sus brazos me instaron a descansar mi rostro sobre sus piernas, así que quedé medio acostada encima de él, con mis ojos fijos en los suyos mientras todavía buscaba una forma de tranquilizar mi respiración.

—¿Por qué? —pregunté al cabo de un rato.

—¿Por qué qué?

—Eres el hombre más posesivo de esta cochina tierra, pero eso no te impidió dejarme en manos de tu hermana. Literalmente hablando.

Axer fijó la vista al frente. Solo distinguía el contorno de su mandíbula y algunos ángulos de su facciones, pero incluso así reconocí el leve gesto de satisfacción en su rostro.

—Esta, Schrödinger, fue una lección tanto para ti como para ella.

—Vas a tener que explicarme la moraleja, Frey, porque justo ahora no proceso nada.

—Por supuesto —accedió acariciándome el cabello como una vez hice yo mientras él dormía a mi lado—. Sé que tarde o temprano llegarías a esta conclusión, pero preferí adelantar el proceso. Y es que... no importa en manos de quién caigas, da igual quién te lleve al clímax si cuando llegas a él, el nombre que gritas es el mío.

Solo entonces caí en la cuenta de que así había sido. Tenía la boca de Verónika en mi intimidad, pero jamás su nombre tocó mis labios. Y a pesar de que no había sido mi intención, en ningún momento dejé de jadear el de Axer.

Axer acababa de darme el jaque que más disfrutaría en la vida.

5

Traitor

SINAÍ «NUNCA MÁS MONTE» FERREIRA

Al día siguiente decidí que era el puto momento de darle sentido a mi relación, ya sea que tuviese arreglo o que lo mejor fuera terminarla.

La madre de Soto me abrió la puerta. Seguía sin saber de nosotros, así que me saludó como a una amiga más y me condujo a la habitación, donde abrí sin tocar.

Soto quedó perplejo de encontrarme parada en el umbral de su cuarto. Frunció el ceño mientras ponía en pausa su juego. Dejó el control de la PlayStation a un lado de la cama y me miró sin ningún rastro de todo lo que habíamos tenido alguna vez.

Las bromas.

El coqueteo.

La confianza.

Las ganas.

La cagamos *tanto* al hacernos novios.

—Te fui infiel.

—Ah —reaccionó él con frialdad—. Buenas tardes para ti también.

Después de aquella respuesta, Soto caminó hasta el televisor para alcanzar el segundo control, el que estaba encima de la consola. Regresó a su cama y empezó a configurar el juego para que pudieran participar dos personajes en lugar de uno.

Cuando tuvo todo listo volvió a mirar hacia la puerta y frunció el ceño, como si no entendiera por qué seguía ahí.

—¿Vas a pasar o...? —empezó a decir haciendo un gesto dubitativo con sus manos.

La opresión en mi pecho era demasiada, y no precisamente de arrepentimiento. Tuve que tomar una fuerte bocanada para continuar.

—¿Es todo?

—¿Es todo qué? —inquirió él.

Estaba demasiado tranquilo, pero eso era una alarma en sí misma. Sin rastros de todo lo que lo hacía ser Soto. El problema es que no sabía determinar si se debía a mi confesión o a la irreversible cagada que cometimos al hacernos novios.

—¿No piensas hacer o decir nada? —insistí—. Acabo de decirte que te fui infiel.

—¿Y qué esperas, que llore?

—¿Lo harás?

—¿Eso quieres? —Se encogió de hombros—. Sí, quizá lo haga cuando te vayas. Quizá me estoy haciendo el fuerte.

—O quizá no te importa una mierda.

Soto soltó el control y metió la cabeza entre sus manos, despeinándose frustrado.

—Sina, te voy a ser muy honesto: llegaste en un momento de mierda. Puedes quedarte y jugar, y hacemos como si nada pasó, o puedes irte a joder a otro maldito lado porque...

—Sí estás molesto, entonces.

Di varios pasos hacia él y le tomé del brazo. Lo había extrañado tanto... No de la forma necesaria para ser su novia, pero sí como la amiga que una vez fui para él.

—Puedes decírmelo —presioné—. No tienes que guardarte nada. Puedes gritarme, sacar todo lo que...

—Hey. —Soto me agarró el rostro con sus manos heladas por el aire de la habitación—. No estoy molesto contigo, ¿okay?

—Pero te acabo de decir que...

—Yo conocía los riesgos de esta relación.

Y aun así insistió en ella.

Si la historia fuese al revés, todo el mundo diría de mí que no tengo un ápice de dignidad o amor propio. En la puta vida me iba a creer que Soto estuviera tan desesperado como para aceptar sin inmutarse una relación siendo consciente de que le engañarían.

Pero no iba a decirle eso.

—¿Entonces... no vas a dejarme?

Se volvió con brusquedad y vi que la rabia enrojecía sus mejillas.

—¿Quieres que te deje? ¿Es eso?

—¡Quiero que seamos honestos! Si no podemos sernos fieles...

—Tú —espetó—. Tú no puedes.

Me mordí la boca para no reaccionar con mi primer impulso y solo argumenté:

—Y tú lo sabías.

—Ya.

—¿Estás molesto entonces?

—¡Que no, maldita sea!

—Pues se te da muy bien demostrarlo —ironicé—. Solo dime a la cara que me detestas, que te fallé, que te hice daño... Pero no te quedes con todo eso por dentro.

—¡¿Por qué, loca?! ¿Por qué quieres que haga algo así? No, no te detesto. Te quiero un mundo y no me importa si tenemos que aprender a ser exclusivos con mucha más lentitud que las demás parejas. Creo que al menos nos merecemos esa oportunidad. O al menos yo me merezco que tú lo intentes. ¿No pudiste esperar..., no sé, tres días?

Y ahí estaba el golpe que se había estado guardando.

No podía decir nada a mi favor, me lo merecía. Mi fidelidad duró menos que un huevo en un microondas.

Secando mis manos en la tela de mi pantalón, suspiré. No podía mirarlo a los ojos en ese preciso instante, pero debía al menos decir la estúpida palabra que no solucionaba un carajo, pero que siempre te recriminan si no la usas:

—Lo lamento.

—Ya, olvida eso.

—¡Que no, idiota! —Me volví a exasperar y me giré para verlo de frente—. Si queremos que esto funcione, tenemos que hablar las cosas. Ya la cagué, sí, y tú quieres seguir a pesar de ello, entonces..., al menos deberíamos tener la confianza que parece que perdimos al cruzar la línea de la amistad. Necesito a mi amigo de vuelta, Soto, y para eso necesito que me digas tooodo, aunque creas que va a dolerme, porque solo así te voy a conocer. Conocerte realmente. Solo así voy a poder consolarte, ayudarte. Solo así tiene sentido esto.

—¿Sirve a la inversa?

—Yo... Claro. Te contaré todo, todo lo que quieras saber. Creo que esto es una prueba de eso.

—Bien. ¿Con quién fue?

Tomé aire, esperando que el oxígeno en mis pulmones me llenara de valor para continuar, pero no podía. Su nombre se quedaba atascado en mi garganta, asfixiándome. No podía hacerlo.

—Tú sabes con quién.

—Es un alivio —dijo Soto, y sonaba honesto—. Si hubiese sido con otro, pensaría que simplemente me ves como un payaso. Al menos sé que solo fue una recaída en una droga de la que ni siquiera yo te he podido salvar todavía

Me mordí los labios, avergonzada. Me dolió muchísimo la parte de que solo lo veía como un payaso, porque no era así, aunque mis acciones demostraban lo contrario. Tal vez nunca debí aceptar esa relación en primer lugar.

—Soto, yo...

Pero entonces sus manos acariciaron mi rostro, y sus labios los míos. Su beso fue el consuelo que necesitaba y la puñalada que merecía, porque él estaba siendo demasiado bueno conmigo para la mierda que era yo.

—No te merezco —susurré contra su boca.

—Lo mereces todo —dijo en cambio, y temí echarme a llorar en ese momento.

Pero no iba a hacerlo, no cuando la parte racional de mi cerebro seguía empujándome a terminar lo que había ido a hacer en aquella habitación.

—No te veo como un payaso, jamás podría —dije al pegar mi frente a la suya—. Yo... solo... caí. Supongo que tenía que hacerlo alguna vez en la vida para sacarlo de mi cabeza. Al menos así habría más espacio para ti.

Él me besó la nariz antes de responder.

—¿Y funcionó?

—No lo sé —musité—. Ahora tengo... todas esas imágenes dándome vueltas en la cabeza y no puedo dejarlas ir. Se repiten una y otra vez, y no puedo hablar con nadie al respecto porque mi mejor amigo ahora es mi novio...

—Hey... —Me besó con más fuerza—. ¿Dónde quedó eso de la confianza? Tal vez es esto lo que necesitamos, seguir siendo los mejores amigos a pesar de todo. Desahógate.

—No, ¿estás loco? No te voy a dar detalles de algo que te pueda lastimar.

—Tal vez soy más fuerte de lo que parezco. Cuéntame. —Pasó sus dedos por el cabello en mi mejilla, llevándolo detrás de mi oreja—. Si es lo que crees que necesitas para que él salga de nuestras vidas de una vez, hazlo.

Así, empecé a relatarle a Soto no lo ocurrido en el auditorio —no quería revelar los secretos de los Frey ni la participación de Verónika—, sino lo que pasó aquella madrugada luego de la fiesta de disfraces. Lo que pasó en el auto. Como si hubiese sido reciente.

Al principio le huía el contacto visual a Jesús Alejandro, siempre con la cabeza gacha y la voz trémula, deteniéndome a mitad de ciertos detalles porque me había puesto roja de vergüenza y no podía continuar.

Pero Soto estaba tan relajado, haciendo chistes y comentarios graciosos sobre cada cosa que le contaba. O acotando sus clásicas bromas obscenas para ponerme nerviosa. Era como los típicos comentarios de Wattbook en cada párrafo de una novela.

Durante ese momento, volvimos a ser amigos. Solo Soto y yo, sin acertijos de por medio.

Estaba describiendo cómo Axer se masturbaba, las obscenidades que me decía mientras yo estaba expuesta y deseosa de su tacto. Describí sus gestos, su cuerpo, el ritmo y la intensidad con la que se castigaba, y a medida que me volvía más explícita, Soto se quedaba sin respiración. Le costaba tragar, y cada vez lo disimulaba peor.

Entonces me fijé en la diferencia que había en su short. La dureza que casi lo atravesaba.

—Parece que no eres el único que quiere escuchar el final de la historia —bromeé con picardía y Soto me alejó la cara con su mano para que me callara.

Pero volví a él, desatando los nudos del short para poder meter mi mano en su bóxer y acceder a lo que me importaba de aquella situación.

—Sina —susurró tembloroso.

—Cállate y escucha el resto —le dije empezando a hacer presión en su longitud, moviendo la mano de arriba hacia abajo.

Cedió. Se echó hacia atrás para quedar acostado mientras mi mano y mi boca contribuían a su placer, una por estar jugando en su entrepierna, la otra por continuar el relato que lo mantenía erecto.

Le conté todo, incluida la bofetada, cómo me restregué en la pierna de Axer como si necesitara aquel contacto para poder respirar, y sentí cómo sus músculos se contraían presagiando el fin hasta que comenzó a llenarme la mano de chorros y chorros de semen.

—Espera —me dijo quitándose la camisa para luego lanzarla hacia mí.

La atrapé y la usé para limpiarlo a él y a mi desafortunada mano.

Se veía muy bien sin camisa, luciendo cada tatuaje en su piel. Así tal cual se sentó en la cama para besarme con una alegría que solo podía atribuir a su gratitud.

—La próxima vez cierra con seguro, Monte. Mi mamá me hubiese matado solo para volverme a parir y volverme a matar si hubiese entrado y nos hubiera encontrado así.

Un chiste muy bueno, pero yo no tenía ánimos para una jodida broma más en la vida.

Y Soto lo notó.

—¿Qué pasa?

Alcé la vista, encarándolo con hielo en los ojos. Si las miradas hiciesen daño, la mía debería haberlo estado estrangulando en ese momento.

—Te gusta.

—Obvio que me gusta lo que haces, eres muy bue...

—Cállate, Soto, cállate. O te voy a cachetear, te lo juro.

Frunció el ceño hasta que sus cejas casi se tocaron. Se le notaba un desconcierto enorme por mi reacción.

—¿Y a ti qué mierda te pasa?

—Te gusta *él*.

—No sé...

—No te atrevas a negarlo.

Me levanté de la cama, dispuesta a alejarme para no agredirlo. Cuando estuve más cerca de la salida que de él, le dije:

—Estás conmigo porque quieres llamar su atención.

—¡¿Qué?! ¿Te pica el culo, Sinaí? ¿Qué te fumaste?

—Niégalo.

—Eso hago.

—¿No has estado hablando con él? —presioné—. ¿No me has ocultado sus encuentros, llamadas y...?

—¡¿Y eso qué?! ¡Siempre ha sido hablando de ti!

—Dame tu teléfono —exigí con los brazos cruzados, y me di cuenta de que eso lo puso a la defensiva.

—¿Por qué?

—Si no tienes nada que ocultar, si no voy a encontrar nada que delate tu atracción por él, dámelo.

Soto se llevó las manos a la cara y respiró, primero frustrado, luego como si tratara de calmarse.

—Sina... Lo sé, fue raro lo que acaba de pasar, pero no fue por él. Es que la idea de que otro te coja me excita, es eso. Solo es una fantasía, no es por él.

—Eres tan buen mentiroso... ¿Cómo no me di cuenta? —La voz se me quebró a esa altura, pero me obligué a reponerme al instante—. ¿Qué más me has ocultado?

Abrió la boca y la cerró varias veces con perplejidad hasta que decidió soltar su hiel en un tono que en otras circunstancias me habría dolido mucho más.

—Pero ¿tú por qué carajos chillas, hipócrita? Si él te encanta y me lo has dicho mil veces, acabas de masturbarme hablándome del orgasmo que te dio y ¿vas a llorar porque sospechas que me gusta?

—No me hubiese importado que me dijeras que te gusta, esto es distinto. Me hiciste tu novia, imbécil. ¡Estás jugando conmigo, carajo!

—No. —Empezó a reír con descaro, como si acabara de contarle el chiste del siglo—. La que juega eres tú. Conmigo. Con él. Con todos.

—Mentira. —Negué tantas veces con la cabeza que hice caer una de mis lágrimas en el proceso. Eso sí me había dolido—. Contigo nunca.

Él se carcajeó, pero yo seguí hablando a pesar de su risa.

—Te fui de frente en todo momento, no te rías como si no fuera así. Eras mi aliado, no hice nada que te involucrara sin preguntarte y jamás planeé nada que te perjudicara. Y te fui honesta. Sabías que me gustaba él.

—Y me fuiste infiel.

—Ahora sí estás siendo un payaso. ¿Cuántas veces te dije que no? Dime, Soto. Dime cuántas veces te repetí que no quería ser tu novia. Pero insististe.

—¿Y qué si insistí?

—¿Por qué harías eso si sabías que no me sacaba a otro de la cabeza?

—Porque pensé que tarde o temprano...

—¡No me repitas esa mentira! —Ya era tarde, ya estaba llorando—. Yo sé que la decisión final de estar contigo era mía, y te dije que sí, aunque fuese la presión del momento. Fue muy reciente, ni siquiera lo asimilé, pero tarde o temprano me habría sentado a buscar una manera decente de terminar esto porque estoy loca por otro, y tú lo sabes. Si insististe en que dijera que sí, fue porque te valía mierda si te era infiel o no, porque lo único que te importaba era él. Su atención. Seguir la competencia.

—Mira, Sinaí, estás actuando como...

—Ahora lo veo. Me manipulaste, me cargaste con tus lamentaciones, haciéndome sentir miserable por algo que yo no controlo. Me obligué a fingir que siento lo mismo por ti y que puedo ser solo tuya porque tú no aceptabas otra respuesta y no quería perderte. Me complicaste las cosas con una persona que sí me interesaba. ¿Y por qué? Dime, Soto, ¿por qué llegar a eso si estábamos bien, si ya cogíamos? Y no repitas esa mierda de que querías presentarme a tu madre, porque a estas alturas sigues sin decirle la verdad sobre nosotros. Ni a ella ni a María.

—Lo haré cuando...

—Soto, cállate, en serio. Como tu amiga jamás hice nada para dañarte, como tu novia... asumo mi error. Te fui infiel, y no sabes lo miserable que me sentía al respecto creyendo que sentías algo por mí en serio; no porque me arrepienta de lo que hice, sino porque entiendo que lo jodí todo al hacerme tu novia. Y a ti no te duele una mierda porque ya lo sabías. Lo esperabas. Lo necesitabas para poder restregarle en la cara a Axer que lo que se come es tuyo. Y a mí no me importa que te guste otro, me quiebra el alma que yo estaba dispuesta a al menos intentar renunciar a él por ti, por no herirte, pero tú eres tan maldito que te burlaste de mí, me engañaste y utilizaste. ¡Te valgo verga, maldita sea! Si somos amigos, si querías darle celos, pudiste haberlo pedi...

—No.

Se levantó con el rostro iracundo y la mandíbula tensa, conteniendo la rabia. Se quedó de pie delante de mí, esperando mi reacción.

—¿No? ¿No qué?

—No funciona así —explicó. A pesar del torbellino en su rostro, su voz estaba dolorosamente tranquila—. Mira lo bien que me salió la última vez que te pedí ayuda: me besaste delante de todos, se puso celoso y cogieron luego de la fiesta. Eso me dijiste cuando te pedí que fueras mi novia, que habías estado con él. Y sé que fue esa noche.

—¿Qué mierda me estás diciendo, Soto?

—Tenerte de novia hacía todo más fácil, pensé que me pedirías un trío, que te mantendrías lejos de Axer por sentirte culpable o que pasaría justo esto. Estarías con él y eso me daría la oportunidad de restregarle en la cara que eres mía. En eso tuviste razón. De hecho, debo admitir que no pensé que te dieras cuenta. Siempre has sido tan fácil de manipular que... Mi bofetada le calló la boca.

—Eso no fue por mis sentimientos —escupí mientras se tocaba la mejilla golpeada mirándome estupefacto—. Fue por subestimarme, imbécil. Tenías ventaja porque te creí la única buena persona en mi vida. Tú mismo me lo dijiste antes, que yo estaba paranoica al tomar todo como una estrategia. Pero ahora te jodes, ¿okay? No volveré a confiar en ti.

—Mejor. Así no creerás cuando te diga que tenía otros motivos para acercarme a ti, y no solo él.

—¿Sentimientos? ¿Me vas a decir que lo que sentías por mí fue real?

Él se mordió la boca para no reírse en mi cara.

—Nuestra amistad —se burló—. Y las ganas, claramente. Pero jamás habría podido renunciar a nada por ti por ser tu novio. Éramos iguales en eso.

Estaba llorando tanto en ese momento.

—En serio ahora mismo no te soporto —expresó con una risa de incredulidad contenida—. Tu lloradera, tu hipocresía. ¿No es lo mismo que te pasaba a ti?

—¡Pero yo nunca te engañé! ¿Te hice creer que quería una historia de amor contigo? ¿Alguna vez te dije que renunciaría a todo por ti? ¿Que quería presentarte a mi mamá? Tú me hiciste creer que era especial, me diste lo que sabías que me faltaba en Axer porque sabías que era la única manera de hacer que yo quisiera aferrarme a ti.

—Pues bienvenida a la realidad, amiga. No existe nadie especial, solo distintos grados de interés hacia otras personas. Y el que sentí por ti no valía todo lo que tú querías que fuera.

Entonces me rompí por completo.

—¿No es la honestidad que querías? Ahora ya podemos ser amigos de verdad, ya somos los mismos malditos sin máscara.

—Púdrete, Soto. Y, si antes no me importaba, ahora te diré esto muy claro usando tus mismas comparaciones: mi grado de interés hacia Axer lo supera todo en esta vida. Tú eras el que equilibraba mi balanza, pero, ahora, si te acercas a él, te voy a demostrar quién es la maldita con la que has estado jugando.

6

Wrecking ball

ELLOS

María estaba acostada en la misma cama en la que llevaba al menos tres días sin levantarse más que para cumplir con sus necesidades fisiológicas. Le habría gustado no estar tan viva en ese momento. Le habría encantado que su sueño no tuviera por qué interrumpirse, o al menos que al estar cubierta con el edredón por completo desapareciera todo.

Pero la realidad siempre volvía a tocar a su puerta. Y la realidad de ese día fue su hermana, Génesis, quien abrió luego de dos golpes para decirle:

—María, tienes visita.

—No quiero visitas —gruñó la rubia debajo de la sábana—. Dile que se vaya. Y preferiblemente a la mierda.

—Tarde —contestó Soto entrando detrás de Génesis y lanzándose a la cama de María—. Vengo de allá.

La hermana de la rubia salió del cuarto, no sin antes cerrar la puerta. Cuando los amigos se quedaron solos, Soto intentó desenterrar a su amiga de debajo del edredón. Ella luchaba, pero terminó por perder, así que se tapó la cara con la almohada para ahogar un grito de «odio todo».

—Te dije que no vinieras —espetó a su amigo, que se quitaba los zapatos para arroparse bajo la sábana con ella—. ¡¡Qué haces?!

—Soy un buen huésped y me quito los zapatos antes de subirme a tu cama.

—¡Soto, hueles a pata, baja tus sucios pies de mi colchón!

El muchacho la miró de arriba abajo en respuesta con el ceño fruncido.

—Por la pinta que tienes, mis pies son lo más sucio que le ha pasado a tu colchón en meses. ¿Qué pasa? ¿Estás yendo a la iglesia?

—Será al infierno —gruñó María señalándose—. Me estoy muriendo, ¿no me ves la cara?

Su amigo chasqueó los dedos en comprensión.

—Así que por eso no has ido a clases. Pensé que te habías lanzado una de las de Sinaí.

—Nada que ver. Solo los cerebritos pueden darse el lujo de faltar tres meses y aun así pasar el año. Yo pierdo una evaluación y no me salvan ni las oraciones de mi abuela.

Soto se acostó junto a María, sintiendo el calor febril de su amiga resfriada, y la abrazó a pesar de sus empujones.

—Soto, coño, deja ser tan pegajoso que seguramente ni te has bañado.

—Mira quién lo dice, la que huele a muerto. ¿Qué tienes tú? ¿Falpismo? Ya sabes, falta de pinga en el organismo.

María le pellizcó el brazo, por lo que Soto se alejó de ella chillando.

—Dale gracias a Dios que no fue una bola. Te voy a clavar una cucharilla lentamente por el culo para que sigas hablando paja. No tengo ningún falpismo. Ni sé qué tengo. Mis padres me van a llevar al médico en unos días.

—¿Cuando te mueras?

—Cuando no se me pase con fe y rezos. —María tosió y expulsó una flema en el pañuelo que tenía entre las manos—. Te dije que no vinieras, no sabes lo incómodo que es estar así contigo al lado.

—Y yo que te iba a pedir quedarme a dormir.

—¿Estás loco?

—Sí, pero ese no es el punto. ¿Puedo o no?

—¡Claro que no! Anda a dormirte en tu Monte, que por andar pegado del culo de ella me abandonaste. Ni un mensajito.

María se volvió para mirar a su amigo y se dio cuenta del cambio en su expresión, el disgusto, el sabor amargo que habían dejado sus palabras.

—¿Qué?

Él no dijo nada, seguía serio. Sus ojos habían enrojecido como si fuese él quien tuviese fiebre. Los músculos de su mandíbula sufrían espasmos por la tensión, y María empezó a preocuparse.

—¿Dije algo malo?

Soto negó con la cabeza y se dejó caer sobre el colchón, tapándose el rostro con las manos.

María se le lanzó encima para quitarle las manos de la cara, a tiempo para ver el gesto descompuesto de su amigo. Le estaba gritando desde dentro con la máscara agrietada.

Jamás lo había visto así.

—Jesús Alejandro, hazme el favor y explícame qué carajos te pasa.

—La cagamos.

Su garganta estaba tan agrietada y adolorida que la voz salió herida, apagándose al final de la frase, y en sus ojos apareció la tan indeseada humedad que causa la pena.

—¿Qué cagamos? —insistió María sin entender—. ¿Qué hice?

Soto carraspeó y se sentó.

—Tú no hiciste nada, pendeja.

—¿Entonces?

—Sinaí.

Las pupilas de María se dilataron al oír su nombre. Aunque no entendía nada, no necesitaba mucho para aborrecer cualquier cosa que hubiese convertido a su mejor amigo en aquel despojo herido.

—¿Qué hizo? ¿Qué pasó?

Soto se mordió los labios, sabiendo el regaño que iba a llevarse cuando soltara la primera parte del chisme.

—Terminamos.

—Ah. —María se cruzó de brazos conteniendo las ganas de saltarle encima a su amigo con una correa—. Vamos, cuéntame por qué no aguantas la risa. Ya sabes lo que te voy a decir, así que dilo tú.

—Me vas a matar, ¿verdad?

—¿Sabes el palo con el que medio mataste a Lucas? Tengo muchas ganas de buscarlo en este momento y metértelo por el...

—Yo sé, yo sé. —Soto se llevó las manos a la cabeza agarrándose el cabello—. Tenía que haberte dicho apenas empezamos la relación.

—¡Tenías que haberme hablado antes sobre tu deseo estúpido de empezar una con ella! ¡Me dijiste que no te gustaba!

Y en eso Soto no había mentido, al menos.

—¿Yo te digo a ti que me preguntes cada vez que te vas a coger un tipo? —argumentó el muchacho.

—No seas cínico, Jesús Alejandro. Yo siempre te hablo claro de todo lo que hago, de los tipos con los que estoy cuadrando, de todo. ¿Por qué no pudiste confiar en mí?

—¿Me habrías dejado seguir detrás de ella?

—¡Por supuesto que no! Te habría sacado de ahí por los pelos. Esa chama está partida por otro y tú lo sabes. Eres demasiado bueno para ella, eres demasiado bueno para cualquiera, Soto, eres un ser humano increíble, pero... a veces no se trata de lo bueno que seas. El corazón quiere lo que le da la puta gana de querer, y tú no podías cambiar eso.

—Gracias por hacerme sentir mejor, ¿eh?

—¿Eso te hizo sentir mal? Pues espera, porque se viene peor el regaño. Pero necesito contexto primero. —María agarró a su amigo por la camisa, atrayéndolo de manera amenazante—. ¿Qué te hizo?

—Me engañó, ¿qué más?

—Esa maldita puta...

—Dijo la reina de la putería.

María se volvió hacia Soto con una mirada que le cerró hasta la boca del culo.

—La voy a matar —sentenció María.

—No, ni se te ocurra. No le dirás nada. Nada de lo que te conté ni de lo que sabes. ¡Nada! No es su culpa...

—¿Que no qué? ¡Claro que es su culpa! Esa vaina se la puedes hacer a un desconocido, pero no a alguien que fue tu amigo. Jamás. Si sabes que te gusta otro, no te haces novia de alguien que aprecias para luego serle infiel. Te juro que la mato.

—María, que no. ¿Okay? Ella no tiene la culpa de que yo no sea lo que ella quería.

—Tiene toda la maldita culpa de no haberte dicho eso a la cara. Tiene culpa de hacer que te ilusionaras con que había una posibilidad. ¡Deja de ser tan pendejo!

—¡No quiero más drama! Más bien agradezco que no tengamos que verla más en el liceo. Solo quiero alejarme de ella para toda la puta vida y olvidar lo que pasó. Y necesito a mi amiga.

María recordó el ánimo con el que Sinaí le escribió para decirle que había estado con Axer. Recordó que esa misma tarde se vieron en casa de Soto para jugar a Stop. Recordó que, cuando ella llegó, Soto y Sinaí ya estaban juntos. Recordó que Soto hizo lo imposible para obstinarla hasta que se fue y los dejó solos. Porque ya eran novios, obviamente. Y Sinaí tan tranquila le confesó su infidelidad, aprovechándose de que su relación seguía siendo un secreto.

«Maldita zorra».

María sufrió con la grieta en el corazón de su amigo, tan profunda que podía verla sangrar incluso a través de la ropa. Ese chico lleno de complejos, el mismo que por años no había intentado nada con una chica por no sentirse suficiente, por miedo al rechazo. Y ahora que al fin se arriesgaba con una, una que fue su amiga, la muy puta le estrujaba el corazón con las manos sucias.

—Prométeme que no dirás nada, María Betania.

—No voy a...

—Prométemelo.

—La puta madre, Soto. Sí. No voy a decirle nada. Pero ¿qué pretendes que haga?

—Te pediría un abrazo, pero en serio hueles a culo, anda a bañarte.

María puso los ojos en blanco y se levantó de la cama, buscando sus zapatillas.

—¿Adónde vas?

—Al baño. —María agarró su teléfono para revisar Instagram mientras estaba en el baño—. Si te quedas, no quiero berrinches, porque me voy a pasar toda la noche tosiendo.

—Tranquila, hasta te hago una sopa si quieres.

—Si metes la mano en la cocina, mi mamá te la corta.

Cuando María llegó al baño recibió una llamada.

No quería contestar. No debió haberlo hecho. Pero la rabia la consumía, y tenía que aliviarla de algún modo.

—¿Qué quieres? —espetó con frialdad a Sinaí al otro lado de la línea.

—María, necesito...

Sonaba tan, pero tan mal... María empezaba a entender cómo Soto había caído en sus redes si era tan buena manipuladora.

—¿Qué necesitas?

—Hablar. Salir. Correr. Lo que sea, eres mi única amiga justo ahora y...

—Era.

—¿Perdón?

—¿Para qué llamaste? ¿Para hacerte la víctima conmigo? ¿Para contarme una versión modificada de tu crimen y ponerme de tu lado? La cagaste y lo sabes. Y te lo advertí, te advertí que no te convenía hacer esto. He pasado media vida con Soto, e incluso así decidiste ponerme a elegir. Estúpida. No sé en qué pensabas, pero, ya que insistes, aquí está mi elección: él. Siempre será él.

—María, pero yo...

—No vuelvas a llamar.

Sinaí, al otro lado de la línea, estrelló el teléfono contra la pared. No es como si tuviera a alguien a quien escribirle después de eso. No es como si existiera un amigo al otro lado de la línea esperando a escucharla.

El teléfono era lo que menos le dolía perder.

El teléfono quedó menos destrozado que ella.

Entró en el cuarto de su madre, llorando como en el peor de los lutos, sintiéndose la perra que le hicieron creer que era, odiando todo de sí porque no podía cambiarse.

Su madre estaba en una llamada, pero la culminó apenas la vio, sentándose en la cama con cara de preocupación.

Corrió a abrazarla, pero las piernas de Sinaí cedieron y finalmente cayó al suelo, arrastrando a su madre con ella

—¿Qué te hicieron, mi niña? —preguntó la madre. Contenía a su hija mientras temblaba de espasmos por el llanto, acariciaba su cabello empapado de lágrimas y mocos.

—Nada —musitó su hija sin voz luchando contra los sollozos—. Me vi en un espejo y odié lo que vi. Quiero... —La voz le temblaba de odio y dolor—. Quiero destruirlo.

—Creo que me he visto en el mismo espejo que tú antes, hija. A ojos de otras personas siempre vamos a ser aborrecibles. Siempre seremos unas perras.

—Lo odio, mamá. Me arde el pecho. Estoy... —Sinaí no podía ni hablar de tanto sollozar—. ¿Qué puedo hacer para cambiar eso?

—Nada. Lamentablemente esa es una huella que ni yo puedo borrar por ti. Pero algo sí puedes hacer.

—¿Qué? —La joven subió el rostro esperanzado, buscando en los ojos de su madre cualquier cosa que le quitara el dolor—. ¿Qué hago?

—Darles la razón. Cuando asumas quién eres y te aceptes, nunca te volverá a doler que te llamen perra, porque tú ya sabrás que lo eres.

—Pero suena tan... solitario.

—El amor propio es así, hija. Es solitario. Porque ya nunca necesitarás a nadie. Porque lo que te ofrecían para que te aferres a ellos ya no será suficiente. Porque pocos tendrán el coraje para arriesgarse a cumplir tus expectativas. Y nunca estarás sola, no del todo. Seremos perras juntas.

—Eres mi única amiga, mamá.

—Lamento mucho que tuvieras que darte cuenta de esta forma.

7

Never be the same

AXER FREY

—Soto, ¿no? —preguntó Axer acercándose al chico de la barra. Un muchacho tranquilo vestido con una camisa de algodón gris y un jogger negro, lo único que lo hacía destacar en aquel lugar eran los tatuajes y el hecho de que era el único sin uniforme ni ropa de alta costura.

—Para los panas —reconoció el muchacho alzando su trago hacia el ruso recién llegado.

Axer pidió un trago para sí mismo, aunque de camino no había tenido intenciones de beber nada. Una vez cerca de la barra decidió sucumbir al antojo.

—Me encanta tu sala de espera, por cierto —comentó Soto señalando a su alrededor mientras a Axer le servían su propio trago—. Así a cualquiera le provoca esperar.

—Esto técnicamente no es una sala de espera. La sala de espera no es para los trabajadores, es para quienes esperan —repuso el ruso.

—Bueno, técnicamente no soy un trabajador y estoy esperando por mi entrevista, así que...

—Para los que esperan a ser atendidos —corrigió Axer—. Y serás un trabajador.

—Si no la cago.

—No la puedes cagar. Tu jefe tiene la orden de contratarte, no es como si pudiera decidir de pronto que no te quiere dar el trabajo.

—¿Y para qué es la entrevista?

Cuando a Axer le dieron su trago, ambos caminaron hasta la hilera de asientos, ocupando una de las mesas de cerámica de la sala de espera en el vestíbulo del edificio de los Frey.

—Ah, no te entrevistará tu jefe —explicó Axer con tranquilidad bebiendo el primer sorbo de su vodka—. O sí, pero el jefe del jefe de tu jefe.

Mientras Soto se sentaba miraba al ruso con cara de espanto, y no precisamente por cómo iba vestido. La camisa blanca, la corbata verde esmeralda a juego con la piedra de su anillo y su rubio cabello peinado hacia atrás le daban un aspecto del que nadie podría horrorizarse.

—¿Y ese quién demonios es? —cuestionó el venezolano disfrazando su nerviosismo con humor—. ¿Chávez?

—Mi padre.

Soto no pudo disimular el ataque de tos que siguió a esa respuesta. Parte de su trago había viajado a su nariz y las maniobras que se le ocurrían para sacarlo de ahí no eran muy apropiadas para la elegante ocasión.

—¿El ministro? —preguntó luego de recuperarse limpiándose la boca con el dorso de la mano—. ¿Por qué demonios el ministro de Corpoelec se tomaría la molestia de entrevistar a un carajito equis en la vida, optando por el puesto más equis en el ránking de los puestos equis de su empresa?

—Para joderme, básicamente. —Axer se bebió la mitad de su trago con amargura luego de contestar—. Le pedí el favor de que te diera trabajo, ¿crees que no va a indagar por qué lo quiero? Él indaga acerca de todo. Así que..., te hará unas preguntas. Pero no te preocupes, solo querrá corroborar que no eres un delincuente o un espía del FBI.

—¿Por qué el FBI querría meter sus narices en el trabajo de tu padre? ¿En realidad Frey's Empire es un negocio de narcotráfico y el hospital es un lavado de dinero?

Axer no se tomó con mucho humor el comentario y sus siguientes palabras las espetó con brusquedad.

—¿Te pareció que era solo lavado de dinero cuando salvaron tu vida?

—Oye, pero no te alteres, era un chiste.

—No vendemos drogas, y hazte el favor de evitar ese tipo de preguntas y comentarios cuando estés frente a mi padre.

—Pero dijiste que no la podía cagar.

—Pero en tres minutos de conversación me has hecho cambiar de opinión. Felicidades, batiste un récord.

Soto tuvo que hacer un esfuerzo para que la risa no se escapara de su boca, pero aquello solo hacía más evidente la expresión de burla en su rostro. Axer negó con la cabeza con una expresión impasible en la cara, y prefirió ignorar sus impulsos bebiendo más de su vodka.

—Te estás arrepintiendo de este favor, ¿verdad? —presionó Soto, quien estaba al tanto de la manera en la que el ruso evitaba hacer contacto visual.

—Aquí donde me ves, mi mente repite cada dos segundos: «Sé comprensivo, el muchacho casi muere. Sé comprensivo, sé comprensivo, sé comprensivo...».

—Tu mente debe de ser una tortura.

Axer alzó una ceja como confirmación y se levantó antes de decir:

—Necesito otro trago.

—Que sean dos, entonces —añadió Soto antes de beberse todo lo que quedaba en su vaso.

—No abuses, no soy tu mesero.

—No pretendía que me lo buscaras —repuso Soto levantándose con una sonrisa triunfal.

Axer se resignó y le permitió acompañarlo a la barra, pensando que los atentados de ese chico a su paciencia habrían sido justificación suficiente para dejarlo morir aquel día.

—«Muchacho» —repitió Soto de pronto.

—¿Qué? —inquirió Axer desconcertado.

—Me dijiste «muchacho» hace rato. —Soto empezó a reír como si aquella palabra fuese un chiste—. Hablas en serio como un viejo.

Axer se mordió la lengua y apresuró el paso hasta la barra, donde por suerte uno de los hombres del servicio estaba libre.

—El mío doble, Roman, por favor —pidió apresurado.

—Gracias, por cierto —añadió Soto cuando el tal Roman se marchó en busca de los tragos—. Sé que no debe ser fácil para ti hacer esto cuando hemos sido... bastante hostiles el uno con el otro.

—Hostiles —repitió Axer con una mueca complacida en los labios—. Un bonito eufemismo para maquillar la realidad.

Soto se ladeó en la barra para quedar frente a Axer.

—¿Qué realidad? —preguntó interesado.

—Que yo mismo te habría matado, o habría sido capaz, si no hubieses... Si no hubiésemos casi muerto juntos. Y a mitad de una de nuestras hostilidades, cabe recalcar.

Cuando les entregaron sus bebidas, Axer rodeó el vaso de vidrio con la mano en que portaba el anillo con la esmeralda y lo alzó hacia Soto en un gesto de brindis.

—Salud por eso —dijo—. Porque no seré un asesino.

El venezolano forzó una sonrisa y aceptó el brindis en silencio, pero dejó que Axer bebiera el primer sorbo sin él reaccionar. Cuando el ruso al fin tragó fue que se dispuso a hablar.

—No puedo creer que ella te guste tanto —divagó Soto soltando sus palabras en susurros casi para sí mismo—. Dices que me habrías matado, y tu único motivo eran los celos...

—No soy bueno manejando impulsos —repuso Axer, lo cual era una falsedad enorme, ya que su vida se basaba en poder controlar todo, incluidas sus compulsiones—. Además, ¿no eran los mismos motivos que tenías para odiarme? ¿Los celos?

—Ah, todavía te odio. Eso no lo dudes. Tal vez hasta más que antes.

—Ah, pues de nada.

Axer bebió en respuesta a eso y luego se giró hacia el área que estaba más allá de la barra.

—Puedes pedir comida si quieres. No sé si tu alcoholismo te deja verlo, pero lo de al lado de la barra es un restaurante.

—¿Tanto se va a tardar tu padre en atenderme?

—No lo sé. Se tardará lo que le antoje tardarse. Necesita probar tu paciencia.

—¿Tan buen jefe es? —inquirió Soto con sarcasmo.

—Es un jefe atento y excepcional, implacable solo cuando lo amerita. Pero como padre... —Axer movió la cabeza de forma dubitativa—. Es siempre el reto más complicado, el que saca las mejores, y peores, versiones de sus hijos. —Axer bajó el rostro, las mejillas contraídas en una sonrisa mientras negaba con la cabeza—. Es el mejor.

Soto pensó en ese instante que Axer estaba loco. Eso, y que tenía una hermosa sonrisa.

—Hablando de padres, mi madre todavía no puede creer esto —comentó Soto—. Cuando la llamaron para avisarle de que me estaban entrevistando para Frey's Empire prefirió creer que estaba en un programa de bromas de algún tiktoker a que era en serio.

—E hizo bien —comentó Axer por lo bajo reprimiendo las ganas de reír.

—Creo que siempre esperó que de un día a otro le dijera que me metí a malandro.

—¿Qué es un... «malandro»?

Soto casi escupió su trago al escuchar a Axer pronunciando aquella palabra con su acento ruso.

—Un malandro, coño —explicó limpiándose lo que había chorreado del trago en su reacción—. Los que roban teléfonos en moto y esas cosas.

—Un delincuente.

—Le quitas la diversión hasta al malandrismo —refunfuñó Soto con hastío—. Te falta cultura de pana.

—¿Cultura? Cultura te falta a ti. Deberías estudiar aunque te contraten...

—¿Aunque? ¿No que *tienen* que contratarme?

Axer contuvo la respiración para no cometer una desgracia solo por lo mucho que le estresaba la interrupción.

—Eso —aceptó con paciencia—. Igual deberías estudiar. No puedes pretender ser almacenista en un hospital toda tu vida, ni aunque ese hospital le pertenezca a Frey's Empire.

—¿Quién dijo que ese era mi plan?

—Ah —dijo Axer con escepticismo—. El niño tiene un plan.

—Uno brillante, por cierto.

Axer contuvo las ganas de reír.

—No te creo una mierda, pero, a ver, cuéntame.

—Voy a enamorar a una de las doctoras, y dejaré que ella me mantenga. Preferiblemente si es cirujana.

Axer se mordió la boca para mantenerla cerrada, y con una expresión de burla contenida se fijó en el frente para no hacer contacto visual con Soto.

—¿Qué? —presionó Soto con la misma sonrisita en el rostro—. ¿No me crees capaz de enamorar a una cirujana?

—Yo no dije eso.

—Pero lo pensaste.

—¿Ahora lees mentes?

Soto ignoró el comentario final y metió la mano en el bolsillo de su jogger para sacar un cigarro de la caja que llevaba consigo.

—Esta es zona de fumadores, ¿no? —se aseguró el muchacho.

—Sí, pero...

Pero Soto solo esperó el «sí» para encender el cigarro.

—Odio el humo —espetó Axer con hastío viendo a Soto inhalar casi la mitad de su cigarrillo de un solo jalón.

—¿Sí? —cuestionó Soto con escepticismo mientras botaba el humo—. Porque yo recuerdo una fiesta en la que parecía gustarte bastante.

—No me recuerdes esa *sukin syn* fiesta.

—Bien, pero no te alteres. De todos modos, mi pana ruso, volviendo al tema de los cirujanos... —Soto le extendió el cigarro—. Nunca subestimes el poder de un «muchacho» carismático y tatuado para enamorar.

—No sueñes con eso —lo cortó Axer con hostilidad—. No me harás fumar.

—Cuando despertamos juntos en el hospital me dijiste que esa noche habías bebido de mi vaso, pero aquí te comportas como si...

Axer le arrancó el cigarrillo de la mano sin dejarlo terminar, obstinado, solo para cerrarle la boca.

Le dio una intensa calada al cigarro, sintiendo el impulso de correr a lavarse la boca con cloro.

Pero tuvo que admitir, al menos para sí mismo, que le resultó estimulante la manera en que el humo escapaba de sus labios entreabiertos en espesas nubes mentoladas.

Solo por un segundo, porque después de esa primera y única calada le devolvió el cigarrillo a Soto.

—¿Ves? —molestó Soto—. No te moriste.

No hizo falta que Axer respondiera, ya que en ese momento la pierna de Soto empezó a vibrar y a los segundos comenzó a sonar la canción «Bailando» de Enrique Iglesias.

Soto sacó el teléfono del bolsillo.

—Ya vengo —dijo escupiendo el humo con la vista en la pantalla—. Me llama mi novia.

Al principio, Axer ni siquiera procesó aquellas palabras. Como si no tuvieran sentido, como si pertenecieran a un idioma que desconocía.

Luego, el malestar empezó a asentarse dentro de él, porque «novia» empezó a tener un significado que se metió en su cerebro como un parásito que se devoró todo rastro de su lucidez y buen humor.

En ese momento Axer empezó a transpirar, sacando cuentas a una velocidad de vértigo. Miró a lo lejos las sonrisas estúpidas de Soto al hablar con quien sea que estuviese al otro lado del teléfono y decidió que tenía que sacarse la duda de la cabeza.

Llamó a su gato de Schrödinger.

Y el teléfono sonó fuera de servicio.

Llamó otra vez.

Y otra.

Pero en todas tuvo el mismo resultado.

Cuando Soto volvió resplandeciente con su sonrisa, Axer le espetó:

—¿Desde cuándo?

—El genio eres tú, a mí me vas a tener que explicar con dibujitos a qué te refieres.

—Te burlas de mí. —Axer lo encaró con ganas de propinarle un golpe en la mandíbula—. Todo este rato te has estado burlando de mi amabilidad, ¿no? Estás aquí, triunfal, suponiendo que me ganaste y que yo no estoy ni enterado.

Soto ni siquiera se molestó en negarlo, solo se encogió de hombros.

—Un poco, sí. Me gusta ver cómo peleas en vano.

Axer empezó a reír con amargura, negando con la cabeza.

—Se nota tu amor por ella. Debe de ser abismal, teniendo en cuenta que me lo restriegas por la cara como el premio de un Happy Meal.

Soto soltó un bufido.

—No sé quién te dijo que la amo.

—¿Qué haces con ella, entonces?

—Es que me encanta ganarte.

—Ya. Entonces espero que consigas el premio que estabas buscando y que eso te consuele por ser la mierda que estás siendo.

Eso le borró a Soto la sonrisa de golpe. Fuera cual fuese la reacción que buscaba en el ruso, no era esa, así que con descarada hostilidad le dijo:

—No te creo tu moralidad, ¿sabes? No entiendo qué te hace pensar que tienes derecho a juzgarme si también estuviste jugando con ella.

—Ah, no, no quieras compararte conmigo. Porque yo le puedo mentir a todo el mundo, y lo hago, pero nunca me verás apostando los sentimientos de una persona que *realmente* me importa en una contienda con cualquier rival. Existen límites. Creo que te sobreestimé, pensé que ella te importaba. Pensé que eran amigos.

Eso era lo último que Axer tenía que decir con respecto al tema, pero al darle la espalda a Soto e intentar marcharse, este lo agarró por el brazo y lo obligó a regresar a la conversación.

—¿Es en serio? Dime que no estabas jugando con ella. Dime que no eras igual y hasta peor que yo. La buscaste para probar que podías tenerla, pero cuando descubriste que era fácil... la dejaste perseguirte y jugaste con ella a tu conveniencia.

Eso fue lo último que el ruso estaba dispuesto a tolerar, así que se dejó llevar por la parte más impulsiva de sí mismo y agarró a Soto por la camisa, acercándolo lo suficiente para que no se perdiera ni uno solo de los matices de la amenaza en su rostro.

—No me conoces, ni a mí ni a ella, evidentemente. No necesito explicarte las reglas de nuestro juego, basta con que entiendas que ella fue quien quiso empezar a jugar.

—Pues sálvala, ¿no? Aléjala de ti.

—Cállate. —Axer temblaba de ira, cada vez menos capaz de contenerse—. Solo dime... ¿desde cuándo están juntos?

La sonrisa de Soto se amplió hasta cubrir su rostro completo.

—Vamos, di lo que realmente quieres preguntar. Quieres saber si cuando estuviste con ella en estos días ya era mía. Quieres saber si no fuiste el primero en...

Axer lo soltó y se fue sin escuchar el resto, conteniendo una ira inflamable que cualquier roce podría detonar. Sabía que podía crear un caos a golpes, y que aun así no sentiría alivio.

Minutos más tarde bajó de su auto frente a la casa de Sinaí Ferreira, la culpable de su desquicio mental, la hacedora de sus tragedias y deslices.

La idea de que estuviera implicada en una relación con otro no debería significar para él nada más que alivio, pues eso implicaría que ya no había dilema ni tentación. Ella había tomado la decisión por él, salvándolo del error ético de desearla.

Pero lo que sentía no era nada cercano al alivio, porque la perspectiva de haberla perdido lo tenía temblando como un adicto.

Cuando llegó al frente de la casa de ella no tenía un plan, solo tocar y tocar el timbre hasta que alguien saliera.

Nadie salió, a pesar de que pasaron más de veinte minutos mientras esperaba una respuesta.

Cuando Axer volvió al edificio Frey quiso destruirlo todo, incluso a sí mismo. Pero se aferró a la idea de que todavía tenía una oportunidad de hablar con ella.

Y la siguió llamando, en vano.

Al día siguiente, volvió a su casa. Pero ella no había regresado. La casa seguía vacía.

Y Axer sintió el peso de la abstinencia, porque le faltaba su droga.

Empezaba a caer. No a su abismo, al de ella.

Porque ella era la nicotina después de sus errores y la heroína a la que recurría tras cometer cualquier desliz que ella misma ocasionaba.

Nazareth era la morfina que entumecía su peor versión, y perderla lo estaba obligando a sufrir en carne viva aquella necesidad que por tanto estuvo en coma.

Una semana más tarde volvió a la casa de las Ferreira, pero seguía vacía.

No perdía la esperanza de verla en clases, pero las vacaciones de Navidad habían empezado y no volverían hasta la segunda semana de enero, así que tendría que esperar o conseguirla en algún otro lado.

Y, en su espera, Axer no quería estudiar.

Axer no quería implicarse en el laboratorio con ningún paciente.

Hasta que un día, sentado por décima vez frente a la casa de Sinaí bajo una lluvia torrencial, llamó a la única persona que sabía que podía darle una respuesta.

Un comodín que había prometido no volver a usar.

—Vikky.

—¿Dónde estás, *sukin syn*? La cena de Nochevieja empieza en nada, y si no vienes...

—Necesito un favor.

—¿Ahora qué?

—¿Sabes dónde está Sinaí? ¿Puedes decirme?

—Tú... Siempre vas a su casa. ¿No vas a verla?

—Ya deja de monitorear cada paso que doy, Verónika. Y no. No vengo a verla porque *no está*.

—Dame un momento.

Verónika colgó y unas horas más tarde volvió a llamar, pero su respuesta no fue para nada alentadora.

—No puedo ayudarte —le dijo—. Adonde haya ido no dejó rastro, su teléfono ni siquiera está activo.

Axer colgó sin decir ni tan solo un gracias.

Su odio iba aunado a la necesidad, a la pérdida del control. A descubrir que, lejos de ella, no se hallaba a sí mismo. Que ya no conseguía placer en las cosas que antes eran su todo.

Perder la voz de Sinaí le hizo conocer el vacío de su ausencia y lo mucho que lo aborrecía. Porque hasta recordarla era doloroso. La adrenalina de su presencia había sido tanta que verse desprovisto de ella de un único golpe lo dejó desorientado, famélico y sediento.

Era un patético adicto en abstinencia.

«Empieza a gustarme jugar contigo, y eso no es bueno para ti», le había dicho una vez, pero era ella quien había estado jugando con él.

—Te odio tanto, mentirosa —dijo en ruso al dar una patada al asfalto mojado de la calle donde una vez había pasado a recoger a su gato de Schrödinger—. Te odio por irte y dejar este tablero vacío.

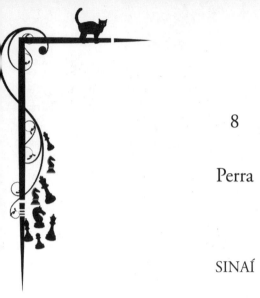

8

Perra

SINAÍ

Cuando regresé al liceo, no hubo una mirada que no estuviese puesta en mí.

Era el primer día después de las vacaciones de Navidad y todos los estudiantes habíamos sido convocados en el patio central para una reunión informativa. No había que ir uniformados, así que aproveché la oportunidad.

Me había puesto un *jean* holgado de cintura alta y cinturón ancho, con una camisa negra atada para hacerla pasar como un top. Pero eso no era lo llamativo, tampoco mi cabello azulado recogido en una cola que dejaba lucir la gargantilla negra en mi cuello, sino las cinco grandes y espectaculares letras rojas en mi camisa que formaban la palabra «PERRA».

María y Soto estaban juntos, y mientras uno me miraba con descaro, la otra evitaba hacerlo, aprovechando solo algunas oportunidades para estudiarme con disimulo.

Axer también estaba ahí, solo que un poco apartado del resto y apoyado en la estatua central, con las manos en los bolsillos y la cabeza ladeada. A pesar de la distancia, casi podía adivinar su mirada al otro lado del cristal de sus lentes.

Me mantuve al margen, recostada de uno de los postes frente a los salones para escuchar los anuncios de la directora para el nuevo lapso escolar.

Y estando ahí, sola, tuve que recordarme lo que esa mañana vi en el espejo, lo hermosa que me sentí, lo bien que se me daba caminar con mis botines. Tuve que recordármelo para alzar el mentón y convencerme de que todas las miradas hacia mí eran de admiración o de envidia, pero jamás de burla. Ya no.

La oportunidad de desaparecer surgió demasiado al azar, pero tomarla fue la mejor decisión de mi vida. De la iglesia a la que asistía mi madre salía un autobús para un campamento cristiano. A mi madre y a mí no nos importaba en absoluto el retiro espiritual, pero el viaje gratuito al otro lado del país era la oportunidad que nos hacía falta para desaparecer y tomar unas vacaciones navideñas como familia, como amigas.

Alejarme de todo lo que me recordaba a Soto y a María sirvió de mucho a mi paz mental, y rodearme de nuevas personas que desconocían mi pasado asocial ayudó a mi seguridad y autoestima. Porque me di cuenta de que yo era una persona atractiva a la que otros querían acercarse, que no me costaba tanto entablar una conversación cuando no estaba tan asustada por meter la pata, que había más personas con mis intereses y que lo extrovertida que podía llegar a ser, sobre todo en fiestas, hacía que otros quisieran rodearse de mí.

Así que pasé los mejores fines de semana en las mejores discotecas, pagando siempre en efectivo para impedir que Axer hiciera como con mi teléfono en el pasado y averiguara mi paradero. Pero no bebí nada, porque empecé a ir a terapia *online* y mi psicóloga me recetó una medicación que no debía mezclar con alcohol.

Mi depresión fue el detonante que empujó a mi madre a endeudarse con tal de ayudarme a salir del hoyo oscuro al que ni su mano podía llegar.

Y esa fue sin que mi madre tenga ni la más remota idea de la agresión que viví al comienzo del año escolar, cuando Julio, Jonás y Míster Doritos me jodieron de por vida. Pero por eso no se tiene que preocupar ella. De eso ya me estoy encargando yo. Me aseguraré de que Julio y sus amigos tampoco me puedan olvidar jamás.

En el tiempo que estuve lejos, mi madre y yo nos olvidamos de las tradiciones navideñas y preferimos invertir nuestra intimidad en ver series criminales juntas, apostando Ruffles a nuestras teorías de los posibles culpables.

En esos días extrañé tanto a Axer que casi caí en la tentación de escribirle por Wattbook para que me rescatara. Pero, justo por ese sentimiento, supe que tenía que ser fuerte y dejarlo sentir mi ausencia. Sabía que él quería algo de mí, me quedó claro esa noche en el auditorio; pero, si había una pizca de verdad en aquel rol de cursilerías al que jugamos hasta la medianoche, a eso apelaría con mi desaparición. Si podía hacer que me extrañara, retrasaría cualquier jugada que tuviese pensada con antelación.

Y entre todas las cosas que pensé en mi ausencia, me di cuenta de que todo ese tiempo había dado demasiada importancia a mi virginidad. Fui consciente de que mi primera vez pudo haber sido de Soto —como lo fue mi primer beso— y aunque fuese algo estúpido aborrecía la idea de tener que recordarlo para toda la vida como el idiota al que supuestamente «entregué» una parte significativa de mí.

Porque antes lo adoraba, pero pronto descubrí que cualquier persona puede decepcionarte. En especial aquellas en las que confías.

Así que renuncié a la idea de la virginidad, a que había algo de mí que «entregaba», que «perdía», durante el sexo, y a la asquerosa perspectiva de que un hombre podría marcarme.

Y con esa nueva convicción, me liberé. Me acosté con uno de mis nuevos colegas en uno de esos fines de semana de fiesta. Tuve sexo casual, monótono y lo suficientemente convencional como para casi hacer que quisiera radicalizar mi orientación sexual a «solo mujeres».

Y, a pesar de lo insípido que pudo haber sido, no me sentí devastada, no significó una marca para mí. Esa nueva liberación mental me hizo sentir mejor, mejor con la idea de que a partir de entonces cada vez que estuviera con alguien no estaría pensando en que estaban tomando algo de mí. Solo viviría mi sexualidad con la libertad que me merecía.

Al acabar la charla de la directora, di media vuelta sobre mis talones dispuesta a regresar a mi casa, pero una mano se cerró sobre mi brazo y me arrastró hasta la entrada de los baños del colegio.

—¿Qué mierda? —espeté soltándome del agarre de Soto.

—Tenemos que hablar, Sina.

—No me llamas Sina, Jesús. No seas cínico.

Él se mordió los labios y pasó un rato vacilando, como si no supiera cómo abordar la conversación que había planificado.

—¿Qué? —presioné, porque necesitaba oírlo.

Soto era como una uña encarnada en el camino de mi sanación. La idea de arrancarla era un horror, me enviaba punzadas de dolor cualquier mínimo intento; pero, si no lo hacía, me seguiría lastimando a cada maldito paso que diera. Tenía que enfrentar ese dolor, luego me encargaría de cicatrizar la herida que dejara.

—Nunca quise hacerte daño, Sinaí —dijo al fin.

—No. Tuviste toda la intención de hacerme daño, solo que ahora te arrepientes y desearías que todo hubiese sido diferente.

—¿Y no es eso lo mismo? —inquirió y empezó a acompañar sus palabras con gestos de sus manos—. No soy una mala persona, Sina, en serio. Y no creo haber hecho nada tan grave como para que me demonices como lo haces. Todos nos equivocamos, y al menos yo... Mírate.

Mi entrecejo se frunció de inmediato con esa última palabra.

—¿Qué es lo que quieres que vea? —solté cruzándome de brazos.

—Vamos, tienes que admitir que al menos me debes un poco de agradecimiento. Mira a lo que te empujé. Eres... Has vuelto a clases, te ves tan segura... Has mejorado.

—¿Intentas atribuirte mi mejora?

—Bueno, yo...

—Cállate, miserable. Sé lo que haces. Buscas cualquier logro al que aferrarte, buscas cabida para convencerte de que no todo lo que hiciste fue en vano. —Me reí en su cara, una carcajada cargada de ira y decepción—. ¿Crees que no lo sé? Tuviste suficiente tiempo para hacer tus movidas con Axer en mi ausencia, y ahí estaba... a tu alcance, pero tan inaccesible en realidad. ¿Y sabes por qué? Porque el problema no era que yo me interpusiera, el problema es que, si tú no le gustabas en un principio, no ibas a gustarle ni aunque le pusieras el tablero de cabeza.

Soto abrió la boca para replicar, pero le ahorré la vergüenza con un gesto de la mano. Aproveché la oportunidad para sacar todo lo que llevaba dentro.

—Y he estado pensando. En ti. En mí. En lo que hiciste. En todo. Y he llegado a concluir que no eres una mala persona. De hecho, puedes ser excelente en otras cosas. Tal vez seas un buen hijo. Tal vez seas el mejor vecino. Tal vez incluso puedes ser un buen amigo para otros. No lo vi antes porque estaba ciega, mirando el mundo en blanco y negro, y creí ciegamente en tu blanco absoluto, así que cuando me mostraste el lado negro... me cegué al resto, negué la existencia de lo demás. Solo existió esa mancha que nunca me dejaste ver.

»Hoy ya sé que te juzgué mal, ambas veces. No eres perfecto, tampoco eres el peor. Simplemente eres un ser humano hecho de distintos contrastes de gris.

—Entonces...

—Entonces, nada. Eso no influye en nada más que mi comprensión. Porque, independientemente de todo lo bueno que puedas ser, me demostraste que estabas dispuesto a sacrificarme por tus objetivos. Y, lo siento mucho, pero yo tengo la autoestima que a ti te faltaba y no pienso permitirte el perdón que añoras luego de que dejaras mis pedazos a la deriva buscando recomponerse con desesperación. Porque sé, Jesús Alejandro, que hoy te arrepientes, que sabes que hiciste todo por nada. Sé que nuestra amistad fue honesta, porque lo viví, y eso no puede fingirse. Y sé que te duele haberla apostado y perdido. Pero ya está. Lo hiciste. Y aunque hoy podríamos recuperarla, me demostraste que mañana, o tal vez en diez años, me volverías a apuñalar si mi sangre significase algún beneficio para ti.

—¡¿Pero cómo puedes sacar todas esas conclusiones de mí tú sola?! No sabes na...

—Sí, no sé nada. Y malgasté este monólogo con alguien que apenas merecía un adiós, pero no lo hice por ti. Lo hice porque necesito avanzar, y no puedo hacerlo con todo esto clavado en el pecho. —Suspiré negando con la cabeza. Esas palabras me dolían más de lo que quería reflejar, porque el contexto todavía me estaba quemando en las entrañas—. Así que suerte con tu vida, Jesús, y cuida a María Betania o te juro que yo misma te mataré.

Camino a la parada del autobús oí que un auto se detenía a mi lado. Me volví y casi me quedo sin oxígeno al ver quién conducía.

—Súbete —ordenó. Ni siquiera me miraba, tenía el rostro fijo en el frente, pero notaba la terrible tensión en su voz y en la manera en que sus manos aferraban el volante.

—Hola a ti también, Frey —ironicé con una sonrisa fingida.

—No estoy jugando, Nazareth, súbete.

—No me voy a subir al auto.

Volvió la cabeza. Tenía los lentes medio bajados y su mirada intensa se fijaba en mí por encima de la montura cuadrada. Y como en aquel primer juego de ajedrez, no cedí ante la presión. Me mantuve firme, desafiándolo con una ceja arqueada.

—¿Quieres que baje y te monte yo mismo?

—Por favor.

Juro que creí que eso lo había dicho solo en mi cabeza, pero pronto comprendí mi error cuando la puerta del piloto se abrió y Axer Frey salió a través de ella, cargado de un aura de seria determinación que me preocupó y emocionó al mismo tiempo.

Primero abrió la puerta de atrás, y antes de que pudiera al menos asimilar si quería impedirle lo que estaba por hacer, ya tenía sus brazos debajo de mis piernas y detrás de mi espalda. Me cargó e introdujo en el auto, arrojándome sin contemplaciones sobre el asiento trasero.

Mentiría si dijera que sentí algún tipo de indignación, porque lo único en lo que podía pensar era en las veces que fantaseé con ser arrojada así a su cama.

—¿Adónde carajos crees que me llevas?

Lo tomé por el brazo mientras se disponía a salir, no sé si para impedir que volviera al volante o porque me rehusaba a la idea de que se me bajara de encima.

Él se volvió a mí gracias a mi jalón. Con una mano me tomó por el cuello, tan abierta que su pulgar alcanzó mis labios y los presionó con maldad, como si quisiera limpiarme la boca.

—Debes dejar las malas palabras, no es con ellas con lo que deberías ensuciarte la boca.

Él no entendía el daño que le hacía a mi perversión con sus provocaciones. Mi mente no tenía salvación, y si él seguía contribuyendo a darle rienda suelta... No podía comportarme con decencia si él jugaba así conmigo.

Me grité, una y otra vez, que no debía caer, pero es que a su dedo en mis labios no podía dejarlo ir sin un saludo. Así que lo besé, y recibí con alevosía cada centímetro que él introducía dentro de mi boca. Lo chupé, mirando a su dueño a los ojos, e hice presión con mis dientes en su punta mientras lo sacaba.

—Bonita bienvenida la tuya —bromeé.

—Tú lo dijiste una vez, no somos normales. Un «hola» habría sido demasiado predecible.

Confirmado: no iba a superar a ese tipo en la vida.

—Entonces cierra la puerta, Frey, y sigue ensuciándome la boca.

Pero él seguía tan serio, inmune a mis provocaciones. Había una ira que lo mantenía enfocado en un único objetivo en ese momento, y no era embestirme contra el asiento.

—Te ensuciaré lo que quieras luego, Nazareth. Antes tenemos que hablar.

Rodé los ojos.

—Okay, hablemos. Desahógate.

—Aquí no.

Hizo ademán de alejarse, pero de nuevo lo tomé por el brazo.

—¿Adónde me quieres llevar?

—A mi casa.

—Olvídate de eso, no voy a ir a tu casa.

Axer alzó una ceja con escepticismo.

—¿Por qué?

—Porque no quiero.

«Mentirosaaa».

El arco en su ceja se pronunció todavía más y sus labios se torcieron en una sonrisa burlona.

Ni él me creía. Ni yo me creía.

—No voy a ir, te estoy hablando en serio —insistí.

—¿Es por tu novio? —inquirió Axer con desprecio en su voz.

—Pero... ¿de qué mierda me estás hablando?

—Jesús Soto.

Por un segundo mi cerebro quedó recalculando hasta mi fecha de nacimiento. No sabía qué tanto sabía Axer, pero no era momento de dar explicaciones.

—No es por ningún novio. —Esa vez lo empujé y me bajé del auto—. Si quieres hablar conmigo, hablamos aquí. A tu casa no me vas a llevar.

A pesar de mi hostilidad, su sonrisa se expandió como nunca. Por primera vez en sus ojos brilló una malicia que no comprendí al instante. Me inquietó tanto como me dejó embelesada por lo mucho que me gustaban sus facciones bajo ese gesto demoníaco.

—¿Y tus lentes, Schrödinger? —preguntó.

—¿Mis lentes? Pero si los llevo...

Axer salió del asiento trasero y me tomó por la cintura, pegándome a la carrocería del auto mientras bloqueaba mi huida con su cuerpo. Al dirigirse su mano hacia mi rostro, me quedé sin respiración. Pensé que al fin iba a besarme, pero sus dedos fueron a mis lentes, tomándolos por los cristales.

—¿Qué mier...?

Cuando los tiró al piso y los destruyó con sus zapatos, sentí como si me estuviesen haciendo añicos los huesos.

—¡¿Sabes cuánto cuesta esa mierda?! —grité golpeándolo en el pecho.

Con tranquilidad a pesar de mi histeria, sus manos sometieron las mías para calmarme.

—Sube al auto, Nazareth. Vamos a comprarte otros.

—Hijo de...

Pero, si tenía algo que agregar a aquella frase, lo olvidé cuando sus labios tocaron mi mejilla.

—¿Nos vamos, entonces? —preguntó, y supe que no le diría que no, que no quería decirle que no a nada.

9

Infodumping

SINAÍ

Cuando salimos de la óptica con mis lentes nuevos, volví a abrir la puerta trasera del auto para irnos adonde fuera que tenía planeado llevarme, pero estaba cerrada con el seguro puesto. Esperé a que él se subiera al puesto del piloto y continué esperando como una pendeja, porque nunca la abrió.

—¿Hay una adivinanza de por medio o...?

—Súbete delante, Nazareth. No soy tu chófer.

—¿Y qué eres? —cuestioné mientras hacía justo lo que demandó. No tenía intenciones de discutir sobre la oportunidad de ir sentada adelante con mi crush.

—Eso es lo que pretendo que definamos esta noche —repuso él.

—¿Noche?

—Sí, noche. Avísale a tu madre.

Tragué saliva al oír su orden y al considerar las miles de posibilidades que se abrían en mi mente a raíz de ella.

—O sea..., no me malentiendas, no te estoy diciendo que no, pero... ¿me podrías explicar? No estaría de más, digo.

Axer se giró hacia mí, y cuando me miró con sus ojos de un verde casi traslúcido por la claridad del sol que se colaba por el cristal del parabrisas, quise que me besara y que comenzara a diluviar para que nunca tuviéramos que salir de allí.

—Escucha —dijo con seriedad—. Si tienes novio o no, no me interesa. Pero quiero salir contigo. Quiero invitarte a cenar esta noche y quiero que hablemos lo que no nos hemos dicho todo este tiempo por estar concentrados adivinando los pensamientos del otro.

—Axer, yo...

—Dime si aceptas, Nazareth, y te dejo en tu casa y te recojo en la noche.

«Mejor re-cógeme ahorita, gracias».

—¿Adónde me vas a llevar a cenar? —dije a pesar de mis cochinos pensamientos.

Noté que todo el rostro de Axer se distorsionaba por su gesto al contener las ganas de reír.

—¿Qué? —inquirí con una ceja alzada.

—Nada, no pensé que te importaran esos detalles.

—Es para saber cómo debo ir vestida, imbécil.

—Si quieres, no te vistas.

Estoy segura de que se me enrojecieron hasta las fosas nasales, porque Axer se mordió el labio con el rostro inundado de diversión y llevó su mano hacia mi mejilla para rozarla. Solo unos segundos de contacto, pero se llevó toda mi estabilidad en el transcurso.

—Es broma, bonita.

Es sorprendente cómo una palabra suya podía hacer tantos desastres en mis emociones y en la sensibilidad de mi piel. Ese «bonita» suyo era tan afrodisíaco que me daban ganas de grabarlo y reproducirlo en bucle en mis sueños.

—Quiero que vayas a comer a mi casa, porque es más íntimo —empezó a explicar a mitad de mi silencio—. Y todo lo que voy a decirte es confidencial. Pero, si no te sientes cómoda con eso, pido que cierren un restaurante y así tenemos toda la privacidad que haga falta.

—No voy a pedirte que...

—Tú no me estás pidiendo nada.

—No, pero...

—Todavía no me has dicho si quieres.

—Sí, claro que quiero. —Me di cuenta de cuán ansiosa sonaba al decir eso, así que lo intenté arreglar al final—. Tenemos cosas que hablar, sin duda. Pero no quiero que mandes a cerrar un restaurante por una vaina que fácilmente se puede discutir con un arroz con huevo.

—Schrödinger —llamó en voz baja, como si estuviese a punto de contarme algo confidencial.

—¿Humm?

—Si algún día consigues secuestrarme y casarte con mi cerebro, prométeme que no lo alimentarás de esa forma.

Me reí con las mejillas sonrojadas de ternura y vergüenza. Se me hacía insuperable la cantidad de bromas internas que llegamos a acumular en el trayecto de nuestra tensa rivalidad.

—Lo prometo —contesté sin dejar de sonreír.

—Bien. Entonces esta noche en mi casa.

Ni Axer esperó mi confirmación ni yo lo contradije. Nuestras interacciones siempre habían sido leves: roces robados en momentos que no nos pertenecían, silencios en los que nuestras miradas hablaban por nosotros y una variedad de estrategias y jugadas que nos mantenían atados y a prueba, buscando ser quien diera el jaque final.

Axer y yo teníamos mucho tiempo siendo rivales que, con tal de prolongar el juego, evitaban el mate. Y ya era hora de que discutiéramos de qué trataba el juego.

Axer condujo hasta dejarme en mi casa y me avisó de la hora a la que pasaría a por mí.

Cuando entré, vi a mi madre sentada a la mesa comiendo un tazón con dos dedos de leche y medio kilo de cereal de colores.

—¿Por qué tus lentes ahora son redondos? —preguntó ella al verme entrar.

—Porque son nuevos, ¿no? —solté mientras corría a la nevera rogando que no se hubiese acabado la leche en polvo. Si no me hacía un café con leche de inmediato, me iba a morir de nervios y ansiedad.

—¿Te estás prostituyendo, Sinaí Nazareth?

—Si me estuviese prostituyendo, me habría comprado un teléfono, no otros lentes cuando los anteriores eran perfectamente funcionales.

—¿Entonces?

Fui hasta la mesa que daba vista a la sala desde la cocina y encaré a mi madre con la bolsa de café en la mano.

—Me los regaló el padre de mis futuros hijos luego de romperme los otros.

Mi madre escupió el cereal hasta la otra punta de la mesa y en mitad de un ataque de tos preguntó:

—¿Hijos, padre y romperte qué?

—Larga historia. Muy larga, y no sé qué tanto es legal, así que prefiero no contártela para no implicarte y que tampoco puedas testificar en mi contra.

—¡¿Puedes dejar la maldita cafetera y mirarme a la cara?!

Roja y alterada por los nervios, golpeé la mesa.

—¡Tengo una cita, mamá! —le grité—. ¡¿No entiendes la emergencia?!

—Sinaí Nazareth Ferreira Borges, si tu cita es con ese Soto, te juro que te echo a la calle.

—Ay, relájese, mujer, yo a Soto ni le hablo.

Caminé hacia la mesa y me senté frente a mi madre mientras ella pasaba un paño húmedo sobre la leche derramada y ahí me puse a esperar que se hiciera el café.

—No es con él —declaré más calmada.

—¿Entonces...?

—Con el hijo del ministro de Corpoelec, el que va al colegio conmigo.

—¡¿El que te llevó a la fiesta de disfraces?!

Qué hermosa imagen se formó en mi mente al recordar al ruso.

—Sí, mamá. Axer se llama.

—Sé cómo se llama, lo que no sé es qué amarre le hiciste al pobre. Pero da igual, si lo dejas ir, te juro que... ¿Qué vas a usar? ¿Qué día es? ¿Sigues tomando las pastillas?

—¡Mamá!

—¡Estoy pensando en tu futuro! No quiero que en diez años le cuentes a tus hijos «y ese sexy ruso millonario que ven ahí... fue el tipo que dejé por casarme con su padre».

Negué con la cabeza riendo, estaba muy segura de que mi madre me había contado una historia parecida antes.

—Pues la cita es hoy —expliqué— y honestamente no sé mucho más. Simplemente voy a su casa a hablar...

—¿A su casa?

Los párpados de mi madre se abrieron en su totalidad y sus pupilas se dilataron como bajo el efecto de algún alucinógeno.

—Sí, ¿por?

—Sinaí, vas a ir al edificio Frey... ¿Sabes cuántas personas mueren por conocerlo por dentro? Dudo mucho que lleve a su cuna familiar a cualquier cita.

—Pues no será la primera vez que entre.

Su mandíbula casi pegó contra la mesa por la sorpresa y todo su rostro se iluminó de orgullo.

—Nunca estuve tan orgullosa de que fueras mi hija —bromeó fingiendo que se limpiaba una lagrimita.

—No cantes victoria tan pronto. Capaz hoy lo que quiere es terminar lo que sea que hemos tenido todo este tiempo.

—Nadie te invita a la casa de sus padres para terminar, y menos si sus padres son potencias multimillonarias.

—Eso lo dices porque no conoces a Axer, mamá. Él no es normal.

—Dijo la que tenía su cuarto lleno de fotografías de él.

En ese momento, mientras sentía un calor sofocante subirme por las mejillas y detrás de las orejas, me di cuenta de que mi madre no era ninguna pendeja. Quién sabe hacía cuánto habría llegado a esa conclusión.

—No es lo que piensas —me defendí.

—Ajá. Anda a bañarte antes de que se te haga tarde. Yo termino tu café. —Mientras me iba alejando, ella me gritó desde la cocina—: ¡Ah, y en mi cuarto hay afeitadoras por si se te acabaron!

No fue Axer quien vino a recogerme, sino Lingüini, que no se llama Lingüini, pero que para mí siempre sería Lingüini.

Él me llevó hasta el edificio de los Frey y me acompañó en el ascensor hacia el último piso. Al llegar vi el mismo apartamento blanco e impoluto, pero en la sala no había nadie. Enseguida una mujer del servicio me condujo hasta un asiento en la mesa.

Había pasado horas decidiendo qué ponerme, bañándome y regresando a la ducha porque el sudor nervioso no me dejaba. Al final me vestí con una malla negra de cuerpo entero, sin mangas y con varios tirantes cruzados que creaban un efecto visual en mi pecho que me hacía sentir muy bien conmigo misma. Y, por supuesto, botines negros para no faltar a la tradición.

Cuando Axer salió, parecía un modelo digno de una gala de alta costura. Era la perfecta combinación entre sensual, elegante y casual, con un pantalón gris con tirantes negros que iban por encima de su camisa blanca desabotonada casi hasta la mitad. Su cabello estaba más vivo que nunca, dando un carácter despreocupado junto a su mirada asfixiante de peligrosa determinación.

Se sentó al otro extremo de la larga mesa de piedra negra con platos blancos vacíos, y me di cuenta de la alegoría de la situación. Blanco y negro, cada uno en un extremo del tablero, preparando sus movimientos para la partida que estaba a punto de comenzar.

—¿Y tus padres? —pregunté tan nerviosa como si estuviese a punto de lanzarme a un ring de boxeo.

—No hay nadie más que nosotros y el servicio en esta casa. Y será así por el resto de la noche.

—¿Cuánto pretendes que dure esto?

—Lo que tú quieras que dure. Puedes irte cuando desees.

Tragué saliva, inclinándome más hacia el miedo que al nerviosismo.

Esperamos hasta que la mujer nos sirvió la comida. Entonces reparé en las copas y la botella, y dije:

—No estoy bebiendo justo ahora, así que tendré que rechazar tu botella.

Él alzó las cejas sin disimular su sorpresa, pero se recompuso al momento.

—De acuerdo. —Asintió—. No tienes que beber. No tienes que hacer nada que tú no quieras.

—¿Por qué eso me da más miedo que tranquilidad?

—Yo también estoy asustado.

Enarqué una ceja, porque no esperaba algo así.

—¿Y eso por...?

—Porque no quiero que te vayas.

—Creo que empiezo a entender... —dije respirando profundamente—. Y a la vez pierdo el apetito.

—¿Qué entiendes?

Miré a mi alrededor. Estaba en su apartamento, su hogar. Ni siquiera las luces bajas, el vino o la comida podían igualar ese nivel de intimidad. Era algo por lo que debería haber estado orgullosa y satisfecha, pero, a medida que iba entendiendo la situación, menos disfrutaba de ella.

—Este —dije señalando nuestro entorno— es el momento que juraste que llegaría aquella noche que bailamos «Angels Like You».

Axer vaciló, aguardó unos segundos antes de responder, y en ese lapso noté que los dedos de una de sus manos se movían casi de forma inconsciente.

Era una muestra de nerviosismo involuntario, para nada propio de él y su arrogante seguridad, y me sentí desorientada. No podía creer lo que estaba presenciando.

—Sí —dijo al final, y no sé si fue su acento o lo bajo que lo dijo, pero casi parecía que solo había suspirado.

—Bien, pues dime todo lo que tengas que decir.

Pero, a pesar de la firmeza con la que dije eso, dentro de mí no me sentía con seguridad. No me creí preparada para escucharle decir nada que me lastimara. No me sentía lista para renunciar a él, para que dijera cualquier cosa que me obligara a dejar nuestro juego en mate.

Quería que pudiéramos jugar toda la vida.

—¿No tienes hambre? —interrogó.

—No. Solo quiero que hables.

—Lo haré, pero te advierto que este es ese momento de la novela en que un escritor novato cae en el vicio del *infodumping*, así que... esto va a ser extenso.

—Tenemos toda la noche, ¿no?

Él asumió que yo tenía razón y se enderezó en su asiento antes de volver a hablar.

—Prefiero que empieces tú, así sabré cómo encaminar esto. Pregunta lo que quieras, lo que sea, y yo te voy a responder con honestidad. Lo juro.

—Lo justo es que yo te conceda a ti un movimiento similar, ¿no?

Axer bajó la cabeza, sonriendo.

Sí, a él también le encantaba lo que teníamos. No hacía falta que se lo preguntara.

—En efecto —concedió al final.

—Bueno, las blancas mueven primero, señor. Es su turno.

Cuando lo vi morderse los labios, apreté las piernas debajo de la mesa. Sentí que viajaba a través del espacio que conectaba a todas las Sinaí que existieron en algún momento, sentí que regresaba a la piel de aquella versión de mí llena de inseguridades y heridas abiertas, en ese día en el patio escolar cuando contra todo pronóstico decidí desafiar a mi crush en una partida de ajedrez.

—¿Hace cuánto estás en una relación? —escuché que preguntaba Axer, regresándome al presente.

—No estoy en ninguna relación, Frey. Es mi turno.

Él asintió con tranquilidad, pero yo pude leer esa pequeña elevación en la comisura de sus labios. Estaba aliviado.

—¿En serio tienes veintiún años? ¿Es tu edad real o eso también era mentira?

—Tengo veintiuno, sí. Al menos hasta el primero de agosto.

—¿Entonces por qué...?

—Es mi turno —cortó él, quien no perdió su oportunidad de beber de su vino.

Mientras alzaba la copa para llevarla a sus labios, vi que llevaba su anillo. La esmeralda resaltaba tanto que no me costó distinguirla desde mi posición. Suspiré, frenando mis impulsos de soltar un interrogatorio del largo de mi lista de inasistencias, y asentí para que él continuara.

—¿Cuánto tiempo fuiste novia de Soto?

—Dos o tres días, no lo recuerdo y preferiría que no me hicieras rememorar aquella estupidez.

—¿En algún punto de su relación estuviste conmigo?

—Esas son dos preguntas, Frey. Y deberías definir «estuviste», ya que tú y yo nunca hemos «estado».

Axer alzó una de sus cejas con notoria discrepancia.

—¿No? —inquirió—. Explícame, Nazareth, dime qué nombre pondrías entonces a las cosas que hemos hecho.

—«Juego».

Él inclinó la cabeza, como accediendo a la definición.

—¿Alguna vez has estado jugando conmigo mientras estabas con él?

—Dije que es mi turno —recordé.

—No hará diferencia, pero está bien. ¿Cuál es tu pregunta?

—¿Qué demonios haces en mi escuela? —A esas alturas, comenzaba a extrañar el alcohol—. Eres un prodigio, estudias no sé qué vaina arrechísima en ciencias y eres casi cirujano. Sin mencionar que tienes veintiuno. ¿Qué haces en mi cochino liceo?

—Cazar.

—¿Cazar qué?

—Esas son dos preguntas, Nazareth.

—¡Sí, sí estuve jugando contigo mientras era novia de Soto! Ahora responde.

—¿Por qué?

—¿Por qué qué? —espeté, ya perdía la paciencia—. No te debía nada...

—No, no eso. Eso me da igual. —Él se inclinó sobre la mesa, sus ojos con una intensidad de la que quería escapar corriendo—. ¿Por qué estabas con él si lo que querías era jugar conmigo?

La verdad era tan enrevesada, y me seguía doliendo, que preferí decirle:

—No lo sé, tal vez pensé que en algún momento nuestro juego acabaría y yo... No tenía un plan b. Me merecía darme una oportunidad fuera de ti, ¿no?

—No. No te mereces nada con lo que tengas que conformarte, Nazareth. Te mereces cualquier cosa que estés dispuesta a desear.

Reí, aunque por la amargura de ese gesto casi sonó como un bufido.

—Es muy extraño que seas precisamente tú quien lo diga.

—¿Por qué dices eso? Voluntariamente o no, al final te he dado todo lo que has querido.

—Pero es que no te entiendo... Tú sabes lo que quiero, no puedes decir que me has dado «todo», no puedes fingir que no te das cuenta de...

—¿Y qué es lo que crees? ¿Que no quiero?

—Pues no tengo ni puta idea.

—Las palabras, Nazareth.

—¡Ay, jódete!

Axer se levantó de la mesa y se encaminó hacia mí, agarrándome del brazo.

—¿Adónde...?

Pero no dije ni una palabra más mientras él me arrastraba, porque ya había estado en su habitación y supe que era a ese lugar adonde nos conducía.

Luego de abrir la puerta, me cargó como había hecho para subirme a su auto, pero esta vez me arrastró con él a su cama y me lanzó en ella.

Sentí que lo estaba soñando, y la duda solo se incrementó cuando vi que se terminaba de abrir la camisa pero sin quitársela.

A pesar de que él me había lanzado a su cama, se sentó al otro lado de la habitación en un sillón que tenía en una esquina.

—Ven, Nazareth —llamó mientras se palmeaba las piernas.

Él era tan insoportable que en serio podría decir que el tirarme a la cama solo para luego ordenarme que fuera hasta él era un rasgo de personalidad. De su personalidad.

—Pero... ¿qué?

—Ven.

Él nunca me pedía nada, lo demandaba, y ese detalle me encendía completa.

Me acerqué y me senté en su regazo con las piernas colgando a un lado, pero él negó, llevando una mano a mis rodillas para separarme las piernas y que entendiera qué era lo que él pedía.

Así que me bajé para acomodarme y subí de nuevo encima de él, esta vez con las piernas abiertas y mi rostro frente al suyo.

—Cada vez entiendo menos —musité mientras sus manos se aferraban a mi trasero para pegarme más a él.

—¿Recuerdas el primer juego de verdad o reto? —preguntó en voz muy baja.

—Recuerdo cada puto detalle desde que te conozco.

—Nazareth, vuelve a decir una mala palabra y te voy a llenar la boca, y esta vez no con el dedo.

—Axer, pero... —Estaba roja y estupefacta, pero para nada ofendida—. Si tu intención es que las evite, no estás haciendo un muy buen trabajo.

—Si lo hago no tendrás respuestas, así que tendrás que priorizar.

Tenía muchísimas ganas de mandar al carajo las respuestas, pero sabía que esa no era la opción sensata.

—Como te decía, en ese juego... —Sus manos viajaron a mi cabello, jugando con él mientras me hablaba—. Me preguntaron sobre la belleza. ¿Recuerdas lo que respondí?

—Sí, dijiste algo sobre la subjetividad y que tú no te guías por los estándares sociales, sino por los gestos característicos e irrepetibles de cada persona.

—Sí... —Sus dedos me rozaron la mejilla, la nariz, los labios y siguieron deambulando con pequeñas caricias sobre mi rostro—. La manera en que un ceño se frunce, cómo las cejas se arquean o los labios se curvan... Eso.

—Sí, lo recuerdo —musité.

—Son los tuyos, Nazareth. La combinación de cada expresión de tu rostro y tu cuerpo. Esos son los gestos que me enloquecen.

Abrí la boca porque imaginé que tenía algo que decir, que debía decir algo. Pero en mi léxico no había nada disponible, porque él acababa de meterse en mi pecho y envenenarlo con sus palabras. Sin embargo, no me sentí mal, era una muerte ansiada.

—Así que... —Apoyó las manos en mi trasero y me presionó contra su erección. Yo abrí la boca al máximo para jadear de sorpresa y placer—. No te preguntes si quiero esto, porque sabes que eres tanto mi enfermedad como el remedio para sobrevivir a ella. Así que, aunque me haga daño, no puedo desprenderme de ti.

—Axer...

—Pregúntate «¿por qué?». ¿Por qué no te tomo si me pones así? —Me presionó con más fuerza contra él y un gemido se me escapó de los labios—. ¿Por qué no te hago mía si ya lo eres?

—Pues... Aunque no lo creas, Frey, hace demasiado tiempo que me hago esas preguntas.

—Esto —dijo moviendo mis caderas contra su erección, marcando mi ritmo con sus manos. Hacía que respirara con dificultad y que mi concentración se fuera al carajo—. Esto no puedo dártelo. Porque es ilegal, poco ético, porque mi padre me mataría y... tal vez, porque lo quiero tanto que... temo que una vez que caiga, ya no habrá quien me pueda rescatar de la adicción.

—Este es un buen momento para... —Subí las manos a su cuello, rodeándolo, esperando que pronto se tranquilizara mi respiración—. Para que me expliques por qué mier... ¿Porque es ilegal y poco ético y todo eso? Soy mayor de edad.

—Sí, y mi experimento.

—Tu... ¿qué?

—Técnicamente no lo eres, al menos aún, pero si vas a serlo no podemos tener este tipo de encuentros... físicos. Supondría una situación de poder desaprobada por nuestras leyes, y que estés conmigo se tomaría como que estás siendo coaccionada. Y, si no accedes a colaborar en mi investigación, pues ya no me serías de utilidad. Necesito concentrarme, por lo que de todos modos ya no podríamos seguir con esto. ¿Entiendes el dilema?

—No, no entiendo una mierda, y ni se te ocurra decir que deje las groserías porque te juro que...

—Encontrarte en el autobús no fue casualidad.

—¿Qué auto...?

Mis ojos se expandieron en comprensión mientras me bajaba del regazo de Axer. Una vez en el piso, retrocedí hasta quedar sentada al borde de su cama.

—Esto es grande, ¿verdad?

—Es muy enrevesado —admitió.

—¿Me tenías en la mira o algo así? ¿Me acosabas?

—Nosotros preferimos el término «estudiar». Y no, bonita, no eras mi espéci... No era yo el que te estudiaba.

—¿Quién? —pregunté alzando la cara hacia él. Me empezaba a doler la cabeza. En la vida me sentí tan confundida—. ¿Entonces no estabas en el colegio por mí o sí o... qué?

—No estaba en el colegio por ti, no. Buscaba mi propio objetivo de estudio ya que el anterior, pues... todo acabó en Canadá. Necesitaba uno aquí. Y, de hecho, llegué a creer que había conseguido un candidato.

Alcé la vista, alarmada y ofendida. No estaba entendiendo gran cosa, pero sentí un regusto amargo ante la idea de que él pudo estar repitiendo los patrones del juego con otra persona. Me sentí... reemplazable.

Y él al parecer pudo leerlo en mi rostro, porque se apresuró a aclarar:

—No, no como tú. Nadie... Nunca como tú, Nazareth. Escoger aquella primera opción habría sido más fácil precisamente porque *no eras tú*. Habría sido algo laboral y académico, nada más.

—¿En qué consiste, y quién dices que me estudiaba antes que tú?

—Yo creo que eso ya lo sabes.

—Yo no sé... —Pero sí sabía, porque la única opción alternativa era tan lógica como descabellada—. ¡¿Verónika?!

—Sí. Eras el espécimen de Vikky.

—¿Cómo me llamaste? —Me reí, tal vez por los nervios—. ¿Me vas a explicar algún día qué se supone que investigaban y cómo dieron conmigo?

—A ver... ¿qué sabes de nosotros?

—Tal parece que nada.

—Pero nos investigaste, ¿no? ¿Qué conseguiste?

—Yo... —No me molesté en preguntar cómo sabía eso, no a esas alturas—. En este momento no recuerdo bien. Leí sobre tu abuelo y Frey's Empire, aunque no conseguí nada que especificara a qué se dedica la empresa. Y... Ah, ya, que tu padre se mudó y casó tres veces, quedando con sus tres hijos luego de sus divorcios. Y que es cirujano desde muy joven y tiene un segundo título, de abogado.

—Excelente trabajo de investigación, pequeña Schrödinger, pero mi padre no es cirujano.

—Si me dices que es mafioso, te lo voy a creer.

—No. Ni mafioso ni cirujano, es patólogo. Forense.

—¿Y por qué miente sobre...?

—Porque tampoco es divorciado, ni una vez; es viudo. Y no tiene tres hijos, tiene cinco, pero miente al respecto porque cuatro divorcios y cinco matrimonios serían demasiado sospechosos, y porque teme que puedan relacionar su profesión con las muertes de sus esposas.

—Axer... —dije en un hilo de voz. Mi mente maquinaba como nunca antes, ni siquiera en una novela de ficción.

—No te asustes.

Alcé la vista y lo encaré.

—Pues ya me asusté.

—¿Quieres que me acerque?

—No, yo... ¿Vas a matarme o algo?

—No. Te dije que no voy a hacerte nada que no quieras.

—Entonces ven —accedí, a pesar de que sabía que nadie aprobaría mi decisión de tenerlo cerca luego de la información que me estaba soltando. Pero yo lo quería junto a mí, porque si iba a hacerme daño no haría ninguna diferencia nuestra distancia.

Tal vez estaba loca por obsesionarme con el monstruo bajo mi cama, pero quien se atreva a juzgarme es porque no ha experimentado la locura a su lado.

Se sentó junto a mí. Al principio no hizo ni dijo nada. Aguardó con cautela, dándome tiempo para huir o estallar. Pero yo seguía aturdida y no tenía ganas de nada que no fuesen más respuestas. Entonces sentí su caricia en el dorso de la mano, leve y casi inconsciente, y me convencí de que estaba más segura a su lado que en cualquier otro lugar.

—¿Te quieres recostar? —preguntó.

—Sí, por favor.

Axer acomodó sus almohadas para crear una especie de pared acolchada en ángulo para poder recostarnos.

Y me llamó para que me acostara junto a él. Y lo hice, pero, a pesar de estar tan cerca, ya no nos tocábamos.

—No exagerabas con eso del *infodumping*, ¿eh? —bromeé mientras procuraba calmarme—. Debiste avisarme para traer cuaderno y tomar notas.

—Me avergüenzo de esto, me deja muy mal parado como escritor. Caer en el cliché del malo que relata todo su plan al final de la historia.

—¿Eso eres? —Me volví a mirarlo. No podía temerle, no a él, no cuando nuestras conversaciones estaban cargadas de alegorías y referencias que entendíamos y disfrutábamos sin necesidad de explicarlas, como si tuviésemos mentes gemelas—. ¿El villano de mi historia?

Él ladeó la cabeza para mirarme a mí, y ese vistazo a sus labios entreabiertos, tan cercanos, me devolvió el deseo que por un instante había enterrado en el temor.

—Eso tendrás que decidirlo tú.

—Bien, entonces termina tu explicación. —Y, sin más rodeos, hice la pregunta—. ¿Tu padre mata a sus esposas?

—Sí, pero no es lo que parece.

—A mí me parece que es un femicida en serie, y que tú estás muy mal si intentas justifi...

—¿Me vas a dejar hablar o ya tienes un veredicto?

—Lo siento. Sigue hablando.

Axer tomó aire antes de continuar.

—Ellas saben que van a morir, y firman un contrato junto a sus votos nupciales que lo avala. Ninguna se casa engañada. Saben lo que mi padre es: un narcisista que encuentra placer en el asesinato y el estudio posterior de esos cuerpos, pero también tiene el suficiente autocontrol para no ser un peligro social. Sabe dominar sus deseos, incluso los más apasionados, y esta es su manera de hacerlo.

—¿Se casa con mujeres a las que va a matar... y ellas aceptan?

—Sí.

—¡¿Por qué?!

—Porque es Víktor Dmítrievich Frey. —Se encogió de hombros—. Ellas acceden porque lo desean o lo aman, yo qué sé. Lo indudable es que saben que, sin importar el final, el tiempo que las espera será de la mejor vida que cualquier persona pueda tener. Y a su lado. Algunas tal vez se aferran a la idea de que el poder del amor las salvará..., pero nunca es así. Y mi padre no les miente al respecto, siempre hace énfasis en que no puede cambiar. No quiere hacerlo.

—¿Y cuánto duran estos... matrimonios?

—Un día, diez años. Lo que mi padre estime correcto.

Tragué saliva.

—¿Y tú estás bien con eso?

Axer me miró con el ceño fruncido y respondió con brusquedad.

—¿Qué clase de pregunta es esa?

—Es decir, él mató a tu madre, ¿no?

—Ella sabía cuál sería su fin. Y, de hecho, fue una Frey desastrosa, en el buen sentido, que dejó huella en la empresa y en nuestras vidas. No creas que mi padre se casa con prototipos anulados e inocentes, nadie convencional accede a firmar una cosa así. Mi madre me amaba a su manera, pero era fiel a su voto.

—Siento que si no estuviera acostada me desmayaría.

Sus dedos me rozaron la mano, vacilando, como si no supiera si era prudente tomarla, así que fui yo quien se la agarró.

Al entrelazar nuestros dedos, el vértigo me abandonó por completo. Ese era su efecto sobre mí.

—Entonces, él cada vez que mata a una de sus esposas, finge que se están divorciando... y se muda para borrar sus huellas y evitar sospechas, ¿no?

—Eres muy analítica, Schrödinger. De cierta forma tienes razón, pero no es precisamente un escape de la ley lo que hace ni nada. Frey's Empire tiene un convenio con el gobierno de cada país al que se expande. Ayudamos con las decadencias o deudas a cambio de inmunidad ante ciertas leyes y encubrimiento con respecto a los actos que se realizan en la empresa. Por eso no hallarás rastro de nuestras mentiras, aunque busques en internet. Es el mismo gobierno el que encubre la muerte de las esposas de mi padre y nos facilita la salida del país y el recibimiento en el siguiente.

—Y ustedes crecen con esta formación.

—Sí, pero seguimos nuestras propias leyes. Las leyes de nuestro imperio, las leyes de mi padre. No llevamos una vida descarriada y sin orientación. Este es nuestro sistema, una crianza como cualquier otra, tal vez mucho más estricta, aunque claramente por completo diferente.

—¿Y estás... bien con eso?

—Esta es mi vida, Nazareth, y no deseo ninguna otra.

—¿Tú eres como él? ¿Realmente no eres cirujano y por eso todo este tiempo...?

—No, no. —Él se giró acercándose más a mí en un gesto que transmitía confidencialidad—. Yo soy incapaz de matar, no serviría para esa profesión. Bueno, incapaz de matar... sin devolver la vida de inmediato.

—¿Hace falta que te diga que no entiendo?

Él rio por lo bajo y yo tuve que darme la vuelta para que no viera la sonrisa que provocó en mí. Se suponía que debía mantenerme seria y dramática.

Al cabo de un rato, su mano todavía encajada en la mía, quise hacerle una pregunta menos acusadora. Curiosa. Como si tomáramos un café en un momento casual con la intención de conocernos.

—Bien, no quieres ser forense, pero claramente te gusta la medicina y estudias para ser cirujano. ¿Por qué biólogo? Cuando te presentaron dijeron que lo eres. ¿Por qué? En el tiempo que estudiaste Biología, no sé..., ¿no serías ya cirujano?

Él bajó el rostro, pero no lo hizo a tiempo, de modo que pude ver el nacimiento del rubor que le encendió el rostro, desde la mandíbula hasta las orejas. Quise detenerme para enmarcar ese momento en mi memoria.

—Esto va a sonar muy inusual, pero básicamente estudié Biología porque quería un doctorado. Además, es complementaria con mis proyectos.

—¿Para qué quieres un doctorado cuando puedes ser doctor?

Él casi, casi, se dejó ganar por las ganas de reír.

—¿Para presumirlo ante mis hermanos, tal vez? Todos seremos doctores en algún momento, pero en la vida les dejaría de presumir que, además, tendré un doctorado en Biología.

—Hablas en futuro, ¿ya no eres biólogo? ¿Harás el posgrado luego de graduarte de cirugía?

—El título de Biología que entrega la organización en el tiempo que yo hice de carrera es el equivalente a una maestría. Como te dije, es una carrera complementaria a mis proyectos, así que mis estudios en curso de hecho incluyen lo que vendría a ser el posgrado de Biología. Luego de presentar mi tesis me graduaría de cirujano y a la vez tendría mi ansiado doctorado.

—La putísima madre, Axer. Pero si solo tienes veintiuno. Yo tengo dieciocho y ni sé qué carajo quiero estudiar.

Él ni siquiera se esforzó en parecer modesto, de hecho, el gesto que adoptó su rostro después de mis palabras fue tan petulante que puse los ojos en blanco apenas lo vi.

—Ahora yo quiero que me digas una cosa —dijo él, para mi sorpresa.

—¿Qué? —inquirí con el ceño fruncido, pues su tono había cambiado.

—Dime que te hice falta.

Tuve que haber escuchado mal.

—¿Qué?

—Cuando desapareciste —explicó—, adonde sea que hayas ido, dime que sentiste... mi ausencia. Dime que no estoy en esta adicción yo solo.

Tenía que grabar lo que me estaba diciendo, porque a la mañana siguiente pensaría que lo había soñado.

—¿Por qué lo dudas?

—Nunca llamaste. No tenías que preguntar cómo estoy, pero pudiste al menos dejarme una adivinanza con la cual distraerme de tu ausencia.

—Es que no quería que te distrajeras, quería que sintieras la agonía de cada segundo sin mí... o que no sintieras nada. Cualquiera de las dos era válida, porque sería honesta.

Axer se volvió a girar con la vista en el techo, sus manos entrelazadas sobre su estómago. En algún punto nos habíamos soltado y ni lo noté.

—Bueno, ya sabes qué opción resultó —dijo.

—Sí, ahora lo que me asusta es que haya sido en vano. —Inhalé para tomar fuerzas para la siguiente pregunta—. ¿Qué experimento quieres hacer conmigo?

—Te necesito para mi tesis.

—¿Por qué a mí?

—En el pasado fuiste a terapia. La mujer que te atendió era una agente de la base de datos de la OESG, donde estudio. Ella abastece al personal de los distintos perfiles psicológicos que puedan encajar para cada posible experimento. Cuando llegamos aquí, a mi hermana le dieron el tuyo porque justo te estabas mudando al pueblo y encajabas en el perfil que ella necesitaba.

Fruncí el ceño, estaba a punto de pedirle que me lo repitiera más lento, porque era demasiado para asimilar, pero en su lugar dije:

—¿Y qué necesitaba tu hermana?

—Lo mismo que mi padre. Verónika es asesina desde... siempre, porque, aunque no hubiese matado al comienzo, sus tendencias estaban. Es gracias a la educación de mi padre que Vikky sabe controlarse, y ahora canaliza todo ese instinto, toda esa mente criminal, en la caza y captura de sus experimentos. Porque, sí, también es forense.

—¿Es psicópata?

—Es Verónika y ya está. Ella nos ama a su manera.

No era una respuesta clara, pero entendí que era la única que recibiría de su parte.

—¿Y quería matarme? —analicé confundida.

—Quería que fueras su novia. Con las mismas condiciones que mi padre y sus relaciones.

—No me... Pero... ¡¿Por qué yo?!

—Vikky tiende a buscar especímenes con trastorno límite de personalidad porque tienen tendencia al apego y la dependencia emocional, lo que los hace más fáciles a la hora de convencerlos de firmar.

111

—Esa maldita puta... Yo no iba a firmar esa mierda ni aunque...

—Nadie iba a obligarte. De todos modos eso ya no importa.

—¿Que no importa? ¿Tienes una idea de lo que acabas de decirme...? Espera, ¿en qué momento ella desistió de estudiarme?

—Nunca.

Cuando Axer dijo eso, un brillo malicioso le iluminó el rostro y sus labios se apretaron para contener una sonrisa traviesa, más que evidente.

—Axer... —insistí.

—Digamos que yo le robé la tarea, y mi padre, aunque muy molesto, accedió a dejarnos competir. Quien consiguiera tu aprobación se quedaba con el experimento.

—No sé cómo sentirme al respecto de que hablas de mí como... pues como de un maldito experimento.

—Te estoy siendo honesto, Nazareth. Hemos jugado bastante, pero, si vas a acceder a lo que te pediré, necesito que sepas quién soy, que estés al tanto de todo.

—Ah, es que encima pretendes pedirme algo.

—«Encima» dejaría que fueses tú la que pidiera lo que sea.

Lo miré, y no estoy segura de si mis ojos amenazaban con asesinarlo o con desnudarlo.

—Tú sigue con tu explicación y luego hablamos sobre montar cosas, por favor.

Jamás imaginé que yo le diría algo así a él. *Yo*, que vivía lanzando insinuaciones peores.

—Me parece justo —concedió—. ¿Dónde me quedé? Ah, sí. Mi hermana ya te tenía en la mira, te estudió para conocer lo que te gusta, incluso se leyó Harry Potter para...

—No... ¡Esa maldita! ¿Fingió que le gustaba Harry Potter para acercarse a mí?

—Te dije que planeaba enamorarte, matarte y abrirte para su estudio, ¿y es eso lo que te preocupa?

—¿Te atreves a juzgar mi equilibrio mental, Frey? ¿En serio? Mejor termina tu explicación, que el chisme está bueno. Lástima que yo soy el chisme.

Ante eso Axer no pudo evitar reír por lo bajo.

—Bien, resulta que mientras Vikky te estudiaba, ya yo sabía quién eras, pero digamos que fuiste indiferente para mí. Cuando lo de las chicas que te estaban molestando, me acerqué porque me indignó. Cuando lo del autobús, mi hermana estaba en un seminario y me hizo viajar hasta la parada anterior, esperar el bus y subirme para asegurarme de que no te pasara nada ahí; porque ella había rastreado tu teléfono y vio que tenías horas en la parada y que estabas leyendo, lo que sin duda significaba que estabas sola. Fue un favor, y créeme que lo hice muy a regañadientes.

—Gracias, ¿eh? es muy romántico de tu parte.

—No eres la más indicada para hablar de romance si en nuestra primera interacción te me clavaste de cabeza en el pantalón.

—Te juro que no era lo que pretendía...

Él me miró con una ceja alzada.

—Bueno, tal vez sí, pero no así. Fue la vergüenza de mi vida.

—Yo la pasé bien, extrañamente.

—Pero...

—Pero —continuó él— igual al llegar aquí discutí mucho con Verónika por hacerme dejar mis cosas para andar de niñera de su... Eso. Y me convencí de que ya no me involucraría de ninguna forma contigo, ni aunque te viera ahogándote en mitad del colegio. —Axer exhaló con fuerza—. Pero luego fue la partida de ajedrez... Esa partida, Nazareth, se metió en mi mente como un parásito. Tú. Tu jaque. Tu desafío. Tu mate. Necesitaba... una justificación para tenerte cerca, así que aposté la muestra.

—Ciertooo —recordé—. La sangre.

—Bien, pues dejé todo a manos del destino. Si todos los estudios daban buenos resultados, si calificabas para ser mi espécimen, lucharía por ti. Pero, mientras esperaba los resultados, tú seguías jugando conmigo y yo... Mierda, yo no quería soltarte. Esto fue una batalla campal aquí cuando le dije a Verónika. Y mi padre. —Axer bufó—. La familia para los Frey es primordial, y a Vikky la lastimé mucho con lo que hice.

—Pues no pareces arrepentido.

Él se volvió para mirarme a los ojos y creo que por un momento dejé de respirar, porque conscientemente tuve que pedirles a mis pulmones que reaccionaran.

—Es porque nunca me voy a arrepentir de haber jugado contigo. No cuando no he conocido rival semejante.

—¿Me estás pidiendo matrimonio en tu idioma o algo así?

Él rio, negando con la cabeza.

—Tú estás peor que yo, definitivamente.

—Eso lo decidimos después —repuse—. Entonces... ¿quién eres? No te conocía antes, pero ahora encima todo lo que creía conocer resultó mentira. En serio, Axer, ¿quién eres?

—Axer Viktórovich Frey, un placer. Tengo veintiún años. Me gradué como biólogo a los diecisiete en la OESG, donde acaban de aprobarme el adelanto de mi tesis. Tal vez en unos meses, quizá en un par de años, terminaré y expondré mi investigación y me graduaré de cirujano y obtendré mi doctorado. Soy adicto a revivir personas y soy pasante en el laboratorio de Frey's Empire donde practico seguido las resurrecciones, tanto a muertes inducidas como por medio del canal de emergencia del laboratorio. Pasante hasta que me den mi licencia, cabe aclarar. Me obsesioné con el experimento de mi hermana y ahora le ruego que no huya, o lo anterior habrá sido en vano.

Definitivamente debí llevarme una grabadora porque mi cerebro no retenía tanto. Me costaba incluso priorizar qué pregunta hacer.

—¿Qué quieres de mí?

—Todo.

Ya éramos dos.

—¿Y qué quiere el genio? —insistí.

—Que firmes un acuerdo donde me cedes el control de tu cuerpo para matar y revivir las veces que sea necesario según mi proyecto. Se supone que te diga que es solo con fines académicos, pero es mentira. Encuentro placer en esto. No exageraba al decir que soy adicto. Y quiero que te ofrezcas voluntaria para la presentación de mi tesis. Si lo haces, Frey's Empire te estaría pagando una mensualidad con todos los ceros que acordemos. Tú eliges. Además de que serás tratada de las mejores...

—¡¿Qué?!

—Y, si por algún motivo mueres, se pasará una compensación monetaria con la cantidad de tu elección a tu familia. En este caso, tu madre. Pero tienes que declarar que haces esto por voluntad propia y todas esas formalidades que diga el contrato. —Axer respiró al fin—. Lo siento, debía decirlo todo completo por cuestiones legales.

—¿Legales? ¿Algo de todo lo que hacen es legal?

—Es legal dentro de nuestras leyes, y es avalado por el acuerdo gubernamental. Pero eso no interesa. Aquí lo que importa es lo que tú quieras.

—¿Cómo crees que firmaré algo así?

—Esto va a sonar muy mal, pero es que..., de lo contrario, aquí acaban nuestras interacciones. No puedo seguir viéndote.

Por primera vez en toda la noche me molesté de verdad. Nada de confusión o shock, solo ganas de apuñalarlo.

—¿Por qué? —espeté.

—Porque me distraes, y hay mucho en juego.

—¿Como qué? Habla, dime qué está en juego.

—Frey's Empire. Al menos su herencia.

—Quieres decir...

—Mi padre no es idiota, de hecho, es todo lo contrario. Él sabe que está criando cuervos que tarde o temprano podrían sacarle los ojos. Así que nos mantiene domados y concentra nuestras fuerzas en la competitividad que nos caracteriza. En resumen, evita que intentemos asesinarlo dándonos un incentivo.

—Es un hombre brillante, debo admitirlo. —Suspiré—. Sigue.

—El que demuestre ser el más capaz de los Frey, heredará la presidencia del imperio. Él es quien nos evalúa, por supuesto, pero toma muy en consideración el resultado académico. Si mi tesis no es la mitad de buena de lo que fue la de Verónika, estoy jodido. Si la investigación en curso de ella supera la mía, pierdo. Y yo no pierdo, Nazareth, y menos perderé Frey's Empire.

—Y... me necesitas.

—Sí. Perderte me retrasaría.

—O sea que no soy indispensable.

—No. Eres un capricho mío.

—Y puedo decir que no.

—Por supuesto.

—Pero no volvería a verte —concluí con amargura.

—No, al menos hasta que se defina esta contienda entre mi hermana y yo.

—Dijiste que eran cinco hermanos, ¿por qué solo compiten tú y Vero?

—Porque Aleksis no tiene interés en la medicina del modo en que Vero y yo podríamos involucrarnos en el laboratorio. Para Aleksis el estudio es un hobby, y se implica más por la neurociencia y el psicoanálisis. Nada, que es muy ensimismado y sin madera de competidor. Aunque es un sádico, pero ese no es el punto. Y los demás ya tienen su parte. Dirigen otras extensiones de la empresa en otros países, uno de ellos hasta tiene familia. No son tan ambiciosos.

—Así que todo se reduce a ustedes dos, pequeños diablillos.

—Sí —confirmó él.

—¿Cuántos pacientes no has podido revivir?

—Ninguno que haya matado yo.

—¿Jamás?

—Ni una sola vez.

—¿Podrías hacerlo? ¿Podrías...? —Tragué saliva. El mero hecho de preguntarlo me resultaba difícil—. ¿Podrías matarme?

Axer me miró conteniendo el aliento, como si intentara controlar una especie de compulsión. Y comprendí lo mucho que significaba eso para él y que no mentía al decir que conseguía placer en lo que hacía.

—Sí —confesó con trabajo—. Podría. Pero de inmediato tendría que...

—Sí, entiendo.

Me alejé de él y me senté al borde de la cama.

—Siento que lo estás tomando demasiado bien —comentó acercándose por detrás. Se detuvo muy cerca de mí, pero sin tocarme.

—Es porque estoy bien —reconocí con frialdad—. Después de todo lo que me contaste de tu padre y tu hermana, cualquier cosa que dijeras sobre ti iba a ser menos desconcertante. Eres un buen narrador, jugaste bien tus piezas.

—¿Y el pero es...?

—No hay pero. —Me volví hacia él—. Tú no quieres lastimarme, eso lo sé. Y eso es lo único que me importa.

—¿Cómo puede ser eso lo único que te importe después de todo lo que te conté?

—Lo demás es difícil de asimilar, sí. Pero ya sabía que eres diferente, y yo no quiero cambiarte, quiero ser parte de tu vida tal cual es.

—¿Qué estás...?

—Sí —lo interrumpí—. Acepto firmar esa cosa, pero no quiero ser tu experimento, quiero ser tu novia.

—Creo que no escuchaste...

—Escuché muy bien. No voy a ser un obstáculo en tu vida porque voy a ayudarte con tu tesis y todas esas cosas que pretendías que hiciera como tu «experimento». Y no estoy siendo coaccionada porque nuestra relación empezaría antes de la dinámica de poder y mi idea de participar en tu investigación ha sido espontánea y voluntaria. Declararé eso donde sea y a quien sea para que no tengas problemas, puedes adjuntarlo al contrato. Por lo demás, no quiero morir, claro está, así que necesito que me demuestres de lo que eres capaz y que me asegures que no voy a sufrir efectos secundarios y que, de haberlos, tu empresa se encargará de ello. Pero sí, quiero ser parte de Frey's Empire a mi manera. Así que... esas son mis condiciones.

—Te dije que mi padre se molestó porque le robé el experimento a mi hermana, ¿y quieres que te presente como mi novia?

—Ese es tu problema, no el mío. Lo tomas o lo dejas.

—Te dije que no soy de novias. ¿Crees que esto funcionará si lo fuerzas?

—No quiero que me ames, Frey, pero no pretendas que vas a seguir jugando conmigo solo con tus reglas. Puedes abandonar la partida si quieres.

Axer tenía la boca tan abierta que parecía que era él quien acababa de escuchar toda la historia que me contó.

—Pero... ¿qué expectativas tienes de este noviazgo arreglado? —interrogó por completo desconcertado.

Me levanté y lo miré de frente, como en aquella primera partida de ajedrez.

—Seis meses. Solo seis meses, notariados. Cumple con eso, y te aseguro que cuando se acerque la fecha del plazo serás tú el que ruegue por una prórroga.

Y, como siempre, Axer Frey no podía tolerar que lo desafiara mirándolo a los ojos.

—Si vamos a hacerlo, habrá condiciones —dijo.

—Como usted diga, Frey.

—Empieza tú. ¿Qué quieres?

—Lucha por mí con tu familia y preséntame al resto como si fuese parte de ella. Convence al mundo de que soy tu novia, dame la vida de una Frey más.

Él alzó una ceja, pero no hizo comentarios al respecto, solo accedió.

—Hecho. Mi turno.

—Lanza.

—Sin besos. Jamás. No será extraño porque mi familia no esperará de mí que haga demostraciones de afecto en público.

—No será problema. Recuerdo una fiesta en la que eras tú el que insistía por un beso mío —dije, más para molestarlo, porque por supuesto me moría por besarlo aunque fuera una vez en la vida.

—Segundo, nada de sexo —agregó él.

—Vamos, Frey, eso no te lo crees ni tú.

—¿Quieres apostar?

—De hecho, sí.

Me acerqué a la cama, me puse de rodillas encima y gateé hacia él. Al alcanzarlo busqué sus manos para llevarlas a mi cintura y las dejé ahí para poner mis brazos alrededor de su cuello.

—Te pongo duro en segundos —susurré cerca de sus labios—, no finjas que no quieres cogerme luego de la demostración de hace un rato.

Axer me tumbó en su cama y se montó encima de mí, apresándome con sus piernas.

—¿Qué me has hecho, Nazareth? —musitó.

—Te liberé.

Él sonrió y me sostuvo las manos por encima de la cabeza.

—Yo no voy a liberarte, gatita. Si quieres seguir este camino voy a encerrarte y a jugar contigo hasta que me pidas a gritos que abra la caja.

—No será la caja lo que te pida a gritos que me abras.

—Como quieras —accedió con un guiño—. Todavía falta mi última regla.

—¿Más?

—Exclusividad, Nazareth. Total e inflexible. Puedes irte ya mismo si quieres, pero, si te quedas, no podrás tocar a otro hombre. Al menos durante los seis meses del contrato. No solo porque soy patológicamente posesivo, sino porque, si seguimos como vamos, voy a cogerte hasta que nos desmayemos, y soy demasiado quisquilloso con la higiene y la salud sexual.

—Lo entiendo y acepto. Por suerte para tu ego, Frey, la única persona que quiero que me haga de todo eres tú.

—De acuerdo. Considérame condenado a ti, Nazareth.

10

Gatita

SINAÍ

Axer me dejó claro que, si quería ser una Frey, lo último que tenía que hacer era dejar cualquiera de los platos de Silvia servidos a la mesa sin tocar.

Así que terminamos la cena y ninguno de los dos tocó el resto del vino.

—Bueno... Intuyo que ya es todo por hoy, así que... —Me levanté y me limpié las manos en la tela del enterizo, solo por nerviosismo—. Ya debería irme.

—¿Tienes que irte? —preguntó Axer caminando hacia mí desde su lado de la mesa.

—Yo... —Me sentí muy confundida y no me esforcé en disimularlo—. ¿Quieres que me quede?

—Eres mi novia, ¿no?

Iba a necesitar un curso intensivo para superar esa afirmación.

—Bueno... todavía no firmo.

Él siguió acercándose, y esa proximidad solo empeoraba mis nervios.

—Pero —insistió, un paso más cerca de mí, sus ojos serios y calmados— ¿quieres quedarte?

—¿Quieres...? —Tragué saliva e intenté parecer serena, como si no me estuviese afectando que estuviéramos solos, compartiendo nuestro oxígeno y tan cerca que nuestras sombras se rozaban—. ¿Quieres que me quede?

—No quiero que te vayas.

Si su abismo iba a sentirse así, como mi corazón al escucharlo decir eso, quería vivir condenada a sus profundidades.

—Okay, pero... —Adopté una actitud de reproche y me crucé de brazos—. ¿Lo correcto no sería que me invitaras a un café primero? Pedirme que me quede a dormir en la primera noche de nuestra relación falsa no es muy ético por tu parte.

—Si lo ves así... —Los últimos centímetros que nos separaban desaparecieron cuando sus manos rozaron mis mejillas y se aferraron a mi cuello—. Entonces no dormiremos.

Le dediqué una mirada inquisidora con una ceja alzada, a pesar de que por dentro me derretía.

—Aunque es una oferta tentadora, Frey, tengo clases mañana.

—Solo quédate y ya, Nazareth.

—Lo haré —accedí con indiferencia. Tal vez debería dedicarme al teatro—. Pero necesito que me prestes una llamada. Tengo que avisarle a mi madre.

—¿Dónde está tu teléfono? —inquirió Axer soltándome.

—En el cielo, espero.

—¿Qué le hiciste? Necesito poder comunicarme contigo cuando no estemos juntos, así que es indiscutible que necesitarás otro...

—Eso lo hablamos después, coño, ¿me vas a prestar la llamada o no?

—Claro que sí, espera aquí.

Axer volvió al segundo y me tendió su teléfono. Verlo recostarse contra la piedra negra de la mesa, con la camisa abierta por completo... No podía creer que ese fuera mi novio, aunque yo hubiese forzado nuestra relación.

Tomé el teléfono y le envié un mensaje rápido a mi madre sin más explicaciones: «No te preocupes si no llego hoy, parece que la noche va para largo».

—Ten.

Le devolví a Axer su teléfono, alegrándome de que ahora tuviera el número de mi madre.

—Pero...

—Le dejé un mensaje —expliqué.

—Si consideras que con eso basta... —Se encogió de hombros.

Casi tiemblo cuando volvió a avanzar hasta quedar frente a mí, lentamente acercando su rostro a mi oído sin que nada más que su aliento me rozara. Me desesperaba tenerlo así.

—Si alguna vez vuelves a subirte a mi cama con tu calzado puesto —susurró—, quemo los zapatos, el colchón y a ti con ellos, ¿entiendes?

Casi me ahogo de la risa al escucharlo. Había olvidado el detalle de mis zapatos desaparecidos la última vez que estuve en su cuarto. Ya me empezaba a hacer una idea del destino que tuvieron.

—Aclarado eso —dijo alejándose dos pasos de mí—, mi cuarto es tuyo. La sala también puedes recorrerla a tu antojo, pero, si se te ocurre entrar a uno de los demás cuartos y mi padre o mis hermanos encuentran una huella o un cabello fuera de lugar, van a matarnos. Juntos. Así que limita tus manoseos curiosos a los lugares que te mencioné. En un mundo idílico no tocarías nada, pero he perdido esa fe contigo hace tiempo.

—¿Puedo tocarte a ti?

Axer frunció el ceño, reacio a colaborar de mi humor.

—Te estoy hablando en serio, Nazareth.

—Y yo a ti.

—¿Alguna otra pregunta?

—Sí. Dices «mi cuarto es tuyo». ¿Podrías definir bajo qué términos?

—Es tuyo de la misma forma circunstancial en que yo lo soy. Y ya. No más preguntas. ¿Nos vamos a dormir?

—Pensé que habías dicho que no dormiríamos —me quejé con una sonrisa sugerente.

—Y yo recuerdo que discutiste ese detalle diciendo que tienes clases mañana.

—Falté tres meses, puedo llegar tarde un día más.

—Gracias por recordármelo. ¿Podrías explicarme por qué faltaste tanto?

—¿Te digo algo? —Suspiré—. De repente a mí también me dio sueño. ¿Dormimos ya?

Caminé hasta su habitación y él fue detrás de mí. Cuando ambos estuvimos dentro yo no supe hacia dónde dirigirme, así que esperé por él hasta que abrió uno de sus cajones.

Yo esperando que buscara una sábana extra o algo parecido, pero lo que sacó fue un libro. Me lo entregó y vi que se trataba de *Érase una vez un crimen*.

—Lee eso mientras me esperas —explicó.

—¿Te espero mientras haces qué? ¿Y por qué me das justo este libro?

—Porque te gustó *A sangre fría*, y son historias cortas que te puedes leer mientras voy y me baño.

—¿Qué te hace pensar que acepté quedarme a dormir con mi novio falso para leer?

—¿No es lo que hacen todos los novios falsos?

Puse los ojos en blanco.

—¿Vas a bañarte? —pregunté, lo que hizo que Axer me mirara con el ceño fruncido.

—¿Cuál es la sorpresa?

—No, o sea... —no sabía cómo ordenar mis intenciones en palabras—, yo también necesito bañarme antes de dormir.

Axer asintió con tranquilidad.

—Por suerte tenemos muchos baños.

—Igual tendrás que llevarme, porque me podría desviar y tocar algo que no debo..., ¿no?

Nuestras miradas se debatieron en una tensa contienda. Él sabía lo que yo pretendía, y yo estaba consciente de lo mucho que él se rehusaba a dejarme ganar. Esperaba que mis ojos pudieran persuadirlo, pero si fue así no había forma de que yo lo supiera al momento.

Con Axer nada nunca era seguro.

—Vamos, sé perfectamente adónde llevarte.

Axer me agarró por el brazo y me condujo por los pasillos hasta una puerta dorada al fondo de estos. Antes de entrar ya dudaba de que un baño pudiera verse así por fuera, pero luego de abrir la puerta quedé todavía más desconcertada.

Era un cuarto inmenso, una mezcla de blanco, plata, grises y azules muy claros. Al principio había una especie de antesala con cojines de felpa blancos a modo de asientos. En esa zona estaban las toallas y una pantalla de mandos pegada a la pared que supuse que eran para el control del agua. Pero lo insólito era la arquitectura del lugar más allá, una especie de laberinto hecho de paneles de vidrio desde donde se podía ver la ducha con sus estantes de jabones.

Y pensar que a esas horas yo me solía bañar con una cubeta llena de agua helada y una taza, porque en mi calle cerraban las llaves después de las siete.

—Los paneles son espejos del otro lado —explicó Axer—, o sea que solo se puede ver desde aquí.

—¿Quién necesita un laberinto de espejos para bañarse?

—Pronto entenderás, bonita. —Se colocó detrás de mí y me bajó los tirantes de mi enterizo como un incentivo para que empezara a desvestirme—. Los Frey no tenemos necesidades, solo caprichos.

Me di la vuelta para mirarlo y yo misma empecé a quitarme el enterizo, dejando mi torso al descubierto. Como no me detuvo terminé de quitarme la prenda, desvistiéndome con la mirada fija en sus ojos impasibles, sin parpadear ni una sola vez, hasta que solo quedó mi ropa interior sobre mi desnudez.

—¿Y yo qué soy, Frey? ¿Tu capricho o tu necesidad?

Axer me estudió con la cabeza ladeada y los ojos entornados.

—Te lo voy a dejar de adivinanza. ¿Tú qué crees que eres?

—Ambas. Ninguna. Da igual, ¿no? —Di un par de pasos hacia él, bajando la voz en mis siguientes palabras—. Lo que es indiscutible es que no puedes dejarme.

Acercó la mano a mi cuello y la cerró dedo por dedo, solo apretando lo justo para hacer volar mi imaginación en una promesa indecente.

—Sí, Nazareth —confesó con voz áspera—, hay más de una versión de ti de la que no puedo escapar.

—Deberías contarme al respecto, tal vez te ayude.

Elevé la mano en dirección a su pecho, buscando tocar la zona de piel que quedaba a la vista bajo la abertura de la camisa, pero él lo evitó con maldad, atrapando mi muñeca en el acto y manteniéndola sometida lejos de su objetivo.

—La que vivo imaginando es la que más me lastima —explicó bajando mi mano hasta que estuvo lo suficientemente lejos de él como para soltarla—, porque no me deja en paz ni en los momentos cotidianos.

—¿Y qué hay en la imaginación de Axer Frey?

Me dio la vuelta, pegándome de espaldas a él y de cara a las duchas cubiertas por las paredes de cristal. Su mano seguía en mi cuello y su rostro estaba demasiado cerca de mi oreja.

—¿Sabes cuántas veces te pegué contra esos paneles?

Tragué saliva. Por suerte tenía puesta la ropa interior, porque me preocupaba empezar a gotear en el suelo.

—Yo... —musité con la boca seca.

—¿Sabes cuántas veces desfilaste al otro lado del cristal, desnuda, incitándome? Nunca te he odiado más que en esos momentos.

Como pude, recuperé algo de mi compostura para reír, con una mezcla de malicia e inocencia.

—¿Por qué me odias, Frey, si soy inofensiva?

—Porque... —Sus labios en mi oído, su voz de acento tan particular filtrándose por mi piel, todo me estaba hiriendo—. Porque no te he probado y ya soy adicto.

Sus manos viajaron al borde de mi sostén mientras yo asimilaba sus palabras, y sus dedos rozaron la piel por encima del escote.

Cuánto ansiaba su contacto, su embate fuerte y despiadado. No quería que me rozara, necesitaba que me tomara como tantas veces había fantaseado.

—¿Quieres que salga del baño? —preguntó.

—No, no quiero.

Sus dedos me acariciaban la clavícula mientras la otra mano apartaba con lentitud y delicadeza el cabello de mi cuello. Él se acercó a la piel expuesta y sensible para rozarla apenas con su aliento. Eso no solo me enervó, sino que despertó una necesidad que había estado aletargada y me detuvo la respiración.

—¿Harías algo por mí, gatita?

Mientras hablaba, sus labios me rozaban la piel, demostrando que una sola caricia suya podía asomarme al borde del abismo.

—Mientras me llames gatita haré lo que me pidas, Frey —respondí con voz temblorosa.

Su mano bajó por mi costado y pasó por mi vientre hasta rozar el borde de mi ropa interior, donde metió un dedo, apenas un centímetro, lo suficiente para jugar con la tela.

—Te dije que los Frey no tenemos necesidades, pero mentí. Contigo los hechos que siempre di por sentado no suelen durar.

—¿Por qué...? —Tragué—. ¿Por qué lo dices?

Pero no estaba preparada para su respuesta.

—Porque te necesito desnuda.

Él no podía necesitarlo tanto como yo anhelaba descubrirme por completo ante él.

—Tuya ya soy, puedes quitarme lo que me queda de ropa —musité.

—No es así como lo quiero.

—¿Y qué...?

Mientras decía eso, su mano se deslizó desde el interior de mi ropa íntima y giró hasta llegar a mi trasero. Fue bajando los dedos hasta alcanzar mi entrepierna y...

Di un respingo, incluso tal vez grité, cuando noté que me penetraba con los dedos y que lo recibían mis fluidos, que su anticipación estuvo provocando. Y deduzco que, en efecto, grité, porque su otra mano me golpeó la boca sin clemencia, silenciándome con su presión inflexible.

Mientras la sorpresa y el susto me aceleraban el pulso y la respiración, sus dedos aprovecharon esa oportunidad para estimularme por dentro. Y esa agónica combinación de adrenalina, placer y alivio hizo que mi cuerpo cediera a merced de mi captor.

La contradictoria mezcla entre la maldad y la misericordia de su contacto era lo que había esperado toda la vida.

Sentí que sus dedos se deslizaban con lentitud hacia afuera y la perspectiva de que ahí acabara todo me desesperó, así que me pegué más a él, rogando su contacto.

—Quieta, gatita.

Me aferró con más fuerza el rostro para tranquilizarme y terminó de sacar sus dedos de mi interior. Cuando levantó la mano y vi hacia donde la dirigía, mis ojos se abrieron al máximo y comencé a negar con insistencia.

—¿Qué pasa? —preguntó él con malicia.

Yo, enmudecida por su presión en mi boca, solo pude seguir negando.

—¿Por qué no, bonita? Antes dije que no te he probado y ya soy adicto, creo que es momento de que te pruebe.

Exhalé por la nariz y desistí a la idea de oponerme. Moví mi cabeza para mirarlo justo cuando sus dedos, empapados de mí, se adentraban en su boca para que él pudiera saborearme. Y esa perspectiva, esa imagen de él conmigo sometida y obligada a verlo, derramó una mezcla de lujuria, vergüenza y ansias sobre mi cuerpo que solo podrían saciarse con su clemencia hacia mi sed.

Entonces me soltó, y tomé una fuerte respiración como si me hubiese estado ahogando todo ese tiempo. Me descubrí agitada, más miserable que nunca porque todo lo que quería era su piedad, que me tomara como él quisiera porque yo acababa de renunciar a mi autonomía si esa renuncia implicaba que él iba a destruirme pieza por pieza hasta que no quedara un rincón de mi cuerpo que no se proclamara suyo.

—Desnúdate —ordenó, y yo no esperé una segunda mención antes de empezar a quitarme lo que quedaba de ropa.

—¿Y ahora, Frey? Ya me probaste, ¿ahora qué quieres? —pregunté completamente desnuda ante él.

—Consumirte.

—Pues aquí estoy.

Él se acercó y me agarró dolorosamente el cabello, moviéndome la cabeza para que lo mirara desde abajo. Gemí. Su dominio sobre mí, su maldad contenida a medida que empezaba a aceptarme como presa y sus ojos de depredador iracundo al no poder controlar su hambre; todo era una combinación que me complacía de la misma manera retorcida en que él y yo nos deseábamos.

—Leo el orgullo en tu cara, la victoria en la sonrisa que escondes... —Su pulgar me delineó la boca, presionando mis labios—. Te veo gritar en los bordes de tu boca. Es que sabes que has ganado y que ya no lo puedo negar más. Pero sigo siendo un Frey. —La mano que antes estaba en mi boca viajó hasta mi cuello, rodeándolo casi sin presión, como si se estuviera conteniendo—. Aunque voy a perder, lo haré a mi manera.

—¿Qué harás al respecto? —musité sabiendo que le diría encantada que sí a todo.

—Cumple mi fantasía, Nazareth. Ve, báñate y déjame verte.

—Y tú... ¿qué harás?

—Nada, solo dejar de imaginarte. Ese será tu castigo.

—¿Por qué? —Fingí una expresión de tristeza, aunque jamás me había sentido tan eufórica—. ¿Qué te he hecho?

Axer rio, incrédulo, y jamás me pareció tan provocativo como en ese momento. Quería comerle cada parte del cuerpo que él me ordenara.

—Qué cínica tu pregunta. Tú me arruinaste por completo, pieza por pieza.

«Jaque mate, Frey».

—Y ha sido todo un placer —concedí.

Con una inclinación de cabeza final, le di la espalda, completamente desnuda, y me dirigí a los pasillos formados por las paredes de cristal. Entonces me di cuenta de que era cierto: al otro lado los paneles eran espejos.

Caminé hasta llegar al centro de la encrucijada y entonces él, desde donde estaba, abrió el agua. Todo el techo era un rociador de acero, desde donde el agua caía como una pacífica lluvia . Y, mientras las gotas se deslizaban por mi piel, las paredes a mi alrededor eran ojos que reflejaban distintos ángulos de mi cuerpo.

Fui por el jabón, al principio cohibida, pero poco a poco empecé a imaginar lo que había más allá del cristal. Tal vez estaba Axer sentado en el cojín blanco, desnudo, tocándose mientras me miraba, disfrutando del espectáculo.

Y, aunque no fuera así, imaginé que sí, y enjaboné cada rincón de mi cuerpo fantaseando con el juego de su mano, el descontrol en su respirar y la ira de su contradicción.

Entonces él reguló la temperatura del agua y el vapor comenzó a envolverme. El agua caliente se deslizó agradablemente sobre mí, lo cual aumentó las ansias que sentía por que no solo mis manos me acompañaran en esa ducha.

Me pegué a uno de los paneles de espaldas, arqueándome, presionando mi trasero porque sabía que él podía verlo del otro lado. No quería ser la única que sufriera en ese juego.

Entonces se me ocurrió una idea, algo que ni siquiera había considerado porque lo necesitaba a *él*, y comencé a penetrarme con los dedos, jadeando a medida que la sensación se hacía más placentera mientras el agua caliente empañaba cada cristal en aquel palacio de perversas fantasías.

No me había dado cuenta de cuánto necesitaba aquel estímulo, y aunque dos dedos no me parecían suficientes, aliviaban un poco mi mísera hambre. Me apoyé con la otra mano, tocándome por fuera para buscar con desesperación el clímax que mi cuerpo ansiaba. Y cuando estuve tan cerca de llegar...

Sus manos, esas por las que había llorado mientras Verónika me complacía en el camerino, se apoderaron de mí. Una se cerró sobre mi muñeca como un castigo, la otra me apartó del panel tomándome por el cuello.

—¿Qué haces?

—Tu trabajo —escupí con desafío.

Él casi desnudo, pero seguía ocultándose tras su bóxer, que, empapado por el agua de la ducha, revelaba más de lo que me convenía para mantener la cordura.

—Te estás portando muy mal, gatita. Si te saltas las reglas del juego, te quedas sin recompensa.

—¿Qué recompensa?

—Puedo decírtelo, y te quedas con eso, o te lo puedo dar.

Con solo escuchar eso me pasé la lengua por los labios como si los tuviera llenos de caramelo.

—Definitivamente me quedo con la segunda opción.

—Entonces... —Me tomó por los hombros y me dio la vuelta, de modo que ambos podíamos vernos en el reflejo empañado—. Pega esas lindas tetas al panel, Nazareth, y no te muevas a menos que yo te lo ordene, ¿entendido?

—Se hará como usted diga.

Hice lo que me pidió y esperé a que regresara. Noté que sus manos llenas de champú me masajeaban el cuero cabelludo, creando espuma que pronto comenzó a deslizarse por mi cuello.

—¿No querías que te tocara, Nazareth? —susurró—. Pues hoy no me voy a contener, no quedará un rincón de ti que mis manos no recorran.

Con la misma espuma del champú deslizó sus manos sobre mi piel, enjabonándola. Me frotó los brazos, la espalda, los hombros en un masaje que me hizo contener la respiración. Sus manos se deslizaron con la suavidad del agua hasta mi cuello y descendieron por mi abdomen como si estuviesen hechas para recorrer mi cuerpo. Cuando bajó a mis piernas, se arrodilló y quedó a la altura justa para recorrerlas enteras y disfrutar de ellas desde todos los ángulos. Al verme por detrás sucumbió a la tentación de morderme, metiéndose grandes porciones de mí en la boca y acariciando con la lengua las marcas que me dejaban sus dientes.

Axer estaba devorándome, literalmente.

Me mantuvo pegada al panel, con el agua corriendo entre la superficie de cristal y mi piel, mientras sus manos, ya limpias de todo rastro de jabón, me recorrían con la compañía de su lengua.

Se levantó, sin dejar que me separara del espejo, y se pegó a mí, restregando su erección contra mi trasero.

—Dámelo —rogué.

Bajó las manos y liberó su erección para acariciar la punta, de forma lenta y tortuosa, contra esa parte húmeda de mí que se contraía de necesidad con cada roce.

—¿Tanto lo quieres, bonita?

—Tú sabes que sí —declaré en un hilo de voz atormentado.

Él rio con malicia, y la perspectiva de lo patética que debí parecer, de que él supiera cuánto lo necesitaba, me llevaba a un éxtasis que no tenía comparación. Porque sí, me encantaba jugar con él, y ganarle, pero en esas partidas perder era mucho más delicioso y con gusto me humillaba en su juego si el premio iba a ser su abismo.

—¿No te da vergüenza pedírmelo así?

—He perdido la vergüenza hace mucho, Frey, todo lo que queda de mí es la más grata de las suciedades.

Sus labios en mi oreja me chuparon y mordieron mientras él decía:

—Demuéstramelo.

—¿Cómo?

—¿Quieres que te premie?

—Lo *necesito* —gemí.

—Pídemelo de rodillas.

Y así hice, como si le rogara, postrada por completo sobre mis rodillas, con las manos en sus muslos y la cara a la altura de su miembro erecto como un mástil, una peligrosa situación que esperaba acabara en mi boca.

—¿Necesitas que te alivie, Frey?

Axer me pasó la mano por la cara y el cabello con ternura, como a una mascota a punto de ser recompensada, y me lamí los labios en anticipación a mi premio.

—Quiero llenar tu cara de semen, gatita, ¿tienes algún problema con eso?

—Usted báñeme.

Complacido por mi respuesta, Axer me metió los dedos en la boca.

—Abre tu boca, Nazareth.

Hice lo que pidió, sintiendo que su voz me castigaba la entrepierna, experimentando pulsaciones que me llevaban al borde de las lágrimas solo por la necesidad.

Axer recorrió el interior de mi boca con sus dedos, dejando que se los chupara. Llevó su otra mano a su miembro, estimulándolo de arriba abajo mientras acercaba su glande a mi boca.

Ansiosa por saborearlo, me acerqué un poco a él, pero su otra mano viajó a mi cabello para someterme al dominio de su agarre.

—Quieta, bonita. Estamos jugando todavía. Si respetas mis reglas, ganarás. Luego viene tu premio.

—Como ordene, señor.

—Ahora déjame ver tu lengua.

Así lo hice, recibiendo gustosa el trozo de carne que empezó a frotar contra mis papilas gustativas. Lo saboreé como a un dulce y me deleité con la manera irracional en la que se mantenía hirviendo a pesar de la cantidad de agua que recibíamos.

Axer solo me permitió probarle la punta, frotándola contra mi lengua hasta desesperarme. Yo lo quería entero y de todas las formas posibles, y esa maldita tortura me tenía chorreando fluidos que me recorrieron hasta la mitad del muslo.

Y, cuando no pude más, lo desafié, a pesar de que tenía su mano aferrada a mi cabello. Me impulsé solo un centímetro hacia adelante y cerré la boca sobre su glande para chuparlo a mi antojo.

Y entonces recibí el golpe, húmedo y sonoro contra mi cara. Despiadado, como todo él. No me tenía compasión y, a pesar de que grité desde mis entrañas, lo último que quería era que me la tuviera. Porque ese contacto honesto, esa descarga de dolor, me recorrió entera y se alojó en los nervios de mi entrepierna, descargando contracciones de placer que lloraban por ser satisfechas.

Jadeé, todavía desorientada por el dolor, y sentí cómo el agarre de Axer en mi cabello me devolvía a mi posición, de rodillas ante él. Y ese maltrato, esa bestialidad en su trato, me hizo suya en cada maldita partícula de mi ser, porque jamás volvería a desear a nadie si no iba a consumirme de ese modo.

—Dime si quieres que pare —expresó con seriedad, la oportunidad de redención antes de una sentencia.

—Jamás —juré con toda la honestidad que había en mi alma.

—Aprieta mi pierna si es demasiado, ¿de acuerdo? Porque ahora nos toca descubrir si puedes aguantar lo que tanto suplicas.

Asentí, y ni siquiera terminó de formarse la sonrisa en mis labios cuando su miembro me llenó la boca.

Con su mano en mi cabello para acomodar mi cabeza a la posición que él necesitaba, me penetró. Escasas y lentas embestidas, pero fuertes, abriéndose paso, apelando a que en las repeticiones al fin me acostumbrara a su tamaño para que pudiera introducirse más y más profundo.

Al comienzo las lágrimas me saltaron de los ojos y todo lo que quedó de mí fue una mezcla entre la sensación de alivio y ahogo. No podía respirar ni tragar, y la saliva me corría por la barbilla junto con el agua de la ducha. Pero, poco a poco, conforme más insistía él sin ningún tipo de tregua a mi inexperiencia, mi garganta lo recibió cada vez más profundo, acostumbrándose, y entonces él subió la velocidad de sus repeticiones, haciendo que me tragara su miembro todo lo que me era posible y sacándolo casi entero para volver a embestirme la boca.

Hasta sacarlo y soltarme. Entonces caí hacia el frente sobre mis manos, jadeando y babeando como si estuviese a punto de vomitar, pero mi cuerpo no tenía arcadas más allá de aquellas de placer. En ningún momento se me ocurrió pedirle que parara, y fue la mejor decisión. Quería la experiencia completa.

—Ven por tu premio.

Alcé la vista entusiasmada, a tiempo para ver cómo Axer se masturbaba frente a mí. Su otra mano viajó a mi barbilla y la acarició con tal ternura que en serio me sentí recompensada.

—¿Puedo besarlo? —le pregunté.

—Mejor chúpalo, bonita.

Más emocionada que nunca, llevé mi boca a su miembro y lo encerré entre la tierna piel de mis labios entumecidos por sus previas embestidas. Succioné, metiéndolo y sacándolo de mi boca como una chupeta, lamiendo la punta desde adentro mientras él estimulaba la base con su mano.

Y cuando lo sentí estremecerse en mi boca, a punto de estallar, fui yo la que comenzó a gemir en un éxtasis insólito.

Sentí la primera descarga azotar mi boca, pero de inmediato él lo sacó para dirigir el resto de sus proyectiles a mi inocente carita.

Me bañó mientras su otra mano todavía aferraba mi barbilla con delicadeza, empapando mi boca y mis mejillas hasta que fue tanto que me chorreó por el cuello con ayuda del agua. Y cuando él dio un paso atrás, exaltado y contemplando su obra, yo deslicé mi pulgar por todo el borde de mis labios, esparciendo el exceso de su semen en mi boca para luego chuparme el dedo con alevosía.

Él, al verme así, como la sucia lujuriosa que era, se mordió los labios con fuerza y sus ojos se incendiaron de un hambre voraz que lo mantuvo erecto a pesar de todo lo que había descargado en mi cara y lo que me había hecho tragar.

—*Ya khochu, chtoby ty menya vyplyunul* —dijo en ruso mientras me tomaba de nuevo por la barbilla, y luego tradujo su orden—. Escúpelo.

Sin esperar a que me lo pidiera una segunda vez, le escupí su miembro sin tapujos ni contemplaciones, y solo un segundo después tenía sus manos levantando mi cuerpo y el suyo empujándome hasta pegarme contra la superficie del espejo más próximo.

—¿Te gustó tu juguete, gatita?

—*Yes, sir.*

Me puso de espaldas, con las tetas pegadas al cristal. Sus manos buscaron mi cavidad y la satisficieron con movimientos de vaivén y el juego de sus dedos en mi interior.

Mi boca se abrió por completo contra el panel, babeando, llenándose del agua de la ducha que se deslizaba por el espejo y lavaba el exceso de semen en mi cutis. Yo ya no podía contenerme, gemía como una actriz, pero sin necesidad de fingir absolutamente nada.

—Axer...

—Pídeme que te llene.

—Mételo, maldita sea.

Él me separó del cristal, solo unos centímetros para echarme hacia atrás, más cerca de su glande, y cuando lo tuvo en la posición correcta, no solo lo metió de una sola embestida ayudado por lo mojada que estaba, sino que me empujó contra el panel con tanta brutalidad que me hizo daño.

Mi grito al ser perforada por él tuvo tal magnitud que pudo haber creado grietas en las paredes y haber convertido en escombros los cristales. Y es que aquel nivel de dolor y satisfacción me hizo temblar, a punto de caer de rodillas, rendida por completo ante ese grado de placer.

«Al fin, maldita sea».

Pero entonces él intentó volver a moverse y sentí que me mareaba por la sensación de que aquello era demasiado para mí.

—¡Para! —jadeé, y vi en el cristal lo desconcertado que se quedaba ante mi petición. Cuando estaba a punto de sacarla, me aferré a sus caderas con horror—. No, no, solo es que... no me acostumbro.

—¿No quieres que pare?

—No, ni se te ocurra.

—Te duele.

—Solo... vamos más lento, ¿sí? Pero no te detengas.

—Sus deseos son órdenes.

Jamás esperé que me dijera algo así, y cumplió con sus palabras. Llevó una mano a mi entrepierna para atenderme por fuera, recorriéndome como si quisiera aprenderse el camino, deslizando los dedos entre mis pliegues, rozándome en una tierna caricia mientras escuchaba mi respiración hasta que... Mierda, sí. Ahí era, y él lo supo, porque el roce se transformó en movimientos circulares y en una ligera presión que se iba tornando más intensa, más rápida y...

—Mierda —jadeé.

No iba a aguantar.

—¿Quieres que pare?

Casi podía oír la sonrisa en su voz.

Intenté mover las caderas para que volviera a introducirse, pero él no cedió. Sus dedos pronto me tuvieron jadeando y rozando el clímax, y, aunque traté de contenerlo, él me arrastró hasta ese punto de no retorno.

Con mis gemidos finales empezó a meter su miembro, lentamente, pero cada vez más profundo, mientras me demostraba a mí misma que sí podía soportarlo.

—Por favor —rogué— necesito más.

—Ya es suficiente.

—Lo necesito todo.

—¿Segura? —Asentí—. Como ordenes.

Aumentó las repeticiones, cada vez más rápido, y una de sus manos viajó a mi pecho para apretar la piel de mis senos a su antojo. Había estado ansiando eso por tanto tiempo que la combinación del punto que estimulaba su miembro en mi interior y la atención de sus dedos, que pronto volvieron a mi clítoris, me puso de nuevo en desventaja.

Ya ni entendía lo que estaba gritando, solo era consciente de que era *él* quien me perforaba, tocaba y complacía. No podía cerrar los ojos, porque mi única fantasía estaba reflejada en el cristal empañado frente a mí. Y que siguiera dándome luego de ese orgasmo lo empeoró todo, porque mi cuerpo solo sabía temblar y mi mente no entendía qué hacer con tanto placer, así que me mantuve chillando y lloriqueando mientras aceptaba todo como lo que él me había prometido: una recompensa.

Sin embargo, me di cuenta de que todavía quería una cosa más, así que lo empujé lo suficiente para sacarlo de mi interior y poder girarme. Y así, frente a frente, con la ducha lloviendo solo para nosotros y el suelo encharcado de agua y los restos de nuestro crimen, me abracé a su cuello y lo dejé penetrarme desde delante, levantando una pierna para rodearlo a la altura de sus caderas porque confiaba en su firmeza.

—Me estás volviendo malditamente loco, Nazareth.

Tenía una mano pegada al panel y la otra aferrada a mi cintura. Nuestros rostros estaban muy cerca, nuestras miradas combatían en un último desafío...

Pero cuando me lancé a besarlo, su mano se cerró sobre mi cuello y me alejó. Él ya sabía que yo iba a intentarlo.

—Te dije que no —regañó penetrándome con mucha más fuerza como castigo.

—Dame una razón por la que no debamos besarnos —incité.

—Porque tú lo deseas, y yo necesito que sufras.

—¿Es eso, Frey? —Reí—. ¿Estás seguro?

Él me estaba cogiendo como nadie me cogería en la vida, así que se me hacía demasiado complicado hilar una frase coherente, pero lo intenté de todos modos.

—¿Qué *chert vozmi* intentas decir con eso? —espetó.

—Nada, es que difiero de tu declaración. Siento que tienes miedo.

—¿Miedo? ¿Miedo de qué?

—Dímelo tú. ¿A qué le temes? ¿A que a raíz de un beso empieces a sentir cosas por mí? ¿O a besarme y descubrir que ya las sientes?

—*Proklyataya suka, kak ya tebya nenavizhu.*[1] —Eso no lo tradujo, pero no lo necesitaba, porque su boca agrediendo a la mía ya me declaraba toda la pasión de su odio.

Y sí, nos besamos. Devoramos nuestras bocas como por mucho tiempo cada uno consumió las mentiras del otro. Y él me apretaba con tal pasión como si necesitara beberme a través de su piel. Las maniobras de su lengua me convirtieron en un charco mientras su miembro no dejaba de penetrarme ni mis caderas paraban de moverse contra él.

Nuestras respiraciones se descontrolaron, nuestras bocas recibieron el agua de la ducha con jadeos en las escasas pausas que tuvimos. Pero seguimos consumiéndonos, porque ambos fuimos víctimas de una abstinencia que casi nos disolvió. Y yo lo dejé lamerme entera, desde el cuello hasta la mejilla para luego volver a mi boca, y lo mordí con la misma bestialidad con la que me embestía, haciéndolo sangrar y gruñir sin ninguna objeción.

Lo había deseado tanto que creí que con una primera vez podría borrar la huella de su enfermedad de mi cabeza. Pero, luego de probarlo, descubrí que no había cura para Axer Frey y que, si existía, prefería morir que recurrir a ella.

—Axer...

—¿Hmm?

—Olvídalo.

Pero él no lo iba a olvidar. Me aferró por el cabello y me obligó a mirarlo. Pero en sus ojos no había ninguna demanda, solo súplica.

—Dilo.

---

1. «Cuánto te odio, maldita perra», en ruso. (*N. de la A.*).

Moví la cabeza en negación.

—No puedo.

Entonces me volvió a besar, más fuerte, más profundo, y cuando se alejó ya no me quedaba ni aliento ni noción del contenido de un diccionario.

—Solo dilo —insistió al separarnos.

Nuestras frentes estaban juntas y en sus ojos había una especie de ruego. Casi parecía que me suplicaba que lo liberara, como si hubiese algo en su pecho rugiendo por salir y yo fuese la única con la llave.

Pero no podía hacerlo. No, me rehusaba. No podía darle la única arma con la que podría darme el jaque definitivo. Así que, en su lugar, solo le dije:

—Quiero que me mientas.

—¿Qué quieres que te diga?

—Tú escoge, y dime la peor mentira que se te ocurra. Pero convénceme de ella.

El rostro de Axer se distorsionó, pero esa vez no pude leerlo. Ya no tenía acceso a la batalla que se libraba dentro de él.

Y cuando me tomó del rostro, por la manera tan atribulada por la que me miró, casi pude creer lo que me dijo:

—Estoy enamorado de ti, Nazareth.

Ni siquiera pude reaccionar a su engaño, porque su beso y sus embestidas finales me llevaron de nuevo al orgasmo, el mejor de mi vida, uno que no pude celebrar con gritos porque su boca se bebía todo mi aliento.

Cuando se alejó de mí, sentí su semen tibio recorrerme las piernas y entendí que acabamos a la vez.

—Estoy clavada entera en tu abismo —suspiré impresionada y complacida.

Él se acercó a mí y me dio el último beso de toda la noche antes de decir:

—Y yo en el tuyo.

11

La coronación del peón

SINAÍ

Despertar al lado de Axer Frey semidesnudo, cubierta solo con una camisa suya —porque, claro, lo último que me había pasado por la mente al aceptar su invitación a cenar es que acabaríamos bañándonos juntos, por lo que no llevé ropa extra para la ocasión—, y que ese Axer Frey fuese también, de alguna forma abstracta y forzada, mi novio, era demasiado surrealista para mi pesimista imaginación.

De hecho, si hubiese amanecido en cualquier otro lugar, sin duda habría pensado que todo fue un sueño. Pero fue real.

No solo habíamos tenido sexo, sino que nos habíamos besado por primera vez desde que las blancas hicieron el movimiento inicial del juego en el que seguíamos enredados, buscando estrategias para ganarle al otro sin tener que dejar de jugar jamás. Y vaya beso para ser el primero. No dejó cabida a malas calificaciones. Y, por si fuera poco, en algún momento de la noche, aunque los dos coincidimos en dormir cada cual en un extremo de la cama, dándonos la espalda, nuestras manos se encontraron en mitad del colchón y nuestros dedos se rozaron.

Me levanté y me quedé mirando a Axer, porque seguía sin poder creer lo que vivía. La curvatura de su espalda, el perfil de sus músculos relajados, el seductor alboroto de su cabello despeinado en la almohada. Era una imagen a la que estaba dispuesta a rezarle cada amanecer.

Pero no iba a decírselo.

—Axer... —susurré, con mis dedos cerca de su piel, incapaz de decidir si debía tocarlo.

—¿Humm?

—Debo ir al colegio.

Él se estiró hasta alcanzar su teléfono en la mesita de noche para poder mirar la hora, con un ojo entreabierto por el brillo de la pantalla y el otro cerrado por el sueño.

—Son las cinco de la mañana, Sinaí. En Rusia te colgarían por despertarme a esta hora.

Avergonzada hasta las orejas, abrí los ojos con desmesura mientras mi cara encendida revelaba mi estado.

—¿En Rusia cuelgan personas? —pregunté casi balbuceando de nervios.

Axer me miró aguantando la risa de manera muy poco disimulada. En ese instante no estaba segura de si quería golpearlo con la almohada o con mis labios.

—¡Es en serio! —me quejé—. Tengo que ir a mi casa a cambiarme. No tengo mi uniforme aquí.

—¿Dónde venden tu uniforme?

—¡Axer, por Dios! —Hice ademán de pegarle un manotón en el hombro, pero por suerte recordé que teníamos culturas distintas. Lo que en Venezuela es un juego de panas, él podría tomarlo como agresión. No iba a arriesgarme—. Tengo que ir a mi casa algún día, tu familia llegará de donde quiera que estén y yo necesito cepillarme.

Él se arrastró en la cama hacia mí, abrazándome con un solo brazo para acercarme a su cuerpo, y una vez estuve lo suficiente cerca, sus labios besaron mi frente.

—Sí —reconoció—. Deberías.

La mezcla de sensaciones que me produjo eso me tenía al borde de un cortocircuito. Roja de vergüenza, pero a la vez de ternura porque sus labios me habían tocado. Con ganas de que me tragara la tierra pero a la vez no, porque no quería alejarme de su medio abrazo.

Tenía las emociones vueltas un culo.

Entonces Axer me soltó y se cubrió la cabeza con la almohada como si fuese un campo blindado que le protegería de mi voz.

—Dile a Federico que te lleve —escuché que decía su voz amortiguada por la almohada.

—¿Y cómo me comunico con él? —repuse.

Axer gruñó por debajo de la almohada y la apretó más contra sus orejas.

—¿No puedes ir a clases el año que viene?

—Que tú seas un genio no implica que a mí no me haga falta estudiar.

Axer batuqueó la almohada contra la pared con tal fuerza que tuve que quitarme de su trayectoria por miedo a que me quebrara los lentes y los vidrios me dejaran tuerta y sangrando hasta morir.

Tal vez había visto mucho *Destino final*.

Luego de su pataleta, mi genio ruso se sentó en la cama a regañadientes.

—Pero si nunca vas a clases, Nazareth —se quejó limpiando sus lagrimales.

—Pero hoy me provocó.

—Jodes más que mi padre.

—Bueno, pues... ¿gracias?

Luego de pasar su mano por su cabello de manera dramática, se inclinó hacia mí y dijo:

—¿Necesitas desayunar antes?

—Ehhh... No. Yo comeré en mi casa.

—Va.

Axer llamó por teléfono a Lingüini y le avisó de que yo bajaría en un rato y que debía llevarme a mi casa. Debo admitir que, por más que estuviese jodiendo la paciencia de Axer, se me hacía especialmente especial —aunque esa fuese una combinación de adverbio de modo y sobreadjetivación por la que Stephen King me mataría— que no quisiera deshacerse de mí de inmediato luego de lo sucedido esa noche, que de hecho insistiera en no separarnos todavía.

Era demasiado hermoso de su parte y me daban ganas de casarme con él.

Como si ya no tuviera suficientes antes.

Pero luego lo vi volver a esconderse bajo la sábana y me dieron ganas de pegarle.

—¿Dónde está mi ropa? —insistí.

—La quemé.

—¡Axer Viktórovich Frey, no puedes quemar mi ropa cada vez que se te antoja!

—¿No tienes sentido del humor? —Salió de bajo la sábana para mirarme—. Era broma. Tu ropa está en el baño. Tirada. Donde la dejaste, por cierto.

Y ahí estaba, su reproche por mi desastre. Tal vez sería mejor para ambos que no hubiese boda jamás, no estábamos preparados para las peleas maritales.

Cuando llegué a casa traté de no hacer ruido para no despertar a mi madre, pero cuando al fin salí bañada y medio vestida a la sala para comer algo antes de irme al colegio, me la encontré en el sofá, esperándome.

—Buenas, buenas —saludó más animada que cualquier ser humano a las seis de la mañana.

Ni loca iba a contarle a mi madre que era novia de Axer antes de haber firmado el contrato que lo haría oficial. Tenía que asegurarlo primero o la decepción la mataría si algo salía mal y Axer cambiaba de idea.

—Buenos días —dije.

—¿Y bien?

—¿Y bien qué?

—¿Me vas a decir el nombre de mi nieto?

«El primero de siete», se me ocurrió puntualizar, aunque por supuesto no lo hice. Estaba mal que hablara de uno solo, luego los otros seis se sentirían no deseados.

—Hablamos después de clases —respondí en un intento de zanjar el tema mientras me ponía el calcetín del revés por andar desconcentrada.

—De acuerdo, pero mira que te voy a esperar.

En ese momento alguien llamó a la puerta y al abrirla me dieron ganas de salir corriendo.

—¿Qué haces aquí? —pregunté entrecerrando la puerta detrás de mí para que mi madre no viera a Axer.

—Vine a buscarte para irnos juntos al colegio.

—¡¿Por qué?!

—¿Cómo que por qué? ¿No eres mi novia? ¿O es que como ya me usaste ya me puedes desechar? Lo esperaría de cualquiera menos de...

—Ay, calla, ni siquiera he firmado todavía.

—¿Y eso a quién le importa, Nazareth? ¿Estás lista o no?

—Yo... Sí, espérame un segundo.

Fui corriendo a mi habitación a por mi bolso mientras mi madre gritaba desde la sala:

—¿Quién era?

—¡Testigos de Jehová!

Solo así conseguí que mi madre perdiera interés en el asunto y me dejara irme tranquila sin más preguntas de por medio.

Ya en el auto con Axer, no podía dejar de pensar en el frío matutino sumado al aire acondicionado, en como apenas podía protegerme de este por el suéter que llevaba encima del uniforme. Era importante porque, aunque fue en un auto distinto, recuerdo aquella madrugada en la que el frío casi se evaporó al someterse a la intensidad de las cosas que hicimos.

Tenía que distraer mi mente de esas imágenes. Y, sobre todo, tenía que asesinar ese tenso silencio entre nosotros, porque no podía seguir un kilómetro más así, sin saber qué había en la mente de Axer que lo distraía tanto.

—Ahora que lo pienso... —empecé a decir—. ¿Cómo haces para ir al colegio y a la vez cumplir con tu vaina superintensiva de genio prodigioso ruso?

—¿Cuántas horas tiene un día, Nazareth?

—Menos de las que necesito para ser productiva.

—Bueno, pues yo las aprovecho todas. Nunca pierdo tiempo, excepto... —Me lanzó una mirada fugaz por el retrovisor, a pesar de que estaba sentada a su lado. Fue como si buscara las mejores palabras para lo que estaba por decir—. Vamos, que justo ahora mi único vicio eres tú.

¿Cómo ese hombre podía decir eso y pretender que no me diera un ataque cardiovascular en plena autopista?

—Ya, pero... —Me esforzaba por disimular lo que sus palabras provocaban—. No me estás entendiendo. Lo que quiero saber es... ¿si cumples con ambas asignaciones? ¿O solo vas a mi liceo para aparentar, pero nunca entregas las tareas?

Axer frenó el auto y me miró con cara de que acababa de insultar a su difunta madre.

—¡¿Qué dije?!

—En los tres meses de clases que llevamos no han enseñado más que ecuaciones y el *sukin syn* verbo «to be». ¿Por quién me tomas?

Okay, parece que sí lo ofendí en serio.

—Ya, pues, ese verbo «to be» nos jode a muchos.

Axer reanudó la marcha del auto sin siquiera mirarme.

—Pues yo no soy muchos.

—Okay, pero no te alteres. Es malo para la salud.

—Tú eres mala para mi salud.

—Pero cómo te cuesta dejarme, ¿eh?

—Toda droga es así.

—No me digas eso, que me enamoro —bromeé.

—Esa es la idea, no puedo estar en desventaja toda la vida contigo.

—Pero... ¿qué mierda...?

—Llegamos.

Y, sin más palabras, estacionó frente al liceo.

—¿Pretendes que me baje así y ya está?

Axer se mordió los labios para aguantar la risa.

—¿Quieres que ponga una alfombra hasta el aula para que camines sobre ella?

—No, es lo que dijiste. Yo...

Axer, ignorando con deliberación mi balbuceo, se interpuso frente a mí para abrir la guantera y sacar una caja negra con un lazo de un azul muy parecido al tono de mi cabello. Junto a la caja, había un sobre en el que supuse que estaría el tan preciado contrato.

—¿Y eso es...?

—Todavía estás a tiempo de decir que no. Ayer conseguiste lo que querías, así que si ese era tu objetivo con todo esto ya no es necesario que te tomes la molestia. —Me extendió el sobre de papel—. Léelo y piénsalo. Y, si tienes abogado, mejor. Si no, Frey's Empire puede proporcionarte uno, pero eres lo suficientemente lista para desconfiar de que un abogado de mi empresa sea imparcial con tu caso.

—Ya, igual voy a firmar.

Aunque el contrato dijera «Sí a todo», también lo habría hecho.

—¿Por qué? —cuestionó él con seriedad.

—Porque quiero.

—Bien, pues... —Me extendió la caja—. Esto es independiente de tu decisión. Es un capricho más para mí que para ti, así que ni se te ocurra rechazarlo.

Con desconfianza y frunciendo el ceño, deshice el lazo de la caja y me guardé la cinta en la mano. La usaría, tal vez hasta el día de mi muerte, atada a la muñeca como un recuerdo de aquel primer obsequio como novios falsos.

Abrí la caja y me encontré con una diadema con orejas de gato y pedrería negra que refulgía bajo distintos ángulos de la luz solar. A su lado había un collar, una especie de gargantilla de cuero con una argolla plateada y pequeñas púas en todo el contorno.

Los escenarios que mi mente imaginó partiendo de esos dos accesorios no los habría confesado ni al mismo Papa.

Axer tomó la diadema y me la puso con sus propias manos. Al apartarse, me contempló con la cabeza ladeada y una leve sonrisa en los labios.

—¿Qué? —espeté. Le tenía tanto miedo a esa versión suya que me derretía que bloqueé para él la posibilidad de acceder realmente a mí, porque la alternativa era creerle y caer a lo más profundo, sin posibilidad de retorno.

—Procura no usar el collar en público —dijo—, al menos no con un público con el que quieras que me comporte, porque no estoy muy seguro de poder hacerlo.

—No sé cómo debo sentirme al respecto...

—¿No sabes ser honesta?

—Claro que sí, pero no creas que lo seré contigo.

—No tienes que serlo, no tienes que decirme cómo te sientes, pero permítete a ti sentirlo. Y ya está. De lo contrario no vas a disfrutar esto.

—Lo estoy disfrutando bastante, créeme. Disfruto ganarte.

Él no hizo ninguna declaración al respecto y volvió su vista al frente.

—¿Necesitas algo más?

—Te noto muy complaciente, Frey. Me preocupas.

Sonrió, y eso me puso nerviosa, así que pregunté:

—¿Qué?

—Nada. Tú estás ganando, ¿no? Haré mis declaraciones después del mate.

—No me hagas esto, dime...

Callándome, se dio la vuelta y me tomó la mano con extrema delicadeza, como si sujetara una mariposa herida entre los dedos.

—Me encantas, y tú lo sabes —declaró—, pero jamás vas a ganar esto hasta que no estés segura. Mientras conserves esa duda, yo sigo en juego. Y mientras yo esté en la partida, Schrödinger, no importa que me conviertas en un peón. Si te descuidas, llegaré al otro lado y recuperaré la corona.

Aunque me estaba declarando la guerra, fue una confirmación de hasta qué punto me fascinaba. Puede que a él le gustaran mis gestos, pero su mente era mi devoción. Y eso me encantaba, que nuestra atracción no dependiera de factores físicos con los que nadie decide nacer.

—Repito —dijo entrelazando sus dedos con los míos y con una sonrisa satisfecha en sus labios—. ¿Necesitas algo más?

—Sí.

—Bien, dímelo.

—Sabes que he faltado a clases... —Fingí mi mejor carita de inocencia—. Mucho. La última vez que me comuniqué con mi profesora guía me dijo que, si regresaba, mi madre tendría que abogar por mí en dirección.

—¿Y...?

Entorné los ojos.

—Mi madre no puede enterarse. Me asesinaría y a la verga el tablero. Te juro que no le va a importar nada, me encerrará en una jaula custodiada por leones y me alimentará una vez a la semana.

Axer aguantaba con dificultad las ganas de reírse de mi dramatismo.

—¿Me vas a decir por qué faltaste tanto? ¿Y qué pretendes hacer ahora? Han sido tres meses, ¿cómo los recuperarás?

—Quedan dos trimestres, puedo pasar el año todavía.

—Habrías de tener un promedio perfecto en todas las evaluaciones de todas las materias hasta el último día de clases —repuso, como si eso yo no lo supiese ya.

—Tú lo dijiste, solo enseñan ecuaciones y el verbo «to be».

—Sí, pero yo estoy en otro nivel académico.

—¿Me estás llamando bruta?

Él ni siquiera se inmutó.

—Te estoy recordando un hecho, Nazareth. Si estás cursando el último año, es porque lo necesitas. Punto.

—No eres el único inteligente aquí, yo puedo pasar.

Él cerró los ojos con fuerza en señal de cansancio. En definitiva, yo le estaba haciendo perder la cordura, pero no es como si tuviese muchas ganas de salvarlo.

—Claro que puedes, pero ¿vas a hacerlo? —adujo—. Tendrías que aplicarte demasiado y, dado tu derroche de irresponsabilidad... Podría entenderte si me dijeras por qué faltaste tanto.

—No volveré a faltar un maldito día y no necesitas entenderme, solo decidir fríamente si me quieres ayudar o no.

—Esa no es una decisión fría.

Parecía tener una respuesta para todo y eso me irritaba.

—Pues que lo sea —repliqué a la defensiva—. Puedes hacerlo, ¿no? Tu familia tiene influencia y obviamente tienen algún trato con la dirección. ¿Puedes abogar por mí para que vuelva a clases sin que mi madre se entere?

—Puedo, pero ¿por qué lo haría? Quieres que sea una decisión fría, ¿no? Dame un motivo.

—El único motivo que se me ocurre es que puedes —abogué con los dientes apretados.

—Puedo hacer muchas cosas que no quiero hacer.

—¿Quieres ayudarme?

Axer resopló con aire de cansancio, como si esa pregunta fuera absurda y la respuesta obvia.

—Por supuesto que quiero ayudarte, no tendríamos esta discusión de lo contrario, pero también te quiero entender.

—¡No lo hagas!

No puedo explicar a ciencia cierta qué me tenía tan en guardia. De manera indirecta, en aquella conversación estaba Julio presente. Él, sus amigos y lo que me hicieron de camino a mi casa aquel maldito día de mierda.

Me negaba a hablarle a Axer del peor momento de mi año, de esa parte de mí que seguía obsoleta e irreparable.

—Solo confía en que no te voy a dejar mal parado —agregué luego de entender que estaba siendo demasiado brusca con él sin que lo mereciera—. Voy a aprobar. Y, si no lo hago, siempre me queda la opción de reparar las materias.

Era una suerte del sistema estudiantil que, al finalizar los tres lapsos, si la suma total de las notas no alcanza para darte el promedio mínimo para aprobar, todavía queda la milagrosa opción de hacer un examen que resuma todos los temas vistos en el año. La nota obtenida en dicha evaluación será considerada tu nota final en la materia que estés reparando.

Lo jodido llega cuando tienes que reparar más de una materia. Y yo veía doce, de las cuales no había asistido a ninguna.

—¿Piensas repararlas todas? —cuestionó Axer con una mezcla de reproche y escepticismo.

—Es una opción.

—No. Te voy a ayudar, pero no te des ese lujo. ¿Quieres que tome una decisión fría? Bien. Esfuérzate en pasar todo, pero no consideres reparar como una opción.

144

—De acuerdo. Lo haré.

—Genial.

Axer salió del auto sin mediar más palabras entre nosotros, cerrando la puerta con brusquedad. Me dejó desorientada al no prever ese movimiento, pero tuve que analizar sobre la marcha y salir detrás de él.

—¿Te acompaño a dirección? —le pregunté.

—Ve tú sola. Yo te alcanzo allá.

Supuse que lo decía para que no nos vieran entrar juntos, así que no discutí. Pretendí dar un paso al frente, pero entonces noté mi entorno, todo ese lugar al que tanto le hui por miedo a enfrentarlo. Los grupos ya establecidos, las chicas bien arregladas, las conversaciones animosas de risas grotescas que acaparaban toda la atención. Antes, yo pertenecí a un pequeño fragmento de ese todo, porque tenía a Soto y a María, pero ya no me quedaba nada.

Ni nadie.

Solo el recuerdo de lo que alguna vez fue. Solo la marca que el maldito de Julio dejó en mí.

Pero me prometí que ya no viviría así. No iba a compararme ni menospreciarme, porque sabía que mis inseguridades me hacían una presa fácil. Me enfocaría en mis estudios y, si hacía otros amigos en el proceso, lo agradecería, pero ellos no serían mi prioridad. Sería yo. Y lo que había estado preparando para Julio, por supuesto.

—Sé leerte mejor de lo que crees. —Casi había olvidado que Axer estaba junto a mí—. Los matices de tu rostro me hablan, y aunque a veces no lo sepa decodificar del todo, al menos me hago una idea.

Axer se paró frente a mí, sus manos en mis mejillas, sus ojos en los míos.

—No quieres contarme, está bien. Pero voy a descubrirlo, y borraré eso... —Me señaló hacia los lentes, su otra mano encerrando mi barbilla con un toque leve y cálido—. La huella que dejó en tus ojos.

—Axer...

—Lo juro.

En aquella cercanía, casi me convencí de que era seguro, de que podía mostrar esas marcas sin miedo a que él las reabriera. Pero era algo mío, algo demasiado doloroso para compartirlo. Así que me dispuse a negar, diciendo:

—No hay ninguna...

—No te estoy pidiendo confirmación. —Me dio la espalda—. Vamos a dirección.

—Pero dijiste que...

—Mentí. Solo quería ver tu reacción a la idea de entrar sola.

—Eres...

—Tu novio, Nazareth. Acostúmbrate.

Tuve que esperar a Axer afuera de la oficina de la directora porque, como es obvio, no podía estar presente mientras él usaba sus cartas secretas de Frey para convencerla de dejarme retomar las clases sin necesidad de involucrar a mi madre.

Me preguntaba qué estaría diciéndole, y qué tanto sabrían en dirección —y qué tantas personas— con respecto a la verdad sobre los Frey. ¿O a ellos también los engañaban por completo? ¿Habría falsificado su documentación al inscribirse?

Esa familia en conjunto me estaba obsesionando más de la cuenta, debía dejar de hacerme tantas preguntas.

Al ver a Axer salir, su ánimo no me transparentó mucho con respecto al resultado de su discusión secreta. Se veía tan neutro como siempre, indiferente a todo y tan asqueado de estar en ese lugar como solía verse de costumbre.

—¿Qué te dijo? —tuve que preguntar, ya que él no daba indicios de notar mi presencia.

—Ya está.

—¿Qué hiciste para convencerla?

—¿Qué más da? —Me miró con una ceja alzada, la arrogancia desbordando por sus poros—. Le pagué.

—¡Axer! No puedes estar sobornando a todo el mundo...

—¿Quién dice que no?

—Bueno, no puedes arreglar mis problemas con dinero. El dinero del contrato es una cosa, lo acepto porque tengo una madre a la que espero darle una mejor calidad de vida y, al final, es una remuneración por colaborar en tu tesis, pero... no hagas eso, me haces sentir como si me pagaras por sexo.

Él, con una severidad en la voz que no coincidía con la neutralidad de su rostro, repuso:

—No te pago por sexo porque ni siquiera deberíamos tener sexo. Está en una de las cláusulas del contrato. Y nuestros deslices han sido bastante solicitados por ti.

—Tú entiendes a lo que me refiero.

—No, no lo entiendo. Deja eso de lado, esa insistencia en no dejarme pagar por lo que quiero. Si lo tengo, ¿por qué no usarlo?

Se acercó a mí con lentitud y noté que su olor acababa con la resistencia de mis piernas. Cuando estuvo a escasos centímetros de mi oreja, sus labios rozando mi cuello, se dispuso a susurrar como si no entendiera que su voz matizada por aquella entonación me hacía desear cosas que no podíamos hacer en el pasillo de la dirección.

—Si vas a ser mi novia, tienes que acostumbrarte a que te consienta.

Mientras se apartaba de mí, aprovechó el momento para darme un fugaz beso en el mentón, por lo que mis ganas reprimidas de saltarle encima florecieron.

—Pero...

Ni siquiera terminé de formular mis pensamientos, pues mirarle respirar profundo como si meditara me provocó una sonrisa divertida.

—¿No te sabes otra palabra? —comentó.

—Ya, me callo, que siento que vas a colapsar —accedí riendo—. ¿Entonces ya puedo entrar en mi clase?

—No.

—Pero dijiste...

—Deja de decir «pero», Nazareth.

Aunque iba a responder con otro «pero», preferí cerrar la boca y aguantarme las ganas de reír.

—Puedes reincorporarte, pero no a tu clase —explicó—. Dieron tu cupo a alguien más «aplicado» y te asignaron a otra sección.

Por algún motivo ese hecho me dejó un regusto amargo en la boca. Mi estómago se retorció sin motivo alguno, como si previera lo peor.

De todos modos, pregunté:

—¿Qué sección?

Solo esperaba que dijera cualquiera menos...

—La F.

Esa.

—¿No podría ser en cualquier otra? —me apresuré a preguntar.

—Esas son las condiciones.

Mi suerte era una bastarda malintencionada.

Sin ofender.

—¿Y...? —Tragué saliva y forcé una sonrisa—. ¿Podrías acompañarme al aula?

—Supongo.

Empezamos a caminar y la incomodidad casi podía palparse. Yo no sabía cómo actuar, si podía tocarlo o no, así que los nervios me estaban consumiendo mientras el silencio me atormentaba. Y, por si fuera poco, a cada paso que daba hacia la clase, la inquietud me torturaba más y más. Porque sabía a quién iba a encontrarme dentro.

—¿Le haría daño a alguien si me tomas de la mano? —pregunté a Axer a mitad de camino.

—Sí.

—¿A quién?

—A mí.

—¡Vamos! —me quejé con una sonrisa más animada. Hablar con él tenía ese efecto en mí—. Tienes desde anoche recordándome que se supone que somos novios, ¿no deberíamos también...?

—No porque seamos novios dejamos de ser nosotros mismos. Saca tus propias conclusiones al respecto.

—Mi conclusión es que le tienes miedo al éxito.

Él me miró con los ojos entornados, y por la manera en que se dio la vuelta casi sentí que me estaba azotando.

—Y mi conclusión es que quieres un novio promedio —replicó—, y si eso es lo que buscabas...

—A veces, solo a veces, veo cómo te comportas y creo que realmente te gusto.

No sé por qué dije eso, pero me salió de forma espontánea desde el corazón y sin filtro. Estábamos ya casi en la puerta del aula, pero nos detuvimos para seguir hablando.

—Eso puede significar que soy un excelente actor o que de verdad me gustas. Pero ninguna de esas respuestas tiene nada que ver con que estés buscando un novio promedio.

—Pero ¿hablamos de gustar, de gustar en serio?

—¿Vamos a discutir de filosofía o vas a entrar en clase?

—Un novio de verdad me daría un beso de despedida.

—Pero no soy tu novio de verdad, ¿no? Y apégate al *sukin syn* contrato, Nazareth. Sin besos.

Pero cuando llegamos a la puerta, ambos lo vimos. Y él, sin duda, nos vio a nosotros. Y puede que las miradas que intercambiamos Soto y yo fueran muy tensas, casi escurridizas, como si quisiéramos evitar ese encuentro en el tablero; pero me había olvidado de una cosa, y es que, en esa partida, Axer jugaba en mi equipo.

Me sentía como si yo fuera un peón bloqueado por su posición en el tablero y él una torre en la casilla correcta para atacar o proteger. Y supe qué opción escogería de inmediato, porque Axer Frey, sin importar nada, nunca dejaría pasar la oportunidad de un jaque.

Así que, en cuanto quise dar un paso al interior del aula, la mano de Axer me detuvo y me atrajo hacia él. Cuando sus manos encerraron mi rostro y sus labios poseyeron los míos, sentí cómo la torre despejaba mi camino, dejándome avanzar la última casilla que se interponía entre mi estado de peón y mi corona. Y solo así, me posicioné de nuevo como la dama del juego.

—¿Qué fue eso? —susurré sin poder dejar de sonreír, nuestros rostros apenas separados—. No creo que te estés apegando mucho al contrato, Frey.

—Sí lo hago. Si lees todas las cláusulas, encontrarás una que especifica que las reglas pueden romperse siempre y cuando se usen con el fin de conseguir un beneficio táctico y no pasional, y... —Me apartó un mechón de cabello de la cara, pasándolo detrás de mi oreja—. Sentí la necesidad de aclarar quién es la reina de mi tablero.

—¿En qué párrafo está esa cláusula?

—En ninguno, me lo acabo de inventar. Ve a clases, Schrödinger.

12

La primera piedra

SOTO

«Quien esté libre de pecado que tire la primera piedra».
El mantra de Soto.

Él mismo podía reconocer que era un criminal. Salvaba mujeres y niñas de los lobos disfrazados de ovejas que podían devorarlas, pero cometía muchos crímenes en el camino. Y no se arrepentía, porque solo Dios, su Dios, podía juzgarlo.

Y, al final, su fin justificaba los medios.

Pero lo que le había hecho a su amiga le importaba aún menos que el resto de sus fechorías.

De alguna forma le dolía despertar y darse cuenta del daño que le había provocado, pero sentía que el motivo era una estupidez y que, de hecho, ella no tenía un techo precisamente sólido para ponerse a lanzar piedras al de él. No era nadie para tirar la primera piedra, pero le lanzaba toda una artillería completa como si él fuese la personificación de Satanás en su vida.

Y ahí estaba, besando a Axer delante de toda la clase con la actitud posesiva que solo una novia puede demostrar.

Soto supo que lo hizo para molestarlo, para herirlo.

Pero a Soto no le importó, no como pensó que ella esperaba que le afectara. Porque por mucho que él deseara a Axer y no a ella, por mucho que le ardiera de disgusto verlos besarse, en realidad estaba mucho más enfocado en otras cosas como para dejar que eso le influyera más de unos segundos.

Cuando ella se sentó, el muchacho aprovechó un momento de distracción para ocupar el asiento vacío a su lado justo cuando el chico al otro lado se inclinaba hacia Sina para decirle, en tono de coqueteo:

—Oye..., ¿y de qué liceo vienes tú?

—De Hogwarts —respondió Soto interponiéndose, lo cual el extraño recibió volviendo a su posición original y la vista hacia la profesora.

—Tú quieres que te golpee, definitivamente —espetó Sinaí mirando a Soto con un juramento agresivo en la mirada.

Su cabello azulado estaba recogido en una coleta despreocupada de la que escapaban un par de mechones, con unas orejas de gatito. Llevaba un suéter negro encima del uniforme, pero había cambiado tanto como persona que ya no lo usaba para esconderse de los demás, sino como un complemento a juego con su estilo oscuro, el delineado pronunciado y la gargantilla.

Aquella vez que Soto le insinuó que gracias a él se había convertido en esa mejor versión de sí misma, hasta él comprendía que había sido un payaso. Ella cambió por supervivencia y aceptación propia, no porque un imbécil de turno le rompiera el corazón. Pero en el calor del momento dijo lo primero que se le ocurrió para apelar a la posibilidad del perdón.

—No vine a joder —se apresuró a aclarar el muchacho al ver que su examiga tomaba el lápiz como si de una espada medieval se tratara—. Solo vine a darte esto.

Habiendo ganado esos segundos de vacilación de parte de Sinaí Ferreira, se apresuró a escarbar en su bolso mientras su mente ideaba a toda marcha un salvavidas para esa conversación, a sabiendas de que no tendría muchas más oportunidades para sacar la pata de la cagada que había hecho.

—Ten —dijo pasando a la chica un sobre de papel doblado hasta crear un cuadrado de la mitad de su tamaño.

—¿Y esto es...?

—Tus fotos —respondió con la voz un poco más baja—. Nunca las vendí y, dadas las circunstancias y los términos en los que estamos, no era justo que las conservara...

—Ya. Qué caballero. —expresó Sina con los ojos entornados y sin ningún tipo de ánimo. Con su delineado y el toque del rímel, aquel gesto le quedaba como a una modelo *dark*—. Te pago mañana el dinero que me diste por ellas.

—No es necesario...

—Calla —cortó la chica—. Te pago y asunto cerrado. ¿O qué esperabas? ¿Un monumento al frente de mi casa como ponderación?

—Un gracias —bromeó Soto con un guiño de ojos.

—Y una mamada de cortesía, ¿no? Pendejo.

Ignorando la tosquedad de su examiga, consciente de que claramente su presencia la irritaba, pero incapaz de darse por vencido, extendió la mano a su cabeza para tocar las orejitas de gato.

—Te quedan muy bien esas orejas de gato millonario.

Ella, estupefacta y roja de desagrado, le apartó el brazo de un manotón e intensificó la ira en su mirada, a ver si así recibía el mensaje con más claridad.

—¿Qué carajos quieres, Jesús? Déjame escuchar la clase, de pana. Ya me diste las fotos, ¿qué más haces aquí?

—No hay necesidad de que sigas actuando así, ¿sabes? Te dije en serio que me arrepiento, y muchísimo.

—¿De qué te arrepientes?

—De lo que hice.

Con un nivel de mal humor que le exhumaba por los poros, Sinaí Ferreira llenó sus pulmones de aire con intensidad para soportar el resto de esa desagradable conversación.

—¿Y qué hiciste?

—Jesús Soto y compañía —llamó la profesora desde el frente de la clase—. ¿Pueden guardar silencio o quieren pararse aquí a explicar la clase por mí?

—Vete —susurró Sina entre dientes, y luego subió la voz para dirigirse a la profesora—. Continúe, profesora, él simplemente no termina de entender que no tengo ningún sacapuntas que prestarle.

Cuando la profesora reanudó la clase, Sinaí tuvo unos segundos de paz mientras Soto, a pesar de que no regresaba a su asiento original, dejó de molestarla y se recostó un rato sobre el pupitre a pensar y pensar hasta que esos pensamientos fueron demasiado como para que él quisiera seguir enfrentándolos.

No quería volver a estar solo.

Tarde o temprano María y Sinaí volverían a hablar, y esa conversación podría revelar detalles que dejarían al chico muy mal parado. María jamás lo podría perdonar por un engaño así, por manipularla, por alejarla de una persona inocente. Soto se quedaría sin una amiga ni la otra.

Ya era suficiente trabajo para él no odiarse a sí mismo, ¿cómo podría convencer a los demás para que no lo hicieran cuando les había dado motivos?

Motivos sacados de contexto y exagerados, según lo veía él, pero nadie iba a creerle una vez se destapara la primera mentira.

—Sina...

—Ah, verga, pues... ¿Se te acabaron los cigarros o es picazón de culo lo que tienes hoy?

—Bájale dos a la violencia, que te vas a poner vieja rápido.

—¿Algún otro consejo que no solicité, cariño? ¿Quieres que te pase mi agenda para que me los anotes todos, uno para cada día?

—¿Por qué estás tan a la defensiva? —presionó él con una sonrisa divertida.

Ella, como si no pudiera creer el cinismo de esa pregunta, vaciló varias veces antes de contestar. Su boca se abría y cerraba, y sus ojos brillaban de incredulidad mientras volvía el rostro de un lado a otro como si quisiera detectar alguna cámara oculta.

—Estás drogado —sentenció ella—. Es eso, sin dudas.

—En serio quiero que hablemos, Sina. Dame una oportunidad de explicarme.

—De mentirme —corrigió ella.

—Si ya decidiste que lo que te diré es mentira, entonces no tiene caso que te explique nada.

—¡Es que no quiero que me expliques una puta mierda! —chilló ella por lo bajo para no hacer un escándalo, pero estaba tan exasperada que su rostro ardía de un rojo preocupante.

—A ver, solo escúchame, ¿sí? Luego decides si es verdad, mentira o una completa estupidez. Pero escúchame al menos.

—¿Quieres que hablemos esto en plena clase?

—¿Me verías afuera? —inquirió Soto con una ceja alzada.

—Ni loca.

—¿Entonces?

—No jodas más y déjame en paz, por el amor a las sandalias de Moisés y a los clavos de Cristo.

—Te extraño, ¿okay? Me duele esto.

Ella, sin demostrar ni el más mínimo indicio de que aquellas palabras la conmovieran, negó con la cabeza.

—Sí —dijo—, ya imagino lo que debe dolerte que ahora no formas parte de esto. De mi vida. Y será mejor que lo superes, cariño, porque se pondrá peor.

—La venganza es un plato muy aburrido, Sinaí —bromeó Soto—. ¿Algún día vas a perdonarme?

—¿Perdonarte? Yo ya te perdoné, pero al karma no puedes huirle.

—Bien, digámoslo así: ¿algún día me darás una oportunidad?

—Por supuesto —contestó ella fingiendo una sonrisa de amabilidad—. Cuando deje de sentirse tan bien verte así de mal. Cuando me duelas de nuevo. Cuando te hiera más haberme perdido a mí que a él. Y ese día llegará, Soto, hasta podría prometerlo.

—¡Ferreira! —llamó la profesora al descubrirla hablando de nuevo—. ¿Está muy buena la conversación?

—Lo siento, profesora —se excusó Sinaí—, solo le explicaba lo que usted acaba de decir porque parece que no la escuchó muy bien.

—Ah, me parece muy altruista de tu parte que te dediques a enseñar a tus compañeros sin fines de lucro.

—Pues...

Sinaí dejó la frase en el aire sin saber cómo tomarse lo último que dijo la profesora.

—Así que, como te encanta ayudar, te tengo una tarea ideal.

Soto no sabía a qué se refería la profesora, pero ya podía intuir por dónde iban sus intenciones. Y, tomando en cuenta la expresión de horror en el rostro de Sinaí, es posible que ella llegara a la misma conclusión.

Soto no encontró forma de disimular su sonrisa.

—Así que ya habrás escuchado el pésimo registro que lleva tu compañero Soto en las evaluaciones de inglés. Pésima pronunciación, caótica responsabilidad y una habilidad especial para atentar contra mi paciencia al punto de hacerlo suspender sin siquiera haberlo evaluado.

—Profesora, él era el que me estaba...

Aunque Sinaí estaba casi levantada de su pupitre para discutir con desespero lo que sea que quisiera decir la docente, esta dictó su sentencia sin consideración alguna a pesar de todo.

—Para la próxima evaluación quiero que los dos me canten frente a la clase un tema en inglés. La nota será grupal, Ferreira, así que si su amigo hace una de las suyas... suspenderán los dos. Ahora, ¡largo los dos de mi clase!

13

Asesinas

MARÍA BETANIA

—Necesitamos tabaco —le dijo Soto a María rascándose la cabeza en señal de ansiedad, como si la caspa estuviera abriéndole huecos en el cráneo.

—Mi papá está dejando de fumar y ya no puedo robarle —gruñó María al dar una patada violenta al suelo que levantó una nube de tierra y multiplicó su mal humor.

—Deberíamos probar con la marihuana, es más natural. Capaz así no nos morimos de cáncer.

María, obstinada y sin tiempo para esos chistes, contestó diciendo:

—¿Por qué mejor no probamos con una verga en el culo?

—¿Eso qué tiene de natural, María? Debe sentirse como cagar para adentro.

—¡Qué asco, Soto! Concentrémonos en pensar a quién vamos a extorsionar para que nos compre cigarros hoy.

—O... podemos ir a tu casa y comer hasta vomitar para mantener un día libre de nicotina.

María miró a su amigo con el ceño fruncido y una ceja arqueada.

—¿Estás drogado, Soto?

—¿Podemos o no? —insistió el muchacho, quien seguía en proceso de alborotar su cabello al no tener nada más que hacer con su ansiedad, dándole así una apariencia semejante a un montón de alas de cuervo.

—Está bien, después de clases vamos a comer a mi casa —accedió María en un suspiro sin desistir de su plan interno de extorsionar a algún mocoso de primer año para que le comprara cigarros.

—Oye... Por cierto... ¿has visto que Sina ahora está en mi sección?

María, incómoda por el cambio de tema, dijo:

—Nop, no sabía.

—Pues... Sí —Jesús Soto no quería hacer contacto visual con su amiga, así que empezó a limpiarse el sucio arrancado de su cuero cabelludo que quedaba en sus uñas—. Hasta tenemos una evaluación en pareja juntos.

—Ya.

—Y... creo que aprovecharé la oportunidad para arreglar las cosas entre nosotros.

María se volvió hacia él con los ojos abiertos de sorpresa.

—Tipo... ¿volver a ser novios?

—No, no. Me refiero a... salvar la amistad.

—Ah, ya.

—Porque... ella no es mala persona, ¿sabes?

—Sé que no.

—Y es muy buena amiga —agregó Soto con los ojos fijos en sus zapatos, que jugaban con las hormigas entre la tierra.

—Ajá.

—Y tú... —Mientras hablaba, seguía enterrando la punta de su zapato en el nido de hormigas, pero con mucha más concentración—. ¿Estarás bien con eso?

—¿Y yo por qué? Es tu decisión.

—Sí, pero...

—Soto —cortó ella con un suspiro cansado.

—¿Qué?

—No te ofendas, pero no me interesa hablar de tu ex justo ahora, ¿sí?

—Sí, claro.

—De hecho —dijo mientras se levantaba y se sacudía el pantalón del liceo que tanto odiaba—, deberíamos irnos ya. No tengo muchas ganas de entrar al resto de las clases.

Esa tarde en casa de María, mientras Soto cortaba un trozo del bistec, embelesado con expresión de horror al ver cómo sangraba, le dijo a su amiga:

—María, esta vaca está viva.

—Soto, cómete la mierda esa si no quieres que mi mamá te ponga de árbol de Navidad este año.

Mientras su amigo reía de la obstinación de María, el padre de la chica entró hecho una fiera a la sala. Estaba rojo hasta el cuello, sus venas brotando en su frente de manera alarmante. Génesis, su hija mayor que justo los visitaba esa tarde, dejó el tenedor y lo miró con atención y cautela, como quien mira a una bomba a punto de detonar.

La madre, quien desafortunadamente estaba a mitad de un bocado, tuvo que tragar a fuerza, ayudada por un vaso de agua. Y la abuela miró en todas direcciones con su tensión disparándose.

María era la única que pareció no notar su entrada al momento, todavía con la sombra de la sonrisa por el chiste reciente de su amigo.

Si tan solo supiera con la eficacia que esa diversión sería borrada de su rostro sin dejar rastro.

—María.

—¿Sí, papá?

Al darse la vuelta, la preocupación ya se traducía en el rostro de la chica. El tono de su padre había sido una demanda nada agradable que decía mucho más que una docena de palabras.

—Explícanos esto.

Su padre puso sobre la mesa un sobre de papel blanco con un pequeño recuadro donde podía leerse el nombre de la clínica a la que pertenecía y de la paciente.

María supo enseguida qué era, pero no tenía voz para contestar.

—Dinos, María Betania —insistió el padre controlándose apenas para no perder la calma.

—No es lo que parece, papá.

—Estás embarazada.

Soto dio los primeros signos de estar presente en aquel incómodo momento familiar: se atragantó con un bocado de arroz y empezó a toser de forma tan descontrolada que su nariz comenzó a moquear y los ojos se le llenaron de lágrimas.

—No, no... —interrumpió María desesperada.

—¿Embarazada? —intervino la abuela con los ojos abiertos casi tanto como la boca de Génesis, su otra nieta.

—Que no, abu. Es un malentendido, se lo juro.

—¿Sí? —El padre recuperó el sobre que había puesto en la mesa, pero el movimiento de su brazo fue tan brusco y sorpresivo que María se sobresaltó como si esperara recibir un golpe de su parte—. ¿Entonces cómo explicas esto?

—Tiene una explicación...

—Carla —prosiguió el padre refiriéndose a la mujer de la clínica— pasó por aquí a dejar este regalito. Me dice que estaba desalojando la clínica porque se mudará de local y que justo encontró tu resultado debajo de algún mueble, con telarañas, porque es de hace semanas, y vino a traérnoslo para que te lo entregara porque, al parecer, lo dejaste allá cuando fuiste a hacerte... ¡la maldita prueba!

—No maldigas en esta casa, Mauricio —pidió la madre hablando por primera vez, en un hilo de voz tan tenue y frágil que parecía a punto de romper en el más desolador de los llantos.

María pensó que Carla era una maldita, una sucia, una chismosa y poco profesional. Deseaba haber nacido en otro país donde la gente se dedicara a hacer su cochino trabajo sin caer tan bajo.

Soto, por su parte, se removía en la silla sin saber qué hacer. Se debatía entre levantarse e irse, ya que en definitiva estaba interfiriendo en un íntimo y muy delicado momento familiar, pero a la vez prefería casi ni respirar para que todo pasara volando sin que nadie notara su presencia.

—Esa prueba está mal. Es un error, un falso positivo...

—Sabía que dirías eso. Y supongo que Carla también, porque casualmente dejó caer el dato de que esta es la segunda prueba. La de confirmación, ya que la primera también dio positivo.

«Maldita perra».

María estaba en una encrucijada sin salida fácil. El simple hecho de haber ido a hacerse una prueba de embarazo decía más que una declaración bajo juramento. La delataba como mentirosa, rompía su máscara de niña honesta e intachable delante de su familia, puesto que la última vez que fue al médico con sus padres por su supuesto resfriado, el doctor le preguntó delante de ellos si era sexualmente activa, a lo que respondió declarándose virgen, como era usual.

Hasta que la tal Carla llegó a cagarla.

Y esa solo era la cima del iceberg contra el que estrellaría toda su vida.

—No estoy embarazada —juró por última vez María.

—¿De cuándo es el resultado? —preguntó la madre. Seria, sin hacer contacto visual. Sus ojos fijos en el plato frente a ella.

—De hace unas semanas —dijo el padre—. De cuando faltó al colegio porque supuestamente estaba resfriada, seguro —conjeturó.

—Resfriada con vómitos —agregó Génesis entre dientes.

—Tú cállate, perra —ladró María a punto de lanzarse encima de su hermana con un tenedor.

—Tiene razón —convino el padre—. Es verdad. Está más preñada que la madre de Cristo.

—Pero te apuesto a que esta vez no le podremos echar la culpa al Espíritu Santo —intentó bromear la abuela, pero nadie tenía ánimos de reír, ni siquiera Soto. Salvo Génesis, que tuvo que morderse la boca y agachar la cabeza para que no la descubrieran.

No es que disfrutara de la situación de su hermana... O tal vez sí, pero no porque le divirtiera verla en aprietos. Simplemente estaba muy complacida de confirmar la existencia del karma, luego de que María siempre hubiese sido alabada y premiada como la correcta, luego de que la juzgara y condenara por los errores de su pasado que ahora ella cometía.

Nadie podía culparla. Y quién podía hacerlo, estaba demasiado absorta en idear un escape de esa situación que podría dejarla sin cabeza.

—Entonces... —carraspeó la madre—. ¿Tú crees que esa prueba es de esa vez? ¿De cuando estaba resfriada y faltó a clases? ¿Antes de las vacaciones de Navidad?

—Sí. La prueba es de unos días después de llevarla al médico y que dijera que no es sexualmente activa. Nos mintió, en la cara de un profesional. ¡Nos humilló! Nos vio la cara de pendejos... ¿Quién es el padre?

—Papá, yo no...

—¡¿Quién es el condenado padre, María Betania?!

—Basta, Mauricio.

Cuando la madre llamó al esposo por su nombre, su voz sonaba tan herida, tan cautelosa, como si estuviera a punto de dar una fúnebre noticia. Cuando el marido se dio la vuelta y vio sus ojos llorosos, su boca abierta sin poder reunir la fuerza para terminar de empujar las palabras que la asfixiaban, casi quiso correr hacia ella para abrazarla y decirle que lo sentía.

—¿Qué...? ¿Qué pasa? Habla, querida, ¿qué...?

—No está embarazada.

—Pero... No puede ser que la creas, Marcela. ¡Se hizo dos pruebas! ¡Dos positivos! Carla lo confirma. No puedes seguir tragándote todas sus manipulaciones, ya no es una niña...

—Mauricio. —El padre calló de inmediato ante el segundo llamado de su mujer—. No está embarazada.

Fue el momento en el que María Betania empezó a llorar, y su madre tuvo que hablar por encima de su llanto.

—Yo lavé sus sábanas manchadas de sangre. He visto los envoltorios de toallas higiénicas en la papelera y sé que me robó de mi paquete cuando se acabaron las suyas. Ha estado teniendo su periodo.

—¿La estás encubriendo o algo?

Al ver que el llanto de María se hacía desgarrador, insoportable incluso para el alma más insensible, Soto desistió de su idea de mantenerse al margen y la abrazó con la fuerza que ella necesitaba que alguien la sostuviera en ese momento para no caer al vacío, a ese del que no hay retorno.

—No la estoy encubriendo, Mauricio. Te creo. Le creo a Carla. Pero... ya no está embarazada.

El silencio que siguió fue absoluto, agónico y asfixiante, solo opacado por los sollozos de la adolescente en la mesa y los siseos de su amigo que intentaba calmarla. Hasta que la abuela, comprendiendo lo que se había insinuado, empezó a hiperventilar.

En su ataque respiratorio, la madre tuvo que acercarse a la anciana para darle palmadas en la espalda e intentar auxiliarla echándole aire con un plato como abanico.

Génesis salió disparada en busca del inhalador del asma, apresurada por los gritos de histeria de la madre. El padre, en cambio, se llevaba las manos a la boca abierta por donde apenas respiraba, comprobaba en su frente su temperatura como si temiera estar al borde de un desmayo y se rascaba el cuello de donde largos chorros de sudor caían a su antojo. Su conmoción podía sentirse en la atmósfera que lo rodeaba, nadie se atrevería a hablarle en un momento así, y él tal vez no escucharía, puesto que sus ojos estaban fuera de órbita.

Cuando Génesis volvió con el inhalador y la abuela al fin pudo respirar de una salvaje bocanada, la anciana rompió en llanto desconsolado, como si frente a sus ojos estuviese el espectro del cadáver de un ser muy amado.

Jamás se había visto así. Así se pequeña, de desolada y herida. Negaba a la vez que pedía clemencia a Dios en susurros apenas posibles de traducir, porque temía por el alma de la asesina sentada en la mesa. La niña de sus ojos.

Al ver a su madre llorar, el señor Mauricio volvió a la realidad y decidió tomar el timón del asunto.

Impactando sus manos contra la mesa, hizo que su hija de un respingo le partiera la boca a Soto, quien tenía la cabeza recostada contra la suya para consolarla.

—¡¿Ves lo que has hecho?! —gritó Mauricio a su hija, quien intentó responder algo, pero solo salieron balbuceos y saliva salpicada.

—No le grites, por favor —sollozó la abuela casi sin aliento, su pecho seguía muy trancado.

—Mamá, tú no te metas —dijo Mauricio con más calma, conteniéndose. Quería evitar que a su madre le diera un ataque que todos pudieran lamentar.

—Mira lo que le has hecho a tu abuela —dijo entonces la madre, quien acariciaba a su suegra con lágrimas que le llegaban hasta la mandíbula.

—¿Qué hicimos mal, María? —exigió el padre volviendo hacia su hija—. ¿Qué no te dimos? ¡Dime!

—Papá, yo...

Pero ella solo sabía cómo seguir llorando, nada más.

—Eras nuestra niña. Te dimos todo lo que pediste. Todo lo que no pudimos darle a Génesis por jóvenes e inexpertos lo tuviste tú.

—¡Génesis también lo hizo! —gritó María a toda voz—. ¡¿Quieren ignorar eso ahora?!

—¡El aborto de Génesis fue un accidente! —discutió la madre a gritos, roja de una ira incontenible que la llevó a ponerse de pie y hacer tambalear la mesa con todo y vajilla.

—¡Y el hada de los dientes existe también! No sean ingenuos, yo la vi, ella...

—Cállate la maldita boca, perra envidiosa —intervino Génesis levantándose también, pero inclinada sobre la mesa a un solo impulso de saltar encima de su hermana.

—¿O qué? ¿Me vas a matar a mí también?

—¡¿Con qué maldita moral dices eso?! —discutió Génesis al borde de una carcajada—. Acabas de abortar.

—¡Pero mi situación es distinta! Tú tenías marido, casa disponible y padres que te apoyaron en tu embarazo, simplemente no quisiste hacerte responsable porque querías seguir cogiendo con los amigos de...

—Ahora sí te mato, zorra.

Y, tal cual juró, Génesis de un brinco se montó en la mesa, caminando por encima de los platos hasta alcanzar a su hermana, a la cual arrastró al piso agarrándola por la melena rubia que supuestamente ella tanto envidiaba.

Las dos en el piso se mordieron, maldijeron y humillaron destapando toda clase de secretos acumulados desde la infancia que compartieron. María le abrió la cara a su hermana con sus uñas y Génesis le propinó un rodillazo en la entrepierna que casi la hizo crujir.

Mientras rodaban por el suelo aferradas cada una al cabello de la otra, Soto se lanzó a separarlas, pero recibió un golpe en el ojo que lo lanzó al suelo chillando, con miedo de que la uña que logró atravesarlo lo hubiese dejado tuerto.

Tuvieron que interferir ambos padres para separar a las fieras. Una vez estuvieron a más de un metro de distancia, agitadas, con marcas de rasguños, mordiscos, moretones en potencia y el cabello hecho una jungla salvaje, al fin la madre pudo intervenir hablando.

O a gritos.

—¡Se me calman las dos, maldita sea!

La abuela, ahora sola en la mesa, lloraba todavía con más fuerza al escuchar las maldiciones que soltaban a diestra y siniestra en lo que antes había sido un hogar santificado. Clamaba a su Dios por clemencia, y por una resolución a todo ese escándalo que no destruyera la vida de nadie, y mucho menos a la familia en conjunto.

—No quiero escuchar ni una palabra hacia tu hermana, María —sentenció la madre—. ¡Ni una!

—Pero...

—Ella no tiene la culpa de lo que le pasó, y jugar con su dolor, con ese trauma, esa pérdida que vivimos todos... ¿Cómo puedes llegar tan lejos por salvarte el pellejo?

—¡Que no fue un accidente! Yo la vi, en serio...

—¿La viste qué? ¿Metiéndose un gancho en el útero?

—No, llorando como Magdalena. Ella misma me lo confesó ese día. No fue un acciden...

—¿Te parece justo lo que estás haciendo? —interrumpió su madre, lo que hizo que María sintiera muchísima más impotencia—. Traicionas la confianza de tu hermana, una confidencia que te hizo en un momento de dolor a carne viva, voluntariamente... ¿Por qué? ¿Para qué? ¿Qué crees que estás ganando con eso?

—¿Es en serio?

María temblaba, de nuevo empezando a llorar. No podía creer que la dejaran como la mala de nuevo de toda esa injusta narrativa. Lo sentía como un complot, un juicio en el que ni siquiera tenía oportunidad de defenderse porque su abogado había decidido callar.

—Mamá, ella también lo hizo..., ¿por qué solo me regañan a mí?

—Nadie te está regañando, María Betania —acotó su padre—, solo te hacemos ver lo que has hecho. Te pedimos una explicación, no un chisme sobre Génesis.

—Los errores que haya cometido tu hermana los cometió de adulta —intervino la madre—. Tiene veinticinco años y, tal cual dijiste tú misma, una relación estable desde hace tiempo. Ni siquiera vive aquí salvo los fines de semana. Además, cometimos errores con Génesis que recién estamos intentando solventar. Errores que no repetimos contigo y que crearon esa enemistad entre ustedes por dar la idea de que eres la favorita. Y no es así. Solo nos comprometimos a hacer las cosas mejor, ahora que sabemos cómo no hacerlas. Y mira cómo nos pagas...

—En algo te equivocas —dijo el padre—. María también es una adulta, ya cumplió dieciocho años.

—Papá..., ¿qué estás diciendo? —musitó María en un hilo de voz.

—Ya es momento de que se haga responsable de sus actos como lo que es.

—¡Cometí un error, papá, nada más! Todos en esta vida...

—¿Un error? Un error es no habernos presentado un novio en toda la vida, mentir constantemente sobre ser virgen aunque hemos intentado ser muy abiertos contigo y luego quedar preñada de quién sabe quién antes de terminar el colegio. ¡Eso es un error! Lo que tú hiciste luego fue asesinato.

Ante esas palabras, los sollozos de la abuela se intensificaron y Génesis tuvo que acudir a ella para limpiarle las lágrimas y los mocos, y para cuidar que no se desmayara.

—No digas eso, papá... —lloró María.

—¿Papá? Yo no soy tu padre. Te vas esta misma noche de la casa, sin excusas. Y yo que tú me preocuparía mucho más por el perdón de Dios que por el mío, porque quitar vidas como lo has hecho tú es una huella que no vas a borrar con lágrimas, jovencita. Ya no más.

—Papá, te lo ruego...

—Tus súplicas guárdalas para Dios. Y en serio vete, ya has hecho demasiado daño a esta familia.

—María, de verdad, puedes quedarte en mi casa...

—Soto. —María se detuvo a mitad de la carretera apenas habitada por los vecinos que se asomaron a sus porches a escuchar el escándalo proveniente del interior de la casa de la adolescente—. No necesito tu ayuda, ¿okay? Gracias, de pana. Pero no, gracias. Vete a tu casa y déjame a mí resolver mi problema yo sola.

—Pero... ¿por qué no me habías dicho nada?

—Porque no era tu puto problema, ¿no crees?

—Estás a la defensiva sin razón, no te he hecho nada, solo intento ayudar...

—Lo siento, en serio —cortó María sin nada de arrepentimiento en su voz—. Pero no estoy de humor para nada, menos para dar explicaciones como las que me estás pidiendo.

—Está bien, no te pregunto nada más, pero... al menos déjame ayudarte, ¿sí? Quédate esta noche...

—Largo de mi vista, Soto.

—María, por favor.

El dolor era evidente en la voz quebrada de Soto, en sus ojos llorosos y sus fosas nasales temblorosas. Era lo incierto del destino de aquella amistad que había sido su sustento por años, era el temor de que, por no aceptar su ayuda, la vida de María pudiera destruirse en una noche de soledad y desespero. Era la cruel impotencia de querer hacer algo y sentir cómo aprietan más fuerte las sogas que te atan las manos.

—Déjame ayudarte —rogó con la voz fracturada casi tanto como su pecho.

—Si no te vas ya, no volveré a hablarte en mi vida.

—Al menos llámame si...

—¡Vete, mierda!

Soltando las lágrimas al fin, Soto giró sobre su propio eje, y comenzó a caminar al lado contrario de la carretera, camino a la parada del autobús que lo llevaría a su casa.

María no avanzó ni un paso más, aunque sabía qué imagen debía estar dando a los vecinos. Patética, despeinada, con la piel tan herida como el alma; los ojos hinchados, la nariz roja, el maquillaje regado por su cara como el veneno en su sangre. Entre las uñas todavía llevaba residuos del rostro de su hermana, algún rastro de su melena castaña enredada en sus dedos. En los zapatos, adherido a las suelas, ensuciándose con la tierra y los escombros del asfalto, arrastraba los fragmentos de cada relación familiar destruida en aquel almuerzo; y en su espalda cargaba, sin poder dejar de sollozar por su peso excesivo, toda la culpa por las acciones cometidas, los secretos mal guardados y los dardos infestados que escaparon de su boca en pleno ataque de cólera.

Huérfana, desalojada y siendo la primera en la larga lista de personas que empezaron a odiarla ese día, María levantó su teléfono e hizo una llamada a alguien a quien había prometido nunca volver a acudir.

—Princesa, en serio lo siento, pero me agarras en una situación familiar un poco... complicada. —Al otro lado de la línea, María escuchó el eco de una discusión que, pese a no ser comparable con la que hubo recién en su propia casa, no carecía de cierta tensión—. ¿Podrías llamarme luego?

—Te juro que no te llamaría si no fuera... urgente. —Tuvo que carraspear al final para no volver a quebrarse—. Ya te debo mucho, lo sé, pero necesito un último favor.

—¿Qué te pasa? No seas ridícula, Tania, no me debes nada. Dime dónde estás, ¿qué necesitas?

—Nada, solo... Un lugar para pasar la noche. Si pudieras decirme de un hotel que pueda... no sé, cargar a tu cuenta... Te juro que te lo pagaré. —María suspiró, atribulada, y se pasó la mano por la frente—. O, no sé, tal vez un amigo tuyo...

—Pero ¿eres imbécil o qué? Dime dónde *chert vozmi* estás, voy a buscarte ya mismo.

—No es necesario que vengas...

—No me digas nada, rastrearé tu teléfono. Si te mueves de ahí, te busco hasta debajo de las piedras, ¿está bien? Y si te encuentro te mato, te lo juro.

—Verónika, no es...

Pero la rusa ya había cortado la llamada.

14

Pretty little liar

SINAÍ

Tal vez.
Puede que eso también sea mentira.

Soto me está empujando al límite. Estoy tentada de cometer actos que quisiera poder evitar con todas mis fuerzas.

Pero él es un mediocre sin gracia. Cree que en esta vida todo es un chiste que puede torcer y arreglar con una carcajada al final. No entiende que mi año escolar depende de que mis notas sean perfectas y que no puedo, ni me da la cochina gana, darme el lujo de suspender por su culpa.

No tendré paciencia, lo sé.

En cuanto me incordie en el trabajo en pareja, lo voy a ahorcar.

Pero de eso puedo preocuparme luego.

Porque, justo ahora, estoy quebrada.

Tiemblo, casi sin poder respirar. Y quisiera ser capaz de mantenerme estable y lúcida, pero sé que estoy al borde de una recaída, así que prefiero lanzarme yo misma, al menos así podré controlar el golpe.

No me gustan las mentiras, pero a veces me parecen necesarias para conservar ciertas cosas, incluida la autopreservación.

Tal vez me engaño a mí misma con ciertos aspectos de mi vida por temor a asumir la extrañeza de mis actos. Porque sé que, si salieran a la luz, nadie podría entenderlos. Sería juzgada, condenada y, dadas las tendencias en las redes, no dudo de las mil maneras distintas que tendrían para destruirme hasta que tuviese la necesidad de cambiar de identidad y empezar de cero.

Así que me parece mucho más sano convencerme de que un hecho falso es mi realidad, y, de ese modo, si hasta yo lo creo, no habrá nadie que pueda dudarlo cuando me toque mentirles.

Sí, estoy yendo a terapia. De hecho, tomo mi medicación religiosamente porque sé que necesito la lucidez al máximo para poder enfrentarme a Axer Frey y sus maniobras en el tablero.

Y también sé que la historia que conté sobre un retiro espiritual con mi madre durante la Navidad fue un invento planificado al milímetro. Palabra por palabra, como hace todo buen creador de fábulas.

Mi madre sí estuvo en ese retiro, por supuesto. Y engañada, cabe agregar. Le dije que se fuera en el autobús de la congregación que salía esa noche y que yo iría al día siguiente en el transporte para los jóvenes de la iglesia.

Por la mañana, conseguí un teléfono prestado para decirle que me había quedado dormida y había perdido el autobús, pero que disfrutara de su viaje y no se preocupara por mí, que yo la esperaba después de Año Nuevo.

Preocupada por dejarme sola en la etapa más depresiva de mi vida, ella contactó con una psicóloga por su cuenta y se endeudó por pagar mis citas *online*. Así empecé a ir a terapia.

Pero, en lo que respecta al resto del mundo en mi pueblo, no les dejé saber que seguía cerca. Me encerré en casa en completo silencio, sin utilizar ningún electrodoméstico para no levantar sospechas, sin encender si quiera el televisor. No me permití ni la luz de las bombillas, quería que hasta el último de mis vecinos se creyera mi ausencia.

Mi única distracción era la lectura, la terapia, además del estudio y la minuciosa planificación de ciertos movimientos de los que ya hablaré, y la ventana.

Había un pequeño hoyo en la cortina, el espacio justo para servirme de mirilla sin que al otro lado se viera ni mi silueta, gracias a la oscuridad absoluta del cuarto.

Cada vez que me comunicaba con mi madre era desde un teléfono prestado de algún tercero anónimo, y solo asistía a terapia desde los centros de computación.

No salía sin enfundarme el suéter hasta las orejas, y mucho menos sin verificar diez veces desde todos los ángulos que no había nadie cerca.

Tampoco pasaba todas las noches en la casa, puesto que mis actividades favoritas requerían que saliera y estuviese en movimiento, lo cual no podía hacerlo desde esa cueva.

Así que alquilé otro espacio, siempre haciendo mis pagos en efectivo porque Axer Frey me encontraría al primer uso de una tarjeta o de un teléfono propio, incluso mis redes sociales eran inseguras.

Dejé KonAroma sin previo aviso, sabiendo que al volver estaría despedida, y recurrí a mis ahorros para el adelanto del almacén que alquilé.

Sí tuve sexo casual por primera vez en ese lapso de tiempo, pero la historia sobre tener amigos fuera del pueblo e ir a fiestas nocturnas todos los fines de semana fue algo que le inventé a mi terapeuta porque sabía que era lo que ella necesitaba escuchar para avalar mi progreso según los consejos que me iba dando. Sabía que era la historia correcta para reivindicar a una adolescente deprimida.

Lo de pasar la Navidad viendo series policíacas con mi madre y comiendo Ruffles no se lo dije a mi terapeuta, simplemente es lo que me habría gustado que pasara, es una situación mucho más fácil de digerir que lo que en realidad hice en Nochevieja.

Luego de ese retiro, en el regreso a clases, sentí que ya podía reanudar una vida normal. No necesité haber hecho nada de lo que le dije a la psicóloga, porque sabía a la perfección la moraleja de cada acto, sus lecciones y lo que no debería repetir. Es como saltarse la tarea porque conoces el tema de memoria.

Estaba bien, mejor que nunca, porque tenía la astucia necesaria para manipular incluso a una profesional designada para cuidar mi salud mental.

Y eso me dio el control. Me demostró que no necesito ayuda, al menos no esa.

Solo seguir jugando.

Solo ser quien dé el jaque mate.

Cuando llegué al colegio después de las Navidades con la camisa de «PERRA», después de decirle a Soto las cosas que sabía que debía decirle, pensé que podía ser feliz. Realmente feliz. No como alguien que lucha por serlo.

Me resultó muy natural estar ahí, sentirme bien, segura, incluso superior. No tenía que pedir permiso a nadie para ser o sentir. Era la dueña de mi existencia.

Y supe que estaría bien, que podía hacer lo que quisiera, lograr cualquier cosa que me propusiera y tomar lo que se me antojara.

Lo creí en serio.

No necesitaba más. Ni siquiera a Axer, porque ya había hecho lo necesario para que fuese él quien me necesitara a mí.

Tenía las piezas justo donde las quería, el tablero dispuesto a mi anto-jo y las blancas trabajando bajo mi manipulación.

De hecho, renuncié a todo lo que había estado haciendo en mis vaca-ciones porque preferí que mi mente descansara. Necesitaba demostrarme que estoy bien, que soy normal, y que todo lo cuestionable que he hecho puedo dejarlo en cualquier momento.

Pero entonces llegó el regreso a clases, y me probé a mí misma al con-vivir de nuevo con Soto que soy más fuerte que nunca, que las decepcio-nes blindaron mi alma y nadie más podrá lastimarme porque yo no lo pienso permitir.

Estaba en la cima de la estabilidad.

Hasta que volví a verlo a *él*. Julio.

Solo un vistazo, una sonrisa torcida y una mirada insinuante bastaron para arrastrarme de rodillas a aquel día, tirada en el asfalto junto a los charcos en los que posteriormente me lavaría para borrar lo que Julio y sus amigos me hicieron. Lo que, sin piedad, llevaron a cabo a pesar de que imploré entre lágrimas hasta lastimar mi garganta.

Y descubrí que nunca en la puta vida estaría bien, no mientras él me recordara la podredumbre de los escombros que oculto bajo el maquillaje y la ropa mejor combinada.

Porque sí, he cambiado la manera en que los demás me ven, pero sigo sin superar el asco que siento hacia mí misma.

Ya me da igual la maldita tarea con Soto, ya me encargaré luego de ame-nazarlo para que colabore y por su culpa no sacar una mala nota que me cague el promedio perfecto necesario para no tener que reparar la materia.

Tengo cosas más importantes e imprescindibles de las que encargar-me. Al menos una: Julio.

Porque cada mirada furtiva a su persona es un viaje instantáneo a un purgatorio que me hace desear la destrucción de mi piel para borrar las huellas que dejó él en ella.

Cambiarme de escuela ya no es una opción.

No esta vez.

No en último año.

No con Axer en mi realidad.

No siendo su novia falsa.

Tengo que buscar otra solución.

Así que viajo al almacén.

Es posible que su precio irrisorio se debiera a que su dueño necesitaba dinero rápido para reunir y pagar un pasaje a la frontera y migrar del país. Aunque también debe influir el hecho que el depósito se encuentre en mitad de una calle desalojada por un incendio, y al deterioro de los alrededores.

El candado es lo único que no está cubierto de óxido y hollín, y es porque es nuevo.

Al abrirlo, entro en el pequeño cubículo del tamaño de mi sala y bajo la compuerta de zinc para que nadie pueda verme desde fuera.

Como no veo un reverendo coño, uso mi encendedor y tanteo a ciegas hasta encontrar las velas, tratando de no incendiar los documentos importantes.

Son velas especiales en bonitos envases de vidrio, todas con aroma a vainilla para ayudarme a no morir de náuseas por el hedor a óxido, polvo y humedad.

Las velas crean medias lunas alrededor de mis fotos favoritas. No son demasiado inquietantes, a mi parecer. Solo algunas impresas de Instagram de Axer donde sus brazos en tensión, exhibiendo sus venas, tienen protagonismo; otras muy estéticas de sus manos con algún fondo en armonía y el anillo con la piedra esmeralda como foco visual. Otras son un poco menos de dominio público. Algunas que tomé de su espalda desnuda, con la sábana blanca cubriendo apenas una porción de su cuerpo en diagonal como un dios griego, dejando a la vista algún fragmento tentativo de su ropa interior gris.

Axer tirado en mi calle a mitad de una llovizna en Nochevieja, con los zapatos en el charco y el auto estacionado frente a mi casa desolada, es mi fotografía favorita. El mejor momento de todos los que capturé con la vieja cámara de mi padre en mis salidas furtivas, incógnitas, mientras se suponía que estaba de viaje con mi madre.

Esa foto, el estado de Axer en ella, me demuestra interés de su parte, y la más primitiva de las desesperaciones. Me habla de su clara desventaja en este juego, de lo mucho que he avanzado mientras él finge que tiene todo bajo control.

Como esas hay muchas fotos de él tomadas desde la ventana de mi cuarto cada vez que iba a tocar la puerta esperando encontrarme dentro.

Me encanta su perfil y el ángulo de su mentón, siempre parece que está posando aunque no sea así, aunque ni siquiera sospeche de los ojos y cristales que lo acechan.

Junto a las fotografías y las velas tengo cuadernos de anotaciones, libros de ciencia, ajedrez, estadísticas y un manuscrito pirateado de *A sangre fría*. Y, por supuesto, un viejo tablero que me ha servido mucho en las vacaciones para practicar las aperturas y movimientos que he aprendido en mi reciente investigación.

Encima del aparador con las fotos enmarcadas y rodeadas por las velas cargadas de mis buenas vibras, hay todo un mural formado por artículos de periódicos impresos de distintos portales de internet, fotos más casuales que se juntan con tarjetas llenas de distintas anotaciones hechas a mano por mí y conectadas con otras mediante hilos rojos —para las teorías— y verdes —para los hechos—, para dar seguimiento a toda mi investigación de quién es Axer Viktórovich Frey.

Me enorgullezco mucho de mi trabajo. Es como una pequeña tesis en proceso por la que sé que ganaría algún Nobel si la sociedad no se escandalizara por todo.

Tengo un árbol genealógico en proceso que me dispongo a completar ahora que sé más sobre los hermanos de Axer, aunque me toque dibujar sus retratos a mano. Por ello, saco las hojas, lápices y crayones de mi bolso para empezar a ilustrar mis interpretaciones sobre quiénes serían Dominik, Iván y Aleksis Frey.

Espero conocerlos pronto y actualizar sus retratos, ya que los de Víktor y Dimitri Frey los saqué de Google.

En el esquema de la pizarra en la pared tengo muchas imágenes de distintos planos de su habitación, sala y baño, pero no las que él mismo publicó en la redes sociales, porque esas significan lo que él quiere mostrar al mundo, sino otras tomadas por mí, desde la perspectiva de mis recuerdos, como si la lente de la cámara fueran mis ojos inmortalizando lo vivido.

También hay muchas fotos de Verónika, pero no es lo que parece. Entre mis descansos frente al edificio de los Frey y fuera del laboratorio de la empresa, a veces coincido con sus entradas y salidas y aprovecho la oportunidad para fotografiarla, ya que debo tener tanta constancia de los calendarios y horarios de los Frey como de los lugares que frecuentan.

Por suerte, y confiando en que todo lo que Axer me contó sea verdad, tengo muchísimo que actualizar en mi proyecto de recolección de datos sobre Frey's Empire.

Tendré que empezar una nueva base de datos con fotos, nombres, direcciones y lugares más frecuentados para crear los perfiles de los compañeros de Axer, en especial las chicas. No los compañeros del trabajo, supongo que serán mucho más difíciles de rastrear. Los de la institución para genios. Y el hecho de que me incline a investigar a las chicas no es porque esté celosa, solo es para tener contexto de todo. Por si acaso.

A muchas personas les pasa que se arrepienten de no haber investigado mejor a sus ex. No puedo cometer ese error con quien ahora es mi novio, aunque sea bajo contrato.

En el almacén no todo es investigación, reconozco que también tengo guardadas algunas ofrendas de devoción. Pero no es nada extraño, porque en realidad soy una persona que reconoce y admira el potencial y el trabajo de Axer, y por ello guardo algunos detalles que toda fanática debería tener.

Al revisar su papelera, me di cuenta de que tiene el hábito de desechar su ropa después de utilizarla. La íntima incluida. Así que la rescaté, porque seguían impecables, funcionales y no le haría daño a nadie. De hecho, justo ahora vuelvo al cofre donde las tengo guardadas.

Su tacto es una delicia. La acaricio y restriego por mi rostro como si fuera su propia piel. Inspiro su olor con fuerza por eternos minutos mientras mi mente se encarga de materializarlo. Tener esta parte de él es una experiencia muy sensorial, porque huele exacto como lo hace su piel, su jabón, su detergente... Conserva su calor, y eso me hace apretar más fuerte la tela contra mis mejillas y jadear mientras mi mano libre se mete a la desesperada entre mi pantalón, al rescate de mi punto sensible que todavía recuerda los roces de Axer.

Estoy tan mojada que me avergüenzo de mí misma, pero eso solo me excita más. Porque la idea de que él pueda verme así, tan patética, muriendo de hambre por él y usando su olor como consuelo; la fantasía de que en cualquier momento pueda entrar y descubrir cómo me penetro con mis propios dedos y que con su voz de mando me ordene que me detenga para tomarme él, con violencia, como si quisiera marcarme y no excitarme... Todo ese remolino de imaginaciones obscenas, incluida la necesidad de que me asfixie con todo el tamaño del miembro que me hizo llorar de placer y pedir que parara porque no podía soportarlo a la primera, me lleva al extremo de morder la tela, aunque mi saliva empiece a arruinarla, para amortiguar la bestialidad de mis gritos cuando el orgasmo al fin me azota.

Incluso cuando no está, Axer Frey me da el mejor de los placeres.

Por eso somos el uno para el otro, porque nada que nos involucre puede ser ordinario.

15

Aleksis

MARÍA BETANIA

Verónika era hermosa, pero también insufrible. Y casi tan mujeriega como María libertina, así que la venezolana tenía claro que lo que había entre ellas era solo con fines recreativos. Pero, con ayuda de las circunstancias, la rusa había pasado a convertirse en una amiga, independientemente de lo que había sucedido entre ellas.

Verónika tenía una posición acomodada como dueña del club en el que se besó por primera vez con María y su familia debía de tener mucho dinero. Quien tiene dinero también tiene influencias, y no dudó en usar sus medios cuando María la necesitó. Ella no le había pedido nada, solo le confesó su desesperación. Estaba embarazada después de una noche de la que no recordaba nada y quería interrumpir un embarazo en un país en el que es ilegal y sin los recursos para pagar un aborto clandestino.

El laboratorio de los Frey fue el auxilio que la adolescente necesitaba.

El problema fue descubrir que Axer y Verónika estaban emparentados, las últimas dos personas que María hubiese querido que se conocieran.

Y ahora estaba en su edificio, en la sala de su casa, a punto de habitarla como una huésped damnificada.

—Espérame aquí —dijo Verónika. Su larga figura se perdió tras un pasillo, y sin embargo María no podía dejar de mirar.

Se veía demasiado imperiosa con su chaqueta color crema a juego con el pantalón, elegante y combinado con unos botines beige de tacón de aguja. A María le encantaba en particular la camiseta blanca con corpiño de encaje que se veía al dejar la chaqueta abierta. Era difícil no mirarle el escote, sobre todo con esa delgada cadena dorada con el dije de la constelación de Aquila cayendo entre el arco de sus senos.

Cada vez que se decía que lo de la piscina había sido un error causado por el alcohol, la imagen de Verónika se le reía en la cara.

No podía mentirse con tal descaro, no a sí misma. La rusa la hipnotizaba y lo demás era cuento.

—*Tu ressembles à de la merde.*[2]

María se sobresaltó con la voz que interrumpió su buceo descarado en sus pensamientos.

María reconoció el acento francés, pero el chico que estaba frente a ella sin duda era ruso. Le faltaba información, aún no conocía la historia de su origen: que su madre era una de las esposas que tuvo Víktor en Canadá, no la misma de sus hermanos. Que creció con el francés y el ruso como primeras lenguas; el primero por su madre y el ruso porque era la única forma en que el resto de su familia hablaba con él, para acostumbrarlo. No mucho más tarde aprendió inglés y se vio obligado a estudiar también español, ya que su padre siempre tuvo previsto que su siguiente mudanza fuera a Latinoamérica.

Pero lo que María veía no era más que un muchacho, no mucho menor que Soto, cuyo cabello dorado, peinado con raya en medio, era tan rizado que caía casi en bucles. Tenía una heterocromatina tan leve que casi parecía un efecto de la luz que uno de sus ojos fuese de un pálido azul y el otro de un verde desteñido. Ese era el motivo de que tuviera que usar lentes desde niño, por sus problemas de visión.

Mientras que Axer y Verónika eran de labios finos, este muchacho los tenía carnosos, y sus mejillas eran sonrosadas. De pequeño, como siempre llevaba el cabello largo y los labios se le enrojecían con el frío, lo confundían con una niña.

Ese día llevaba puestas las pantuflas rosas de su hermana sin ningún tipo de complejo.

Estaba sentado en el lateral de uno de sus sofás de cuero blanco, sus manos sostenían una taza humeante con un *fanart* de *A sangre fría* en ella y todo su torso estaba cubierto por un confortable jersey de lana gris.

---

2. «Te ves como una mierda», en francés. *(N. de la A.).*

Su sonrisa era leve, apenas una elevación en una comisura, pero sus ojos dispares brillaban por sus labios; una mezcla entre inquietante y despectiva que hizo sentir a María como un insecto en su presencia.

Tampoco había que saber mucho francés, teniendo en cuenta la apariencia de María en ese momento, para comprender que había dicho algo parecido a que se veía como la mierda.

—Hola —saludó María Betania con cautela. No quería meter la pata con el hermano de Vikky—. No sabía que Verónika tuviese otro hermano.

—¿Otro?

Una sonrisa de superioridad se expandió por los carnosos labios del jovencito, pero esta desapareció pronto cuando empezó a beber del contenido de su taza sin despegar de María su inquietante mirada a través de los cristales de sus lentes.

—¿Problemas parentales? —preguntó al tragar.

—¿Cómo...?

—Estás muy bien vestida y tu maquillaje está corrido, o sea que estuviste maquillada, lo que implica a su vez que te importa tu apariencia. Es evidente que no habrías salido de tu casa con los ojos hinchados y los mocos secos en las mejillas a menos que no tuvieses la posibilidad de volver a ella, y si no puedes regresar a tu hogar me indica que tu problema está dentro del mismo. Si estás aquí con Vikky y no por Vik, es porque estás intimando con ella, y que intimes con Vikky implica mucho, una de esas cosas es que ella hará lo que sea por ti. Así que si te trajo aquí, con testigos presentes, es porque no tienes dónde quedarte, y si no tienes dónde quedarte es porque no puedes ir a tu casa porque tuviste problemas parentales.

Aunque su sonrisa final fue leve, el guiño fue suficiente como gesto de triunfo.

—*C'est trop simple*[3] —finalizó Aleksis Frey.

Su acento francés era tan perfecto que sus palabras resultaban un imán hipnótico. Daban ganas de quedarse escuchándolo todo el día aunque te estuviese insultando a la cara.

María se preguntó si lo haría intencional, hablar con tanto acento, si sería consciente de lo que provocaban sus palabras pronunciadas de esa manera exótica y exquisita.

3. «Muy sencillo», en francés. *(N. de la A.).*

—No sé qué te está diciendo —se escuchó exclamar a Verónika mientras entraba a la sala—, pero es mentira.

—Solo le doy la bienvenida, *sœur*.

—Y espero que ya te despidieras, porque te vas.

La sonrisa del chico se torció, no parecía tener intención de irse.

—¿Me regalarías el honor de conocer tu nombre? —dijo en dirección a María.

—Dime «Tania», María es nombre de... Dime «Tania». ¿Y tú eres...?

—Neurólogo. Bueno, en proceso. Aunque mi mayor interés consiste en el estudio del cerebro humano de una manera menos física y...

Verónika agarró a María por el brazo para llevarla lejos de ahí mientras decía:

—Se llama Aleksis. Es un presumido que va a cuarto en una escuela privada porque no le gusta la gente y mi padre no le permite formarse en casa. Y lo que va a estudiar cuando se gradúe es Arte, no toda esa mierda de cerebros.

El chico inclinó la cabeza levemente, tal vez para disimular la risita que estaba a punto de convertirse en una carcajada.

Aunque Vero arrastró a María con intención de alejarla de su hermano menor, no había llegado ni al pasillo cuando su padre apareció por el otro lado, poniéndose la chaqueta con premura y caminando a grandes zancadas.

—¡Padre!

—Ahora no, Vikky —contestó su padre en ruso para que solo los Frey pudiesen entender—. Hubo un problema con el último cargamento de *brigga* que mandamos a Dengus y Dain me llamó hace rato con ganas de matarme. Tengo que solventar este inconveniente cuanto antes.

—Olvida a Dain, no puedes permitir que tu sobrino te mangonee. Y, por favor, escúchame un momento...

—Voy al laboratorio, no me esperen esta noche. —El hombre pasó rápidamente a darle un beso en la frente a su hija—. Por favor, asegúrate de que tu hermano no deje que su gato haga desastres en mi caja mientras no estoy.

Verónika vio a Aleksis en cuanto su padre salió por la puerta. El chico estaba tomando su café con aire inocente, como si en su fuero interno no disfrutara de que hubiesen dejado a su hermana de niñera de su hermano mayor.

—*Proklyatoye yavleniye.*[4]

—*Je vous adore aussi*[5] —contestó Aleksis sonriendo, sin siquiera mirarla.

Verónika volvió a intentar llevarse a María, pero la voz de su hermano la detuvo.

—Te traeré unas pastillas.

—No tienes que interferir...

—Ella está muy mal, no va a dejar de llorar hasta que su cerebro se calme. Demasiadas emociones, demasiada actividad cerebral. Será imposible controlarla así.

—Aleksis...

—Consolarla. Me confundí, todavía se me hace difícil el español. Te las llevaré a tu cuarto con la prescripción, ¿de acuerdo?

Verónika miró a María de soslayo, como si no quisiera que notara cómo asentía hacia su hermanito.

—Ven conmigo.

María ya estaba tranquila, acostada en la cama de Verónika luego de tomar su medicación, bañarse y ponerse algo de ropa prestada.

Le parecía extraño que la rusa permitiera que su hermanito le recetara las pastillas como un médico, lo cual no debía hacerse, pero estaba tan sumida en la mierda que las aceptó como se acepta cualquier cosa cuando la muerte parece una opción bondadosa.

Lo cierto es que sí se sentía mejor. Sus problemas seguían ahí, pero al menos ya no quería llorar y su cabeza había dejado de dolerle. Aunque Verónika le dijo que no le entregaría las pastillas para evitarle una adicción. Ella misma se las suministraría en los horarios y las dosis que indicaba la receta.

Al menos tuvo la tranquilidad suficiente para contarle todo a Verónika.

4. «Maldito friki», en ruso. (*N. de la A.*).
5. «Yo también te adoro», en francés. (*N. de la A.*).

—¿Y eso fue lo que pasó? —inquirió la rusa sentada en el alféizar de su enorme ventanal que, abierto, daba paso a un minibalcón con un jardín modesto pero lleno de plantas que era mejor no tocar ni por descuido.

—Sí. En general.

—Es una mierda.

—Lo sé, yo solo necesitaba...

—Es una mierda lo que hiciste con tu hermana.

María calló un momento. Tal vez las pastillas la tenían más lenta de lo normal, porque ni siquiera se sentía ofendida, simplemente estaba segura de que no había entendido lo que acababa de oír.

—No entiendo, Vero.

La rusa suspiró. Con su larga manicura llevó los mechones sueltos de su cabello hasta detrás de sus orejas adornadas con aretes dorados.

—¿Era necesario? —indagó—. ¿Te ayudó en algo meterla en el barro solo porque tú te estabas ahogando en él?

—¡Es una perra! —argumentó María—. ¡Lo estaba disfrutando!

—No es una perra, María. Es una mujer, y además tu hermana. Está resentida y con razón. Siempre tratas de argumentarte cuando te quejas de tu hermana diciendo que es envidiosa, que ella es insípida y desearía ser como tú, que quiere el cariño que te dan tus padres y que odia que te consientan y todas esas estupideces de niña malcriada. Como si ser menos rubia la hiciera inferior, como si ella tuviese alguna culpa de esos sentimientos justificados. ¿Que te envidia? Natural, si hasta tus padres confiesan que hay una diferencia en el trato contigo y que con ella no hicieron más que cometer errores.

María intentó discutir, preparada para argumentar al respecto, pero Verónika la interrumpió levantando la mano y procediendo:

—Aquí lo que importa no son aquellos impulsos naturales que tu hermana siente, ¿okay? Importa lo que hace al respecto. Así que, a menos que me hayas estado ocultando una enorme lista de cosas que justifiquen tu rencor hacia tu hermana, yo todo lo que veo cuando hablas de ella es que realmente intenta que estés bien. A su manera. Quería que dejaras al turco del que quedaste embarazada porque es un maldito en toda regla. Pero ahí estabas tú, diciendo que Génesis es una envidiosa y que solo quería que tu papá te regañe. ¿No crees que si ese hubiese sido su plan les habría contado desde el momento uno?

—No puedes concluir que ella quiere mi bien solo porque intentó alejarme de un tipo. Te faltan bases. No la conoces como yo, ¿okay?

—Por supuesto que no, pero sigo pensando que la juzgas mal, al menos por lo que tú me has contado. ¿Qué ha hecho de malo? Todo lo que sé es que te hizo leer un libro feminista, algo superíntimo en su deconstrucción como mujer, y lo tomaste como un insulto, incluso cuando reconoces que te ayudó luego de leerlo. Entonces, lo mejor que tienes para pagarle es revelar delante de toda su familia, que ya la menosprecia suficiente, que tuvo un aborto y además una infidelidad.

»Es que, encima, eres hipócrita.

María se levantó, decidida a recoger su ropa sucia y dispuesta a marcharse para siempre.

—No seas una malcriada y enfréntame —atajó Verónika—. ¿Crees que no tengo razón? Me la estás dando al irte.

—No quiero hablar contigo, no necesito otra persona que me insulte hoy —cortó María, todavía dándole la espalda.

—¿Te hiere que te diga la verdad?

—No es la verdad. Yo tenía motivos para lo que hice, tú misma lo dijiste: el padre era un maldito. Estaba muy borracha esa última vez, si no fuera por las fotos que me envió, ni lo recordaría. Y estuvo mal lo que hice al respecto, es cierto. Pero... ¡Mierda! Estaba desesperada. Al final de todos modos acabaría como asesina, porque si no mataba... Me habría matado a mí antes que tener un hijo que me recordara su maldita cara toda la vida.

—¿Y tu hermana? ¿Ella sí merece ser crucificada por eso?

—Tú no lo entiendes. Yo no estoy a favor del aborto.

Verónika bufó con crudeza, cruzó sus brazos y enfrentó a María con una ceja arqueada.

—Igual que todo hombre hasta que la novia de turno le dice que está esperando un hijo suyo, ¿no?

—Eres una maldita perra, Verónika Frey.

—Pero al menos yo soy consciente de eso. Puedo vivir reconociendo mi condición y orgullosa de ella. Tú eres una hipócrita en negación.

—¡Son situaciones distintas! —chilló María—. Mi hermana no tenía motivos para...

—¿Y tú qué sabes?

—No tenía motivos con el peso suficiente para quitarle la vida a ese bebé.

—¿Bebé?

—Da igual como quieras llamarlo, está vivo.

—Igual que los tumores.

María apretó los puños, visiblemente afectada por el descaro de Verónika, quien debía estar consolándola.

—No me intentes convencer de esa mierda. Yo sé en lo que creo. Es algo que tarde o temprano será una vida, y ella interrumpió eso por un capricho.

—Ya. Pero no te obligó a hacerlo a ti, ¿o sí?

—No estás siendo justa conmigo, en serio.

—Ni tú con tu hermana. ¿Crees que un óvulo fecundado inmediatamente tiene derecho a la vida? Te lo respeto. De igual forma tú deberías respetar la maldita autonomía de toda mujer que decida sobre su cuerpo, vida y futuro de la misma.

—¿Y la vida del bebé?

—Hay un libro...

—No quiero saber nada de un maldito libro más en lo que me queda de vida.

—En ese libro —continuó Vero de todos modos— se aborda este debate desde otra perspectiva. El feto, en cualquiera de sus etapas, se considera una vida, y se plantea como ejemplo un caso de la vida real de dos personas equis.[6]

»Persona Uno necesitaba un trasplante de médula ósea, y Persona Dos era el único familiar compatible, pero se negó a realizar el trasplante porque le salió del forro del culo. Persona Uno, quien obviamente no quería morir, demandó a Persona Dos, pero la jueza de aquel caso falló a favor de Persona Dos a pesar de que Persona Uno era un ser vivo, con derecho a la vida, inocente y que dependía totalmente de Persona Dos para vivir.

»En este caso se priorizó la autonomía de Persona Dos al derecho a la vida de Persona Uno, incluso teniendo en cuenta que un trasplante de médula ósea tiene muchas menos posibilidades de acabar en muerte que un embarazo.

—Pero... ¿y eso qué mierda tiene que ver?

—Nada. O todo si prestas atención. Si en algunos casos es posible priorizar la autonomía de un ser vivo sobre sí mismo por encima del derecho a la vida de otro, de igual forma debería dejar de obligarse por ley a las

6. Referencia al libro *Beyond Roe*, de David Boonin. *(N. de la A.)*.

mujeres a llevar a cabo un embarazo que no desean. Ninguna mujer debería prestar su cuerpo para que otro lo use solo con el argumento de que «está vivo». Y tú podrás pensar distinto, claro. Tu moralidad podrá no concebir esto, así que no abortes tú, maldita sea.

»La decisión de otra mujer sobre su cuerpo y vida, eso no te compete a ti aprobarlo, solo respetarlo. Si tu hermana no quería ser madre en ese momento, si no quería serlo nunca, si ella no quería ser la madre de ese bebé en particular, no es tu problema o tu decisión. Ella no te estaba obligando, solo buscaba tu apoyo. Tu problema debió ser estar para ella, y llevarte a la tumba el secreto que abrió a ti en confidencia.

—Pero yo...

María calló, como si realmente no tuviera nada que decir, solo esperaba que Vero la interrumpiera. Sin embargo, volvió a abrir la boca y así mismo la cerró un par de veces más.

—No tienes que darme la razón, María. Sé lo que le cuesta retractarse. Y no es como si me importara, no me van a pagar por convencerte de nada. Pero algo sí me preocupa, y deberías hacerlo, al menos por ti, y es la persona a la que lastimaste hoy. Tú mejor que nadie deberías entenderla. Algún día, cuando no sientas que si lo haces me darás la razón, discúlpate. O solo abrázala, mierda. No sabes lo que restaura el abrazo de un hermano cuando llevas toda tu vida pensando que te odia.

De hecho, María se dio cuenta de que había seguido discutiendo justamente por eso, para no ceder la razón. La realidad era que ni siquiera ella sabía por qué estaba molesta con su hermana, y se sentía como una mierda por cómo la trató, independientemente de todo.

María admiraba a su hermana, pero siempre se había comparado con ella para respaldar su frágil autoestima. Porque Génesis no era normativa, y María sentía que eso avalaba su propia belleza. Así, tal vez, dejaría de sentirse gorda y de pensar que eso le restaba atractivo si conseguía muchos más defectos en alguien que no fuese ella.

En serio se sentía como una mierda, y no solo por eso. Por todo. Había jodido su vida para siempre en un instante que ni siquiera recordaba, con una persona a la que juraba que no quería volver a ver.

Si tan solo pudiera acordarse de por qué lo hizo, podría odiarse con más argumentos.

Pero no era así. En ese momento, en su mente solo había un gran vacío y el desagradable recuerdo de haber despertado en un hotel y haber visto en su celular las fotos que él le envió al chat para «asegurarse de que ella no lo acusaría con su mujer».

Verónika pareció comprender el hilo de pensamientos de María, porque la arrastró por un brazo y la estrechó con fuerza. A lo que la venezolana, reacia a asumir su propio vacío, intentó alcanzar el rostro de Verónika y besarla.

—No —la cortó Frey—. Basta ya de intentar sanar tus heridas con sexo. Necesitas ayuda, princesa. No alguien que siga usándote. —Le envolvió el rostro con las manos sin importarle que las lágrimas de María las empaparan—. Y una tarde de *Anne with an E* y mucha Coca-Cola.

María lloró con más fuerza, aceptando el abrazo de Verónika. Y esa vez, entre todas las lágrimas, sonreía.

16

Tener una cita con Axer Frey es...

SINAÍ

No vuelvo a casa en unas noches, me quedo a dormir en el almacén y voy a clases desde allí, pues tengo muchos detalles por pulir a solas.

En el aula me aseguro de sentarme en un sitio cuyos puestos aledaños estén por completo ocupados para no dar oportunidad a Soto de acercarse.

Repito lo mismo en las clases siguientes y salgo disparada del colegio en cuanto termina la última. Es mi rutina para no asesinar a Soto, al menos por ahora, y él no me lo está poniendo fácil.

Ignoro si Axer habrá ido a buscarme a casa. Esto de no tener teléfono es un asco prehistórico; además, no nos cruzamos en clases desde que envié el contrato firmado a su dirección después de haberlo leído y haber quedado traumatizada, aunque de todos modos lo acepté todo y comprobé que hubieran añadido mis cláusulas.

Hoy vuelvo a mi casa y la encuentro vacía. Mi madre debe de estar en la peluquería, trabajando.

Me hago de almuerzo una deliciosa pasta acompañada de una refinada salsa de tomates silvestres con salchichas troceadas más un toque de queso rallado gratinado al microondas. Lo devoro y luego me pongo a hacer el trabajo de Ciencias de la Tierra sobre fenómenos naturales, resuelvo unos ejercicios de Física en el cuaderno y luego investigo en San Google todo el cuestionario para el próximo examen de Historia Universal. Ya me lo estudiaré un día antes de la evaluación.

Estoy confiada en poder mantener este ritmo y pasar el lapso con promedio perfecto. Mientras no me gane a ningún profesor de enemigo, y Soto no me joda la evaluación de inglés, estoy fuera de peligro. Además, tengo un pequeño margen para errores. Siempre puedo quedarme a limpiar los salones después de clases o recargar el saldo de alguna profesora para ganar unos puntos extra en su materia.

Así, tengo el resto del día para limpiar los defectos del plan que pasé estas noches definiendo. Hablaría al respecto, pero es bien sabido que esta clase de secretos es mejor guardarlos para el final. Por precaución.

Salgo del cuarto de mi madre justo a tiempo para fingir que jamás estuve en él. Ella está entrando por la puerta con una estilizada bolsa de compras negra que, con una caligrafía sencilla y elegante, porta el nombre de Frey's Empire con orgullo.

Casi me atraganto al verlo.

—¿Y esa...?

—Esto vino a dejarlo mi futuro yerno esta mañana... ¿Dónde estabas, por cierto? Me dijiste que te quedarías con él.

Ojalá ella supiera que lo de «futuro» ya no es necesario. Pero prefiero no contárselo todavía, no quiero provocarle un infarto. No está preparada.

—Me quedé con Axer, sí, menos anoche. Estuve en casa de María.

—¿Ya se hablan de nuevo? —pregunta con expresión escéptica al poner su cartera y la bolsa sobre la mesa de la cocina.

—Sip. La vida es muy corta para pasarla enojada con los amigos. Me refiero a... los que sí fueron amigos algún día, no los Sotos. No te preocupes.

Con eso parece que al fin respira.

—Qué alivio, coño, pensé que me dirías que ahora andas de nuevo para arriba y para abajo con el malandro ese.

—Ya superé esos males, gracias a Dumbledore.

Me río y me siento en la mesa con un pie sobre la silla y el otro colgando. Espero que mi madre esté de suficiente buen humor como para no lanzarme su zapato para que me baje.

—Si dijeras eso delante de tu abuela —dice con una sonrisa divertida—, te quemaría. Siempre ha dicho que Harry Potter es brujería, imagina si te escucha alabar el nombre de un brujo con barba...

Finge un escalofrío dramático y yo suelto una risa más prolongada. Es increíble el alivio que significa para el alma estar en buenos términos con tu madre, recibir sus sonrisas como un obsequio.

—Por suerte dije su apellido y no su nombre —bromeo—. ¿Qué tiene la bolsa?

—¿Qué te hace pensar que la abrí?

La miro con una ceja arqueada en completo escepticismo.

—¡¿Qué?! —exclama ofendida—. Te juro que no lo hice.

—Mamá, tú no me revisas el teléfono porque no tengo, ¿y me vas a decir que perdiste esa oportunidad de chismear, y más cuando tiene que ver con Axer?

—Lo intenté —reconoce con un suspiro derrotado—. Pero adentro hay una caja forrada de plástico y si la abría te darías cuenta.

Corro a ver y confirmo que es cierto lo que dice.

—Ábrelo —dice mi madre esperando recostada en el respaldo.

—En mi cuarto.

—Ajá, sí. ¿Qué más soñaste? No me vas a dejar este chisme incompleto, Sinaí Nazareth, ¿o por qué crees que me la llevé al trabajo en lugar de dejártela aquí en la sala? Quiero saber qué es.

Solo espero que Axer haya tenido la decencia suficiente para no dejarme lencería de regalo con mi madre.

Rompo el plástico que cubre la caja blanca. Lo hago delante de mi madre con el corazón a punto de salirme por la boca. No sé cuántas veces suplico al cielo: «Que no sea un consolador, que no sea un consolador, que no sea...».

Para mi alivio, tiene cosas a las que es casi imposible encontrarle controversia: algo que imagino que es una tarjeta de débito, negra, con la misma tipografía blanca que en la bolsa que también pone Frey's Empire. Hay un teléfono nuevo con su cargador y auriculares, sin funda. Bloqueado. Y una segunda tarjeta, esta de color crema, hecha con un papel de muy buena calidad que incluso desprende una leve fragancia, un perfume de un precio que, estoy segura, debe de quedar fuera de mi alcance.

—Eso...

Le entrego el teléfono a mi madre, tranquila porque ni ella ni yo podemos desbloquearlo.

Me río al verla con la boca abierta, como un túnel para moscas. Está incluso más anonadada que yo.

—¿Esto qué demonios significa...?

—Bueno, pues... Estas noches que he pasado con él es posible, tal vez, que decidiéramos salir un poco más formalmente, aunque no del todo. Es complicado y... Hey, no te alteres, mamá. —Sacudo las manos para evitar que se ponga a saltar y a pegar brincos por toda la sala—. No es nada seguro que vayamos a ir un paso más allá. Él va muy muuuuuuy lento. Pero también es... bastante comprometido, por decirlo de algún modo.

«De algún modo decente», debería agregar.

—Así que él no soportaba la idea de que estuviese sin teléfono para comunicarnos. Ya ves, prefirió comprarme uno. ¿Debería... devolverlo?

—¡¿Estás loca?! —Mi madre irguió la espalda y me devolvió el teléfono—. Ni que fueras Raquel Mendoza de *A través de mi ventana*. Recibe con gratitud todos los limones que la vida te dé, que esos rusos deben de bañarse en limonada, así que no es como si te estuviese donando un riñón. Eso sí, no le pidas nada, que luego pensará que...

—No te preocupes por eso.

«Lo único que le pido insistentemente no cuesta dinero».

—En serio necesito la receta del amarre que le hiciste a ese hombre, Sinaí. No me vendría mal un teléfono nuevo a mí también. Ahora desbloquéalo.

—Ay, sí. Qué chiste. ¿No ves que no tengo la clave?

—Pero...

—¿Recuerdas lo que te acabo de decir de que Axer es medio comprometido? —Finjo una sonrisa sarcástica—. Bueno, además de eso es bastante excéntrico. Probablemente me pedirá que complete un crucigrama para conseguir la clave.

—En mis tiempos te invitaban a bailar y a comer parrillas, pero está bien, si hoy en día se coquetea con crucigramas, no soy quién para juzgar.

Ya en mi cuarto me permito que la emoción me domine. Axer se está convirtiendo en un minipatrocinador de mis caprichos y necesidades, y todo lo que me queda para aplacar mi consciencia es pensar que me lo debe, que le estoy dando mi vida para que juegue con ella, que este teléfono seguro fue una menudencia para un hombre en su posesión.

Y, a pesar de ello, no puedo dejar de pensar como alguien que ha crecido con recursos limitados, que debe descargar las películas piratas y leer en Wattbook porque no tiene para pagar Netflix o libros en físico. Así, el teléfono me resulta mucho más hermoso y funcional que un anillo, y no me importa que no signifique un gasto para él, en serio, en serio me emociona recibirlo.

Además, rechazarlo implicaría esperar meses a que mi madre pueda ahorrar lo suficiente para comprarme uno. No lo voy a hacer. Ya debo pagarle lo que gasta en mi terapia, con el dinero que precisamente saldrá de este acuerdo con Axer.

Me quedo un rato pensando en qué contraseña podría haber puesto el genio de mi novio falso a mi misterioso y nuevo teléfono.

No patrón. No huella. No escáner facial. Contraseña escrita que puede, o no, incluir números, caracteres especiales y espacios.

Lo intento con «Schrödinger».

Nada.

«Axer & Sina».

«Nazareth».

«Sinaí».

«Freysempire».

«Sinaí Ferreira».

«Axer Frey».

«FreyAxer».

Incluso pruebo con «Jaque mate», con y sin espacio. Pero nada.

Me resigno y busco entre la caja las otras dos cosas que había junto al teléfono y sus accesorios. Me doy cuenta de que la tarjeta de papel tiene una pregunta escrita en letras doradas que refulgen con el reflejo de la luz de la bombilla. Es una pregunta.

«¿Qué obtendría si agrego polvo de raíces de asfódelo a una infusión de ajenjo?».

Era la primera pregunta que le hacía Severus Snape a Harry en *Harry Potter y la piedra filosofal*. Harry no la respondió, pero yo sí me sé la respuesta. Es la poción «Filtro de muertos en vida».

Me echo a reír como una desquiciada, por completo vencida por la emoción y lo insólito del momento. Me paso la mano por la cara, pero no puedo borrar esa sonrisa; la llevo escrita en la piel.

Si Axer hizo lo que creo que hizo...

Escribo «Filtro de muertos en vida» como contraseña y de inmediato la pantalla se desbloquea.

No sé si Axer es fan de Harry Potter desde antes o si tuvo que investigar solo porque sabe que amo la saga con todo mi ser. Pero el hecho de que haya ideado ese pequeño juego como preliminar al desbloqueo del teléfono es tan especial que supera incluso el gesto de haberlo comprado.

Cuando la pantalla se ilumina, aparece un vídeo.

Es él, vestido de blanco con una bata de laboratorio. Sus guantes son negros, sus ojos velados por los lentes de montura cuadrada que le dan un aspecto intelectual y casi erótico.

Su actitud es tan serena como altiva, como si no se diera cuenta de que está frente a una cámara o no le importara en lo más mínimo. Anota con tranquilidad en una libreta sobre su escritorio, utilizando una estilográfica con punta sofisticada. Sus ojos verdes se oscurecen mientras los entorna, parece que está leyendo algo en la pantalla de su ordenador. Acomoda sus lentes en el puente de su nariz casi sin darse cuenta.

Ayudado por el blanco incandescente de su entorno, su cabello a contraluz tiene una especie de fulgor platinado. Luce como alguien que no puedes tocar, que existe solo dentro de una pantalla para subir las expectativas de quienes estamos al otro lado y arruinar las oportunidades a los pretendientes mortales.

Luego de unos eternos veinticinco segundos, que no se sienten como una tortura, sino una agonía de nervios y emociones, es que él decide concederle atención a la cámara, mirándome a través de la pantalla del teléfono directo a los ojos.

—Ah, hola, Schrödinger. —Acomoda de nuevo los lentes en el puente de su nariz y entrelaza las manos sobre el escritorio mientras sigue mirándome fijo—. Imagino que, si estás viendo esto, es porque has conseguido desbloquear el teléfono. Y, si lo conseguiste, imagino que debo decir «buenas tardes». Me rehúso a la idea de que tardaras más de unos minutos en descifrarlo.

El guiño que suelta, así, de improviso, paraliza los latidos del corazón que antes galopaba en mi boca.

Creo que he dejado de respirar.

—Esta, Nazareth, es mi idea de una invitación formal a que vengas a ver a tu rehén, o sea, a mí, en su espacio seguro. Mi área de trabajo es lo que la madriguera a Harry Potter: un hogar. Si aceptas, busca en tus contactos. Solo tienes uno, por supuesto. —Su sonrisa maliciosa me seca la garganta y creo que empieza a mojarme otras cosas—. Es el número de Federico, al que imagino que en tu mente no has dejado de llamar Lingüini, porque eres mi novia y mi deber es conocerte, y eres así de rara y testaruda.

Axer separa la silla del escritorio para hacer espacio. Se levanta con las manos todavía en la superficie de la mesa, tan impoluta que casi podría servir de espejo, se reclina un poco hacia la pantalla y empieza a mirarme con una sonrisa que le ilumina el rostro de una manera que me encoje el corazón.

—Dile a Fede que te traiga, Nazareth. Quiero que conozcas esto.

Sus dedos van hacia la pantalla, como si quisiera cortar la transmisión, y entonces se detiene.

Parece que se lo piensa mejor, y dice:

—Recibí el contrato, por cierto. La tarjeta negra es de tu cuenta de fondos en Frey's Empire. Lo de un pago «con todos los ceros que acordemos» era muy en serio, y, para probarlo, la tarjeta no tiene límites. Paga todo lo que necesites y, en última instancia, lo que quieras, porque dejarás de tener necesidades, como cualquier Frey. Los datos están en el único archivo de la ventana de inicio del teléfono.

»Y, por favor —suspira, como si la sola idea de lo que va a decir le lastimara el hígado—, ve a comprarte unos zapatos y calcetines nuevos. Cuando estés en la entrada, quítate los zapatos y entra descalza. No quiero que traigas a mi espacio toda la tierra del liceo, de tu casa y de quién sabe dónde.

»Ahora sí, te espero.

Y cuelga, lo que hace que en la pantalla aparezca «Fin de la grabación. ¿Desea verlo de nuevo?».

Cuando acaba su discurso me sorprendo a mí misma con una sonrisa tan radiante, tan plena, tan genuina, que ha dado calor y confort a todo mi cuerpo a pesar de que tengo los ojos empañados por las lágrimas.

Es que no puedo parar de reír, tapar mi boca con una mano y limpiar mis lagrimales con la otra.

Siempre he deseado a Axer. Siempre. Pero jamás me he permitido desarrollar sentimientos más allá de lo carnal. Ahora con esto... Esto que ebulle en mí después de ver su vídeo, esto es distinto. Es visceral. Es una advertencia, algo que debo dominar antes de que consiga ganar ventaja. Algo que me desequilibra los nervios y me hiere el corazón. No son mariposas en el estómago, son jodidos rinocerontes.

De hecho, la sensación es muy similar a estar enferma, casi a punto de desmayarme.

Tengo que buscarle solución. Tengo que molestarlo hasta que me repudie tanto que no pueda seguir tratándome así. Necesito que todo vuelva a la normalidad.

Es que es un narcisista, tan presumido que se permitió el lujo de grabar ese vídeo con un interludio de veinticinco segundos de nada, solo un plano silencioso de él existiendo, porque sabe lo bueno que está y que nadie sería capaz de desperdiciar ninguno de esos segundos ni siquiera parpadeando.

Y lo peor es que así me encanta. Y quiero besarlo y quiero desquiciarlo. Pero sé que, aunque sea arriesgado por mi parte, no es eso lo que debo hacer.

Él hizo algo tan especial por mí, tan único y acorde a sus excentricidades, que la sola idea de que estos seis meses de contrato acaben y pronto me toque vivir una relación monótona, predecible y... convencional, me ofende.

Voy a aprovechar esto.

Voy a hacer lo que me dijo: lo disfrutaré, aunque solo sea por seis meses. Solo debo tener cuidado de que los rinocerontes en mi estómago no ganen terreno.

Lingüini me pasa a recoger y yo ya estoy pensando en qué gastar mi dinero.

Me doy el capricho de echarme la hora de viaje a la ciudad para ir a una buena tienda y no comprar en las pequeñas con sobreprecio del pueblo. Le pido a Lingüini que le avise a Axer que sí llegaré, para que me espere, y paso primero por la tienda donde voy a comprar su obsequio.

Me dicen el tiempo que debo esperar y aprovecho para invertirlo en más de una tienda de ropa, donde me gasto una millonada que jamás habría podido pagar en las mejores prendas de la mejor calidad. Me vuelvo muy monocromática, apenas intercalo el blanco, el púrpura, el verde musgo y el gris en el nuevo y sombrío guardarropas de negro y más negro. En algunas tiendas tiro más por crear conjuntos ejecutivos, en otras elijo las prendas elegantes, y en el resto me doy la libertad de tomar lo que se me antoja suponiendo que cada pieza sea algo que definitivamente me pondría en alguna ocasión.

Pronto, lleno el maletero de Lingüini con vestidos, faldas, pantalones de distintos cortes, *blazers*, camisas, accesorios, zapatos de tacón, botas, botines, trajes de chaqueta y pantalón, tops, ligueros, ropa íntima, correas, maquillaje y *merchandising* de mis libros favoritos.

Necesitaré todo eso si quiero ser una Frey. Y una *fangirl*.

Antes de volver al pueblo pasamos a recoger el regalo que encargué; luego Lingüini acelera con la furia que no puede demostrar más allá del volante y vamos de regreso.

Pasamos a dejarlo todo en mi casa, pero sin entrar. Abro la ventana y arrojo las bolsas a la cama. Después sí que entro, pero a cambiarme. Es momento de estrenar algo de lo nuevo.

Regresamos al edificio donde se encuentra el laboratorio, aquel conjunto de pasillos y recámaras de diseño futurista que recuerdo bien de la primera vez que fui a la óptica con Anne.

Lingüini va delante de mí, guiando el paso con una bolsa en cada mano. Me lleva hasta dos enormes puertas de cristal y me hace esperar hasta que alguien desde el interior acciona algún interruptor que pita cerca de mis oídos hasta que las puertas de abren.

—Al fondo es su despacho —explica Lingüini tan despectivo como siempre. Parece que habla con la mierda de su zapato.

Y eso me da una idea.

Me quito los zapatos como Axer pidió y los dejo muy cerca de los pies de Lingüini.

—¿Los cuidarías? —Hago caso omiso de su mirada asesina y doy un brinco emocionada—. ¡Eres un sol! Te aviso cuando tengas que entrar para llevar las bolsas, gracias.

Al entrar veo a Axer sentado a su escritorio muy al fondo. Sospecho que él también nos ha estado viendo a nosotros, porque las paredes de cristal no ocultan nada.

Él, de nuevo, finge que no ha advertido mi presencia y sigue escribiendo tranquilamente sobre su misteriosa libreta. Tengo que carraspear para que alce la vista hacia mí. Solo sus ojos se mueven, mirándome por encima del cristal de sus lentes con una de sus cejas arqueadas y los labios ligeramente fruncidos.

No estoy segura de que mi atuendo sea el óptimo para ir a ver a mi novio falso en su trabajo secreto, pero me siento bien así, y era algo que quería ponerme de inmediato.

Un pantalón verde militar de cintura alta y bolsillos enormes, ajustado con un cinturón negro que tiene por hebilla un gran aro cromado. Llevo una camisa corta pero de manga larga, hecha por completo de red, que deja a la vista mi piel y el top negro que me he puesto debajo.

Por lo demás, mi atuendo es muy sencillo: gargantilla, delineado rápido y el cabello recogido en una coleta despreocupada.

—Yo ya me iba —dice él volviendo sus ojos a su libreta.

—Te dije que me esperaras.

—Y te esperé, pero a esta hora tengo otro compromiso —culmina sin parar su escritura.

—¿Qué compromiso?

—Es clasificado.

Meto las manos en los bolsillos y lo miro con los ojos tan entornados que espero que el resplandor le queme.

—¿Qué te molestó?

—No estoy molesto, Nazareth. En serio tengo que irme. —Lo dice con tanta tranquilidad que casi le creo.

—Es porque te hice esperar —teorizo.

—Imagino que tendrás un motivo.

—Sí, yo...

—Motivo que escucharé en otro momento porque, en serio, en serio... —Se levanta y da un par de pasos hacia mí—. Tengo que irme.

El hecho de que Lingüini esté ahí detrás con dos bolsas que son mi regalo para Axer hace que no me resulte fácil aceptar la situación. Y parece que él lo lee en mi mirada, porque en sus labios cosquillea un gesto que conozco bien, y que definitivamente amo, pero que él no dejará salir porque es así de mezquino con sus sonrisas.

Camina un paso más cerca de mí y mete las manos en los bolsillos de la bata, fijando sus ojos en los míos. Iniciamos un duelo de miradas a través de los cristales de nuestros lentes, y durante esos eternos segundos intento descifrar las reglas del juego. No sé si pierde el que se rinda a la tensión nociva de nuestro contacto o quien se desmaye por la falta de oxígeno, porque, al menos yo, he dejado de respirar.

Me cuesta recordar por qué estaba molesta en un principio. En especial al tenerlo así, frente a mí, tan serio y a la vez tan tranquilo, tan dócil y tan imponente; transmitiendo en su mirada punzante como la arista de una esmeralda toda su impotencia hacia mí, porque le he hecho perder el control, porque lo he atado a aceptar algo que desea, algo que no puede no desear; y, a la vez, siento que me promete en silencio que el juego no ha acabado y que le queda más de un jaque bajo la manga.

Y, aunque no debería ser así, me muero por descubrir qué otras jugadas planea, pues no me daré por satisfecha hasta que las haya desvelado todas.

—Cuando te molestas se te arrugan hasta las sienes —comenta. Su voz tan serena como una brisa, sus manos todavía en sus bolsillos, sus ojos sin siquiera parpadear.

—Si no te gusta, deberías probar a no hacerme molestar, ¿no crees?

—¿Quién ha dicho que no me gusta?

—Ah. —Bufo, y creo que en el acto parpadeo, incluso aparto la vista, pero al volver mi mirada él sigue ahí, contemplándome justo como antes, tal vez con más intensidad—. Eso lo explica.

—¿Qué? —inquiere bajando aún más la voz mientras acorta nuestra distancia un paso más. Un paso que vale por dos—. ¿Qué explica?

—Explica por qué molestarme parece ser tu deporte favorito.

Arquea una ceja, pero no dice nada. Solo da un paso más.

Otro maldito paso y podría sufrir por la onda expansiva de los latidos de mi atormentado corazón.

—¿Lo niegas? —pregunto, más que nada para disimular que necesito tragar.

Pero sigue sin responder. Al menos no de forma verbal, porque siento que su cuerpo dice muchas cosas, solo que en un lenguaje que no sé traducir.

Su mano se posa sobre la parte baja de mi espalda y noto el frío del látex de su guante. Aplica una ligera presión para que dé el paso que falta hacia él, y su bata roza la tela de mi pantalón. Se inclina, solo un poco, lo justo para que sus labios queden a centímetros de mi oído, y me hace esperar agónicos segundos durante los que me embriago con el olor que desprende su piel, hasta que dice:

—Schrödinger...

—¿Humm? —Es todo lo que alcanzo a decir.

—¿Sigues molesta?

—Yo...

Trago saliva y cierro los ojos para no caer en la tentación de mirarle los labios, pero estar así lo empeora todo. Hace de su cercanía una experiencia mucho más sensorial, casi eléctrica. Necesito su contacto, porque mi piel empieza a recordar lo que se siente cuando sus manos se apropian de ella, y mis labios tiemblan al evocar la sensación de sus caricias sobre mi boca, al igual que la manera en que me consumió tanto como me entregó de sí mismo en un beso.

—Eso creo —finalizo.

—Lo siento.

—¿Qué?

Me sorprendo tanto que me aparto, sobresaltada.

Se encoge de hombros y acomoda sus lentes.

—Imagino que eso deben hacer los novios cuando hacen que sus novias se molesten y esa no ha sido su intención. ¿O me equivoco? Tú tienes más experiencia en relaciones, después de todo. Tú dime.

Me echo a reír, pero en serio. Me ha divertido como nada que siga sin superar que Soto y yo fuimos novios.

—¿Lo superarás algún día?

—¿Superar exactamente qué?

—No te hagas el idiota, genio. Se nota que te carcome que yo haya sido novia de Soto.

En lugar de negarlo, vuelve a encogerse de hombros con esa seguridad que lo hace todavía más irresistible, si es posible.

—Sería más fácil superar el tema si no tuvieras que pasar todos los días seis horas encerrada en un aula con él.

Si eso lo inquieta, mejor ni le menciono la evaluación en pareja.

—Créeme, Frey, no hay una persona en este mundo a la que le irrite más esta situación. Además, dado que mi «experiencia» en relaciones se resume a tres días, y con un final de mierda, podemos concluir que tampoco soy la más indicada para dirigir cómo debemos llevar esto.

Axer asiente.

—Improvisamos, entonces. —Vuelve a acercarse a mí, aunque deja espacio suficiente para que su proximidad no me incomode—. ¿Cenamos este fin de semana?

Creo que no logro ceñirme a la idea original de mantenerme firme e inquebrantable ante sus encantos, porque los ojos se me iluminan y las mejillas se me acaloran. Tengo que hacer un terrible esfuerzo para no sonreír.

—¿Quieres que...?

—En mi casa. Te presentaré formalmente ante mi familia.

—¿Qué? No... No estoy segura de haber escuchado bien.

—Escuchaste bien, pero no es un halago, es una advertencia. Tienes que ir preparada para enfrentarte a cuatro Freys en versiones distintas. Si yo te parezco difícil de manejar, imagina sentarte a la mesa con mi familia. Cualquier cosa puede pasar ahí y, sin embargo, no quiero que te preocupes. Yo estaré de tu lado.

Cuando estoy a punto de desmayarme de la emoción, oigo que agrega:

—Así dice el contrato. Te haré una Frey.

El puto contrato. Prefiero no arruinar el momento pensando en eso. Y de pronto nos interrumpen.

—Axer, tengo que...

Identifico la voz de Anne hablando en inglés. Se detiene al reconocerme, sin duda, aunque está de espaldas a mí.

—¿Por qué está el espécimen en el laboratorio y nadie me avisó?

—¡¿Cómo me llamó?! —exclamo.

Los ojos de Axer se abren al comprender el caos de la situación, casi parece que quiere transmitirle a Anne, aunque ya es tarde, que no es el momento para esa charla.

—Anne, por favor —dice. Se acerca de nuevo a mí y apoya una mano en mi espalda baja, su cuerpo junto al mío. Y aunque es un acto muy decoroso, contengo la respiración al contacto—. Sinaí entiende el idioma.

Ella lo mira con el entrecejo fruncido, como si no comprendiera qué tiene que ver eso, en qué parte se ha equivocado. Y yo, a pesar de tener el brazo detrás de mí, me siento a punto de echar fuego por la boca.

Axer se quita los lentes y se lleva los dedos al entrecejo.

—Anne, sé que esto debe ser extraño para ti, nunca he tenido quejas de tus labores y no quiero que tomes esto como una reprimenda, sino como una información tardía...

—¿Qué hice?

—Aunque, efectivamente, Sinaí Nazareth está colaborando con el proceso de mi tesis, no es «el espécimen» de nada. Es mi pareja. Con todo lo que eso implica.

Al oír esa presentación se me seca hasta el sudor del culo.

«Su pareja».

No su novia falsa durante los seis meses de vigencia de un contrato forzado. Su pareja.

No importa que la realidad sea lo primero, Axer Frey acaba de decir a esa mujer que así es, y su convicción despeja cualquier duda, incluso las mías.

No importa lo que diga el contrato, para los demás sería su novia.

—No tenía idea, yo... lo siento.

—Lo sé, descuida. ¿A qué venías?

—Sucede que necesito la lista de invitados para la celebración por la aprobación del adelanto de la tesis. Tu padre hoy transfirió el donativo, entre las cuatro familias seleccionadas recaudaron dos millones de dólares.

Ese es el presupuesto con el que cuenta la facultad para el festejo, así que ya imaginarás cómo ha de ser. Necesito enviar a tu padre la lista de tus invitados con antelación para preparar comida, hospedaje y otras reservaciones.

Axer me mira de soslayo, lo cual no me pasa por alto.

—Por supuesto, Anne. ¿Podemos hablar de esto en otro momento?

—Como gustes.

Axer se vuelve hacia mí.

—Tengo que irme.

—Lo sé.

—Y... son horribles esos calcetines, pero a ti te quedan menos espantosos que como imagino deben vérsele al resto de la humanidad.

Mis mejillas se sonrojan con su casi insulto mezclado con su casi cumplido.

Mis calcetas no son horribles, solo es que mi novio falso tiene mal gusto. Son negras con franjas moradas y un estampado de lentes y rayos, muy *potterhead* de mi parte.

—Te compraré unos idénticos —amenazo conteniendo la risa.

—Los quemaré.

—Lo peor es que te creo.

—Lo peor es que hablo en serio.

Se me escapa una risita y tengo que bajar el rostro para disimularlo. Creo que me estoy ruborizando y no quiero que él lo note.

Me sobresalto al notar sus dedos en la barbilla y de nuevo parece que he olvidado cómo funciona el mecanismo de la respiración.

—¿Me dirás qué tiene Federico en esas bolsas?

Me vuelvo a mirar al pobre Lingüini, todavía de pie frente a mis zapatos y con las bolsas en las manos.

—No. No lo mereces —digo medio en broma medio en serio.

Él niega y, aunque no sonríen sus labios, sus ojos sí.

—No esperaba menos de ti.

Entonces hace algo insólito que deja boquiabierta incluso a Anne, que sigue detrás de nosotros con su portafolio: me besa la mejilla.

—Llévalo a la cena.

17

Un par de nuevos secretos

SINAÍ

Dado que hoy es el día, tal vez debería contar uno de mis planes. Aunque preferiría mostrarlo.

Julio y su familia viven en una de las residencias más prestigiosas del pueblo. Su casa es de las más grandes, con un garaje del tamaño de un jardín y un jardín del tamaño de una cancha. Está cercada, a pesar de que la delincuencia en la zona es mínima, casi nula. La planta superior tiene un ventanal que ocupa todo el largo de la pared trasera, dando una vista ininterrumpida a su comedor desde el techo de la casa de atrás, donde estoy oculta. De día, el cristal no deja ver hacia dentro. Pero de noche y con todas las lámparas encendidas a la hora de la cena, se nota cada detalle.

Un empleado prepara sus comidas y otro las sirve. Grandes banquetes incluso para la cena. Siempre en familia. Esta noche en particular están los padres, Julio, su hermana Dani, su amiga Rebeca y Jonás, el novio de Dani, uno de los tres que estuvo ese día. Pateándome las costillas. Tirándome del cabello. Riéndose mientras Julio se sacaba la verga en mi cara.

La familia de Julio, los Caster, tiene muchísimo dinero. Su padre trabajaba en PDVSA —la principal empresa de gas en Venezuela— desde antes de la crisis del país, cuando un puesto en los taladros significaba tener la vida arreglada. Así consiguieron la casa, las dos camionetas y los cuatro autos; uno para cada miembro de la familia, aunque Dani no puede conducir el suyo hasta que cumpla la mayoría de edad.

Ahora mantienen su fortuna gracias a las inversiones de su padre en tiendas de repuestos automovilísticos, instalación de sonidos en vehículos y remodelaciones de carrocería. Con sus ingresos en dólares, es imposible que la inflación les afecte como al resto.

Así que los automóviles son una parte importante de sus vidas y economía. Y de la autoestima de Julio.

Siempre sale a dar vueltas en su Honda Civic Emotion. No sé de autos, pero lo investigué. Es una belleza que sin duda no pasa desapercibida en las calles sin asfaltar desde hace años, llenas de baches y charcos de lluvia. Pero a él no le importa, le encanta lucir su posesión entre la miseria, acelerando a fondo, abriendo el maletero para presumir del equipo de sonido con luces de neón que instaló su padre, derrapando para que los rines con diseño de telaraña se vean desde distintos ángulos cuando la luz del sol se refleja en ellos.

Lo que estoy a punto de hacer no va a dolerle nada. No como me dolió a mí cuando le pedí que me soltara y me arrojó al suelo, no como me dolió que una vez ahí me agrediera con la punta de su zapato. No como me duele recordar sus burlas, cómo bromeó con que estaba enferma, probablemente sufriendo los abusos de un familiar, y cómo sus amigos reían y aplaudían con él.

Jamás le dolerá como a mí me dolió tener que restregarme en un charco porque prefería cualquier inmundicia a seguir soportando el contenido de su vejiga en el cabello un segundo más.

No va a sentir el terror que experimenté cuando, al pedir un baño prestado, desesperada por algo de jabón para borrar el olor del vómito y la orina, el dueño de la casa me encerró y empezó a ordenarme que me quitara la ropa.

No le dolerá como me dolió a mí la cachetada de la mujer que, al encontrarme con su marido que casi abusa de mí, prefirió pensar lo peor de la víctima y llamarme puta.

No le dolerá como me duele a mí cada maldito segundo de mi existencia el no poder borrar su nombre, su rostro y todos esos espantosos recuerdos de mi cabeza.

He considerado el suicidio. No porque quiera morir, sino porque no quiero seguir viviendo con su recuerdo.

Lo he descartado cada vez, y mientras sigo en esta lucha lo único que me queda es asegurarme de que, si un día cedo, no me iré de este mundo sin dejarlo a él deshecho.

No muerto; vivo, deseando no estarlo.

Cuando sea tan miserable que, comparado con él, un vagabundo parezca afortunado, ese día daré por satisfecha mi vendetta.

Y empiezo hoy, colándome en su garaje.

Tienen cámaras, pero son estáticas. Con una somera planificación fue muy fácil identificar sus puntos ciegos.

La cerca no está electrificada por el mismo motivo de que la delincuencia es casi un mito en su zona, así que no me cuesta nada saltarla y aterrizar a salvo al otro lado.

Por si acaso, me enfundo la capucha hasta no dejar más que un agujero para los ojos, aunque tengo que respirar a través de la tela.

Reconozco el Honda de Julio y voy directo a él. Imagino que tendrá puesta la alarma, así que no me arriesgo a abrirlo.

Saco las botellas de agua mineral de mi bolsillo y vacío su contenido sobre el auto, desde el techo hasta el capó, asegurándome de que se cuele dentro de las rendijas todo lo posible. El olor a gasolina me golpea la nariz, el charco se extiende hasta debajo del Honda, manchando el inmaculado suelo de cerámica.

Y, aunque estoy decidida, no tengo la menor intención de quemarme las cejas, así que no pienso quedarme cerca de la escena del crimen cuando todo arda. Por eso me alejo tanto como sé que mi puntería me lo permitirá y enciendo el fósforo.

Una chispa entre cenizas; las mías.

Es la hora del fénix. Tal vez no para renacer, sino para arder tanto que la hoguera se vuelva mi cuerpo y mis alas sean llamas contra las que nadie pueda arremeter.

Si no me van a respetar, que me teman.

Que lo hagan como el creyente teme al infierno tanto como para obedecer a Dios.

Así que no dudo ni siento remordimiento alguno cuando lanzo el fósforo al tiempo que echo a correr. Y, con una sonrisa de orgullo materno, veo que sobrevive al trayecto con su llama intacta, aunque fluctuante, hasta que en una caricia convierte el objeto material que Julio más venera en un reflejo del sol.

Me largo enseguida, no quiero estar cerca cuando alguien descubra mi regalo de cumpleaños para mi agresor.

Me quedo a disfrutar de las vistas desde la distancia y, en ese momento, empieza la segunda fase y le envío un mensaje a Jonás.

—Levántate —le dice Soto al chico que está a mi lado. Como todos los días, he decidido sentarme entre dos sillas ocupadas para evitar, precisamente, esta situación. Pero al parecer Soto no va a dejar que eso lo detenga.

Nuestro compañero, que no quiere incordiar a Soto, recoge sus cosas y se marcha, no sin antes poner los ojos en blanco de una manera exagerada.

—Lárgate —le digo a Soto sin levantar la vista del cuaderno, sintiéndolo al sentarse a mi lado.

—No vine a molestarte.

—Nunca vienes a eso, pero ¿adivina qué? Siempre molestas.

—¿Qué mierda finges que anotas? La profesora ni siquiera ha llegado.

—Estoy terminando de pulir el cuestionario que nos mandó, idiota.

—Lo cual es mentira, por supuesto. Estoy transcribiendo de las capturas de mi celular a mi cuaderno las frases que más amé en mi décima relectura de *A sangre fría*.

—Sina, tenemos que hablar de...

—Que no me llames Sina.

Soto, con todo el maldito cinismo que lo caracteriza, sonríe de oreja a oreja mientras me dice:

—Ferreira, tenemos que hablar de la tarea de inglés.

—Estamos en Historia.

—Me llevas evitando semanas, ¿cuándo hablaremos del trabajo?

—¿Desde cuándo te importa hacer tu tarea?

—Me sorprende que no estés más implicada en esto, dado que necesitas una nota perfecta para pasar.

Me giro a mirarlo con una expresión que es probable que sea capaz de cometer homicidios. Algo en su declaración me hace pensar que él me está investigando, pero comprendo que tiene que ser una paranoia mía. Estoy acostumbrándome a la familia Frey y a su manera ilegal de vivir la vida. Soto simplemente habrá sacado por contexto, dadas mis inasistencias, que necesito hasta el último punto para aprobar cualquier materia.

—¿Entonces? —insiste—. ¿Cuándo? Tendrá que ser en mi casa, no he hecho mucho ejercicio estos días así que no estoy en tan buena forma para escalar ventanas...

—Cállate.

En este punto de mi vida, no puedo entender cómo es posible que alguna vez sus chistes me hicieran gracia.

Lo peor es que sí tendrá que ser en su casa, porque, si mi madre lo ve llegar a la nuestra, me echará para siempre.

—Bien. Lo haremos el lunes.

—¿Qué es exactamente lo que «haremos»? —pregunta con una expresión insinuante.

—No estoy para tus chistes. De hecho, no lo estaré nunca más. ¿El lunes sí o no?

—La evaluación es el miércoles, deberíamos practicar todo el fin de semana...

—Es una maldita canción en inglés, Jesús. Tampoco tenemos que exponer una tesis de Medicina.

Además, el fin de semana lo tengo ocupado en mi agenda, reservado para mi novio falso y su familia de genios rusos.

—Bien. El lunes será. ¿Llegarás a almorzar o...?

—La nicotina definitivamente te jodió el cerebro. Yo voy a llegar a las tres, después de almorzar en mi casa, y antes de las seis estaré de vuelta. Y si intentas cualquier cosa te juro por el alma de Sirius Black que yo misma te estrangulo con mi cinturón. ¿Entiendes?

—Ajá.

Lo voy a matar.

Por suerte, de él y no mía, la profesora llega a clase, un adulto responsable que podría denunciarme si le saco las tripas a mi no-compañero de clases, casi ex, alguna vez amigo.

Me estoy preparando para entregar el cuestionario que nos mandó investigar cuando la escucho decir:

—Las clases se suspenden. Nos veremos de nuevo el lunes.

Nadie replicaría una decisión como esa, pero siempre hay un metiche que quiere conocer el chisme completo. Como yo, por ejemplo, pero al menos tuve la decencia de esperar a que otro preguntara:

—¿Y eso por qué, profesora? ¿Solo se suspenderá su clase o...?

—Todas las clases de todas las secciones de quinto año se suspenden. Y también de tercero. No habrá más clases en consideración a su compañero de la sección A, Julio Caster, y a su hermana.

«No sonrías,

no sonrías,
no sonrías...».
—¿Qué le pasó? —pregunta una voz atribulada al fondo del aula.
—Oh, a él nada. Pero su familia acaba de tener una pérdida espantosa. Fueron víctimas de un ataque. No se sabe por qué o quiénes fueron, pero incendiaron su garaje y en consecuencia todos los autos y las camionetas explotaron. Su casa quedó muy afectada.

—¿Están bien todos, profesora?

—Por suerte. —La profesora hace una pausa para tomar aire, una muestra de su pesar—. El garaje era lo suficientemente espacioso y para cuando el incendio empezó a perjudicar la casa, la familia ya había logrado escapar. No les sucedió nada, pero este acto de maldad... No fue un robo. Quienes hicieron esto querían dañar. Fue más que vandalismo, fue personal. Tenían estudiada la casa y no se dejaron ver por las cámaras de seguridad. Al menos la suerte estuvo con ellos, protegiéndolos. Ahora estarán buscando un nuevo refugio.

Ni siquiera puedo contener la sonrisa, pero que Dios me libre de perder la oportunidad para susurrar:

—Tal vez ni la suerte pueda salvarlos del karma.

18

Familia de genios

SINAÍ

Si ya es complicado escoger vestimenta para conocer a los padres de tu pareja, lo es el doble cuando la ocasión es conocer a la familia de tu novio falso donde, además de la brecha cultural entre rusos y venezolanos, hay que sumar el desafío de que ellos son genios, algunos asesinos, otros con complejo de Frankenstein, pero todos, sin duda, expertos en el tablero.

Así que me pongo un vestido de algodón negro, de manga larga con la falda apenas por encima de las rodillas pero holgada. El corte está marcado por un cinturón bajo mis costillas y el escote en U para que no parezca que me he vestido de monja para la ocasión, pero sin resaltar demasiado.

Me aliso el cabello y lo dejo suelto a excepción de un par de trenzas delgadas que me hago a cada lado. Encima, me pongo las orejas de gato porque para algo me las regaló Axer y no fue para que las dejara guardadas en el cajón.

Ahora sí, estoy no-lista para conocer a mi suegro. Pero al menos ya estoy vestida.

Los Frey demolieron los dos primeros pisos de su edificio y modificaron el espacio para convertirlo en su mansión. El ascensor siempre me había llevado al recibidor del último piso, pero esta vez Axer lo detiene uno antes y bajamos en una especie de vestíbulo.

Es como si él quisiera ir preparándome a cuentagotas para lo que se viene, evitándome tener que enfrentarme de inmediato a la mesa de piedra con todos los Frey reunidos.

Spoiler: no me siento más preparada.

El recibidor tiene un par de mesas en el pasillo principal, cada una con dos pares de copas y una botella al lado. Encima hay algunos cuadros, los muebles son de cuero blanco con armazón dorado, la alfombra de un rojo sangre a juego con los detalles borgoña y dorado del tapiz, y como única iluminación una gran lámpara central.

Él llena un par de copas con vino y, mientras lo veo hacerlo, noto el anillo con la esmeralda. Algún día he de preguntarle qué significa esa pieza para él, por qué nunca se la quita.

Me ofrece una de las copas sin detenerse en formalidades y, con una mano apoyada en mi espalda baja, me conduce a uno de los sillones. No se sienta a mi lado, sino en el asiento contiguo.

Me encanta su aspecto: el suéter gris bajo el abrigo blanco que llega hasta las rodillas. Todo él es estético, elegante y agradable a la vista.

—¿Me darás ya mi obsequio? —pregunta al sentarse, por lo que escondo la bolsa tras mis zapatos.

—Cuando salgamos de esta —digo—. Así tendrás una razón para ayudarme a sobrevivir.

—Ya tengo miles.

Siento que estoy a punto de sucumbir a una sonrisa, pero entonces agrega:

—No será divertido revivirte si no te mato yo.

—Vaya. —Me llevo una mano al pecho para dramatizar—. Es lo más romántico que me han dicho en la vida, Frey. Estoy a un poema más de esos de arrodillarme y pedirte matrimonio.

Él entorna los ojos y niega ligeramente con la cabeza.

—Estás perdiendo tu estilo, Schrödinger. Antes hablabas de secuestros y matrimonios forzados, ahora propones arrodillarte. —Lleva la copa a sus labios y bebe un sorbo de su vino con la elegancia que solo un actor de culto podría emular—. Qué decepción.

Me inclino hacia él, con las piernas cruzadas y la falda subida hasta lo alto de mis muslos. Apoyo los codos en mis piernas y el rostro en las manos, la posición adecuada para que mis senos resalten sobre mi escote, al alcance de una ojeada suya. Sin embargo, él parece mucho más fascinado por lo que sea que ve en mi mirada, a través del cristal de mis lentes, porque no puede dejar de mirarme a los ojos.

—No me hables así, Frey, porque corro el riesgo de creer que le estás dando rienda a lo que llevo enjaulado en mí.

—Nazareth —empieza, y pronuncia mi nombre con tanta solemnidad que sé que, sin importar lo que diga, voy a creerle cada maldita palabra—, entiéndelo, no quiero darle rienda a nada, estoy abriendo la *sukin syn* caja. Tú eres la que debe hacer el resto.

—Estoy asustada —confieso antes de poder detenerme. No importa lo que pase mañana fuera de estas paredes, hoy él es mi único aliado—. ¿No podemos quedarnos aquí? Es tan... cómodo.

—Volveremos, luego de que te integres, y pasaremos toda la noche aquí sin dormir si eso quieres...

No sé qué habrá visto en mi cara que lo hace fruncir el ceño y agregar:

—Y sin sexo. Quiero hablar contigo. Quiero conocerte esta noche.

—¿No me has investigado suficiente?

—Vikky, sin duda. Yo solo me robé algo de su tarea, no todo. No me gustan las cosas masticadas.

—O sea que prefieres masticarme tú —respondo en tono insinuante y, por primera vez en mucho tiempo desde que empecé el tratamiento recetado por mi psiquiatra, bebo un trago del vino que me ha servido. Voy a necesitar el coraje de su calor para sobrevivir a esta noche.

—¿Puedes dejar el doble sentido? —inquiere Axer con una ceja arqueada—. Lo pregunto en serio. Quiero saber si es patológico.

Pongo los ojos en blanco y murmuro «amargado».

—Y, sobre eso de haberte investigado, tienes un punto —agrega—. Pero no lo entiendes, da igual lo que ya sepa de ti, lo que quiero ahora es disfrutarte.

—Axer, por favor... No entiendo en serio por qué haces esto. Te estoy obligando a ser mi novio y tú... Actúas como si no fuese así.

—¿Y?

—Que algo tramas.

Se lleva los dedos al entrecejo y se levanta, extendiendo la mano hacia mí.

No me habría sorprendido más ni aunque se hubiese bajado el pantalón.

—¡¿Me vas a tomar de la mano?! —pregunto como si me estuviese ofreciendo marihuana.

—Por supuesto. Si mi padre se entera de que esta relación es forzada y de que he cedido... —Su expresión lo dice todo—. Más sensato sería quitarme el apellido. Así que sí, te voy a tomar de la mano, Nazareth, porque necesito que cuando él nos vea no le quede ninguna duda de que no puedo vivir sin ti.

—Bien.

Subimos por las escaleras blancas que conducen en espiral al último piso. Este lugar es una maravilla, sus arquitectos parecen sacados de Marvel.

Hay solo una persona en la sala, y sin duda es un Frey.

Es menor que Axer, así que tiene que ser Aleksis. Se nota que vienen de matrices distintas, e incluso así, no podrían ocultar de ninguna forma que son parientes.

Está sentado en el reposabrazos de uno de los sofás, siguiéndonos con su inquietante mirada a través de sus lentes, no parpadea ni una vez ni rompe el contacto visual mientras bebe de una taza lo que me gustaría imaginar que es chocolate caliente. Usa un jersey gris encima de una camisa blanca de la que sobresale el cuello y las muñecas de las mangas. Su cabello, con rizos dorados, largo, es todo lo que podría desear un modelo romano.

¿Por qué todos tienen que ser tan *Frey*?

—Sinaí, él es mi hermano Aleksis —explica Axer con un tono tan seco como apresurado, como si quisiera salir de eso cuanto antes—. Aleksis, ella es Sinaí. ¿Mi padre?

El chico se encoge de hombros sin perder esa mirada tan directa e ininterrumpida que podría ser denunciable.

Axer se frustra y es el primero en sentarse a la mesa, haciéndome señas para que lo acompañe. Aleksis se mueve también y se sienta justo frente a mí. Axer le lanza una mirada que interpreto como una especie de advertencia, a lo que el menor responde juntando sus manos a modo de rezo angelical. Pero su sonrisa... No me la creería ni aunque tuviera por abogada a la Virgen María.

—Yo... —Carraspeo. No tengo ni puta idea de qué decir ahora—. Un placer conocerte, Aleksis.

Él me responde apenas torciendo los labios en la sonrisa más falsa que me han regalado en la vida y bebe un sorbo de su taza, todavía sin dejar de mirarme.

—Deja de verla así —ladra Axer.

Aleksis alza las manos. Su rostro tiene una expresión de completa inocencia, como si no supiera por qué ha dicho eso Axer, pero como no lo conozco soy incapaz de deducir si es genuina o actuada.

—No es necesario que le digas eso —digo para no convertir a Aleksis en enemigo. Al menos no tan pronto—. No me estaba incomodando.

Axer mira el reloj abstracto en la pared y se levanta.

—Voy a buscar a Verónika.

Cuando nos deja solos, Aleksis no solo vuelve a mirarme, sino que, aunque sus labios están estáticos, veo que sus ojos son capaces de sonreír de una manera que me causa escalofríos. De hecho, estoy casi segura de que tienen colores distintos. Tal vez sea un efecto de la luz, pero uno parece verde y el otro de un azul muy claro.

—Tú... ¿Ya sabías que yo vendría?

Él no dice nada.

—Claro, es una pregunta estúpida, es obvio que lo saben todos. —Me fuerzo a sonreír—. ¿Sabes si le dijo a tu padre que soy su novia? ¿O planea contarles a mitad de la cena?

Él arquea una ceja por toda respuesta.

Este carajito es más difícil que la tabla del ocho.

—Entiendo que no me conozcas, pero... No sé, cuéntame algo de ti. ¿Estás nervioso por esta cena?

Reprime una risita y lleva otra vez la taza a su boca. Cuando la aparta, lame sus labios, humedeciéndolos al punto de intensificar su pigmentación cereza. Sé que no debo fijarme en esos detalles, es el hermano de mi novio falso, pero... ¡Cristo!

Sus facciones son menos marcadas que las de Axer, sus labios más gruesos, su piel más sonrosada, pero todo en conjunto es una perfección divina y angelical si no fuera por esa mirada demoníaca.

Es imposible que estos malditos Frey sean humanos.

—¿Qué edad tienes? —insisto como la ladilla que soy.

Él levanta una mano con todos los dedos abiertos, la cierra y vuelve a abrir dos veces más. Luego, baja todos sus dedos dejando solo dos.

—¿Diecisiete?

De nuevo me deja en visto.

Axer regresa a su asiento, su rostro refleja de todo menos paz.

—¿Tu hermano no habla? —pregunto por lo bajo al tenerlo sentado junto a mí.

—Lo difícil es hacer que se calle.

—Pero...

Las mejillas de Aleksis tiemblan. Siento que se está burlando de mí, pero no entiendo por qué.

—No ha dicho nada desde que llegué —insisto a Axer.

—Más le vale.

—¿Por qué...?

Pero me callo, porque otras dos personas toman asiento en la mesa. Una de ellas es la última que me esperaría encontrar dentro del hogar de los Frey.

Tiene que ser una broma.

—¿Sinaí? —pregunta María tan sorprendida que parece que la que está fuera de lugar aquí soy yo.

Luego se gira hacia Vero y le pregunta:

—¿Ella es la novia de tu hermano?

—Yo tampoco lo entiendo, princesa —contesta Verónika.

—No, me refiero a... Guau.

Ni siquiera me molesto en responderles, me giro hacia Axer con el ceño fruncido. Él se inclina un poco hacia mí y baja la voz tanto como es posible para que yo pueda oírlo.

—Ella no sabe nada, ten mucho cuidado con lo que dices.

—¿Qué hace aquí?

—Te explico luego.

Y aunque hubiese empezado a explicarme no habría podido oír nada, porque justo en ese momento se ocupan los dos asientos individuales a cada extremo de la mesa. De un lado está una mujer alta, morena, con un cuerpo tan curvilíneo y un cabello tan lacio y tan largo que podría sacarse una nueva edición de barbies a su imagen. Y, del otro lado, el hombre que mantiene a flote este imperio.

Ya lo había visto en fotografías de Google, pero ninguna me preparó para su presencia en vivo.

Su cabello rubio está largo, peinado hacia atrás con apenas un par de mechones sueltos e interpuestos en su rostro. Sus facciones y líneas de expresión no ocultan su madurez, pero eso no implica que se vea mal. De hecho, tendrían que jurarme que ese hombre tiene más de cincuenta para que me lo crea. La sombra de una barba bien definida resalta en su rostro. No lleva traje, solo una camisa de manga larga negra. Sin corbata, puesto que los primeros botones están sin abrochar.

Llega y de inmediato la cocinera nos sirve, como si lo hubiese estado esperando. El señor Frey le extiende su copa a alguien del servicio para que se la llene y lo detiene, solo con una sonrisa de cortesía, cuando ya le ha servido suficiente. Luego chasquea los dedos y señala a su mujer para que haga lo mismo con su copa.

Es fascinante como sus gestos son suficiente para orquestar, un acorde a la vez, la sinfonía que mantiene en movimiento su casa.

—Buenas noches, señor Frey —saluda María con una sonrisa educada.

—¿Qué tal estás, María? Te he dicho que me llames Víktor, por favor —responde él, amable, pero sin mirarla.

Lleva sus manos hacia los cubiertos y empieza a trocear el primer bocado de su comida con la agilidad y decencia que solo tienen las personas que han nacido para comer como reyes.

No tengo ni idea de qué hacer o decir, y no entiendo por qué María puede llamar Víktor a mi casi suegro mientras él a mí me ignora como si fuese un adorno del asiento. Ni siquiera quiero empezar a comer por miedo a humillarme o faltarles al respeto.

Es Verónika la que toma el timón de la situación.

—Sina, qué placer tenerte entre nosotros. ¿Ya conoces a todos?

—De oídas —contesto esperando sonar tranquila y educada a la vez, pero creo que me tiemblan hasta las fosas nasales de los nervios.

—Ay, sí, ya imagino que Vik hablará mucho de nosotros, ¿no?

—Definitivamente. Su admiración es inconmensurable y siempre tiene un motivo por el cual alardear de ustedes.

De refilón puedo notar cómo Axer contiene las ganas de reír.

—Bueno, ya que mi hermano es un maleducado —sigue Vero—, yo te presentaré. Él es Aleksis, nuestro hermanito.

El aludido está demasiado ocupado masticando y mirándome con el ceño fruncido como para saludar.

—Sí, ya lo conocí hace un momento —comento con una sonrisa que pretende salvar a Aleksis de la responsabilidad de hablarme.

—De acuerdo, pues... Él es nuestro padre, Víktor.

Él ni siquiera alza la vista de su plato, comiendo como si quisiera acabar ya con todo esto.

Verónika deja que el silencio y la incomodidad se extiendan un momento antes de continuar.

—Bien, ella es Diana.

Señala a la mujer al otro lado de la mesa, que me sonríe con cortesía y dice:

—Un placer...

Deja la frase en el aire, como si esperara que la completase con mi nombre, pero es Vero la que responde.

—Sinaí. Es la... —Vero deja sus cubiertos y mira directo hacia Axer—. ¿Qué es, Vik? Sabrás perdonar mi ignorancia, ¿no? Ella ha sido tantas cosas que ya no sé para qué exactamente la tienes ahora.

—Pues —ataja Axer, sus ojos encendidos de algo que no es ira, pero que arde como si lo fuera— lo importante no es las cosas que ha sido, ¿no? Sino lo que no es para algunos en esta mesa.

Casi puedo jurar que el padre contiene la respiración para no ceder ante las ganas de reír.

—¿A qué se dedica? —pregunta el padre. Amable, su voz siempre lo es, a pesar del timbre tan ronco que la caracteriza, pero no hace contacto visual, solo parece interesado en su plato, y ni siquiera se dirige a mí para preguntar algo que me compete.

«A perseguir a su hijo, señor», me provoca responder.

Me sorprendo al escuchar que es María la que contesta.

—Ella estudia conmigo, señor.

El señor Frey responde con algo que suena como «mmm» y sigue comiendo.

—Aunque ella es más inteligente que yo. Es más inteligente que todos en ese liceo —añade María. Es evidente que notó la tensión.

Ojalá pudiera pedirle que no lo intente, explicarle que nunca será suficiente para esa familia de genios biólogos, cirujanos y forenses.

Axer detiene sus cubiertos, apoya los antebrazos en la mesa y se vuelve hacia su padre.

—¿Nazareth se puede quedar?

Casi me atraganto con una cucharada de comida cuando lo escucho.

Es la primera vez que su padre detiene los cubiertos, imita la pose de Axer y lo mira con la misma seriedad tensa, aunque su hijo no flaquea lo más mínimo ante este duelo.

—¿Quién es Nazareth?

—Mi novia. Su nombre es Sinaí Nazareth.

—Empezaba a creer en serio que se apellidaba Schrödinger.

—Ya ves que no. —La sonrisa de Axer ostenta una tranquilidad temblorosa, no quiero estar cerca cuando se quiebre—. Es solo un chiste interno.

—Sí, últimamente eres experto en chistes.

Los dedos de Axer se cierran sobre la tela de su pantalón, pero su rostro permanece impasible.

—Siempre nos has instado a salir de nuestras zonas de confort, ¿no?

El padre no responde al momento. Se toma su tiempo para cortar la carne, agregar puré y ensalada al bocado que lleva a su boca y comenzar a masticar. Esperamos, alerta, casi sin pestañear. No se oye una sola respiración mientras el señor Frey termina de engullir su comida. Lleva el vino a su boca y traga un par de veces antes de devolver la copa a la mesa.

Solo entonces vuelve a fijarse en su hijo.

—Claro que puede quedarse. Este lugar es tanto tu hogar como el de cualquiera de nosotros.

—Gracias.

—¿Cuánto tiempo? —indaga sin mucho interés, como si fuese una nimiedad.

—Por ahora solo será esta noche. Tal vez hasta el almuerzo de mañana.

—Ella está... —El señor Frey mira de soslayo a María, eso me advierte que se viene un eufemismo—. ¿Está «trabajando» contigo?

—Sí, lo está.

El señor Frey arquea una ceja. Veo perfectamente a un Axer de cincuenta años cuando lo hace. El futuro es hermoso si mi esposo lucirá así a su edad.

—¿Y es tu novia? —indaga el señor Frey.

Axer deja salir una de esas sonrisas arrogantes suyas que me vuelven loca.

—Tenemos una relación muy poco usual, sí —confiesa despreocupado.

—En ese caso, imagino que la invitaste al viaje de la celebración en Mérida, ¿no?

—Yo...

La conversación padre e hijo es interrumpida por la risa maliciosa de Verónika «Suka» Frey.

—No la invitó ni lo hará —aventura Vero, lo que me hace regresar a aquellas sensaciones de nuestros primeros encuentros cuando quería matarla por solo respirar cerca de Axer.

El padre la mira con expresión inquisitiva, a lo que ella se encoge de hombros y responde:

—Ya sabes, padre, en mi «cercanía» a su novia pude notar que es muy mala manejando los celos.

—Vikky. —La voz de Axer suena tajante como una advertencia y yo siento que empiezo a alterarme.

—¿Estoy mintiendo en algo? —replica su hermana—. ¿La invitaste?

—No es algo que tenga que hablar aquí.

—Ah, claro, pero sí puedes preguntarle a nuestro padre delante de toda la familia si ella puede quedarse a dormir. No seas cobarde y admite que no lo has hecho.

Por toda respuesta, Axer se dirige a mí:

—Nazareth —me llama.

Cuando me vuelvo a mirarlo, siento que lo estoy agrediendo. No sé por qué estoy tan enojada, pero dudo que estos sentimientos sean injustificados.

—Acompáñame al viaje —pide Axer, y por su tono sé que, de hecho, no tengo opción.

—¿Qué viaje?

—Del que hablaba Anne.

Ahora entiendo por qué no quiso que Anne siguiera hablando del tema delante de mí. No me quería invitar.

—Lo hablamos después.

Axer no contesta, solo se centra en el plato y sigue comiendo.

La tensión es demasiada, así que decido llenar el tiempo concentrándome en que la comida me dure tanto como sea posible, al menos así me puedo enfocar en masticar y no en los leones que me rodean.

—Cuéntales las nuevas noticias, Víktor —dice de pronto Diana a su esposo.

El señor Frey asiente, traga y empieza a hablar sin mirar a nadie en específico.

—La familia Caster se mudará al edificio.

Cuando oigo esa declaración la sangre se me congela en las venas.

—¿Y eso por qué? —Axer hace su pregunta sin demasiado alboroto ni alteración alguna. No tiene ni idea—. Imagino que a los pisos inferiores, ¿no?

—Por supuesto, pero a uno de los de mayor prestigio. Los acogeremos como damnificados hasta que el seguro les solucione y se les asigne seguridad. Parece que sufrieron un atentado en su propia casa.

—Algo así escuché —añade Vero—. Pero ¿por qué nosotros...?

—Su familia invirtió en la empresa hace poco y parte del trato dicta que Frey's Empire les proporciona un nuevo seguro.

—Vaya suerte —comenta Axer, aunque no parece del todo implicado en conseguir un veredicto al respecto de esa coincidencia, solo aliviado de que yo ya no sea el tema de conversación—. Sí había escuchado algo del incendio, pero creí que no había afectado a la casa.

—No del todo. Pueden recuperarla, pero ya no se sienten seguros ahí. La van a vender. Mientras tanto, les daré una de nuestras habitaciones a cada miembro de su familia. Estarán bastante cómodos y más cerca de mi disposición.

—¿Cuánto es «mientras tanto»?

—Por lo más pronto sería cuando se encuentre al culpable. Los investigadores ya tienen un indicio del que tirar.

Bebo de mi vino por primera vez desde que estoy en la mesa, no porque lo necesite, sino porque siento que he quedado más pálida que un fantasma y mi única opción para pigmentar mis mejillas es el calor del alcohol.

Cuando alzo la vista de mi copa, Aleksis me está mirando sin disimular.

—Aleksis —llama el padre, a lo que el chico levanta el rostro en su dirección—. No has dicho nada en toda la noche, ¿qué pasa? ¿Te comió la lengua el gato?

Todos los que están en la mesa se ríen del maldito chiste, todos menos María, que no entiende un coño, y me siento a punto de echar humo por las orejas.

El padre se levanta y a continuación lo hace su esposa, que ya había terminado de comer hace unos minutos.

No me dedica ni una palabra más mientras se va.

—*Suka* —dice Axer a su hermana mientras esta, que va camino a la cocina con su plato, pasa por detrás de él.

—Ay. —Vero parece tener una idea de pronto y me levanta por el brazo—. Vente, Sina. Tú me ayudarás a lavar los platos.

—Yo puedo hacerlo —responde María con educación.

—Quien puede hacerlo es la persona a la que se le paga por ello —ladra Axer, ya sin ocultar el alcance de su pésimo humor—. Deja a Nazareth donde está.

—No seas imbécil, hermanito. No le quites a tu novia la oportunidad de impresionar a sus suegros.

Vero posa una mano sobre el hombro de Axer, le da un apretón y me arrastra con ella.

Una vez en la cocina, que, como el resto del edificio, parece de catálogo para ricos, abre la nevera y me sirve un vaso de agua que me tiende con una sonrisa cálida.

—Si tienes los ovarios en la garganta, aprovecha para tragar y regresarlos a su sitio —me dice.

Acepto el vaso y me lo bebo todo de un trago. Si resulta ser veneno, hasta sería mejor para mí.

—Tu padre me aborrece, eh —comento al tenderle el vaso vacío.

—No es personal. Todos lo hacemos.

A pesar de lo que dice, me guiña un ojo y me extiende un segundo vaso con agua.

—No me malinterpretes, no te traje aquí para hablarte mal de mi hermano ni nada de eso —explica recostándose en la encimera de cerámica—. Solo intento ponerme al día. Quiero saber si él te contó su versión de... toda la historia.

—Bueno... —Me cruzo de brazos, incómoda e inquieta. No sé qué esperar de esto. No sé qué esperar de ella—. Eso supongo.

—Bien. Pues ni una palabra a María, ¿okay? Terminantemente prohibido decir nada sobre mí. En lo que a ti respecta, solo soy tu molesta cuñada.

—Espera... ¿De eso se trata? ¿Ella está aquí por... *eso*?

—No es tu problema, ya te dije lo que no debes hacer.

—No me jodas, ¿cómo no va a ser mi problema que quieras manipular y disecar a mi amiga?

Sus manos y su espalda se alejan de la encimera, y sus tacones resuenan en el pavimento de mármol mientras se acerca como una lenta sentencia.

—¿Crees que mi padre te odia? —Su sonrisa, lastimera y teatral, me da una idea del desenlace de esa pregunta—. No quieres ver de lo que es capaz si te interpones en lo que hacemos.

Abro la boca, pero sé que es un caso perdido. No es algo que deba hablar con ella.

—Solo era eso —sentencia dándose la vuelta hacia el fregadero—. Puedes irte.

Aunque imagino que sí podría irme y estoy muy tentada a escapar de la nociva presencia de esta Frey volátil, no perderé esta oportunidad de tenerla sola y accesible. Hay algo que necesito saber y que Axer no va a explicarme.

—¿Por qué Axer no me quiso invitar a esa fiesta?

Con un suspiro cansado, Verónika se gira de nuevo.

—No lo sé. ¿Te habló de Sophie o Andrea?

—Jamás me ha hablado de ninguna mujer...

—Entonces yo no soy quién para decirte nada. Pregúntale a él.

Ella está a punto de salir de la cocina y dejarme con más preguntas que al principio, así que la tomo del brazo e insisto.

—Verónika, por favor...

—No me toques. —Por su expresión al zafarse de mí cualquiera diría que le acabo de contagiar la sarna—. Ah, y por cierto... Estoy muy feliz por tu logro. Vik es muy cuidadoso ocultando sus derrotas, pero leí ese contrato... Ufff, un lindo toque de tu parte. Pero no te confíes.

Cuando hablo, lo hago con tal ira y seguridad que me siento la dueña del mundo, aunque sé que no es ni de cerca el caso.

—¿Por qué?

—Porque él es un Frey. Tú jamás vas a serlo. Puedes creer que ganaste... A decir verdad, yo lo disfrutaría si fuera tú, porque el jaque que mi hermano tiene para ti es, si me permites opinar, por completo mi estilo; insuperable.

Con una última sonrisa, me deja sola y boquiabierta en la cocina.

¿Qué mierda está tramando Axer?

19

Jugando a ser novios

SINAÍ

Axer se pone alerta apenas me ve salir de la cocina luego de hablar con Vero. Su hermano está a su lado, jugando con sus dedos en el borde de su taza humeante.

¿No va a decirme una palabra en toda la noche?

—¿Podemos ir abajo? —le pregunto a Axer.

—¿Tengo opción?

Volvemos al vestíbulo del piso de abajo. Axer se sienta en su sillón de cuero blanco, a más de metro y medio de distancia de mí, y, con un claro suspiro de obstinación, me dice:

—Espero que me hayas hecho bajar para darme mi regalo.

—Ay, lo lamento, ¿tenías algo mejor que hacer allá arriba?

—Por supuesto que sí. —Al ver que lo taladro con mi mirada de odio a la humanidad, se ve obligado a añadir una aclaratoria—. Planear el asesinato de mi hermana.

—No estoy para esas bromas en este momento.

Lo más preocupante es que no estoy segura de que sea una broma lo que dijo.

—¿Qué te dijo Verónika?

—Eso no importa —zanjo y me cruzo de brazos, huyendo a su contacto visual.

A veces lo odio tanto como lo deseo.

Él suspira y se endereza, inclinándose hacia adelante, sus codos puestos sobre sus rodillas.

—¿Cuál es tu plan? —pregunta—. ¿Pasar toda la noche con esa cara de tragedia, luego irte mañana a tu casa con la sensación de que tu relación falsa es un fracaso y pasar el resto de estos meses ignorándonos?

—En líneas generales me parece un buen plan.

—Ese no es un juego divertido, Schrödinger.

Me da mucha rabia lo fácil que soy de ablandar cuando me dice Schrödinger, así que pego mi espalda al respaldo del sillón, mis hombros erguidos, mi mentón elevado a la altura de mi ego, mis cejas arqueadas en señal de escepticismo en ese ángulo que sé que favorece mis facciones, y le pregunto:

—¿Se te ocurre algo mejor?

Él decide que, si va a responder, no lo hará con palabras.

Cuando lo veo levantarse me yergo todavía más, como un animal que detecta una amenaza, y contengo la respiración porque ese es el efecto de su cercanía. Lo tengo de frente, sus piernas casi rozan mis rodillas desnudas y su mano se extiende en mi dirección.

—¿Qué? —pregunto mirando su gesto como un arma que es apuntada hacia mí.

Él no contesta, pero tampoco desiste. Su mano sigue ahí, a la espera de ser aceptada o rechazada.

No sin cierta aprensión y un vuelco magnético en mi pecho, la tomo, y experimento el mareo del vértigo cuando él me atrae hacia sí con fuerza. Choco contra su cuerpo y su otra mano me aferra justo en mi espalda baja, dándome estabilidad tanto como desequilibra mis emociones.

No pierde su efecto. No deja de sentirse como una caída cuando él me sostiene.

Lo miro a los ojos, con miedo de revelar que ya ni siquiera recuerdo por qué estaba a la defensiva, y siento que quiero besarlo hasta que el reloj se quede sin horas.

Él me descubre mirando sus labios y una sonrisa arrogante asoma a sus comisuras.

Ahora quiero pegarle.

Me aparto un par de pasos y él no me detiene, por lo que sus manos rompen el contacto con mi cuerpo y experimento una especie de vacío similar a la abstinencia.

—¿Y bien? —insisto—. Sigo esperando que me digas si tienes un mejor plan.

Sus manos se esconden dentro de los bolsillos de su pantalón, su rostro se ladea y me estudia mientras dice:

—¿Has pensado en disfrutar esta noche?

—Era mi plan original, pero me temo que la cena ha acabado por desecharlo del todo.

—Tu deducción no es admisible dados los hechos, Schrödinger.

—¿Y de qué hechos hablamos, señor Frey?

Cuando se encoge de hombros, sus labios reprimen una sonrisita de sabelotodo.

—La noche no acaba.

Admito que no puedo argumentar nada en contra de ese razonamiento.

—¿Y qué quieres hacer? —le pregunto cruzándome de brazos.

—Lo que tú quieras. —Al hablar, lo hace con una mano en el pecho, como si dramatizara un juramento—. ¿Quieres que esperemos a que se duerman y escabullirnos a la cocina para hacer un pastel de barro y cebolla? Hecho. ¿Quieres que nos escapemos a un concierto de música clásica en París con la vestimenta incorrecta? Lo haremos. ¿Quieres recrear el castillo de Hogwarts con Legos junto a mí? Lo hacemos.

—Pero... —carraspeo, la emoción se me nota en la voz—. ¿Por qué?

—Responsabilidad moral. Te lo debo luego del desastre de la cena.

—¿Y si solo vemos una película hasta quedarnos dormidos?

Por la expresión que pone, parece que lo acabo de invitar a comer arepas sin queso. Noto que intenta contener sus comentarios habituales cuando con una sonrisa forzada dice:

—Bien, el cuarto de televisores es al fondo. ¿Qué película quieres ver?

—Ni puta idea, escoge tú.

—Las palabras, Nazareth.

—¿Qué? ¿Me vas a pegar?

«Porque no me molestaría nada que lo hicieras», pienso.

Pero él no cae en mi provocación y dice:

—Escoge la película, Nazareth.

—Bien, pues... ¿Viste la última temporada de *La casa de papel*?

—¿Tú no? —inquiere con el ceño fruncido.

—Sí, claro, pero... No sé, podríamos verla juntos y celebrar con algo de ron el final del atraco.

—Qué horror.

Anonadada, me quedo inmóvil mientras lo veo darme la espalda. No entiendo qué he dicho para ofenderlo, y mientras decido qué ha podido ser, lo veo volver con una botella en una mano y dos copas en la otra.

—El final de un atraco como ese no se celebra con ron, Schrödinger —explica alzando las copas y la botella—. Se hace con champán.

Estamos tirados en su salón de entretenimiento sobre una especie de pufs de terciopelo que son más cómodos que una nube. Delante de nosotros destaca una inmensa y finísima pantalla curva cuya definición me hace sentir dentro de la imagen que proyecta. Junto a nosotros hay una mesa con bocadillos y otra botella de champán. Las copas las tenemos en la mano.

No sé qué episodio de *La casa de papel* está puesto, dejé de prestar atención en cuanto empecé a beberme el champán como si fuera zumo. Nunca lo había probado, pero ahora entiendo la referencia de estar «probando las estrellas».[7]

Cuando Axer llega con un edredón caliente me sorprendo, estoy tan felizmente mareada que no noté que se había ido.

—Tienes una sonrisa preocupante para estar viendo una escena de tiroteo tan triste, Schrödinger.

Mientras dice esto, apoya una rodilla junto a mí, con cuidado para no rozarme, y extiende el edredón para envolverme con tal delicadeza que me hace sentir una mariposa de papel abrigada. Sus manos están tan próximas, aunque cubiertas por la tela mientras me envuelve, y su rostro tan cerca del mío que... Dios, sus ojos saben mentir tan bien que casi me creo ese brillo de adulación.

—No voy a enamorarme de ti —suelto sin pensarlo, por lo que él se ríe de una manera que me hace sonrojar—. ¿Qué?

—Tal vez ya has bebido demasiado champán.

—Para eso se hizo, ¿no?

—No lo sé, Schrödinger, aunque no lo creas, la carrera de Medicina no se especializa en el estudio de los propósitos de cada licor.

—La carrera de Medicina no se enfoca en muchas cosas y de todos modos parece que tú lo sabes todo.

---

7. Referencia a *Bajo la misma estrella*, de John Green. *(N. de la A.).*

Él retoma su lugar en el puf contiguo al mío sin siquiera usar un cuarto del edredón que me trajo. Se acomoda, ladeándose para mirarme, y contesta:

—Pues no sé cómo librarme de ti todavía, así que podemos concluir que estás equivocada.

Su comentario me parece tan gracioso y a la vez tan cursi que siento que me ruborizo hasta las orejas mientras me río y río y me sigo riendo.

—¿Te parece si jugamos a algo? —me pregunta.

—¿A qué?

—A ser novios.

Lo miro. Sus labios se contienen para no sonreír, sus ojos me asfixian con una mirada tan seria que casi no se nota que está bromeando.

—Me parece un juego interesante —digo—. Pero no entiendo por qué tú querrías jugarlo.

—¿Y por qué no? Quiero hablar contigo esta noche, te lo dije antes. Quiero que me cuentes lo que no se puede investigar, eso que solamente existe cuando sale de tus labios.

—¿Como qué, genio?

—Como tu color favorito.

—Ya sabes mi color favorito.

—No, no lo sé —discute.

—¿Mi guardarropas no te da una idea?

—El negro no es un color, Nazareth. Es todo lo contrario. Si existiera algo como «no-colores», te apuesto a que el negro sería uno de los primarios.

—Puede que me haya bebido media botella, pero sigo lo bastante lúcida para estar en desacuerdo contigo. ¿Sabes qué sí sería un «no-color»? Pues el blanco.

—Jamás he dicho que el blanco sea mi color favorito.

—Tampoco has dicho lo contrario.

Lo miro con los ojos entornados, retándolo a discutir en vano. Axer Frey no necesita confirmar su color favorito, es obvio, lo único que no tiene de blanco en su vida es la consciencia.

Yo vuelvo a beber de la champaña, parece que le agarré el gusto. Podría acostumbrarme a beber este tipo de cosas refinadas y menos alcohol con sabor a acetona.

No me había dado cuenta de que Axer había pasado este interludio pensando hasta que parece llegar a una conclusión y la emite alzando su rostro hacia mí.

—Azul.

—¿Perdona?

—No cualquiera, y no en cualquier circunstancia. El azul que resulta de la luz que impacta en tu cabello.

Me está jodiendo. Claro que sí. Dice lo que quiero escuchar. No voy a caer, no voy a... Pero, Dios, está mirándome con una intensidad casi invasiva. Pierdo el hilo de mis pensamientos con la misma facilidad que él parece adivinarlos con ese brillo esmeralda en sus iris.

Así que bebo más, y carraspeo. Debo tomar las riendas de esto de inmediato, huir del control de sus ojos.

—Está bien. Me refiero a eso de... hablar esta noche. Si tú también respondes a mis preguntas, claro. Quiero conocer a Axer Frey. La persona, no el genio.

—Pues la persona sigue siendo genio.

Es tan insufrible que no puedo evitar torcer los ojos, aunque estoy tan mareada que algo me dice que rodé la cabeza completa.

—A este paso jamás te voy a dar tu regalo, cada vez te lo mereces menos —suelto entre dientes.

—Ah, pero yo ya lo vi.

Me incorporo en el puf, anonadada y ofendida. ¿Cómo que ya lo vio?

—¡¿Cuándo?!

—Mientras te tragabas el champán a chorros y te reías de las escenas tristes.

—Eres un tramposo... —Me cubro la cara con las manos con la esperanza de que no se note que estoy sonriendo—. ¿Y bien? ¿Qué te parecieron?

—No voy a usar eso.

Pongo los ojos en blanco, aunque ya lo esperaba.

—Amargado.

—Loca.

Me rio con mucha más libertad que de costumbre, aunque él permanece tan plácido e inexpresivo como siempre.

—Vamos, Frey, tienes que admitir que fue un detalle único —digo todavía intentando contener la risa.

—¿Por qué Hannibal y Carrie?

El regalo eran dos camisas, una para él y otra para mí. La suya dice «Novio de Carrie Ferreira» y la mía, «Novia de Hannibal Frey». Es raro, retorcido y posesivo, pero ese es el encanto de la situación.

—Hannibal por tu nombre de usuario en Wattbook. Te llamas Red-Dragon por el primer libro en el que aparece el caníbal Hannibal Lecter, ¿no? —le pregunto. Él asiente por toda respuesta, lo cual es un alivio. De lo contrario habría quedado como una payasa—. Y Carrie por Carrie White. Haces tantas referencias a Stephen King que pensé que, si no has leído *Carrie*, al menos debiste haber visto la película.

—«Las», Nazareth. Son más de una.

—¿Me vas a dejar terminar o prefieres explicarme el mecanismo del universo cinematográfico de King?

—Termina —concede—. Del mecanismo de su universo cinematográfico ya hablamos luego.

—Okay, es que...

—¿Sabías que Stephen King odia la adaptación de *El resplandor*? No quiere ni asumir que existe, la odia en serio.

Lo miro con el ceño fruncido y los ojos tan entornados que puedo anticipar el rayo láser. Lo veo en sus labios temblorosos, en el brillo de su mirada que nada tiene que ver con la luz del salón; lo ha hecho para molestarme.

Es que lo adoro.

Pero eso no se lo voy a decir.

—¿Terminaste? —inquiero.

—Prometido.

—Bien, te decía que...

Pero no había terminado de interrumpirme.

Me silencio al percibir cómo su mano se cuela bajo el edredón. Siento cómo sus dedos se acercan a tientas a los míos, sopesando el roce como si se tratara de un terreno inhóspito y atemorizante. Casi distingo el pulso en su piel cuando envuelve mi mano en la suya, y contengo la respiración mientras nuestros dedos se entrelazan.

Jane Austen y su icónica *Orgullo y Prejuicio* no podría emular jamás el confort que experimento al sentir el contacto de Axer. Es vertiginoso; sé que podría dejarme caer en sus brazos, y no porque piense que no me dejará tocar fondo, sino porque estoy segura de que va a arrastrarme.

He decidido ya no leer más libros de romance, porque sus páginas no tendrían a Axer Frey intentando tomarme la mano sin entrar en crisis, fingiendo ser un humano para agradar a su novia de mentira.

Su otra mano viaja a mi mejilla, acariciándome, y luego ambas van a mi garganta. No están presionando, pero están ahí, advirtiendo que podrían hacerlo.

Lo peor de pensar en el contrato que nos envuelve es recordar esa cláusula donde dice que no puedo saber, ni preguntar, cuándo, dónde y cómo va a matarme. Así que podría ocurrir en cualquier momento. En este preciso instante, mientras me toca por primera vez esta noche sin necesidad de actuar frente a nadie, podría arrancarme la vida. Y esa paranoia tengo que someterla fuerte, muy consciente de ello, y aferrarme a la idea de que, pase lo que pase, él me resucitará.

Siempre he creído que las esposas de Víktor, esas mujeres tan enamoradas como para ceder su vida en matrimonio, estaban locas. Pero tal vez ellas pensarían lo mismo de mí. Al menos ellas tienen que morir una sola vez.

Pronto, las manos en mi cuello usan sus pulgares para elevar mi rostro y llamar al contacto visual.

Y, cuando lo miro a los ojos, todo temor desaparece. Podría matarme en este instante y no me importaría, porque no podría estar así de bien en ningún lugar que no sea con él.

—Tu regalo es una hermosa jugada de anulación —dice. En ajedrez, se llama «jugada de anulación» cuando se clava una pieza en medio de otra, impidiéndole al oponente terminar su acción—. Dices que no te enamorarás de mí, pero claramente no esperas que yo tenga la misma suerte.

—Odiaste el regalo —le recuerdo.

—Pero no el gesto.

—Entonces póntela —lo reto.

—Lo haré.

—¿Cuándo?

Espero un rato, pero él sigue sin responder, así que me frustro y pregunto lo que me da la gana:

—¿Por qué tu hermano no me habla?

Él se aleja de nuevo, acomodándose con la vista en el televisor ahora silenciado. Con la sequedad suya a la que estoy acostumbrada, me contesta:

—Porque yo no quiero que te hable.

—¿Cómo que no...?

Axer vuelve a llenar nuestras copas de champán y me extiende una.

—¿Por qué no quieres que tu hermano me hable? —insisto luego de dar un trago. Si sobria soy testaruda, con alcohol en el sistema no hay quien me calle.

—Porque no.

—Axer.

—¿Qué?

—¿Por qué no quieres que tu hermano me hable? —repito, lo que lo hace contener la respiración como si así domara su impulso asesino.

—Porque es un ególatra petulante que necesita demostrar cada vez que abre la boca lo experto que es con los idiomas y lo bien que se le da leer mentes.

—¿Y...?

—¿Y... qué?

—¿Cuál es el problema con que tu hermano sea ególatra y petulante? Suena a alguien que conozco.

Por la manera en que me mira, parece bastante disgustado por mi comentario, pero estoy tan anestesiada que me río sin tapujos de su expresión.

Él permanece un momento mirándome con el ceño fruncido mientras mi carcajada se potencia hasta que parece decidir que su mal humor no va a silenciarme, así que, negando con la cabeza con un gesto decepcionado, me contesta:

—Yo no presumo de nada, yo solo existo. Aleksis necesita que todo el mundo sepa que es superior, celestial e inigualable. Odia a la gente, pero ama la adoración ajena. Y no quiero que te hable en francés.

—¿Habla francés?

No sé en qué tono lo habré dicho que hace a Axer adoptar una expresión asesina. Es tan afilada que me callo al instante, aunque tengo que contener la risa dentro de mis mejillas.

—Entonces... —indago con cautela y bebo otro trago—. ¿Te da miedo que me una a su secta de adoradores?

—Pues no es precisamente esa mi idea de una relación ideal.

—Una relación falsa ideal, querrás decir.

—¿Cuál es tu fascinación con sabotearte? Siempre haciendo énfasis en el contrato y en que esta es una relación falsa.

Pongo los ojos en blanco y me bebo lo que queda en mi copa. Por un momento, echo el cuello hacia atrás y siento que se me viene el techo encima, pero por suerte se pasa rápido.

Le extiendo a Axer mi copa para que me la vuelva a llenar y le contesto con indiferencia:

—Es la realidad, Frey.

—Si quisieras vivir en la realidad, no me habrías obligado a modificar el contrato para hacerme tu novio.

—¿Sabes qué me ayudaría a disfrutar más esta mentira?

—Sería un lindo detalle que lo aclararas, Nazareth, puesto que a veces eres más complicada que las jugadas de Capablanca.

Aunque he leído bastante sobre Capablanca en mis libros de ajedrez, en este momento su nombre me suena medieval y escupo al soltar la carcajada que me provoca.

—¿Decías? —insiste Axer cuando consigo controlar un poco mi ataque de risa.

—¿Qué dije? Ah, sí, honestidad. Eso ayudaría mucho a que disfrute esta mentira.

—Algo contradictorio, ¿no?

—Hasta los mejores engaños esconden verdades, Frey. —Acepto la siguiente copa de champán antes de continuar—. Quiero vivir este lo más honestamente posible. No puedo disfrutar de todo esto si sé que estás planeando un jaque a la descubierta. Un día moverás una pieza aparentemente inofensiva para que me confíe y, detrás, tendrás preparada la torre con el mate.

Su silencio me dice todo lo que necesito saber, incluso antes de que me pregunte:

—¿Qué hablaste con Verónika?

—¿Cómo sabes que...?

—Ni siquiera lo intentes y dime qué te dijo.

—Nada. —Me encojo de hombros, pero estoy tan mareada que la mitad del contenido de mi copa se vuelca en el proceso—. Solo confirmó lo que ya sabía, que tienes un jaque preparado.

Axer parece estar haciendo un esfuerzo enorme por ignorar el desastre que ocasiono, fijándose en mis ojos con la mandíbula tensa para no ver lo que mis manos destrozan.

—Esto es lo que hacemos, ¿no? —expone—. Jugadas y contrajugadas. ¿Es que ahora quieres que te desvele todo y termine la partida?

—No, no, es que... Es solo que siento que esta vez es distinto. Que será... un jaque peligroso.

—No te voy a matar. —Parece pensarlo mejor y añade una aclaratoria—: De forma definitiva.

—Sí, pero... me siento en una clavada de ajedrez, inmóvil mientras las piezas se mueven a mi alrededor porque al mínimo desplazamiento habré descubierto a mi rey, dejándolo expuesto a tu jaque.

—En esa oración acabas de describir por qué estamos juntos. Es lo que hemos hecho todos estos meses: prolongar una partida que va de tablas a jaque a cada nuevo desplazamiento, pero que nunca acaba. No me pidas que nos quite lo que más nos gusta de esto, no me pidas que te desvele lo que tú deberías prever y evitar. —Se pasa la mano por el cabello, como si nuestra conversación fuera tan trabajosa como caminar kilómetros—. Si tienes cualquier otra pregunta, puedes hacerla, Nazareth. Aprovecha esta noche de champán y confesiones.

—Las blancas mueven primero, así que pregunta tú.

—¿Irás conmigo al viaje a Mérida?

Que traiga ese tema de nuevo a colación me recuerda lo que dijo su hermana en la cena, lo que insinuó cuando estábamos solas en la cocina, la evasiva de Axer cuando Anne preguntó delante de mí su lista de invitados.

—Primero deberías decirme por qué no me querías llevar en un principio —argumento de mal humor.

—Deja de escuchar a Vikky, ¿quieres?

—Es bastante difícil dado que la tengo siempre pegada a mi oído.

—¿Es necesario que te diga, después de todo, que quiero a mi novia muy lejos de mi hermana?

—Dile a ella que se aleje. Y no soy tu novia realmente. Aunque quisiera, y no sé por qué, porque me caes mal. Aunque eres tan intelectual y...

Me doy cuenta de que estoy diciendo estupideces y me muerdo la lengua.

Axer, conteniendo las ganas de reírse, me responde fingiendo que no escuchó nada de mi vergonzoso divague.

—Ella no se va a alejar, Nazareth. Aléjate tú. Además, ella no te traerá nada bueno. No maneja muy bien la derrota.

—Dijo el que le robó el experimento a su hermana porque no pudo superar que una estudiante promedio le ganara en una partida de ajedrez de escuela pública.

Lo digo a modo de chiste, pero, incluso desde la bruma del nuevo trago de champán, noto que su seriedad se torna tétrica y atemorizante. Será mejor que no insista con esos chistes si es que el alcohol me deja.

—Dime —insisto luego de notar que hubo un cambio de tema—. ¿Por qué no querías que fuera a Mérida contigo?

—No es así. Solo lo estaba pensando. Como podrás notar, no es el mejor de los escenarios tenerte a ti y a mi familia juntos.

—Ya. O sea que no tiene nada que ver con que quisieras evitar una escena de celos, ¿no?

—¿Por qué debería? No eres mi novia realmente, ¿o sí? Mientras cumpla con la cláusula de exclusividad puedo hacer con mis pensamientos lo que me plazca, así que no hay lugar para tus celos. —Herida, abro la boca para responder, pero él prosigue—: E, incluso así, no. No me preocupa que algo pueda ponerte celosa porque, en general, soy bastante...

—Asocial.

—Digámoslo así.

Y, sin embargo, no le creo. No del todo.

—Axer.

—Schrödinger.

Lo pronuncia de una manera tan profunda que creo que va a pedirme matrimonio. Tal vez es el champán.

—Una vez —digo esforzándome por que mis palabras no se atropellen entre sí—, cuando me tomaste la muestra de sangre en tu habitación... Ese día yo hice una broma insinuando que parecías... virgen. ¿Lo recuerdas?

—Sí.

Y por el tono que usa, sé que también entiende adónde quiero ir a parar.

—Me dijiste: «He tenido suficiente sexo en mi vida si esa es tu pregunta».

No dice nada, así que me toca insistir.

—¿Quién es ella?

—¿Por qué asumes que es mujer?

—Porque solo así me preocuparía.

Estoy mintiendo, por supuesto. Puedo odiar la idea de que se le acerque una mujer, pero lo asesinaría a él si me da un motivo para pensar que pudo haber correspondido los intentos de... Es que ni siquiera voy a pensarlo.

Se acomoda en el puf y sus rodillas me rozan las piernas desnudas, pues la falda de mi vestido se ha subido.

—No mientas.

Se inclina hacia mí y, por algún motivo, me entra miedo. Es esta tortuosa aceleración en mi pecho, el inminente nerviosismo a su proximidad. Sigo sin estar preparada para existir cerca de él, y eso me encanta tanto como me debilita. Con su mano en mi barbilla, apenas en un roce, me levanta el rostro para que lo mire.

—Tú no quieres compartirme con ningún ser que respire.

—¿Cómo podrías saber eso?

—Tal vez por tu mirada de Carrie White o puede que sea porque eso es justo lo que me pasa a mí contigo.

Le sostengo la mirada y él hace lo mismo. No parpadea, no traga. Mantiene su intensidad mientras yo lucho por no flaquear. Pero reconozco que esta vez he perdido, que debo ceder.

—Tienes razón —concedo—. Entonces dime, ¿quién es esa persona o persone? Y no me preguntes por qué asumo que es humano, porque te juro por Cristo que me lo voy a creer y preocupar.

Sus labios se curvan. Ha estado a punto de sucumbir a la risa y no puedo creer lo mucho que eso me ilumina el rostro. Axer es bastante atractivo cuando está serio, pero en medio de la vulnerabilidad de una risa es mi absoluta perdición.

—No ha sido nadie en particular —explica visiblemente incómodo por la conversación—. Nunca han sido muchas veces con una misma persona y tampoco han sido demasiadas personas. Te lo dije ese día, no es algo de lo que disfrute lo suficiente. Soy más de... preliminares.

—Como conmigo.

—No. Contigo es distinto. Me fascina el sexo contigo, Nazareth. ¿Eso querías escuchar?

Cuando lo oigo quedo tan absorta que olvido por completo mi nombre, dónde estoy sentada y que tengo una copa en la mano, porque se me resbala y derramo todo el champán en mi vestido. Por suerte la copa queda intacta pero tirada junto a mis zapatos.

Me agacho para recogerla y mis dedos rozan la mano de Axer. Él se detiene al instante y me sujeta la muñeca mientras recoge la copa con la otra mano, manteniendo su mirada en la mía.

Me sirve más champán, que acepto sin protestar.

—Entonces... —No tengo ni idea de qué decir—. ¿Por qué conmigo...?

—Porque tú me dejas ser —añade, aunque no he llegado a terminar mi pregunta—. Es emocionante porque no estoy fingiendo absolutamente nada. No hay nada que fingir.

—Pues... me siento sexualmente halagada.

—Bebe —ordena él por toda respuesta, sin mirarme. Y se lo agradezco, porque tengo la cara tan caliente que imagino que debo parecer una bombilla incandescente.

—Oye... —insisto después de tragar—. ¿Por qué nunca me has hablado de esas experiencias tuyas? Es decir, no conozco esa parte de ti. Tenía una idea distinta ya que habías dicho que no eras de novias...

—No soy de novias, pero una cosa no tiene nada que ver con la otra. Y si no te he hablado al respecto es por la misma razón por la que no te he preguntado por tus experiencias antes de mí: porque no importan.

—O porque no te interesa.

—Oh, créeme, si no me interesara, no me molestaría en absoluto tu cercanía a... tu ex.

Bien, en definitiva no quiero hablar de Soto, así que entiendo el mensaje: no me contará nada más sin pedirme información a cambio.

—De acuerdo. Nada de hablar del pasado. Entonces... Hablemos de María. ¿Qué hace aquí?

—Está pasando por un mal momento y Verónika la ayuda. —Se encoge de hombros, como si no me estuviera diciendo que su hermana asesina está peligrosamente cerca de una persona a la que consideré mi amiga por meses—. Es todo lo que sé.

—Va a matarla —concluyo.

—Si fuese así, María tendría que dar su consentimiento.

—Cosa que no pienso permitir...

—No. Ni se te ocurra contarle absolutamente nada, ¿okay?

—Pero yo...

—Nazareth, escúchame bien: si desvelas nuestro secreto, te jodes. Con mi padre y con todos. No puedes decirle nada sobre Verónika. No la verdad. Busca otra manera de alejarlas.

—¿Por qué no lo haces tú? Habla con tu hermana, pídele que se aleje.

Axer se ríe.

—Ya le quité un espécimen, generando casi una guerra civil, y ahora que se están calmando las aguas... ¿quieres que le quite el nuevo?

—Tienes que hacer algo, por favor. Si a María le pasa algo...

—Hablaré con ella, pero solo para saber qué pretende. No puedo persuadirla de nada y no lo voy a intentar.

—Bien, pues cuéntame cuando hayan hablado.

El silencio pasa a volverse tenso. Después de mucho rato volvemos a subirle el volumen al televisor y a prestar atención a la serie. De vez en cuando damos algunos tragos al champán, pero nada más.

Hasta que el atraco llega a su fin.

Estoy tan eufórica junto a los personajes que se me olvida la conversación que acabamos de tener. Salto y grito. Estoy tan mareada que el salón y el televisor dan vueltas a mi alrededor, aunque se supone que estoy quieta en un mismo sitio.

Axer se levanta detrás de mí, al principio creo que para festejar conmigo, pero enseguida entiendo que se ha lanzado a atraparme. Noto sus brazos en mi espalda un segundo antes de tocar el suelo mientras la copa vuela en el aire, derramando el champán burbujeante sobre nosotros.

Me siento avergonzada, pero él no parece molesto, solo contiene una sonrisa.

Con su rostro tan cerca del mío, solo hay una cosa que se me ocurre decirle...

—No me gustan los caballos.

Tal vez pensando que estoy loca, pone los ojos en blanco y me toma en brazos con la facilidad que se levanta una bolsa de harina. Camina unos pasos antes de tirarme de nuevo en mi puf.

—Los caballos me confunden —añado.

—Te felicito, Schrödinger —dice recogiendo los vidrios de la copa que acabo de romper.

—Es que son tan... raros. ¿Por qué tienen que moverse en L?

Se detiene con sus manos a medio camino de alcanzar otro pedazo de cristal, las cejas arqueadas y sus ojos fijos en mí.

Es tan sexy...

Espero no estar babeando.

—¿Hablas de los caballos del ajedrez? —pregunta.

—¿Y de qué más, Freeey? Concéntrate.

—Ajá.

Reanuda su limpieza, luciendo más digno y atractivo que ningún otro hombre recogiendo un desastre.

—Es que cuando hago una jugada —explico—, siempre veo tarde que con el caballo pude haber hecho una mejor. O... cuando mi oponente tiene una posible jugada ofensiva, nunca las logro prever si es con los estúpidos caballos.

—¿Quién lo diría, Schrödinger? —Se levanta para dejar los vidrios en una de las repisas llenas de adornos—. Eres una chica de torres: para adelante y para atrás, sin sorpresas.

—Tampoco. Me gusta jugar con la dama. Las damas son como la representación de Bad Bunny en el ajedrez —explico. Axer me escruta, visiblemente perdido, con una ceja arqueada—. Hacen lo que les da la gana, obvio.

—Yo odio jugar con la dama —dice él mientras se sienta en el puf que está junto al mío.

—¡¿Por qué?! ¿Odias ganar?

—Pues precisamente porque odio perder me resisto a usarla. Perder la dama... —Niega con la cabeza, en sus labios una sonrisa radiante. Está cómodo en esta conversación y no puede ocultarlo. No quiere hacerlo—. Más vale darse por vencido. Prefiero guardarla como un arma secreta. Creo que la protejo más a ella que al rey en todo el juego.

—Oooh, eres tan cursi... ¿Las personas saben que eres humano?

Extiendo mi mano hacia su cara con intención de apretar sus mejillas, pero él se echa ligeramente hacia atrás, mirando mis dedos como si estuviesen llenos de tierra.

Pero no me inmuto, estoy de muy buen humor.

—¿Saben los demás que detrás de ese mentón marcado, pómulos definidos y... esos ojos de villano sexy hay un hombre excéntrico que le dedica metáforas de ajedrez a su novia falsa casi borracha?

—Las personas me caen mal, así que no tengo ni la más *sukin syn* idea de lo que saben ni lo que piensan.

—Amargadooo.

En lugar de responder a mi insulto, mi querido Frey se levanta y busca otro par de copas para llenarlas de champán. Parado a unos pasos de distancia de mí, me tiende una de ellas, llena hasta la mitad.

—Ten.

—¿Quejesto?

—Lo que has estado tragando toda la noche.

—Sí, sí, pero ¿por qué me lo das?

—Porque quiero brindar con mi novia. ¿Tienes algún problema con eso?

—Tú me puedes dar un porro de cilantro y yo me lo mastico sin preguntar, pero... ¿Por qué? ¿Qué motivo hay para brindar?

—Por los caballos y las damas, por hacernos los juegos más difíciles, porque eso es lo que los hace divertidos.

—Axer Frey, definitivamente eres el hombre más raro que conozco. Y eso no lo digo porque esté borracha.

Me levanto, en mi mente desfilo derecha hacia él y choco nuestras copas con elegancia, pero mi elegancia parece estar desmedida, puesto que escucho el estallido del cristal segundos antes de ver los fragmentos y los chorros salpicar en todas direcciones.

La mano de Axer me sujeta cuando doy un paso atrás y, contra todo pronóstico, comienza a reírse conmigo. Es una genuina carcajada que espero que el alcohol no borre de mi memoria, porque quiero llevármela hasta el altar.

Nos dejamos caer en los pufs, juntos. Yo estoy encima de su brazo mientras su mano libre me aparta el cabello húmedo de la cara.

Creo que estamos en el cielo. Imagino que sí, porque veo tres Axer borrosos y muchas estrellitas. O tal vez son las bombillas difuminadas por el mareo.

—Es porque quiero —le oigo decir, pero no logro procesar la información. Mi cerebro funciona a cámara lenta.

—¿Perdón?

—Me preguntaste por qué actúo así aunque me estás forzando a esto. Y es exactamente por eso: porque quiero. Independientemente de todo, eres y siempre serás mi primera novia. Eso es significativo, aunque no lo parezca. Lo que más temía al tenerte cerca era perder el control, y cuando tú me quitaste eso... contigo quitándomelo todos los días... Te aborrezco, es verdad, pero no puedo evitar sentir... —Noto sus manos acariciar mi rostro y cierro los ojos. No entiendo nada de lo que está diciendo, tengo demasiado sueño. Creo que sonrío, es que todo me da risa—. Con esto siento cierta libertad. Porque ya perdí el control. De aquí en adelante, todo es ganar. Y decidí que quiero vivir esto «en serio» contigo. Aunque haya empezado de manera controversial, aunque sea efímero y su sentencia esté firmada. Quiero ser tu novio estos meses, Nazareth. Con todo lo que eso implica.

Tendré que pedirle en otro momento que me repita lo que ha dicho, porque creo que me he quedado dormida a la mitad.

20

Déjà vu

SINAÍ

Me despierto con la sensación de haber dormido en una discoteca en el cielo. Noto las secuelas que deja el exceso de alcohol después de una noche de fiesta, pero es hasta celestial comparado con las resacas tras haber bebido ron barato como un camionero.

Estoy envuelta en un edredón y cuando lo retiro noto que estoy en ropa interior. No estoy abajo, en el salón de juego donde recuerdo haber entrado anoche para ver *La casa de papel*, sino en el piso superior. En el cuarto de Axer. En su puta cama. Vacía a excepción de mí, pues Axer no está por ningún lado.

Junto a mí hay una mesita, encima está mi vestido negro con olor a suavizante, tibio todavía por la secadora.

Pero no me he despertado sola, junto a mí hay una mujer a quien reconozco como Silvia, del servicio. Tiene un vaso de agua en una mano y en la otra una aspirina.

¿Qué habrá que estudiar para limpiarle la casa a los Frey? Porque quiero.

—Gracias —digo al tomar ambas—. ¿Sabe dónde está...?

—El señor me indicó que la despertara justo a esta hora. En la mesita está la sopa que me pidió traerle para la resaca. Él está viendo clases en la OESG justo ahora. Llegará en un par de horas para llevarla a su casa.

No recuerdo las siglas de la organización para genios en la que está Axer, pero supongo que son esas.

Me sorprende mucho que él tuviera ese compromiso hoy y que ayer decidiera trasnochar. No sé hasta qué punto, pero estuvimos viendo una serie los dos antes de que yo me volviera un desastre, así que temprano no se acostó.

Me sorprende seguir aquí, que se preocupara por que coma y pase la resaca. Me sorprende también estar en su cama. Tenemos un acuerdo, lo sé, pero esto no es parte del mismo. Sigo esperando lo peor. Esperando a que me deseche, a que encuentre nuevas maneras de mantenerme a raya o huecos legales para torcer esto de manera en que ni siquiera nos tengamos que ver.

Es lo que espero de una mente como la suya. No que se preocupe por mi despertar.

Imagino que es empatía, debí ponerme muy mal ayer.

Y, sin embargo, no me mandó a mi casa con su chófer. Quiere que lo espere hasta que llegue de su clase. ¿Por qué *chert vozmi* quiere que lo espere?

—Claro —le digo a Silvia—. Muchísimas gracias por la información, la comida y... todo. ¿Puedo ir abajo? Espero que no sea tarde para ayudar a limpiar el desastre de ayer.

La mujer parece realmente sorprendida por mi pregunta.

—¿Qué desastre? —pregunta.

Tengo el vago recuerdo de haber partido cosas ayer y la sensación de haberme quedado dormida siendo muy consciente del caos que soy.

—Creo que desordené un poco ayer allá y...

—Pues, si había algo fuera de lugar, ya no lo está. Esta mañana bajé a limpiar y todo estaba reluciente.

«Axer, por supuesto».

—Bueno, gracias de nuevo.

Tengo una gran laguna. No entiendo en qué puto momento llegué al cuarto del futuro padre de mis hijos... aunque solo sea en mi mente. Sé que le propuse que viésemos una película y... vimos *La casa de papel*, ¿no? Tal vez lo soñé.

Mientras me tomo la sopa, tengo muchos flashbacks, y mis esfuerzos por darles sentido no hacen más que empeorar el dolor de cabeza. Me recuerdo riendo, cayendo, envuelta en el vértigo del exceso de champán, Axer recogiendo vidrios y... Nada. No puedo sacar nada en claro.

Debe de odiarme muchísimo después de eso. El desorden es su límite, y yo no solo lo llevé a ello, sino que «soy» eso.

Me visto, entro en el baño de la habitación y me lavo los dientes.

Luego salgo de la habitación. Espero que al menos esté María fuera para socializar mientras Axer vuelve, pero una vez llego a la sala no veo ni su sombra.

En la mesa está el señor Frey comiendo con un portátil abierto a un lado, imagino que por cuestiones de trabajo. Aleksis está a un lado, concentrado en lo que sea que esté escribiendo en su libreta. No está Diana, así que ocupo su puesto al otro lado de la mesa.

—Buen día —saludo—. Y buen provecho, señor Frey.

—Para ti igual. —No me mira, su vista está fija en su *laptop* y sus manos ocupadas en el plato—. Ve a la cocina y pídele a Silvia que te prepare algo.

—No, descuide. No es necesario.

Lo cual es una mentira a medias, porque ya comí sopa, pero quiero parecer menos tragona de lo que soy.

Él me mira, sus ojos entornados en una expresión inquisitiva, como si me preguntara qué coño hago en la mesa entonces.

—Estoy esperando a que usted termine.

Él aparta el plato y cruza las manos frente a su cara, mirándome expectante.

—Ya terminé. ¿Qué quieres decirme?

Veo de reojo a Aleksis, que parece igual de concentrado en su libreta y dudo mucho que tenga intención de irse, así que hablo.

—¿Por qué me odia, señor?

—Para odiarte tendrías que importarme.

Golpe bajo, pero no me puedo retractar a estas alturas si quiero conseguir lo que me he propuesto.

—Entiendo, pero tiene un problema conmigo, indudablemente. ¿Por qué?

Él suspira y se pasa la mano por la frente para echar hacia atrás un par de mechones que escapan de su peinado.

—Piensas que mi trato indiferente hacia ti, y a veces hasta despectivo, está injustificado —razona, y de nuevo apoya las manos entrelazadas sobre la mesa, mirándome como un tutor privado—. ¿Es eso?

—Pues... sí, señor. Creo que su trato es injustificado ya que hasta ahora yo no había hecho nada más que... existir.

Cuando sus ojos se entornan y su ceño se frunce apenas lo justo para expresar desacuerdo, entiendo perfectamente de dónde han sacado los gestos sus hijos.

—Si solo «existiendo» has causado suficientes problemas en esta familia, no quiero imaginar el desastre que acarrearía si te dejara participar.

—Señor, los «problemas» que usted alega que he ocasionado han sido en general por la decisión de otro.

—Decisiones que te involucran. Pero sí, eso apenas explica por qué no eres mi persona favorita. Es una característica necesaria mas no suficiente para explicar mi hostilidad.

Si Axer habla como un genio, su padre lo hace como «el genio». Yo, que soy una friki de investigar datos innecesarios y que he pasado toda mi existencia ampliando mi vocabulario a base de incontables lecturas, apenas puedo seguirle el paso.

Intento no tragar saliva y estar a la altura.

—¿Piensa explicarme en algún momento? —le digo.

Él ni siquiera pestañea antes de empezar a soltarlo todo.

—Consciente de que has causado problemas en esta familia y no satisfecha con ello, vienes a mi casa. Yo tengo que aceptar que conozcas nuestros secretos porque mi hijo ha decidido confiar en ti y debo aferrarme a la idea de que entiendas el problema legal que implicaría que rompas el acuerdo de confidencialidad que firmaste. A la vez, debo aceptar cómo te infiltras y ser amable. Y podría hacerlo, aunque no confíe en ti.

—Y no lo hace por...

—Ahora que sabes lo que hacemos, ¿qué opinas al respecto?

De todas las preguntas que podría haberme hecho, esa es sin duda para la que estoy menos preparada. Me pican las manos de solo pensar en responder.

—Mi opinión no importa en absoluto.

—Importa cuando entras a mi casa como una invitada, pero nos miras como a leprosos. Nos juzgas, y te sientas ahí suponiéndote moralmente superior. Puedo tolerar ese nivel de desprecio mientras existas muy lejos de mí, pero no esperes que aplauda la hipocresía cuando te sientas a comer con nosotros y luego llamas a Verónika loca y miras a Diana como si fuera una víctima.

No lo había pensado así. Y tiene razón. Me quiero infiltrar en una familia a la que juzgo y señalo abiertamente. Tal vez mis ojos no han sabido disimular. Tal vez Axer y Verónika han dicho cosas que me han dejado en evidencia. El punto es que al señor Frey no se le escapa mi recelo por sus prácticas.

Es el motivo por el que él es más amable con María: ella no sabe lo que hacen, así que es imposible que los juzgue.

En mi defensa, Verónika está muy loca. Pero entiendo el punto. Si quiero ser una Frey, no puedo juzgar lo que hacen, ni siquiera en mis pensamientos, porque parece que este hombre puede leerme como si estuviese hecha de texto.

Tengo que convencer a Víktor Frey de que no les tengo miedo, de que no condeno sus acciones. Fingir que incluso estoy tan loca como cualquiera de ellos.

Y tal vez lo estoy, pues he hecho de Axer mi rehén cediendo los derechos para que me mate y me reviva.

—Señor, yo...

—Ni siquiera lo intentes. Tu boca dirá cualquier cosa, pero de mentiras conozco una enciclopedia. Las primeras impresiones no se pueden editar, con esas es sensato quedarse.

Cambio de planes, a este hombre no le puedo mentir.

Pero lo puedo engañar con la verdad.

—No, no pueden editarse, pero usted es científico y médico, habrá escuchado hablar de la evolución. No puedo cambiar mis pensamientos iniciales ni puedo engañarle con respecto a ellos, pero puedo aprender.

—¿Aprender qué?

—De ustedes. Créame, señor, que si algo siento por ustedes, más que temor, es curiosidad. Intriga. De lo contrario no habría cedido a ayudar a su hijo con su tesis.

—Y te creo, pero no voy a invertir mi tiempo enseñándote a tolerarnos.

Y me parece más que justo, pero no es eso lo que pretendía, y ya es momento de dar el paso que me tiene moviendo ansiosa la pierna bajo la mesa.

—¿Tiene un tablero?

—¿Perdón?

—Que si tiene un tablero de ajedrez, señor —repito—. Juguemos.

—Estoy trabajando.

Fácil no me lo está poniendo, pero es que no me conoce. Mi segundo nombre es insistencia.

Así que en lugar de desistir, hago algo muy arriesgado, saco de mi cartera una billetera, y de ella un billete de diez dólares. Es una maniobra absurda, pero tengo una corazonada.

Pongo los diez dólares sobre la mesa.

Pasa un segundo sin reacción, pues Víktor había vuelto a la pantalla de su portátil, pero enseguida desiste de su intento de ignorarme y da un vistazo a la mesa, notando el billete.

Con sus cejas arqueadas, me pregunta:

—¿Y eso es...?

—Una apuesta. Por su tiempo, si juega conmigo. Es una menudencia, pero dado que estoy segura de que me ganará en tres movimientos, considérelo un acto simbólico.

—Aleksis. —El aludido detiene su mano a medio trazo y eleva la vista por encima del cristal de sus lentes hacia su padre—. Busca un tablero en mi habitación, ¿puedes?

Cuando el hombre saca de su bolsillo su billete de diez dólares y lo desliza por la piedra negra de la mesa hasta que choca con el mío, siento la adrenalina estallar en mis venas.

En serio vamos a hacer esto.

Aleksis cumple con la petición de su padre sin siquiera abrir la boca. Vuelve con un tablero de madera maciza. Las piezas no tienen las típicas figuras del ajedrez estándar, por lo que salta a la vista que esta es una edición única con acabados sorprendentes en cada ángulo. Hay gárgolas monstruosas en el lugar de las torres, caballos montados por guerreros armados, soldaditos como peones y un rey vampiro sobre un trono con grabados minuciosos. Están tallados en piedra para las piezas negras y mármol para las blancas.

Aleksis deja el tablero entre nosotros y se sienta a mitad de la mesa como un niño bueno para vernos jugar.

—Puedes empezar —dice el señor Frey de nuevo con esa actitud de quien imparte una clase.

—Las blancas mueven primero, señor —le digo.

—Si juegas a las negras, estarás en desventaja, te tocará jugar a la defensiva.

Lo sé, y es así como me siento en general con los Frey, siempre jugando a esquivar sus ataques, siempre un paso después, siempre a la defensiva. Así que no pienso sacrificar eso. Aunque sea de forma simbólica, seguiré jugando para las negras.

Y, como le dije a su hijo hace casi una vida, le digo a Víktor Dmítrievich Frey, ministro de Corpoelec y dueño de Frey's Empire:

—Puedo ganarle jugando a las negras, señor Frey.

Él pasa su mano por su boca, borrando el nacimiento de una sonrisa burlona. Y, sin decir nada más, da la orden a su hijo para que mueva la pieza que él desea a la casilla que necesita.

Yo le contesto con una jugada espejo para probarlo. El tablero está muy lejos de mí así que también tengo que dictarle mi orden a Aleksis, quien acciona en silencio y vuelve a recostar su rostro ladeado en la mesa sobre sus brazos, mirando el juego con un brillo en los ojos como si se tratara de un mágico partido de Quidditch.

El señor Frey no tiene ni que pensar su jugada, y eso habla mucho de su destreza y rápida respuesta, moviendo su alfil para amenazar a mi dama.

Lo pienso un segundo. Podría solo estar intimidándome, tal vez no se atreva a mover su pieza en la boca del peligro tan pronto en el juego, a sabiendas de que la perderá. Pero desisto de este razonamiento. Nadie, jamás, perdería una oportunidad tan pronta de dejar a su oponente sin reina. Así que me veo obligada a interponer al caballo en mi defensa.

Esto desencadena un recuerdo en mi memoria. Anoche le conté a Axer mi aversión a los caballos. Tengo que morderme la boca para no reír. Debía de estar borracha para soltar tal incoherencia.

Sin embargo, y contrariamente a lo que le dije, no importa cuánto me compliquen la vida los caballos, me encanta lo libertinos que son sobre el tablero. Da mucha ventaja de movimiento que no se limiten al clásico diagonal y vertical, y que puedan saltar piezas.

Un par de movimientos más tarde, me detengo y saco de mi billetera otros diez dólares, deslizándolos hacia Aleksis para que los junte a los demás.

El señor Frey alza la mirada. Era su turno de mover, pero mi acción lo distrajo.

—¿Qué significa? —pregunta.

—Estoy subiendo la apuesta, señor. Le dije que los primeros diez dólares eran por su tiempo, pero dado que ya hemos dado más de cinco movimientos cada uno y usted no parece más cerca de ganarme que al comienzo, supongo que me subestimé al calcular el tiempo que estaríamos sentados aquí esperando a que me gane.

La inexpresividad de su rostro podría haber sido envidiada por una piedra, fría y filosa. Aunque quiero huir, aunque me intimida como el puto infierno, le sostengo el contacto visual como si «ese» fuera el verdadero tablero. Hasta que, sin que su rostro me susurre ni uno solo de sus pensamientos, saca otros diez dólares de su bolsillo y acepta la segunda apuesta.

No sé qué tan posible es leer a una persona por su manera de jugar al ajedrez, pero sin duda se aprende mucho de un Frey por el modo en que se desenvuelven en el tablero.

Víktor Frey es paciente, frío e inexpresivo en todo momento. Mientras yo voy calculando mis maniobras de antemano, evaluando todas las variables en su turno y apresurando mis jugadas con entusiasmo una vez es mi turno y me doy cuenta de que puedo continuar con mi estrategia, él no tiene el más mínimo complejo en invertir largos segundos en degustar con sus ojos serenos hasta el último rincón del tablero con una mano en su barbilla y un dedo jugando sobre sus labios.

Es un maestro de la manipulación. Usa mi entusiasmo en mi contra, sacrificando piezas, a sabiendas de que no voy a desperdiciar la oportunidad de eliminarlas; lo hace para doblar mis peones, sacarme del paso o abrirse camino con sus propios peones hasta que nada lo aleje de la casilla ocho, tan cerca de la promoción.

Pero, como yo misma le advertí, soy una experta aprendiendo. Hubo errores que no logré rectificar, pero de los que saqué provecho. No puedo ganarle, porque sabe convertir mis victorias en sus mejores oportunidades, pero puedo sobrevivir a él. Y debo hacerlo.

Dejo de intentar quitarle la reina, ya que siempre consigue recuperarla con un peón al paso, y me concentro en volver implacable la defensa a mi rey. Cuando veo que frunce el ceño con los ojos clavados en el tablero, primera señal de que se está esforzando, me doy por satisfecha.

Sigue con la cabeza inclinada y las manos bajo la barbilla, pero sus ojos se levantan y por primera vez me reconoce como la mente que orquesta los movimientos del oponente.

«Sí, señor: no está jugando usted solo».

Es ese gesto lo que me lleva a sentirme con el ego lo suficientemente intacto para escarbar en mi billetera para mi siguiente apuesta.

—¿Cien dólares? —inquiere él.

—Llevamos una hora aquí, señor —señalo, pues siempre he estado pendiente del reloj abstracto que está colgado en la pared, a su espalda. Me siento muy complacida al ver que comprueba la hora en el de su muñeca—. Pero, claro está, usted puede retirarse si así lo prefiere.

Su sonrisa es leve, pero su rostro irradia toda la diversión que sus labios contienen. No va a detener este juego ni aunque se nos caiga el edificio encima.

Una hora de juego más tarde, él recibe una llamada y nos vemos obligados a detener la partida. No hay un ganador, ni forma de deducir quién podría haber sido, pero eso no importa, solo lo que él hace a continuación.

Saca de su billetera otro billete de cien y lo suma al pequeño montón de antes.

—Por tu tiempo —explica, luego se vuelve hacia su hijo—. Aleksis, guarda el tablero tal cual está. Tu cuñada y yo definiremos esto en otro momento.

Cuando pasa por mi lado para retirarse a atender lo que sea que tiene que hacer, se vuelve de nuevo hacia su hijo y le dice:

—Una cosa más: baja con los Caster y llévales el portafolio con los papeles del seguro.

Aunque el señor Frey parece dar por zanjado el asunto y se dispone a retirarse, su hijo, quien hasta ahora había decidido no abrir la boca en mi presencia, lo detiene diciendo:

—Padre.

—¿Qué pasa?

—No quiero ir solo —dice Aleksis con una sonrisa.

El señor Frey enarca una ceja y se cruza de brazos al preguntar:

—¿Por qué? ¿Puedes perderte?

La sonrisa de Aleksis se amplía tanto que pasa de ser inocente a inquietante.

—Peor —contesta—, puedo aburrirme.

El señor Frey me echa un vistazo fugaz, entendiendo alguna especie de indirecta, y culmina el asunto diciendo:

—Haz lo que quieras, pero no olvides lo que te pedí.

—Claro, padre.

Y vuelve esa expresión inocente que no le voy a creer ni aunque me la jure.

Cuando se va su padre, él se sube a la mesa y se desliza hasta caer del otro lado.

—Inocente Schrödinger, tú vas a acompañarme —me dice, y no puedo más que maldecir mi suerte por ello.

Bajamos algunos pisos en el ascensor para dirigirnos al apartamento asignado a los Caster. Siento que no puedo ni tragar, el sudor se me acumula en la nuca. No quiero ver a Julio, no estoy segura de poder hacerlo sin vomitar.

Solo me doy cuenta de que estoy moviendo la pierna de forma nerviosa cuando el ruido de los tacones alcanza mi cerebro y me obliga a reaccionar. Me esfuerzo todo lo posible para evitar este tic involuntario.

Y entonces, a mitad de camino, Aleksis detiene el ascensor.

Jamás he estado tan segura de que alguien va a matarme como en este momento, cuando sus ojos desiguales se burlan de mí antes de que sus labios digan:

—Hay una palabra en francés para lo que grita tu cuerpo: *coupable*.

Entiendo por qué Axer quería mantener a Aleksis con la boca cerrada cerca de mí. Su acento es tétrico y adictivo, ni rastro del ruso. Es francés puro. Y esa voz, la manera de emplear sus palabras, cuadra a la perfección con su rostro inquietante de sabelotodo. Como esos personajes que todos saben que son malos, pero que irremediablemente son nuestros favoritos. Es como un Tom Riddle francés.

Sin embargo, me está atacando. Me acusa sin rodeos, aunque todavía no sé de qué. Así que, con fría odiosidad, le digo:

—Pensé que tu hermano no quería que me hablaras.

—Pero mi hermano no está aquí, *certain*?

—Bien, pues no sé de qué precisamente estás acusándome.

—De nada. —Se encoge de hombros y me mira con una sonrisa cínica—. Te acusas tú misma.

No quiero darle el gusto de verme tragar, pero la saliva está ahogándome.

Él lo sabe.

—En serio no sé de qué estás hablando, así que...

—Miéntete todo lo que quieras, yo ya sé todo lo que necesito.

—Ah —bufo cruzándome de brazos—. Tú eres el psíquico.

—Soy el listo.

—Pensé que todos eran los listos.

Él ríe con tranquilidad, como si compartiéramos un chiste muy bueno.

—¿Mis hermanos? —Hace un gesto despectivo con su mano—. Apenas están por encima del promedio.

Perfecto, prefiero llevarlo por este hilo de conversación, así que le pregunto:

—¿Entonces por qué no compites por Frey's Empire?

—Dije que soy listo, no ambicioso. No necesito Frey's Empire, me interesan... otras cosas.

—Como poner nerviosas a tus cuñadas, ¿no?

Una nueva sonrisa lo domina, es tan libre que en medio de ella me muestra todos sus dientes brillantes. Es un gesto digno de ilustrar en un *retelling* del Sombrerero Loco.

—Todavía ni lo intento.

Para disimular los escalofríos, me volteo hacia las puertas del ascensor.

—Me caías mejor cuando no hablabas —susurro.

—Me ofendería, pero por suerte tú nunca me has agradado.

—Oh, pues muchas gracias.

—No es personal, no me agrada nadie.

Y yo que pensaba que Axer era arrogante.

—Qué alivio —ironizo—. ¿Puedes reanudar la marcha del ascensor?

—No.

—Ah, bueno. Mejor me siento, entonces.

Pego el culo contra la pared del ascensor con intención de deslizarme hasta el suelo, pero su voz me detiene.

—No lo hagas, alguien tiene que ir a llevarle los papeles a los Caster.

—Exacto. Si te apuras, podríamos ir hoy...

—Irás tú sola.

Cuando volteo, siento que mis ojos gritan alarmados.

—¿Yo por qué? No los conozco, ¿qué tal si la cago con algo que digo o...?

—Tuvieron que haber hecho algo muy fuerte para que les quemaras la casa.

—¡¿Qué?! Yo no hice...

—«Tuvieron», no. —Él finge una expresión pensativa—. María dijo que estudias en su liceo, y ella estudia junto a Julio y Dani, así que seguro que fue uno de ellos.

—¿Estás loco? ¿Tenías que tomarte alguna medicina o...?

—Seguro que fue Julio.

Este es psíquico, sin duda.

Pero sigo sin rendirme.

—Pero... ¡¿qué?!

Él se encoge de hombros.

—El incendio empezó por los autos. Si hubiese sido la chica, no habrías hecho algo tan básico como intentar joderla quemando un auto que ni usa.

—Si sabes que quien hizo esa mierda fue un profesional, ¿no? No dejaron rastros, y había cámaras y mucha seguridad. ¿Cómo piensas que yo...?

—Eres buena estratega en el ajedrez. Vamos, pusiste a mi padre a pensar, eso ya dice suficiente. Las cámaras de los Caster eran estáticas, no te habría costado nada descubrir sus puntos ciegos.

—No me jodas... —Me llevo las manos a la boca mientras me río con histeria—. Estás hablando en serio.

—Mi pregunta es... ¿Lo sabe Vik? —Parece que lo piensa un segundo, pero luego descarta la idea—. No. No sé qué te hizo ese chico, pero si Vik lo supiera..., habría quemado el auto con él adentro.

—Axer no es un asesino.

—No directamente, pero mira lo que sucedió con el hijo de los pastores que intentó asesinar a... ¿Cómo se llamaba? Ah, sí: Jesús. Jesús Soto. El almacenista. Fue Verónika la que abrió vivo al culpable, claro, pero la orden vino de Vik. Ufff, tenías que haber estado hace unos días. Vaya discusión que hubo en la casa porque los pastores no creen que su hijo se haya suicidado. Ya sabes, porque tuvimos que fingir que él accedió a ser el experimento de Verónika y le mandamos la compensación económica a sus padres adjunto a los documentos falsamente firmados por él. Y, claro, ahora la iglesia quiere ir detrás de Frey's Empire y mi padre tiene que encargarse. Todo por un muchacho de intelecto dudoso. ¿Qué paradoja, no?

Aleksis soltó todo aquel monólogo sin mirarme a la cara ni una sola vez, y cuando al fin lo hace... lo ve todo.

—Vikky tenía razón —reconoce en voz tan baja que me hiela la piel—, eres patológicamente celosa.

Estoy temblando tanto que no puedo contestar a eso.

—¿Es la primera vez que sientes celos por ese chico, Jesús? ¿O hay algo detrás?

Sigo en silencio.

—No seas aburrida, eso no puedo deducirlo solo. Me faltan piezas. Es decir, tiene sentido que estés celosa solo por esto. Yo lo estaría si tuviera algo tan... carnal con una persona y luego descubriera que mandó a su hermana a matar a un tipo por vengar a otro, sin importar que eso provocara un problema en su familia. Quiero decir, eso vale más que flores y bombones.

Axer ni siquiera me ha regalado flores.

No me doy cuenta de que estoy llorando hasta que siento las lágrimas atravesarme la boca.

Me limpio, con frío odio en la mirada, y Aleksis sonríe.

—Sabía que no podría aburrirme contigo.

—¿Qué quieres? ¿Qué harás con esa información? Ya sabes lo de Julio, ¿le dirás a tu hermano?

Aleksis luce en serio ofendido por eso.

—¿Por quién me tomas? Me tiene sin cuidado lo que te suceda, no pienses que caeré en la misma niñería de intentar saborearte en la que ha caído Vikky.

—¿Y por qué...?

—¿Acaso no escuchas? Se lo dije a mi padre, no quería aburrirme.

Dicho eso, pulsa el botón del ascensor.

—Tú me esperarás aquí —avisa señalando con un dedo—. No pienso darte la ubicación exacta de dónde viven, no sea que te provoque ahora quemar el edificio.

Estoy sentada en la sala, pero no porque quiera estar aquí, sino porque no quiero estar en el cuarto de Axer.

No sé dónde queda la habitación de Aleksis o si está en ella, pero me dejó aquí y se fue. A María y Verónika no las he visto en todo el día y el señor Frey sigue en lo que sea que haya salido a hacer.

Estoy dándole vueltas al lápiz que Aleksis dejó en la mesa con la vista en la nada, pensando una y otra vez en lo que dijo ese pequeño demonio.

Axer ya me habló antes de cómo drogaron a Soto y él tuvo que salvarlo. En ese momento era novia de Soto, fue lo que me hizo darme cuenta de que había una parte de la historia que mi ex mejor amigo no me estaba contando, pero no me había detenido a pensar en lo que significó para Axer ese incidente. Es decir, cualquier ser humano habría salvado a

245

Soto, ¿no? Es empático. Y más Axer, que es médico. Sin duda hizo un juramento o algo así. Y, si no, pues igual es un instinto natural en su carrera, salvar vidas.

Pero de ahí a vengarse...

Mandó a su hermana a despedazar a quien le hizo eso a Soto, algo impropio de su parte, pues me juró que no era un asesino. Se ganó un problema para Frey's Empire y uno todavía más grande con su familia. Sin necesidad. No era algo que le correspondiera.

«Eso vale más que flores y bombones...»

No me siento celosa. Me siento estúpida. Herida. Porque Axer es capaz de sentir, solo que no por mí.

Escucho el ascensor a mi espalda pero no me volteo.

Podría ser cualquiera, en especial Víktor Frey. Pero por algún motivo sé que es *él*, mi corazón descontrolado lo sabe.

Así que no me doy la vuelta, ni aunque oyera que el edificio se derrumba lo haría.

Siento su mano desordenar mi cabello y la parte ridícula dentro de mí se emociona. Me está tocando. Axer Frey me está tocando voluntariamente, sin premios de por medio.

Pero claro que lo hay. Siempre lo ha habido.

Esto es lo que él quiere, que me enamore de él para clavar su maldito jaque.

—¿Por qué estás aquí sola? —pregunta a mi espalda.

No voy a volverme a mirarlo, sería mucho más difícil soportar su voz.

—¿Por qué estás haciendo... nada? —insiste—. Hay diez mil maneras de distraerse en esta casa. Te dejé el *laptop* desbloqueado en la habitación con el wifi conectado. ¿No conoces Netflix?

—No quería ver Netflix.

Echo la silla hacia atrás y me levanto, pero me paralizo todavía dándole la espalda. Estoy buscando fuerzas para irme de aquí sin que su perfecta existencia me lo haga más difícil.

Pero él lo jode todo. Me toma la barbilla con una mano y me obliga a volver el rostro lo suficiente para que nuestros ojos se encuentren.

—¿Qué pasó? ¿Qué te hicieron?

La preocupación en su voz oprime mi corazón.

No puedo hacer que se sienta culpable creyendo que uno de sus familiares me hizo un daño grave. Y tampoco puedo, bajo ninguna circunstancia, demostrar que me duele lo que he descubierto, así que me volteo hacia él y miento.

—No me hicieron nada, estoy estresada porque quiero irme a mi casa desde hace rato, pero tuve que quedarme horas aquí esperándote para que abras el candado de esta jaula llena de gente loca que me odia.

Su rostro... Parece como si hubiese insultado a su madre.

«Peor, insultaste a toda su familia».

Y me siento muchísimo peor al darme cuenta de la manera tan extraña en la que viste hoy. No lleva ningún abrigo o chaqueta ni camisa de manga larga o de botones. Nada formal, solo una camiseta. La camiseta que yo le regalé.

«Novio de Carrie Ferreira», dice.

Él asiente. Así, de pronto.

—Te llevo a tu casa —dice—. Y no estabas encerrada. Podías irte en cualquier momento.

—Eso no fue lo que dejaste dicho con Silvia.

—Ya. Es que no pensé que quisieras irte. Y tampoco quería dar la impresión de que yo lo quería.

Ni siquiera espera mi respuesta, se va caminando en dirección al pasillo que conduce a su habitación.

—Me baño y salgo —dice su voz estoica lejana. Y duele.

Mierda, cómo duele.

Cuando Axer sale, tiene la llaves del auto en las manos. Su cabello está húmedo y lleva una de sus típicas camisas blancas con las mangas dobladas hasta los codos. Y se ve tan perfecto...

—Vamos —me dice.

—Puedo pagar un taxi —replico, pues entiendo que esto será demasiado incómodo.

Veo que abre la boca y sé que va a replicar, así que añado:

—Igual tienes chófer. No tenemos que hacer esto.

Él cierra los ojos, la mano en las llaves apretada, y asiente.

—Si quieres ir sola, puedes hacerlo.

Asiento, pero sé que le debo más de una disculpa.

—No quise insultarte, ¿sabes? En realidad estoy agradecida por tu intento de involucrarme y... no debí llamar... de esa forma a tu familia. —Él no dice nada, así que me muerdo el labio avergonzada y continúo—: También discúlpame por el desastre de ayer.

Él frunce el ceño.

—¿Lo recuerdas?

—Por supuesto —miento, y sus ojos no disimulan la sorpresa y la... ¿Es eso decepción?

—No tienes nada por qué disculparte, Sinaí. Mi familia no es la más hospitalaria con los desconocidos. Pensé que entendías ciertas cosas al venir aquí, pero ahora que veo mi error soy yo el que te pide disculpas. No se repetirá.

Me llamó Sinaí. Hubiera preferido que me gritara.

No digo nada, tal vez porque tengo ganas de llorar, así que me doy la vuelta. Pero me detengo de nuevo.

Me giro una vez más hacia él.

—Cuando te vea en clases..., ¿seguirá siendo incómodo? ¿No podemos ser amigos en algún momento?

Una de sus cejas se arquea.

—Yo no quiero ser tu amigo.

Bien. Eso era lo que me faltaba para volver a odiarlo.

Púdrete, Axer Frey.

21

Hermanos Frey

AXER

Jamás se había sentido más estúpido en su vida. Y, para una persona acostumbrada a recibir premios y elogios por su intelecto superior, aquello era casi una tragedia.

Se dejó llevar y lo cagó todo.

La manera en que esa noche le entregó a ella todas las armas para destruirlo fue un error de principiante.

Bajó la guardia, se deshizo de su armadura y le enseñó a ella dónde disparar. Y vaya que lo hizo.

En su defensa, él estaba seguro de que ella no recordaría. Se bebió hasta el agua de sus floreros, no era descabellado pensar que al día siguiente tendría una laguna monumental.

Pero recordaba.

«Qué maldita vergüenza».

No se pudo controlar. Fue un momento de debilidad, pues sintió que aquella noche se desnudaron de una forma que no tenía que ver con pasión o sexo. Compartieron un momento íntimo donde él se sintió cómodo, acogido; y, teniéndola a ella tan vulnerable en sus brazos, hermosa y sin filtro, sonriendo de aquella manera radiante y genuina..., cayó en el impulso de ser débil y estúpido.

Y ella lo usó en su contra.

Se aprovechó de su confesión y la usó como una pieza más en el juego que compartían desde hace meses.

Él, quien era devoto a esa partida, había cometido la ingenuidad de creer que tenían límites.

A ella le valió una mierda lo que él sentía.

«¿Por qué, genio? ¿Por qué tuviste que abrir la *sukin syn* boca?».

Si se hubiese callado, ella seguiría ahí, moviendo una pieza tras otra.

—Estás deprimido.

La voz de Aleksis le llegó por encima del estruendo de la música. Se quitó el brazo de la cara y se incorporó, sentándose en la cama para mirar a su hermano quien lo observaba desde el marco de la puerta. Axer estaba sin camisa y sin arropar, pero casi ni sentía el frío.

—No estoy deprimido.

Axer buscó las zapatillas con los pies para ponérselas y andar hasta el portátil para apagar la música.

—Estás escuchando Taylor Swift a todo volumen —acotó Aleksis, sus manos alrededor de una taza humeante como de costumbre.

—Todo el mundo escucha Taylor Swift, eso no prueba nada —acotó Axer de mala gana.

—Todo el mundo escucha «Bad Blood» o «Look What You Made me Do», no «All Too Well» en bucle como si te estuvieses lavando el cerebro.

—No estoy deprimido —insistió Axer sentándose de nuevo en su cama.

—Estabas escribiendo un capítulo cortavenas. Tu narración, a diferencia del cariz de los demás capítulos de tu novela, luego de ser analizada, me llevó a la conclusión de que estás muy deprimido.

—¿Hackeaste mi computadora? —preguntó Axer con tranquilidad, como si hablaran de la hora y no de una invasión ilegal a la privacidad del otro.

Aleksis se encogió de hombros con expresión de inocencia.

—¿Cómo crees? No se me da bien la informática.

Axer entornó los ojos, incrédulo.

Aleksis terminó cediendo.

—Le pedí a Vikky que lo hiciera —confesó al fin el menor.

Axer se enorgullecía de ser en general bastante ilegible, pero sabía que no tenía caso mentirle a Aleksis, quien era un jodido genio en cuanto a descifrar mentes humanas se trataba, y menos en un momento como ese en el que estaba siendo tan obvio.

—No estoy deprimido —insistió por última vez el mayor—. Ni siquiera yo entiendo cómo me siento. Creo que estoy molesto por eso.

—Ay, mi querido hermano...

Aleksis hizo ademán de entrar en el cuarto, pero Axer levantó una mano y lo detuvo.

—¿Qué?

—No vas a entrar aquí con esas pantuflas —espetó Axer.

—Están limpias.

—Eso yo no lo sé.

Aleksis puso los ojos en blanco, se quitó las zapatillas y entró en la habitación solo con sus calcetines violetas con corazones fucsias. Se sentó en el sillón de la esquina y se acomodó los lentes mientras miraba a su hermano.

—Esa chica te ha vuelto estúpido.

Axer enarcó una ceja en un gesto de arrogancia que parecía perdida bajo los decibelios de «All Too Well Taylor's version».

—¿Por qué, hermanito? ¿Porque en medio de mi autocompasión estoy siendo tan ciego como para no concluir todavía que ella estaba molesta, o herida, por algo que tú le dijiste mientras no estuve?

—Retiro lo dicho —dijo Aleksis y fingió una sonrisa inocente. A veces olvidaba que su hermano también era un Frey.

Axer ya sabía lo que hizo Aleksis. Ese cambio de humor en ella no pudo venir de la nada. Por eso lo primero que le preguntó al llegar fue «¿Qué te hicieron?»; él conocía bien a su familia.

Sin embargo, sabía que Aleksis podía ser... muy Aleksis. Pero no era de los que mentían solo para herir a los demás. Le gustaba torturar con la verdad, así que cualquier cosa que le hubiese dicho a su gato de Schrödinger probablemente no fuese falso. Al menos, sería una aproximación a la realidad, pues al final no importa lo inteligente que sea el analista, sus conclusiones no dejan de ser eso, hipótesis.

Y eso le asustaba a Axer.

¿Qué demonios le había dicho?

Al principio, casi le alivió pensar de ese modo, creer que se merecía el trato de ella. Pero después de darle mil vueltas al asunto, decidió que él no se lo merecía. Existía algo llamado comunicación, y ella ni siquiera lo vio como una opción, le insultó a él y a toda su familia sin un atisbo de arrepentimiento. Y, por si fuera poco, ella usó la vulnerabilidad de Axer de la noche anterior en su contra, y ese fue el límite de este Frey, porque para dar ese paso tuvo que vencer muchas inseguridades, y terminó en una rotunda derrota.

—¿No quieres saber qué le dije? —preguntó Aleksis, como si Axer no lo conociera bien. Hace diecisiete años que lo conocía, no cometería un error de principiante como ese.

—¿Vas a decirme?

El hermano menor se limitó a sonreír. No existía un «no» más rotundo que ese.

—No vuelvas a hacerlo —dijo Axer con un suspiro cansado—. No creo que ella vuelva pronto, pero te lo voy a decir de todos modos para que luego no argumentes que jamás te lo advertí: si te aburres, juega en la PlayStation o anda a hacer llorar a los vecinos, pero no uses las emociones de Sinaí como tu juguete.

—Le quitas lo divertido a la vida.

—Estoy hablando en serio.

—¿Te importa una chica? Pensé que estabas... Llámame loco, pero creí que hacías todo esto a regañadientes, tal vez porque ella lo puso de condición para ser tu espécimen y tú no querías perder ante Vikky y quedar mal con nuestro padre.

Axer frunció el ceño, derrochando mal humor y hostilidad hacia su hermanito. Aleksis estaba en lo cierto, desde luego, pero le faltaba entender algo que Axer concluyó demasiado tarde y confesó demasiado temprano: ambas cosas no se excluían. Él era rehén de los caprichos de Sinaí, pero a mitad de su cautiverio comprendió que ella le importaba. En pasado, sí. Pero sí fue importante para él.

—¿Puedo? —Aleksis le mostraba a Axer uno de los esmaltes de uñas de Verónika. Lo había sacado de su bolsillo. Era de un color lila muy leve, casi como un brillo, pero por completo lleno de una escarcha plateada.

Axer respondió dando dos palmadas en el colchón junto a él para que su hermano se sentara.

El mayor se recostó en la pared y le dio la mano a Aleksis para que comenzara a pintarle las uñas. Era algo que no hacían desde que llegaron al país. Agarraron la costumbre de Verónika, que siempre le había gustado maquillar a sus hermanos, vestirlos, peinarlos y pintar sus uñas. Ellos jamás tuvieron ningún complejo por ello, al contrario, quedaron con la costumbre de hacerlo entre ellos, como una especie de ritual entre hermanos.

—¿Cuándo fue la última vez que hicimos algo juntos? —preguntó

Aleksis mientras limpiaba el exceso de esmalte que había regado por las cutículas de su hermano mayor.

—¿Y qué *chert vozmi* se supone que estamos haciendo?

—Me refiero a... Algo divertido.

—Yo me estoy divirtiendo —confrontó Axer sin ningún tipo de emoción en la voz.

Aleksis se limitó a alzar la vista por encima de sus lentes para enfrentar a su hermano.

—Me refiero a... —Aleksis sonreía en anticipación—. A hacer algo divertido. Los tres. Como hermanos Frey.

Axer se incorporó más para acomodarse, luego volvió a entregarle la mano a su hermanito y lo miró con los ojos entornados.

Sabía a lo que se refería.

—¿Qué tienes en mente, pequeño demonio?

—Tu novia...

—Ya no es mi novia. Para ser honesto creo que nunca lo fue.

—Sabía que te estaba obligando.

Axer puso los ojos en blanco. Con Aleksis tenía que pensar diez veces antes de hablar.

—¿Qué esperas? —espetó el mayor—. ¿Un premio?

Aleksis levantó las manos con el esmalte en ellas en señal de paz.

—Solo señalaba un hecho, no te ofendas.

—En mi defensa, no se sentía como si me estuviese obligando.

—Pero si ella no lo hubiese hecho ustedes no...

—Jamás habría dado ese paso, no. Yo no quería esto.

—¿Estabas...?

Axer sabía lo que Aleksis quería preguntar. Y no se sentía apto para mentirle. Su hermano lo atraparía en su engaño, lo leería con facilidad. No podía quedar expuesto de esa forma.

Así que salvó la situación interrumpiendo.

—¿Quieres un consejo de un genio a otro? Si un día sientes que te interesa una persona tanto que te dan ganas de actuar como un ser humano, huye. Huye lejos. Es una fiebre, ya se te pasará. Concéntrate en tu trabajo. Nunca la conviertas en tu experimento solo por tenerla cerca; vas a terminar cayendo y vas a quedar como un *sukin syn* idiota.

—Mi querido hermano, la diferencia entre tú y yo es que eso yo ya lo sé.

Axer hizo un gesto que expresaba toda su incredulidad.

—Yo también lo sabía —discutió.

—Es que tú en el fondo todavía tienes esas cosas corrientes e inservibles a los que algunos llaman sentimientos.

Axer entornó los ojos, los músculos de su mandíbula tensos al límite.

—No te dejé entrar a mi hábitat y te confié mi manicura para que me insultes, Aleksis Frey.

—Supongamos que fue una broma y sigamos adelante. —Aleksis palmeó dos veces el hombro de su hermano—. Como te decía, estuve investigando un poco a tu no-novia y vi que ha faltado bastante a clases en el primer lapso. Y con bastante me refiero a que si digo que asistió tres veces es una exageración.

—¿Qué pasión tienen con investigar a Nazareth? Consíganse un espécimen y dejen el mío en paz.

—¿Puedes escucharme, mister Drama? Esto te interesa.

Axer, muy a su pesar, tuvo que cerrar la boca y escuchar.

—¿Por qué? —continuó Aleksis—. ¿Por qué faltó tanto?

—No lo sé. No me quiso decir y...

Los ojos de Axer se dilataron. Hizo contacto visual con su hermanito, que sonreía triunfal. Él sabía.

—Dime.

—¿En serio quieres que te lo diga yo? —preguntó Aleksis en tono burlón—. ¿No debería ser decisión de ella cuándo te dice y si quiere confiarte eso?

Tenía razón, pero a Axer no le importó. Le ardían las entrañas en una ira que lo consumiría desde dentro si no conseguía saciarla pronto. No sabía de quién se trataba, pero lo que le hiciera a su gato de Schrödinger la dejó tan traumatizada que no podía ni acercarse al colegio sin tener un ataque de pánico.

Axer había perseguido a Sinaí, intervino su teléfono más de una vez, la controló, le hizo firmar un contrato para cederle su cuerpo y en contra de toda la ética laboral se acostó con ella e incluso la presentó como su novia ante su familia de excéntricos. La oportunidad de ser políticamente correcto había pasado.

—No me digas qué le hizo, pero dame un nombre —exigió Axer sintiendo que brotaba humo de su nariz; su ira vaporizada.

—Todavía no. Si te digo, vas a hacer algo impulsivo. Y los impulsos no son divertidos, dejan desastre que luego debemos limpiar.

—Aleksis —espetó Axer con los dientes apretados al punto en que le dolía toda la mandíbula—, *skazhi mne chertovo imya.*[8]

—Te lo diré, pero primero júrame que nos vas a dejar formar parte de esto.

—No. Esto no es un maldito juego. No quiero que ni tú ni Vikky interfieran en esto.

—¿Y qué vas a hacer? ¿Matarlo?

—Te mandaré fotos del cadáver si eso te hace sentir mejor.

Aleksis negó con la cabeza.

—No eres un asesino —le recordó el menor.

—No, antes de ella no. Pero muchas cosas han cambiado desde entonces. *Skazhi mne chertovo imya*, Aleksis. No estoy jugando.

—Vik, cálmate. Piensa en frío.

—Frío te voy a dejar a ti si no empiezas a decirme...

—Él no merece la muerte.

Axer bufó, estaba tan rojo de ira y temblando que parecía contenerse en serio para no lastimar a su hermano. Jamás había perdido el control así delante de su familia. La impotencia era tal que sus ojos estaban empañados. Quería romper una a una cada pieza que componía su habitación.

—*La mort est miséricorde*[9] —explicó Aleksis—. Si lo matas, pasarás el resto de tu vida maldiciéndote. Querrás revivirlo solo para poder torturarlo como debiste haber hecho en un principio.

Axer, con los labios apretados para contener el temblor, sorbió por la nariz y se limpió las lágrimas con rabia.

Aleksis no lo demostraba, pues era dueño de sus expresiones, pero estaba en shock. Suponía que su hermano tenía algo muy físico con su espécimen, pues casi podía oler la tensión entre ambos, pero no se imaginaba que él estuviese así de jodido por ella. Y, si antes había querido participar por aburrimiento, ahora estaba totalmente comprometido.

Cosas de Frey.

—Tú solo podrás quitarle la vida, pero los tres juntos podemos hacer que desee la muerte.

---

8. «Dime el maldito nombre», en ruso. (*N. de la A.*).
9. «La muerte es misericordia», en francés. (*N. de la A.*).

Cuando Axer oyó a su hermanito decir eso, con una mano sobre la suya, entendió que no estaba jugando a nada. Iban en serio.

Axer sabía que no podría hacer que Nazareth sanara, pero el parásito que la consumió estaba a punto de conocer a los hermanos Frey.

Haría que rogara la muerte.

22

Jonás

SINAÍ

Sé que Julio fue el principal responsable de los hechos que me dañaron en cuerpo y alma, pero sus amigos lo presenciaron. Callaron. Lo alentaron. Participaron. No puedo simplemente estar tranquila pensando que ellos lo están.

Jonás será el primero en conocerme. En conocer a la Sinaí que protagonizará sus pesadillas a partir de ahora.

Justo me llega su mensaje y le sonrío ampliamente a la pantalla.

Jonás Mamapinga:
Muero por verte.

Qué irónico. Si supiera lo literal que podría llegar a ser eso...

Mejor me visto de una vez, no puedo permitir que se muera si no soy yo la responsable.

Lo veo a lo lejos sentado en la parada justo como acordamos que haría. Me espera. En realidad espera a la persona que hay detrás de nuestro chat que empezó la noche que quemé la casa de Julio. Espera a la chica del perfil que creé, la de las fotos que edité, la de las vivencias que le contaba cada noche pidiéndole a una amiga del club de fanes de Harry Potter en WhatsApp que me enviara audios para no levantar sospechas.

No espera a quien hizo llorar de rodillas, a la que pateó en el suelo por el único crimen de ser fea.

Así que me acerco desde atrás con sigilo y pongo las manos en sus ojos para cubrirlos.

—Adivina quién soy —le digo en voz baja cerca de su oído.

Siento que sus mejillas se elevan al sonreír. Sé que no me reconoce la voz. No estoy llorando ni gritando de horror ni pidiendo clemencia.

Pero yo le haré que me recuerde.

Le clavo la jeringa en el cuello y le vacío el sedante.

No sé la manera correcta de inyectarlo, no soy Axer. Así que capaz lo mate. Es lo que pienso al verlo desplomado en el banco de la parada del bus donde me esperaba, pero no me asusta.

La jeringa gotea su sangre todavía, y yo sonrío.

Espero que esté vivo, muy maleducado de su parte perderse lo que tengo organizado para él.

Jonás despierta en el almacén. No quiero que vea todo el altar que le tengo hecho a Axer, así que solo hay una diminuta vela entre nosotros, apenas para iluminar su cara. Además, tengo su teléfono y el mío para usar de linterna cuando haga falta.

—¿Sabías que aunque borres las fotos normalmente no quedan borradas del todo? —le digo al verle despertar desorientado—. Si yo te contara todas las cosas que vi cuando metí tu memoria en la computadora...

—¿Dónde...? —empieza a preguntar y entonces nota las cadenas que lo atan de manos y pies en un ángulo que le debe de doler nada más moverse.

Son cadenas de perro. Fue lo único que pude encontrar, pero tendrán que servir.

Lo veo agitarse y la histeria comienza a florecer, escapando de sus poros de un modo en que casi puedo olerla.

—Yo que tú no me molesto en forcejear —le digo en un tono fingidamente amigable—. Estás atado con cadenas, no con cinta. Perderás la fuerza que vas a necesitar estos días de ayuno.

—¿Anastasia?

Pongo los ojos en blanco. ¿En serio todavía cree que soy esa persona con la que estuvo chateando?

—Sí, Steele —le respondo sardónica—. Obvio que no, Anastasia no existe.

—¿Estuviste haciendo *catfishing* conmigo?

Bufo.

—Si eso te alarma, esta va a ser una tarde muy muy larga para ti.

—¿Dónde estoy?

—Lejos. Aislado. Solo.

«De hecho, estás muy cerca de la parada abandonada donde me esperabas. Te metí en una bolsa de acampar y te arrastré hasta aquí sabiendo que no nos verían ni los pájaros, porque llevo meses frecuentando estas calles quemadas».

—Mira, chica... Eres chica, ¿no? —dice él en un tono que no es de preocupación, sino de fastidio—. Da igual. Me estás asustando. No recuerdo cómo llegué aquí, hay una puta vela como iluminación, huele a de todo y estoy encadenado. Esto se ve muy mal, ¿no te parece?

—¿Y?

—Que a menos que pienses matarme estás muy jodida. Mis padres...

—¿Por qué las personas son tan escépticas sobre tener miedo en presencia de una mujer? —Abro una bolsa de Doritos y comienzo a comerlos con la misma tranquilidad con que uno de ellos lo hacía mientras me agredían—. Estás tan tranquilo... ¿Crees que esto es una broma?

—No entiendo esto —reconoce, pero no parece menos perturbado—. Pero sé que no vas a matarme, por eso te digo que...

—Ah, no me tientes, ganas no me faltan. Pero igual, no me vas a denunciar y te voy a explicar el porqué muy fácilmente: tengo tu teléfono.

Él frunce el ceño.

—¿Y eso qué? —inquiere.

—Y tus huellas —añado al meterme otro puñado de Doritos en la boca—. Tengo acceso a tus vídeos, tus mensajes, tus archivos..., incluso los que creías borrados; todo. Además hice un respaldo.

—Ajá, ¿y?

—Tengo aquí cómo hundir el negocio de tu familia, cómo hacer que te denuncien o por lo menos te expulsen del colegio.

—Tú no... —Pero se calló. Parece que empieza a pensarlo. A pensarlo en serio—. Mientes.

—¿En serio?

Guarda silencio, por supuesto. ¿Qué más puede hacer el pobre?

—¿Qué quieres de mí? —indaga en un tono de rabia contenida—. No vas a soltar nada de eso, de lo contrario no me estarías avisando. ¿Qué quieres de mí?

—Oh, no. Me malinterpretas. Voy a soltar lo que me dé la gana, solo que depende de ti cuánto es eso.

Le lanzo el teléfono. No me da miedo que lo destruya o algo parecido, porque de verdad tengo copias de todo ello.

Él intenta acomodarlo con el pie para ver mejor la pantalla.

—¿Y esto...?

—Copias de nuestras conversaciones, incluidos los desnudos que me pasaste. O debería decir «que le pasaste a Anastasia». Todo se lo envié a Daniela, la hermana de Julio. ¿Era tu novia, no?

—Es —corrige con los dientes apretados—. Es mi maldita novia.

—Te dejaré escuchar los audios que te envió al WhatsApp. Son poéticos.

Y le sonrío, pues no debo perder los modales.

—¿Qué mierda quieres, perra? —espeta cuando mis dedos ya están raspando las últimas virutas de Doritos en la bolsa.

—Tu cooperación, querido. No serán cosas muy difíciles las que te pediré, y si lo haces te destruiré un poco menos la vida que a tus amigos...

—¿Qué?

—Necesito información sobre tu amigo. No Julio, Jack. El tercer mosquetero de mierda. Y, si me es útil, te suelto. Si no, te morirás aquí.

—¿Fumaste algo hace rato o necesitas medicación de algún tipo? En serio está muy jodido lo que estás haciendo, loca, pero si me sueltas ahora yo te juro que haré como que lo soñé...

—«Loca» —repito sintiendo que la ira reverbera en mi interior como no ha sucedido en todo este rato. Ese monstruo dormido despierta y, aunque adormilado, el vapor de su respirar empieza a quemarme—. Sí, probablemente estoy loca, Jonás. Y eso es culpa tuya y de tus amigos. Pero ya les llegó el karma. Tú puedes librarte de la peor parte, pero entiendo que no es algo que se pueda decidir a la ligera, así que te daré tiempo de pensarlo. Pasarás la noche aquí.

—No te...

—No me crees. Yo tampoco me creería. Por eso...

Le acerco el teléfono con una foto mía antigua, de los primeros días de clase.

Él al principio parece ciego o escéptico, pues la foto no causa ni un pestañeo inusual en él. Pero es breve, pronto se derrumba su coraza y da paso al reconocimiento.

Alza la vista, mirándome con horror a través de la penumbra apenas difuminada por la luz de la vela.

—Yo no quise... —musita, y esta vez no con rabia. Está cagado, sabe que tengo razones, que me hicieron un daño que estoy dispuesta a cobrar con creces—. Intenté pararlos. ¡Fue Julio! Yo apenas...

—Estuviste ahí —escupo con asco—. Reíste. Cooperaste. Me pateaste y jalaste de mi pelo mientras tu amigo me orinaba encima.

—¡Yo no fui! Maldita sea, recuerdas todo mal. ¡Yo le dije que te dejara! El que te jalaba el pelo era Jack. —Estaba histérico, pero yo ya estaba preparando la segunda dosis del sedante—. ¡NO, NO, LO JURO! ¡INTENTÉ AYUDARTE! ¡INTENTÉ DETENERLOS!

Que se lo explique al juez... Ah, no, que no habrá ninguno.

23

All too well

SINAÍ

Hoy más que nunca entiendo lo que sentía Taylor Swift cuando escribió «All Too Well», porque, mientras la escucho derramar su historia de forma apasionada en los versos de su canción, pienso en Axer y en todo lo que recuerdo demasiado bien como para que, justo ahora, cuando quiero olvidarlo, no duela.

Pienso en su mano sobre el primer peón, a punto de hacer la apertura de nuestra historia. Escucho mi primer «jaque mate» y las reglas de esa primera apuesta. Y veo antes, en esa primera carcajada que compartimos, luego de que cayera sobre él en el autobús.

Vuelvo a aquel contacto, cuando me permitió acariciarle el cabello mientras dormía. Ese mismo día tomamos una siesta juntos, y abrazados, aunque no nos conocíamos realmente.

Vuelvo a estar bailando «Angels Like You» y al momento en que me recibió con un abrazo después de haber estado a punto de morir en un tanque de agua en su presentación académica. Regreso a la entrada de mi casa vestida de gatita mientras él, disfrazado de doctor, pasa a buscarme para la fiesta.

Duele recordarlo todo tan bien, porque me deja impotente. ¿Cómo es posible que él no sintiera nada cuando yo, al rememorar, parecía sentirlo todo?

Recuerdo las jugadas, las persecuciones, las horas que pasé investigando, las que invertí en *stalkearlo*. Fui una espectadora de su grandeza, y en un parpadeo pasé a ser su novia. Y con la misma rapidez desperté de la mentira que yo sola me había contado.

Axer y yo hemos jugado siempre el uno con el otro, pero yo me involucré de más. Es momento de corregirlo.

Todo el mundo odia los lunes. Pero este lunes en particular es mi némesis.

Tengo que lidiar con Soto.

Tengo que lidiar con ver a mi novio falso en el colegio y no poder siquiera saludarlo.

Esto va a ser más difícil que superar la impotencia de que no exista un libro canon con la historia de Lord Voldemort.

Me estoy cepillando sin ganas de vivir, le doy *repeat* a «All Too Well Taylor's version» y veo que la puerta del baño se abre.

Mi madre tiene la llave en una mano y un brazo en la cintura, por lo que supongo que ha estado llamando a la puerta como loca mientras yo canto a voz en grito con los auriculares puestos.

Veo que sus labios se mueven en una pregunta, pero el volumen está tan alto que no oigo nada.

Tengo todavía el cepillo en la boca y la espuma hasta la barbilla, así que me limpio rápido y me quito los auriculares.

—¿Qué dijiste?

—Que te calles, coño, que no cantas precisamente como la Cenicienta y me duele la cabeza.

—Mamá, estoy a mitad de una terapia emocional, no puedes mandarme callar.

Ella alza los ojos al cielo y se lleva los dedos al entrecejo.

—¿Estás despechada? —pregunta.

No le puedo decir a mi madre lo que me pasa. No lo entendería. Además, ¿cómo le explico que me da celos que mi novio falso haya mandado a su hermana a matar a un enemigo de mi ex? Necesitaría un libro entero para explicar esa vaina, y luego un abogado, porque vaya cosas que pasaron entre medias.

—No, mamá. No se necesita estar despechado para escuchar a Taylor Swift y gritar a «All too well» como si te hubiesen apuñalado el corazón.

—¿Era Taylor Swift lo que escuchabas? Sonaba como una cabra a mitad de un parto.

Entorno los ojos, no puedo creer que cante tan mal.

Pero sí, resulta que diciendo la verdad voy a pasar mucha vergüenza en la canción que debo cantar en clases.

—Al menos tienes un buen inglés —añade con un encogimiento de hombros en un intento de consolarme—. No habrá demonios recién invocados danzando por mi cocina.

—¿Viniste a burlarte de mi cultura, madre?

—Vine a sacarte a patadas del baño, vas a llegar tarde a clases.

Sí, si con tarde se refiere a «meses».

—¿Estás lista? —insiste con los brazos cruzados.

—¿Parezco lista? —balbuceo con el agua en la boca mientras me enjuago los dientes.

—Pues vas a tener que salir así, no sé qué decirle al chófer.

—No tenemos chófer, mamá.

—Lo sé.

—¿Entonces de qué hablas?

Ella resopla con frustración.

—Lo sabrías si salieras, Sinaí Nazareth.

Me termino de enjuagar los dientes y me pongo una toalla para salir. Esto no puede esperar hasta que me vista.

Abro la puerta apenas un poco para no salir a la calle semidesnuda, y tal como me temía, Lingüini está afuera.

—Buen día —digo con educación, pues él es un empleado, no tiene la culpa de que su jefe sea un robot—. ¿Qué pasa?

Pero apenas veo su expresión recuerdo que no lo soporto porque es antipático y porque en todo el tiempo que lleva haciendo de chófer para mí a petición de Axer no me ha dicho ni su condenado nombre.

—¿Lista? —pregunta él con fastidio.

Otro más al que me gustaría responderle «¿Parezco lista?».

—¿Lista para qué?

—Vengo a llevarla al colegio.

—¿A petición de...?

—Usted sabe de quién.

—Pues, por favor, dígale a «quien usted sabe» que sé llegar sola al colegio.

Él se encoge de hombros y me tiende una bolsa de panadería que tiene entre las manos.

Yo la miro como si fuese una bolsita de cocaína. Ni siquiera la toco.

—¿Y eso? —pregunto.

—Su desayuno.

—No entiendo.

—Solo lo mandó «quien usted sabe» —explica Lingüini con una odiosa sonrisa.

—Pues muchas gracias, pero no lo quiero. Dígale que también sé cocinar.

—Pues será adivino quien usted sabe, porque me mandó a hacer énfasis en que lo acepte, pues duda mucho que sepa cocinar cruasanes. Además, no es que me importe, pero la comida no se debe desechar.

Me arde admitirlo, pero tiene razón.

—Gracias. —Acepto la bolsa—. Se lo daré a mi madre.

Miento, por supuesto. No se lo pienso dar a mi madre, me encantan los cruasanes.

Mi novio es demasiado hermoso, lástima que no nos hablemos.

Está apoyado en la estatua del patio central del colegio, igual que la primera vez que lo vi. Está absorto en su teléfono. Y no lleva ni una pieza del uniforme. Solo la camisa que le regalé.

Si la primera vez que se la vi me dejó boquiabierta, esta vez me reinicia el software. Ya se la había puesto una vez, no pensé que fuese de los que repitiera ropa.

Revisé Wattbook hace un rato, no ha actualizado el segundo libro de *A sangre fría* en meses. Releí párrafo a párrafo los comentarios del epílogo del libro 1 y no, no ha respondido nada recientemente. Tampoco ha subido fotos o una *story* a su Instagram. ¿Entonces qué demonios hace con el teléfono tanto rato?

Tal vez está hablando con Soto.

Claro, eso no es problema mío. Yo lo odio y no tendría que estar pendiente de lo que hace o con quién lo hace. Además, él dejó muy claro que le doy tan igual que ni siquiera quiere que seamos amigos.

Pero es que... algunas costumbres son inevitables.

Prometo que voy a cambiar.

Sin embargo, sigo usando el teléfono que él me regaló. Tengo que borrarlo de mi vida.

Aunque de hecho no puedo hacerlo. Tenemos un contrato, y aunque ya me importe una mierda la cláusula del noviazgo, de todos modos lo firmé y mi cuerpo le pertenece. Y no en plan Christian Grey, más bien a lo Víktor Frankenstein.

Lo peor es que prefiero a mi Vik a ese tal Christian Grey. Además mi Frankenstein no me engañó en ningún momento. Yo sabía a lo que me atenía al jugar al borde de su abismo, es solo que, por muy deliciosa que fuera la caída, el golpe resultó ser demasiado para mí.

Un chico se acerca a Axer y le levanta la mano a modo de saludo, esperando que él la choque con la suya. Pero Axer, como es de esperar, no le corresponde. De hecho, apenas sube la mirada de su teléfono y lo observa con una ceja arqueada.

Como los venezolanos tenemos la mala costumbre de gesticular mucho con las manos al hablar, supongo que el tipo le está pidiendo la hora a Axer, pues se señala la muñeca.

Axer le sostiene la mirada un segundo con el ceño fruncido, como si esperara a que le aclarara que es un chiste. Termina por entender que es en serio y vuelve a la pantalla de su celular, ignorando por completo al desconocido que está frente a él.

El muchacho se marcha, mirando a todos lados nervioso, como para asegurarse de que nadie le ha visto en un momento tan vergonzoso. A mí no me ve, claro, porque estoy escondida para que Axer no piense que todavía me importa como para espiarlo.

Pero estoy escondida para Axer, no para los que vienen detrás de mí. Como la voz que me sobresalta ahora.

—¿Lo estabas mirando? —me pregunta el chico detrás de mí.

No lo he visto nunca, debe ser uno más entre los muchos estudiantes que tal vez conocería si hubiese asistido a clases durante el primer trimestre.

Yo me aclaro la garganta antes de contestar.

—No lo estaba mirando, es que...

—Es inevitable, lo sé. Pero olvídate de eso. Es un tipo frío, distante, hostil, asocial, despectivo, perfecto e intocable. Ni siquiera lo pienses.

Ay, si yo te contara...

La madre de Soto me abre la puerta. Se supone que hoy, a esta hora, teníamos que ensayar juntos para la canción de inglés, pero la mujer me dice:

—No es un buen momento, Jesús te llamará cuando pueda recibirte.

Y, pese a sus palabras, la puerta se abre de nuevo detrás de ella y su hijo aparece ante mi vista. Hoy no ha ido a clases, y ya me imagino por qué. Parece enfermo, congestionado. Está sin camisa, con el cabello desordenado como si acabara de levantarse.

—Supuse que dirías algo así —dice Soto—. Estoy perfectamente bien para recibir visitas. Y tenemos que hacer tarea.

—¿Estás seguro?

Él ignora a su madre y hace espacio para que yo pase por la puerta.

Le dirijo una sonrisa incómoda a su madre y lo acompaño al cuarto.

Este viaje de vuelta a la habitación de Soto me trae recuerdos dolorosos. Sí, me duele lo que nos dijimos cuando terminamos. Me duele recordar cómo se burló de mí, pero más duele que mi mente vuelva a los momentos que perdimos. Las risas, los juegos de Stop, GTA, los Fructus, la confianza... Otra ilusión que me creí demasiado fácilmente.

—¿Quieres beber? —pregunta él tomando una botella junto a su cama.

—Vine por la tarea de inglés, Soto.

Él se encoge de hombros y le da un largo trago a su bebida.

Se sienta en su cama y, sin esperar nada, dice:

—Bien, salgamos de esto: no voy a cantar nada de Ariana Grande ni de Harry Styles. Cantamos la canción de Movistar y listo.

He perdido la cuenta de a cuántas personas he escuchado cantar la canción del anuncio de Movistar en las evaluaciones de inglés, la cual básicamente es repetir «Hey, soul sister» mientras tus compañeros se ríen de ti. No seré «esa persona», me niego.

—No vamos a cantar la canción de Movistar —espeto—, no me jodas.

Él da otro trago a la botella y me mira con una ceja arqueada.

—¿Te vas a quedar ahí de pie todo el día?

—No me has invitado a sentarme.

—¿Hace falta una alfombra roja para que Sinaí Ferreira me conceda el honor de posar su culo en mi cama?

A regañadientes, me siento lo más lejos posible de él.

—Puedo venir en otro momento —le digo—. La evaluación es para el miércoles igual.

—¿Crees que voy a amanecer mañana con menos ganas de estar muerto? —Niega tomando otro trago—. Olvídalo. Salgamos de esto hoy.

—Bien, pues... Podemos cantar una de Ed Sheeran...

—Si canto una canción de Ed Sheeran en clase, me harán *bullying* hasta que me jubile.

Gruñendo, me llevo las manos a la cara. No tengo mucha paciencia en este momento.

—¿En serio no quieres ni un trago? —insiste. No parece tener mucho interés en la tarea.

Tal vez pueda aprovecharme de eso.

—Te acepto el trago si me respondes a una pregunta —propongo.

—¿Por qué de pronto sí quieres hablar conmigo?

—Porque parece que hoy no estás para chistes.

Él asiente.

—Bien. Suelta tu pregunta, así me distraigo un rato... Espera, déjame adivinar: quieres saber si nuestra amistad fue real.

No era eso precisamente lo que quería preguntar, y mucho menos de ese modo, pero ya que estamos sí me gustaría saber la respuesta.

—Pues... algo.

Él suspira y deja la botella en el suelo junto a su cama.

—Fuiste demasiado ingenua, una amistad no se crea tan rápido. María y yo tenemos un vínculo fuerte, se forjó con eventos que nos pusieron a prueba, que nos llevaron a confiar el uno en el otro. Tú... Bueno, tú te aferraste a mí porque no había ningún otro ser humano dispuesto a hablarte en la escuela.

Trago saliva. Desde luego, hoy no se anda con remilgos.

Tengo que aprovechar este momento. Si va a ser sincero, yo también lo seré. No quiero irme de aquí sin todas estas dudas resueltas, necesito este cierre.

—Le he dado muchas vueltas, ¿sabes? —digo—. Casi no puedo creer cómo acabó todo. Pensé que en serio... No sé, hay cosas que no se pueden fingir, tú no podías estar cerca de mí sin querer...

—¿Y cómo surgió? —me interrumpe con una sonrisa altiva—. ¿Nunca te pareció extraño que yo te tratara mal desde el primer momento en que te vi, pero que justo cuando me di cuenta de que acaparaste la atención de Axer, luego de ese juego de ajedrez, hasta me lanzara a besarte?

—No —admito—. Porque fue un beso muy torpe.

—Y, aun así, me ofrecí a ir a tomarte las fotos en persona. ¿En serio creíste que le tomo fotos a todos mis clientes? María misma te lo dijo ese día que preguntaste; yo vendo las fotos, no las tomo.

Se me está erizando hasta el culo de miedo.

—Me parecía extraño... —empiezo a decir con la garganta seca. Pero niego con la cabeza. Está exagerando, lo sé. Yo estuve ahí, lo recuerdo todo demasiado bien—. Cuando te ofreciste a tomarme las fotos me pareció extraño, sí. Pero no te creí capaz de aprovecharte de una situación así, y menos porque ese día durante la sesión fui yo quien te besó porque malinterpreté...

Me detengo y me río de mí misma. Ahora lo entiendo.

—No malinterpreté nada, ¿verdad? Cuando me estabas tomando las fotos y pensé que ibas a besarme, cuando terminé besándote yo... Sí habías intentado besarme, pero quisiste dejarme toda la responsabilidad a mí para quedar como un buen amigo, como que no habías planeado eso.

—Qué chica tan lista. —Soto alza la botella como si brindara en mi honor y se bebe un trago casi eterno—. En mi defensa diré que nunca tuve intención de acostarme contigo. Por eso no llevaba preservativo ese día, creí que podría mantenerlo todo bajo control.

—Por él.

—A mí no me miraba, pero a ti sí. Tenía que intentarlo.

—Eres un hijo de puta, Soto.

Pero él no se siente ofendido. De hecho, se encoge de hombros.

—Te estoy halagando, ¿no? Sinaí Ferreira me volteó la jugada sin saber que estaba jugando. No esperaba desearte, pero vaya que me lo pusiste difícil.

—¿Difícil? ¿Crees que me consuela pensar que te saqué una maldita erección a mitad de tu juego? ¡Yo te creí mi amigo, Soto!

Esto me vuelve a doler.

—Tampoco te deseo el mal ni nada, hasta me caías bien —se defiende él tranquilo—. Es que eres muy dramática. El mundo no se acaba porque a tu primer novio resultara gustarle tu crush y no tú.

En serio siento que necesito ese trago. Pero me abstengo, no quiero darle el gusto.

—Bueno, te felicito mucho —le digo, y hasta yo me sorprendo de ser capaz de fingir con tanta facilidad una sonrisa irónica—. Eres todo un ganador, hasta me arrodillaría ante ti, pero imagino que ya hay muchas personas haciendo fila para felicitarte. Así que me voy y te dejo con tus fanes.

—¿Y la tarea?

«Prefiero tener que recuperar la asignatura».

Pero lo que digo es:

—No nos compliquemos; cantamos la de Movistar. Otra victoria para el gran Jesús Alejandro Soto.

—No seas malcriada, se supone que íbamos a llevar esto bien. Tú preguntaste, yo solo estoy respondiendo. Es una manera de dejar todo ir, ¿no?

—¿Qué esperas? Me estás diciendo que no fuimos amigos, pero me vives jodiendo en clases como si quisieras recuperar esa mentira que teníamos.

—Te dije que me caías bien.

Niego.

—¿Quieres que me siente a beber contigo, Soto? ¿Quieres que finja que somos los mejores amigos del mundo y que no recuerdo todo lo que acabas de decir, todo lo que pasó? Hazme un favor.

Él parece sorprendido por el cambio de rumbo en la conversación.

—¿Qué favor?

—Estás trabajando de almacenista en Frey's Empire.

—¿Te lo contó él?

«No, estuve estudiando la empresa y el edificio de los Frey mientras se suponía que estaba de vacaciones de Navidad y di con esa información».

—Sí —miento y me cruzo de brazos—. Renuncia.

—Ni por coño, es el mejor trabajo que he tenido.

—¿Porque estás cerca de él?

Soto frunce el ceño.

—Porque pagan bien. Axer ni me habla desde... equis, ¿por qué me estás diciendo esto? ¿Crees que voy a intentar algo? ¿O es por él? —Se ríe—. ¿No confías en el tipo que te llevas a la puerta del aula para besarlo frente a mi cara?

—No confío en ti.

—Ya era hora.

No me he terminado de levantar cuando mi teléfono suena.

No tiene sentido que mi madre me llame en este momento, le dije dónde estaría y, aunque la idea de que esté con Soto no le agradó ni un poco, entendió que no es por decisión mía, que es el resultado de un castigo injusto de mi profesora de inglés.

Así que será ella. Y no tengo muchos más contactos.

Me queda una opción obvia e innombrable.

No puede ser él.

Pero apenas veo la pantalla lo confirmo.

¿Por qué mierda me llama?

—Dime —respondo con sequedad.

Solo recibo una orden por su parte, una palabra directa, pronunciada de manera abrupta y sin mediar la posibilidad de una discusión. Él espera que le obedezca.

—Sal —ordena.

—¿Qué?

¿Cómo demonios se atreve?

Entiendo que había antes un acuerdo tácito entre nosotros en el que yo disfrutaba de este tipo de arrebatos por su parte. Me parecían un desequilibrio en su perfecta coraza de control, y ser yo quien los provocara me hacía sentir poderosa.

Pero ya no es lo mismo. Ya no me genera más que desagrado, porque, mientras yo esperaba momentos como estos, Soto se llevaba la mejor parte. La genuina, la especial. Aquella que, como dijo Aleksis, vale más que bombones y flores.

—Olvídalo, no importa —añado—. No estoy en mi casa.

—Lo sé. Te dije que salgas.

No es posible...

¿O sí?

Lo mato si está ahí fuera.

—Ya me voy —le digo a Soto. Sea una broma o no esta llamada de Axer, no pienso regresar aquí.

Así que salgo a la calle y...

Maldita sea, sí está ahí.

Camino hasta su auto. Él está recostado sobre la puerta del conductor, por lo que imagino que ha venido sin Lingüini.

Sería más fácil superarlo y mantener la coherencia en mi ira si no vistiera tan bien el condenado genio. Todavía no nota mi presencia, o finge que no lo hace para esperar que esté más cerca, mirando al infinito a través de sus lentes cuadrados, con una mano en el bolsillo de su pantalón. Tiene un abrigo de un marrón muy claro, largo, encima de un jersey color crema de cuello alto.

Siento que estoy por interrumpir una sesión de fotos.

Cuando al fin lo alcanzo, estoy a punto de insultarlo cuando, sin que él me dedique ni un vistazo fugaz, abre la puerta del auto.

—Súbete —me dice.

—¿Qué?

Él se lleva una mano a la cabeza, sus dedos enterrados entre su cabello masajeando su cuero cabelludo mientras su rostro parece clamar paciencia al cielo.

—Que te subas al auto, Nazareth —repite.

¿Ahora sí soy Nazareth? ¿Después de que me llamara Sinaí y añadiera que ni siquiera quiere ser mi amigo?

Pues no. Que se joda.

—Tienes que estar loco —digo con una risa amarga.

—Sí, ya dejaste claro que crees que todos estamos locos. Lo superas en el camino. Súbete.

Él sigue señalando al interior del auto, pero, si quiere que me suba, tendrá que esposarme.

Eso no se puede malinterpretar, y juro que no lo digo con doble sentido.

—No me voy a subir —insisto cruzando mis brazos.

Axer suspira y cierra la puerta, volteando a verme directo a la cara por primera vez.

—¿Por qué?

—¿Por qué? ¿Me estás pidiendo que te explique por qué luego de habernos peleado y dejado de hablar no me quiero subir a tu auto cuando apareces de la nada exigiendo cosas sin darme explicaciones? ¡Pues porque no! ¿Cómo me encontraste?

Ahora es él quien se cruza de brazos para explicarse con indiferencia, como si esa parte fuese la menos relevante de la situación.

—Mi padre me dijo que te invitara a pasar por el edificio, fui a buscarte a tu casa y, como no estabas, rastreé tu teléfono.

—¿Que hiciste qué? —Me esfuerzo por ignorar el hecho de que su padre me invitara personal y voluntariamente a pasar por el hogar de los Frey—. ¡¿Por qué mierda hiciste eso?!

—Por favor, Nazareth, si pudieras, tú me pondrías un rastreador en el tobillo.

Y no está equivocado, pero ese no es el punto.

—Eres... No te entiendo. No solo me rastreas, sino que vienes aquí a... ¿Qué?

—¿A qué?

Axer se ríe y niega, estupefacto.

—¿Por qué no te pones en mi lugar? —continúa—. Si yo tuviera una ex y tú lo supieras, ¿estarías tranquila sabiendo que estoy encerrado con ella desde hace horas en su casa?

Me río con histeria. Ahora sí se volvió loco. Es decir, tiene razón, pero esto es distinto por los motivos que casi le grito:

—¡Tú no eres mi puto novio, Axer!

—Pues hay un *sukin syn* papel que dice lo contrario.

—¡Pero no es real!

—¡Es real para mí!

Es como si me patearan el estómago, matando las mariposas, transformándolas en murciélagos que me devoran por dentro.

Niego con la cabeza. No sé por qué tengo tantas ganas de llorar.

—No hagas eso —ruego con un hilo de voz—. Es muy bajo, incluso para ti.

Él lo recibe como un golpe y también habla con la voz en vilo.

—¿Qué te hice, Nazareth? No logro entenderlo.

Nada. Él no hizo nada nuevo, fui yo que entendí tarde que no iba a poder cambiar nada en él. Soto tenía razón, todas aquellas cosas que me dijo cuando accedí a ser su novia. En ese momento me pareció una crueldad, pero hoy entiendo que solo estaba siendo honesto.

«¿Esperas que ahora te llame para formar una relación y que tengan una familia?»

Más honesto de lo que yo fui conmigo misma.

Me arrastré por un tipo al que le doy igual. Yo creía que no, pensé que había conseguido mover «algo» en él. Pero fui muy crédula. Eso ya estaba más que «movido» desde antes, y no por mí.

—Tú no has hecho nada —le digo.

—¿Entonces...?

—Hay días en que las personas se levantan sin ganas de jugar y ya está. Supéralo.

No entiendo por qué tiene esa cara, como si le estuviese escupiendo. No le estoy diciendo nada incierto. ¿Es que nunca se planteó que, en lugar de que el juego terminara con la coronación de un ganador, estaba la posibilidad de que el otro, simplemente, se rindiera?

—¿Quieres estar con él? ¿Es eso?

—¿Con Soto? —Casi quiero vomitar, pero lo reprimo—. Da igual, no es de tu incumbencia.

Él da un paso hacia mí.

—¿Qué es lo que no entiendes? —digo retrocediendo.

—Nada. No entiendo nada.

—Ya era hora de que supieras cómo se siente.

Él ríe con amargura, y una parte débil y estúpida de mí siente remordimiento. Casi me da la impresión de que soy yo quien lo está lastimando.

—Eso no es justo —dice.

—A mí me lo parece.

—A mí no. Porque cuando tú no entendías nada, puede que yo supiera de todo el proyecto que había detrás, pero entendía mucho menos que tú de esto.

—¿Esto qué?

—Esto. —Insiste en avanzar hasta que está tan cerca que sus manos alcanzan mi rostro—. Dime si sientes algo por él, por favor. Y me alejaré, lo juro.

—No necesitas escuchar eso, yo te estoy pidiendo que te alejes.

Él niega.

—No. No mientras quede la duda.

—¡¿La duda de qué?!

Una de sus manos baja por mi brazo y lo acaricia hasta llegar a la muñeca donde su pulgar aprieta. Me toma el pulso mientras su otra mano sigue tan gentil sobre mi mejilla.

Mierda, todavía no he enseñado a mentir a mi corazón.

Él me descubre, por supuesto, y sus ojos viajan a los míos. Siento que me están asfixiando, que estoy a punto de caer. Me abstengo solo porque sé que no habrá nadie que pueda levantarme.

Entonces hace algo que me sorprende. Todavía con el pulgar en mi muñeca, se lleva mi mano al pecho y lo presiona para que yo pueda sentir el compás insólito de su corazón.

El corazón de Axer Frey está desbocado en mis manos.

—Eso...

—Es desespero, Nazareth. Vivo así siempre que no estás cerca.

Trago saliva y noto que una lágrima me recorre la mejilla. Puta traicionera.

—Lo siento por ti —le digo—, pero yo he estado mejor en tu ausencia.

La mano en mi rostro me acaricia la mejilla, su voz baja parece arrullar en mi oído.

—¿Por qué lloras, bonita?

—Yo no...

—¿Por qué me estás tratando así? Dime qué fue lo que hice. Necesito saberlo, no puedo volver a hacer eso jamás en mi vida.

—No hiciste nada... —Mi voz sale dolorida, comprimida por las lágrimas—. Solo no quiero seguir haciendo esto así. Tú eres... Tú. Yo no tengo tu suerte, Axer. Yo sí siento.

—Yo estoy sintiendo. —Presiona más fuerte mi mano contra su pecho—. Esto no miente.

—No te gusta perder, lo sé. —Sorbo por mi nariz—. Pero no es lo mismo. Solo me estoy cuidando a mí misma. Además, no sé qué te sorprende en mi trato. Tú lo dijiste, no quieres ser mi amigo.

—Claro que no, Nazareth. Soy tu novio.

—No lo eres.

Él resopla, obstinado.

—No lo soy, de acuerdo. Quiero serlo.

—¿Cómo puedes querer algo que no escogiste? Yo te obligué.

La voz de Axer sale mucho más acalorada cuando vuelve a hablar. ¿Ira? ¿Frustración? ¿Ambos? No lo sé, pero ahí está cuando dice:

—Mi firma también está ahí, Nazareth. Nadie me obligó a eso.

—Yo quiero... Quiero creerte. Pero sé cómo eres y...

—Te lo voy a preguntar otra vez: ¿sientes algo por él?

—¡No!

—¿Sientes algo por otro?

—Que no, yo...

—¿Sientes algo por mí?

Abro la boca, pero no puedo decir nada.

¿Cómo podría responderle algo que ni yo entiendo?

No tengo nada que decirle, así que mis ojos luchan frenéticos por encontrar una salida a la cual desviarse.

En los ojos de Axer hay algo más, como si pudiera leer el silencio.
Entonces, sus dos manos se aferran a mi rostro con fuerza, y me dice:

—Con eso basta para mí.

Y se lanza a besarme.

24

Delincuente

SINAÍ

Sus labios se apartan de los míos, pero me siguen rozando mientras intento decir algo. Su mano está en mi mejilla, y por la manera en que me acaricia casi siento que podríamos escribir una historia de amor juntos.

Su frente con la mía, sus ojos cerrados. Su corazón gritando a través de su pecho.

Quiero escapar y no dejar de correr nunca. No sé cómo manejar esto.

—No debiste hacer eso por suposiciones —susurro contra sus labios—. No te he dicho que sienta nada.

Él abre los ojos y, cuando veo ese verde iluminado por la claridad del sol, siento que saquean mis pulmones hasta dejarlos vacíos. Es como estar a punto de caer desmayado.

—Si esto es una jugada más... —empiezo a decir.

—Déjame cumplir el contrato —propone—. Déjame ser estos meses el mejor novio que jamás tendrás.

Escuchar la palabra «meses» de sus labios me regresa a la realidad. Esto puede ser hermoso, puede ser de película, puede parecer escrito por Jane Austen, pero no será eterno.

Y aun así me parece justo. Me resulta mucho más manejable de este modo. Más fácil de creer.

—Yo... —Me aclaro la garganta—. ¿Vas a besarme? Quiero decir... ¿Seguiremos cumpliendo esas cláusulas que pusiste?

Él sonríe con picardía.

—¿Cuándo las hemos cumplido?

Quiero preguntarle qué siente, necesito oírlo, pero tengo muchos motivos para temer la respuesta, así que no lo presiono.

—Quiero ser tu novia —digo en un hilo de voz y me siento tan pequeña que la vergüenza está a punto de hacerme retroceder—. Estos meses.

Sus manos me acarician las mejillas mientras él resopla con cansancio.

—No vuelvas a hacerme esto, Nazareth. Puedo vivir con que me lastimes un día tras otro, pero no con pensar que te he hecho daño y no saber cómo arreglarlo.

No hay nada que decir, pues sus labios se abren paso a través de los míos en un beso lento y delicioso que me hace desear estar acostada entre sus brazos, en su cama.

Axer Frey podría besarme por el resto de mi vida y no me aburriría.

—No me hagas dejarte ahí adentro otra vez —suplica y yo niego.

—No tengo ganas de regresar.

—Entonces ¿qué quieres hacer?

Por primera vez no pienso de inmediato en sexo, aunque desde luego no me molestaría. Quiero estar con él, sea como sea.

Si me invitara justo ahora a ir a observar moléculas reproducirse, le pediría pasar antes a por unos Doritos, pero diría que sí.

—Lo que tú quieras —contesto.

Él me suelta al fin, se mete las manos en los bolsillos y dice:

—Tengo que ir al trabajo.

Bien, parece que lo que sea que tengamos que hablar, si es que todavía queda algo qué decirse, no será para hoy. Desventajas de tener un novio que finge que estudia en el liceo, está a punto de graduarse en una organización para genios y que además trabaja en el laboratorio de la empresa de su familia.

—Oh... ya —digo con algo que espero que parezca una sonrisa.

—Puedo dejarte en el basurero de camino y luego paso a recogerte al salir.

Estoy segura de que mis ojos y mi boca demuestran mi exagerado desconcierto. ¿Acaba de llamarme basura?

Axer aprieta los labios conteniendo las ganas de reír.

—Es una broma, bonita. —Acerca la mano a mi rostro hasta que sus dedos trazan una línea en mi frente—. Necesitaba ver si la risa te puede quitar esta arruga que se te hace cuando te desanimas.

—Pues lamento informarle de que su experimento ha tenido resultados lamentables, genio, pues no me estoy riendo.

—Es tu culpa —contesta con un encogimiento de hombros—. Y mía también. Todavía te pones tan nerviosa cerca de mí que no razonas.

Me cruzo de brazos con una media sonrisa en los labios.

—¿Nerviosa? ¿No razono?

Él arquea una de sus cejas en un gesto inquisitivo.

—¿En serio me creíste capaz de entrar por voluntad propia a un callejón lleno de basura?

Bueno, admito que no había pensado en eso.

—Acompáñame al trabajo —agrega—. Hay muchas cosas del oficio que seguro te parecerán interesantes.

—Oh, sí, es una cita ideal —bromeo—. Siempre he querido estar presente mientras mi novio abre a personas.

—Solo quiero abrirte a ti, bonita.

Me sonrojo, lo admito, pero eso no quita que añada:

—Viniendo de ti, mi mente se debate entre tomarlo como algo erótico o espeluznante.

—Ese es el encanto de nuestra relación, ¿no?

—«Relación». —Sonrío victoriosa—. Aquel día en tu cuarto cuando me tomaste la muestra de sangre me dijiste que no eres de novias.

—Y no lo era. Ni lo soy, supongo. Pero heme aquí, todo tuyo. Podría decirse que se me da bien eso de ser un rehén.

La madre que me parió, estoy loca por este tipo.

De camino a su trabajo, le pido a Axer que me deje pasar por mi casa para bañarme y cambiarme de ropa. Él no lo dice, pero veo alivio en su mirada. No puedo culparlo, mi culo estuvo en la cama de Soto hace nada. Con lo obsesivo que es Axer, sé que, si yo lo pensé, él lo repensó al menos diez veces.

Al llegar a su laboratorio todavía no asimilo lo que está pasando. Soy novia de Axer Viktórovich Frey. Soy su novia de verdad. Solo por un poco más de cuatro meses, sí, pero lo soy.

Y, a pesar de que debería estar dando saltos de alegría, las dudas de antes no se han ido. Tenemos cosas de que hablar, asuntos por aclarar. Y lo peor es que no sé qué cambia ahora con este nuevo acuerdo. No sé qué hacer, qué tocar, qué decir.

Estamos en su área del laboratorio, donde vine a traer las camisas ese día que las compré, pero estoy inmóvil e incómoda.

Mi incomodidad se debe, principalmente, a él. Está extraño, como si asimilara todo con la misma lentitud que yo. No está en su zona y no sabe cómo proceder. Parece como si solo fuera cuestión de tiempo que reaccione y se arrepienta.

Cuando cierra la puerta de su despacho, gradúa en los controles de la pared una opción que polariza todos los paneles de vidrio, de modo que no se pueda ver nada hacia fuera. Imagino que será igual en dirección contraria. Él entra en las duchas del laboratorio y vuelve con el cabello húmedo y alborotado, una camisa de médico, una bata con la «F» de Frey ornamentada y los lentes puestos.

Está tan serio... No me queda duda: dejó el hombre en la entrada y ha pasado a ser el científico, pues su rostro no refleja más que cálculos y concentración.

Lo veo alejarse a una vidriera con muestras, dándome la espalda, y extiendo la mano hacia él para tocarle.

Espero que se sobresalte, que me grite y me pida que me vaya, pero acepta mi tacto sin darse la vuelta ni decir una palabra. Y, aunque al principio siento la tensión bajo mi mano, poco a poco noto que respira, se relaja y me acepta con mayor naturalidad.

—¿Estás bien? —le pregunto.

Él deja el tubo de ensayo que estaba tocando y mete las manos en los bolsillos de su pantalón, pero deja la vidriera abierta.

Creo que va a matarme.

—¿Te sientes...?

—Quítate el cinturón, Nazareth.

Miro hacia abajo, a mi pantalón holgado de corte alto. Llevo un cinturón grueso lleno de púas. ¿Por qué demonios quiere que me lo quite? ¿Es que no le gusta cómo me queda?

—¿Por qué...?

Sigue dándome la espalda. Intento ver aunque sea un reflejo de su expresión en la vidriera, pero la diferencia de altura me lo impide.

—Desde que te subiste al auto has estado extraña —dice.

—Es que soy extraña. Pensé que eso lo sabías. De lo contrario no habría firmado nuestro acuerdo, ¿no?

Él saca una mano del bolsillo, y estoy tan expectante, tan atenta a cada expresión de su cuerpo, que miro lo que hace con demasiada atención, como si esperara que empiece a estrangularme. Pero solo cierra la vitrina.

—No se trata de eso —dice—. Estás tensa.

—Es que...

—Lo entiendo. Nos falta confianza todavía. Por eso, Nazareth, quítate el cinturón.

Trago saliva. Ni siquiera sé por qué lo estoy obedeciendo, nadie me obliga, y no sé qué tiene que ver mi cinturón con la confianza, pero no puedo resistirme a la manera en que me habla, doblegando mis inhibiciones.

Mis dedos hacen lo que me pide y extiendo el cinturón hacia él. Él oye el tintineo de la hebilla y se voltea para tomarlo.

Pero no me mira a la cara. Lo agarra y se lo mete en el bolsillo sin más.

—Siéntate, Nazareth.

—¿Dónde?

—Donde te provoque, este lugar es ahora tuyo también.

Voy caminando de espaldas sin dejar de mirarlo. Sus ojos están fijos en mi cuerpo, no establecen contacto visual. Me detengo al notar su escritorio detrás de mí y me siento encima.

—El botón —señala.

Me miro de nuevo el pantalón.

—¿Qué tiene mi botón?

—Desabróchalo. Y, ya que estamos, baja el pantalón a tus rodillas.

—Espera... —Estoy empezando a pensar que no es precisamente un bisturí lo que quiere enterrarme justo ahora—. ¿Tú quieres...?

Me río. No puedo creer esto.

—Estamos en tu área de trabajo —susurro.

Él suelta el aire en una especie de risita y niega con la cabeza.

—Me hice novio de mi experimento, creo que eso de «área de trabajo» es un término ambiguo justo ahora.

Alzo las cejas con asombro y empiezo a hacer lo que me pidió. No seré yo quien se queje de este Axer tan dadivoso.

Él avanza hacia mí. Mis muslos desnudos, mi braga de encaje pegada a la superficie de su escritorio, mis glúteos sintiendo su frío.

Estoy nerviosa, no lo voy a negar. Pero eso pasa a segundo plano enseguida, porque para mí no queda más que asombro cuando el sexy doctor que tengo ante mí se arrodilla.

—Axer...

—No te he dicho que hables.

Reprimo las ganas de reír por el asombro. Sus manos desabrochan las correas de mis botines y luego los retiran, uno a uno, para poder quitarme del todo el pantalón.

Esto está pasando en serio.

—Siempre he amado tus piernas —susurra mientras sus manos me acarician la parte posterior.

Yo trago saliva. No venía preparada mentalmente para que Axer Frey volviera a mojarme.

Me separa las rodillas. Primero es un tirón rápido, luego va ampliando la separación lentamente mientras yo me quedo sin aliento.

Hay una especie de triunfo en tener a un hombre tan imponente y brillante como Axer Frey postrado a merced de tu placer, de rodillas ante ti, como si esa postura no significara una humillación, sino un privilegio.

Me siento la jodida reina del mundo cuando, todavía entre mis piernas, me agarra el culo para arrastrarme más cerca de él, al borde del escritorio.

Se pone de pie todavía delante de mí, con una mano en mi nuca y sus ojos al fin en los míos.

Veo el hambre y la promesa de un banquete que ninguno de los dos olvidaremos.

—Axer...

—Shhh...

Su nariz roza la mía mientras respira toda mi excitación. Mis labios entreabiertos intentan alcanzar su boca, pero él, sonriendo con malicia, me mantiene sometida y privada de ellos.

Entonces siento que su otra mano viaja a mi entrepierna. Aparta la ropa interior lo suficiente para que sus dedos, ayudados por toda mi humedad, se introduzcan. Y gimo sin poder evitarlo.

Enseguida me arrepiento y me tapo la boca, pues recuerdo dónde estamos. Ahí fuera hay una cantidad indecente de personas que intentan salvar y quitar vidas, no es justo que los desconcierte con mis manifestaciones obscenas.

Pero Axer niega, sonriendo, y sus labios dejan besos en la mano sobre mi boca mientras sus dedos me siguen estimulando por dentro.

—No se escucha nada, bonita —susurra—. Esto es a prueba de sonido.

Poniendo los ojos en blanco de placer, me relajo y me quito la mano de la boca, pero Axer ya ha acabado con sus dedos y tiene otros planes.

Cuando se agacha y empieza a besar la cara interior de mis muslos, tomo una fuerte inhalación de sorpresa. Y cuando noto su lengua, ahí, en esa zona que tanto lo pide a gritos en este momento, reacciono pasando las piernas alrededor de su cuello.

—Ya veo a qué te referías con eso de entrar en confianza —jadeo mientras sus labios me besan la entrepierna.

Apoyo las manos en la superficie del escritorio, detrás de mí, y me inclino hacia atrás para darle más accesibilidad a Axer. Lo dejo complacerme y cierro los ojos mientras contengo la respiración.

Su lengua acaricia mi punto de placer de una manera que me enloquece, me estimula hasta hacerme gemir por más que intente reprimirlo. Me arqueo y muevo las caderas para empujarme más cerca de ese abismo al que la boca de Axer Frey me asoma.

Me desplomo sobre el escritorio jadeando cuando el orgasmo me azota. No dudo de que Axer sea un experto en anatomía y en terminaciones nerviosas, pues aquí me tiene, temblando a su merced como un experimento aprobado.

—¿Todo bien, bonita? —pregunta. Está inclinado sobre mí, con las manos a ambos lados de mi cuerpo.

Sonrío, pero sigo jadeando. Me siento convaleciente en este momento.

—¿Debo darte una calificación? —pregunto y él se ríe.

—No, te mando el test luego para que lo respondas. Ahora tengo otros planes.

Como puedo, me vuelvo a incorporar. Quedo tan cerca de su rostro que podría robarle un beso si quisiera. Y quiero, lo que no sé es si él lo desea.

—¿Qué planes tienes ahora, genio?

Una de sus manos me rodea la cintura para sujetarme y que mi apoyo no dependa solo de mis manos sobre el escritorio, pues toma una de ellas y la dirige hacia su pantalón, donde la presiona con descaro para que sienta su erección.

Me muerdo los labios anticipando lo que viene.

—¿Cuál es su siguiente operación, doctor Frey?

Él sonríe y me baja del escritorio, pero solo para darme la vuelta y pegar mi cuerpo a la superficie de forma que mi trasero quede expuesto a su alcance.

«Conque esto es lo que quieres, Frey».

Sus manos en mis glúteos los acarician, sus labios me besan la piel.

Y esta vez se deshace por completo de mi braga para tenerme desnuda para él.

—Estás cumpliendo mi más sucia fantasía —le digo y gimo cuando sus dedos se introducen en mi interior comprobando mi humedad.

—¿Pegada a mi escritorio?

—Y cogida por el doctor Frey.

Él se ríe y juega con sus dedos dentro de mí, moviéndolos y presionando contra mis paredes en un compás que me lleva a morderme la boca para mantener el silencio.

—Honestamente, Schrödinger —dice—, no sé si tenerte miedo o tenerte ganas.

Después de decir eso dobla mis brazos hasta llevarlos a mi espalda y junta mis muñecas, aferrándolas con el cinturón que antes me había quitado.

Espero que haya una cámara en algún lado, necesito ver esto desde otro ángulo luego de terminar.

Cuando Axer al fin se abre paso dentro de mí, él musita de placer, como si no pudiera contenerse, y eso... Esa mierda me supera.

Mientras Axer me embiste contra su escritorio, disfruto cada repetición, la manera en que entra y sale de mí y me moja cada vez más, haciéndome descubrir sensaciones que no había experimentado antes. Pero nada se compara a la manera en que él tiembla y jadea, aferrado a mi culo y embistiéndome. Me excita tanto porque, al menos con él, siempre he sentido este placer irracional, aumentado por la certidumbre de que está disfrutando, que he roto las barreras del científico y he llegado al humano para desequilibrarlo.

Me encanta complacer a Axer Frey.

—Me estás matando, Axer —confieso con la voz estrangulada de placer.

—No, bonita —jadea él apretando mi culo como si midiera la posibilidad de azotarlo—, todavía no he empezado.

Me muerdo los labios y pongo los ojos en blanco, a duras penas logro domar todas las obscenidades que me pasan por la cabeza para no empezar a gritarlas. Esto es... Mierda, necesito más. Necesito una vida entera para practicar cómo saciarme de esto.

La mano de Axer baja a mi entrepierna, estoy tan húmeda que sus dedos casi se deslizan hasta rozar ese sitio que me hace temblar. Él lee mi cuerpo, la manera en que reacciono cuando pasa por ahí, y empieza a recompensar mis gemidos frotándome sin detener el vaivén de sus caderas.

—Para —chillo—, me harás explotar.

—No entiendo el problema —dice haciendo todo lo contrario a lo que mis mentirosos labios han pedido.

—Es injusto que me tengas así, no son condiciones muy... —Me muerdo la boca y cierro los ojos con fuerza en un intento de recordar qué iba a decirle, pues las sensaciones en todo mi cuerpo me tienen desconcentrada—. Equitativas.

—Oh, créeme, gatita... —Su mano sube hasta mi rostro y me acaricia la mejilla un momento. La ternura se esfuma tan rápido como sus dedos buscan mis labios, introduciéndose en ellos para que pueda chuparlos a mi antojo—. Estamos en igualdad de condiciones, tanto que preferiría que dejaras de hablar, tal vez así podría hacer durar mucho más esto.

Una sonrisa complacida, casi maliciosa, se dibuja en mis labios mientras todavía le chupo los dedos. Disfruto la manera en la que musita y tiembla mientras mi lengua juega a su antojo. Me deleito mientras me penetra más y más profundo, en ambas partes, y dejo salir una sonora exhalación mientras sus dedos salen de mí con brusquedad, por completo cubiertos de mi saliva.

Intento tocarlo y siento el tirón de la correa en mis muñecas. Me desespero, pues necesito sentirlo.

—Desátame —ruego—. Necesito tocarte.

Para mi sorpresa, él me complace al instante y me da la vuelta. De nuevo me sienta en el escritorio y me abre las piernas, pero esta vez para penetrarme de frente.

—Si esto va a ser siempre así... —jadeo. Mis manos le rodean el cuello mientras él mueve las caderas de forma que mi placer se multiplica—, puedo acompañarte cada día al trabajo.

—Eres una mala influencia para mí, gatita.

Gimo, y me acerco a su boca buscando el beso, pero él aparta la cara.

Lo que me sorprende es la manera en que lo hace, como si no quisiera ofenderme, cuando es todo lo contrario, yo siempre he disfrutado su agresividad en estos actos.

—¿Qué pasa, Frey? —digo en tono de burla.

—¿Qué? —espeta él sin aliento con una ceja arqueada.

—Estás siendo amable —señalo casi riendo—. El hecho de que esté enamorada de ti no significa que no me puedas coger como si me odi...

«Maldita sea».

Axer se detiene.

«Re-maldita sea».

—¿Qué dijiste?

En este momento desearía que se me tragara la tierra.

Evito su mirada y le digo:

—Nada.

Él me sujeta el mentón y de manera autoritaria me obliga a mirarlo.

—Repítelo.

—No entiendo de qué hablas —digo con una risa nerviosa.

Entonces Axer hace algo que no me espero. Me agarra del cuello y me arrastra hasta una de las camillas. Su cuerpo está contra el mío, su mano me atenaza, y yo solo puedo sonreír por verlo así de desesperado.

—Repítelo, Nazareth.

Me río, aunque sé que estoy roja. Está apretando muy fuerte.

Abro la boca y tardo lo suficiente antes de decir la palabra, degustándola primero:

—No —suelto al fin.

Él me empieza a besar, con fuerza, con ira. Y, maldita sea, cómo besa. Enredo mis piernas alrededor de su cintura y él me vuelve a penetrar, pero no deja de apretar mi cuello y me estoy quedando sin aire.

Abro la boca para decírselo, pero vuelve a besarme. Más fuerte, más profundo. Nos tiramos juntos en la camilla, él encima de mí. Y, mierda, me está dando la cogida de mi vida.

Me mareo, todo esto parece una alucinación por la falta de oxígeno, pero estoy tan cerca del orgasmo que no digo nada. Dejo que me siga besando y que apriete con la fuerza que se le antoje, porque no le puedo decir que no cuando estoy experimentando el placer más hijo de puta de la vida mientras me penetra y me masturba a la vez.

Ya estoy cerca, lo sé. Estoy a punto de llegar y...

25

Bad romance

AXER

Sinaí regresó a la vida con una respiración fuerte contra los labios de Axer, que la reanimaban. Lo rodeó con sus brazos y lo besó con pasión y desespero mientras él terminaba de llevarla al orgasmo más insólito y alucinante que ella había experimentado. Él también acabó dentro de ella, pero ninguno de los dos dejó de besarse como si la vida dependiera de ello, porque acababan de conectarse de una manera que no tenía precedentes ni explicación.

Axer había matado, y luego revivido, a muchas personas, pero jamás durante el sexo. También había tenido sexo otras veces, pero nunca había experimentado un estado de éxtasis semejante. Y Sinaí... Bueno, era la primera vez que moría.

Nadie lo entendería si alguna vez lo contaban. Eso concluyó Sinaí mientras besaba a Axer, sabiendo que no le bastarían cinco meses a su lado. No le bastarían diez. No le bastaría un estúpido año. Ella necesitaba una vida para saciarse de él, porque nadie jamás la haría sentir como Axer Frey podía.

Axer le acariciaba el rostro mientras con pasión se bebía ese aliento de vida en los labios de ella. Estaba mareado de tanto placer, jamás había sentido nada parecido. Era eso lo que le faltaba. Lo que estaba mal con él antes no era que no pudiera sentir placer, sino que no la había conocido a ella.

De una manera extraña, ilegal y retorcida, eran el uno para el otro. Mentes gemelas.

Pero entonces llegó el pánico. Axer pareció asimilar lo que acababa de hacer así que se apartó de su novia lo suficiente para mirarla a los ojos. Ella todavía intentaba recuperar la respiración.

—¿Estás bien? —preguntó Axer con una mano en su rostro.

—¿Bien? —bufó Sina—. Tu abismo es mi nuevo lugar favorito, Axer Frey.

Él sonrió y se tumbó junto a ella en la camilla, enlazando los dedos de sus manos.

—Esta es tu última oportunidad de salir, Schrödinger. Luego tu única alternativa será escapar, y no creo poder dejarte.

—Estás jodido, Frey, no pienso ir a ningún lado. ¿Esto era parte de tu experimento desde el comienzo? —inquirió Sina con una sonrisa juguetona.

—Claro, Nazareth. Por eso el contrato decía explícitamente que nada de sexo.

Sinaí arqueó una ceja ante el sarcasmo de Axer.

—Perdone usted, mister Genio, porque yo no sea tan buena sacando conclusiones con la cabeza drogada por haber tenido el mejor puto orgasmo de mi vida.

—Para ser justos, es más lógico que la confusión sea por la falta de oxígeno en el cerebro, pero como tú digas.

—Esas nos son las cosas románticas, o sucias, que deberían decir los novios después del sexo, Frey. Y yo que pensaba que esta primera cita no podría ser más rara.

Axer, riendo, rodeó a Sinaí con sus brazos y la subió encima de él. La miraba desde abajo, cómo su sonrisa parecía disipar cualquier reparo existente. Se veía más que cómoda con él; se veía feliz.

—Entonces... —preguntó él pasando el cabello de ella detrás de su oreja—. ¿Serás mi novia?

—Pfff, después de esa cogida hasta nos casamos si quieres.

Sonriendo, Axer negó.

—Tú ya me ilusionaste, gatita. Así que, sin secuestro, no hay boda.

—No pensé que fueses tan masoquista, Frey.

Él arqueó una ceja.

—¿Después de lo que acabo de hacerte todavía te lo parezco?

—Un poco sí.

Él abrió la boca, pero vaciló. Había una pregunta que quería hacerle. De hecho, había miles. Quedaba mucho por hablar. Pero estaba desesperado por escuchar la respuesta a la primera, y Sina pareció entenderlo demasiado pronto, pues se apresuró a decir:

—Y oye... ¿Sí me... morí? O sea..., ¿muerta, muertica?

Axer aguantó las ganas de echarse a reír. Aunque no lo parezca, jamás se imaginó teniendo una conversación semejante después del sexo.

—Sin signos vitales, sí —confirmó—. Si quieres un informe completo, lo redacto y te lo paso al correo.

Por la manera en que Sinaí abrió los ojos y la boca parecía que acababa de descubrir América.

—¿Qué? —preguntó Axer con el ceño fruncido.

—Dijiste redactar.

—Sí, ¿y?

—¡Tu novela! —Sinaí se incorporó hasta sentarse—. Puta madre, Axer... ¡Lo descubrí!

—¿Qué?

—*A sangre fría.* Siempre dije que el punto de vista del asesino era... Dios mío, es que la manera en que narras esas escenas... Están inspiradas en lo que tú sientes, ¿verdad? Es demasiado vívido, y después de esto... ¿Qué? ¿Por qué sonríes así?

Axer negó con la cabeza.

—Nada. Es que estás en lo cierto.

—¿Cuándo piensas escribir la segunda parte, por cierto? Muero cada día que pasa sin un capítulo. De hecho, hoy puedo decir literalmente que morí por eso.

—No fue por eso, pero entiendo el chiste —respondió él sin ni una muestra de que le había hecho gracia.

—Eres tan aburrido...

—Qué lástima por ti, porque soy tu novio.

Axer se levantó de la camilla en busca de su pantalón.

Miró todas las cosas que estaban fuera de lugar y se obligó a sí mismo a no empezar a organizar y esterilizarlo todo tan pronto. Había algo más inmediato que tenía que hacer.

Axer condujo a su novia a una camilla distinta, esta vez para ponerla en observación. La dejó conectada a varios monitores mientras se ponía los guantes y a continuación le revisó el cuello en busca de lesiones laringotraqueales. Comprobó sus signos vitales y buscó secuelas, cortes o algún daño significativo.

Sinaí lo observaba embobada mientras él, con los lentes puestos, miraba su carpeta y tachaba de la lista todas las variables descartadas. Ella nunca se había sentido tan afortunada de ser la paciente, a pesar de que

Axer parecía estar enteramente metido en el papel de médico y para nada interesado en tontear mientras trabajaba.

Axer le pasó a Sina unas compresas con hielo para el cuello y la conectó a un nebulizador para normalizar su nivel de oxígeno.

Él se sentó a su escritorio para redactar las recetas con los medicamentos requeridos y la posología. Todos saldrían del almacén de Frey's Empire, pues era en los que confiaba para que Sinaí no tuviera complicaciones.

—Ten —le dijo entregándole los papeles—. Debes seguir todo al pie de la letra.

Ella tomó las recetas, las leyó y luego alzó la cara hacia Axer, con expresión de sorpresa.

—¡Pero si hasta me estás recomendando un horario de sueño!

—No es una recomendación, es una orden. Como tu médico, no como tu novio —agregó—. Los medicamentos son principalmente analgésicos y antiinflamatorios, pero todo lo demás son los suplementos y la dieta que va a necesitar tu cuerpo para que no haya complicaciones con los procedimientos de cualquier otra posible resurrección.

Sinaí silbó de asombro. No se había sentado a analizar lo que implicaría ser el experimento de un científico cuya tesis se basa en resurrecciones. Tenía sentido que en adelante tuviera que cambiar mucho de su rutina para estar lo más sana posible.

Lo que a Axer le preocupaba realmente era que el cuello de Sina ya presentaba un enrojecimiento como marca por el reciente estrangulamiento, y se pondría peor, de un tono azul violáceo. Y puede que Sinaí y él entendieran lo que pasaba entre ambos, pero si alguien notaba esos signos, Axer tendría graves problemas y Sinaí pasaría por un muy mal momento.

Así que habría que experimentar con suéteres, bufandas y maquillaje mientras los medicamentos ayudaban a disipar los hematomas.

Sería una relación complicada, sin duda. Si Sinaí fuese solo su experimento, no tendría que preocuparse por detalles como ocultar un hematoma. Al fin y al cabo, él le estaba pagando y había un acuerdo al respecto. Pero siendo su novia... más difícil, sin duda. Pero él sintió que valía la pena el riesgo.

—Por cierto, necesito un baño —dijo ella sentándose al borde de la camilla—. Tengo que orinar.

Axer se volvió a mirarla con el ceño fruncido.

—Deberías bañarte de una vez.

—No es gracioso que tu novio te mande a bañar, ¿lo sabías?

—Es menos gracioso que tu novia no se bañe.

Ella puso los ojos en blanco.

—Ya puedo darme cuenta de que ser tu novia me dejará sin células epiteliales.

—Tendrás que decidir. —Axer se acercó a la camilla y puso sus manos sobre las rodillas de Sina—. Son ellas o yo.

—Qué gracioso. —Ella lo rodeó con sus brazos—. Pero puedo darme cuenta de que cambiaste de tema hace rato con lo de la segunda parte de *A sangre fría.*

—*A sangre fría* es un tema delicado justo ahora.

—¿Por qué?

—Tenemos un día de relación, Nazareth, las preguntas delicadas son para después.

Sinaí frunció el ceño.

—¿Quieres que te recuerde lo que acabamos de hacer en nuestro primer día de relación?

Axer le dio un beso en la punta de la nariz.

—No. Mejor ve a bañarte, que debo volver al trabajo.

Axer esperó a que Sinaí se bañara y luego fue a bañarse él, algo que la extrañó. Imaginó que se debía a que él quería que fuese un baño rápido, y si lo tomaban juntos sin duda se alargaría.

Cuando Sinaí vio salir a Axer, de nuevo vestido como todo un científico ruso, sexy y nerd con sus lentes, no podía creer que fuese su novio y que acabara de matarla de una cogida.

Esperaba que esa relación durara más que la anterior, como mínimo.

—Oye, ¿cómo supiste que estoy tomando anticonceptivos? —preguntó Sinaí de pronto.

Axer se arregló la bata mientras respondía con tranquilidad:

—Por tu prueba de sangre, pero no esperarás que me confíe en que todavía los tomas, ¿o sí?

—Al contrario, es justo lo que creo, te noto muy tranquilo aunque me acabas de...

—Me hice la vasectomía hace años.

El rostro de Sinaí quedó frío, pétreo, impenetrable.

Axer apenas aguantaba las ganas de reír, por lo que fijó su vista en los guantes mientras se los ponía para que Sinaí no lo notara.

—¿Por qué esa cara? —preguntó con indiferencia.

Sinaí sacudió la cabeza, no era consciente de la expresión que tenía.

—Nada, solo...

—¿Qué? —Axer se acercó a ella con las manos a ambos lados de su cuerpo, sobre el escritorio donde ella se había apoyado—. ¿Te decepciona que no vayamos a tener los hijos a los que ya les escogiste nombre?

—Yo no he...

—No mientas.

—¡No estoy mintiendo! Yo no...

Axer la cayó, interrumpiendo sus labios con un beso lento y profundo que hizo que las piernas de ella temblaran.

Cuando sus rostros se separaron, Axer le habló en voz baja muy cerca de sus labios.

—Tomo anticonceptivos fabricados por Frey's Empire. No tienes nada de que preocuparte, bonita —dijo tomándola por la barbilla—. Son efectivos. Y no afectan a mi fertilidad por si algún día quiero dejar de tomarlos.

Sinaí, muy a su pesar, reflejó alivio en su rostro.

—Solo me quieres por mi capacidad reproductiva —agregó Axer con un deje dramático.

—No, claro que no. Es por tu carisma y buen humor.

Axer entornó los ojos ante el sarcasmo.

—Cuando vea el chiste en lo que dijiste me reiré. Tal vez tarde un poco, así que no esperes parada —dijo Axer en tono académico—. Volviendo al tema de los anticonceptivos, si quieres puedes dejar de tomar los tuyos, he leído suficientes estudios al respecto y entiendo que no es conveniente para ti por muchos motivos. Pero ya eso lo decides tú.

—Ehh... Sí, lo pensaré. Gracias por informarme.

—Bueno, ahora soy tu pareja sexual, ¿no?

Sinaí hizo un gran esfuerzo para no decir lo que estaba pensando.

—Supongo —contestó.

—Por unos meses, al menos.

—Ya.

—Entiendes eso, ¿no?

—¿Por qué me hablas como un abogado? —inquirió ella con el ceño fruncido.

—Hay un contrato de por medio, esto técnicamente es un asunto legal. Solo quiero estar seguro de que entiendas el factor tiempo en esto, que no digas al final que nunca hablamos al respecto.

Ella asintió, disimulando su incomodidad.

—Claro que entiendo, yo fui la que propuso que esto fuese hasta que termine mi año escolar.

No tuvieron tiempo de hablar más al respecto, pues los altavoces de las paredes emitieron una voz que llamaba a Axer a la sala de operaciones.

—Es una emergencia —explicó él—. Tengo que salir. Hablaremos de los detalles de nuestro nuevo acuerdo cuando regrese.

—¿Tienes algún complejo de Sheldon Cooper o qué? Parece que no sabes hacer nada sin un contrato de por medio.

—No lo sé, formula tu pregunta en limpio y pásasela a Anne para abrirle un expediente a ese caso.

Axer no esperó respuesta y salió rápidamente. Fuera de los paneles aislantes, se oía la alarma de emergencia.

Él caminó tranquilo pero avanzando rápido mientras lo embargaba la emoción de la expectativa de lo que podría encontrarse.

El equipo prehospitalario llevaba una camilla cubierta a la sala de operaciones, donde los pasantes del laboratorio la recibían.

—Estatus —pidió Axer al paramédico encargado mientras una de las enfermeras le colocaba la mascarilla.

Quitaron la manta que cubría la camilla y Axer pudo ver el estado del cadáver antes de que el paramédico explicara lo obvio.

—Es una cápsula criogénica, la congelaron para poder trasladarla y preservar sus órganos durante el viaje hasta aquí en helicóptero.

Axer graduó los controles de la cápsula para que el cuerpo empezara a descongelarse a una velocidad que no fuera perjudicial para la piel y los órganos.

—Dijo que viajó en helicóptero. ¿De dónde la trajeron? —preguntó Axer.

—De Malcom, señor Frey.

La mención de ese pueblo le dio a Axer más de una respuesta, pero muchas más preguntas que dejaría para luego, y para otra persona.

—¿Causa de la muerte? —preguntó.

—Ahogamiento.

—Debe de tener el agua congelada en los pulmones —especuló Axer. Luego se volvió hacia los demás pasantes, que prestaban una atención devocional a cada parpadeo suyo—. Después de descongelarla, sus órganos y huesos tendrán una sensibilidad que no me permitirá hacer una

RCP. Habrá que entubarla, drenar sus pulmones y conectar su corazón a un bombeo artificial. ¿Podrán hacerlo?

Todos asintieron. Axer delegó la responsabilidad principal en uno de los presentes.

—Te dejo a cargo mientras no estoy —le dijo, lo cual podía resultar irónico, ya que el hombre al que se dirigió era mayor que Axer, y este técnicamente también era un pasante hasta que obtuviera su licencia—. El resto hagan un seguimiento de sus signos vitales, descarten otras anomalías y revisen su historial médico. Yo volveré para la reanimación. Llámenme si hay cualquier emergencia.

Axer salió a la sala de espera donde, como suponía, encontró a Dain.

El hombre llevaba unos lentes de sol que costaban más que algunos instrumentos importantes del laboratorio, una camisa negra sencilla con la etiqueta por fuera y un pantalón beige con rayas minúsculas de un tono más claro. Si Johnny Bravo tuviera un actor para su *live action*, sin duda tendría este aspecto.

Axer levantó las cejas en reconocimiento y sonrió divertido al decir:

—Dain Mortem. ¿A qué debo esta reunión familiar, primo?

—¿La salvaste? —preguntó el hombre sin participar del intercambio de saludos.

—Estoy en ello. Y técnicamente no sería «salvar», muerta ya está. Pero la regresaré pronto.

—Yo te veo hablando conmigo.

Axer arqueó una ceja y se metió ambas manos en los bolsillos de la bata.

—Sé cómo hacer mi trabajo, e imagino que también lo sabes; si la trajiste aquí es porque cuentas con ello. En fin... —Axer se encogió de hombros y sonrió con arrogancia—. ¿Me vas a contar a qué debo el honor?

—Tenía que venir. Si la dejaba morir, Aysel me mataba.

Axer rio por lo bajo.

—Casi no parece que tienes todo el poder que quieres, ni que diriges una organización criminal, cuando hablas como si tu esposa te pegara.

Dain se quitó los lentes para que Axer pudiera ver todo el escepticismo en sus ojos mientras decía:

—¿Y qué hay de ti? Yo que pensaba que Aleksis y tú habían hecho algún voto de celibato y te descubro polarizando los vidrios de tu despacho para que nadie pueda ver las cosas que haces con tu experimento.

Axer esperaba que no se notara, pero su rostro se puso tan caliente que sus mejillas se enrojecieron.

Mientras tragaba saliva, se planteó la idea de presentarle a su novia a Dain, pero lo descartó enseguida. Una cosa era presentarla a los que vivían en su casa, a quienes indudablemente frecuentaría durante esos meses, y otra muy distinta era presentarla a aquellas personas que influían en su vida ocasionalmente, puesto que la relación entre él y Sinaí no era algo a largo plazo.

—Entonces... —vaciló Axer—, el cadáver que me trajiste es importante. ¿Tiene nombre?

Dain se cruzó de brazos y enarcó una ceja antes de contestar.

—¿Por qué debería decírtelo?

—Es mi paciente.

—¿Y los saludas a todos cuando regresan del más allá?

—Hasta salimos a tomar café —bromeó Axer—. ¿La mataste tú?

—Casi. Desearía haberlo hecho e indirectamente soy responsable, pero no.

—¿Aysel?

—Por desgracia, no. Por eso necesito que la revivas. Y que la atiendas luego de eso.

Axer se encogió de hombros. Él cobraba de todos modos. No necesitaba saber la historia completa, aunque un chisme bien contado siempre es de agradecer. ¿A qué doctor no le gustan las historias de cómo sus pacientes llegan a serlo?

—¿Y el nombre? —insistió Axer.

—¿Para ti? Poison.

Por el tono de Dain, Axer entendió una cosa que su primo no decía: él y la chica eran amigos. O lo habían sido. Pero, sin duda, Dain la conocería por otro nombre.

Sí, era raro que Axer concluyera que entre Dain y el cadáver había existido una amistad, en especial teniendo en cuenta que Dain estaba pagando para que revivieran a Poison solo para que la esposa de él pudiera llevar a cabo una especie de vendetta, pero a estas alturas ya es fácil concluir que las relaciones con los Frey nunca son normales.

—Vuelve a tu trabajo, por favor —insistió Dain—. Que me pongo ansioso de verte aquí con el cuerpo allá. Yo me quedaré observando si no te molesta.

—Sí me molesta.

—No me importa. Aysel espera en una de las salas de observación y no pienso entrar ahí sin su juguete arreglado.

Axer puso los ojos en blanco.

—Como quieras, pero si vamos a convertir esto en una clase presencial yo puedo traer a mis propios observadores.

Axer no dijo nada más y entró en busca de su novia.

Axer explicó a Sinaí toda la situación médica acerca de Poison. Ella, con el suéter de cuello alto de Axer puesto, intentaba entender todo lo que él le explicaba sobre la criogenización y el drenaje de los pulmones sin que se le reiniciara el cerebro.

—Cuando estén listos los pulmones —dijo Axer y procedió a señalar un área marcada de azul en el pecho descubierto del cadáver—, haré una incisión por aquí y tendré que meter la mano para practicarle un masaje cardiovascular manual. Con ayuda de la epinefrina esperamos que el corazón pueda latir por sí solo. Luego cerraré todo y...

Axer se volvió para mirar a Sinaí, quien parecía demasiado distraída con las vistas al otro lado de la sala de operaciones.

—Y... Ese hombre que no dejas de mirar es mi primo mayor.

Sinaí sacudió su cabeza y se giró hacia Axer con una sonrisa apenada.

—Lo siento.

—No te preocupes, no me ofendo. Aunque casi haces un charco de baba y me dejaste hablando con un cadáver como único espectador.

Sinaí se apresuró a negarlo.

—¡Te estaba escuchando, lo juro! Solo me distraje un momento. —Ella volvió a mirar hacia el otro hombre—. ¿Dijiste que es un Frey?

—¿No se nota?

Ella se sonrojó. No pensaba responder a eso.

—Es hijo de mi difunta tía —explicó Axer—. Sí, hermana de mi padre.

—¿Ruso?

—Griego. Aunque obviamente su madre era rusa.

—Vaya familia la tuya... —comentó Sinaí con un silbido—. ¿Es «cirujano» de la misma manera que tu padre lo es?

Axer reprimió una sonrisa.

—De hecho, él sí fue cirujano. Es el único de la familia que estudió, pero no ejerce.

—¿Qué hace entonces? —preguntó ella con el ceño fruncido.

—No creo que quieras que te cuente eso, pero basta con que sepas que es de nuestros mejores inversores.

—¿Como un patrocinador?

—No, Schrödinger, no tan bondadoso. Una parte de nuestro equipo trabaja para él.

—¿Por qué? ¿Qué le ofrecen?

Él le hizo señas para que lo acompañara. La guio hasta un cuarto cerrado con llave donde dentro había repisas llenas de medicamentos. Avanzaron hasta una vitrina donde se mostraban pequeñas dosis de un líquido ambarino dentro de unas ampollas.

Había al menos dos cerrojos y un lector de huellas protegiendo esa vitrina.

—Eso... —dijo él señalando las ampollas—. Es *brigga*.

—¿Droga? ¿Le venden drogas a tu primo?

—Es una droga, sí, pero no es recreativa ni medicinal.

—¿Entonces...?

—Lo llaman «la droga de la manipulación». Con solo unas gotas harías y dirías lo que yo quisiera.

Esa sustancia permitía tantas posibilidades inquietantes que Sinaí sintió un escalofrío.

—Puto miedo —dijo ella al recuperarse—. ¿Para qué quieren eso ustedes? ¿Por qué se lo venden a tu primo?

—Esa no es una conversación para una primera cita, Schrödinger.

—Axer, por favor.

Él se acercó a ella, acariciando sus brazos.

—Nos quedan suficientes días para traumarte con esa historia, usa el día de hoy para asimilar la nuestra.

—Frey's Empire es... es más de lo que me has dicho, ¿verdad?

—Te explicaré tanto como pueda, pero no hoy.

Sinaí resopló, pero no discutió más. Tenía que aceptarlo.

De todos modos, todavía les quedaban unos meses de relación.

26

Fiebre de Schrödinger

AXER

—Todavía quiero saber para qué me buscaba tu padre —le había dicho Sinaí a Axer a través del teléfono.

Él estaba acostado en su cama con un brazo sobre los ojos, el torso descubierto e iluminado por la luz natural de los ventanales y el cabello desordenado por la reciente ducha y el secado fugaz. Jugaba distraído con un alfil en el tablero de la mesita junto a su cama mientras del teléfono sobre su pecho escuchaba hablar a su novia en altavoz.

—A decir verdad —contestó él—, yo estaba esperando que tú me explicaras por qué mi padre tiene tal urgencia que me hizo ir a tu casa a buscarte.

—¿Lo hizo, Frey? ¿O fue la excusa que aprovechaste para ir tras de mí?

Axer se mordió el labio. La voz de ella lo tenía demasiado mal, lo llevaba enseguida a aquel «jaque mate» que jamás superaría. También su mente. Ella, cuando no estaba demasiado ocupada teniendo pensamientos perversos sobre él, lo analizaba todo muy bien. Hacía que él tuviera siempre que mover sus piezas con cuidado.

Pero, por supuesto, él no iba a decirle eso.

—No subestimes mi orgullo, bonita. Mi padre fue bastante explícito en su petición. De hecho, cuando regresé aquí sin ti casi me echa de la casa.

Escuchó la risa de ella al otro lado de la línea. Por fin un chiste que no tenía que explicarle con una diapositiva.

—¿Le preguntaste para qué quería verme? —insistió ella.

—No sabes nada de mi familia si crees que las cosas aquí se solucionan con preguntar.

—Ya, me imagino que los juegos de búsqueda del tesoro en tu infancia tenían una escala y dificultad terrorífica.

Axer se encogió de hombros, aunque ella no podía verle, y dijo:

—Y yo siempre los ganaba, por cierto.

—Eres demasiado arrogante, Axer Frey.

Con un escalofrío recorriendo su espina dorsal, Axer reconoció para sí que era adicto a todas las maneras en las que ella pronunciaba su nombre.

—La modestia es una forma elegante de mentir, Schrödinger —dijo en un hilo de voz recuperándose del éxtasis de escucharla a ella—. Yo solo soy honesto.

—Honesto, claro. O sea que no me fuiste a buscar a casa de Soto porque tenías celos, ¿no?

Él dejó el alfil con el que jugaba para tapar la bocina del teléfono, necesitaba reírse sin que ella notara el efecto que tenía sobre él.

Tomando una inspiración para calmarse, Axer quitó su mano del teléfono y dijo:

—Me vas a convertir en un asesino, Nazareth. ¿Lo sabías? Deja de frecuentar a tu ex, por el bien de mi salud mental.

Ella gruñó con fastidio al otro lado de la línea, aunque Axer casi pudo sentir que la tenía acostada al lado, hablándole junto a la oreja. Tal vez por eso quiso tener los ojos cubiertos, para imaginarla mejor.

—Te lo dije, estábamos haciendo un trabajo —discutió ella.

—Que tendrán que presentar juntos.

—Así es.

—¿Con qué docente?

—¿Vas a ir a comprobarlo? —preguntó ella entre estupefacta y divertida—. ¿No confías en mí?

—No, no voy a ir a comprobar nada, voy a pagarle a tu profesor. No quiero que hagas esa evaluación.

—No puedes...

—Sí puedo.

—¿Todo porque no quieres que cante con Soto?

—¿Vas a cantar? —preguntó Axer en un tono que denotaba toda su sorpresa.

El silencio al otro lado de la línea dejó muchas cosas a la imaginación.

—¿Sabes qué, Frey? Págale a quien quieras, mejor para mí. Una vergüenza menos en el colegio.

Axer vio en ese desvío una oportunidad para tocar un tema muy importante, así que empezó por decir:

—¿Una menos? ¿Qué vergüenzas has pasado en clases?

Lo que sea que respondiera Sinaí a eso quedó opacado por el sonido de los tacones de Verónika y su mano intentando abrir la puerta de la habitación. Axer se sentó de inmediato y colgó la llamada sin siquiera despedirse justo a tiempo para ver a sus dos hermanos entrar.

—Hola, plaga —saludó Axer con una sonrisa fingida a su hermana mayor.

Estaba vestida con un enterizo rojo que alargaba y estilizaba su figura, tenía ligas cruzadas en el escote que le daban un aire atrevido. Su abrigo beige lo llevaba colgado en un brazo, el tono era el mismo que el de sus botines, y en el cabello recogido en una cola despreocupada llevaba encajados los lentes de sol.

Sin duda venía de afuera, probablemente había salido a tomar un trago con María.

—No me voy a quitar los tacones así que ni te molestes en pedírmelo —anunció Verónika al tomar asiento.

—Lo supuse. —Axer se encogió de hombros para luego sentarse al borde de la cama—. Ya le pediré a Silvia que repita tu trayectoria con un soplete detrás.

—*Sukin syn* —espetó la mayor—. ¿Y tú, mocoso?

Aleksis los miraba a ambos con desdén desde su posición, recostado sobre el marco de la puerta. La taza de ese día combinaba con su suéter tejido que le llegaba hasta la mitad de los muslos por ser unas tallas más grandes.

—Yo estoy bien aquí, muchas gracias.

—Pasa y cierra la *sukin syn* puerta, que no quiero que María o mi padre o Silvia escuchen lo que vamos a hablar.

Aleksis alzó los ojos al cielo con obstinación, pero cooperó con lo que Vero pedía. Igual, después de cerrar la puerta volvió a recostarse en ella.

—¿Qué tienes? —preguntó Axer a Verónika.

—Carisma, belleza, actitud, un título en medicina forense y unos hermanos insoportables, ¿y tú?

Axer entornó los ojos hasta que Verónika entendió que no estaba para bromas.

—Bien, amargado. —Ella acomodó su pose al cruzar sus largas piernas y colocar sus manos de manicura elegante sobre sus rodillas—. Lo hice. Tengo acceso a todas sus redes, su teléfono, su *laptop* y a los de toda su familia por si hacen falta. También encontré su registro de nacimiento, electoral e historial médico.

—Excelente. Haz una gráfica con sus puntos débiles, personas de interés, asuntos importantes de los que deba estar al tanto e imprime cada detalle que pueda ser perjudicial para él. Pásame todo cuando lo tengas listo.

Verónika se cruzó de brazos con el ceño tan fruncido que arrugaba su nariz.

—¿Por qué estás dándome órdenes?

—No sé cómo creas que funciona esto, Vikky, pero yo estoy a cargo, así que yo delego.

Ella dejó salir una risa altiva.

—¿Quién te puso a cargo? Si el plan fue idea de Aleksis.

—Eso sería cierto si tuviéramos un plan, pero él solo tuvo la idea, de la cual ya empiezo a arrepentirme, de que estuviésemos juntos en esto.

Ambos voltearon a ver al hermano menor, quien frunció el ceño enseguida.

—A mí no me miren. Estar a cargo es muy trabajoso y mi ego no se mide entre dar las órdenes o recibirlas. Así que mátense ustedes, yo solo quiero que me avisen cuando pueda empezar a jugar.

—Estás de suerte, hermanito, porque la respuesta es inmediatamente —agregó Axer—. Cuando Vikky tenga lo que le pedí, te pasaré una copia para que lo analices y me des un perfil del sujeto. Necesito saber qué tipo de espécimen es este para tener claro qué bisturí usar. ¿De acuerdo todos?

Aleksis se encogió de hombros y Verónika, muy a regañadientes, se quedó en completo silencio, era la manera menos dolorosa de ceder.

Axer recibió una inesperada visita esa tarde en su sección del laboratorio. Verónika llegó a su escritorio y le lanzó un expediente sobre él justo antes de sentarse al borde de una camilla con las piernas colgando.

Aleksis, quien se había quedado en la puerta con una taza de algo caliente entre las manos, no parecía muy entusiasmado con la idea de entrar.

—¿Y si pasas, fenómeno? —inquirió Verónika.

—¿Es estrictamente necesario? —cuestionó él a regañadientes.

—Dudo mucho que hayan venido hasta aquí porque me extrañasen —argumentó Axer apenas levantando la vista de sus tareas—. Apostaría a ciegas a que acuden a incordiar mi existencia por motivos relacionados con «nuestro asunto», y, si esto se trata de «nuestro asunto», entonces sí, Leksis, pasa y cierra la *sukin syn* puerta.

Aleksis alzó los ojos al cielo con fastidio, pero hizo lo que Axer pedía justo cuando este polarizaba los vidrios y apagaba los micrófonos y cámaras de seguridad.

El hermano del medio comenzó a revisar el expediente en su escritorio.

Daniela Caster:
Hija menor del matrimonio Caster.
Cursa el tercer año de bachillerato.
Estudia piano las tardes de los miércoles y jueves con una institutriz, e informática avanzada los fines de semana en la ciudad.

Registros telefónicos:
Archivo adjunto #1

Conversaciones de WhatsApp relevantes:
Archivo adjunto #2

Perfil psicológico:
Archivo adjunto #3

—¿Qué significa esto? —preguntó Axer con interés mientras, justo después de acomodarse los lentes, empezaba a revisar la primera carpeta de archivos adjuntos.

—El punto débil es la hermana —señaló Verónika.

—Julio —interrumpió Aleksis en un tono que revelaba que estaba por empezar un discurso en madera de perfilador— cumple con el perfil criminal que no muestra remordimientos. No es alguien que, luego de verse superado por un impulso, comete actos atroces de los que luego se aflige. Los rasgos psicopáticos en Julio se leen a kilómetros. No es de los que ataca una vez y se da por satisfecho. Encuentra placer en la humillación ajena, y mientras no se le detenga atacará siempre que tenga oportunidad.

»Lo que quiero decir —continuó este acercándose lento hacia el escritorio de su hermano mayor—, es que tendrá otras víctimas. Ya las tiene. Y su hermana cumple con el perfil de complaciente además de que presenta signos de un trauma muy ensimismado, ella misma no entiende que es una víctima de su hermano. Bastará con hacerla detonar, y tendremos nuestro testigo.

—Las conversaciones —añadió Verónika señalando uno de los archivos desde su posición— no son lo suficientemente incriminatorias porque siempre hablan insinuando y omitiendo, pero ella le teme, eso está claro, y hace todo lo que dice. Y le guarda secretos, solo que ni siquiera considera que puedan ser un arma.

—Porque, en su mente, ella ama a su hermano —argumentó Aleksis—. A pesar de sus «defectos». Y lo protege, porque siente que es lo que tiene que hacer. No es consciente de su miedo, del asco interiorizado. Vamos, padece un síndrome de Estocolmo muy común en los hermanos.

—Pero ¿qué es lo que él hace? —se adelantó Verónika a la pregunta de Axer mientras este analizaba el papeleo con una mano en los labios y un tic nervioso al golpetear un bolígrafo contra el escritorio—. No sabemos. Y tampoco tenemos nada que sirva como prueba. Necesitaríamos un testimonio. El de ella, claro, ya que decidiste dejar a Sinaí fuera de esto.

Axer detuvo el golpe del bolígrafo y alzó la vista de los papeles hacia su hermano.

—Hay que interrogarla —finalizó—. Y, por lo que cuenta Aleksis, no será sencillo que delate a su hermano. Pero ese es tu trabajo, no el mío —añadió mirando al menor, quien sonreía de manera inquietante—. Confío en que si alguien puede manejar ese interrogatorio eres tú. Ni siquiera tengo que preguntarte si estás interesado, ¿cierto?

Aleksis bufó.

—Para eso estoy aquí, ¿no?

Axer asintió y se giró hacia Verónika.

—Tú lo tendrás fácil. Si es como dice Aleksis y su personalidad tiende a ser complaciente, encerrarla se te hará como quitarle un dulce a un niño.

—Me voy a divertir mucho —apuntó Vero, y a sus ojos asomó el mismo brillo que mostraban justo antes de hacer incisiones en cadáveres—. ¿Cuándo empiezo?

—Para ayer, preferiblemente —dijo Axer y se levantó. Él tenía sus propios planes inmediatos.

Verónika vio a Daniela mientras esta se dirigía a la parada del autobús donde esperaría a que sus padres la pasaran a buscar. Jonás, su novio y mejor amigo de su hermano, hacía unos días que había tenido que viajar de emergencia justo después de una fuerte pelea en su relación y desde entonces ni su familia había tenido noticias de él, por lo que no podría acompañarla.

Vero se estacionó frente a la chica. Como la rusa era una mujer agradable y atractiva con un auto funcional y prácticamente vacío además de ella, Daniela no sintió ningún tipo de alarma al verla.

—Hola, nena, ¿adónde vas? Puedo llevarte si no quieres caminar.

—¡Hola! —saludó Daniela—. ¿Hacia dónde te diriges tú?

Como Verónika sabía la dirección de Daniela, que era justo en su edificio, le dijo una zona cercana a esa.

—Justo me queda cerca.

—¡Genial! Súbete, te llevo.

Verónika tenía que aceptar el análisis que hizo su hermano menor sobre Daniela incluso aunque a ella le parecía que esta era una chica sociable, con una personalidad de líder y hasta tiránica. Según Aleksis, esto solo confirmaba su teoría. Dani había pasado de víctima a victimario como medio de defensa a su realidad, lo que no la justificaba, pero explicaba todo a la perfección.

—Oye, pensé que habías dicho que ibas en dirección contraria —dijo Dani al ver que Verónika no tomaba el camino pautado.

—Oh, sí, no te preocupes. —Vero tenía el teléfono en su mano y justo bloqueó la pantalla y lo guardó en su bolsillo—. Me acaban de pedir que pase a recoger unas cosas, pero será rápido e igual tengo que volver adonde te dije. ¿Te molesta? No tardaré mucho.

Si Daniela tenía algún mal augurio sobre este cambio repentino, no lo reflejó. Tranquila, le dijo a Vero que no se preocupara, que no había prisa de todos modos.

La rusa bajó frente al laboratorio. Apenas pasó un par de segundos dentro cuando regresó y se asomó por la ventana del asiento de Daniela.

—Corazón, lo que voy a buscar es pesado. ¿Te molestaría ayudarme?

—Oh, claro.

Daniela se quitó el cinturón, bajó del auto y fue tras Vero. Ambas atravesaron los pasillos y, aunque Daniela se dio cuenta de que había muchos trabajadores dentro a los que la rubia podría haber pedido ayuda con las cosas que necesitaba cargar, no cuestionó nada.

Ambas se detuvieron frente a unas puertas de vidrio que daban paso a una sección distinta del laboratorio. La rusa usó una tarjeta para tener acceso al interior y luego ambas avanzaron hasta un ascensor. Fue cuando estuvieron dentro que recién Daniela empezó a sentirse nerviosa. No porque imaginara ni por asomo lo que estaba por sucederle, simplemente el lugar era demasiado curioso para no despertar alarmas en ella. E, incluso así, pensó que era simple paranoia.

Ni siquiera le dio tiempo a fijarse en la planta a la que se dirigían. Verónika, quien había estado buscando algo en su bolso, de pronto la tomó por detrás y le puso un pañuelo con cloroformo en la cara que acabó por hacerle perder la consciencia.

Daniela despertó en una camilla en una habitación gris. No estaba atada, de hecho estaba conectada a una máscara de oxígeno y tenía una vía en el brazo.

Se sentó lentamente y se dio cuenta de que estaba en una especie de quirófano. Y no sola. Había otras tres personas, todas vestidas como científicos, con batas, guantes y distintivos de Frey's Empire.

—¿Qué puta mierda hago aquí? —espetó ella al concluir que no estaba ahí por voluntad propia, una *red flag* que más que atemorizarla la airó.

—Vamos a ser rápidos con esto —dijo Verónika con la actitud de una abogada de éxito que busca cerrar el caso cuanto antes—. Nos conoces, así que podemos saltarnos las formalidades. Ellos son mis hermanos, todos somos Frey, como es evidente. Pero todos somos distintos. El grande con cara de asesino no es asesino, pero tiene poca paciencia, y yo sí lo soy. Así que, si se cansa de ti y me da una orden que sin duda no quiero cumplir... —Se encogió de hombros—. Yo soy la mayor, pero en esto él manda, así que no lo hagas cansarse, ¿va?

A pesar de la amenaza implícita y el ambiente poco favorable, Axer alzó ligeramente una mano a modo de saludo y le dedicó un guiño fugaz a la presa en la camilla.

—Ahora —siguió Vero—, el pequeño que parece niña, no es niña ni tiene la dulzura de un pequeño, que no te engañe la taza de Ravenclaw que tiene entre las manos. Él es quien va a relevarme si mi interrogatorio no surte el efecto deseado. Pero, créeme, no quieres que te interrogue él. —Ella se acercó hacia Daniela y le pasó un brazo por los hombros—. Querida, yo soy tu mejor amiga en este momento, la policía buena. Así que si no me aprovechas...

—¿Qué es lo que quieren de mí? —preguntó Daniela claramente confundida—. No he hecho nada, se lo juro.

—Tú tal vez no, pero sé que puedes ayudarnos a entender los actos de otra personita.

Verónika fue en busca de una carpeta que tenía sobre otra camilla para luego entregársela a Daniela.

—¿Crees que puedes aclararnos por qué le tienes tanto miedo a tu hermano?

—¿Qué? —Daniela había empezado a hojear la carpeta con sus conversaciones impresas y la cerró bruscamente—. No sé de qué mierda están hablando.

—Deberías hacer un intento por comprender.

Vero se acercó a ella, le quitó la carpeta y señaló una parte donde Daniela le decía a su novio: «No se le digas a Julio, te lo ruego. Haré lo que quieras». Y otro que le enviaba a Rebeca: «Si Julio se entera, prefiero matarme yo». O «Amiga, tengo miedo, creo que una vecina le dijo a Julio que llegué tarde anoche». Y como ese muchos otros.

—No parece que te preocupe tanto la reacción de tus padres a tus travesuras que cómo se lo pueda tomar tu hermano.

—Vete a la mierda —espetó Daniela—. No sé cómo funcionan las cosas con ustedes, trío de locos, pero lo único que me preocupa de Julio es que pueda contarle mis cosas a mis padres.

—Sí, eso creí al comienzo, pero... —Vero pasó las páginas hasta señalar el mensaje en particular que les interesaba—. Dice: «Todo bien, Rebe. Mi madre se enteró de nuestra escapada, pero luego de un regaño me prometió no decirle nada a Julio». No dice «prometió no decirle nada a papá». ¿Te preocupa más tu hermano que tu propio padre?

—¿Dónde consiguieron estas conversaciones? —preguntó ella horrorizada. Estaba segura de que todo eso era viejo y hasta lo había borrado ya de sus mensajes—. Los voy a denunciar, no sé cómo hicieron, pero...

—¿A nosotros? ¿Y qué tal a tu hermano? ¿A él ya has intentado denunciarlo?

—¡¿De qué mierda hablas?! ¿Por qué tendría que...?

—¿Te pega?

—Jamás.

—¿Por qué le tienes miedo entonces?

—Julio es una excelente persona. No sé de qué trata esto, pero...

—Miente —cortó la voz fría y metódica de Aleksis. Él ni siquiera estaba mirando en dirección a las chicas, bebía sereno—. El cambio en su voz, la diferencia de reacción entre el «jamás» y el «Julio es una excelente persona», además de que sus ojos voltearon en otra dirección durante ese segundo de titubeo. Miente, y sabe perfectamente por qué está aquí.

Daniela tragó saliva. El chico ni siquiera la estaba mirando, no dijo ni una palabra amenazante, pero le heló de miedo desde las orejas hasta los pies.

—Claro que lo sabes... —Continuó Verónika acariciando el cabello de Daniela de manera aparentemente apaciguadora—. Porque, si has llegado a titubear al afirmar que tu hermano es una excelente persona, es porque estás al tanto de lo que hace. Entonces debes saber que si tres hermanos te han encerrado para preguntarte al respecto es porque, al final, pasó lo que estaba destinado a pasar: alguien habló.

Daniela volvió a tragar y, ahora en un tono más bien de súplica, dijo:

—Yo no sé nada...

—No estamos aquí para preguntarte si sabes algo, ¿por quién nos tomas? —respondió Vero ofendida—. Solo los novatos pierden el tiempo en esas cosas. Si estás aquí, es porque estamos seguros de que algo sabes. Solo queremos escucharlo de ti.

—¿Van a torturarme? —preguntó Daniela en tono mordaz—. Porque de lo contrario no pienso decir absolutamente nada. Quiero un abogado...

Verónika estalló en risas.

—¿Te parece que estás en condición de exigir un abogado?

—No diré nada sin...

La rusa acarició las mejillas de Dani con el dorso de su mano. La chica la veía con ira y asco, porque los ojos de Vero en su frágil ternura parecían temblar a la espera de un desliz para desatar a la asesina que había detrás, hambrienta.

—No estás arrestada —susurró Vero—, y yo no soy policía. Solo estamos conversando, ¿no?

—No es una conversación si yo no quiero participar de ella.

—Déjala —cortó la voz de Aleksis, que dejó la taza en una bandeja de utensilios de cirugía y se volvió hacia las chicas—. Déjennos solos.

Verónika se inclinó hacia Dani y le susurró al oído:

—Grita si me quieres de vuelta. No me iré muy lejos.

Verónika se alejó y tomó a Axer por el brazo para llevárselo consigo y dejar a Aleksis trabajar.

El pequeño Frey se acomodó los lentes e hizo la última pregunta que Daniela esperaba escuchar.

—¿Has visto un cadáver?

—No voy a decir nada, quiero hablar con mis padres.

—Los cadáveres siempre son terribles de ver para el ser humano promedio, pero hay algo en los cuerpos de las chicas luego de un suicidio que me resulta escalofriante incluso a mí.

Aleksis se acercó a Daniela, quien tragó saliva y subió los pies a la camilla, como si temiera que un monstruo tirara de ellos.

—Lo que pasa luego de ver un cuerpo mutilado es que entiendes lo que ha hecho el asesino, el daño físico está ahí, al alcance de una autopsia —siguió Aleksis jugando con los bordes de la carpeta que Verónika le había dado a Daniela. Ni siquiera veía a la chica—. Mi hermana estudia cadáveres, ¿lo sabías? Sé de lo que hablo. A veces quisiera que no, pero la oigo, y no puedo olvidar nada de lo que veo o escucho alguna vez. Así que..., sí, he escuchado todo tipo de torturas. Daños de todo tipo descritos con nombres muy complicados para tu nivel de estudios, pero jamás, Caster, he sentido un interés semejante como al ver el cuerpo intacto de una mujer que, digamos, se estrangula a sí misma al colgarse.

Daniela no entendía nada del monólogo, pero estaba tan nerviosa que se sentía al borde de las lágrimas.

—¿Sabes por qué?

Ella se apresuró a negar con la cabeza. Estaba increíblemente aterrorizada.

—¿Qué lleva a un ser humano, cuyo instinto de supervivencia es considerado su característica más representativa, a sentir una desesperación, o, por el contrario, a no sentir, al punto de convencerle de quitarse la vida? El daño físico es horrible, pero ¿qué tipo de daño es tan atroz que quiebra una mente hasta empujarla a infringirse a sí misma una tortura y la renuncia absoluta que representa el suicidio? ¿No te parece interesante?

Llorando en silencio, Daniela asintió, solo porque creyó que eso era lo que esperaba el muchacho de escalofriante acento francés.

—Entonces, señorita Caster, ¿sabías que las probabilidades de que una persona cometa suicidio crecen de manera exponencial cuando esta ha recibido el tipo de abuso del que tu hermano es constantemente culpable?

—Él no...

—No me importa tu confesión, Daniela —cortó Aleksis—. De hecho ni siquiera me importas tú, pero mi hermana mayor es una sentimental odiosa e insiste en que te dejemos fuera de esto. Tenemos todo lo que hace falta para hundir a Julio y a tu familia con él. Así funciona Frey's Empire, nos enteramos de todo lo que nos proponemos saber. Pero tú puedes librarte. Y esta es tu última oportunidad. La última, porque mi hermano no tiene paciencia. Y el tuyo le ha hecho un daño irreparable a su novia, aunque tal vez eso tú ya lo sepas.

—¿Por qué dices que yo...? ¿Salvarme de qué?

—Bueno, Daniela, si tu hermano va provocando suicidios por ahí y tú lo sabes, eres cómplice de asesinato. Eso lo sabías, ¿no? Tal vez tus huesos no se descompongan en la cárcel como los suyos, pero al menos quince años pasarás encerrada. Tus amigas te visitarán los primeros meses, por supuesto, pero pronto la presión mediática las hará entender que no es bueno que se las vincule de ninguna forma con un asesino y agresor sexual...

—¡Mi hermano jamás ha violado a nadie! —chilló Daniela entre sollozos, más alterada que nunca—. Se mete en problemas de vez en cuando, pero nunca...

—¿Quieres contarme acerca de esos problemas, Dani?

—Yo... —Ella sorbió por la nariz—. ¿Me ayudará a quedar libre?

—Por supuesto, si colaboras, no quedarás como cómplice, sino como quien hizo posible la captura de...

—No, no, no —Daniela se tapó la cara y volvió a sollozar, temblando—. No quiero que nadie se entere...

—Lo entiendo, y por eso te aclaro que tu nombre no tiene que salir involucrado. Siempre que sea como colaborador y no acusado. —Aleksis se arregló los lentes y por primera vez miró a Daniela a la cara—. Dime, ¿por qué le tienes miedo?

—Él no es un asesino, tampoco un... eso.

—¿Es lo que crees o es lo que te dices?

—Yo jamás lo he visto hacer nada de eso.

—Lo que, a su vez, significa que no te consta su inocencia.

No era una pregunta.

—Pero tampoco puedo ayudarles si resulta que es culpable. Yo no sé nada que les sirva.

—¿Y qué es lo que sabes, Daniela?

—Ustedes no lo entienden, él no es malo. Yo soy la que ha hecho cosas terribles, él simplemente me guarda el secreto.

Aleksis asintió una vez y le dio la espalda, empezando a caminar en dirección contraria a la vez que hablaba.

—Quieres decir que te extorsiona.

—Yo no dije...

—¿Lo hace?

—Solo me chantajea un poco, es cosa de hermanos.

—Mis hermanos tienen un sentido de la moral bastante retorcido, pero jamás hemos hecho una cosa semejante con los secretos del otro. —Aleksis se dio la vuelta y la miró—. Tus nociones sobre la hermandad me preocupan.

Daniela abrió la boca, como para discutir, pero Aleksis prosiguió, dándole la espalda.

—¿Qué pudiste haber hecho, Daniela, que fuera tan terrible como para encubrir a semejante *merde*?

—Yo... Empezó cuando entré al liceo. Mis padres son bastante permisivos pero muy conservadores. Estoy... o estaba, no sé, con Jonás solo porque ellos controlan todo. Hasta los besos los tenemos limitados y se mueren si se enteran de que...

—El coito es tabú para ellos, entiendo.

—Bueno, sí. Cuando estaba en primero solo podía salir si era con Julio, ahora también me dejan con Rebe y Jonás, porque confían en ellos y porque Jonás es superamigo de Julio, pero antes no. Así que todo empezó en una fiesta a la que Julio me llevó. Primero me dijo que bailara con un amigo suyo. Se me hizo raro, a mí no me dejaban bailar, a mis padres les da algo si me ven moviéndome así, y más en público. Y Julio era igual, siempre criticó a las mujeres que bailaban en las fiestas. Pero le habían ofrecido una caja de cigarrillos, así que me dijo que podía hacerlo, siempre que fuera con ese amigo y bajo su supervisión.

Aleksis escuchaba sus palabras con los dedos en los labios y la mirada perdida, analizando hasta las pausas del discurso.

—La cosa es que lo que empezó con un baile terminó con Julio tirando de mi brazo para... La fiesta no era en un club, ¿sabes? Era en el garaje de una casa. Por lo que nadie entraba a la casa a menos que pidiera el baño prestado. Así que imagina mis nervios cuando Julio me arrastra hasta el interior de la casa. Nos quedamos justo en el pasillo del baño, y por su expresión me asusté mucho. Pensé que iba a regañarme, decirme que me había dicho que bailara con el tipo para probarme o algo así.

Daniela hizo una pausa en la que Aleksis olfateó los signos del trauma vivido.

—¿Qué pasó luego, Daniela? —insistió Aleksis.

—Me preguntó, insistentemente, casi... frenético. —Negó con la cabeza ahuyentando el recuerdo—. Me preguntó si me había gustado bailar con su amigo, si lo quería besar y tal. Yo le dije que sí después de que insistió mucho. Al principio lo negué porque me daba miedo que me regañara, pero como estaba insistente lo admití. Y es que sí que me gustaba el chico, de hecho era el que más me atraía de su grupo de amigos. Así que me dijo que me haría un favor, que podía entrar al baño con el tipo y dejar que me besara.

Daniela hizo una pausa y miró a Aleksis como si esperara un veredicto al respecto, pero el chico seguía inexpresivo y con la vista en otro lado, así que ella terminó la historia.

—Lo hice. Y nos besamos. Más tarde, cuando ya nos íbamos, Julio me dijo que fuera de nuevo con su amigo. Obviamente le pregunté por qué le importaba tanto y me dijo, en complicidad, que el carajo le estaba pagando con más cigarrillos. Me reí, me pareció algo divertido, una anécdota de hermanos. Así que fui de nuevo con su amigo. No hay nada de ese día que me haga sentir mal. Hasta la siguiente semana, cuando fui de fiesta con Julio y me pidió que hiciera lo mismo con otro amigo suyo.

—Y te negaste.

—Sí, ese amigo era feo.

—Pero él te amenazó con contar a tus padres lo de la noche pasada.

—Sí. Dijo que les diría que me acosté con su otro amigo. Me puse a llorar, le juré que ni siquiera dejé que me tocara, pero no me creyó. Me dijo «Estabas encerrada en el baño con ese chamo, ¿cómo carajo quieres que te crea? No sé lo que pasó ahí». Y tenía razón. —Daniela volvió a sollozar—. Así que esa noche hice lo que me pidió. Y la siguiente. Y la siguiente. Y cada vez sus amigos le pedían más cosas de mi parte porque pagaban más, pero cada vez podía negarme menos porque la lista de las cosas terribles que había hecho era más larga. Mis padres me matarían si supieran la mitad. Y es que antes ni siquiera lloraba tanto, sabía que era una puta, pero estaba bien, en serio, todas a mi edad lo son. Pero con el pasar de los meses ya no solo sus amigos empezaron a pagarle... Nunca he podido decirle que no. Arruinaría mi existencia. Mi delicada relación. Mi familia... Simplemente no puedo escapar de esta vida que escogí sin querer.

—No eres ninguna puta, Daniela. Tu hermano te prostituye.

Su llanto se intensificó, quebrado, inconsolable.

Fue cuando Aleksis salió al pasillo y se dirigió a sus hermanos.

—Graba todo lo que diga —le dijo a Verónika—. Va a responder a todo, pero mejor que le preguntes tú, yo no tengo el tacto para eso.

Verónika hizo un saludo militar y entró a la sala de cirugía, cerrando la puerta detrás de ella.

—Yo me voy —dijo Axer—. Me tengo que encargar de Julio.

—No lo mates, habremos hecho todo esto para nada.

—No lo voy a matar, por el contrario, le haré saber que terminará rogando que lo mate.

Aleksis asintió.

—Ve. Confío en que entiendes que la muerte es más bondadosa que el perdón.

—Avísenme de cualquier novedad. Yo aprovecharé para hablar con la guardia. Estarán entusiasmados de participar en un caso de este calibre.

—Es un cobarde —señaló Aleksis—. Ataca solo a niñas menores. Sus mensajes con Jonás sugieren que tampoco actúa solo, se endiosa cuando está en compañía de su séquito. Así que, sí, es un cobarde. Si se ve acorralado, buscará la salida fácil.

—¿Crees que se suicide? —indagó Axer.

—Con toda probabilidad, en especial si piensa que no hay más escapatoria, que las pruebas en su contra son contundentes y que su destino es pudrirse en prisión con su reputación manchada.

—Eso no importa —finalizó el mayor—. Tendrá que cortarse la cabeza en una guillotina, de lo contrario yo iré a buscarlo al infierno las veces que haga falta para hacerle volver y pagar los crímenes que cometió en vida.

Pasaron días en los que Axer y Sinaí no se vieron más que en la distancia en el colegio, pues él estaba demasiado ocupado con su tesis y el trabajo, y ella había empezado una semana de exámenes intensivos que no podía reprobar si quería salvar el año.

Esa tarde, él estaba concentrado leyendo doscientas páginas de un estudio de una nueva medicina que consideraban adjuntar al inventario del laboratorio, sus labios inmortalizados en una sonrisa que ni él mismo notaba. Vivía con ese brillo extraño, y Verónika no iba a perder la oportunidad de señalarlo.

—Das miedo —dijo ella sentándose encima de la piedra pulida de la mesa. Estaba con su bata y el resto del uniforme de laboratorio a excepción de los guantes.

—¿Abriste un espécimen interesante hoy? —preguntó Axer sin levantar la vista de su estudio.

—Ya estaba abierto. Estudiaba el efecto de distintas dosis de *brigga* sobre un hígado a petición de mi padre.

—Seguro que tiene que ver con Dain —acotó Axer—. Lo vi hace poco en el laboratorio.

—Lo sabemos —dijo Víktor Frey, quien entró a la sala comiendo un panecillo a la vez que leía una especie de informe de al menos once páginas. Se sentó en su respectivo asiento y habló sin siquiera levantar la vista de sus papeles—. Me habló ese día, y dice que tienes la fiebre de Schrödinger.

La mandíbula de Axer se tensó. Con disimulo levantó un poco su trabajo para que no pudieran estudiar su rostro mientras decía:

—Sigo siendo perfectamente funcional en el trabajo y en mis estudios, así que no será una fiebre muy peligrosa.

—Sí, pero ahora eres mortal —se burló Verónika.

Axer dejó el estudio en su regazo y miró a su hermana con una sonrisa fingida.

—Entonces consideraré inyectarme como los Jespers.

—Hazlo y te quito el apellido —advirtió su padre tranquilamente.

Axer, disimulando la risa, volvió a concentrarse en su tarea.

—¿Quién tiene fiebre? —preguntó Aleksis entrando a la sala con una tacita de café.

—Tu hermano —contestó Vero con un gesto que imitaba el vómito.

—A mí no me eches toda la culpa, también es tu hermano —dijo Aleksis con su característica e inquietante inocencia fingida—. Y yo soy el menor, tú tienes más responsabilidad que yo.

—Pues parecía funcional hasta hace unos meses, seguro que es un virus que le está jodiendo el software —acotó Verónika en tono profesional.

—Padre —llamó Aleksis—. Si Vik se pudo enamorar...

—Nadie dijo que estuviese enamorado —discutió Axer sin despegar la vista de su tarea.

—Por favor —bufó Verónika—. Estás leyendo sobre efectos de fármacos a través de un catéter venoso central y sonríes como si leyeras el guion de *Anne with an E*.

—Me apasionan los fármacos —argumentó Axer con tranquilidad, pasando las páginas.

—Sí, los que le vas a inyectar a tu gato —susurró Aleksis haciendo que Verónika casi escupiera al reírse.

—Vikky, Leksis, respeten a su hermano —regañó el señor Frey—. Él no tiene la culpa de haber nacido con emociones.

Axer alzó los ojos hacia su padre, quien a duras penas contenía las ganas de reír, y le insultó con esa sola mirada en todos los idiomas que sabía hablar.

—Ya en serio, la chica parece ser decente, no la hagan sentir peor de lo que ya debe sentirse porque le tocara un novio como él —añadió el padre.

Mientras Verónika se carcajeaba, el padre añadió:

—No te rías mucho, Vikky. Podría ser peor. Podrías haberle tocado tú.

Axer tuvo que morderse la boca para no sonreír.

—Entonces —continuó Aleksis—. Si Vik se puede enfermar y nadie hizo un drama, yo también puedo, ¿no?

El padre suspiró, dejando sus papeles en la mesa.

—A veces olvido que estás por cumplir dieciocho. Ya es momento de que tengamos esta conversación... Háblanos de tu preferencia sexual, Leksis. ¿Robots o computadoras?

—Espejos —susurró Axer, a lo que Aleksis reaccionó lanzándole una mirada de advertencia.

—Son bastante ciegos todos, ¿eh? —comentó Verónika aceptando la copa de champán que le ofreció Silvia—. A Aleksis lo que le gustan son los cerebros.

—En eso somos idénticos, ¿o no, Vikky? —atajó el menor—. Nos inclinamos más por los órganos que por quienes los traen consigo.

Verónika movió la cabeza de forma dubitativa y dijo:

—Yo disfruto lo mejor de los dos mundos, pero jamás cometería el error de Vik de contraer esas fiebres.

—Mortales —susurró Aleksis y bebió de su café—. Por eso yo soy el listo.

—Aleksis —dijo Axer levantándose y lanzando su libro a un sillón lejano.

—¿Qué?

—Hablamos cuando hayas cogido.

Y despidiéndose con un beso de su desquiciada hermana mayor, que lo saludaba con el dedo medio, salió disparado hacia el ascensor.

Decidió que tenía planes para esa noche.

27

Mercy

AXER

Cuando la señora Ferreira abrió la puerta, esperaba que fuese el vecino, la policía o un alienígena que hubiese estacionado por error frente a su casa y estuviese buscando indicaciones, pero jamás imaginó que lo vería a él. O a ellos.

Axer Frey saludaba con una sonrisa decente y una bolsa de cruasanes en la mano mientras, a su lado, su chófer lo ayudaba con dos Coca-Cola y una bolsa grande de Doritos.

Axer había pensado en comprar vino o algo similar, pero revisó la información que le había copiado a Vikky de su investigación sobre la madre de Sinaí y creó un perfil que revelaba que sería un acierto planear algo más informal para esa noche, y con Doritos.

—Señora Ferreira, él es Federico, mi chófer —saludó Axer a la vez que señalaba al chófer. Al hombre apenas se le notaba la sonrisa de cortesía detrás de las bolsas que cargaba—. Y... no queremos incordiarla, solo pasamos a traerle esto para su cena.

—Por la vagina de Ara, no esperaba visitas —exclamó la señora Ferreira intentando peinarse sus cortas greñas.

—No se preocupe —dijo Axer—, no entraremos...

—Nada de eso, pasen o no voy a aceptar lo que trajeron. Excepto los Doritos, tal vez, pero lo demás juro que no.

La mujer se hizo a un lado y les indicó dónde poner cada cosa antes de conducirlos a la mesa.

—Yo cuido de los Doritos —dijo la mujer, casi arrancando la bolsa de los brazos del chófer.

Axer sonrió con orgullo en su fuero interno; punto para él.

—Señora Ferreira... —empezó a decir tomando asiento.

—Oh, no, ya no soy Ferreira. Llámame Clariana. O suegris, si es que aplica. O sea... —La mujer empezó a gesticular mucho con las manos—. Yo no me meto en eso, ¿sabes? Yo dejo que mi hija se meta sus coñazos ella sola, como con el delincuente ese... —Se tapó la boca notando por dónde se estaba yendo—. Digo que no me meto en eso, los jóvenes de ahora viven con eso de que no le quieren poner etiqueta a nada y está bien, aunque... no estaría mal saber qué hay con ustedes, ¿sabes? Aunque no sea nada... formal.

Axer entendió menos de la mitad de lo que acababa de decir la señora Clariana, así que lo disimuló fingiendo que su teléfono vibraba. Lo apagó y lo guardó en la mochila que llevaba a la espalda.

La señora Ferreira se sentó en el respaldo de un sofá cercano a la mesa y añadió:

—Pero sin presión.

Con una sonrisa medida de un chico bueno e intelectual, Axer contestó:

—Y a eso he venido, Clariana. Hace unas semanas su hija y yo formalizamos nuestra relación y no había tenido la oportunidad de...

Al oír eso ni siquiera lo dejó terminar y se bajó del respaldo del mueble de un salto.

—Espera... ¿Ya...? ¿Son novios? ¿Novios novios?

Él sonrió con educación.

—A menos que yo haya malinterpretado todo, creo que sí.

La mujer abrió la bolsa de Doritos y comenzó a comerlos, así que cuando habló lo hizo con los ojos abiertos de asombro y la boca llena.

—Pero ¿novios al nivel de que...? ¿Es serio? ¿Tu familia está al tanto ya?

—Así es, y mi padre la adora.

«Y no entiendo por qué».

—¡¿Por qué?! —inquirió la madre.

—Usted la parió, usted dígame.

La señora soltó una carcajada que Axer acompañó con una amplia sonrisa divertida, ella fue hacia las encimeras de la cocina para servir el refresco como si fuese el licor de la noche, y el chófer se levantó a ayudarla a poner los cruasanes en platos e incluso llevó a la mesa lo que le correspondía a Axer.

La señora Ferreira estaba inmersa en la pantalla de su teléfono mientras bebía el refresco.

—No pretendo ser maleducada —explicó ella pasando el dedo por la pantalla—, es que no me esperaba esta vaina y no practiqué qué preguntas se supone que debo hacer, así que las ando buscando en Google.

Axer asintió y empezó a beber su refresco. Federico, a su lado, se comía su cruasán picando pedazos diminutos con sus dedos y llevándoselos a la boca para luego pasarlos con un trago como si fuera vino. Tenía hasta más elegancia que Axer.

—Tome su tiempo —dijo Axer a la mujer luego de tragar.

—¡Ya está! Ajá... —Despegó los ojos del teléfono y se fijó en Axer—. ¿Qué intenciones tienes con mi hija?

—¿Quiere la respuesta honesta o la que tuve que practicar de camino aquí?

Con una sonrisa divertida, la señora Ferreira dijo:

—La honesta promete, así que a ver esa.

—Bueno, yo me preocuparía más por las intenciones que su hija pueda tener conmigo que al contrario. No quiero crear calumnias injustificadas, Clariana, pero... —Axer suspiró— ella a veces da miedo.

La señora Ferreira escupió el refresco mientras reía a carcajadas. Iba a pararse en busca de un trapeador, pero el chófer se ofreció a ayudarla.

La mujer aprovechó el momento para decirle a su yerno:

—Chico, me agradas, así que tengo que hacer esta pregunta... —Se inclinó hacia él y bajó la voz—: ¿Te está obligando a algo? Parpadea dos veces si necesitas ayuda.

Axer se inclinó también hacia adelante y dijo en tono confidencial:

—Si parpadeo, ella lo sabrá.

La nueva risa de la madre de Sinaí hasta la hizo escupir unos trozos de Doritos, por suerte esa vez se estaba tapando la boca.

Axer negó con la cabeza con una sonrisa divertida y con la misma diplomacia de siempre procedió a explicarse:

—No crea que he venido aquí a pedir auxilio, estoy bastante cómodo con mi síndrome de Estocolmo. Su hija se ha encargado de hacer de mi cautiverio una adicción.

Al escucharlo, la señora Ferreira quedó con los ojos muy abiertos y un Dorito a medio camino de su boca. Podrían haber hecho un meme de esa expresión.

—En serio que esa niña te tiene mal —susurró la madre—. En fin, ¿sí sabes cuáles son las intenciones de ella contigo? No es que me importe, pero un chisme no se le niega a nadie.

Axer asintió con solemnidad.

—Como buen rehén, he observado lo suficiente para recolectar información sobre mi captor, y creo que he llegado a concluir sus intenciones. Si no me equivoco, incluyen un secuestro, una boda cerebral y unos cuantos hijos.

Axer, con su sonrisa encantadora y su actitud elegante y educada, pretendía que sus verdades sonaran a chiste, y sin duda la señora Ferreira las estaba disfrutando como tal, soltando una risotada tras otra.

—Sí, sí, sé lo de los hijos. La escucho practicar en el baño para cuando le toque regañarlos.

Axer inspiró profundamente para no reírse, pero su rostro estaba tan invadido de aquella diversión que estaba rojo por el esfuerzo.

—Entonces, volvamos a tus intenciones... ¿Piensas seguirle el plan a mi loquita...? Digo, a mi hija.

Axer sonrió con educación y movió la cabeza de forma dubitativa.

—Espero poder reducir la condena, o al menos empezar por criar un elefante. Si sobrevive, ya decidiremos si traer más seres humanos al mundo, Lo del secuestro y la boda entre cerebros admito que no me suena tan mal, su hija tiene una mente muy... interesante. Sería un honor descubrir hasta dónde puede llegar.

La señora Ferreira frunció el ceño.

—Pero si son tal para cual ustedes, los dos hablan como una enciclopedia andante.

Axer se encogió de hombros y bebió de su vaso.

—¿Puedo saber... cómo... pasó? —escudriñó la madre—. Ay, sé que no debo preguntar esto a mi yerno, pero es que ella no me va a contar.

—¿Cómo pasó exactamente qué?

Eso le daba tiempo a Axer a editar todo lo ilegal de la historia y hacerla políticamente aceptable.

—¿Cómo te «conquistó»?

—Me ganó. —Esa simple mención fue una herida para su ego, y más al tener que admitirlo ante Federico. Sin embargo, disimuló sus emociones como solo un Frey podía hacerlo—. Jugando al ajedrez, por cierto.

—Ajedrez... —La madre silbó con admiración—. En mis tiempos te dedicaban las de Don Omar, te sacaban a la pista y te preñaban con el primer roce en un perreo.

—¿El primer qué?

—Ay, se me olvida que eres extranjero. Nada, que eran otros tiempos. —La mujer volvió a fijarse en su teléfono—. Bueno, según Google la siguiente pregunta sería algo como... ¿Cuál es tu proyección a futuro?

—Seguir los pasos de mi padre, sin duda. Estudiar Medicina y especializarme como cirujano.

Era una respuesta honesta en promedio.

—¿No era abogado tu padre? —preguntó la mujer metiendo la mano en la bolsa de Doritos.

—Lo es, es lo que ejerce aquí, pero también tiene título de cirujano.

Otra verdad a medias.

—Guau... ¿Y qué haces aquí hoy? Digo, ¿vienes a llevártela, a visitarla o...? ¿Qué? ¿Qué procede? Soy nueva en esto.

Las comisuras de los labios de Axer temblaron y sus ojos brillaron al decir:

—Lo crea o no, yo tampoco había hecho esto antes.

—¿Ah, no? Te sale tan natural que da miedo. ¿Entonces tus otras relaciones no llegaron a este punto?

—No he tenido otras relaciones, Clariana. Solo su hija.

Ella abrió los ojos con sorpresa y terminó de beberse el refresco de un trago.

—No voy a fingir que no me sorprende.

Axer tuvo que morderse los labios para no reír.

—Yo tampoco —añadió.

La madre estiró su vaso mientras Federico le servía más refresco y luego lo extendió hacia Axer para que brindara.

—Algo sí quiero pedirle —dijo el ruso después del brindis.

—¿Su mano?

—Sería un poco controversial que viajara solo con la mano de su hija en la guantera, esperaba que pudiera prestármela a ella completa.

—Uy, ¿un viaje adónde?

—A mi hermana le adelantaron su tesis de Medicina y toda la familia irá a Mérida para celebrarlo...

Federico soltó una tos inoportuna y Axer se volvió para mirarlo con los ojos entornados.

—¿Algún problema, Fede?

—No, señor. Seguro que fue el refresco.

Pero Axer adivinaba las ganas de reír en las comisuras de los labios de su chófer.

—Sin duda —dijo Axer, y se volvió hacia la dueña de la casa—. Como le decía, nuestra familia irá a Mérida para celebrar este hito y esperaba que usted le permitiera a su hija acompañarnos.

—¿A su viaje familiar?

—Así es —dijo Axer haciendo un gesto con la mano que distrajo a la señora Ferreira.

—Oye —dijo la mujer—, ese anillo que tienes es muy Slytherin de tu parte.

—Usted también es *potterhead* —señaló Axer comprendiendo cosas.

—Claro que sí, ¿quién crees que le compró los libros a Sinaí?

—Yo tuve que leerlos para tener tema de conversación con ella —añadió Axer.

—¿No hay mucho de lo que hablar en el ajedrez?

—El ajedrez se juega entre mentes, no es verbal. En general lo que se dice durante una partida es principalmente para advertir o despistar. —Se encogió de hombros—. Creo que es la mejor manera de resumir por qué estoy con su hija: es mi rival favorita.

—Madre Santísima, hijo mío, estás mal. —Ella suspiró—. La respuesta es sí, por cierto. Adonde la quieras llevar; Mérida, tu casa, Dubai, la luna; es toda tuya.

—¿Dónde está ella ahora?

—En su cuarto, supuestamente haciendo la tarea de mañana. ¿Quieres pasar a saludarla?

—Si no es molestia.

—Anda, la harás tan feliz que capaz se muere de un infarto.

«Podría revivirla».

—Cuidaré que eso no pase —dijo él—. ¿Puedo usar su baño antes?

Una vez en el baño, Axer se arremangó la camisa para poder enjabonarse las manos hasta los codos. Se frotó la piel con la pastilla de jabón recién abierta que antes llevaba en el bolsillo y contó del diez al uno con los ojos cerrados mientras intentaba acompasar su respiración. Una vez tuvo los brazos bajo el chorro del lavamanos, empezó el alivio.

Se secó, volvió a acomodarse las mangas y se miró en el espejo mientras practicaba su expresión amable y tranquila, que no reflejara nada de sus pensamientos, pero que tampoco resultara ofensiva o maleducada.

Luego se dirigió a la habitación de Sinaí.

Cuando ella abrió la puerta lo hizo con el fastidio típico de quien no se quiere separar de su cama, pero, cuando sus ojos vieron a Axer, su rostro reflejó un estado de horror que incluso la impulsó a cerrar la puerta en el mismo segundo en que la abrió.

Axer soltó todo su aliento con aire de cansancio y volvió a llamar.

—Nazareth, abre la puerta. Empiezo a creer que me tienes un altar al otro lado y lo estás desmontando para que no lo vea.

Axer frunció el ceño y se acercó más a la puerta. Al otro lado se oía sonido de pasos por toda la habitación y de cosas que se movían de un lado a otro, y eso lo hizo pensar de más.

—Espera... ¿Sí me tienes un altar?

—¡Por supuesto que no! —gritó Sinaí al otro lado.

—¿Entonces por qué no me abres la puerta?

—¡¿Te puedes esperar?! Hay ropa íntima por todos lados.

Axer calló y decidió que tal vez era mejor dejar de insistir, pues no se creía apto para entrar al cuarto con ese nivel de desorden.

Al otro lado de la puerta, Sinaí profesaba en silencio los gritos de *fangirl* más histéricos de la historia, con una almohada pegada en la cara para que no se le escapara ningún ruido y dando brinquitos de emoción por todo el cuarto.

Axer Viktórovich Frey, su genio favorito y doctor estrella, estaba dentro de su casa, llamando a la puerta de su habitación.

Si se lo hubiesen advertido a la Sinaí del primer día de clases, se habría meado de la risa.

Abrió la ventana, todavía roja y con las mejillas doloridas de tanto sonreír, tomó un perfume y roció su fragancia a la vez que sacudía las sábanas. No sabía qué más intentar para contrarrestar el olor del pedo que se había tirado hacía un momento.

Volvió a situarse frente a la puerta, se peinó rápidamente con los dedos los mechones fuera de su moño e inspiró tantas veces como fue posible. Sin embargo, seguía sin calmarse, así que se abofeteó. Axer no debía ver ni rastro de esa sonrisa.

Al abrir, Axer la miraba desde arriba con los ojos entornados y las manos dentro de sus bolsillos, Sinaí imitó su actitud al recostarse contra el marco de la puerta con los brazos cruzados y decir:

—¿Te acordaste de que tienes novia?

Él frunció el ceño.

—¿Ser tu novio implica que tenemos que vernos todos los días?

—No tanto como vernos, pero al menos hablarnos.

—Entonces renuncio.

—No puedes renunciar a ser mi novio así, Axer. Tienes que presentar un informe con tu queja y esperar a que el Departamento de Recursos Humanos la procese, y eso tomará... —Fingió que miraba un reloj en la muñeca—. Cuatro meses. Así que, hasta entonces...

Axer se mordió el interior de la mejilla para no sonreír.

—Te estoy contagiando mis buenas costumbres —dijo—. ¿Puedo pasar?

—Yo... —Ella se hizo a un lado—. Puedes, sí. Lo que no entiendo es por qué quieres. ¿Cómo entraste?

Sinaí se tumbó boca abajo en la cama, con la barbilla apoyada sobre sus brazos y mirando a Axer, que se había sentado al otro lado de la habitación en una silla de la que tuvo que quitar la bolsa del colegio.

—Evidentemente me abrió tu madre.

—Sí, pero... ¿con qué excusa? Es decir, una cosa es que ella me deje ir a tu casa sin pedir una explicación demasiado profunda sobre lo que pasa entre nosotros, pero otra muy distinta es que vengas aquí y le pidas entrar a mi cuarto a... ¿Qué? ¿Qué excusa pusiste?

Axer enarcó una ceja.

—¿Excusa para qué, Nazareth? Quería ver a mi novia.

Sinaí se quedó con los ojos como dos tortillas y tuvo que sentarse en la cama.

—¿Qué le dijiste a mi madre, Axer Frey?

—Que me vuelves loco. Y literalmente. Ahora... —Levantó su propia mochila—. Tengo trabajo que hacer, así que trata de no desconcentrarme siendo una Schrödinger intelectual en mi presencia.

—¿Viniste a mi cuarto a estudiar?

—Tú deberías hacer lo mismo, tu madre me dijo que tenías exámenes mañana —dijo Axer levantando sus notas, lapicero en mano.

—¿Esta es tu idea de una visita romántica?

—¿Alguna queja?

—Eres muy aburrido.

Él la ignoró por completo y siguió a lo suyo.

Axer se había fijado desde el primer instante en la camisa que llevaba puesta Sinaí, esa que ella misma mandó hacer con el grabado «Novia de Hannibal Frey». Eso, el hecho de que sus piernas estuviesen descubiertas dejando a la imaginación si llevaba algo debajo de esa camisa tan larga y que tuviera el cabello en ese moño que era un desastre atractivo llevó a Axer a preguntarse cómo haría una persona normal para comunicar pensamientos como los que él tenía al verla a ella así. Decidió que la mejor manera era decir:

—La camisa casi no se ve espantosa cuando la llevas puesta tú, Schrödinger.

—En serio, no sé si te estás burlando de mí o me estás proponiendo matrimonio.

Axer resopló y siguió a sus cosas.

—Te ves sexy cuando te concentras, Frey.

—Nazareth.

Sonó como una advertencia, lo que hizo a Sinaí morder sus labios. No podía creer que fuese real, Axer sentado en su habitación.

—¿Mi madre no te dijo nada... incómodo? —insistió Sinaí—. Ella cree que los suéteres de cuello alto eran porque estaba llena de chupones.

Axer detuvo su lectura un momento, hizo todo el esfuerzo que era capaz para no demostrar esa pequeña vergüenza que amenazaba con abrazarlo.

Siguió a lo suyo.

—No debiste decirle a mi madre que somos novios, le romperás el corazón cuando terminemos —añadió Sinaí.

Axer dejó sus cosas a un lado, resignado, y miró a su novia. Entonces recordó por qué había preferido tener los ojos en la notas. Era más fácil de sobrellevar.

—Solo igualé las situaciones —explicó—. Mi padre escogió la paleta de colores para el evento para que todos fuésemos combinados, nos escogió el mismo confeccionista y te agregó a la lista. Eso, en su idioma, es que asume que nos vamos a casar algún día.

—Espera, espera... ¿Qué evento?

—Ya te hablé de Mérida, Nazareth.

—No te dije que iría.

—No, pero tú madre sí, así que... si no quieres que tenga que plagiar tu plan para proponerme matrimonio...

—¿Cuándo?

—Mañana salimos.

—Axer, yo... —Ella carraspeó, su emoción se estaba notando demasiado—. ¿Y mis exámenes?

—Anne habló con tu profesor guía, entiende la situación y podrás presentar las evaluaciones la semana que viene.

Sinaí, por dentro, se estaba muriendo de ganas de gritar, y sabía que su sonrisa estaba a punto de ser demasiado evidente sin importar cuánto tensara las mejillas, así que decidió salir con la excusa de que iba a pedirle una explicación a su madre.

Sin embargo, cuando vio a su madre, ella estaba cerrando la puerta despidiendo a la última persona que Sinaí se imaginaría que le robaría una sonrisa tan estúpida a tu madre.

—¿Qué hacías con Lingüini?

La madre se volvió hacia su hija con el ceño fruncido.

—¿Quién sirios es Lingüini, Sinaí?

—El chófer, mamá, lo vi salir...

—Ahh, hablas de Fede.

—¡¿Fede?! —Sinaí soltó una risa—. Ay, coño, no puedo creer que esté viviendo esto...

—¿No puedo hablar con otros seres humanos?

—Es el chófer de Axer.

—¿Y?

—Que seguro le llevas unos diez años.

Eso le borró todo rastro de buen humor de la cara a la señora Clariana.

—¿Estás necesitada de una paliza?

Sinaí se mordió la boca para no seguir riendo, así que la madre prosiguió.

—¿Todo bien con tu novio?

—No es mi... —Dándose cuenta de lo que decía, negó con la cabeza—. Perdón, no me acostumbro. ¿Se puede quedar, por cierto? Ya que espantaste a su chófer...

La madre se encogió de hombros aguantando las ganas de reír.

—Mientras me dejen dormir... Por cierto, si no me traes algo de Mérida, te echo de la casa.

—Trato.

La chica corrió hacia su madre y la abrazó emocionada antes de volver rumbo a la habitación, pero a mitad de camino se detuvo y dijo:

—Mamá...

—¿Sí?

—Es mi novio —chilló en voz susurrada, apenas conteniendo la fuerza de su emoción.

La madre sonrió, con un brillo genuino y contagioso en el rostro, mientras miraba a su hija de una manera que casi presagiaba lágrimas.

—Amo verte feliz —dijo antes de irse a su propio cuarto.

Cuando Sinaí entró en su habitación, no esperó ni a que el visitante asimilara su presencia antes de decirle:

—Túmbate en la cama, hoy vamos a dormir juntos.

«¿Qué diablos te pasa? —se preguntó el ruso a sí mismo—. No sonrías».

—¿Fuiste a preguntarle a tu madre si me puedo quedar? —Fue lo que le dijo a Sina en un tono que pretendía ser burlón.

Ella disimuló su sonrojo señalando a su novio de manera amenazante.

—Calla, tú lo hiciste antes, ¿o lo olvidaste? Se lo preguntaste a tu padre en plena cena familiar.

Axer se levantó de su silla y se quitó la camisa para acercarse a Sinaí. Una vez estuvo frente a ella, Sina tuvo que alzar el rostro para mirarlo a los ojos mientras presionaba tímidamente las manos sobre su abdomen.

—No estás obligado tampoco —susurró ella.

Él respondió con un beso en su frente y se subió a la cama, sentado con la espalda en el respaldo.

—Si quieres, puedes traer tu tarea y te ayudo a estudiar —ofreció Axer.

—Uy... —silbó Sina subiéndose también a la cama—. Eso sonó muy Bad Bunny de tu parte.

—¿Qué?

—¿No has escuchado su verso en «AM Remix»?

Axer se quedó callado, esperando que su expresión fuese suficiente respuesta. Sinaí, poniendo los ojos en blanco, recostó la cabeza sobre el regazo de él. Le parecía un arduo trabajo eso de tener un novio que no escuchaba reguetón y por lo tanto no entendía sus referencias a Bad Bunny, pero podía olvidarlo siempre que su regazo siguiera resultándole así de cómodo.

—A ver...

Ella extendió las manos hasta tocarle el rostro a su novio, quien la imitó. Mientras ella le acariciaba la nariz, él hacía lo mismo; si ella le tocaba los labios, él igual. Eso la hizo sonreír, y, como un reflejo, a él también.

—¿Puedo decirte bebé?

Y con esa pregunta acabó la sonrisa de Axer.

—¿Cómo dices?

—Bebé, ¿puedo llamarte bebé?

—¿Puedo decirte feto?

Ella abrió la boca indignada, pero no aguantaba la risa.

—¿Por qué me dirías feto, Axer?

—¿Por qué me dirías bebé?

—¡Porque soy tu novia!

—Mi novia, no mi madre.

—Olvídalo, le quitas lo divertido a estar vivo.

Él, acariciándola en las mejillas con el reverso de sus dedos, le dijo:

—Busca tu tarea, bonita, en serio quiero ayudarte.

—No quiero estudiar en este momento —se quejó ella—. Tengo dos semanas sin ver a mi novio, solo quiero disfrutarlo.

—Sí me veías. Y mucho, además. ¿No sabes disimular?

Ella puso los ojos en blanco y se incorporó para quedar sentada junto a él.

—Tu arrogancia es inconmensurable, Frey.

Él suspiró y se volvió hacia ella. Con una mano en su rostro la atrajo hacia sí hasta que, al hablar, los labios de él torcidos en una sonrisa altiva casi rozaron los de ella. Con un ligero susurro, sin dejar de mirarla directo a los ojos, dijo:

—¿Qué más, Nazareth? Soy egocéntrico, aburrido y una vergüenza de novio... Y aun así estás enamorada de mí.

Ella mordió sus labios y puso una mano en su pecho para empujarlo lejos de su rostro.

—Por favor, Frey, la gente dice toda clase de cosas durante el sexo, no me vas a decir que creíste eso, ¿o sí?

Él, todavía con esa sonrisa ladina, se encogió de hombros.

—Como tú digas.

Ella abrió la boca indignada.

—¿No me crees? —preguntó en un tono ofendido.

—Yo no he dicho nada.

—¿Por qué no me crees? ¿No fue lo mismo que hiciste tú? Porque hasta donde recuerdo también dijiste que estabas enamorado de mí en el baño de espejos, ¿o escuché mal?

—No, escuchaste perfectamente. La diferencia es que yo lo dije porque era lo que tú querías escuchar.

Ella aceptó el jaque, y usó su mejor expresión de suficiencia para contestar:

—Yo puedo decir lo mismo. ¿O no estabas tan desesperado por escuchar eso que cuando lo dije me diste, literalmente, un orgasmo «fuera de este mundo»?

Axer miró a Sinaí con las cejas arqueadas.

—¿Cuánto tiempo estuviste practicando ese chiste?

—Y tengo más de donde salió ese.

Él negó con una risa apenas contenida.

—No más, por favor —dijo y se palmeó el regazo—. Vuelve aquí, bonita. Me gusta cómo se siente tenerte encima.

Ella arqueó una ceja y, por la expresión de su rostro, Axer entendió que lo había malinterpretado.

Ella esa vez no puso solo su cabeza en su regazo, sino que se sentó sobre él, de frente, con las piernas abiertas y las manos alrededor de su cuello.

—No vamos a coger en casa de tu madre, Nazareth.

Ella arqueó una ceja, escéptica.

—Lo hicimos en el edificio de tu familia y en tu trabajo.

—Es distinto.

—Ya, Frey, solo bésame.

Axer le miró los labios, que estaban sin una gota de maquillaje, y quiso ser él quien los mordiera como ella estaba haciendo. Le costaba trabajo someter su imaginación cuando la veía con la boca entreabierta para tentarlo, pues todo lo que quería era tomarla de la nuca y poseerla, poner una mano en su cintura y moverla sobre esa zona en la que a ella le gustaba tanto jugar.

Pero no era el momento, y su autocontrol tenía un límite, así que la abrazó y se tumbó en la cama encima de ella.

Ella reía, con las piernas cruzadas en la espalda de Axer para que él no pudiera deshacerse de ella, y él, mirándola desde arriba, descubrió aterrado lo que sentía.

En ese momento, Axer entendió que se necesitaba muchísimo más coraje para perder que para ganar, y todavía no había llegado a ese punto. «Cobarde».

—¿Qué le hiciste a mi padre, Nazareth? —preguntó Axer, todavía encima de ella, quien jugaba con sus dedos en sus mechones de cabello.

—¿Crees que en serio dejó de odiarme?

—Oh, no —negó él—, todos te odiamos. Es la única manera en la que un Frey sabe profesar admiración.

Ella pasó sus dedos por detrás de la oreja de él y los deslizó con sutileza por su mejilla hasta detenerse en sus labios, rozándolos de una manera que los erizó a ambos.

Ella lo miraba a los ojos cuando, con una clara incitación, le dijo:

—¿Tú me odias?

—Muchísimo, Nazareth. —Y luego susurró—: *Ya nenavizhu tebya bol'she vsego na svete.*[10]

Ella se mordió los labios y él se descubrió en extremo tentado, así que se deshizo de la presa de las piernas de ella levantándose de un tirón.

—Ay, no te alejes —chilló Sina cuando él volvió a sentarse.

—Eres peligrosa, Schrödinger. No me voy a arriesgar.

—¿A hacer algo que te gustará?

—A incordiar a tu madre. No sabes estar en silencio durante esos momentos.

—Es tu culpa, ¿okay? Si pudieras hacerlo de una manera más... monótona, tal vez me aburriría lo suficiente para cerrar la boca.

—Antes mentías mejor. Ambos sabemos que no quieres que cambie.

—Nunca dije que quería que lo hicieras —respondió ella con un encogimiento de hombros—. Pero bien, si yo no sé cerrar la boca..., ¿sabrás hacerlo tú?

—¿Disculpa?

Ella gateó en la cama hasta meterse entre las piernas de él, donde sin ningún tipo de vergüenza empezó a frotar el rostro contra su pantalón.

---

10. «Te odio más que a nada», en ruso. *(N. de la A.).*

—Nazareth.

—No me regañes —susurró ella volviendo a sentarse en su regazo—. Castígame de una vez.

Él se mordió los labios, sufriendo.

—¿No te puedes comportar?

—No me quiero comportar.

Él apartó la mirada a la vez que soltaba una risita.

Ella, tomándolo por la barbilla, hizo que la mirara, y con sus dedos le abrió la boca para introducirse en ella lentamente a la vez que presionaba con más fuerza sus caderas sobre la entrepierna de él.

Él la tomó de las caderas para detenerla, pero acarició los dedos de ella con su lengua mientras los iba sacando de su boca.

Se dirijo al cuello de ella y lo besó lentamente, lo cual la consternó, porque empezaba a mojarse, y mientras más sentía la necesidad de moverse encima de él, más fuerte él la sometía con las manos en su cintura.

—Por favor —rogó ella.

Él negó con la cabeza, pero introdujo una de sus manos bajo la camisa de ella hasta acceder a la ropa interior.

—No te muevas —ordenó él en un susurro contra su cuello.

—Ajá.

Ella recibió con una fuerte respiración los dedos de él al rozarla dentro de la braga.

—¿No puedes callarte, gatita? —preguntó él con una risita contra la piel de ella que la hizo jadear.

Sinaí se mordió los labios y negó.

—Necesito silencio —dijo Axer, quien podía leer en el pulso del cuello de ella lo excitada que estaba—. Al primer ruido, paro.

—Ayúdame —musitó ella cuando los dedos de él empezaron a introducirse en su interior.

—¿Te ayudo, gatita?

—*Please*.

Él había pensado en taparle la boca, pero decidió dejarse llevar por otro impulso. Le acarició los labios con los suyos, bebiéndose todo ese aliento de anticipación, y metió sus dedos más profundos hasta que ella abrió la boca, y entonces la besó.

La besaba lento, y eso la hacía mojarse más, porque le daba tiempo a sentir la maestría de sus labios, la hacía imaginar escenarios mucho más perversos que en el que estaban y recordar la vez que esa boca había estado en otra parte del cuerpo de ella, a merced de su placer.

Axer sacó los dedos para estimularla por fuera, y ella entornó los ojos de placer. Gracias a ese beso sus sonidos se amortiguaban. Ella lo había extrañado demasiado, y casi quería llorar por la piedad de su contacto.

Él continuó estimulándola, siguiendo el ritmo que ella le pedía hasta llevarla al éxtasis que explotó con ella moviéndose contra su mano.

En una última y profunda exhalación, ella se dejó caer en la cama.

—Deja de consentirme, Vik, que me puedo malacostumbrar.

—¿Cómo me llamaste?

Ella se incorporó un poco para mirarlo a la cara.

—Todo el mundo te llama Axer, yo soy tu novia, así que...

—No lo hagas.

Ella arqueó una ceja.

—¿Por qué?

—Porque suena malditamente sexy en tu boca.

Sina sonrió con malicia, su mente degustó esa declaración, torciéndola, y terminó por meter un dedo en su boca, presionado la punta con sus dientes mientras la curva de sus labios delataba sus imaginaciones.

—¿Sabes qué se vería también malditamente sexy en mi boca, Vik?

—¿No te cansas nunca? —dijo él luego de resoplar.

—Lo hago por ti, imbécil. Quedaste mal.

—¿Mal? No me debes nada, Nazareth. Vine a pasar un rato contigo, no a coger.

Sonaba tan bien, y lo decía tan irritado, que, por supuesto, Sinaí no le creyó ni una palabra.

—Ajá. Hasta suena como si de verdad hubieses venido porque querías hablar conmigo.

Axer se irguió.

—¿A qué *chert vozmi* vine si no?

—No lo sé —Ella se encogió de hombros—. Seguro me necesitas en Mérida, así que viniste con tus encantos de niño educado a convencer a mi madre de que me obligue a ir.

Él enarcó una ceja.

—Yo no quería que fueras en un principio, evitaríamos muchos malos ratos.

—Entonces ¿por qué viniste a hablar con mi madre?

En ese momento Axer comprendió que estaba actuando de manera irracional. ¿Por qué le molestaba que ella desconfiara? De eso se trataba, ¿no? Llevaban meses hablando en código, mirando los peones cuando pensaban mover las torres. ¿Por qué de pronto se sentía tan molesto? No, no era molestia. Era decepción, y de sí mismo. Ella no había dejado de jugar, y él, hipnotizado con la reina, ni siquiera se había vuelto a mirar el tablero.

No estaba perdiendo, se rendía. Y ella no era de las que daba los jaques con piedad.

Así que decidió corregir su desventaja, compuso la más tranquila y seductoras de sus sonrisas, y le mintió:

—Cada vez eres más buena en esto, Schrödinger.

—Aprendí del mejor.

28

Arepas

AXER

—Hey.

Todo estaba oscuro, Sinaí tenía la certeza de que Axer no respondería por estar inmerso en su sueño. Él estaba volteado hacia su lado de la cama, y ella hacia el contrario, y aunque esa era la manera en que solían dormir ellos —excepto esa primera vez cuando él le tomó la muestra de sangre—, por algún motivo Sinaí presentía que esta no era como aquellas veces.

—¿Humm? —respondió Axer

Ella sonrió en la oscuridad, pues el hecho de que él estuviera despierto la aliviaba.

—¿Puedo molestarte un rato? —preguntó ella.

—Créeme, ya me estás molestando.

Ella puso los ojos en blanco.

—¿Podemos hablar?

—Ya estamos hablando.

Sin embargo, Axer se volvió. Puso una mano sobre la cintura de ella y la arrastró hacia sí por la cama hasta tenerla tan cerca que, sin pararse a dudarlo, le acarició la frente con los labios y mantuvo el contacto durante unos largos segundos hasta que el corazón de Sina empezó a derretirse.

Él le tomó la barbilla y le levantó el rostro para que lo mirara a pesar de la penumbra. Formuló su siguiente pregunta en un tono tan íntimo como el momento que compartían.

—¿Por qué estás siendo una gatita inquieta?

—No estoy...

—Has dado diez vueltas en la cama en doce minutos.

Ella se mordió el interior de la mejilla para no sonreír. La pregunta de Axer revelaba que había estado pendiente de ella, y sin importar el motivo eso a Sinaí le encantaba.

—No puedo dormir —susurró ella.

—¿Y eso por qué?

«Porque tengo en mi cama a mi crush».

—No sé si estás cómodo —dijo en cambio.

Esa respuesta Axer la recibió con sorpresa.

—¿Por qué no lo estaría?

—Porque esta no es tu cama hecha con plumas de ángeles.

Él suspiró. Era muy consciente de que tenía que recuperar terreno por toda la ventaja que ella llevaba en el tablero, y vaya que lo haría, pero no hiriéndola, no haciéndola sentir mal o agravando sus inseguridades. Axer no necesitaba los sentimientos de ella para querer que estuviera bien, de esos él ya tenía suficientes para los dos.

—Entiendo tu preocupación —le dijo—, pero no tienes que sentirte así. Si estuviera aquí solo, tal vez me resultaría incómodo, pero contigo podría haberme quedado a dormir en la camilla del laboratorio y todo estaría bien.

«Mientes muy bien, Axer Frey», pensó ella con una punzada de tristeza, pues todo de sí deseaba que fuera real lo que él dijo.

—¿Qué? —insistió él tras su silencio.

—También estoy preocupada por el viaje.

—Pues no deberías.

—Pues ya me preocupé.

—¿Qué te preocupa?

—Todo. Y lo que sea que tengas planeado.

Él resopló. Resultaba agotador eso de mantener una mentira que había dicho en el calor del momento, así que le respondió:

—No hay ningún motivo oculto por el que quiera que vayas a Mérida, fue una de las muchas excusas que usé para venir a verte. ¿Por qué? Básicamente porque me provocó. ¿Me creerás? No. ¿Eso importa? Tampoco. No gano nada con que vayas a ese viaje salvo tu compañía, que sí quiero. Así que, si no quieres ir, le digo a tu madre que se canceló o se pospuso y ya está. ¿De acuerdo?

—Yo quiero ir.

—Entonces iremos.

—Y...

Ella apoyó la mano en el pecho de él. Era real, y estaba ahí, con ella.

—¿Qué? —insistió él.

—Cuéntame algo.

—¿Qué quieres que te cuente?

—¿Por qué *A sangre fría* es un tema delicado para ti ahora?

Una de las comisuras de los labios de Axer se elevó; le reconfortaba que ella pensara en cuestiones relacionadas con él y que no tenían que ver con su familia ni incluyeran insinuaciones físicas.

—¿No has podido dejar de pensar en esa pregunta? —inquirió él con cierto tono de burla.

—No, como buena fan se me hace imposible.

Él negó con la cabeza.

—Ay, pequeña Schrödinger... Bien, te lo contaré. Confío en ti.

Sinaí se incorporó de golpe y Axer la imitó.

—¿Y ahora qué? —gruñó él.

Sinaí parecía muy consternada, y Axer no entendía qué había dicho para ponerla así. Esperó a que ella ordenara sus pensamientos.

—¿Cómo puedes confiar en mí? —dijo Sina—. Te he mentido tanto...

—Hey, espera.

Axer se pasó la mano por el rostro mientras exhalaba. ¿Cómo podía explicar lo que pensaba y a la vez hacer que ella lo entendiera?

—Tú nunca me has engañado —aseguró—. Todas las veces que me dijiste una verdad a medias, o por conveniencia o que directamente inventaste algo que no era cierto, simplemente estabas siguiendo las reglas con las que ambos decidimos jugar. Creo que por eso confío en ti. No he conocido a nadie tan entregada a un juego, y creo que si pusieras ese mismo compromiso en otras cosas... serías una persona muy fiel, Nazareth. Confío en eso.

Axer oyó que Sinaí sorbía por la nariz y se apresuró a abrir las cortinas para dejar pasar más luz.

—¿Estás llorando?

—No, yo...

Pero Sinaí no quería mentir, no en ese momento. Así que solo esbozó una sonrisa lastimera y Axer se acercó a ella para secarle las mejillas.

—¿Qué pasa, bonita?

Ella sonrió y esta vez el brillo inundó sus ojos.

—Sé que no te gusta que mencione a... Soto, pero... cuando terminamos, me hizo sentir tan mala persona que a día de hoy creo que todavía acepto su definición sobre mí. Que tú, que eres a quien más cosas cuestionables he hecho, confíes en mí de esa manera, pues... casi creo... en mí.

—Yo creí que... —Carraspeó—. Pensé que habían terminado en mejores términos.

Ella soltó un sonido a medio camino entre la risa y el bufido.

—Si yo te contara...

Axer inspiró hondo.

—Nazareth, el trabajo de los ex es hacerte creer que eres peor de lo que ellos fueron, solo así pueden dormir en paz. Y no necesito tener uno para entender eso.

Ella sonrió sin poder evitarlo, y eso terminó de quebrar las defensas de Axer de esa noche. Nadie podría culparlo, era por el sueño.

—A ver, ven aquí, bonita.

Axer se recostó en el cabecero de la cama e hizo espacio para que Sinaí pudiera sentarse junto a él, entre sus brazos.

—Quieres saber qué pasa con *A sangre fría,* ¿no?

Ella inspiró profundo el aroma de Axer, que estaba tan cerca de ella; disfrutó del calor de sus brazos y acarició su abdomen desnudo, recordando lo imposible que eso le había parecido a principio del año escolar. Él le acariciaba el cabello, distraído mientras hablaba, y eso la derritió por dentro. Estaban juntos, pasando una noche como cualquier pareja de novios, y a la vez como nadie más. Era perfecto. Ella amaba eso, Ella amaba...

Negó con la cabeza para alejar sus pensamientos y le dijo a Axer:

—Sí, por favor.

—¿Recuerdas el día que fuiste a llevarme las camisas al laboratorio?

—¿Había que olvidarlo?

Él suspiró antes de seguir, no estaba acostumbrado a hablar de cosas tan triviales que le afectaban de una manera que no estaba dispuesto a admitir.

—Bien, pues ese día tenía una conferencia con unos editores. Previamente había enviado mi manuscrito para que lo evaluaran y se mostraron muy interesados, así que coordinamos esa reunión para cerrar el acuerdo.

—¡ESO ES ASOMBROSO! Necesito ese libro en mis cochinas manos, ¿te...?

—¿Cómo que cochinas? No te dejaría tocarlo sin que te las lavaras.

Ella tuvo ganas de estrangularlo solo por esa respuesta, pero respiró profundo y dijo:

—Es una expresión, coño.

—Y como una expresión va a quedarse, porque no cerré el acuerdo con la editorial.

Ella se separó de él para mirarlo a la cara.

—¿Qué? ¡¿Por qué?! ¿Están locos? ¿O lo estás tú?

—No sé quién es el loco, o si es relevante nuestro estado mental en este debate, pero ellos no quieren *A sangre fría,* Nazareth. Quieren mi nombre en la portada, poder venderlo como «La novela escrita por el hijo de Víktor Frey». Y no, antes de que digas nada, no pretendo aceptar cualquier acuerdo que no cumpla mi único requisito: usar Red Dragon como pseudónimo. Soy médico, quiero ser reconocido por mis aportes a la ciencia y la medicina, no por escribir.

—¿Y no aceptaron publicarte con pseudónimo?

—No, dicen que la historia no es tan buena como para invertir en ella sin tener la publicidad de mi nombre como garantía.

—¿Que no es...? ¡¿Le pica el culo a esa gente?! Vik, mírame. —Aunque Axer evitaba su mirada, no se resistió al contacto de la mano de ella volteándole el rostro—. Sé que hemos jugado mucho tú y yo, pero jamás he jugado a ser tu fan: te admiro. ¡Y amo tu novela como amé *Juego de tronos,* carajo! Y si esa gente no quiere publicarte no es porque seas malo, es porque la avaricia los hace creer que haciendo presión cederás a lo que ellos quieren.

Axer bufó.

—No me conocen si creen que voy a ceder. Ni siquiera quería publicar en primer lugar, envié esa propuesta en un arrebato.

—¿A qué editorial lo enviaste?

—¿Por qué quieres saber eso?

—¿Por qué no me respondes?

—Porque es irrelevante.

—¿Quién redactó el correo? —indagó Sina—. ¿Anne?

—No delegaría a nadie vender mi manuscrito, Nazareth. Nadie lo conoce como yo.

—Pero Anne te avisó cuando te contestaron, ¿no?

—¿Por qué estás preguntando eso?

—Solo responde.

—Sí, lo hizo. Ahora explícame.

Sinaí se encogió de hombros con una sonrisa angelical.

—Tú eres el genio, tú dime.

—¿Vas a pedirle a Anne el contacto de la editorial?

Sinaí bufó mientras su expresión hacía quedar el comentario de Axer como absurdo, pero él no se lo tragó.

—No lo hagas —advirtió él—. Que ni se te ocurra.

—¿Qué crees que quiero hacer?

—Algo que seguramente no aprobaría, de lo contrario me lo estarías contando.

—Ay, ya duérmete.

Sin discutir más al respecto, Axer accedió a la sentencia de Sinaí y se acostó en su lado de la cama.

Tal vez pasaron un par de minutos, o tal vez eso fue lo que se dijo Axer Frey para no sentirse tan débil, el punto es que antes de que Sinaí quedara sumergida en su sueño, escuchó que él le decía:

—Nazareth.

Ella se mordió los labios para no sonreír, incluso cuando le estaba dando la espalda.

—¿Sí?

—No solo no eres mala persona, eres mi persona favorita.

Ella se rindió y se acercó al lado de la cama de él, quien la recibió abrazándola con los ojos todavía cerrados. Ella apoyó el rostro en su pecho y decidió que podría dormir así eternamente, y tal vez quería hacerlo. Antes de quedarse dormidos, ella añadió:

—Y tú la mía, Vik. Definitivamente.

Por la mañana, Axer se puso la camisa, se lavó las manos y los dientes, y luego salió a la sala. Al otro lado de la mesa vio a la señora Ferreira compartiendo un café en la cocina con...

—¿Federico?

Al hombre casi se le salen los ojos de las órbitas al reconocer a Axer.

—Señor Frey, buen día.

—¡Oh, pero si ya estás despierto! —exclamó la señora Ferreira—. ¿Mi hija te empujó de la cama?

Axer se acercó a la cocina con una sonrisa de alegría por la manera en que lo recibía su suegra. No como a un extraño, sino como a un amigo de toda la vida. No sabía si era algo venezolano o si era que él realmente se había ganado su buena fe.

—Es difícil de asimilar dada su hiperactividad diaria —contestó Frey—, pero su hija duerme muy bien, Clariana.

—Algo bueno tenía que sacar la niña, ¿no? ¿Café?

—No, gracias. Evito cualquier cosa que pueda volverse adictiva. «Ya tengo demasiados vicios».

—Entonces no pruebes mis arepas, ¿eh? —bromeó la señora—. Por cierto, tienen a este pobre hombre explotado, ¿cómo lo hacen venir a buscarte cuando ni te habías despertado?

Axer frunció el ceño y miró en dirección al aludido.

—De hecho... —pero entendió el mensaje en los ojos del chófer—, Federico es un hombre bastante comprometido con su trabajo, sí. No podemos hacer nada al respecto, y mire que llevamos años intentándolo.

—Los italianos y sus cosas —dijo la señora Ferreira, aunque no tenía ni la más mínima idea de cómo eran los italianos—. Habrá que enseñarle a dibujar un poco fuera de las líneas ahora que estará viniendo más seguido, porque piensas seguir viniendo a visitar a mi hija, ¿no?

Axer sonrió halagado.

—Mientras no sea una molestia para usted y para ella, podría hacer de mis visitas un evento recurrente. Vendría siempre en compañía de Doritos, por supuesto.

La señora Ferreira casi saltó de emoción.

—Justo Fede trajo unos hace rato, sí que es comprometido, no era necesario. ¿Pueden quedarse a desayunar, no? Es decir, no tienen que irse de inmediato, ¿o sí?

Axer no solo quería quedarse, sino que estaba muy seguro de que la expresión de Federico le sugería lo mismo. Lo cual era extraño, porque el chófer no solía pedirle absolutamente nada.

—Nos quedaremos encantados —dijo Axer con educación—, si me permite ayudarla, claro está.

—¿Sabes cocinar?

—Sé no morirme de hambre, pero yo que usted no me dejaría a cargo de sus arepas.

—Bueno, yo las hago y tú me ayudas a abrirlas, ya que serás cirujano algún día no te costará mucho, así practicas tus incisiones.

—Desde luego.

Mientras la señora amasaba, Federico se levantó, tomó las llaves del auto y habló dirigiéndose a su jefe.

—Iré a comprar refrescos y más Doritos, ¿necesita algo, señor?

—Estoy bien. Ve y compra tus cosas tranquilo.

—¿Clariana? —preguntó el chófer en dirección a la dueña de la casa.

—Ya traes Doritos, así que no tengo nada más que pedirle a la vida hoy.

Federico asintió con un brillo extraño en los ojos y salió. Entonces la señora dijo:

—Sin ofender, pero me da de todo cuando te dice señor. Me hace pensar que tiene menos edad.

—Ah, ya sabe su edad —comentó Axer.

Cuando la señora Ferreira vio su expresión, se le enrojecieron hasta las orejas.

—Sí, yo... O sea, es lo típico que preguntas cuando conoces a alguien aquí en Venezuela. Somos muy entrometidos y...

—Por favor, Clariana, no tiene que excusarse conmigo de ninguna forma —se apresuró a agregar Axer—. Y, volviendo a su comentario anterior, viéndolo desde su perspectiva lo entiendo a la perfección, es solo que en mi familia somos bastante... formales la mayoría del tiempo. El servicio siempre nos trata de señor y señorita.

—Bueno, las formalidades en esta casa están bien perdidas. Reprobé hasta el preescolar con sus tediosas normas del buen hablante y del buen oyente. —La señora bufó mientras daba forma de arepa a su bola de masa—. Eres tan diferente de mi hija que no entiendo cómo hacen que eso funcione. La última vez que la vi ser formal fue cuando intentó recrear la escena del baile de *Harry Potter y el cáliz de fuego*, y estaba usando una sábana como vestido.

Axer se imaginó la escena y definitivamente le sonaba a algo que haría su gatita.

—Mi relación con su hija, si siguiera la línea de lo convencional, no se sostendría a sí misma. Tal cual usted alega ella y yo somos incompatibles. Pero son nuestras mentes las que han contactado, lo que hay entre ellas no lo podemos combatir, y vaya que lo he intentado, créame.

—Y luego hablas así y digo: ¡Carajo, si son tal para cual! ¿No vienes con subtítulos? Por un momento sentí que me estabas hablando en ruso.

La señora puso la arepa en el budare caliente.

—Por cierto... ¿Sabes si Federico...? O sea, no es que yo...

Axer enarcó una ceja con una sonrisa listilla.

—¿Quiere saber si está soltero? —indagó el Frey.

La mujer abrió la boca con indignación, pero se le escapaba la sonrisa de las comisuras.

—¿Me estás mamando gallo, muchacho?

Axer abrió los ojos con cara de horror.

—¿Mamando qué?

La mujer se dio con la mano en la frente.

—Lo siento, me olvido de que no todas las expresiones venezolanas son tan claras. Quise decir que si te estás burlando de mí.

—Jamás me burlaría de usted, Clariana —respondió él con diplomacia y solemnidad—. Solo la salvaba de tener que formular su pregunta.

La mujer se cruzó de brazos.

—Pues no era eso lo que iba a preguntar.

—De acuerdo, pero como un buen yerno que necesita hacer conversación, y solo por eso, no porque usted quiera saber la respuesta, le comento que jamás he visto a Federico involucrado con nadie. Como antes había señalado, se trata de un hombre bastante devoto a su trabajo.

—Pues... como una suegra que no quiere dejar a su yerno con la palabra en la boca, te agradezco el dato y sumo mi innecesario comentario de que me parece sorprendente que jamás le hayan visto en una relación.

—¿Le digo qué me sorprende, Clariana? —preguntó Axer en tono confidencial.

—Sí, claro.

—¿Doritos y refrescos? Ni en mis cumpleaños se ofrece a comprar algo así.

La señora Ferreira apretó los labios disimulando la sonrisa y se dispuso a girar las arepas.

Cuando Sinaí salió del baño, todavía limpiándose los ojos, creyó que seguía soñando. Porque la escena que veía no podía ser cierta: Lingüini tomaba café en una tacita minúscula con la elegancia de la reina de Inglaterra, Axer se quemaba los dedos mientras intentaba abrir una arepa, y su madre se reía a carcajadas mientras se la quitaba de las manos.

«Vuelve a la cama, es solo un sueño».

—¡Al fin despierta la princesa! —exclamó su madre, y Sina comprendió que no estaba dormida.

—¿Qué me perdí?

—Casi te pierdes el desayuno, pero llegas a tiempo. Pega tu culo allá —dijo la madre señalando la mesa.

Sinaí no tenía la más mínima intención de moverse.

—Fede, ¿tú quieres una o dos? —preguntó la señora Ferreira señalando las arepas del bol.

—Con una estará bien.

—Dos y media, entonces.

La mujer partió una arepa por la mitad y la puso junto a otras dos en un mismo plato mientras Axer servía el refresco.

Ella le dio dos palmadas en la espada a Axer al decir:

—Ve a sentarte, muchacho, ya me ayudaste bastante por hoy.

—¿Segura? No me molesta.

—Yo ayudo a servir lo que falta —se ofreció el chófer.

—¿Ves? —dijo la señora Ferreira—. Tú vuelve tranquilo con la loca antes de que te venga a buscar con la correa, solo mira la cara con la que nos está mirando.

Y, en efecto, Sinaí los miraba a todos como si acabaran de salir de un circo.

—Buen día —saludó Axer al sentarse junto a ella, y como ella no reaccionaba, él la agarró por el mentón y le obligó a mirarlo. Una vez así, le robó un leve beso en los labios, apenas un saludo, pero a Sinaí aquel gesto le provocó tanta ternura y nerviosismo que le revolvió hasta el apellido.

¿Acababa de darle un beso de buenos días delante de su madre y Lingüini? Cierto, los dos parecían completamente inmersos en la tarea de servir la comida, pero de todas formas era insólito.

—Mi madre está ahí —susurró Sinaí todavía con los dedos de él en la barbilla.

—Te di los buenos días, Nazareth, no un positivo en una prueba de embarazo.

Ella cerró los ojos con fuerza, no podía resistirse si lo tenía tan cerca.

—Axer, por favor, por favor, basta, ¿sí? No soy tan fuerte.

—¿Y qué pasa si no paro? —Ella abrió los ojos, sintiendo la intensidad de los de él—. ¿Qué pasa si no quiero parar, Nazareth?

—Me harás odiarte, *proklyatyy*,[11] mucho más de lo que tú me odiarás nunca.

---

11. «Maldita sea», en ruso. *(N. de la A.).*

Axer lanzó la vista hacia la cocina con disimulo. Definitivamente, no tenían la privacidad que necesitaba en ese momento, así que pronunció sus siguientes palabras en un susurro.

—Vuelve a hablarme en ruso, Nazareth, y te enseñaré mi alfabeto haciendo que lo grites a todo volumen.

Ella tragó saliva y solo entonces él la soltó, volviendo a su sonrisa de niño educado.

—Tu madre es fantástica —añadió luego.

—Sí, al parecer no eres el único que lo piensa —comentó ella con desagrado mirando al chófer—. ¿Por qué invitaste a Lingüini?

—Yo no... —Axer suspiró—. Se llama Federico, Nazareth.

—Lo sabría si él se dignara a decirme su nombre.

—Fede no es de los que busque hacer amigos.

—¿Ah, no? —Sinaí miró al aludido mientras este iba pasando un pañito por cada zona de la mesa que la señora Clariana tocaba—. Pues tal vez deberías recordárselo.

El chófer y la madre de Sinaí se acercaron a servir la comida a la mesa, repartieron los platos de cada uno.

Empezaron a comer, al principio en silencio, hasta que la señora Clariana dijo:

—¿Cómo te ha ido en la escuela?

Sinaí la miró con el ceño tan fruncido que sus cejas intercambiaron números telefónicos.

—¿Por qué pre...? —Luego Sina miró a Axer, y otra vez de vuelta a su madre—. No puede ser... ¿Estás tratando de quedar bien con él?

La señora Ferreira pareció muy indignada.

—¿Cómo puedes decir eso? Siempre te pregunto cómo te va en la escuela.

Sinaí se volvió para mirar a su novio con una carcajada a punto de brotar de su boca.

—¡Ella nunca pregunta eso!

—¡Siempre lo hago! —Entonces la señora Ferreira se volvió a mirar a su yerno—. No le creas nada de lo que dice.

—¿Me creerías capaz de mentirte así? —preguntó Sinaí a Axer.

Él se quedó petrificado con el puño sobre los labios mientras masticaba, pasó su mirada de una Ferreira a otra, y decidió que necesitaría ayuda del refresco para poder tragar.

Ellas seguían mirándolo con insistencia, por lo que no se salvó de tener que responder.

—Está increíble la arepa, Clariana —se limitó a comentar pese a todo—. Definitivamente podrían volverse adictivas.

—¡Ay, por favor! —chilló Sinaí al ver la cara de triunfo de su madre—. Y tú deja de llamar Clariana a mi madre.

—Ese es mi nombre —objetó la madre.

—No, ¿en serio? Todo este tiempo creí que te llamabas Mamá.

—¿Tu cara quiere saludar mi sandalia, hija mía? Porque puedo presentarlas.

Sinaí no siguió tentando a la suerte, por lo que prosiguió comiéndose su arepa de mantequilla, jamón y queso amarillo. Estaba buena, pero prefirió guardarse ese comentario para sí misma.

—El refresco está en su punto, cariño, muchas gracias —bromeó Sina mirando a Axer.

—Lamento decepcionarte, bonita —dijo él—, pero los refrescos han sido cortesía de nuestro querido Federico.

—Oh —dijo Sina volteando hacia el chófer—. Entonces... ¿te llamas Federico?

El aludido alzó la vista un segundo de su plato, miró a Sinaí con su seca expresión habitual y volvió a su comida.

—¿No hablas? —insistió ella.

—Tiene la boca llena, Sinaí, ¡por Dios!

La chica alzó las manos en señal de paz dado el regaño de su madre, y volvió a su comida.

Mientras comían, bebían y conversaban —si Sinaí obviaba el hecho de que, en verdad, Lingüini estaba ignorando en rotundo su existencia—, ella hasta podía sentirse como si no existiera un mundo lejos de esas paredes, como si en ese pequeño espacio y periodo fuera plenamente feliz.

Sintió la mano de Axer en su rodilla y se aventuró a mirarlo de soslayo. Vio esa sonrisa ladina que a ella tanto la seducía y contuvo la respiración cuando él le regaló ese guiño fugaz.

Sí, él también parecía feliz.

29

Love the way you lie

SINAÍ

Axer no me permitió llevar en la maleta nada más que el collar con la argolla y la correa que él me regaló. Los conjuntos que usaré en Mérida, incluidos los de las dos noches importantes, me los proporcionarán los Frey. Y ya que Axer y yo compartiremos habitación en el hotel, no necesitaré ropa de dormir.

No me quejo. Incluso lo que él me exige es algo que estoy permitiendo. Me gusta este juego de roles en la relación donde él manda y yo obedezco, y me gusta todavía más cuando lo que me manda es quitarme la ropa.

Mi madre me abrazó tan fuerte antes de salir que casi se me salieron las lágrimas. No porque estuviera triste, sino porque en ese momento entendí que nunca he sido tan feliz.

Lingüini no me dijo ni una palabra en todo el trayecto al edificio de los Frey. ¿En serio se cree que va a ganarse a mi madre sin buscar mi bendición antes?

Hasta parece familia de los Frey.

Cuando llegamos al edificio, Silvia nos recibe y ayuda con mi maleta. Caminamos a la sala donde Diana, vestida con ropa de oficina al estilo Frey, está leyendo quién sabe qué en un portafolio, y Axer, quien de repente se ve invadido por un gesto de superioridad, se aproxima dos pasos hacia ella para decirle:

—Diana, linda tarde.

—¡Oh, Axer! —responde ella alzando la vista de sus papeles—. Los esperábamos para el desayuno.

—La señora Ferreira nos invitó, no se preocupen. ¿A qué hora salimos?

—A las seis, así que tienen bastante tiempo para arreglar todo. De hecho esperaba que llegaran para sentarnos a la mesa, el almuerzo está casi listo.

—¿Y mi padre?

Diana puso los ojos en blanco con una sonrisita en los labios, como cuando vas a mencionar un acto desagradable de una persona, pero que para ti es lo más tierno del mundo.

—En la cocina —explicó—, asaltando los *muffins* que Silvia descuidó para recibirles.

—Oh, genial. Yo que tú iría tras de él, imagino que tendrán cosas que hablar.

Hago un gran esfuerzo por mantener mi rostro neutro, ya me siento como si invadiera algo privado, no quiero que Diana también lo note. Aunque ella parece bastante concentrada en responderle a Axer con sus brazos.

—¿Ah, sí?

—Eso supongo yo —dice él con un encogimiento de hombros que finge quitarle importancia a la situación—. Quiero decir, claramente hay temas discutibles cuando un hombre que está felizmente casado empieza a burlarse de uno de sus hijos menores por la hipótesis de que este, tal vez, se ha «enfermado».

Justo veo salir al señor Frey de la cocina con un *cupcake* en la boca a mitad de un mordisco. Se detiene un segundo, estudia la sonrisa triunfal de su hijo y la expresión asesina de su esposa y decide volver cobardemente a la cocina.

Cuando el señor Frey desaparece de nuestra vista, Diana se vuelve sonriendo hacia Axer.

—Te lo agradezco, ¿sabes cuánto le va a costar esta reconciliación?

Axer responde con una ligera reverencia.

—Siempre a la orden.

Cuando Diana desaparece en la cocina, miro a mi novio.

—¿Qué fue...?

—*Obychai sem'i Frey.*[12]

---

12. «Costumbres de la familia Frey», en ruso. (*N. de la A.*).

Justo están sirviendo la comida en la mesa cuando me llega una llamada.

Es muy raro. Este teléfono me lo dio Axer y solo él, mi madre y Lingüini tienen el número.

¿Quién mierda jode?

—¿Hola?

—Hola, Sina. Es María.

—¿María? ¿Cómo...?

—Te estoy llamando desde el teléfono de Vero.

Ah. Eso explica muchas cosas.

—De acuerdo —digo para no entrar en detalles inquietantes como que la rusa me acosa y que yo jamás le he dado mi número—. ¿Qué sucede?

La verdad, me resulta demasiado extraño que me llame, y más desde el teléfono de Verónika. No me da tiempo a armar una teoría cuando dice:

—¿Puedes acercarte al baño del pasillo que conduce al cuarto de Verónika?

—Aaah... Sí, supongo. ¿Por qué?

—Necesito tu ayuda con algo.

—Ehh... ¿Con qué?

—Dime que traes compresas, por favor.

—Mierda, María, no.

No estoy mintiendo, no traigo. Aún falta para que me venga el periodo. Jamás se me ocurriría engañarla en una situación así, por mucho que tengamos una relación delicada y ahora ya distante.

—¿Es muy urgente? —pregunto considerando salir a comprar si no hay otra opción.

—Sí. ¿Crees que podrías entrar en el cuarto de Vikky? Dejé la puerta abierta. En mi bolso tengo toallas, solo que claramente no puedo salir en este estado a buscarlas.

—Yo...

¿Entrar en el cuarto de Verónika sin su permiso? Esa mujer ya quiere matarme, no me apetece darle un motivo más para que lo haga.

María interpreta mi silencio, así que dice:

—En serio las necesito, haré lo que sea...

—No seas estúpida, mujer. Yo te las busco. Espérame ahí.

Cuelgo la llamada y me acerco a Axer, que ya está tomando asiento a la mesa.

Me inclino hacia él y le susurro:

—Vik, necesito ir al baño. ¿Puedo?

Cuando él se vuelve, nuestros rostros quedan tan cerca que aprovecha para posar sus labios con lentitud sobre mi mejilla.

Su acto me sorprende y me acalora hasta las cejas. Miro a mi alrededor, pero solo hay personas del servicio cerca, e incluso así siento que me acaba de declarar su amor pintando «Tres metros sobre el cielo» en un puente.

—Claro que puedes, bonita —susurra cuando sus labios se separan de mi mejilla.

Me voy demasiado rápido, tanto para que no note que me sonrojo hasta los pensamientos como para que nadie me vea entrar en el cuarto de Verónika.

Cierro la puerta detrás de mí, rogando a Albus Dumbledore que me cuide desde las alturas y no permita que ningún Frey me encuentre aquí adentro.

Reconozco enseguida la mochila de María, pues es la misma que lleva a clases, rosa con la firma de todos sus compañeros como despedida del último año.

Saco el paquete de compresas y me dispongo a irme, pero no puedo.

Estoy en la puta guarida de Verónika Frey, y con una excusa perfecta por si me descubren aquí. ¿Cómo podría desaprovechar la oportunidad?

Busco lo más rápido posible para que María no sospeche por mi tardanza, pero la rusa no es idiota. Tiene a María durmiendo con ella, obvio que no va a dejar nada delator a la vista.

Lo único interesante que consigo es un portafolio con la etiqueta de «Tesis: borrador».

Y, por supuesto, lo abro. Quiero saber qué está estudiando esta loca.

Descubro un montón de cosas, pero hay algo que no me cuadra en todo ello.

Se trata de documentos de identidad, registros, conversaciones impresas y más y más mientras voy pasando las páginas.

Vuelvo al primer documento para leer el nombre de la víctima de Verónika y se me secan hasta los mocos al leer «Julio Caster».

¿Qué carajo quiere Verónika de Julio?

Estoy siendo paranoica. Esta gente trabaja para los Frey, viven en el mismo edificio, por supuesto que los van a investigar.

A menos que...

¿Y si Aleksis dijo algo?

No. Verónika no estaría investigando a Julio, sino a mí.

Y ni siquiera le haría falta investigar, hablaría conmigo cara a cara.

No sé qué mierda es esto, pero más me vale dejarlo todo donde estaba y salir de aquí.

Llamo a la puerta del baño y María me dice que pase. Le doy las toallas a María y me dispongo a salir, pero me dice:

—Muchas gracias, en serio. No tenías que ayudarme y aun así lo hiciste.

Me cruzo de brazos y sonrío mientras ella se pone su toalla y se levanta.

—Tú habrías hecho lo mismo por mí.

Ella suspira y va hasta el lavamanos. Nos miramos a los ojos a través del espejo y siento que ha pasado una eternidad desde que nos conocimos. A día de hoy, tendríamos que volver a hacerlo. Somos personas distintas.

—Sé que nunca me disculpé —dice—. Pero sí lo intenté. Te llamé como nunca esas vacaciones y te dejé mil mensajes. Supuse que me tenías bloqueada de todos lados.

«No, solo había estrellado mi teléfono contra la pared», pero eso suena menos digno, así que la dejo creer lo que ha dicho.

—No te guardo ningún tipo de rencor —le digo—. Tal vez, si yo tuviera una amistad como la que tú tienes con Soto, habría hecho exactamente lo mismo. Supongo que nunca lo sabré. Nunca he tenido una amistad real.

Mis últimas palabras parecen dolerle, pero solo agacha el rostro y asiente.

—Somos niños —dice, y se vuelve para darme la cara— jugando a que podemos correr sin guía y no caernos. Cometí muchos errores, tomé decisiones estúpidas, me aferré a relaciones que no valían la pena y dañé otras que sí. Ya dejé de odiarme por eso. No soy la primera en el mundo en cagarla y no seré la última. Las de antes tampoco serán mis únicas cagadas, sin duda, pero al menos avanzaré sabiendo que esas no las repetiré. Solo... No te pido que aceptes mis disculpas ni nada, pero sí quiero que sepas que te admiro mucho, cómo saliste adelante, cómo entras a tus clases y entregas todas las evaluaciones, cómo caminas como si el mundo te debiera algo y no al contrario...

Ella hace una pausa para tomar aire.

—Tú creciste —añade—. Yo crecí. Nos tocó hacerlo por separado y fue lo mejor, pero quiero que sepas que desde la distancia todavía sonrío por ti.

«Y yo por ti, María».

—Te ves muy bien —le digo—. Te ves... en paz.

—Es la terapia. Sé que a la gente le da como tabú hablar de eso, pero no es nada del otro mundo. Es como ir al médico. —Ella sonríe y me contagia—. Vikky me ayudó con el pago de las primeras sesiones, ahora trabajo medio tiempo y fines de semana todo el día en el bar de ella para pagarme yo misma la terapia y el alquiler.

—¿Te alquilan aquí? —pregunto sorprendida.

—No, no. Pero me iré pronto. Estoy esperando a reunir el dinero del depósito.

—Pero... —Carraspeo, no sé cómo no ser entrometida pero a la vez enterarme de lo que quiero—. Yo pensé que tú y Verónika...

—No, no. Ella me acogió en un momento de mucha vulnerabilidad. En ese entonces no lo entendía, pero viendo en retrospectiva comprendo por qué era tan fría en su decisión de mantener solo una amistad. Ella es una excelente persona y jamás se habría aprovechado del estado en el que me encontraba, supo que necesitaba ayuda y me guio a esta. Nada más. Somos amigas.

Difiero en el noventa por ciento de su definición sobre Verónika, pero no voy a fingir que no me sorprende que no se aprovechara de María y que solo la ayudara.

Si yo fuera María, saldría corriendo. Pero no le puedo advertir si no quiero problemas con los Frey.

—Bueno —dice ella antes de salir del baño—. Un gusto verte. Y gracias de nuevo por el favor.

—No es nada. ¿No irás al viaje?

Ella me mira extrañada.

—¿Por qué iría? Es una cuestión familiar.

Una cuestión familiar, pero yo estoy invitada.

Todavía no lo creo.

351

Al sentarnos a la mesa, esperamos todos en silencio hasta que llega Verónika.

—Perdonen la tardanza —dice quitándose la bata de laboratorio.

Ella tiene tanto estilo que luce su uniforme como si fuera Prada. Lleva el cabello recogido en una coleta de la que salen mechones rizados, las uñas pintadas de un color piel con detallitos mínimos de pedrería y un maquillaje sutil en el que la estrella son sus pestañas.

Al verme sentada a la mesa, sonríe y añade:

—Tengo excusa para mi retraso: tuve que abrir un esternón, drenar veintiún litros de sangre funcional para el suministro de los Jespers, probar las reacciones de un nuevo medicamento en el páncreas de dos especímenes de características distintas y documentar todo para luego pasarlo a la base de datos de mi investigación.

—Buen provecho para ti también —añade mi querido ruso en una sonrisa fingida.

—¿Y Diana? —continúa Verónika tomando sus cubiertos.

Yo me estaba preguntando lo mismo.

—En un vuelo —dice el padre y empieza a comer también.

—¿Un vuelo? ¿Un vuelo adónde?

—A Roma —espeta el señor Frey lanzando una mirada hacia Axer.

—¿Por qué...?

—No preguntes —zanja Axer poniéndose también a comer.

En mi plato hay carne, puré y ensalada, y soy la única, junto con Axer, que está bebiendo jugo en lugar de vino.

Todo está tan delicioso que me provoca entrar a la cocina y saquear la olla, meter su contenido en la maleta y comerlo de camino a Mérida.

—¿Y María? —pregunta el señor Frey mientras su tenedor se clava en un corte especialmente jugoso de carne y lo empapa de la ensalada.

—Me avisó que se llevaría el almuerzo al trabajo —avisa Verónika.

—Perfecto. ¿Preparado para mañana? —pregunta entonces Víktor en dirección a Axer.

—Lo estoy, sí.

—¿Qué tal va tu tesis?

—En curso, y mis avances son constantes y sustanciales. Tengo bastante... —cuando veo temblar sus labios con esa arrogancia me dan ganas de besarlo— fe.

—Y que así sea. —El padre hace una pausa para tragar ayudado de su vino—. En el evento habrá personas de todo tipo, en especial representantes de las universidades de élite más importantes del mundo; ni siquiera se te ocurra considerar su patrocinio.

Por la cara que pone mi delicioso novio, entiendo que la sola idea de considerarlo es indignante.

—No pensaba hacerlo —dice.

—Tu abuelo nos estrangularía a todos si dejáramos que un tercero socavara el crédito de Frey's Empire. No te faltará presupuesto en ningún momento.

—Lo sé.

—¿Tienes cubierto lo de tu discurso o necesitas ayuda con eso?

—¿A dos noches del evento? —inquiere Axer—. Padre, por favor. Mi discurso está más que cubierto.

—Espero que al bajar del atril nos dejes sin adjetivos que hagan justicia a tu presentación. No quiero que aceptes ningún patrocinio, pero sé de buena fuente que habrá personas involucradas en la selección del Nobel, y necesitaré que tú mismo seas el aval de que vale la pena seguir de cerca tu tesis.

—¿Tratarás de convencerlos para que estén en la exposición de mi tesis?

El señor Frey se detuvo, la cara en dirección a su plato, pero los ojos alzados hacia su hijo.

—¿Tratar?

Eso hace sonreír a Axer con una especie de excitación que no le había visto.

—Eso es injusto —interrumpe Verónika—. Si Vik gana el Nobel, no tendré oportunidad. Mi investigación está en curso, me tomará años conseguir algo concreto que me haga merecer un premio semejante. Pero sabes que puedo, que esto es bueno, que esto es grande. Padre, estoy trabajando con tus datos como base, ¿le darás la dirección a él cuando después de todo...?

El señor Frey la corta, y yo no sé si quiero buscar palomitas o esconderme bajo la mesa para no interrumpir el momento familiar.

—Tu hermano tiene una oportunidad de mover, no la jugada comprada. Su tesis puede merecer el Nobel o una carcajada, y solo su trabajo lo definirá. Déjalo ser y concéntrate en lo tuyo.

—¿De qué se trata tu investigación? —pregunto a Verónika, pues es mi oportunidad para saber si realmente tiene algo que ver con Julio o esa etiqueta de «tesis» era solo una manera de despistar.

—Vida —responde ella con seriedad, se ve bastante disgustada por la reciente conversación—. Vida después de la muerte.

—¿No es de eso de lo que trata la de Vik?

—No, su tesis es más sobre...

—Mi tesis —interrumpe el padre de mis futuros hijos— estudia la resurrección como una posibilidad clínica, intenta minimizar el margen de error y ampliar el rango de técnicas, entre ellas la criogenización y los trasplantes, y sumando medicamentos que, al igual que la epinefrina, facilitarían la reanimación sin importar las circunstancias. Mi tesis tacha uno por uno los factores de riesgo, plantea solución a cada variable y realiza la hipótesis de la resurrección incluso luego de la muerte cerebral con la ayuda de ciertos estímulos eléctricos. —Se detiene para tomar un trago de su jugo—. Y sí, gran parte son avances tangibles y otros, como mencioné, solo hipótesis. Pero si se aprueban serán la base de un desarrollo científico que se estudiará y expandirá de muchas maneras.

Si él hubiese dicho exactamente esas palabras de la manera tan intelectual en la que las pronunció sin titubear, pero estando los dos solos, me habría desnudado. Lo juro. El cerebro de este tipo me prende.

—Quieres decir «si te dan el Nobel» —interrumpe Verónika.

—Es una posibilidad.

—Y una injusticia. Te daría ventaja en la competencia.

—No todo es una competencia, Viktoria —regañó el señor Frey—. Tu hermano está haciendo ciencia.

—¿Y yo no? —Se vuelve hacia mí—. Mi investigación habla de crear vida, no de devolverla. Axer revive, mantiene la consciencia de un ser pasado, y el tiempo es un factor de interés en su rango.

—Sí, pero ampliaremos el máximo —discute Axer sin darle mucha importancia.

—Da igual. Mi trabajo es distinto. Habla de tomar un cuerpo, hacer el puzle con órganos funcionales y crear vida, real y renovada, por medio de un conductor eléctrico que por ahora solo existe como el «eslabón equis».

—A lo Frankenstein —señalo.

—Si eso te ayuda a entenderlo, minina, puedes tomarlo así, sí, a lo Frankenstein.

Cada vez tengo más claro que toda esta familia es un conjunto de genios brillantes con medios cuestionables y aspiraciones preocupantes, pero, puta madre, cuánto envidio la mente de todos.

Y Aleksis... Bueno, Aleksis está en su diligente tarea de tener cara de inocencia mientras come, cuando estoy segura de que nadie en la mesa le cree ese papel.

Cuando termino de comer, alguien del servicio levanta mi plato y pone en su lugar una especie de cofre cuya superficie parece un tablero de ajedrez y de hecho tiene las piezas acomodadas a mitad de una jugada ya empezada.

Frunzo el entrecejo al ver que soy la única a la que han traído esto. El señor Frey limpia sus labios con una servilleta de tela luego de vaciar su copa de vino, y entonces me habla.

—Si te dijera que mi siguiente movimiento sería peón a E-5, partiendo del hecho de que jugaría para las blancas, desde luego, ¿qué pieza moverías para asegurar un mate en tres?

Miro a todos en la mesa. Verónika tiene el ceño fruncido, Axer intercambia su mirada entre su padre y yo, Aleksis cruza los brazos sobre la mesa y pone su cara sobre ellos, mirando el tablero como si quisiera decodificar una bomba. Nadie parece dispuesto a abrir la boca, y el señor Frey me mira solo a mí, fijo pero tranquilo. Expectante.

Abro la boca, pero él levanta la mano para callarme.

—No, no lo digas. —Señala ahora al tablero—. Hazlo.

Tengo que hacer un gran esfuerzo para no tragar, pues estoy en un tanque lleno de tiburones que huelen el miedo. Asiento, solemne y decidida, y cruzo mis manos bajo mi barbilla mientras estudio la jugada.

No es difícil, se trata de estudiar las variables. Las posibilidades se reducen cuando sé que el siguiente movimiento de las blancas será peón E-5, lo que me deja una única posibilidad de movimiento para alcanzar un mate en tres a partir de ahí: un enroque.

Muevo las piezas y me doy cuenta de una particularidad: el rey puedo levantarlo de esta especie de tablero, pero a la torre solo la puedo deslizar y, mientras lo hago, escucho los engranajes de algún mecanismo que se acciona dentro del cofre. Cuando pongo al rey donde estaba la torre, una especie de sensor reacciona y el cerrojo del cofre se abre.

«No me jodan...».

Abro la caja y en su interior tapizado de terciopelo negro veo un sobre tipo carta con el sello de Frey's Empire.

Ni siquiera lo toco, solo alzo la mirada hacia el señor Frey.

—Tu boleto —explica—. Para el vuelo de esta tarde.

—¿Y si...? —Trago—. ¿Y si no hubiese podido abrirlo?

No obtengo más que una curiosa sonrisa como respuesta antes de que el señor Frey se levante.

Ya imagino lo que habría pasado si no hubiese sido capaz de abrir la caja, y ni siquiera me importa. Solo importa que pude hacerlo. Me gané mi pasaje. Y cuando veo a Axer, lo descubro mirando a su hermana con el orgullo inundando su rostro.

Imagino que esa es la manera en la que un Frey te dice que está jodidamente orgulloso de su pareja.

Me han dicho que en Mérida hace frío, pero esta gente prefiere congelarse que perder el estilo. Literalmente me escogieron cada muda de ropa para todo lo que dure el viaje, y eso incluye la salida de aquí.

Llevo un suéter gris con una chaqueta negra encima, tiene botones dorados gruesos, tanto en las mangas como en la solapa. Un pantalón de cuero negro asfixia mis piernas, es de corte alto con una correa también dorada para que vaya a juego con los botones y los aretes. Mis pies están abrigados con doble calcetín y tengo unas botas que cubren hasta mis pantorrillas.

Quisiera tener más tiempo solo para tomarme un montón de fotos para Instagram, pero no quiero parecer turista en esto de vestirse bien.

Todavía no asimilo que cada prenda fue confeccionada a mi medida, exclusivamente para mi uso, por un artista alemán de confianza de la familia Frey.

Estoy sacando el maquillaje del estuche que me prestó Verónika cuando Axer se sienta en la cama junto a mi desastre.

—No te alteres —ruego—, te juro que limpiaré todo.

—No te preocupes, bonita —dice tomando el delineador entre el reguero—. Igual quemaré las sábanas.

No puedo evitar sonreír. Lo que antes me parecía raro ahora es lo que más adoro de la persona con la que comparto esta extraña y finita relación.

Él me toma de la cintura y me atrae hacia sí. Estoy entre sus piernas y miro cómo abre el delineador, por lo que lo observo con curiosidad.

—¿Sabes usar eso? —le pregunto.

—Quédate quieta —me dice tomándome por la barbilla.

Lo dejo, y me sorprende la precisión del trazo que resulta luego de que pasa el delineador por mi párpado izquierdo.

—¿Cómo...?

—Vikky —explica.

Yo sonrío, ahora más confiada mientras iguala el delineado en el ojo derecho.

—Tienen una relación extraña ustedes —comento mirándome en el espejo del compacto.

—Todo en esta familia te parece extraño.

—Es porque todo lo es.

Él me abraza y se tumba en la cama, por lo que quedo encima de él. Lo miro con la sombra de una sonrisa brillando en la manera en que él me ve a mí, y quiero besarlo. Y no, no porque quiera coger en este momento. Maldita sea, realmente quiero besarlo solo porque sí.

—Mi hermana es la mejor, solo que jamás voy a decírselo.

—¿Todo es así contigo? —indago—. ¿Piensas ese tipo de cosas hermosas y pasas tu vida censurándolas?

—¿Quieres saber si pienso que eres la mejor?

Me muerdo el labio.

—Axer Frey nunca acepta una derrota, así que no espero que digas nada semejante.

Él enarca una ceja.

—Y qué bien, porque no es eso precisamente lo que pienso de ti.

«Dímelo, Axer. Repíteme lo que dijiste en tu baño, aunque sea mentira».

—¿Qué piensas de mí, Vik?

Siento cómo pasa mi cabello detrás de mi oreja, llevándome al borde de una sonrisa.

—Lo que pasó hace rato con mi padre en la mesa... Me imaginé muchas cosas en un segundo, Nazareth, y en todas estabas tú.

—¿Me estás proponiendo matrimonio, Frey?

—Te estoy dando mi autorización verbal, por si quieres adelantar ese secuestro.

«¡ESTÚPIDA, NO SONRÍAS ASÍ!».

—Yo... —carraspeo y me suelto de su agarre con delicadeza—. Deberíamos mover el culo con las maletas, no quiero que tu padre piense que te retraso.

No sé lo que hay en su expresión cuando se levanta, pero ya no brilla. Una parte de mí odia esto, esa parte me dice que, aunque todo esto sea una mentira, se siente mejor que cualquier verdad.

Los Frey están haciendo las maletas. O, mejor dicho, indican a distintas personas del servicio lo que necesitan que empaquen.

Me mantengo al margen en todo momento hasta que escucho que Axer pide que empaquen una bombona de oxígeno.

—¿Por qué llevarías algo así? —pregunto sentada en una esquina de la habitación mirando cómo se arregla casi en un ritual frente al espejo. También lleva un suéter gris, pero su pantalón es blanco y en lugar de una chaqueta lleva un abrigo largo de color beige.

—Para el mal de páramo —explica mientras se pone la bufanda gris sobre el conjunto.

—¿El mal de ojo de quién?

Él detiene sus manos mientras arregla las solapas de su abrigo, y alza la vista para mirarme a través del espejo.

—¿Estás hablando en serio?

Frunzo el ceño, pues no entiendo un carajo. Obviamente estoy hablando en serio.

—¿Qué dije?

Él se voltea hacia mí.

—¿No sabes lo que es el mal de páramo?

—Pues no. ¿Qué es?

—Pues, básicamente, hipoxia. Son reacciones fisiológicas a la falta de oxígeno en la sangre, ocurren frecuentemente en lugares de mucha altitud.

—¿Reacciones de qué tipo?

—Ya lo sabrás. —Vuelve al espejo—. ¿Cómo es que vives en Venezuela, pero no sabes del mal de páramo? Si tienes Mérida tan cerca, llena de picos y...

—Nunca he ido a Mérida.

De nuevo hace una pausa, y parece que está calculando un montón de cosas antes de decir:

—¿Has viajado siquiera?

—¡Por supuesto! —Trato de recordar los lugares en los que he estado, pero solo se me ocurre uno—. A Anaco.

—¿Anaco? ¿En serio? No hay ni centros comerciales por allá. Es más, Anaco ni salía en el mapa hasta hace nada.

—Vives en un pueblo, Axer, ¿cómo puedes hablar de sitios sin centros comerciales?

—Al menos aquí tenemos la tercera central hidroeléctrica más grande del mundo. Y esto está lleno de lagos por todos lados, en Anaco no hay ni charcos, porque nunca llueve.

—¿Y cuál es el punto?

Él parece bastante consternado.

—¿Qué sabes de tu país, Nazareth?

—Pues... tenemos el Salto Ángel.

Axer se da con la palma de la mano en la frente.

—¿Has subido al teleférico? —interroga.

—¿Te parece que hay teleféricos por aquí? No. Pues esa es tu respuesta.

—Nazareth, el teleférico de Mérida es el más alto y largo del *sukyn syn* mundo. ¿Sabes lo inmenso que es el mundo?

—¿Por qué suenas tan... pasional? No te estoy insultando.

—Es que... tienes un país precioso, lleno de maravillas y... ¡no lo conoces! ¿Por qué crees que escogimos este lugar como destino mi familia y yo? ¿Por caridad? Frey's Empire quiere tu país. Tienen una pésima dirección, han pasado mucha injusticia, una dictadura tras otra, pero... Venezuela es preciosa, Nazareth, y, en mejores manos, este país volvería a ser potencia.

—Espera... ¿Cómo que Frey's Empire quiere Venezuela? ¿Tu padre quiere ser presidente o algo así?

Axer vuelve a lo suyo.

—No. Mi padre no quiere ser presidente.

—¿Entonces?

—Termina de alistarte. Cuando lleguemos a Mérida haré que te enamores de, como dirían ustedes, «esta vaina».

30

Love the way it hurts

UNA SINAÍ NO TAN FERREIRA

Ya me habían advertido del frío, así que no me sorprende cuando un viento gélido me azota al salir del aeropuerto. Lo que no puedo creer es que en medio de las casas casi coloniales, las calles y el asfalto, todo esté lleno de...

—Eso es...

—Nieve —explica el señor Frey deteniéndose a mi lado.

Verónika es la primera en alcanzarnos. Tiene un jersey blanco bajo un abrigo de abundante pelaje color crema, un pantalón del mismo tono y un bolso de mano color perla con correas doradas. A pesar de que son casi las siete de la noche ya, lleva sobre su cabello unos lentes de sol de montura blanca.

Aleksis la sigue, con un suéter gris y guantes blancos que casi no se notan porque lleva las manos en los bolsillos del pantalón.

—El comité que organizó este evento escogió Mérida como destino para aprovechar la época nevada —explica el señor Frey.

—Me encanta la nieve —suspira Verónika cuando Axer nos alcanza.

El señor Frey deja de ver el panorama para voltearse hacia mí y me escruta con el ceño ligeramente fruncido.

—¿Nunca...?

—No —responde mi ruso por mí—. Los viajes turísticos de Sinaí Nazareth se limitan a ir de su habitación a la sala y de regreso.

Lo miro con los ojos entornados, pero su padre es quien habla.

—Qué lástima —comenta—. Pero eso le deja todo un mundo por descubrir, nada que no pueda arreglarse. De hecho, podríamos llevarla a conocer el Salto Ángel antes de fin de curso, ¿no te parece?

Axer esboza una sonrisa que, por algún motivo, noto forzada, y solo dice:

—Sí, puede ser.

—Ay, no —interrumpe Verónika—. No quiero ir de nuevo al Salto Ángel, esas cuatro horas de viaje en balsa no me parecen apetecibles justo ahora.

—Viktoria, por favor —zanja su padre mientras se pone unos lentes de sol que dan la impresión de costar más que el avión en el que vinimos—. Nadie dijo que pensara invitarte.

Aprieto los labios y le ruego a todas las deidades que conozco para que no se me noten las ganas de reír. Ni siquiera me atrevo a mirar la cara de Verónika, no sé si podré contener la risa al ver su reacción.

Aleksis se detiene a mi lado, como si fuese coincidencia, pero sé que no. Con este demonio nada puede ser al azar.

Confirmo mi temor cuando le oigo susurrar:

—*Karma rit plus fort.*[13]

Voy a necesitar un traductor con esta gente.

Espero mientras nuestro auto se estaciona y subo detrás de todos los Frey como si mi cerebro no estuviera intentando aprender francés en cuatro segundos.

—Entonces, Sinaí... —empieza a decir Víktor Frey desde el asiento del copiloto—, ¿conoces la heladería Coromoto?

—Bueno, yo...

Qué maldita vergüenza. Fracasé como venezolana, y ni siquiera sabía que eso era posible.

¿Debería decirles que sí aunque no tenga ni puta idea?

—Llévala —contesta Axer por mí.

Le doy una mirada de soslayo, pero él sabe que lo estoy viendo, pues me regala un guiño.

Mi novio es demasiado para mi sistema cardiovascular.

El señor Frey reacciona lanzando una mirada al chófer, quien capta la orden y la obedece sin objeciones ni cuestionamientos.

Me pregunto qué estará haciendo Lingüini mientras los Frey están fuera del pueblo. ¿Le darían el día libre?

13. «El karma ríe más fuerte», en francés. *(N. de la A.).*

Bueno, ese no es mi problema.

Estacionamos frente a la famosa heladería Coromoto, y vaya que no exagero cuando digo «famosa», y lo entiendo cuando Axer explica:

—Esta heladería es mundialmente conocida por ofrecer una variedad de más de mil sabores de helados, Nazareth.

—¡¿Mil sabores?!

—Tienen hasta helado de «Viagra» —interrumpe Verónika con un gesto sugerente.

—O sea..., ¿es algo así como grageas de todos los sabores, pero en helados?

Axer asiente, lo que me pone muy contenta, pues tengo un novio que entiende mis referencias *potterhead*.

—Eso te convierte en una verdadera inculta —añade Vero—, pues esta heladería es tan icónica que se ganó un récord Guinness. Un *sukin syn* récord Guinness, ¿entiendes eso?

No solo lo entiendo, sino que me hace querer cantar el himno nacional.

—¿De qué sabor querrás el tuyo? —pregunta el señor Frey señalando un tablón de opciones que ocupa toda la pared.

Verónika se lleva los dedos al entrecejo con estrés adelantado.

—Si dice chocolate, me voy de aquí.

—Si dice chocolate, yo mismo le compro el boleto de regreso —añade Axer, y, aunque pongo mi mejor cara de ofendida, amo esa sonrisita en sus labios, esa naturalidad con la que me incluye en sus extrañas bromas familiares.

Estudio la pared, pero se me hace imposible decidir entre tantos sabores extraños.

—¿Por qué querría alguien un helado de caraotas? —pregunto horrorizada.

—No lo sé, Nazareth, pero imagino que si no funcionara habrían dejado de venderlo hace décadas.

Tengo que esforzarme para no poner cara de asco. No me parece que los frijoles negros sean el mejor ingrediente para una barquilla.

Me tardo tanto en decidir que al final Verónika le dice a la persona a cargo:

—Dele uno de Miss Venezuela, por favor.

Abro los ojos con espanto y digo:

—Dime que no tiene carne de *miss*.

Todos voltean a verme espantados, incluidos el hombre que sirve el helado y el señor Frey. En serio quiero que me trague la tierra y me escupa en el cuarto de Bad Bunny justo ahora.

El helado resulta ser una barquilla con crema blanca con un ligero tinte rosa apenas perceptible.

Aleksis me está mirando fijo con una expresión que me inquieta.

—Deja de mirarla así —ladra Axer.

—¿Qué hice? Solo quiero verla tragar —explica Aleksis con un encogimiento de hombros.

—¿Para ver si nos miente al decir que le gusta? —pregunta Vero al borde de la risa.

—Vikky, Leksis, —dice el padre y luego añade algo en ruso que no entiendo—. *Ya zastavlyu ikh spat' na ulitse, yesli oni budut plokho sebya vesti.*[14]

Pruebo el maldito helado y me sorprendo inmensamente al descubrir que sabe muy bien.

¿Por qué sabe bien?

—Es perfume de rosas y claveles —explica Axer con expresión de triunfo. No necesita una declaración verbal de mi parte que le confirme nada, él sabe leerme mejor que nadie y sabe que me encantó esta vaina.

Yo amo el frío con todo mi corazón, pero me preocupa cómo haré para bañarme aquí en Mérida sin que se me congelen los senos. Espero que haya calentador en el hotel.

¿Qué demonios estoy diciendo? Obvio habrá calentador, literalmente estamos en el teleférico más grande del mundo rumbo a uno de los picos más altos de Mérida donde se encuentra el edificio más lujoso del país.

El Humboldt es el hotel más icónico de Venezuela, ubicado en la cima de la montaña el Ávila en la capital. Frey's Empire tomó la idea, aprovechándose del teleférico, y mucho antes de mudarse al país fundó un segundo Humboldt en uno de los picos nevados de Mérida. Allí es donde

---

14. «Si no se comportan, los mandaré a dormir afuera», en ruso. *(N. de la A.).*

nos dirigimos, y ahora entiendo por qué el presupuesto de este evento tuvo que ser tan elevado, porque, si solo una noche en el hotel cuesta más de trescientos dólares, no quiero imaginar lo que habrá sido alquilarlo entero un par de noches.

Desde la cabina del teleférico apenas alcanzo a ver un poco de este edificio envuelto en nubes y con la nieve tiñendo toda la montaña hacia abajo, pero ya entiendo que esta es una experiencia que jamás olvidaré.

Desde hace rato tengo un dolor de cabeza y un mareo extraños, imagino que es el puto mal de páramo, pero no he querido decir nada al respecto para no joderle el viaje a nadie. Según Google, podría ser peor. Podría tener náuseas, dolor estomacal y hasta desmayarme. Mientras no llegue a ese punto, me reservaré mis pesares y disfrutaré de la noche.

El hotel debería ser la octava maravilla del mundo. Tiene una piscina climatizada dentro de una cúpula, un vestíbulo que da miedo por sus extraordinarias dimensiones, salones de eventos elegantes y otro para fiestas más informales, estilo discoteca con barra libre.

Hay dos restaurantes que dejarían en evidencia cualquier otro que yo haya visitado, e incluso así cuentan con una sección de primera clase.

Lo mejor son los balcones, a pesar del frío, porque te asomas y te da la impresión de que realmente estás en un hotel en medio de las nubes.

Entrar en la habitación que compartiremos Axer y yo es como entrar en las fotos de Instagram de los famosos, infiltrarse en sus suites y fingir ser uno de ellos por un día.

Jamás me imaginé en un lugar que no solo no necesite aire acondicionado, sino que le haga falta calefacción. Pero se siente bien, debo admitirlo, y me gusta porque así podré usar vestido en la noche.

Me doy un baño mientras Axer regresa. Me dijo que tenía algo que hacer y dejó una botella de líquido rosa que supuestamente puedo empezar sin él, pero no me atrevo. A estas alturas del viaje no hay nada que quiera hacer sin Axer.

Según el itinerario que nos pasó el señor Frey, tenemos una fiesta informal de bienvenida esta noche, más que nada para fraternizar y familiarizarnos con la gente rara e importante antes del evento de mañana.

El baño es más grande que la habitación donde duermo en casa, con un panel de cristal que separa la bañera del resto y un montón de productos aromáticos. Imagino que para Axer esto es el paraíso, con una variedad de veinte jabones para escoger, esponjas y aceites. De aquí se sale tan limpio que sin duda me dejarían entrar en el reino de los cielos.

Qué patético que todo me recuerde a Axer, ¿no? Tengo que concentrarme, me estoy dejando llevar por el calor de su sonrisa y la vulnerabilidad de sus abrazos.

Tengo que recordarme que esto es un tablero, y que, si empiezo a mover sin estudiar los movimientos de las blancas, dejaré a mi rey al descubierto. Como si estuviera gritando: «Aquí, Frey. Clava el jaque».

Me pongo la bata de baño para volver a la habitación. Abro la maleta y busco el *outfit* designado para esta noche.

Se pueden decir muchas cosas de los Frey, pero jamás que no tienen estilo.

El diseñador alemán confeccionó para mí un *look* sencillo pero de infarto. Se trata de un enterizo negro cuyas mangas son dos líneas hechas de pura pedrería. El cinturón, también una línea delgada de pedrería, queda justo debajo de las costillas, por lo que me estiliza la figura y me hace sentir como la mujer más sensual del planeta.

Tengo guantes, pero no tienen nada que ver con el frío, son de satén negro con un brazalete plateado encima.

No llevo botines esta vez, sino tacones de punta fina.

Axer sigue sin aparecer, así que adelanto mi maquillaje. Me hago un diseño con pedrería en los párpados y me echo mucho *glitter*. Peino mi cabello y lo dejo suelto a excepción de un par de trenzas finas a cada lado.

Al mirar el resultado en el espejo, pienso «Si yo fuera Axer, me enamoraría de mí». Y sonrío con tristeza, porque quisiera que este no fuese un baile más al estilo de Cenicienta. Quiero que después de la medianoche él siga a mi lado. De hecho, quisiera que estuviese incluso al amanecer, dándome los buenos días.

«Tú no eres mi puto novio, Axer».

«Pues hay un *sukin syn* papel que dice lo contrario».

«¡Pero no es real!».

«¡Es real para mí!».

El recuerdo de nuestra conversación quema, y cambio de opinión sobre el trago que supuestamente no necesitaba.

Tal vez deberíamos hablarlo. Porque ese día en serio quise creerle. Pero no tengo el valor para afrontar esa conversación. No puedo, porque me aterra lo que pueda decirme.

Me niego a despertar de este engaño, pues estoy enamorada de la forma en que me duelen sus mentiras.

Cuando abre la puerta me sobresalto y veo que sus cejas se levantan con asombro al mirarme.

«Di algo», ruego con la mirada.

Pero él entra, cierra la puerta, y se sienta en la cama.

—Tenemos que hablar.

Mierda. ¿Y ahora qué?

¿Se habrá enterado de lo que le hice a Julio?

Claro que se enteró, si no le dijo Aleksis, seguro que Verónika lo dedujo y se lo dijo.

Mierda. ¿Y ahora qué hago?

Me cruzo de brazos para enfrentarlo.

—¿Pasa algo?

—Sí —dice él con seriedad—, está pasando algo entre nosotros, Nazareth, y estoy cansado de fingir que no es así.

—¿Perdona?

Okay, esta es la última conversación que esperaba que tuviéramos, y menos esta noche.

Además, no lo entiendo. Hasta donde yo sé, estamos fingiendo que pasa algo real entre nosotros, y no al contrario.

Pero no se lo digo. En una partida de ajedrez hay que callarse este tipo de cosas.

—Tu madre, mi padre... —insiste él—. Esto está llegando demasiado lejos.

—Sí, y te lo dije. No debiste hablar con mi madre.

Él parece muy cansado de mis respuestas, así que lo ignora por completo y en cambio hace otra pregunta.

—¿Jugaste al ajedrez con mi padre?

—¿Quién te lo...?

—Lo deduje, Nazareth, no es tan difícil.

No entiendo qué le pasa, o qué hay de malo en que jugara al ajedrez con su padre, así que se lo suelto sin más.

—¿Y cuál es el problema?

—¿El problema?

Su risa... No transmite ni un atisbo de buen humor. Definitivamente no entiendo qué pasa por su cabeza en este momento.

Él se levanta, determinado, hasta quedar muy cerca de mí, y entonces lo suelta todo.

—El problema es que te metes en mi vida como si pretendieras pasar una eternidad en ella, pero actúas como si de hecho no quisieras.

—¿Cuándo he...? —Me río con histeria, esto no tiene nada de sentido—. ¡Axer, por favor! Estoy aquí, en Mérida, maldita sea..., ¡con toda tu familia! ¿Te escuchas cuando hablas?

—¿Qué somos, Nazareth?

Abro la boca, pero vuelvo a cerrarla y lo pienso mejor.

No sé explicar eso.

Sé responderle al mundo esa pregunta, sí. Eso es lo sencillo. Pero no a él. No a mí.

Me tomaría una eternidad.

—¿Cuánto tiempo tienes? —pregunto con sarcasmo, pero él no lo toma así.

—Todo el *sukin syn* tiempo que quieras.

Resoplo y miro hacia otro lado antes de responder, pues no soporto el contacto visual.

—Tú sabes lo que somos.

—Sé lo que eres para mí —discute—, pero no creo que estemos en la misma sintonía con respecto a eso.

Entonces lo entiendo. La explicación es muy lógica.

Se dio cuenta.

Se ha dado cuenta de que me estoy enamorando de sus mentiras, de que no juego igual que antes, de que me estoy dejando ganar al igual que hice en ese primer juego de ajedrez, solo que por motivos distintos.

—Axer, hay una fiesta afuera esperando y tu familia...

—Es algo opcional, no tenemos que asistir.

—¿Piensas quedarte?

—¿Quieres quedarte conmigo?

Le sostengo la mirada un segundo, deseando gritar sí a todo. Pero no puedo. Aunque él ya lo sepa, solo me queda la negación como escudo. Debo aferrarme a eso.

Si no sale de mi boca, no importa lo que él crea, no será real.

—Yo... Mierda, Axer, ¿qué carajo quieres de mí?

—¿Por qué te molestaste aquella vez? ¿Qué te hizo creer Aleksis?

«Que estás enamorado de Soto de una forma que yo jamás podré eclipsar».

—Te dije que no fue nada —contesto.

—¿Nada? ¿Y me dejaste de hablar y mandaste tu parte del contrato a la mierda? ¿Por nada?

—No tiene nada que ver contigo, fue una cuestión de inseguridad personal, y si no te lo cuento es porque no creo que puedas ayudar.

Eso es totalmente cierto. Excepto las partes que no lo son.

—¿Es eso? —insiste acercándose un paso más—. ¿O es porque ese pensamiento equivale a revelar que estás por mover peón a E-5 y temes que de esa forma yo pueda hacer un mate en tres?

Este maldito genio me lee la mente.

—Sí —reconozco—. No pienso darte más ventaja, Frey.

—¿Ventaja? —Él se pasa la mano por el rostro para tranquilizarse, pero está tan rojo que me preocupa—. *Proklyatyy*, Nazareth, ¿de qué *sukin syn* ventaja hablas? Hace meses que dejé de jugar, ¿quién *chert vozmi* crees que tiene ventaja aquí?

Me río. Es una risa espontánea no exenta de cinismo.

—¿Dejaste de jugar, en serio? Dime cuál es el jaque.

Él no dice nada, así que entiendo que sabe a lo que me refiero.

—¿No dejaste de jugar? —presiono—. Pues dime cuál es el maldito jaque que Verónika dijo que tienes preparado, ese jaque tan definitivo e irreversible.

Él sigue en un absoluto y maldito silencio, y cada segundo que se prolonga aumenta el fuego en mis ojos y el calor en mi voz.

—Tú no dejaste de jugar una mierda y lo sabes.

—No te mentí —dice— cuando hablé de ser tu novio realmente. Siempre hice énfasis en el tiempo.

—¿No mientes? Bien, es tu oportunidad de redimirte: cuéntame de ese jaque, Frey.

Ojalá me hubiese preparado mejor para sus silencios, porque cómo duelen.

—Debe ser terrible —espeto.

—¿Quieres que te lo diga? Lo haré. Pensaba hacerlo la noche que te quedaste dormida después del desastre del champán, pero tú misma me dijiste que no lo hiciera.

—Lo hice, sí —reconozco—, porque esto es un juego, y deja de ser divertido cuando sabes lo que tu rival hará a continuación.

—¿Y ahora sí quieres dejar de jugar? —inquiere con una ceja arqueada.

—No lo sé, necesito conocer los hechos para dar una respuesta. Aunque... sí, de una forma u otra se acaba el juego una vez respondas. Ya sea porque quiera renunciar o porque definitivamente habré perdido.

—Como quieras —dice, y por el cansancio en su voz sé que él piensa lo mismo que yo; aquí acaba todo.

No sé si existe la posibilidad de empezar algo nuevo, pero cuando él me haya dicho lo que tiene planeado, habrá acabado esta aparentemente eterna partida que empezó en el patio escolar.

—Espera —digo alzando una mano. El corazón se me va a salir por la boca, o tal vez solo quiero vomitar.

—¿Qué?

—No sé si quiero que...

—No voy a seguir con esto, Nazareth. No me importa cuánto te asuste lo que haya dentro, voy a abrir esa *sukin syn* caja.

Trago saliva y asiento. Estoy temblando, así que presiono las manos bajo mis axilas.

—Me voy. Nos vamos todos —suelta y yo me rio nerviosa.

—¿Irse? O sea..., ¿me dejarán aquí en Mérida sola?

Pero no es eso. Es peor. Es peor que cualquier cosa que haya imaginado. Y no, no termino de entender el porqué aún, pero su mirada me lo dice, me dice «va a dolerte».

—Nos mudaremos, Nazareth, apenas termine tu año escolar, lo que es exactamente el tiempo del contrato entre nosotros. Inmediatamente después nos iremos del país y fin del juego, pues es improbable que vuelva a verte.

Creo que preferiría que me hubiese dicho que su plan era que en uno de sus asesinatos no pensaba revivirme.

No me llega ni el aire a los pulmones, pero hago todo lo posible por no hiperventilar.

—¿No dirás nada?

«No llores, ni se te ocurra».

—¿Cuándo? —pregunto—. ¿Cuándo decidieron esto?

—Siempre hemos sabido que tenía que pasar, pero propuse la fecha luego de que me hicieras firmar esa cláusula por seis meses.

—¿Y tu padre aceptó solo así?

—Le dije que me iría solo, él fue quien propuso mudarnos todos, y ya que ni Vikky ni Aleksis tienen nada que los mantenga anclados aquí... Ya no hay marcha atrás.

—Escogiste mudarte de país para darle fin a nuestro juego —digo más para mí misma.

—Sí. He perdido mucho el control contigo, no confiaba en mí mismo para que no se me antojara una prórroga, y luego otra, y otra, cuando caducara tu cláusula en el contrato. Así que lo hice definitivo.

Finjo una sonrisa, pero para mover los músculos de la cara tengo que desgarrarme el alma completa.

—Al final fue cierto eso que te dije en el desayuno con mi madre —digo—. Definitivamente hoy te odio más de lo que tú me odiarás nunca, Axer Frey.

31

Ganas de ti

SINAÍ

Paso tanto tiempo en el vestíbulo que en algún punto dejo de contar los minutos esperando a que Axer venga a perseguirme, desesperado y arrepentido, rogando que vuelva a la habitación y lo perdone, diciéndome que todo era una broma, o que era en serio, pero que ya no tiene importancia, porque quiere quedarse en Venezuela por mí.

Pero el vacío y el silencio es lo único que me acompaña. Nadie viene a rescatarme de esta realidad en la que no existe un «nosotros».

Sé que es definitivo. Sé lo que significan las mudanzas de los Frey. Lo más probable es que Víktor Frey ya haya programado su «divorcio» de Diana. No hay vuelta atrás.

Cobarde. Eso eres Axer Frey, un maldito cobarde.

No teniendo el valor de soltarme, se ató la soga al cuello para asegurar la asfixia por si se le ocurría perseguirme.

Lo odio y no con mi vida, porque aunque esta acabara, el sentimiento seguiría ardiendo.

Lo odio con mi alma.

Todavía tengo ganas de llorar, y sé que en algún momento lo haré, no hay forma más efectiva de desahogar lo que siento. Pero no esta noche. No en este viaje.

Pero me pregunto, ¿cómo avanzar a partir de ahora?

El contrato me sigue atando a los Frey, a Axer y su tesis. Él y yo tenemos todavía esta especie de relación, aunque claramente hay que discutir al respecto, ya sea que decidamos cortarla o dejarla fluir para luego incinerar sus raíces cuando el plazo acabe.

No sé ni cómo soportaremos estas noches. Al menos no sé cómo voy a hacerlo yo.

¿Debemos hablarnos como si nada?

¿Será incómodo entre nosotros?

¿Quiero prolongar esto incluso sabiendo que en un par de meses acabará?

No tengo ni puta idea de nada.

Estoy tan aburrida que me pongo a revisar hasta la galería de mi teléfono y acabo viendo estados de WhatsApp, cosa que nunca hago porque ni contactos tengo.

Me sorprende ver que mi madre subió algo. Ni en el Día de la Madre lo hace.

Abro el estado y...

¿Un ramo de flores?

No, no es solo un ramo de flores. Es un arreglo con exactamente treinta y cuatro rosas rojas, la edad de mi madre, aunque este dato podría ser simple coincidencia, porque hoy no es su cumpleaños.

¿O sí lo es y no me acuerdo?

No, no es hoy. Es el 13 de agosto.

Le escribo un mensaje.

Yo:
¿De parte de mi padre?

Su respuesta me provoca una sonrisa.

Mi madre:
Cómo te gusta un chisme, ¿eh?

Decido ignorar su evasiva e insisto.

Yo:
¿Entonces?

Mi madre:
A tu padre no lo veo hace meses, gracias a Dios.

Qué alivio saber eso, pero de todos modos no ha respondido a mi pregunta, así que no abandono el tema:

Yo:
¿Quién te las regaló entonces?

Mi madre:
No es asunto tuyo.
Disfruta de tu noche rusa y mándame fotos del hotel.

Me tomo un selfi rápido donde se ve la pared del hotel con el cuadro *Noche estrellada* y se la envío. También le mando una con la cámara externa para captar el resto del vestíbulo.

Mi madre:
Estás hermosa, coño e' tu madre.
Hasta pareces decente.

Sonrío, pero no contesto a su comentario, pues oigo que se acercan unos pasos y alzo la vista por si se trata de él.

Pero es su padre, seguido de Vero y Aleksis.

—Aquí estás —dice el señor Frey al reconocerme—. Tienen barra libre por si quieren tomar algo, yo no asistiré a esta fiesta porque tengo una cena importante para Frey's Empire esta noche, pero ustedes diviértanse.

—Lo haremos —dice Verónika radiante de entusiasmo.

—¿Y Axer? —pregunto confundida.

—No saldrá esta noche, le dio fuerte el mal de páramo, así que prefiere quedarse a descansar —explica el padre—. Mejor así, tiene que perfeccionar su discurso de mañana.

Mal de páramo mis ovarios.

—Tal vez debería quedarme para acompañar...

—Ni hablar —me corta Verónika—. Él supuso que dirías eso, así que me encargó que disfrutaras del evento. No tienes que castigarte escuchando toda la noche a mi hermano mientras pasa su indigestión.

Por la forma en que me mira Aleksis, fijamente y en silencio, supongo que él tampoco se cree ese supuesto mal de páramo, pero no dice ni una palabra.

La sala de fiestas informal del hotel en realidad es una discoteca VIP. Nos sentamos en pequeñas butacas tapizadas de terciopelo rosa alrededor de una mesita con un servicio de copas y licores que desconozco. Cuando tomo la primera bebida, casi no distingo el color del trago, pues está bañado de las luces del lugar, que oscilan del fucsia al púrpura.

Me sorprendo al ver que, dada la penumbra, el bullicio y el hecho de que tenemos una pista de baile a tres metros, Aleksis hace caso omiso de todo, se pone unos auriculares y abre un libro de tapa dura cuyo título no alcanzo a leer. Se recuesta y continúa su ardua labor de existir en medio de este aire contaminado.

Verónika, sentada con ese vestido rojo tan corto, cruza las piernas de un modo que me trastorna. Mientras sujeta la copa, le miro las uñas y pienso que parecen icónicas. Su presencia me hace sentir desadaptada. Y gay.

Me inclino hacia ella y le pregunto:

—¿Aleksis está...?

—¿Bien?

—Leyendo —corrijo.

—Ah, sí. Le encantan las fiestas.

—¿Qué carajos...? —Eso no tiene nada de sentido—. ¿Cómo puede leer sin luz y con este escándalo?

Verónika pone los ojos en blanco, como si la respuesta fuese lo más obvio del mundo. Justo en ese instante su hermanito, sin despegar los ojos del libro, estira una mano hacia su copa para llevársela a los labios.

—¿No ves los auriculares? —dice Vero—. Está escuchando el audiolibro. La versión en físico es solo para hacerlo más dramático. Es como una bandera de «no molestar».

Miro a Aleksis de soslayo. Él no es excéntrico. Excéntrico es ir al balcón de una fiesta a la que te obligaron a asistir y quedarte leyendo donde hay menos ruido y con ayuda de lámparas blancas. Lo que este tipo está haciendo es una declaración pública y voluntaria de que todos le caemos peor que la mierda en un zapato.

«Acepto las normas sociales asistiendo a sus reuniones, pero reafirmo mi superioridad como Aleksis Frey ignorándolos a todos mientras me veo fabuloso de todos modos».

Estoy a punto de sonreír de lo impactada que me deja lo que hace Aleksis, así que bebo de mi copa.

Cada vez me cuesta más fingir que no me encanta esta familia.

—Entonces... —digo a Vero después de tragar—, mal de páramo, ¿no?

Ella, quien claramente estaba evitando el tema, suspira antes de decir:

—Escucha..., Sinaí. —Finge una sonrisa—. A estas alturas no tengo nada en tu contra y, por tu bien, no me hagas tenerlo. No pretendo que me expliques absolutamente nada, pero este viaje es uno de los momentos más importantes en la vida de mi hermano y en su carrera. Todos esperábamos que también fuera el más feliz, y ya ves cómo está resultando, así que mejor ni me lo menciones.

Bien, esta está drogada.

—¿Me estás acusando de algo, Verónika?

—Ya verás tú cómo tomas lo que te digo. Solo permíteme hacer énfasis en que si después de todo lo que él está haciendo por ti resulta que...

Mi bufido le cierra la boca.

—¿Haciendo por mí? —replico—. ¿Es en serio? Mejor cállate.

Ella se muerde los labios, pero sus ojos siguen ardiendo de rabia. No sé qué es lo que se calla, pero se mantiene firme. Lo que quisiera decirme morirá con ella.

Se bebe su copa y la mía y se aleja rumbo a otro grupo de personas.

No tenían que haberme dicho que había barra libre.

No he cenado, pero me he bebido todo lo que se me antojó en esa barra.

Ahora estoy en la pista, sudándolo.

Esta noche tiene todo de informal, y aunque el lugar está lleno de personas importantes, genios y millonarios, en la pista no se baila Miley Cyrus, sino reguetón.

Quisiera decir que bailo como suelen hacerlo las mujeres en las películas, con movimientos leves pero sensuales, pero no es así. Lo único que de alguna forma se asemeja es la manera en la que mis manos me recorren y alborotan el cabello, pero por lo demás mis movimientos son los típicos que se ven cuando una mujer baila reguetón.

Estoy celebrando la vida, maldición. Que nadie me juzgue.

Si me vieran, me llamarían perra. Pero eso ya no me importa. Hace tiempo que hice las paces con esa palabra, hace tiempo que la hice mi bandera.

Extrañaba esto. Las clases me tienen jodida, y también influye el hecho de que prácticamente no tengo amigos con los que salir de fiesta. Me hacía falta este efecto, este punto del alcohol en el que sientes que la pista se mueve al ritmo de la música y disfrutas cada canción como si fuese la última del mundo.

Entonces empiezo a experimentar esa extraña sensación de que alguien está mirándote, casi un ardor en la nuca. Quisiera volverme para confirmarlo, pero me da vergüenza. Siento que es paranoia.

Pero la sensación no se va, solo se incrementa.

Y ahora que lo pienso mejor, si resulta ser paranoia, no importaría, ¿no? Nadie podría probarlo.

Así que me doy la vuelta como si fuera parte del baile, alzo la vista y entonces lo veo, recostado sobre una pared sin bailar.

Es el hombre más pálido que he visto en mi vida, en serio. Su piel casi brilla en la oscuridad, como si estuviese hecho de mármol. También influye que va todo vestido de negro, si es que a eso se le puede llamar «vestido». Solo lleva una chaqueta sin abotonar, sin camisa debajo. Su abdomen marcado, cuadro por cuadro, y su ingle tensa son casi parte de su *outfit*.

Y no deja de sorprenderme, pues la luz de la pista se refleja en su zarcillo de plata. Su cabello, tan negro que parece azul, está adornado con una especie de diadema que simula ser dos ramas llenas de hojas.

Sí, definitivamente me está mirando con descaro, y parece que le gusta lo que ve, pues no para. Esa forma de mirarme... Jamás había conocido una mirada tan explícita.

Lo que me indigna es que, al descubrirme mirándolo, arquea una ceja en una expresión que claramente dice «¿Y tú qué coño miras?».

No sé qué cara pongo en consecuencia, solo que él, literalmente, se ríe de ella.

¿Se está burlando de mí?

Molesta, me doy la vuelta de nuevo y sigo bailando hasta que siento una mano que toma mi muñeca cubierta por el satén del guante.

Alzo la vista con el ceño fruncido para descubrir al chico de hace un rato, que me arrastra al otro extremo de la pista.

Aunque me siento anonadada por su atrevimiento, no hago nada para detenerlo, y es que una parte de mí todavía no sabe si realmente quiero hacerlo.

Empieza a sonar «Ganas de ti» de Wisin y Yandel Ft. Sech cuando el extraño, literalmente, me voltea de frente a la pared. Sus manos toman las mías, y con lentitud las pegan a la pared para empezar a bailarme.

No veo más que la luz de la pista reflejada en la pared y soy muy consciente de la delicia del ritmo que empieza a insertarse en mis venas. No le digo que pare. Entiendo que hay una especie de regla implícita en que no es ético permitir que nadie te trate con la autoridad que este chico me sacó a bailar, pero a la mierda lo ético si fue justo ese detalle lo que hace ahora que considere dejarlo.

Cuando siento cómo sus manos se cierran en mi cintura, me toca contener la respiración.

Empieza a moverse detrás de mí y sé que de ninguna forma le voy a pedir que pare, pues sus movimientos de cadera podría envidiarlos un *stripper*.

Así que le sigo la corriente y me muevo con la sensualidad que la música amerita. Trago cuando sus manos bajan a mi cadera y marcan mi ritmo a la vez que la suya no deja de moverse de esa manera tan exquisita.

No me aguanto y vuelvo el rostro para mirarlo. Él sonríe con malicia, como si estuviese esperando eso.

Me da la vuelta y me pega de espalda a la pared, presionando su cuerpo contra el mío, rozándome con sus movimientos. Una de sus manos está anclada a mi cadera, la otra me aferra la muñeca a la altura de la cabeza.

Y tengo miedo, mierda. Porque me está encantando esto y porque sé qué puede parecer desde afuera. Si Verónika me encontrara así sin contexto... Mierda, si Víktor Frey me viera en este momento podrían joderse muchas cosas.

Cosas que tal vez ya están jodidas.

Pero no me detengo. De hecho, creo que el pavor de ser descubierta desencadena el torrente de la adrenalina que convierte este momento en uno que no olvidaré fácilmente.

Cuando la canción dice «Quiero morderte el cuello como un vampiro», da la casualidad de que él está respirando en mi cuello, y siento que sus labios sonríen contra mi piel.

Podría jurar que algo en el perfume de este tipo es afrodisíaco, pues cuando me mira a los ojos, tan cerca que noto el lápiz negro en su línea del agua, soy yo la que quiere lanzarse a besarlo, pues él no intenta ningún movimiento más.

Aunque tal vez no es su perfume, sino todo él. Sus mejillas hundidas, sus pómulos pronunciados y la cicatriz de su mandíbula. O sus largas pestañas. O la manera tan erótica en que se mueve. O el alcohol. O todo.

Lo cierto es que, cuando acaba la canción y él me guiña un ojo antes de alejarse, siento alivio.

Al menos no cometí ninguna estupidez.

Espero un rato hasta recuperar mi respiración, luego salgo de la pista.

Él está en la barra, mirándome con la misma fijeza de antes mientras...

¿Le está echando cereal de colores a una piña colada?

No lo pienso mucho y voy hacia allá, me siento en el taburete contiguo y pido una copa.

Voy a abrir la boca para presentarme justo cuando él dice:

—Antes de que digas nada: no me involucro en serio con nadie. Te miraba porque llamaste mi atención, te saqué a bailar porque intuí que te hacía falta divertirte. No hay más misterio, ¿okay? Si quieres pasar la noche en mi *suite*, eres bienvenida, pero no esperes que te llame mañana ni que me acuerde de tu nombre.

Cuando termina de hablar, le sonrío. Él lame los aros de cereal de la pequeña cucharilla con la que estuvo revolviendo su piña colada.

Me da miedo preguntar, no sea que yo esté desinformada sobre esa moda particular de beber alcohol. Así que le digo:

—Agradezco tu honestidad, pero creo que estás malinterpretando todo.

—Una química así no se malinterpreta, pero si te hace feliz negarlo... —hace una especie de reverencia teatral— adelante.

No voy a usar la carta de «estoy en una relación», pues solo es otra forma de decir «quiero, pero no puedo». Así que insisto:

—No me están pagando por mentirte, ¿sabes? Realmente lo malinterpretas si crees que voy a pasar la noche contigo.

—¿Y por qué viniste hasta aquí? —dice con una sonrisa ladina—. ¿Por el *confley*?

Me muerdo los labios para no reír. Yo también llamo «confley» a los cereales, es solo que me hace gracia que él también lo haga.

—No, no vine por el cereal. —Acepto el segundo trago del barman y me lo bebo—. Tú tenías razón; me hacía falta divertirme. Pero no busco tanta diversión como la que ofreces, al menos no por esta noche.

Él asiente complacido.

—Me halaga que no lo descartes —dice y alza su propio trago antes de beberlo—. ¿Amigo o familiar?

Entiendo a lo que se refiere. Este es un evento privado para los chicos a los que aprobaron el adelanto de sus tesis, sus amigos y familiares y algunas otras personas de interés.

Estoy tentada de responder «novia falsa, luego no tan falsa y luego falsa de nuevo y a punto de terminar de Axer Viktórovich Frey», pero lo simplifico con un:

—Digamos que amiga.

Él me estudia con el ceño fruncido, como si intentara adivinar a cuál de los cuatro aprobados acompaño.

—¿Sophie?

Ese nombre...

«¿Te ha hablado alguna vez de Sophie o de Andrea?»

Conque esa tal Sophie de la que hablaba Verónika es una genio. Es una de las razones por las que Axer no quería traerme, según su hermana, y el hecho de que sea alguien de su nivel académico, tanto para que le adelantaran su tesis, alborota más mis preocupaciones. Axer es débil ante las mentes brillantes.

Fuerzo una sonrisa mientras niego.

—¿Y tú? ¿Amigo o familiar?

Él no disimula su ofensa, aunque lo hace en modo divertido.

—Escúpeme si quieres, pero no me insultes, dulzura. Ni amigo ni familiar, próximo graduado.

Eso sí me toma por sorpresa.

—¿Eres de los cuatro a quienes adelantaron sus tesis?

—Así es —responde antes de meterse una cucharada de cereales en la boca.

Algo en él me da unas vibras extrañas, como si lo conociera de algún lado o por alguna referencia.

Pero solo hay una forma de saber eso.

Le extiendo una mano para presentarme.

—Sinaí —digo.

Él ignora mi mano y se inclina hacia mí, depositando con lentitud un beso en mi mejilla.

—Jesper —se presenta—. Aaron Jesper.

No.

Me.

Puto.

Jodan.

Es un Jesper.

Tengo que parecer neutral y no perder la maldita calma.

—Si te presentas con el apellido, debe de ser importante —digo como si no conociera de nada a su familia.

—Es una mala costumbre. Estoy lleno de ellas —responde él, restándole importancia al asunto.

Por un momento se me queda mirando fijamente con la cabeza ladeada y una curva inquietante en los labios.

—Por favor —suelto entre una risita—, no me mires así, que me pones nerviosa.

—Es la única manera en la que sé mirar a las personas atractivas.

Me río y bebo otro trago de alcohol.

—Pásame tu número de cuenta, te voy a comprar esa labia.

Él también ríe y sigue comiendo su cereal con alcohol.

—¿Te asustas fácilmente? —pregunta de pronto.

Digamos que mi lema de vida es «El que tenga miedo a morir que no nazca».

Pero eso no se lo voy a decir a un desconocido. Y mucho menos a un maldito Jesper.

Enarco una ceja y, aunque pienso en algo decente, mis labios hacen lo que les da la gana al decir:

—No lo sé, pruébame.

—Puedo hacerlo, sí. ¿Me dejas morderte?

Eso viniendo de un Jesper no sé si me preocupa o me tienta.

Claro, dependiendo de si acepto lo que Axer me contó de esa familia como la verdad absoluta. Tal vez eso también era mentira.

—No me estás diciendo que no —señala Aaron mientras yo bebo otro trago cobardemente.

Necesito recuperar terreno.

—Te dije que no hace rato, no necesito repetirlo —reafirmo.

Entonces él suspira.

—Qué pena. Igual la oferta sigue en pie el resto de la noche, esos movimientos de hace un rato podríamos repetirlos en distintas circunstancias.

Ni loca voy a aceptar esa oferta. Esta gente es socia de los Frey, dudo mucho que quede en secreto si me ven entrando a la *suite* de un Jesper.

Él entiende mi silencio, así que cambia el rumbo de sus preguntas.

—¿Con qué familia me dijiste que venías?

—Ahh..., con los Frey.

Por la expresión de su rostro, cómo se borra su sonrisa, pasa por el entendimiento y acaba en una sonrisa mucho más grande, parece que ellos también tienen historia.

—Puta mierda —dice en medio de una risita—. Así que tú eres la gatita de Axer Frey.

Me muerdo la lengua para no decir nada al respecto. No tenía ni idea de que me conocieran así.

—Mierda —repite todavía riendo—. Van a matarme.

Sin decir nada más, él se mete una última cucharada de cereales en la boca y se aleja. Solo entonces me tomo la molestia de mirar más allá y descubro a Verónika mirándome.

A mí también me van a matar.

Tengo que hablar con Axer, y de inmediato.

Cuando entro en la habitación lo encuentro acostado al revés en la cama, con los pies estirados en la pared. No lleva la camisa, y no alcanzo a verle el rostro porque tiene el brazo sobre los ojos.

—¿Estás dormido? —pregunto al cerrar.

—¿Parezco dormido? —gruñe él.

—¿Por qué no estás dormido?

Él se acomoda hasta quedar sentado frente a mí.

—Te esperaba —responde—. O no. Tal vez no podía dormir. O estaba planeando mil maneras de joderte la existencia. Escoge creer lo que quieras.

Pongo los ojos en blanco. Esto en definitiva va a ser muy incómodo.

—Tenemos que hablar.

Su reacción es de alerta inmediata, no pasa un segundo meditando mis palabras cuando ya está contestando:

—¿Qué hiciste?

—Nada.

Levanta una ceja.

Me siento en la cama, al borde, y él tira de la sábana debajo de mí.

—¿Qué? —inquiero.

—Ven para acá, Nazareth, no somos extraños.

No, no lo somos. Pero fuimos mucho más que esto.

En cualquier caso, hago lo que dice y me siento a su lado, apoyada en la pared. Su mano se arrastra hasta acariciar el dorso de la mía y por un segundo casi olvido que lo odio, casi siento que no lo merezco.

Él pone su cabeza en mi hombro un segundo y alza los ojos para mirarme.

—¿Qué tenemos que hablar, bonita?

—No me digas «bonita», por favor... —susurro.

Sus ojos... Maldición, sus ojos me están derritiendo.

—Tú puedes hacer o dejar de hacer lo que quieras con respecto a mí —explica también en un susurro—, pero no me pidas que pierda mis malas costumbres contigo.

—Malas costumbres...

—Y muy dañinas. —Suspira—. Termina de hablar, Nazareth. No se hará más fácil mientras más esperes.

—Yo... —Carraspeo, lo que hace que él aleje un poco su rostro y me mire con más seriedad—. Entiendo que hay un contrato y que una de tus cláusulas me exige exclusividad sexual. Lo tengo claro. Pero ya que... esto no durará mucho... ¿Está mal si mientras dure coqueteo con otras personas?

Él aparta su mano de la mía y es como si me arrancaran una costra. Durante el tiempo que se queda mirando a la nada, casi considero interrumpirlo. Siento que se me va a salir el corazón por la boca.

No dice ni una palabra, hasta que de repente espeta:

—¿A quién te quieres coger?

—Yo no he dicho...

Se vuelve a mirarme y es eso lo que me calla, su expresión.

—Sin rodeos —insiste—. Dime a quién.

—Es que... no quiero... eso.

Me paso las manos por el cabello. No sin cierta vergüenza descubro que estoy despeinada. Y eso solo hace que sea más difícil para mí expresar mis ideas.

Pero él sigue esperando, así que intento darle un sentido a lo que pienso.

—Solo... —No me atrevo a mirarlo—. Solo creo que me gustó gustarle.

Él contiene la respiración, aguarda un segundo e insiste.

—Dime quién.

Conozco a Axer Frey, llevamos meses en una partida de ajedrez a gran escala, deberían darnos un récord Guinness por eso. Sé que no se va a cansar hasta que le diga.

—Tú... ¿Recuerdas el día que reviviste a Poison?

—No fue la única a quien reviví ese día, pero, sí, lo recuerdo. ¿Qué hay con eso?

—Pues... ese día me hablaste de la *brigga* y de tu primo Dain, pero también me hablaste de una familia poderosa a la que Frey's Empire le vende una inyección para...

Él se inclina hacia adelante y se agarra la cabeza con ambas manos.

No lo toco. No digo nada. Casi no lo quiero mirar, pues temo que explote.

Cuando vuelve a apoyarse en la pared, exhala tan fuerte que si pudiera escupiría fuego.

—¿Un Jesper, Nazareth, en serio?

—¿Qué mierda quieres que haga? No sabía que era un Jesper cuando...

—¿Cuándo qué? ¿Qué hicieron?

—¡Nada! Solo hablamos. Y...

Me muerdo los labios. Sí. Sí que es incómodo.

—Bailamos.

Él finge una sonrisa tan tensa que parece el preámbulo de un asesinato.

—Una canción —añado.

—¿Por qué? ¿Por qué un *sukin syn* Jesper? El hotel está inundado de personas y tú...

—Es atractivo.

Bien, tal vez debí haber censurado ese detalle, pues él reacciona como si le hubiese metido una bofetada.

—¿Aaron? —indaga.

—Eso me dijo.

Él se levanta de la cama, y no sé qué mierda está diciendo, pues lo dice en ruso, y muy rápido, las palabras atropellándose entre sí mientras camina de un lado a otro, acalorado, con las venas de sus brazos a punto de estallar.

De todo lo que dice solo identifico un par de maldiciones.

—¿Estás molesto?

Claramente lo está, está más rojo que una sirena de policía.

—¿Contigo? No. En serio que no. Es solo que... —Resopla pasando las manos por su cabello—. Aaron Jesper.

—Igual no te dije que piense hacer nada con él —le explico—, le dejé muy claro que no pasará nada. Es solo que esta situación me hizo plantearme esa pregunta. Necesito tener esas cosas claras a partir de ahora dada nuestra delicada situación. Igual te juro que cumpliré con lo de la exclusividad sexual, entiendo por qué quisiste poner esa cláusula y yo firmé. Puedo esperar un par de meses sin problema.

—Nazareth.

Trago saliva y no digo nada, solo lo miro a los ojos por primera vez, y entiendo por qué había estado huyéndole a ese contacto.

—El contrato; olvida esa *dermo*. No te voy a obligar a colaborar con mi investigación sabiendo que lo que te mantenía atada a eso ya no es vigente.

—¿Tú estás...? —Me bajo de la cama yo también y lo enfrento—. Necesito que me hables claro, Axer. No quiero malentendidos. ¿Terminamos?

Él ríe con amargura.

—¿Cuándo empezamos?

Dije que no iba a llorar en este viaje, pero no me lo está poniendo fácil.

Cuando lo veo abrir la puerta tengo el impulso de ir tras de él.

—¡¿Adónde mierda vas?!

—No me esperes —dice antes de cerrar de un golpe.

32

Juro que no quiero nada, pero cuando se me acerca quiero todo

SINAÍ

Verónika me está haciendo ondas en el cabello con calor. Se ve sano, de un azul brillante. Combina perfectamente con mi vestido. El escote en forma de corazón realza mis senos y me deja los hombros descubiertos, mientras que las mangas continúan hasta las muñecas. Su largo aporta elegancia, su corte me estiliza la cintura y les da volumen a mis caderas, con una abertura en la falda que deja entrever mi pierna.

Vero, aunque no es necesario, se agacha para ajustar la correa del zapato en mi tobillo. Está hecha de pedrería, por lo que es un adorno precioso que se luce gracias a la abertura del vestido.

Es un vestido negro escarchado. Cuando la luz lo acaricia, parece la superficie de un lago que refleja una noche estrellada.

—Lista —dice ella al levantarse. Está magnífica, con un vestido de satén perlado, mangas de tiras y guantes a juego con un brazalete de diamantes encima.

Incluso Aleksis está elegante, con su chaqueta negra y la camisa blanca. Sin corbata. Sus rizos se ven decentes, casi no da miedo, hasta que te fijas en sus ojos desiguales.

Todos iremos de blanco y negro a elección de Víktor Frey.

Casi siento que representamos una jugada de ajedrez.

—Aleksis está muy elegante hoy —comento—. Tal vez alguna chica caiga esta noche en sus encantos.

—Todas lo harán —dice Vero mientras se pinta los labios de color burdeos frente al espejo—. Pero a Leksis no le gustan las mujeres.

—Oh, ya.

Aunque estamos en la misma habitación, Aleksis nos ignora y se sienta en uno de los sofás a leer una edición especial en tapa dura de *El perfume*, el inquietante libro sobre un asesino en serie .

—Creo que entendiste mal —añade Verónika—. Tampoco le gustan los hombres.

—¿Qué te gusta, Aleksis? —pregunto en dirección a él.

Él alza apenas la vista de su lectura, dedicando una mirada que me hace sentir menos que insignificante, y entonces contesta:

—*L'humanité est un gâchis.*[15]

—Aleksis, no vienes con subtítulos, ¿sabes? Y Duolingo no me puede ayudar con francés y ruso a la vez, así que en español, por fa.

Él sonríe, pero no porque le haya hecho ni pizca de gracia lo que dije. Es como si ese gesto fuera una expresión de lástima, una manera de decir «tontita».

—Las lágrimas —responde ahora en español.

—No entiendo...

—Me gustan las lágrimas.

Por la manera en que lo dice, casi viajo de vuelta a ese momento en el elevador. Tengo que reprimirlo y volver hacia Verónika. Su locura es mucho más fácil de sobrellevar.

—Vero, sobre lo de anoche...

—Olvídalo. No tengo que entrometerme en lo que pase entre ustedes. Siempre que no quieras nuestra fortuna o seas un agente del FBI encubierta, no es mi puto problema cuánto daño o cuánto bien se hagan mutuamente.

Aunque asiento, no puedo dejar de pensar que algo no está del todo bien en esa afirmación, como si no pudiera creerlo dadas las tendencias de Verónika a joderme sin razón aparente. Y ahora que parece tener una razón...

—Ya me dijo lo de la mudanza, por cierto —confieso—. Así que ya puedes dejar de lanzarme indirectas cada vez que...

—¿Ya? —Vero suena decepcionada—. Qué aburrido por su parte revelarlo tan pronto, yo habría pagado por verte llorar ese día.

---

15. «La humanidad es un desastre», en francés. *(N. de la A.).*

—Igual va a llorar —interrumpe Aleksis sin mirarnos.

—¿Tú qué sabes, mocoso? —espeto a la defensiva aunque sé que casi tenemos la misma edad.

Él se encoge de hombros y vuelve a su indiferencia hacia nuestra existencia.

—Gracias por el dato, por cierto. Eso explica por qué tienes cara de suicida —murmura Aleksis luego de un largo silencio.

Cómo odio a los Frey.

No he visto a Axer desde anoche, ni siquiera nos hemos cruzado en las comidas. Lo estoy esperando en la habitación que compartimos, pues no tiene sentido que vaya al evento de hoy sin él.

Espero, y hasta creo que no vendrá, que pasaré la noche vestida y sola.

Pero abre la puerta, y se me debilita hasta el apellido.

Su cabello de reflejos platino está peinado hacia atrás de manera elegante, con un mechón interponiéndose en el verde esmeralda de sus ojos. Con solo una camisa blanca abierta arriba, logra sacar de mi mente a cualquiera, y es que esos collares de plata no solo lo complementan, lo hacen insuperable.

Necesito un amuleto para protegerme de esta tentación.

Su mirada es un espectro de todo ese brillo que alguna vez tuvo al fijarse en mí. Ahora, lo que le hace sombra son justo esos recuerdos. Borrarlos sería la solución.

Me duele en especial porque ayer tuve muy claro que lo odiaba, y que no había alternativa a eso. Él lo había jodido todo con su mate. Pero hoy, después de lo de anoche y no haberlo visto en todo el día, mi confusión es inmensa. ¿Quién le hizo daño a quién? ¿Quién es el que odia y quién el que sufre ser odiado?

No lo sé. No entiendo nada.

Solo sé que cuando me mira, aunque no está ni cerca de sonreír, sus ojos parecen querer tatuarse mi imagen.

Y eso me parece tan triste que decido aligerar la tensión con una broma.

—Déjame adivinar... —digo sentándome en la cama—. ¿El vestido es horrendo, pero puesto en mí casi no lo parece?

Una cauta curva aparece en sus labios cuando responde:

—Te ves hermosa.

«No seas así, por favor. Ayúdame a odiarte».

—Oye... —empiezo a decir—, esto puede ser muy incómodo o muy normal, dependiendo de cómo lo tratemos. Creo que hay que discutir algunas cosas antes de salir.

Axer suspira, cansado, y asiente.

Termina de entrar y se sienta en el otro extremo de la cama. Casi parece un tablero con nosotros vestidos de blanco y negro. Él sería un rey, y yo, una torre. Podríamos ayudarnos, podríamos salvar la partida con un enroque, pero jugamos para colores opuestos, así que no hay otra posibilidad que la destrucción del otro.

—¿Qué quieres que discutamos? —pregunta él paciente.

Me molesta que sea así. Quiero que azote la puerta. Que me grite. Que me insulte. Quiero que sea indiscutiblemente malo para que cuando esto se termine no me quede ninguna duda de quién era el villano aquí, y de que estaré mucho mejor sin él.

O tal vez solo quiero detonar. Tal vez solo necesito una explosión de su parte que acarree la mía para gritarle todo lo que llevo por dentro.

—Dijiste que no estabas molesto conmigo —le recuerdo—, pero pasaste toda la noche y todo el día de hoy evitándome.

—Tengo cosas en que pensar, Nazareth —dice—. No estoy molesto contigo porque no existen motivos para eso. Tú tomaste una decisión muy madura al venir a hablarme sobre el tema de anoche. Y con tal vez demasiada honestidad. Simplemente no es esta mi situación favorita y entiendo que es algo que tengo que arreglar directamente conmigo. Y hacerlo cerca de ti me haría decir cosas que tal vez no pienso.

—¿No puedes ni siquiera contarme cómo te sientes?

—¿Cuándo te ha importado eso?

—Eso... —Pero me muerdo la lengua. No tendremos esta conversación—. Sé que nuestra mentira terminó, pero no sé qué haremos ahora. Es decir, sigo aquí, en Mérida, contigo y tu familia, y estás a punto de vivir un momento importante en el que estaré presente.

—¿Cuál es tu punto?

—No lo sé, no quiero arruinarlo. ¿Tú qué quieres hacer al respecto? O sea..., ¿podemos ser amigos al menos? Lo haría más fácil.

—Te lo dije una vez y lo mantengo: no quiero ser tu amigo.

—Pero tampoco podemos seguir jugando a ser novios, ¿entonces qué coño quieres tú, Axer Frey?

Él no dice nada, ni una palabra.

Me duele tanto esto que me quiebro y lo suelto todo.

—Tú me ganaste, ¿okay? —digo con la mandíbula tensa y los ojos ardiendo—. Eres el ganador definitivo de esto. Puedo reconocerlo. Siempre he sido mejor perdedora que tú.

Quiero estar en su mente justo ahora, entender por qué me mira como si quisiera estrangularme, por qué cada músculo de su rostro se ve tan tenso, qué le provocan mis palabras que su lenguaje corporal no me dice.

—Ganaste —repito—, y este es el fin del juego, pero, si va a acabar así, Vik, no valió la pena haber jugado. Si va a acabar así, desearía nunca haberme ofrecido voluntaria en ese juego de ajedrez escolar.

Él me toma del brazo y me arrastra hasta ponerme frente al espejo de cuerpo completo de la habitación. Él queda detrás de mí y aparta mi cabello a un lado. Con cautelosa lentitud, sus manos descansan en mis hombros un segundo para luego deslizarse hacia abajo hasta aferrarse a mi muñeca derecha.

—No tenemos una relación —dice mientras me acaricia delicadamente los dedos— y no quiero ser tu amigo. Pero sigues siendo mi persona favorita, Nazareth. Puedes serlo por el tiempo que quieras, incluso si eso implica toda nuestra vida.

Me toma la mano y hace algo que me deja psicológicamente inválida: se quita su anillo con la esmeralda y lo desliza en mi dedo anular.

—Pero ¿qué...?

—Es tuyo —me dice—. De la misma forma irrevocable e involuntaria en la que yo lo soy.

—No. No puedes hacer esto.

Quito mi mano de la suya como si sus dedos me quemaran.

—Para ya, ¿okay? —insisto—. No sé si lo que quieres es ser tan malditamente bueno que cuando te vayas no solo me quedaré sola, sino con la consciencia destrozada. Pero no va a pasar, ¿de acuerdo? No te dejaré.

Él se queda en silencio, pero está tan tenso que siento que quiere gritar un millón de cosas.

¡¿Por qué mierda no grita?!

—El anillo es tuyo —insiste—. Haz lo que quieras con él menos devolvérmelo.

—¡Que pares ya, maldita sea!

—¡¿Pero estás loca o qué *chert vozmi*?! ¡¿QUÉ *DER'MO* ESTOY HA-CIENDO?!

—¡No quiero jugar más! ¿No lo entiendes? Acepté tu jaque, reconocí que ganaste y sigues haciendo esa mierda... Para.

—Maldita sea, Nazareth.

Sus manos se abren y se cierran con crispación, pero se va al otro lado de la habitación a tomar aire. Lo escucho murmurar en ruso. Está contando, lo sé. Cuenta del uno al diez y de regreso en su lengua.

Vuelve hacia mí, pero no parece que le ayudaran mucho sus ejercicios, pues apenas puede respirar con calma.

—Dime qué quieres de mí o voy a volverme loco.

«No quiero nada de ti», pienso decirle.

Pero no puedo soltar una mentira tan grande.

Me muerdo la boca, y él insiste.

—Dime.

—No lo sé, ¿okay? —Estoy a punto de llorar, pero no voy a hacerlo, aunque el temblor sea evidente—. No tengo ni puta idea. Quiero escuchar muchas cosas de ti que no dirás y que incluso si dijeras tomaría como mentira.

—¿Porque no te dije que nos mudaremos?

—Porque tomaste la decisión de irte.

—¡Fue antes!

—¡¿Antes de qué mierda?!

Él se pasa la mano por la cara y suspira.

—Fue hace meses, Nazareth. No fue algo que planeé justo ayer para venir y contártelo esta noche y...

—Da igual —lo corto alzando una mano—. De todos modos ese no es el punto.

—¿Cuál es, entonces?

—Llegas tarde a...

Él reacciona de manera tan impulsiva que no lo reconozco. Avanza y me toma el rostro con ambas manos. Cuando me habla, su voz sale herida. Sus ojos parecen temblar en un sentimiento irreconocible.

Jamás lo había visto así.

Dudo que él mismo se reconozca.

—Siento que me estás arrancando la piel a tiras, Nazareth.

«Yo siento lo mismo».

—Si lo que vas a decir puede liberarnos de esto, solo dilo —ruega—. Si no quieres que te trate como lo hago porque no te gusta, dilo. Si es por otro motivo, explícalo. Estoy cansado, Nazareth. Cansado de adivinar. Cansado de jugar a estar jugando.

Llevo mis manos a las suyas. No quiero abrir la boca. Voy a llorar.

—No puedo decir nada... —susurro, y él entiende el dolor de mi voz, así que asiente.

Me toma una mano con delicadeza y me lleva junto a él a la cama.

—¿Qué...?

Él se quita los zapatos y se mete bajo el cálido edredón, luego hace señas para que me acueste a su lado.

No creo lo que estoy viendo.

¿Se volvió loco?

—Pero si hay un evento afuera...

—Ven.

—Axer, esto es importante. Párate de ahí y vamos afuera.

Él pone los ojos en blanco y se recuesta sobre la almohada con el brazo cubriendo sus ojos.

Es lo último que puedo soportar antes de derramar el llanto.

—¡No, maldita sea, Frey!

Él se quita el brazo de la cara y me mira con expresión de «¿qué me perdí?».

—Voy a necesitar un traductor contigo —declara.

—¡¿Cómo mierda te vas a acostar sabiendo que hay algo afuera que es importantísimo para tu carrera?! ¿Me quieres joder? ¡Esto no es justo, no puedo soportar ser la culpable de esto!

Él entierra el rostro entre sus manos.

—Levántate, por favor —ruego entre lágrimas—. No haré nada para perjudicarte, lo juro. Fingiré delante de tu familia el resto del viaje y luego te dejaré en paz, pero sal.

—Tú —dice luego de quitarse las manos de la cara.

—¿Yo qué?

—Tú eres importante para mí, y es tan válido que esté aquí intentando salvar lo que nos queda como allá dando un *sukin syn* discurso para impresionar a un grupo selecto de personas.

—Axer... —me llevo ambas manos a la cara y noto que tiemblan como nunca—, es tu carrera.

—No la voy a perder, no es como si pudieran cancelar mi tesis.

—Pero... el Nobel. Tu padre dijo que era importante, yo lo escuché.

Tiene que ser mentira lo que veo. Seguro lo estoy imaginando. Y es que, cuando huye a mis ojos, creo que alcanzo a ver el destello de una lágrima.

Tal vez no es tan imaginario después de todo, porque usa el dorso de su mano para limpiarse.

Mierda, ¿qué hice?

Este hombre está dispuesto a perder su maldita nominación al Nobel por hablar conmigo. Esto no es un juego. Ni el diablo jugaría con eso.

A menos que... A menos que sea una prueba, y que él esté cien por cien seguro de que yo no lo permitiré.

Pero la única manera de saberlo sería obligarlo a quedarse. Si lo hace, si se queda conmigo, sabré que es sincero.

Pero perderá una oportunidad irrepetible.

Y no importa cuánto diga que lo odio, no podría hacerle eso. Prefiero vivir eternamente con la duda sobre su honestidad.

Y es esa decisión la que me lleva a entender algo horrible: Axer Frey no es un capricho para mí. Lo amo. Mierda, cómo lo amo.

Lo amo tanto que pondría su felicidad antes que cualquier inseguridad mía.

—Te diré lo que quieras, lo juro —le digo. Y esta vez soy yo la que se acerca y le toma las manos—. No te odio, pero este no es el momento para hablar. Axer, yo... Una vez me dijiste que podrías vivir con cualquier sentimiento menos con pensar que me has hecho daño. Si no sales, Vik, me harás tanto daño que será irreversible.

Me mira, con los ojos rojos y la respiración apenas contenida.

—Quiero que seas feliz —insisto—. Y sé que pararte allá a humillar con tu discurso al resto de esos seleccionados mediocres es justo lo que te hace falta para levantar esos ánimos de mierda que cargas ahorita.

Cuando sonríe, otra lágrima se derrama de su rostro. Pero no la limpia él, lo hago yo.

Su mano atrapa la mía y la arrastra hasta sus labios, donde la besa con delicada benevolencia.

Es la mano del anillo, y él se la queda mirando un rato con una sonrisa sutil.

—En un mundo en el que fuésemos normales, esta habría sido mi petición de matrimonio —murmura.

—No te preocupes, yo sigo planeando ese secuestro.

Esa sonrisa termina de florecer en su rostro, y yo no puedo sentirme más satisfecha.

Cuando salimos de la habitación, casi no parece que acabamos de quebrarnos dentro de ella. Arreglé mi maquillaje, Axer lavó su cara, nos alistamos y ya estamos listos de nuevo para enfrentar el mundo y sus tragedias.

Pero a mitad de pasillo rumbo al salón del evento, Axer se detiene.

—¿Puedo tomarte de la mano? —me dice.

Yo le respondo tomando la suya, entrelazando con lentitud nuestros dedos, como para darle tiempo a que se acostumbre a la sensación y no huya. Luego me alzo sobre la plataforma del tacón para alcanzarlo y darle un beso en la mejilla.

Él me abraza y toma mi rostro, mirándome como si no me mereciera, y me doy cuenta de que no pude haber sido más estúpida al desconfiar de esto. Aunque solo exista en privado, a Axer le gusta lo que tenemos.

—¿Estás nervioso? —susurro.

Él niega con una sonrisa.

—¿Tú estás bien? —pregunta.

Asiento y él me da un beso en la frente.

Llegamos cuando ya ha acabado el discurso de Sophie y con el de Edward por la mitad. Luego pasa Aaron y por último llaman a Axer.

Su familia está sentada toda en la misma fila. Me guardaron un espacio, así que estoy aquí junto a ellos, viendo a mi Vik ser completamente él en su mejor versión.

—Muchas personas a lo largo de mi recorrido han atribuido mis logros a la fortuna de Frey's Empire o la influencia de mi apellido —empieza a decir un Axer muy confiado—. Y, si creen que me he parado aquí porque pretenda desmentir eso, se equivocan. Vine a darles la razón.

»Ser un Frey sí me puso donde estoy, pero no por los motivos que la mayoría murmura o directamente divulga por distintos medios. Mi familia vive la ciencia como algunas otras el fútbol o los negocios. Aprendí múltiples idiomas como una sola lengua. Supe de la evolución a la edad en la que otros niños aprenden los colores. Crecí ejercitando mi cerebro como un músculo, tomando los exámenes como recreación. Gracias al presupuesto con el que cuenta mi familia y al laboratorio de Frey's Empire, pocas veces me he visto limitado en la práctica. Y, aunque por desgracia el azar no quiso darme memoria eidética, mi hermano Aleksis —señala hacia su hermano, quien hace una ligera reverencia— sí la tiene, por lo que contar con él como colaborador en mis proyectos es una suerte; me aseguro de no olvidar nada nunca.

Hace una pausa y todo el público se ríe. ¿Cómo no hacerlo? Siento que nos está llamando estúpidos a todos, pero no deja de ser encantador.

—Estudiaba Medicina y ejercía como aprendiz en el laboratorio —continúa Vik—, atendí cientos de emergencias con un número neto de cero pérdidas. Porque cuando se me dio la oportunidad de participar se dejó muy claro que no tendría una segunda ocasión. Así que me aseguré de no necesitarla.

»No estoy aquí por haber pagado nada. Ni soy el único en esta posición con un apellido y una fortuna que lo preceda. Estoy aquí porque, en consecuencia de todo lo anterior, he desarrollado una base de conocimientos y habilidades que, pese a ser vastas, no se asemejan a mi sed por seguir aprendiendo. Estoy aquí por otros números, los de cada evaluación que he presentado en mi vida que suman un promedio perfecto; por el cero en mi lista de fallos; por los 7.965 días que he estado vivo, comparados con el promedio, que da como resultado el hecho de que he hecho historia con mis avances científicos en un tiempo en el que la mayoría apenas decide qué quiere estudiar. También como número tenemos la cantidad de años que he robado a la muerte por cada ser humano al que he resucitado.

Axer hace una pausa. Nos tiene a todos expectantes, en vilo, como en las últimas páginas de un *thriller* psicológico en el que parece que las cosas no podrían resolverse en tan poco texto. Y sé, al verlo ahí tan triunfal, seguro y profesional, que nadie, yo incluida, va a olvidarlo nunca.

—Entiendo cómo funciona el cerebro humano —sigue—. Conozco las tendencias de la sociedad. Sé que asumir que no me merezco esta posición y alegar nepotismo hace más válida la frustración, es una justificación mejor aceptada que la envidia. Pero no he venido aquí a hacerle más fácil el trabajo de desacreditarme. Vine porque espero que, al bajar de aquí, no quede un solo argumento que pueda minimizar los hechos antes señalados. No daré adelantos sobre mi investigación hoy ni lo haré para ninguna entrevista. Nos veremos en la exposición de mi tesis, y ahí tendrán el único número que realmente importa: el que esté junto al aprobado.

Todos nos levantamos a aplaudir. Un montón de gente aparentemente importante se acerca a Axer para estrechar su mano, felicitarle y tomarse alguna fotografía para periódicos y revistas de los que no tengo ninguna noción.

Yo lo miro y pienso en lo estúpidamente enamorada que estoy de él. Es que no solo es hermoso y arrogantemente encantador, sino que su cerebro, su elocuencia y todo lo que va ligado a su intelecto es sexy, envidiable y me dan ganas de construirle un altar.

Quiero verlo cuando exponga su tesis. Quiero estar ahí cuando lo nominen al Nobel y cuando lo gane. Porque lo hará. Y quiero estar cuando escriban su nombre en los récords Guinness por ser el hombre más joven en ganar un Nobel de ciencia, superando a William Bragg. Quiero estar en su graduación y cuando escoja su siguiente especialización, porque sé que su sed no va a detenerse.

Quiero estar ahí toda su vida, maldita sea.

Alguien del comité de profesores de la organización para genios le entrega a Axer una especie de reconocimiento enmarcado y toda su familia se acerca para tomarse fotos con él.

Pero él detiene a los fotógrafos, les pide un segundo y viene a por mí.

—Frey —saludo con una sonrisa radiante al verlo frente a mi asiento con la mano extendida.

—Schrödinger.

Caminamos de la mano hacia el área de las fotografías. Nos tomamos varias con los Frey y luego él pide una solo conmigo.

—¿Estás seguro? —susurro—. Nos está viendo todo el mundo.

Él, no satisfecho con nuestro ya alarmante exhibicionismo afectivo, me rodea con un brazo y me besa los labios. Y cuando el flash nos golpea, tengo los ojos cerrados, pues estoy inmersa en su beso.

Al alejarnos a por unas copas tomados de la mano, me siento como Bella Swan cuando llega al colegio con Edward Cullen. Todos nos miran, y saben que soy la reina de este abismo, pues el rostro de mi Vik lo deja bastante claro.

—¿Qué tal estuvo? —me pregunta.

Yo, estúpidamente idiotizada por el brillo de su sonrisa, lo abrazo, enterrando el rostro en su pecho, y me sorprendo cuando sus brazos también me arropan.

—Siento que estoy más loca por ti que nunca.

Escucho su risa y lo amo más. No quiero que deje de reír nunca.

—Dime eso cuando no estés influenciada por todo esto —dice, acariciando mi cabello mientras todavía lo abrazo.

—Lo haré —prometo y me separo de él.

Bebo de mi copa y siento su mirada fija en el anillo en mi dedo.

—Es importante, ¿no? —pregunto—. Si era de tu madre o algo así, no podré aceptarlo.

—¿De mi madre?

Por cómo frunce el ceño hasta siento que fue una teoría estúpida.

—Yo...

Él me quita la copa y toma mi mano del anillo. Toma la piedra y la hala. El anillo se separa en dos, como si la piedra fuese la tapa de un cofre, y la base oculta de debajo tiene un grabado específico con ornamentos y una F central.

—¿Qué mierda...?

—Es mi sello oficial —explica—. El molde del sello. Con algo de lacre o tinta podrías firmar lo que te dé la gana por mí y sellar con el anillo. Tienes mi destrucción, literalmente, en tus manos.

—¿Por qué me das esto? ¿Estás loco? Bueno, sí, pero... ¡¿qué fumaste?!

Él sonríe y me besa los nudillos.

—Te lo dije: confío en ti. Y como tú pareces no hacerlo tenía que probártelo.

¿En serio estuve tan ciega todo este tiempo? ¿Es posible que Axer en serio sienta cosas por mí?

Si es así, si en serio tiene sentimientos reales hacia mí que van más allá del deseo, la frustración y las ganas de ganar, entonces debí haberlo herido muchísimo anoche cuando le dije lo de Aaron. Porque por cómo me expresé casi le dije que solo me ataba el contrato a él y que esperaba el momento en que caducara para cogerme a otros.

Quiero aclarar las cosas, pero nos interrumpe Verónika.

—Hola, tórtolos. —Ella abraza a su hermano y él la corresponde—. Felicidades de nuevo.

—Gracias, Vikky.

Ella le acaricia el rostro, y su expresión se ensombrece. Pero enseguida lo disimula con una sonrisa.

—Tienes los ojos rojos —le dice a su hermano—. ¿No te ha dicho mi padre que las drogas son malas?

—Pasé toda la noche estudiando el discurso —dice Axer.

—Ay, hermanito. ¿Cómo quieres que crea que estudiaste eso? Fue espontaneidad Frey, a mí no me engañas.

Él se encoge de hombros.

—Y ya que hablamos de tu discurso... Sophie se tuvo que ir después del suyo, lo cual es una lástima, pero fui a hablarle y confía en que lo hiciste mejor que nadie. Ella quiere que trabajen juntos. Ya sabes, colaborar con tu tesis ahora que nos iremos y te quedas sin gato en la caja. Podemos hacerlo, ¿no? Frey's Empire le puede dar una beca para que ella se mude cerca de nosotros como pago de su colaboración...

—Verónika —corta Axer—. Muchas gracias, en serio. Pero déjame a mí...

—Igual piénsalo. No tienes que responder ahora. Todavía quedan un par de meses antes de irnos, ¿no?

Verónika no ha terminado. Sé lo que dijo sobre no interponerse en lo que pasa entre su hermano y yo, pero es claro que no es cierto. La descuido cinco segundos y ya le está ofreciendo a Axer una mujer con la que trabajar y mudarse. No me sorprendería descubrir que ella haya empujado a Axer a discutir conmigo la otra noche, cuando él llegó de la nada queriendo que aclaráramos nuestra relación.

Igual eso no importa. Verónika puede hacer lo que quiera, pero es su hermano el que debe tomar sus decisiones.

Ella no ha terminado de desaparecer de nuestra vista cuando le digo a Axer:

—¿Quién es Sophie? Y, ya que estamos, ¿quién es Andrea?

—Mujeres —responde él, pero mi expresión no da espacio para bromas—. Estudian en la misma organización que yo.

—¿Y...?

—¿Y qué?

—¿Son tus ex o algo así?

—No. Pero...

—¿Pero qué?

—Mantuve una relación sexual con las dos. En tiempos diferentes. Pero eso no importa.

—¿Cómo que no importa? Tú me...

«Él no es tu novio, estúpida. Cierra la boca».

—¿Qué? No te guardes nada —me pide con un suspiro cansado—, solo dilo.

—Es que pensé que... —Intento sonreír, pero no sé si me sale—. ¿Sophie es atractiva?

—Yo... La vas a investigar de todos modos, ¿no? Lo verás tú misma.

—Tú mismo dijiste que la belleza es subjetiva. ¿A ti te resulta atractiva?

Se nota que está incómodo en esta conversación, pero también que hace un esfuerzo por no pedirme que lo deje así. Quiere hablar las cosas. Quiere hacerlo bien.

—Claramente me parece atractiva si llegamos a tener una relación sexual.

—Y es inteligente. Muy inteligente.

—No tienes que preocuparte por nada, en serio. Jamás hubo ningún sentimiento. Ella y yo entendíamos que lo que tuvimos era físico y cuando acabó nunca dejamos que interfiriera en nuestra relación profesional.

—Es inteligente —repito—. Y te generaba deseo. Tú me dijiste que... Me siento estúpida. Creo que malinterpreté, o sobreestimé, muchas cosas que dijiste.

—Ninguna fue mentira. —Él da un paso hacia mí—. No he tenido una relación, ni física ni... íntima, como lo que tengo o tuve contigo. Jamás. Y nunca lo tendré. Cuando te dije que antes disfrutaba más de los exámenes que del sexo no te mentí.

—Pero... si no te gustaba lo suficiente por qué...

—Digamos que me gustaban los preliminares, pero entiendo que llega un punto en que las demás personas necesitan ir al siguiente paso. Y cedía. En serio no me siento muy cómodo entrando en detalles. ¿Puedes creerme cuando te digo que no tienes nada de que preocuparte? No hay otra persona en el planeta con la que quiera todo lo que quiero contigo.

—Deja de decir esas cosas que me brillan hasta las pestañas.

—Lo que yo escuché fue: «Dilas más seguido».

Me río y lo abrazo de nuevo. Podría vivir feliz así, entre sus brazos.

Pero entonces veo a Aaron en la distancia y recuerdo que tenemos una conversación pendiente Axer y yo.

—Oye, y... sobre Aaron...

—¿Puedes darme esta noche antes de ir tras él? Si quieres, mañana yo mismo te doy su número.

—No seas así, por favor. Solo... ¿Por qué te molestó tanto que justo fuera él con quien bailara? O sea, al final del día su familia y la tuya son socios, ¿no?

—Lo que no implica que apoyemos lo que hacen. Podríamos decir que tenemos una especie de enemistad amistosa. Si con amistosa se entiende que, si no hubiera un montón de acuerdos de por medio, ya nos habríamos matado.

—¿O sea que Aaron realmente...? —carraspeo—. ¿Él sí es...? O sea, ¿es cierto lo que me dijiste de su familia?

—Cada palabra. ¿Por qué te mentiría con algo así?

—Pero... es surrealista. ¿Eso no es... raro?

Axer ríe.

—¿Raro? Me sorprende que después de haberme conocido todavía te quepa esa palabra en la boca.

—Me caben muchas cosas en la boca, Frey.

Axer se muerde para contener una sonrisa y desvía la mirada.

—Nazareth, por favor, hay demasiada gente pendiente de mí y me vas a poner como un tomate.

Voy a responder, pero olvido todo el diccionario cuando veo quién se nos acerca.

—Frey, qué placer saludar... —Aaron chasquea su lengua de manera despectiva. Su sonrisa no podría ser más demoníaca—. Lo siento, no soy tan buen mentiroso como tú, ni siquiera puedo terminar esa oración.

—¿Algún problema, Jesper? —espeta Axer con la mandíbula tensa.

—Hoy sí, tu presencia —dice esto y me lanza una mirada de reojo. Este sería un buen momento para que me trague la tierra—. Tenía la esperanza de poder tener un poco más de... intimidad con tu novia.

Guiña un ojo y luego voltea con más descaro hasta quedar frente a mí.

—¿Te maquillas el cuello?

¿Qué mierda con este tipo?

—Eeehhh... No.

—Qué deprimente. —Se acerca tanto a mí que sus labios quedan muy cerca de mi oreja. Me susurra para que solo yo pueda escucharlo—. Si me dieras una noche, tendrías que usar suéter y bufanda. Adiós a los escotes, pues te marcaría toda desde el cuello.

Se separa de mí con una sonrisa de oreja a oreja y mira hacia Axer, quien parece a punto de quebrar la copa por la tensión en sus dedos.

—Nos vemos, Frey —dice Aaron—. Buscaré una víctima para esta noche, pero quiero que sepas que estaré fantaseando con tu gatita.

—Voy a matarlo —dice Axer con un ademán de ir detrás de él cuando se marcha.

Lo tomo por el brazo para detenerlo.

—Ni se te ocurra. Él solo quiere molestarte. Tú ya le ganaste, tu discurso fue el mejor y...

Axer, usando mi propio agarre, tira de mí hacía él y me pone una mano en el cuello. No lo rodea por completo, solo lo justo para medir su pulso con su pulgar.

—Estás excitada —sentencia.

Siento que si abro la boca mi corazón va a gritar.

—Axer, por favor. No hagas esto.

—Niégalo.

Pero no puedo, no contra esos ojos que me desnudan y desafían.

Así que Axer me toma por la muñeca y me arrastra por todo el edificio, ascensor arriba, hasta dejarme frente a la puerta de nuestra habitación.

—Espérame dentro —dice.

—Ni loca. ¿Adónde mierda crees que vas?

—¿Puedes por favor esperarme dentro?

—¿Vas a matarlo?

—Casi.

—No lo hagas, por favor, él no tiene la culpa de...

Pero sus labios me callan, él me pega contra la puerta y me besa con fuerza. Con solo un beso percibo lo molesto que está.

—Espérame adentro, Nazareth. ¿Puedes?

Maldito tramposo. Sabe que no le diré que no.

33

I wanna be your slave

AXER

Aaron estaba charlando con un comité de una universidad de élite que estaba muy interesada en su tesis. Los escuchaba, asentía y meditaba sus propuestas tranquilamente cuando notó la mano de Axer Frey sobre su hombro.

—Perdonen —les dijo a sus interlocutores y se giró hacia Axer, quien en ese momento no parecía tener nada de paz mental.

—¿Podemos hablar? —espetó Axer en un tono que revelaba que no era un asunto discutible.

—No quiero problemas, Frey.

—Pensé que no se te daba bien eso de mentir.

Aaron sonrió halagado y se metió las manos en los bolsillos del pantalón.

—Me declaro atrapado. De todos modos, que a ti se te dé todo mejor que al resto del universo no significa que dejemos de intentarlo, ¿o sí?

—Jesper.

Aaron respondió arqueando una ceja.

—Cierra la maldita boca un segundo. ¿Podemos hablar o no?

—¿Quieres hacerlo aquí? —inquirió Aaron con una sonrisa sugerente.

—Prefiero que sea en privado.

—Qué aburrido... —suspiró Jesper—. Deberías probar a salir de la rutina alguna vez. No te imaginas la adrenalina que provoca el exhibicionismo.

—No venía a matarte, Jesper, pero me lo estás poniendo jodidamente difícil.

—No puedes matarme. Soy socio de tu padre.

—Vuelve a retarme, te lo imploro. Dame una *sukin syn* razón para decir que tú lo provocaste.

Aaron soltó una risa, pero terminó por asentir, cediendo.

—De acuerdo, Frey, ¿dónde quieres que hablemos?

—Vamos al pasillo.

Sin mirar atrás, Aaron lo siguió al pasillo, donde Axer se detuvo bruscamente.

Cuando miró a Aaron, se planteó de nuevo la posibilidad de agredirlo. ¿Sería tan escandaloso? ¿Lo perjudicaría realmente? ¿No valdría la pena cualquier consecuencia solo por permitirse esa satisfacción?

Aaron pareció leer ese debate en su mirada agresiva, pues le dijo:

—Adelante. Entre el dolor y el placer hay una línea muy delgada, y algo me dice que esto lo voy a disfrutar.

—Aaron.

—¿Sí, Frey?

Axer se disfrazó con una sonrisa asesina y prefirió editar sus intenciones originales o nunca avanzaría con eso. Así que solo dijo:

—¿Qué tal el trabajo en Parafilia?

Aaron frunció el ceño, pues claramente esa pregunta no la esperaba, pero contestó sin miramientos.

—¿El que incluye sangre o placer?

—Ambos.

—Todo se me da muy bien, Frey. No te preocupes.

—Eso es lo que espero que me demuestres en un momento.

Aaron pareció confundido, pero Axer continuó con su protocolo.

—Ya conociste a mi novia, ¿no?

—Ya tuve el placer, sí. Aunque no el de mi preferencia.

—¿Y te gustó?

Aaron se cruzó de brazos antes de responder a eso.

—¿Quieres saber si me la cogería?

—Quiero saber si puedes hacer más que solo cogértela.

El rostro de Aaron no disimuló su asombro.

—Vaya, Frey. Como sabrás, no soy un joven impresionable. Pocas cosas me sorprenden ya, pero créeme que no me esperaba que se te dieran los tríos.

Eso llevó a Axer al borde de una carcajada cínica.

—No te ilusiones, tú a mí no vas a tocarme.

—¿Vas a obsequiarme a tu novia? —Silbó—. Eso lo esperaba menos.

—Es que, verás, Jesper, soy el tipo de hombre obsesivo que sabes que soy, pero parte de mi necesidad de control implica que he de satisfacer a mi novia. No puedo negarle el placer, aunque no venga de mis manos.

Aaron se pasó el dedo por los labios e introdujo una parte, rozando sus colmillos, mientras observaba a Axer con desconfianza.

Sonaba demasiado bueno para ser verdad.

—¿Estás seguro? —indagó—. Voy a disfrutar mucho con esto y sin ningún remordimiento. Lo sabes, ¿no?

—Estoy seguro. Mientras ella quede satisfecha.

Entonces la sonrisa demoníaca del joven de apariencia vampírica se expandió por todo su rostro.

—Vamos, tampoco me faltes al respeto. Sabes que cuando de dar placer se trata yo tengo el doctorado. Siempre que ella no se... escandalice.

Axer sonrió con suficiencia.

—Tiene la mente lo suficientemente abierta, por eso no te preocupes.

Cuando Axer volvió con Sina, ella estaba en un extremo de la habitación, moviendo los pies nerviosa y con los brazos cruzados.

Cuando vio a Axer regresar, con Aaron detrás de él intacto, su pecho se relajó a la vez que su mente se incendió en alarma.

¿Qué coño hacía Aaron ahí?

Axer se acercó a ella y le acarició los brazos.

—Bonita, voy a presentarte a mi colega como se debe.

—¿Qué...?

La levantó en sus brazos sin explicar mucho y la dejó caer sentada sobre el aparador.

—Axer... —musitó ella con nerviosismo, pero él la tranquilizó dándole un beso corto detrás de la oreja, lo que le dio una idea a la joven de lo que iba a suceder. No sabía qué decir, o qué preguntar, así que confió en los ojos de su chico y se dejó llevar por la situación.

Él metió las manos dentro de la falda de Sina y buscó el encaje de la ropa interior. Detrás de ellos, Aaron terminaba de quitarse la chaqueta.

El ruso logró bajarle la ropa interior, arrastrándola por sus piernas y dejándola a la altura de las rodillas, donde el encaje negro contrastaba con su piel a través de la abertura de la falda.

Aaron, desde su distancia prudencial, se relamió los labios antes de darles un leve mordisco que le sacó una gota de un brillante carmesí.

Axer tuvo que contener la respiración al ver a Aaron observando a su novia, pero se obligó a controlarse. Notó que Sina tragaba saliva con la imagen que tenía delante, así que se situó detrás del aparador y le sujetó todo el cabello en un puño para controlarla cuando hiciese falta.

—Nada de gemir —dijo Axer contra su oído obligándola a estremecerse de un escalofrío por la mención de la primera regla—, ¿de acuerdo, gatita?

Ella, sintiendo que no podría decir una sola palabra sin delatar todo lo que estaba pensando, se limitó a asentir.

—Si te dan muchas ganas... —Axer llevó sus dedos a los labios entreabiertos de ella, restregando toda la tierna piel con la fiereza de su pulgar—, ... muerde estos lindos labios hasta que los rompas si hace falta, ¿está bien? No te preocupes por la sangre, será un lindo detalle para nuestro invitado. Y, si algo de todo esto es demasiado para ti, ya sabes qué palabra decir.

Al mencionar esto, Axer dirigió la mirada al joven Jesper. El ardor de sus ojos profirió millones de improperios y amenazas contenidas, pero Aaron lo recibió todo con una reverencia complacida.

Entonces el invitado se acercó a Sinaí.

Puso sus manos en las rodillas de ella y la chica contuvo la respiración por lo mucho que había deseado ese contacto. Y él la miró con ojos divertidos, buscando más que silencio mientras sus manos se deslizaban dentro de la línea de encaje negro presionada en sus piernas.

—¿Entonces quieres que te coja, dulzura?

Sinaí miró de reojo a Axer y prefirió callar, pero Aaron no estaba dispuesto a avanzar sin que ella lo reconociera.

—¿No vas a decir nada?

Ella negó, o lo intentó, pues Axer le sujetaba la cabeza con fuerza. Podía hablar, claro, pero no era algo que le apeteciera en ese momento. Estaba disfrutando, aunque no sin cierto nerviosismo, ese instante de timidez en aquel juego de rol implícito.

—Yo no trabajo así —bromeó Aaron—. Yo necesito que me digas qué quieres que te haga, porque sin duda yo voy a pedirte muchas cosas.

La mano de Axer se cerró con fuerza sobre el muslo de Sina, muy cerca de su entrepierna. La presión resultaba casi dolorosa, pero en lugar de frenarla eso solo le aceleró el aliento al fantasear con que le hicieran mucho más daño.

Aaron, todavía buscando las palabras de ella, se acercó tanto a su boca que, al sacar la lengua, le fue posible delinear todo el contorno con la punta. Ella recibió el contacto, electrizada, y entreabrió los labios, ansiosa por que él se la metiera entera.

Pero Aaron no lo hizo, siguió rozándola con esa lentitud desesperante hasta que le robó un quejido. Entonces la mano de Axer tiró del cabello de Sina y la obligó a mirarlo directamente a los ojos.

—Sin gemir. Lo siento —rectificó ella de inmediato con la voz entrecortada.

La otra mano de Axer se alejó de su pierna y subió hasta su mejilla, acariciándola con una delicadeza maliciosa, haciendo estragos en ella.

—Si no puedes mantenerte en silencio, tendré que castigarte.

Al oír sus palabras, ella abrió la boca sin emitir sonido alguno. Los gemidos se le trabaron en la garganta, estrangulándola, pues los dedos de Aaron viajaron a su entrepierna y comenzaron a rozar la evidencia de su excitación, multiplicándola.

Al ver su cara de placer absoluto, Axer apretó los párpados y se mordió los labios, conteniendo a duras penas las sensaciones en su propio cuerpo.

Axer siguió mirando a Sinaí, devorando cada gesto de ella, odiándolos tanto como, a su pesar, le gustaban. Aaron estaba haciendo estragos en la entrepierna de ella, usando su propia humedad para lubricarla por fuera, y Sina no sabía disimular lo mucho que estaba gozando.

—Cada vez más sucia... —masculló Axer con una sonrisa ladina.

—Y cada vez te encanto más, Frey —contestó ella en un hilo de voz.

Entonces, Sina sintió que su mano era tomada. Aaron, con la misma malicia de siempre brillando en su rostro, la condujo hacia su abdomen, donde sus ojos no habían dejado de mirar desde el primer encuentro. Los dedos de ella rozaron la piel helada de él, deleitándose en lo indebido, en cada hendidura de sus abdominales, en esa vertiginosa curvatura que descendía hasta...

Cuando Aaron bajó la mano de ella hasta su erección, Sina tuvo que morderse la boca para no hacer ningún ruido que su dueño —en esa circunstancia— reprobara, aunque el castigo le pareciera tentador.

Apretó la dureza bajo el pantalón y contuvo el aliento. Podía admitir para sus adentros lo mucho que le satisfacía aquella sensación contra su mano.

—¿Te gusta lo que tocas? —dijo Jesper con arrogancia.

Sina, intuyendo la proximidad de Axer, prefirió no responder a eso.

—¿Quieres tenerlo en tu boca?

Sina esperaba poder responder a eso solo con una mirada o con la manera en que se relamió los labios ante la pregunta. Sin embargo, sabía que Axer no iba a dar cabida a malentendidos, necesitaba que ella fuese explícita con sus respuestas. Pero no podía. Simplemente no le salía decir todo lo que estaba pensando, se enrojecían hasta sus sienes solo con el intento.

Así que Axer le dio la vuelta de forma que solo pudiera verlo a él e hizo exactamente lo que ella necesitaba. No gentileza. No paciencia. Dolor, dominio y la promesa de que sería recompensada, todo en la manera en que apretó el agarre en su cabello, lastimándola, levantando su rostro para que no pudiera huir al contacto visual.

—¿No vas a hablar? —preguntó él en un tono de demanda.

Ella, complacida, sonrió con desafío y negó mientras su labio era saludado por la presión de sus dientes.

—De acuerdo —respondió Axer, sus dedos deshaciendo la manera en que ella se mordía el labio—. No digas nada. Solo haz lo que quieres, gatita.

Aunque de Axer se tensaron hasta los pensamientos al percibir el movimiento de Aaron, no hizo nada para impedir que se quitara el pantalón y el bóxer hasta dejar salir su largo y esbelto miembro.

Aaron se sentó al borde de la cama con las piernas abiertas y su miembro erecto a la vista, con la espalda hacia atrás, adoptando la actitud de un monarca oscuro y perverso que esperaba ser complacido sin ningún tipo de resistencia.

—Tráela ante mí, Frey —pidió el joven Jesper, y aunque Axer sintió el impulso de asesinarlo, cuando los ojos de Sinaí buscaron con alarma los suyos modificó su expresión para tranquilizarla.

—¿Estás seguro...?

—Ssshhh... —Los labios de Axer tocaron la frente de Sinaí—. Quiero verte hacer lo que quieres hacer.

—¿Cómo sabes que...?

—Porque reconozco el hambre en tu mirada.

Aaron sonrió con ternura teatral y encerró su miembro en su mano antes de decirle a Sinaí:

—Ahora ven y come.

Axer le terminó de quitar la ropa íntima a su novia y se la metió en el bolsillo. La bajó del aparador, poniéndola de rodillas en el suelo, y le ordenó que no se moviera mientras él buscaba de su maleta el collar que hacía meses le había regalado.

Se lo puso en el cuello, enganchando la correa a la argolla y quedándosela, y una vez la tuvo dominada, con el extremo de la correa enrollado en su mano, le dijo:

—Ahora sí, gatita.

Avanzando a gachas, usando manos y rodillas para llegar a la altura de Aaron con movimientos sensuales, Sinaí se situó frente a él.

Puso las manos en sus rodillas desnudas y las deslizó por toda la pálida piel interior de sus muslos, luego subió para jugar con sus dedos curiosos en toda la dureza de ese abdomen que tanto había devorado con la mirada.

Aaron la miraba desde arriba con gentileza, deseando meterle de una vez todo en la boca tanto como esperaba que ella se demorara una eternidad en recorrerle la piel con sus uñas.

Cuando la mano de ella se cerró alrededor de la base del miembro de Aaron, este gimió. Le miró su carita juguetona, perdiendo la timidez y adaptándose a la diversión, y le dijo:

—Tú quieres lamer, ¿verdad, dulzura?

Sina pensó que un gesto dice más que mil palabras y extendió su lengua para rozar la piel hirviente de la entrepierna de Aaron, pero entonces un tirón en la correa la detuvo, ahorcándola para mantenerla lejos.

Ante la interrupción que prolongaba sus ganas, y la intervención de la autoridad de Axer, Aaron no pudo más que cerrar los ojos y contener la respiración con todas sus fuerzas para no jadear.

Cuando la presión de Axer aflojó, Sina respiró con fuerza a la vez que, con el mismo impulso, se metía el miembro de Aaron en la boca hasta asomarlo a su garganta.

El chico no pudo contenerse y gimió, aferrándose con fuerza a las sábanas mientras ella le succionaba el miembro con hambre y maestría.

Él extendió la mano para tomar la cabeza de ella, pero Axer volvió a tirar de la correa, esta vez más fuerte, para llevar a Sina hacia atrás, tosiendo por la brusquedad con que se vio privada del miembro que le había llenado la boca.

Axer no aflojó la tensión de la correa, sino que se acercó poco a poco, situándose detrás de Sina para introducir los dedos en su cabello y luego devolver la cabeza de ella a la entrepierna de Aaron. Sina no tenía queja alguna, y Axer sentía la tranquilidad de que ella sabía qué decir para terminar todo eso en un segundo o para advertirle que era demasiado.

—No vuelvas a intentar dominar a mi novia —amenazó Axer a Aaron mientras tiraba tan fuerte del cabello de Sina que la hizo gemir por primera vez en la noche con el placer desbordado—. Eso es mío.

Y, si Aaron tenía algo que decir, las palabras quedaron atrapadas en su boca cuando Axer volvió a empujar a Sina hasta que ella alcanzó con la lengua la erección de Aaron y la lamió como si fuera su helado favorito, pasando la lengua desde las bolas hasta la punta, introduciéndola en su boca y escupiéndola con todo el gusto del mundo.

Axer quería darle a Sina todo el placer que fuese posible. Pasó una mano por debajo de su falda y le acarició los glúteos mientras ella le chupaba el miembro al otro. Fue bajando la mano hasta sentir la humedad que tanto complacía su ego. Ella estaba empapada de placer, y él aprovechó esa ventaja para penetrarla con dos dedos.

Ella gimió con la verga de Aaron en la boca, y esa vez Axer no tuvo indulgencia. Levantó la falda de Sina y llevó su brazo hacia atrás para cobrar impulso. Azotó su culo tan fuerte que el impacto resonó más que el grito de sorpresa de Sina y el gruñido de placer de Aaron por haberlo sentido mientras ella se la chupaba.

—Te dije que te callaras.

Más complacida que nunca, Sina arqueó la espalda y levantó el culo para darle una mejor visión a Axer. Él se mordió los labios al experimentar esa nueva imagen, aliviado de que ella no pudiera verlo, de que no presenciara su debilidad.

La marca del castigo de Axer brillaba roja sobre los glúteos de Sinaí; hermosa, imponente. Axer admiró su creación mientras estimulaba a su gatita por dentro, moviendo los dedos contra ese punto interno que le ponía a temblar las piernas y a chocar las caderas contra sus dedos.

Imaginaba la tortura que estaba siendo para ella no gemir, pues su respiración estaba más acelerada que nunca mientras masturbaba a Aaron haciéndolo gruñir de placer.

Axer, queriendo ponerle las cosas todavía más difíciles a Sinaí, llevó la punta de su lengua a su ano, complacido con la manera desesperada en que ella se arqueó ante el roce.

Así, con la lengua de Axer lamiendo, su mano apretando su culo y sus dedos estimulándola por dentro a la vez que Aaron le penetraba la boca, Sinaí llegó a un orgasmo y no pudo evitar gritar a pesar de que tenía la boca llena. Aaron la separó de su entrepierna antes de llegar y se puso de cuclillas en el piso frente a ella.

Axer se tensó, aferrando su mano al muslo de ella, pero no hizo nada más, aguardando a descubrir lo que Aaron conspiraba.

Entonces sintió los dedos de Jesper en su muñeca, aferrándola hasta arrancarle la mano del muslo de Sinaí.

—¿Estás seguro de que no quieres participar, Frey?

Sinaí se volvió a mirar la cara de Axer y su rostro reflejó su sorpresa al comprender lo que sucedía.

—Si quieres... —le dijo

—No —zanjó Axer y se giró hacia Aaron—. Te dejé claro que no vas a tocarme.

Sin embargo, Aaron sonrió y tomó la muñeca de Axer para examinar su antebrazo. Sus dedos recorrieron toda la longitud de esas venas que sobresalían, tensas e hinchadas.

—¿Sabes qué es esto, Frey?

—Tú eres el físico, imbécil. Yo estudié anatomía hasta soñarla. Por supuesto que sé lo que son las venas.

—¿Venas? —Aaron apretó fuerte su muñeca—. Esto, mi no muy querido colega, se llama tensión.

—Gracias por la lección gratuita de lenguaje corporal —espetó Axer arrancándole el brazo a Aaron de sus manos.

—¿No necesitas que te explique cómo puedes aliviar esa tensión, o sí, Frey?

—Esa «tensión» es ira, Jesper.

—Cuidado, Frey, siempre he tenido un gusto culposo por la manera en que suena mi apellido en tu boca.

—De acuerdo, serás solo Aaron a partir de ahora.

Aaron, en lugar de desalentarse, sonrió todavía más.

—De hecho, me prende que te dirijas a mí de la forma que sea.

—Basta ya con eso.

—No haces más que sumar argumentos a mi lógica —prosiguió Aaron—. ¿Que esa tensión es ira? Mejor. No hay una forma más satisfactoria de coger que con ira. Mientras más odio, más pasión.

—Ya te dije que no voy a participar.

—Ya, pero tu «ira» no parece pensar lo mismo.

Mientras Aaron se fue acercando al rostro de Axer, este contuvo la respiración. Se tensó todavía más y todos sus músculos reaccionaron en alerta. Eso solo aumentó la sonrisa de Aaron, quien siguió invadiendo su espacio con una lentitud extrema, lo suficiente para crear una atmósfera nociva entre ellos.

Pero Axer no lo detuvo, a pesar de toda la rabia que parecía dominarlo. Y Aaron, victorioso, abrió la boca para rozar los labios de él. Y lo consiguió, apenas una caricia que podría atribuirse al aliento, y fue todo, porque los dedos de Axer se cerraron implacablemente sobre la garganta de Aaron, manteniéndolo a raya.

Axer lo miró con algo muy parecido al odio mientas Aaron solo sonreía.

—¿Cuál es tu problema, Frey? Tal vez yo pueda ayudarte.

Axer negó con la cabeza, una sonrisa ladina en sus labios mientras todavía aferraba a Aaron por el cuello, y le dijo:

—No es mi intención ofenderte, Jesper. Eres todo lo atractivo e interesante que sabes que eres, pero mis labios... —ladeó la cabeza hacia Sinaí—, son de ella.

—Vaya —suspiró Jesper—. Un monógamo. Qué decepción.

—Pero... —Esta vez fue Sinaí la que habló. Y tal vez ni ella misma entendía lo que estaba diciendo o el porqué, pero se dejó llevar por la curiosidad—. Yo quiero...

—¿Qué, bonita?

—Yo quiero verte. Si tú quieres.

Axer frunció el ceño, pues era lo último que esperaba oír de sus labios, pero no dijo nada y volvió a mirar a Aaron, todavía con la mano en su cuello.

Las venas en los brazos de Axer parecían a punto de explotar, y todo empeoró al ver esa sonrisa en los labios de Jesper, que quiso borrarle a toda costa. Así que apretó más fuerte su garganta, intentando que su respiración no se hiciera tan obvia, porque definitivamente quería matarlo.

Es por ello que Axer le apretó la mandíbula, brusco, hundiendo sus mejillas y acercándolo hacia sí. Aspiró su aroma, tanto el rastro de su perfume como la evidencia de la lujuria, y acercó sus labios a los de él, pero no avanzó.

Se quedó ahí, respirando su aroma, y recibió una bofetada de ira cuando Aaron Jesper sacó su lengua y empezó a rozarlo, porque reconoció que no se sentía tan mal. Así que tiró de él, sujetándolo por la nuca, crudo y despiadado, a la vez que le abrió la boca con los dedos en su mandíbula para penetrarla con su lengua.

Axer asaltó a Aaron con su boca, con dificultad controlando su respiración porque la adrenalina se había disparado.

Sintió cómo Aaron se abalanzó hacia él, por completo extasiado por su nociva maldad, correspondiendo el acto de intensidad peligrosa. Hasta que Axer sintió el rasguño en su labio.

Tirando de la nuca de Aaron, lo separó y lo miró con fuego en sus ojos mientras se lamía el labio.

—No me muerdas —rugió.

Pero a Aaron no pareció importarle su amenaza, puesto que se impulsó hacia adelante y lamió el hilo de sangre que brotaba de la herida, deslizando su lengua desde la mitad del cuello de Axer hasta la comisura de sus labios.

Axer lo recibió con sorpresa, conteniendo fuerte la respiración, y lo permitió un momento, pero enseguida volvió a alejarlo.

Jadeando, Aaron le dijo:

—Besas mejor de lo que pensé, Frey.

—No te besaba, Jesper. Intentaba matarte.

—Vaya —suspiró Aaron—. De haber sabido que esta es tu forma de asesinar habría dejado que lo intentaras hace tiempo.

Axer no se preocupó en ocultar su sonrisa de suficiencia y le contestó:

—Honestamente, todo esto ha sido un excelente servicio de tu parte, Jesper, pero... —miró a Sina, que parecía estar en shock—, si ella no tiene objeción, prefiero que esta experiencia llegue hasta aquí.

—¿Estás seguro? Todavía te noto... tenso.

—Yo tengo quien me alivie esa tensión, por eso no te preocupes.

Aaron suspiró y se levantó en busca de su ropa.

—Bien. Nos volveremos a ver, de todos modos.

—Por desgracia.

Aaron terminó de vestirse y se fue, lo que dejó a Axer y a Sina un rato sentados en silencio, cada uno atrapado en sus pensamientos.

Ella fue la primera en hablar.

—Tú... ¿eres bisexual?

Él se volvió para mirarla sin ningún tipo de complejo, arqueando una ceja.

—¿Quieres saber si me gustan los hombres?

—Yo... Bueno, sí. Si no te molesta hablar de eso.

—A nadie le gustan los hombres, Nazareth. Me excitan las personas con cierto atractivo y algunos hombres lo tienen. Eso es todo.

Ella asintió.

Ambos estaban sentados al borde de la cama, por lo que Sina llevó su mano más cerca de la de Axer hasta que sus dedos casi se tocaron.

—Pues te equivocas —le dijo.

—Pocas veces. Pero, de acuerdo, ¿en qué supones que me equivoco?

—Dices que a nadie le gustan los hombres, pero eso no puede ser cierto dados los hechos.

—¿Y qué hechos son esos?

—A mí me gustas tú.

Axer sonrió con timidez, apartó la vista y negó con la cabeza.

—Yo no te gusto.

Sinaí lo tomó como una broma, así que dijo:

—Creo que puedo discernir cuándo me gusta una persona, muchas gracias por tu opinión.

—No, Nazareth. —Axer volvió a mirarla, serio—. Te gusta tenerme. No te gusto yo.

Aunque Sinaí quería decirle lo contrario, se quedó con la boca abierta y en completo silencio.

Axer la salvó de la responsabilidad de responder dándole un beso de buenas noches en la frente antes de irse a dormir.

Sinaí quería darle una explicación eterna sobre por qué estaba tan segura de que lo amaba con todo su ser. Ella estaba enamorada de la persona con la que iba a dormir esa noche, no del hecho de tenerlo.

Pero no lo convencería con palabras.

Ella se lo puso muy difícil, jodió como nadie, pero al final Axer perseveró y le demostró con acciones que era sincero. Que confiaba en ella. Que estaba orgulloso de que fuese su compañera. Que sentía. ¿Qué? Ella no lo sabía, tal vez él tampoco, pero definitivamente sentía algo.

Algo real.

Así que, si Axer Frey quería que Sinaí Ferreira le demostrara con acciones lo que sentía por él, ella lo haría.

Vaya que lo haría.

34

There's nothing holdin' me back

SINAÍ

No necesito abrir los ojos para saber que estoy sonriendo.

Tal vez tenga algo que ver la comodidad de las sábanas, la calidez acogedora en medio de un entorno de hielo. Es posible que se trate de los ventanales que dejan pasar la luz apoca de un amanecer entre montañas de nubes que no dejan vislumbrar las montañas o el simple hecho de que estoy en Mérida, en el mismo hotel y en la misma cama que Axer Viktórovich.

Dormido, casi no parece un pequeño Frankenstein narcisista con un intelecto que podría destruir el mundo, o salvarlo, pero que ha escogido jugar a ser el emperador de la vida y la muerte.

Casi se ve tierno, sensible y dispuesto a cualquier intercambio afectivo.

Y, mirándolo así, medio enterrado en la almohada y con las sábanas cubriendo parte de su escultural cuerpo, me digo que me voy a casar con él aunque en serio me toque secuestrarlo.

Cuando lo siento moverse, me subo encima de él y termino de despertarlo con un odioso:

—Buenos días, bebé.

Él se ríe. No es una carcajada, pero se está riendo en serio y sin reprimirse.

Apenas abre un ojo para mirarme un par de segundos antes de taparse la cara con el brazo desnudo.

—Buenos días, feto —responde él con una sonrisita en los labios que quiero besar eternamente.

Tenemos tantos chistes privados que podríamos escribir una historia de amor icónica. Si eso no es señal de que debemos estar juntos toda nuestra vida, no sé qué carajo lo es.

Me inclino para besarlo, pero su mano aterriza en mi cara y me empuja al otro lado de la cama.

—¡¿Pero qué...?!

—Cepíllate los dientes primero —dice por toda explicación, lo que me hace reír a mi pesar.

—Voy a hacer como que no dijiste eso.

—¿Eso quiere decir que no te vas a cepillar?

—Eso quiere decir que lo haré, pero no porque tú lo digas.

Él se ríe de nuevo y me da la espalda, como si pretendiera volver a dormir. Pero obviamente no lo voy a dejar, así que me arrastro, pasando por encima de él, y caigo al otro lado de la cama para observarlo de frente.

—¿Me vas a decir por qué estás siendo una gatita inquieta? —pregunta con los ojos cerrados.

—Solo quiero cariño.

Él sonríe, todavía sin verme, y me atrae hacia sí rodeándome con su brazo.

—Me encanta lo loca que estás —susurra.

Esto se siente tan bien...

—Pero también me encanta dormir —añade y se da la vuelta.

Lo persigo de nuevo a pesar de sus gruñidos de protesta.

—No puedo creer que duermas tanto —refunfuño quitándole la sábana.

A ver cómo duerme con este frío.

—Y yo no puedo creer que jodas tanto.

—¡Axer!

Él se levanta supuestamente enfadado, pero veo cómo se esfuerza por disimular sus ganas de reír. Le brilla todo el rostro. Lo que no impide que robe una de las almohadas y me la lance con violencia a la cara, sacándome un gritito de sorpresa.

—Te denunciaré por violencia doméstica —digo mientras me peino.

Intento devolverle el golpe con la misma almohada, pero él ni siquiera tiene que esforzarse en esquivarla, la atrapa con una sola mano.

—Hazlo —dice devolviendo la almohada a la cama—. Hasta iré contigo. Tu denuncia por acoso ya está redactada.

Lo veo abrir la puerta del baño y me apresuro a sentarme al otro lado de la cama, de frente a la puerta.

—¿Te vas a bañar? —pregunto.

—¿Cuál es la sorpresa?

—No, solo digo que... me quiero bañar... Contigo, digo. ¿Podría? Y no —aclaro al ver la expresión que pone—, no quiero coger.

Eso parece preocuparlo, pues me pregunta:

—¿Te afectó el mal de páramo?

Pongo los ojos en blanco y me levanto para ir tras él.

—Sí. El mismo mal de páramo que te dio hace un par de noches. Aunque vienes de Rusia. Y tu familia obviamente lo sabe. Así que deberías inventar mejores excusas la próxima vez, ¿no te parece?

—Claro, debo tomar consejo de la reina de las mentiras.

—Excusas, Frey. Hablamos de excusas.

Él se recuesta sobre el marco de la puerta y cruza sus brazos, observándome como si intentara descifrar mis palabras, encontrar el mensaje oculto o el jaque bajo la manga.

Pongo los ojos en blanco por su recelo e insisto:

—Te estoy hablando en serio cuando digo que no quiero bañarme contigo para eso. ¿Necesitas conectarme a un polígrafo?

Por la manera en la que lo digo hasta parece un regaño, y sé que él lo tomó igual, pues dice:

—¿Vas a bañarte conmigo o me vas a pegar?

—Depende. —Yo también me cruzo de brazos—. ¿Quieres que me bañe contigo o que te pegue?

—¿Quién dice que no puedes hacer ambas?

Y, dejándome con una sonrisa sorprendida, termina de entrar al baño y deja la puerta abierta para que lo acompañe.

Sé que dije que no quería coger, pero es que ver a Axer Frey cepillándose los dientes sin camisa con una evidente erección presionando contra la tela de su boxer me hace más débil que la gelatina subsidiada por el gobierno.

Pero tengo que controlarme. Tengo que demostrarle a este papi ruso que lo quiero todo de él, no solo sus cogidas asesinas. Aunque estas estén incluidas en el paquete *premium*.

Me acerco a él y lo abrazo por detrás, reposando mi cabeza en su espalda.

Su piel está tibia por las sábanas y la calefacción, a pesar de que estamos en la *sukin syn* cima de uno de los picos más espectaculares de Mérida, rodeados de nieve que la neblina de hoy no nos deja ver.

—¿Te sientes bien? —me pregunta después de escupir en el lavamanos—. Estás muy pegajosa.

Yo pongo los ojos en blanco y lo empujo, pues también necesito lavarme los dientes.

—Aleluya —lo escucho murmurar mientras se aleja.

Idiota.

Desde el espejo del lavamanos veo que se quita el bóxer de espaldas a mí. Podría hacerle un *onlyfans* solo a ese culo y a esa espalda...

«Foco, Sinaí. Foco».

Intento no mirar más, pero oigo que abre la papelera y me vuelvo justo a tiempo de verlo meter su ropa interior doblada dentro de ella.

Escupo rápidamente la pasta dental para decirle:

—Dime que no hiciste eso.

—Lo superarás.

Y solo así entra en la ducha.

Bien, ese es mi futuro marido, así que tengo que aceptarlo con todas sus excentricidades.

Si no, siempre está la terapia de pareja. Y la psicológica.

Me quito mi ropa interior y me meto a la ducha con él. El agua caliente es agradable, pero nada como verla correr por las hendiduras de sus músculos, borrando los rastros de la espuma, haciendo brillar su piel envuelta en vapor...

—No sé cómo me estás mirando —dice enjuagando su cabello—, pero no tengo duda de que debe ser raro.

—No te miraba —miento descaradamente y agarro uno de los miles de jabones de la galería.

—Ajá.

El agua cae en suficientes direcciones como para que no sea necesario que Axer me haga espacio, así que empiezo a enjabonarme mientras él sigue lavando su cabello con mucho más énfasis del que pongo yo en el mío jamás.

Cuando el chorro de agua le lava la espuma del rostro, él se acerca hacia mí desde atrás y me toma las manos para quitarme el jabón.

—¿Qué? —río, volviéndome lo justo para mirar su rostro—. ¿Quieres asegurarte por ti mismo de que quede completamente limpia?

Él sonríe divertido y comienza a enjabonarme sin contestar.

Sus manos recorren mis senos con movimientos circulares, suben a mis hombros y los enjabonan en una especie de masaje que me hace cerrar los ojos para disfrutarlo mejor; sus dedos se hunden en mi cabello y bajan en una caricia espumosa a mi cuello. Se siente bien, íntimo... y se vuelve erótico a medida que sus manos descienden con lentitud por mi abdomen hasta que sus dedos se cuelan en mi entrepierna.

Es el manoseo más pulcro que me han dado en la vida, y me lleva de vuelta a esa noche en su casa, en ese baño asediado por nuestros reflejos multiplicados. La primera vez que rompimos nuestras propias reglas. La primera vez que nos besamos.

Sonrío con el recuerdo y noto que me besa detrás de la oreja.

¿Por qué este momento no puede ser eterno?

Él deja el jabón y me ayuda a enjuagarme, pero me giro y lo abrazo de frente.

—¿Por qué sonríes así? —pregunta tomándome el rostro entre las manos.

«Porque me encantas, Axer Frey. Porque creo que no te mentía cuando dije que estaba enamorada de ti y porque definitivamente hoy lo estoy. Más que nunca».

—Si te digo, saldrías corriendo de aquí —respondo.

Él refuta mis palabras con un movimiento negativo de su cabeza.

—No quiero ir a ningún lado.

Y le creo. Necesito creerle. Pero ojalá eso aplicara fuera de este baño. Ojalá eso aplicara para toda la vida.

—¿Y tú? —me pregunta—. ¿Quieres irte? Mi familia se irá, pero puedo pagar otra noche en el hotel. Podríamos tomar otro vuelo.

—Me encantaría decir que sí, pero si cedo una noche querré quedarme otra, y otra, y otra, y pasarán nueve meses y cuando vuelva a mi casa me esperará mi madre con un hermanito sorpresa. Anda sospechosa.

Él se ríe de mi ocurrencia.

—Cuando estacionemos en tu casa, ¿quieres que me quede contigo y baje a saludar a tu madre?

Admito que esa pregunta no me la esperaba.

—¿Tú quieres eso?

Él se encoge de hombros.

—Tu madre me agrada.

—Y tú a ella, pero no voy a seguir exponiendo su pobre corazón de piedra. Mejor entro sola.

Él, en lugar de lucir desalentado, sonríe con arrogancia.

—Me quedaré con eso de que también le agrado.

—Por favor —bufo—, le llevaste Doritos, no creo que tuvieras dudas al respecto.

—Creo que de hecho le agrado porque soy un joven decente y encantador.

—Le agradas porque no sabe nada de lo ilegal.

—¿Lo tuyo o lo mío?

«Touché».

Él luce victorioso y vuelve a la galería de jabones para seguir desprendiéndose la piel a punta de espuma.

—Oye, hay cosas que quiero hablar antes de irnos.

Él me mira y su cuerpo se ladea un poco de forma que nuestros costados se rozan. Me encanta sentir su cuerpo mojado, pero cada vez me cuesta más disimular, fingir que no soy consciente de que estamos desnudos y del puto magnetismo que existe entre nosotros.

—Me alegra que quieras hablar —me dice—. No importa de lo que sea. Me alivia creer que podemos comunicarnos. Intentar interpretarte empieza a volverme loco.

—Pensé que te gustaban las adivinanzas, Frey.

—Supongo que hay un momento para todo. ¿De qué quieres hablar?

—¿Y tú de qué crees?

Él arquea una ceja y reconozco que, de hecho, hay diez mil temas que deberíamos discutir, pero para la mayoría no es el momento. No hasta que le demuestre lo que siento por él.

—De lo de anoche —explico.

—¿Mi discurso?

—¿Sabes algo? La idea de pegarte ya no me suena tan mal.

—¿Te sonó mal alguna vez? —inquiere con gesto burlón—. De acuerdo, bonita, dime qué quieres discutir exactamente.

—Es simplemente que... ¿por qué? O sea, ibas a «casi» matarlo y de repente terminamos «casi» cogiéndonoslo.

Él se ríe de mi comentario, aunque intenta contenerse, así que empiezo a echarle agua a la cara para que porte la seriedad que corresponde al momento. Aunque solo parece darle más risa.

—¡Vik, estoy hablando en serio!

—Lo siento, lo siento —dice intentando no reírse, aunque está rojo y sin aliento por el esfuerzo.

En el fondo me encanta verlo así. Si pudiera, lo grabaría.

—¿Por qué? —insisto—. ¿Era una prueba o...?

Su expresión se ensombrece y se aproxima para agarrarme de los hombros.

—Escúchame, Nazareth, nunca, jamás, haría nada remotamente parecido para probarte. ¿Por quién me tomas? No te daría algo que sé que quieres para hacerte sentir culpable por aceptarlo.

Trago saliva y él me suelta:

—Terminemos de bañarnos y hablamos fuera, ¿sí?

Estamos vestidos, recién bañados. Acabamos de desayunar y ahora estamos acostados el uno junto al otro en la cama, él abrazándome y con mi rostro en su pecho.

Esta mierda no es ningún juego. No sé cuándo dejó de serlo, pero jamás he vivido nada tan real como las caricias distraídas de Axer en la sensible piel de mis brazos.

Me arrepiento de muchas cosas ahora que mis inseguridades me han dado suficiente espacio para entenderlo.

—Soy científico —explica en tono confidencial y toma mi mano del anillo para besarla—. No me devano la cabeza con estas cosas. Entiendo que puedes sentir atracción por otros, es una reacción física. Mi lado posesivo no lo acepta, pero eso es mi problema, no tuyo.

—Pero... —alzo el rostro lo suficiente para mirarlo— yo te mataría.

Él se ríe por lo bajo.

—Tengo suficiente autocontrol para pensar todo en mi vida no una, sino diez veces. Jamás te sería infiel, bonita. Ningún segundo de placer vale el daño que te haría.

«Infiel». Axer sigue pensando en mí como su novia.

Sé que ayer le dijo a Aaron que lo era, pero creí que era por no dar demasiadas explicaciones. Por simplificar las cosas. Pero él sigue actuando como si tuviéramos una relación.

—Yo tampoco te sería infiel —susurro.

—Y no lo fuiste —me dice—. Lo de anoche fue algo que yo quise darte.

Nos miramos en silencio por un instante, tan cerca que podríamos besarnos. Y sí acaba en un beso, de hecho, pues sus labios se presionan sobre mi frente.

—No podía dejarte con esa curiosidad encima —añade—. Mientras más rápido te la quitaras de en medio, mejor. Además...

Él mira hacia arriba y una sonrisita extraña se posa en sus labios.

—Tampoco me molestaba la idea una vez puesta en práctica. Te retorcías de placer, tanto que te costaba cumplir mis reglas... Soy demasiado débil ante eso —reconoce.

Yo me incorporo hasta sentarme a horcajadas sobre él y mirarlo desde arriba.

—Te veías sexy —suelto sin filtro.

Él arquea una ceja de forma inquisitiva, seguramente ni sabe de qué le hablo.

—Besándolo —explico—. Todo lo que pasó en medio estuvo bien, sobre todo porque estabas tú ahí dominándome, pero eso... me mató.

Por la manera en que enarca la cejas, es evidente que no me cree.

—¿Tengo que recordarte que eres patológicamente celosa?

—Y tú —le recuerdo—. Y aun así mira todo lo que permitiste. Supongo que es distinto cuando no hay una traición de por medio. Es algo... nuestro.

Él se encoge de hombros.

—Supongo que tienes razón.

—¿Te gustó besarlo?

—No voy a hablar de eso —dice muy serio, y se pone el brazo en la cara.

—Te conozco —le digo—. Parecías molesto, así que probablemente te gustó muchísimo.

Aunque sus dedos empiezan a jugar con mi cabello y enseguida me responde, sigue sin apartar el otro brazo de la cara.

—Mi pequeña Schrödinger... Eso que dices no tiene mucha lógica.

—Para el resto del mundo, tal vez. Pero tú eres Axer Viktórovich Frey, el prodigio científico, la promesa de los médicos, el genio robótico sin insignificantes intereses humanos. Sé cuánto odias sentir deseo sexual. Vamos, lo viví contigo estos meses; no podías odiarme más porque eras incapaz de desearme menos.

Él se incorpora, apoyándose con las manos en el colchón. Y me mira fijamente.

—¿Por qué te gustó que lo besara?

—No tengo ni puta idea. Tal vez porque los dos son...

Okay, no voy a decir eso. La última vez que le dije que Aaron es atractivo casi le da un patatús, no me arriesgaré a decirle que además es sexy.

—Ya sé por qué —finalizo con una sonrisa victoriosa.

—¿Y me vas a decir?

—Es que me encanta eso de ti, ¿sabes? No tienes una masculinidad frágil. Te las arreglas para ser sexy y seguro de ti mismo incluso cuando estás delineándome los ojos o besando a otro tipo.

Me encanta descubrir en su reacción que no le ofende nada de lo que digo, con tranquilidad me responde y me hace sentir muy cómoda, como si pudiéramos hablar de lo que sea sin importar nada.

—Es mi crianza, supongo —explica—. Yo no veo el escándalo en lo que mencionas. Mi familia siempre ha tomado la sexualidad, y lo femenino y masculino, como..., pues como nada. No nos importa un carajo mientras nuestro rendimiento académico sea excelente.

—Eres el hombre de mi vida, Axer Frey.

Él sonríe de oreja a oreja.

—Secuéstrame, Nazareth, ¿tengo que pedirlo por escrito?

Esto me tiene tan feliz que me lanzo a abrazarlo, haciendo que caigamos de nuevo acostados aunque ya deberíamos estar alistándonos para salir. Pero él no me dice nada, así que no voy a desaprovechar esto.

Antes de irnos de Mérida, pasamos a comer las icónicas fresas con crema. No tiene mucho misterio, son fresas con crema chantillí, y ya las había comido antes, pero no cuenta si no las comes en Mérida o en la Colonia Tovar. O eso dicen.

Pasamos por La Venezuela de Antier, que es una especie de parque temático donde puedes encontrar todo tal cual estaba en la Venezuela del pasado, un lugar turístico para comprar recuerdos. Le compro un par de pulseras y un jarrón a mi madre, para que no diga que no le llevo nada.

Al bajar del vuelo, Lingüini nos pasa a recoger al aeropuerto en un auto que casi parece una limusina. Al principio todos estamos en silencio, como asimilando lo que hemos vivido estos días en este viaje, hasta que el señor Frey dice:

—Cuéntanos, Sinaí, ¿te divertiste?

La mano de Axer busca la mía en el asiento a tientas, sin que él me mire. Nuestros dedos se encuentran y poco a poco empiezan a entrelazarse, mis mejillas se elevan y mis labios se fruncen en una sonrisa incontenible.

Una parte de mí dice: «Lo hace para que no lo delates, no quiere que su padre sepa que estuvo mal por ti».

Pero tengo que luchar contra eso.

Tengo que decirle a mi inseguridad: «Axer me está tomando la mano porque quiere hacerlo, ¿okay? Déjame en paz».

—Fue un viaje inolvidable —reconozco al señor Frey mirándolo a través del retrovisor.

—Me alegra que lo pienses así. —Veo como ostenta una sonrisa amable en el retrovisor y le respondo con otra idéntica—. Lo que te mencionaba sobre el Salto Ángel era muy en serio, ¿está bien? Si un día quieres ir, solo dile a tu Frey que hable conmigo. Podrías ir con tu madre si así lo prefieres, para que también conozca. Axer nos contó que ustedes están muy unidas.

—Por-por supuesto, señor. Y sí, somos como...

«No digas uña y carne o a tu novio le va a dar una vaina».

—Como madre e hija —finalizo estúpidamente al no ocurrírseme nada mejor.

En mi defensa, el hecho de que el señor Víktor se refiriera a Axer como «mi Frey» me restauró el cerebro de fábrica.

—Bueno, piénsalo. Ir al Salto Ángel es una experiencia que todo el mundo debería vivir al menos una vez. Tocar las faldas del tepuy y bañarse con el agua que desciende... Es el salto de agua más grande del mundo. Las cataratas del Niágara no le llegan a la mitad, ¿lo sabías?

—Sí, señor. Algo así había escuchado.

—Bueno, piénsalo y nos avisas, ¿de acuerdo? Pero avisa. Somos Frey, pero eso de adivinar sigue siendo una habilidad que esta familia aún no ha desbloqueado.

Con una risita le prometo que eso haré. Me siento bastante cómoda por el hecho de que él me hable con tanta naturalidad, incluso añadiendo algunas bromas. No me hacen sentir extraña.

Pero al final desvío el rostro hacia la ventana para que no puedan leer mi expresión.

Lo cual no funciona, desde luego, pues Axer se acerca a mi oído para hablarme en tono confidencial.

—¿Por qué esa cara? ¿No te gusta la idea?

Me vuelvo a mirarlo. Parece tranquilo, o al menos eso es lo que cualquiera pensaría, pero yo he aprendido a leer los matices de sus silencios, de sus mil maneras inexpresivas de mirar.

Está atento, busca cualquier atisbo en mi rostro para aferrarse a él y sacar alguna conclusión sobre mi estado anímico o mis pensamientos.

Decido que, para tranquilizarlo, le facilitaré el trabajo.

—No, no es eso. Es solo que... no quiero hacerme más ilusiones.

Él me sonríe con tranquilidad, como si esa idea no lo perturbara en absoluto.

—Te llevaré algún día —susurra estrechándome la mano—. Lo prometo.

—¿Y si te vas a China?

—Volveré para cumplir mi promesa.

Creo que se me calienta hasta la frente de ternura con eso que dice.

—Haré que lo pongas por escrito —murmuro.

Él sonríe divertido y vuelve a mirar al frente. Pero no me suelta la mano en ningún momento.

—Mamá, más te vale que estés vestida —grito al entrar a mi no muy dulce pero sí bastante caluroso hogar.

Es solo por precaución, no quiero encontrarla en nada raro. No es descabellado pensarlo después de haber visto esas flores sospechosas en su estado de WhatsApp.

Ella me grita desde su cuarto. Entro y la pillo maquillándose.

—¿Vas a salir? —inquiero.

—No es cosa tuya. ¿Cómo te fue? O lo que nos importa: ¿qué me trajiste?

Pongo los ojos en blanco.

—Dejé tu bolsa en la mesa.

—¿Se come?

—¿La bolsa?

—¿Te golpeo? Estoy hablando del regalo, carajita.

—Yo no sé, vaya a verlo usted misma.

Mi madre empieza a refunfuñar mientras sale apresurada del cuarto para no dejar el chisme incompleto.

Yo aprovecho su descuido para dejarme caer en su cama, cosa que sería imposible con ella presente.

La cuestión es que, en cuanto me lanzo de culo al colchón, las patas del mueble y las tablas crujen y caigo en diagonal.

El estrépito de la cama al partirse alerta a mi madre, que vuelve corriendo a la habitación. Lo primero que pienso al verla es: «Me va a matar».

No solo me he tumbado en su cama sin pedirle permiso, sabiendo que me diría que no, sino que se la he roto.

Cierro los ojos esperando el sopapo y...

—¿Estás bien?

Mi madre me ayuda a levantarme y luego, indiferente a mi cara de absoluta sorpresa, empieza a enderezar la cama como si tuviera práctica en ello.

Cuando termina de arreglarla, suspira y me mira. Sé que viene dispuesta a ver si me he hecho daño, pero apenas nota mi expresión de trauma se paraliza sin tocarme.

—¿Qué?

—¿Cómo partiste tu cama? —inquiero, lo que de inmediato la pone a la defensiva.

—La partiste tú.

—No, ya estaba rota.

—Pues difiero. Estaba muy no-rota cuando llegaste. Además, te vi encima de ella, escuché cuando se partió.

—No, ya estaba rota. Me senté en ella un poco fuerte, tampoco le bailé tambor encima.

—Déjate de teorías conspirativas y sal de mi cuarto —dice empujándome fuera.

—¿Por qué estoy viva?

—Porque Dios es grande y misericordioso y los abortos estaban muy caros.

—¡Mamá!

—¡Tú preguntaste!

—Me refería a ¿por qué estoy viva si acabo de supuestamente partir tu cama? ¿Por qué no me estás matando de una manera lenta y dolorosa?

Ella calla, un diminuto segundo, pero es suficiente. Eso en mi madre implica que ha cedido.

Ella intenta defenderse de nuevo, pero ya no hay marcha atrás, empiezo a hacer gestos de náuseas por las múltiples posibilidades que se me cruzan por la cabeza sobre cómo pudo haber roto esa cama mi madre.

A ella le salva la campana cuando mi teléfono empieza a sonar.

Ni siquiera miro quién es y contesto con la esperanza de que sea Axer.

—¿Hola?

—¿Sina? Es María.

—¿María? ¿Pasa algo? Obvio que sí, ¿qué pasó?

No está llorando ni está alterada. Se está conteniendo, como si le preocupara mucho más cómo pudiera tomar yo lo que va a decirme que la noticia en sí misma.

—María, habla, por favor, me estás asustando...

—Yo... Guau, Sina, es que no sé cómo decir esto.

—¿Qué? Mierda, habla de una vez, por el amor a Cristo.

—Bien, lo diré sin más. No hay una forma sencilla de hacerlo.

—¡Dime, coño!

—Soto está preso, Sina.

Al fin respiro cuando dice eso.

—No te ofendas, María, pero no me importa lo que le pase a Soto.

—Sí, eso pensé.

—¿Entonces?

—Te importará. Cuando sepas a quién mató.

35

Un cordero contra los lobos

SOTO

Soto no era mala persona, simplemente odiaba a Sinaí desde lo más profundo de su marchito corazón.

Él mismo no entendía por qué, pero tal vez se debiera a que, en algunas cosas, en las peores, ella le recordaba a sí mismo.

Como el hecho de que ambos habían crecido en entornos asfixiados por la religión o el terrible hecho de que los dos fueran hijos de agresores.

Soto sufría distimia o trastorno depresivo persistente. Su madre no sabía tratarla más que con fe, así que oraba y lloraba todas las noches desde aquel horror que atravesaron.

Cuando su hijo tenía once años, lo encontró desmayado en su cuarto, con toda la comida de los últimos días bajo la cama apestando por la podredumbre. Fue entonces cuando la señora Mary entendió que, al contrario de lo que le solían decir, la tristeza sí podía matar a su hijo.

Soto vio a su madre atravesar el peor de los duelos esos días que estuvo internado. Los médicos no presagiaban nada bueno, su desnutrición era preocupante y sus defensas tan bajas que estuvo al borde de la muerte simplemente por haber contraído un virus común.

Esos días, Soto pasaba la mayor parte del tiempo desmayado o alucinando por la fiebre. Si no, vomitando, lo que empeoraba su deshidratación. Pero, en sus pocos momentos de lucidez, recordaba a su madre, cómo se aferraba a su Dios en llantos y ruegos para que no le arrebatara a su hijo.

Entonces el niño entendió que, si algo llegaba a pasarle a él, su madre moriría de dolor. Y se prometió que, por mucho que se odiara, no volvería a hacerse daño. Por lo que empezó a hacérselo a otros.

Después de atravesar aquella situación, Soto reía mucho, y todo el tiempo. Se convirtió en el alma de las fiestas, se rodeó de personas que llenaran los vacíos peligrosos de su mente con escándalos, que acapararan su tiempo tanto como fuese posible. Todo para que su madre pensara que estaba mejor y que se odiaba menos.

Y funcionó, porque finalmente la madre de Soto se permitió amar por primera vez a un hombre que no fuese su hijo, y se casó con él. Sí, por primera vez, porque el padre de Soto no contaba; él ni siquiera había pedido permiso para serlo ni respetó los múltiples «no» de Mary cuando la embarazó.

Mary intentó ocultar ese suceso traumático que tanto le afectaba, quiso alejar a su hijo de esa realidad, negarla hasta hacerla falsa. Al principio funcionó, pero el caso había sido un escándalo de gran alcance. Verdades como esas se pueden posponer, mas no desaparecer.

Al final Soto se enteró de las circunstancias de su concepción —que no acabó en aborto solo porque los padres de Mary eran muy devotos—, y cuando ella supo que los rumores habían llegado a oídos de su pequeño Jesús, se dedicó a negarlo rotundamente.

Pero los hechos estaban ahí. Todos lo sabían con lujo de detalles. Soto solo fingía creer a su madre porque la alternativa implicaba aceptar que él era, literalmente, lo peor que le había pasado en la vida.

Jamás se odiaría menos. Jamás dejaría de pensar que su cara era el vivo recuerdo del peor trauma de su madre y que su propia vida era una injusticia. Y si seguía adelante era para no destruir más la de su madre.

Después de aprender a reír a diario, Soto, en la soledad, se hizo amigo de Dios. De su Dios, el bueno. Y se convenció de que su propósito en la vida sería separar lobos de ovejas.

Cuando supo de la mudanza de la familia Ferreira, cuando supo que habían inscrito a Sinaí en su mismo liceo, ni siquiera le prestó atención, hasta que el padrastro de Soto comentó haber oído que la niña de los Ferreira era hija de pastores.

Tras investigar, Soto descubrió que no: Sinaí nunca había sido hija de pastores, porque para cuando Clariana Borges, a sus dieciséis, se casó con John Ferreira para minimizar el impacto de estar esperando un hijo suyo, John ya había perdido el pastorado.

Soto solo tuvo que hablar con el pastor de su madre para enterarse de los múltiples rumores por los que supuestamente John Ferreira había sido destituido como pastor en su congregación. A Soto no le importaba cuál era el correcto, solo los hechos irrefutables: John no estaba preso porque cuando descubrieron lo que fuese que estuviera haciendo con otra menor, la chica abogó por él en todo momento, juró que ella lo había provocado y rogó a su familia que no presentara cargos. Así que al final la joven fue expulsada de la iglesia y John tuvo que abandonar su tarea pastoral hasta que su matrimonio y las buenas referencias le permitieron convertirse en diácono.

No era alguien que mereciera vivir, así que Soto no sentía ni un ápice de remordimiento por haberlo matado.

Sinaí no conocía ni el más mínimo detalle sobre esa historia. Ni siquiera Clariana, pues, cuando te obligan a casarte con el hombre del que quedaste embarazada siendo tan joven, no haces muchas preguntas sobre el pasado, y mucho menos cuando las respuestas pueden ser peores que la duda y ya no hay nada que hacer.

Cuando Soto fue sacado de su celda momentánea, esposado, y conducido a una sala privada, esperaba encontrar en ella a otro oficial, a su madre, a un abogado o al presidente, pero no a quien estaba sentado ahí.

—No te pareces a mi abogado —bromeó Soto.

—¿Tienes uno siquiera? —inquirió Axer Frey con frialdad. No estaba dispuesto a participar de ridículas bromas ni en ese momento ni en ninguno.

—Imagino que sí —dijo Soto mientras lo sentaban—. Pero todavía no lo conozco.

—Ni lo harás.

Los oficiales les concedieron más espacio a ambos chicos, no sin antes esposar los tobillos del cautivo para evitar una tragedia. Solo entonces, cuando estuvo seguro de que no los oían, Axer continuó.

—Esto es lo que va a suceder —empezó a explicar el ruso sin preámbulos—: pasarás de dos a cuatro años en una cárcel local donde, si sobrevives, será a muy duras penas. Ese tiempo es solo para esperar a que el tribunal mueva su tremenda pila de papeles y decida fijar una fecha para tu juicio, que puede salir mal o terriblemente mal, porque irrefutablemente eres culpable y todos lo saben. Como sea, te condenarán, y los años que lleves esperando juicio no se restarán a tu condena, así que pasarás el resto de tu vida, o al menos la parte que importa, en prisión, donde eventualmente te asesinarán, si es que no consigues suicidarte antes.

Soto le creía, porque estaba siendo brutalmente honesto. Pero no iba a dejar que eso le afectara pues su táctica de no pensar en nada, de vaciarse de toda preocupación y de asumir lo que había hecho o lo que eso acarrearía le estaba saliendo demasiado bien como para permitir que cualquiera lo quebrara.

Si se esforzaba, tal vez podría desaparecer dentro de la nada de su mente. En un mundo idílico, tal vez en otro país, los psicólogos se preocuparían por él, lo declararían incompetente mental y lo liberarían luego de una cómoda rehabilitación.

Así que, fiel a su ignorancia defensiva, respondió de forma indiferente y cansina.

—¿Y eso es problema tuyo por...?

—No lo es —cortó Axer—, pero era necesario quitar todo eso de en medio para que te quede claro que no estás en condiciones de exigir ni joder ni poner muchos peros. Ninguno, de hecho.

Soto entendió que si Axer estaba ahí era porque necesitaba algo de él. Pero ¿qué podría necesitar de alguien en su posición?

Además, Soto estaba condenado, pero no era como si el ruso pudiera hacer mucho para mejorar sus condiciones. ¿O sí?

¿Intentaría sobornarlo con comida más apetecible que la que le esperaba en los próximos años?

—¿Qué vas a pedirme? —acabó por decir Soto cansado de conjeturas.

—No te voy a pedir absolutamente nada, vine a informarte de cuál será tu vida a partir de ahora.

El cautivo frunció el ceño, confundido, pero no dijo una palabra más, lo que permitió que Axer prosiguiera.

—Van a trasladarte a una prisión en otro estado, pero por el camino sufrirás un trágico accidente que te llevará a urgencias, donde morirás. Tu cadáver será robado, revivirás y finalmente te mudarás a Moscú con una nueva identidad en una especie de programa de protección a testigos. La cosa es, Jesús, que estarás en esa situación por obra de Frey's Empire, lo que significa que, si cometes un delito más, aunque sea el de robar el bolígrafo de tu nuevo jefe, estarás manchando nuestra reputación. ¿Sí entiendes?

—No, de hecho no entiendo nada.

—Pues es muy fácil —continuó Axer—. Tú solo ten presente que, si matas a una mosca, cruzas la calle sin mirar a los lados o te vas de un restaurante sin pagar, nuestros hombres de Moscú se enterarán, y no habrá clemencia en esa ocasión. Te matarán. No tendrás más oportunidades.

—Espera, espera... ¿Qué mierda te fumaste antes de venir? ¿Quieres que crea que tienes toda una mafia a tu disposición para hacer lo que me estás...?

—Desde luego, recibirás acceso ilimitado a ayuda psicológica si así lo deseas. Es tu decisión, a mí me da igual mientras cumplas las reglas que te expongo. Tu madre y padrastro serán informados de la verdad sobre tu paradero con pruebas incluidas, pero no podrán acercarse a ti nunca más ni tú a ellos. Es demasiado riesgoso y en Frey's Empire nunca dejamos cabos sueltos. Es decir, que si alguna vez intentas contactarlos saltándote el *sukin syn* protocolo, morirás también. Por supuesto, tendrás un dispositivo de rastreo. Una formalidad, pues aunque te lo quites vamos a encontrarte, y cuando lo hagamos...

—¿Hay algo que pueda hacer sin que me maten? No lo sé, algo como respirar, por ejemplo.

—Por último, y la regla más importante para mí: olvídate de Sinaí Nazareth. Para siempre. Tendrás la orden de restricción más absoluta jamás vista. No existirás más para ella ni para ninguno de sus allegados. Si te acercas aunque sea a la mascota del primo lejano de su nuevo vecino, te mataré yo mismo. Déjala en paz, por el resto de tu maldita vida.

—Todo esto es por ella —concluyó Soto, quien ya empezaba a entender.

—¿Y por quién más? —inquirió Axer con desdén que empezaba a traslucir toda su ira contenida—. Sé que tienes una imagen de mí distinta, que crees que como te salvé aquella vez, que sé que recuerdas, soy un ser humano ejemplar. O al menos lo seré contigo. Pero no es así. Hice por ti lo que habría hecho por cualquiera siempre que no tenga un motivo para no hacerlo. Y tú me lo diste. Cualquier cosa que atente contra el bienestar de ella es automáticamente mi problema, y, si me toca fragmentar el tablero del mundo casilla a casilla para resolverlo, así lo haré.

—¿Entonces por qué no dejarme cumplir mi condena? ¿Por qué todas estas molestias absurdas?

Axer suspiró, no había ninguna necesidad de que diera explicaciones, e incluso así decidió salir de eso.

—Porque ella hoy está bien. En shock, tal vez. Pero bien. El hombre que murió no es su padre, el único padre que ella reconoce y acepta es, de hecho, su madre. Y su madre no podría estar más aliviada de que esa amenaza constante haya desaparecido, aunque sea de forma tan... impactante.

Pero un día, tal vez mañana, tal vez en diez años, ella despertará, y se dará cuenta de que su primer novio se acercó a ella solo porque quería asesinar a su padre. Y, con todo lo que ya ha pasado, pensará: «Qué jodida está mi vida». Y le costará volver a confiar alguna vez, si es que llega a hacerlo de nuevo. Y querrá visitarte, hará lo que sea por ello. Por respuestas. Y revivirá los peores momentos de su vida al verte. Y tal vez reciba las respuestas que buscaba, y tal vez descubra que su padre era peor de lo que pensó, y todo se joderá más para ella.

»Por eso debes desaparecer. Y si no escojo la opción más fácil, que es la de dejarte morir en ese accidente, es porque en serio, en serio, no creo que lo merezcas. Pero tampoco te dejaré seguir jodiendo la vida de ella.

Soto asintió, pensando que era lo justo.

—Gracias, supongo.

—Pues por nada, supongo.

—¿Puedes decirle algo a ella antes de...?

—No.

Soto puso los ojos en blanco, pues no esperaba otra respuesta.

—Bien, ¿al menos puedes responderme una última cosa antes de desaparecer? Porque no volveremos a vernos, ¿no?

—A menos que tenga muy mala suerte —acotó Axer—. Pero sí, claro, ¿qué quieres saber?

Soto lo pensó. El hecho de que Axer no se resistiera a escuchar su pregunta lo empujó al silencio, a analizar si realmente era necesario hacerla.

Y luego de pensarlo, y de que Axer esperara sin presionar ni una sola vez, Soto entendió que en realidad no le importaba la respuesta. No entonces.

Entendió que lo que alguna vez creyó sentir era algo platónico, impulsado por la competitividad que llevó al extremo por la posibilidad de ganarle a Sinaí Ferreira.

Pero ya no importaba seguir jugando. Ya no era parte de ese tablero.

Así que, con un ánimo renovado y su inquebrantable sonrisa de siempre, dijo:

—¿Habrá buena comida?

Axer no pudo evitar reír. No esperaba nada de Jesús Alejandro Soto, e incluso así él siempre se las arreglaba para decir lo último que cualquiera podría prever.

Sonriendo también, Axer puso fin a ese encuentro, y a toda la historia que compartiría con el joven venezolano, diciendo:

—Me aseguraré de ello.

36

Un hijo juntos

SINAÍ

Ser la novia de Axer Frey es como... es como no tener novio, de hecho. Y a la vez haber ganado la lotería.

Me encanta porque puedo avanzar con mi vida sin interrupciones, concentrarme en mis exámenes, tener —o no— amigos y salir con ellos, ocuparme de mi familia y, aun así, un día decidir ir a un antro y encontrarme a mi Frey porque me ha rastreado hasta ahí, excitarme con su escena de celos y tolerar que me arrastre hasta el baño, nos encierre y me coja hasta casi matarme para recordarme que soy entera y voluntariamente suya.

Es como todo con los Frey: extraño. Así que debo acoplarme a ese *mood* a la hora de hacer una confesión tan delicada como mis sentimientos por Axer Viktórovich Frey.

Confieso que el nivel de orden que mantiene mi Vik a su alrededor empieza a parecerme su hábito más sexy.

Entro en su laboratorio y veo que lleva guantes y los lentes puestos. Sé que sus documentos físicos están en orden alfabético, todos en hojas abrumadoramente blancas y cubiertas por un envoltorio plástico, agrupadas dentro de carpetas de un gris específico. Todas con el mismo material. Todas del mismo tono de gris. Con los ganchos pulidos, sin marcas de huellas o signos de óxido. Y así en cada compartimento de su archivador.

Cuando tiene que firmar algún documento o escribir una receta médica, lo hace con una estilográfica especial. Sin embargo, por alguna especie de ritual que lo tranquiliza, cuando tiene algo de tiempo libre suele sacar sus lápices de grafito para afilar la punta de todos y empezar a organizarlos en fila —con ayuda de una regla en la base para dejarlos todos a la misma altura—, puestos en orden de tamaño.

Justo tiene los lápices de ese modo en este momento mientras concentrado limpia las teclas de su portátil con un paño estéril humedecido con algún antiséptico.

Cuando usa el *laptop* normalmente es para escribir algún capítulo o revisar los correos que Anne previamente le ha filtrado como relevantes. O para sus clases *online* con la organización para genios, lo que es menos frecuente ahora que está concentrado en su tesis, y sus apuntes suele hacerlos manual antes de pasarlos a limpio al borrador en su computador.

En resumen: es perfecto.

Literalmente. No sabe cometer errores.

Yo soy la excepción. Y yo valgo por una larga lista de errores, lo admito.

Cuando me acerco, estoy vestida con un traje de falda y chaqueta negro para lucir más profesional. Mis botas son largas y de tacón fino para adaptarme a la ocasión.

Sé que él oye mis pasos, y también sé que sabe que soy yo, pues la única otra persona que entraría de este modo a su área de trabajo está junto a él, entregándole un vaso de agua.

Sí, Anne. El hecho de que ella sea mujer y de que yo no haya siquiera considerado dejarla calva me da esperanzas de que no todo está perdido en mi celopatía. Tal vez tiene arreglo.

O al menos excepciones.

O tal vez confío demasiado en Axer para lo que es prudente.

Da igual, cuando estoy ya a la altura de su escritorio, le digo:

—Vamos a tener un hijo juntos.

Axer se atraganta con su vaso de agua y empieza a toser a lo desesperado. Yo me asusto, pero estoy estática. Anne es mucho más rápida en reaccionar y lo ayuda dándole por la espalda.

Axer está demasiado rojo, pero hace señas a Anne para que lo deje y a duras penas logra contener su tos él mismo.

Cuando parece que vuelve a respirar, se limpia la boca con un pañuelo mientras dice:

—Anne, ¿nos permites...?

—Oh, sí, sí, claro.

La mujer nos deja de inmediato.

Axer a duras penas se recupera. Acomoda sus lentes, pretende parecer tranquilo, pero yo veo más allá de lo superficial. Veo cómo evita el contacto visual, cómo sus manos tiemblan ligeramente hasta que apoya los codos en el escritorio y entrelaza los dedos enguantados frente a sus labios.

Como sé que él no dirá nada voluntariamente durante la próxima hora, avanzo yo al dejar mis documentos sobre su escritorio.

—¿Qué es...?

—La prueba —respondo.

Apenas hojea las páginas, sus ojos bebiéndose las palabras con avidez, y se relaja. Parece que al fin respira y entonces deja los documentos de vuelta en el escritorio.

—Nazareth, no sé si te he dado la impresión de que puedo revivirme a mí mismo, pero por si acaso te lo aclararé: no puedo. Así que, en el futuro, evita darme esos *sukin syn* sustos asesinos.

Apenas contengo las ganas de reír.

—Es imposible que leyeras todo tan rápido —objeto con los brazos cruzados.

—Leí lo justo para respirar. Un recibo, papeles de propiedad y un contrato de edición. No hay prueba de embarazo.

—¿Por qué te preocupaste tanto? —pregunto entre risas—. Para empezar, ambos estamos usando anticonceptivos. ¿Tan mal te cayó la idea que el lado genio de tu cerebro se fue de vacaciones?

Axer pone los ojos en blanco y, ahora que está más aliviado, se permite tomarme de las manos aunque sea con sus guantes de por medio.

—No quiero ofenderte, bonita. Pero tú tienes dieciocho y yo una tesis en curso. Tú ni has escogido qué vas a estudiar y yo tendré mi segunda graduación pronto. No es el momento.

Me encojo de hombros con una sonrisita en los labios. Todo eso yo ya lo sé, y estoy en total acuerdo, pero el hecho de que diga «no es el momento» y no «jamás pasará» se siente muy lindo.

—Tienes que admitir que fue una buena broma —le digo inclinándome para dejar un beso en su frente.

—A ver cómo se lo explicas a Anne ahora, porque yo no lo haré.

—Pues déjala. —Me encojo de hombros—. Quiero ver cómo me mira la barriga de aquí a los próximos nueve meses.

Axer niega con una sonrisita, pero la mención del tiempo borra la mía. No tenemos nueve meses.

Él se irá antes.

—¿No vas a revisar los papeles? —insisto para desviar la atención de la melancolía.

—De eso podemos hablar después. Hay algo más urgente que necesito preguntarte.

Por la manera en la que lo dice no tardo en asustarme, aunque intento que no se note, aunque intento que no me afecte la respiración, que mi cerebro no lo asimile, porque si no va a asfixiarme.

Lucho contra los ataques de pánico, pero no está del todo resuelto, no desde aquella llamada de María.

Y ni siquiera entiendo por qué.

No me importa lo que Soto hizo.

Ni siquiera estoy segura de que me importe que muriera en un accidente antes de ser juzgado, antes de que yo pueda saber el porqué de lo que hizo.

Se siente como un testimonio. Algo que le pasó a un vecino, no a mí. El hombre que murió no era mi amigo. Y el hombre al que mató no era mi padre.

Pero, algunos días, hasta el más débil de los sustos me alarma hasta casi hacerme colapsar. Porque vivo en una historia de maldito terror, y sé lo fácil que todo puede desmoronarse, cómo de rápido la calma puede convertirse en un diluvio, y siempre creo que mi turno está por llegar.

—¿Debería sentarme? —pregunto a Axer apenas controlando mi respiración.

—Por favor.

Algo anda muy mal.

Busco dónde sentarme y miro a los ojos a Axer. Es como una pared de esmeralda, imposible de penetrar más que por el resplandor de algo que viene detrás... Está serio, sí, pero creo intuir que lo que lucha por quedarse detrás de esa mirada es un deseo de que lo que sea que va a decirme acabe bien.

Estoy cagadísima, lo admito.

—¿Tiene que ver con Soto?

Él no recibe mi comentario de buena manera, creo que lo pone más receloso.

—¿Por qué tendría que ver con Soto?

No lo sé, últimamente todo parece tener que ver con él.

Pero no le digo eso.

—Solo intento pensar en opciones sobre lo que podría tratar esto —mascullo. Espero que no note cómo me retuerzo las manos de los nervios.

—Ya, pues, deja de intentar adivinar. No es como si no fuera a decirte nada.

—Bien. —Trago—. Pues empieza.

—Es que... —Él suspira, y todo ese preámbulo me tiene al borde del vómito—. Es solo una pregunta. Una pregunta muy simple.

Le cuesta decirlo... Dios, cómo lo conozco.

—Hazla —insisto.

—¿Por qué investigas a mi familia?

—¿Que yo qué?

—Lo que oíste, Nazareth. Es una pregunta sencilla, de una única respuesta. Te repito: ¿por qué nos investigas?

—¿Cuándo...? ¿Cuándo los he investigado?

Obviamente la respuesta es prácticamente desde que sé el nombre de Axer, lo que quiero saber es cómo él se enteró.

Él parece haber perdido la paciencia, como si mi evasiva fuese la única respuesta errónea.

—Me has tratado como a un idiota, pero no lo soy, Nazareth, así que deja de fingir y de hacerlo tan estúpidamente. Tengo todas las *sukin syn* pruebas. De hecho, las tiene Verónika. ¡Verónika! ¿Sabes lo que pasaría si mi padre se entera?

Okay, empezó muy tranquilo, pero parece que eso se acabó.

—¿Cómo...?

—Dime por qué. ¿Para quién trabajas? ¿Con quién estás colaborando? ¿Hace cuánto?

—¡¿Qué?!

Me levanto de la silla y voy hasta su escritorio, golpeando la superficie con las uñas al hablar.

—¿Cómo mierda puedes creer que trabajo para alguien o que estoy colaborando para...? ¿Para qué? ¿Para joderlos de alguna forma? ¡Escúchate, maldita sea!

Él también se levanta para quedar a mi altura y habla mucho más acalorado que antes, pero no grita.

—Dime para quién. Y dime si... No sé, ¿fue todo el tiempo? ¿Te están obligando?

—¡No trabajo para nadie y nadie me está obligando a investigarlos, por Dios!

—Eso sería exactamente lo que diría alguien que de hecho trabaja para otra gente.

Me río y me tapo la boca de inmediato.

—¿Te parece gracioso? —inquiere él entre ofendido y horrorizado.

—¡Me parece estúpido! Es... surrealista.

—Tu ex resultó ser un asesino con complejo de vengador, tú viste el informe de lo que le hacían los hombres de su iglesia, tú has visto... cosas en mi familia. Conociste a Aaron, sabes lo que hacen él y su gente. Yo te he confiado demasiado, ¿y todavía quieres que crea que piensas que es surrealista lo que digo? Dime por qué nos investigas si estoy tan equivocado. Y espero que sea una explicación brillante.

—Brillante o no es la puta verdad —declaro acalorada. Siento que le voy a pegar solo por ser capaz de insinuar que soy una traidora—. Los investigo porque me causan curiosidad. Y de hecho todo tiene que ver contigo, quería acercarme a ti, quería ser una de ustedes, pero por estar contigo. Quería saber... No lo sé, ¿prefiere *thrillers* o novelas románticas? ¿Tiene alguna alergia? ¿Un color favorito? ¿Dónde suele comer? ¿Cómo funciona su negocio familiar? ¿Cuáles son sus horas libres? ¿Tiene amigas de las que deba preocuparme? Sí, todo ese tipo de cosas raras. Sé que me pasé de muchas maneras, pero eso tú ya lo sabes. ¿O no hiciste lo mismo conmigo? Yo jamás he conspirado de ninguna forma para hacerte daño a ti o a tu familia. Yo te... admiro. ¡Y mucho, maldita sea!

—Por eso tienes todas esas cosas mías.

—¿Qué cosas...?

El recontracoñísimo de su madre.

Ahora lo entiendo. Encontró el almacén.

Doy varios pasos hacia atrás para sentarme en la silla, pero al dejarme caer en ella estoy tan mareada que no acierto y me desplomo. Todo está oscuro y, aunque escucho a Axer, es como si estuviese debajo del agua. Ni siquiera soy consciente de que me carga y me sube a la camilla hasta que ya me está poniendo la máscara de oxígeno.

Estoy sudando frío, siento que toda mi sangre me abandonó, pero al menos ya empiezo a ver de nuevo.

Cuando el mareo pasa, yo misma me quito la máscara de oxígeno y me siento al borde de la camilla.

—¿Estás bien? —pregunta con cautela.

—No —reconozco, y no tiene nada que ver con el mareo.

Él pone sus manos en mis rodillas y, a pesar del contacto inadecuado, me habla como un doctor.

—¿Qué sientes?

—Miedo. Y muchísima vergüenza. ¿Tienes algo para eso?

—Vamos, Nazareth, no pasa nada. Vivo con Verónika. He visto cosas peores. Y no es como si no te hubiese creído capaz.

Todo mi cuerpo quiere gritarle a Axer: «No me hagas reír, estamos en pleno drama».

—A decir verdad... —continúa él con mucho cuidado de no detonar un nuevo ataque en mí—, ese detalle me causó curiosidad, pero nada más. No era lo más preocupante ahí.

Y ahora lo recuerdo.

Maldita sea.

Jonás.

—Putísima madre...

Me llevo las manos a la cara y me doy cuenta de que estoy temblando, siento que voy a vomitar.

—Dime que estaba bien, por favor —ruego sin quitarme las manos de la cara—. Dime que estaba bien aunque sea mentira. No podré soportar otra posibilidad.

—Estaba bien muerto.

Maldita sea, voy a ir a la cárcel.

Y no de visita.

Empiezo a llorar y tiemblo. Cuando vuelvo a hablar lo hago entre sollozos, dudo que Axer pueda entender una palabra de lo que digo.

—Yo... lo olvidé por completo. No quería matarlo. Ni siquiera le toqué un maldito pelo. No quería matarlo, solo asustarlo y que sufriera, pero... Mierda, no quería matarlo.

—No te va a pasar nada, Nazareth. Hey.

Con una mano me levanta la barbilla. Con ayuda de los dientes se quita el guante de la otra para así poder limpiarme las lágrimas con los dedos desnudos.

—Está vivo —dice en voz baja.

Mi llanto se corta en seco, aunque sigo sorbiendo por la nariz. Y lo miro, más confundida que nunca. Necesito saber a qué mierda está jugando.

—Está vivo ahora —confirma—. Yo lo reviví.

Siento como si aflojaran unas cadenas en mi pecho y tomo una bocanada de aire descomunal.

—¿Y está... libre?

—No. Está en terapia intensiva. Y, cuando salga, irá a la cárcel.

—¿Por qué motivo?

—Por el que se me ocurra ese día. Él jamás dirá una palabra sobre ti, yo mismo me encargaré de eso. Y de que sepa que me debe su asquerosa vida.

No sé qué decirle al respecto, tal vez porque siento demasiado y no lo sé resumir en palabras. Tal vez porque su mirada me oprime hasta los pensamientos.

Así que digo:

—¿Cómo dieron con el almacén?

—Buscábamos a Jonás, y claramente dimos con su paradero.

—¿Por qué lo buscaban? Su familia no trabaja con ustedes, ¿o sí?

—¿Por qué lo encerraste?

Sé que su pregunta es justa, pero no puedo responderle. Simplemente no puedo contarle lo que Julio, Jonás y Míster Doritos me hicieron aquel día.

Soy tan insistente en esto de fingir que eso no pasó y no me afecta que suelo suprimir los recuerdos que los involucran. Incluida la vez que secuestré a Jonás y todo lo que hice antes.

—¿Tiene algo que ver con el motivo por el que le quemaste la casa a los Caster? —insiste.

—Yo... Yo sé que tú mereces que sea honesta contigo, y no quiero insultarte de ninguna manera. Yo confío en ti, lo juro. Si fuera más fuerte, te contaría cada detalle. Pero no puedo... —La voz se me quiebra y tengo que pararme a respirar para no estallar en llanto—. No quiero hablar de eso en la vida. Si pudiera, lo borraría de mi cabeza, y es precisamente porque no puedo que estoy haciendo todo esto.

Axer me atrae hacia él y me abraza, fuerte. Siento su temblor contra mi cuerpo, el trabajo tortuoso en su respiración, la manera en la que parece querer entregarme su alma con tal de frenar mi llanto. Porque sí, he empezado a llorar de dolor, y ahora que lo estoy dejando salir dudo que un día pueda parar.

Es como si me estuviese rompiendo por dentro.

—Ssshhh... No tendrás que hablar de eso nunca más, lo prometo. —La voz de Axer en este momento, y sus caricias en mi espalda, son lo más expresivo y genuino que he recibido de él jamás—. No tienes que decirme nada, me basta con saber cuánto te dolió para estar de tu lado para toda la vida.

No sé cuánto tiempo pasa, pero la paciencia de Axer no mengua en ningún momento. Me mantiene entre sus brazos, acariciando mi cabello mientras mi respiración empieza a acompasarse, dejando uno que otro beso en mi frente cuando parece que estoy a punto de quedarme dormida, besando mis sonrisas cada vez que su cobijo me robaba alguna.

Luego él le da un par de instrucciones a Anne y salimos a almorzar juntos. Ni siquiera me juzga por pedir pizza, helado y papas mientras él se come su ensalada César.

No entiendo cómo puede pagar por una botella de agua cuando tiene la opción de pedir un refresco. Pero no voy a juzgarlo. Incluso haré caso omiso de que esté comiendo con guantes.

En su defensa diré que son guantes negros. De látex, sí, pero eso de lejos no se nota. Al menos podrán creer que sufre de frío en las manos o una vaina así.

—¿Ya sabes qué quieres estudiar luego de tu graduación?

Mi graduación. Ni siquiera me acordaba de que este año me gradúo. O sea, he estado cumpliendo con todas mis asignaciones, tengo la responsabilidad al límite, pero a estas alturas de mi vida lo menos que me emociona es una graduación.

No es como si pudiera asistir a un baile con Axer como mi pareja y nos escogieran rey y reina del abismo o algo parecido y tener que dar un discurso emotivo con una canción de *High School Musical* de fondo para que todos lloren.

No. Será solo una rumba más en algún club, con compañeros a los que no les he hablado en la vida y otros a los que espero no tener que hablarles más.

Y María.

Pero sí, sí he pensado qué quiero hacer luego de ese desorden. Luego de despertar al día siguiente con la resaca más hijo de puta de la vida, prometiendo que no volveré a tomar jamás y aliviada porque ya no debo despertarme temprano para ir a que me enseñen ecuaciones y el verbo «to be».

—Justo de eso vine a hablarte hoy —le digo—. Si hubieses leído los papeles, lo sabrías.

—Oh, perdona por estar demasiado ocupado respirando luego de que casi me mataras con tu «broma».

—Mi «broma» tenía un sentido. Y lo sabrías si hubieses leído los papeles.

Él deja su tenedor y entrelaza sus manos para prestarme toda su atención.

—Te escucho.

¿Cómo se dice algo así de una manera sutil y no agresiva para que la otra persona la procese con tranquilidad y no se alarme?

Solo se me ocurre una opción:

—Compré la editorial.

Por la manera en que me mira siento que acabo de hablarle en bahamita. Sí, ya leí *Vendida*.

—Apple Publisher. Fueron ellos los que te rechazaron, ¿no?

Solo frunce el ceño, pero yo sé la respuesta.

—Bien, pues ahora son S&S Ediciones. Una «S» es por mi nombre, obviamente, y la otra por el de Shaula. Me di cuenta de que la representación femenina en la editorial era pésima y de que las pocas mujeres publicadas por el sello usaban pseudónimo o recibieron un trabajo de marketing nefasto, así que pienso mejorar eso con los próximos lanzamientos, y sentí que poner el nombre de Shaula en el título, aunque sea solo su inicial, es un comienzo prometedor.

—Compraste la editorial.

—Sip, estaba en el recibo que viste. Sé que la tarjeta que me diste no tenía límite, pero ellos necesitaban una transferencia o un cheque. Así que tuve que usar tu sello y falsificar tu firma para la transacción. Según el contrato que firmamos al hacernos novios, yo podía pedir una remuneración con todos los ceros que quisiera. Ahí está mi precio, y es todo. No voy a necesitar ni un dólar más de ti o de Frey's Empire. Se supone que esta inversión a partir de ahora me garantizará independencia económica.

Axer mira en todas direcciones antes de inclinarse hacia mí y decirme en voz baja:

—¿Por qué *chert vozmi* compraste la editorial?

—Eso lo sabrías si hubieses leído el contrato de edición que estaba en los documentos que te pasé. Obviamente yo no soy editora ni diseñadora ni una puta mierda. Tengo al mismo equipo de Apple Publisher, ahora S&S Ediciones, trabajando para mí, pero no quiero que trabajes con esa gente. Esperaré a recuperar parte del capital invertido con las ventas de los títulos que siguen en circulación y los próximos lanzamientos, luego haré el máster de edición. Cuesta más que mi casa, pero en un año ya estaría capacitada y con título. Además, tengo un criterio formado por años de consumo literario y, tienes que admitirlo, un buen gusto lector. Buscaremos juntos un diseñador... Preferiblemente ilustrador, lo ilustrado está de moda, a nadie le gustan las portadas con modelos y... Coño, me estoy yendo por las ramas.

Me inclino hacia él y lo miro con los ojos brillando de ilusión.

—Quiero ofrecerte un contrato de edición. Bueno, a Red Dragon. Y quiero ser tu editora. Y como sé lo obsesivo que eres con el control, no firmé por ti. El papel está en blanco, la decisión es tuya. Pero quiero esto, y siento que deberías considerarlo. Aparte de ti, nadie conoce ni ama *A sangre fría* como yo. Tú lo imaginaste, pero juntos podemos darle vida. Tomará tiempo, sí, porque tienes que esperar a que me gradúe y luego empezar el proceso de editar, maquetar y todo eso. Pero así son todos los partos, ¿no? Estos solo serán meses más largos hasta que al fin tengamos este sueño materializado en nuestras manos. Este... Dios mío, Vik, estos son los hijos que quiero contigo, y este puede ser el primero.

Axer tiene la mano en la frente, así que no puedo ver su expresión. Y por un momento él no dice nada. Ni siquiera sé si respira.

Cuando habla lo hace sin mirarme y en voz tan baja que no logro entenderle.

—¿Qué dices?

Pero no repite nada. Paga la cuenta y salimos juntos del restaurante sin decir una palabra.

Lo escucho llamar a Lingüini y me subo al auto con él.

Me toma la mano y no me la suelta en todo el camino, pero sigo nerviosa.

Me sorprende ver que estacionamos frente a mi casa.

Con el ceño fruncido, trato de encontrar en su mirada una respuesta a su actitud, pero no consigo grandes pistas.

No parece molesto, solo consternado.

Parece notar mi conflicto, así que me toma el rostro y, muy cerca de mis labios, me dice:

—Tengo algo que hacer, bonita. Te veré luego de eso.

—Pero... ¿qué pasa con lo que estábamos hablando?

—Dejaste los papeles en mi oficina, tendrás tu respuesta cuando te los devuelva.

—Sí, pero...

Su otra mano se une al agarre en mi rostro y siento que sus ojos se transforman en un lenguaje en sí mismo. Lo que veo en ellos no es romántico, o al menos no del modo convencional, es la mirada de alguien que está dispuesto a quemar un tablero para construir con sus cenizas una corona para ti.

—*Pozvol'te mne solgat' vam v posledniy raz, potomu chto dazhe ya ne uveren, chto eto pravda. No ya lyublyu tebya, Nazareth. Blin, kak zhe ya tebya lyublyu.*[16]

—No entiendo lo que dijiste —reconozco sin aliento, pues la intensidad de su cercanía me lo ha robado—, pero te creo. Y te esperaré.

Con un beso suyo en la frente, nos despedimos por hoy.

Tres días sin saber de él.

Tres putos días enteros sin una llamada, sin un saludo, sin una respuesta.

Ni siquiera ha venido a clases. Los profesores dicen que recibieron una justificación médica, así que esa es su excusa para no asistir.

Pero es un Frey; puede falsificar cualquier documento como Ron puede imitar el pársel de Harry.

No está enfermo. Me está evitando.

O tal vez está ocupado.

No sería la primera vez que pasamos días sin contacto de ningún tipo, solo que esta vez es distinto. Esta vez me abandonó luego de que yo le abriera mi corazón de la manera más cruda, honesta y extrema posible.

Tal vez crucé la línea.

Tal vez él esperaba que yo jamás usara el anillo o que al igual que he dejado de colaborar en su tesis ya no cobrara el dinero.

---

16. «Déjame mentirte por última vez, porque ni siquiera yo estoy seguro de que esto sea cierto. Pero te amo, Nazareth. Joder, cómo te amo», en ruso. *(N. de la A.).*

No lo sé. Nunca se sabe con Axer.

Pero estaba tan segura... Segura de que somos mentes gemelas, de que él, mejor que nadie, entendería lo que sentí al pedirle que hiciéramos de *A sangre fría* nuestro hijo en común.

Hoy es viernes, así que apenas salga del colegio empezará un fin de semana frío y solitario. Mis posibilidades de encontrarlo en la escuela desaparecerán hasta el lunes, solo quedará la esperanza de que él toque a mi puerta y...

—¡Con calma, no corran!

La profesora está desesperada intentando arrear el rebaño de estudiantes que huyen como cocainómanos del aula.

No parecen asustados, al contrario, es el tipo de desorden, de avalancha humana, que se genera cuando hay una pelea en el patio central y nadie quiere perdérsela.

Voy tras ellos, aunque con menos apremio. No soy inmune al magnetismo del chisme, simplemente no quiero morir aplastada por la euforia de los demás.

—Hey, Ferreira —dice la profesora alcanzándome antes de que llegue demasiado lejos.

Ella me entrega una carpeta y está a punto de añadir algo más cuando parte del grupo que corría por los pasillos cae en un efecto dominó, lo que la obliga a hacerse cargo de la situación.

Ni siquiera me hace falta llegar al patio para darme cuenta de la situación que estamos viviendo, pues los pasillos ya empiezan a llenarse de hombres con uniformes camuflajeados, rifles en cinto. Y cada puerta tiene al menos un par.

Para salir al patio me piden mi cédula para probar mi identidad y luego me permiten el paso.

Una vez en el patio intento buscar a María entre el desorden, pero todo está tan minado de guardias y estudiantes que se me hace imposible distinguir a nadie. Así que tengo que preguntarle a quien tengo más cerca.

—¿Tú sabes qué está pasando?

—Buscan a alguien —responde la chica de segundo a mi lado. No me mira, se está comiendo las uñas mientras sus ojos enfocan el espectáculo de los uniformados—. ¿No te preguntaron a ti si lo has visto?

—Solo me pidieron mi identificación... ¿A quién buscan? ¿Por qué?

—No recuerdo el nombre, solo vi la foto. No va a mi clase. Pero dicen que lo buscan por múltiples crímenes. Escuché a una profesora... Robo, agresión, abuso físico y... sexual.

Me vuelvo para mirarla, horrorizada.

—¿Todo un mismo estudiante?

—Sí. Y por el alboroto que arman no creo que tengan dudas al respecto. Seguro tienen pruebas. Escuché que hay múltiples testigos en su contra. O sea... —entonces la chica me ve por primera vez—, sus víctimas. Confesaron. Eso dicen las profesoras que lloran.

Dejo salir el aire que ya me pesa en los pulmones.

No sé si en otros países los arrestos se efectúan tal cual en las películas, pero al menos en esta parte de Venezuela, con la central hidroeléctrica tan cerca, tenemos el comando de la guardia, una base militar. La guardia es nuestro cuerpo policial. Ellos hacen los arrestos, las intervenciones inmediatas, acuden a las llamadas de auxilio. Luego, los criminales son trasladados a Ciudad Bolívar, donde son retenidos y pasan a manos de los tribunales.

No esperaba vivir algo así, y menos en la escuela. Se siente como estar en un episodio de *La ley y el orden*, y no estoy segura de si lo que siento es emoción por el momento extraordinario o miedo de que se les escape quien buscan.

Sin duda alguien alertó a la guardia de que su criminal estaba en clases, y no dudaron en acudir, ni esperaron a que un cuerpo policial viajara de una ciudad a este pueblito.

—¿Crees que lo atrapen? —me pregunta la chica junto a mí.

Veo a los militares moverse, unos entran, otros salen. Los únicos quietos son los que se mantienen en sus sitios custodiando las puertas o interrogando a los estudiantes.

Ninguno tiene un arma en las manos, solo en sus cintos, pero veo algunos tan fijos en las ventanas, quietos, aguardando como halcones, que casi parecen francotiradores.

—No creo —susurro en respuesta—. Ya lo habrían atrapado. Ya sus amigos se habrían cagado de miedo y lo habrían entregado. Seguro le avisaron. Debe estar arrastrándose por algún caminito de monte y culebra.

La chica me ve con los ojos entornados, decidiendo si hablo en serio.

—Son demasiados guardias —explico—. ¿Cuántos pueden necesitarse para atrapar a un mocoso desarmado?

—¿Qué te hace creer que está desarmado?

Entonces pasa. Es tan rápido como el golpe de un ave contra un parabrisas.

Tengo que verlo en retrospectiva para que mi cerebro lo procese, porque la primera vez no lo entendí. Ni la segunda. Ni la siguiente. Solo sentí el viento, le oí silbar. No gritó mientras caía, pero el impacto quebrantó su valentía, pues primero se escuchó su quejido inhumano de absoluto dolor, y luego registré el ruido de sus huesos rotos.

Salpicada de su sangre sin un atisbo de asco encima, me giro sobre mis talones para reconocer el cuerpo en el suelo. Está vivo; tiene los ojos desorbitados e inyectados en sangre y los pies fracturados en un ángulo imposible, como si hubiese caído sobre ellos, pero el impacto los hubiese quebrado como a una varilla.

Hacemos un hermoso contacto visual mientras la vida lo abandona. No por el golpe o por las múltiples fracturas, sino por el incesante fluir del río de sangre que pronto se lleva todo el color de su piel, el calor de su cuerpo y la energía de su corazón.

Y le sonrío, por cortesía. Porque lo último que veo en sus ojos antes de que muera es reconocimiento. Y es lo último que queda, y quedará, de Julio Caster.

Cuando los guardias nos empujan lejos del cadáver, finjo el shock suficiente para dar unos pasos al frente y pisarle la mano hundida en su propia sangre. Sus dedos crujen bajo mis botines, el cuero se mancha de carmesí. No grita, no se retuerce. Es solo un cerdo menos, una mancha más que limpiar, un poco más de oxígeno para el resto.

Cuando lo declaran muerto me empiezo a reír a carcajadas. Este es el maldito día más feliz de mi vida y no entiendo por qué. No me resisto a que me lleven, a que me digan que todo estará bien, a que se preocupen por mi supuesto trauma.

Ojalá supieran. Ojalá siquiera imaginaran que el trauma no es el reciente. Su muerte es la victoria, es el comienzo de la superación.

Jamás olvidaré lo que hizo. Pero ahora él tampoco va a olvidarme. No puede. Mis ojos fueron lo último que vio.

Les digo a quienes me llevan que estoy bien, que ya puedo caminar. Finjo que el acceso de risa ha pasado —como si no me resonara la carcajada en el estómago—, les digo que solo quiero ir a casa a tomar un baño, y al ver que no parezco mareada ni a punto de vomitar me dejan y vuelven a concentrarse en lo que les importa.

Lo que quiero es irme de aquí, no ver cómo limpian este desastre. Lo divertido fue ver cómo se creó.

Pero cuando estoy a punto de salir del colegio, veo a un grupo en particular que capta mi atención.

Son tres personas, dos de ellas demasiado concentradas en el espectáculo. La chica está serena, con los brazos cruzados; es difícil darte cuenta de que está sonriendo, porque sus labios parecen estáticos. Casi no entiendes en qué parte de su rostro empieza a nacer el infierno.

El más pequeño también mira hacia la escena del crimen, con las manos en los bolsillos del suéter. Debido al reflejo del sol en sus lentes no puedo distinguir sus ojos, y algo en su aura me advierte que es mejor así.

Y el tercero... Es el único que no parece interesado en el horror recién vivido. Pero es consciente de ello, lo veo en sus ojos. No se ha perdido ningún detalle. Ha debido de presenciar ese suicidio como a cámara lenta, el salto desde el tejado del último piso, el impacto brutal contra el suelo, y mi reacción.

Está mirándome. Y no parece perturbado, como si no estuviese cubierta de la sangre de un criminal recién muerto. Solo parece... Parece que es la única persona en todo este lugar que siente exactamente lo mismo que yo ahora.

Por algún instinto absurdo recuerdo la carpeta que me dio la profesora y la abro. Dentro hay una nota, doblada en papel fino y aromático, con una sola palabra escrita en caligrafía refinada y corrida.

«Acepto», dice la carta, en la que se adjunta el contrato de edición con la firma de Axer Frey.

Levanto la vista de la carpeta con lágrimas en los ojos y la sonrisa más libre, honesta y aliviada que he experimentado en mucho tiempo y veo a mi novio al otro lado, con un brazo en los hombros de Aleksis y el otro rodeando la cintura de Verónika. Con un guiño se despide del contacto visual y vuelve el rostro al frente para terminar de disfrutar del espectáculo.

37

Final..., ¿no?

AXER

Axer estaba escribiendo cuando le llegó la llamada.

El principio de su lóbrego descenso.

Era la madre de Sinaí, Clariana.

Él le había dado su número, sí, pero la mujer no lo había usado hasta entonces. ¿Por qué en ese momento?

—¿Hola? —contestó.

—Holaaa, perdona que te moleste llamando a tu número, es que Sinaí no atiende el celular y, como me dijo que iría a tu casa después de la escuela, te llamé. No quiero molestar ni nada, solo necesito preguntarle algo rápidamente.

—¿A Sinaí? —confirmó Axer.

—Sí, ¿me la puedes pasar?

Pero Sinaí ni siquiera había asistido a clases ese día.

La noche anterior habían discutido, probablemente decidió saltarse el colegio y salir a distraerse. Tal vez le dijo a su madre que estaría con Axer porque era la única manera de que ella la dejara salir sin cuestionamientos ni toques de queda.

Axer no quería joderle eso a su Schrödinger. No la delataría con su madre.

—Clariana, no es molestia que me llame, puede hacerlo cada vez que lo necesite. Sina en este momento no está conmigo, mi hermana la secuestró porque dice que paso demasiado tiempo con ella y no la dejo convivir con su cuñada. No sé si la llevó a un *spa* o a un *resort*, a mí tampoco me contestan sus celulares, pero le aseguro que apenas lleguen haré que Sina le devuelva la llamada.

—Ay, no te preocupes, no les vayas a joder la salida a las chicas. De hecho solo quería preguntarle a mi hija si volvería hoy para yo hacer planes, así que no es necesario que me llame de vuelta. Dile que estaré fuera. De todos modos gracias.

Apenas colgó, Axer empezó a llamar a Sinaí.

Cuarenta y nueve intentos más tarde, rastreó su teléfono.

La dirección lo condujo a la parada de autobuses donde Sinaí esperaba siempre el transporte a su escuela, pero una vez ahí no encontró a nadie.

Intentó llamar de nuevo a su teléfono y oyó que sonaba, pero no había nada en el banco de la parada. Solo al agacharse lo encontró, en el suelo bajo el asiento, con la pantalla rota.

Axer ya estaba preocupado antes, por más que intentara convencerse de que Sinaí estaba bien, solo que de fiesta. Pero después de encontrar el teléfono en el suelo, sumado al hecho de que Sina no hubiese ido a clase ni hubiese llegado a su casa como había prometido a su madre, sintió como si un enjambre de avispas le perforara el cerebro, inyectándole múltiples dosis de paranoia y desespero.

Volvió a su casa y se tomó un té con un par de psicotrópicos para controlar su estado de ánimo y poder sentarse a esperar sin sufrir un ataque al corazón.

Sina llamaría a su puerta en cualquier momento.

Solo se le había hecho tarde.

Pero ese retraso se extendió hasta las seis de la mañana del día siguiente, cuando Axer entendió que no había dormido ni un minuto al ver que Silvia pasaba frente a su puerta rumbo a la cocina para empezar a preparar el desayuno.

Y seguía sin tener noticias de Sinaí.

No era la primera vez, también había desaparecido en Navidad y no hubo forma de ponerse en contacto con ella. Ahora no tenía por qué ser diferente, simplemente no quería que él la encontrara.

Pero en aquella ocasión se había ido con su madre, no sola, mientras que ahora ni la señora Clariana estaba al tanto de su paradero.

De hecho... cuando desapareció durante las vacaciones de Navidad, Sinaí ni siquiera viajó, sino que se quedó estudiando a los Frey. Eso dedujo Axer tras descubrir el almacén donde ella guardaba toda su investigación. ¿Y si había hecho lo mismo?

Con esta esperanza salió de casa —sin haber dormido ni comido absolutamente nada—, pero cuando encontró el almacén intacto y sin rastros de Sina, se le acabó el optimismo.

Veintitrés horas más tarde, sin haber pegado ojo ni un par de minutos, llegó el correo.

No un correo electrónico. Una carta. Federico le comentó que la habían dejado en el asiento del piloto mientras él estaba estacionado para «comprar algunas cosas».

Después de ver la seriedad de Axer y de que este insistiera hasta casi amedrentarlo, Federico confesó que con «comprar algunas cosas» se refería a tener el auto estacionado frente a la casa de Clariana Borges mientras él le hacía una visita.

No. No vio a nadie cerca o sospechoso de haber dejado la carta ahí.

Veinte minutos. Su «visita» no duró más que ese tiempo.

No. No abrió la carta.

Y Axer le creyó, pues el sobre estaba sellado con lacre. Por fuera decía en letras de tinta, rígidas y simétricas, grandes y legibles: «Confidencial. Entregar directamente a Axer Frey».

Axer no tardó en abrirla, como si dentro pudiera encontrar una especie de alivio a su paranoia, sin imaginar que nada lo podría haber preparado para lo que contenía:

No me busques. No avises a nadie. Yo lo sabré.

Y tú sabrás que lo supe, porque la siguiente foto no será del anillo, sino del dedo.

Espera las instrucciones en tu correo. Yo en tu lugar cambiaría la clave y dejaría a tu secretaria fuera de esto.

El mensaje iba acompañado por una foto del anillo de esmeralda sobre un fondo blanco.

El anillo que le regaló a Sinaí y que ella nunca se quitó.

En el tiempo que llevaba sin saber nada de Sina no había comido mucho, solo había tomazo algunos zumos para evitar la bajada de azúcar. Sin embargo, eso no impidió que se doblara hacia adelante y vomitara litros de un líquido grumoso que parecía inagotable. Y a cada nueva arcada, mientras más seguía vomitando, más cerca se sentía de caer desmayado.

—¡Por el amor de Dios, señor Frey!

Silvia corrió a ayudarlo y le sostuvo la cabeza mientras vomitaba, como si creyera que le faltaban las fuerzas incluso para eso. Y aunque Axer quería decirle que se fuera, e incluso intentó indicárselo agitando las manos, seguía tan dominado por las arcadas y el mareo que limitó su preocupación a no morir ahí mientras escupía bilis y sudaba como en un horno.

—Necesito... —empezó a balbucear Axer.

—Llamaré a su padre.

Era lo lógico, su padre tenía estudios y experiencia más que suficientes para tratar a cualquier ser humano, pero Axer prefería morir a que su padre lo viera en ese estado. Y a saber lo que le harían a Sinaí si se enteraban de que estaba involucrando a Víktor Frey en el asunto.

—No, Silvia, yo puedo —jadeó Axer y como pudo abrió uno de los cajones de primeros auxilios. Tomó una jeringa, una ampolla y preparó una inyección para los vómitos.

El joven, pálido, exhausto y tembloroso, forzó una sonrisa tranquilizadora a la mujer del servicio mientras se inyectaba a sí mismo.

—Tengo que avisarle a su padre, señor —masculló Silvia visiblemente preocupada y hasta consternada por la escena.

—No, Silvia, no se preocupe. Es una infección estomacal. Estoy calificado para esto. Mi padre es un médico de primera, molestarlo por vómitos sería una grosería, en especial cuando puedo atenderme yo mismo.

—¿Y qué sigue?

—¿Perdone?

—¿Espera que lo deje ahí tirado sobre su propio vómito y crea que estará bien? Dígame qué sigue en el tratamiento y lo ayudo.

Axer sonrió, o tuvo la intención de hacerlo, porque la preocupación de Silvia era reconfortante. Era su único e insignificante motivo para sonreír entre cien razones para no hacerlo.

—Lo ideal sería un baño —balbuceó Axer sin aliento, sintiendo como las náuseas cesaban y a la vez como el mareo empezaba a incrementarse, difuminando todo su alrededor—. Pero médicamente es más urgente que me ayude a ponerme una vía. Estoy débil y deshidratado, y con el estómago maltrecho no puedo comer nada pesado.

—Pues vamos a ello.

Por la noche, Axer seguía esperando ese maldito correo electrónico. Era lo único que lo mantenía en su habitación cuando hacía nada que se limpió el desastre que dejó su estómago en ella.

Intentó hallarle sentido a la situación, resolver el rompecabezas, encontrar un indicio del paradero de Sinaí, pero no había ningún cabo suelto o él estaba demasiado alterado para conseguirlo.

No encontró pista alguna de quién pudo ser el autor de la carta. La foto había sido impresa en papel común, no estaba escrita a mano, el papel podía conseguirse en cualquier establecimiento y no tenía ningún aroma delator. Ni siquiera el léxico, o las palabras escogidas, tenía algo distinguible.

—¿Qué mierda te pasa a ti?

—Vete a la maldita mierda más profunda de este jodido mundo, Verónika Viktoria, y déjame en mi maldita paz —espetó Axer en ruso mientras presionaba frenéticamente el botón de «recargar» en su portátil.

Verónika no prestó atención a lo que ella asumió que era mal genio, avanzó por la habitación hasta ponerle una mano en el hombro a Axer y obligarlo a que la mirara a la cara.

—Maldita sea, te ves horrible. Pareces el cadáver de la novia.

—No exageres, nadie puede demacrarse tan pronto. Ahora sal de mi mierda.

—Mira, imbécil, llevas siete horas pegado a esa pantalla, metido en tu correo, dándole a recargar sin revisar ni Facebook. No has salido a comer, ni a buscar tu comida, y el teléfono de Sinaí lo rastreé hasta aquí, pero claramente no estás con ella hace días. Indagué en su registro de llamadas y la última que tuvo fue contigo, la noche del jueves. Dos horas en una maldita llamada, así que o discutían o estúpidamente le pediste matrimonio, y por la cara que traes... Dime la verdad. ¿Terminaron y estás suicidándote lentamente?

«Ojalá fuese eso».

Pero entonces Axer se dio cuenta de otra cosa, algo más que preocupante, algo que podía joderlo todo de maneras que no quería ni imaginar: Verónika y sus hackeos.

De nada le servía haber dejado a Anne sin acceso a su correo, tal como decían las instrucciones de la carta, si al final Verónika se enteraba de la situación metiéndose en su ordenador.

—Terminamos —mintió esperando que el saciar la curiosidad de Verónika la dejara fuera de juego el tiempo suficiente para que Axer pudiera

455

leer el correo y borrarlo antes de que ella lo intercepte—. ¿Puedes, por favor, meterte en tus propios asuntos y dejarme en paz? No quiero hablar de eso, ni siquiera sé si es definitivo. Solo... No quiero hablar.

—Ni comer, por lo que veo.

—¿Puedes dejarme pasar mi pena en paz? Por favor. Respeta al menos eso.

Axer creyó que lo que había dicho dio resultado, pues su hermana se marchó al instante, claramente ofendida por la manera en que sus pasos resonaron mientras se alejaba.

Pero cuando Axer al fin resopló, preparando toda su concentración para dedicarse a seguir recargando su correo por el resto de su vida, escuchó el resonar de los tacones que se acercaban con la misma determinación.

—Quiero verte tragarlo —dijo la hermana mayor al dejar un par de bananas y un jugo de durazno sobre el escritorio de Axer.

—No tengo...

—Lo meteré por tu garganta, Vik. Sabes que soy capaz.

Axer lo sabía, sí. Había crecido con Verónika, la conocía. Cuando él tenía unos diez años se deprimió muchísimo porque una profesora le puso como calificación un ocho y una nota al pie que decía «No está mal, pero decepciona mis expectativas». Esos días Axer no quería comer nada. Verónika se dio cuenta de que escondía sus almuerzos en la nevera, así que un día Axer llegó del colegio, abrió su mochila y descubrió que estaba llena de la comida de todos esos días.

Casi incendió su casa al intentar quemar su mochila, pues la posibilidad de una lavada no le parecía suficiente y quería poner a su padre en la posición de tener que comprarle otra. De no ser por sus hermanos mayores, Ivan y Dominik, no habría podido manejar el fuego y ocultar el incidente de su padre.

Luego descubrió que había sido su hermana la responsable de llenar su mochila de comida y desde entonces nunca volvió a dejar ni una verdura en su plato por miedo a que Vikky las escondiera en sus zapatos.

Así que Axer no quiso poner a prueba a su hermana en ese momento y se comió las bananas sin protestar, no sin antes regular su expresión para que se adecuara a la huelga de odio.

Verónika le acarició el cabello mientras él se terminaba el jugo. Lo hizo de una manera pacífica y gentil, como si quisiera que entendiera que no estaba solo, que la tenía a ella, que podía...

—Puedes contar conmigo para lo que sea. Lo sabes, ¿no?

Él lo sabía, sí, pero recordarlo justo en el momento en que más la necesitaba, y cuando era tan imperativo que la mantuviese al margen, le provocó un nudo en la garganta que se apresuró a tragar.

En serio sentía la débil desesperación de ceder, de involucrar a su familia, de quebrarse y contarlo todo con la esperanza de ser salvado de ese calvario. Pero no podía, no si eso la arriesgaba a *ella*.

—No seas hipócrita —espetó Axer a su hermana luego de tragar, la vista fija en la pantalla para no tener que ver sus ojos—. Tú provocaste esto.

Verónika lo soltó enseguida y le enfrentó con los brazos cruzados.

—¿Yo?

—Sí, tú. Todos somos tus marionetas. Estás en las sombras creyendo que nadie nota tus garras en cada movimiento que damos, pero yo te conozco. En Mérida te acercaste como si fueras una compañía agradable y me convenciste de confrontar a Sinaí con el argumento de que todo estaba llegando demasiado lejos...

—Todo estaba llegando demasiado lejos, imbécil. Ella ya estaba jugando al ajedrez con nuestro padre. Vik, él todavía guarda la partida empezada como si algún día la fueran a terminar. ¿Estamos todos locos o qué mierda? Porque parece que Aleksis y yo somos los únicos que recordamos que nos mudaremos en nada.

—Pero ese no era tu problema. Con tus susurros me llenaste la mente y terminé cagándolo todo con ella ese día...

—Luego dices que yo soy la hipócrita, ¿eh? No pelearon por mi culpa, pelearon porque tú le mentiste. O peor, porque tomaste la decisión de mudarte el mismo día que la hiciste tu novia.

—Ella. Ella fue la que empezó todo esto.

—Y tú le pusiste fin. El mismo día. ¿Qué culpa tengo yo en toda esta mierda?

—Ninguna, pero vaya que sabes aprovechar los errores de otros, ¿no? ¿Me vas a decir que ofrecerme colaborar con Sophie y llevarla fuera del país con nosotros, y decirlo justo cuando estaba arreglando las cosas con Sinaí, no fue intencional?

—Claro que lo fue. Es que no te entiendo... Estuviste llorando. Por ella. El día más importante de tu carrera hasta ahora mientras tenías a tus hermanos rastreando los trapos sucios del tipo que la lastimó, interrogan-

do a su hermana en cautiverio y orquestando el asalto final. Y ella solo...
estaba ahí, ligando con Aaron Jesper en el mismo hotel en el que estabas
tú con toda tu jodida familia. Presumiéndola.

»Ella siempre ha sido un problema entre los dos: quién se queda con
el espécimen, quién puede mantenerlo, quién da el mejor jaque... No me
digas que te sorprende que yo fuera más que un peón en todo esto. Si
hablé con Sophie es porque, aunque tú no lo asumas, nos iremos. Y tu
gato se quedará en la caja. Pero hay una brillante científica que puede
mudarse contigo, y tal vez deberías considerarlo. Tal vez deberías darte
cuenta de que el mundo no se acaba luego de descubrir si el gato está vivo
o muerto.

Axer quería poder explicarle por qué esa elección de palabras, en ese
momento de su vida, le afectaron hasta que la bilis escaló a su boca y tuvo
que tragarla para disimular. Porque no podía decirle a su hermana que no
tenía forma de saber si Sinaí vivía, o si estaba siendo torturada en ese preciso momento. No tenía forma de saber si volvería a verla o a siquiera escucharla, y la verdad es que no sentía que pudiera ser capaz de continuar
si la peor de las posibilidades se cumplía.

Quería decirle a Verónika que nada de eso era su culpa y que ella solo
estaba siendo la mejor hermana posible, y él lo sabía y la amaba por eso.
Pero explicarlo significaba tener que decir mucho más de lo que debía, así
que callar se convirtió en su única opción.

—Vete a la mierda —escupió su hermana antes de marcharse y azotar
la puerta detrás de ella.

A las dos de la madrugada llegó el correo.

Claramente confirmaban que tenían a Sinaí secuestrada, pero lo que
pedían para el rescate era demasiado, incluso para él, quien creía sentir
todo por ella.

Axer borró el correo al segundo, cerró la pantalla del portátil y salió de
la habitación, del piso y hasta del edificio.

Estacionó frente al laboratorio. Era de madrugada, pero tenían personal nocturno y él tenía sus llaves.

Avanzó hasta la sala de observaciones que le interesaba y lo encontró ahí.

Julio Caster, con una bata de paciente, yesos y clavos en las piernas. Vivo pero conectado a respiradores y múltiples medicamentos intravenosos para asegurar su recuperación, a excepción de morfina o cualquier analgésico. Lo tenían sudando, envuelto en lágrimas, atado con correas para no permitirle la piedad de la muerte y prevenir que él pudiera conseguirla por sus propios medios.

Sufriendo el dolor de la vida después de un devastador y efectivo suicidio.

Los planes de Frey's Empire eran asegurar la recuperación del muchacho, enviarlo a tratamiento psiquiátrico para su evaluación y luego dejarlo cumplir alguna condena decidida en consenso, ya que el resto del mundo lo daba por muerto.

Pero esos no eran los planes de Axer Frey. Y menos ese día, cuando todo su juicio estaba nublado por la certeza de que perdería a Sinaí Ferreira para siempre.

No se detuvo a desatar las correas, las cortó con tajos violentos de un bisturí. Tomó a Julio por el cuello y lo arrastró fuera de la camilla. Las vías que tenía en los brazos fueron arrancadas de forma tan brusca que le rompieron las venas y le arañaron la piel. Los instrumentos, goteros y monitores cayeron al suelo con estrépito, pero a Axer no le importó.

Empujó a su víctima contra la pared sin escrúpulos, golpeándole el cráneo, presionando un brazo en su garganta y mirándolo a los ojos, llenos de terror y cobardía.

Casi no parecía el mismo chico que, con indolencia y envuelto en risas nauseabundas, se convirtió en el parásito que germinó en la vida de Sinaí Nazareth hasta convertirla en una pesadilla.

Julio vio en los ojos de su atacante que eso que una vez le había dicho —«Haré que ruegues que te mate»— no terminó cuando el muchacho, sabiendo que su reputación estaba acabada y que iría preso el resto de su vida, saltó del tejado del colegio; ni cuando los Frey le obligaron a soportar la operación de sus huesos sin sedarlo, reviviéndolo cada vez que el dolor era tanto que detenía su corazón. Ni en toda su maldita recuperación, en la que atravesaba el infierno sin nada para calmar el dolor atroz de sus heridas y cicatrices.

Y tenía razón. No había acabado.

Su castigo no solo sería vivir queriendo la muerte; seguiría muriendo de muchas maneras con la certeza de que Axer Frey iría al infierno a traerlo de vuelta, una y otra vez, hasta que sintiera que ya había pagado su crimen o hasta que el muchacho estuviera tan dañado que ya no pudiera revivirlo más.

Y así continuaba su condena, con Axer clavando el bisturí hasta el mango en su estómago, brazos y pecho. Lo clavaba profundamente, tan lleno de odio y de ira que no encontraba satisfacción en los gritos o en el dolor que expresaban los ojos de la víctima; luego retorcía el arma todavía dentro de Julio y la sacaba con lentitud para clavarla de nuevo en otra parte de su cuerpo.

Siguió con sus puñaladas, una y otra vez, fatigado, buscando saciar de alguna manera todo lo que estaba consumiéndolo. Estaba tan lleno de la sangre de Julio que podía parecer que era él quien sangraba, tanto que sus manos desnudas casi parecían tener guantes carmesí.

Solo atacaba en puntos no letales, su intención era que Julio sintiera el filo del bisturí cada vez que le abriera la piel, cómo se retorcía dentro de él y salía para atacar de nuevo. No quería matarlo. No esa vez. Que viviera, que sintiera un ápice de lo que él estaba sintiendo. Eso buscaba.

Diecinueve puñaladas después, Axer dejó a Julio en la camilla y empezó a quitarse la ropa para entrar en labor de doctor.

Se lavó las manos hasta los codos, pero no lo suficiente para borrar todo rastro de sangre, apenas sirvió para quitar el exceso. Tan frenético estaba que la higiene lo tenía indiferente.

Se puso una bata de laboratorio, unos guantes encima de la suciedad de la manos y preparó para atender a su paciente.

—Axer...

Era la voz de Anne a su espalda. Debían de ser más de las cinco de la mañana si su turno ya había empezado.

—Ahora no —rugió Axer—, estoy en una emergencia.

Pero la mujer de todos modos se acercó, mirando a Axer mientras este empezaba las transfusiones de sangre al chico que lloraba, cubierto de heridas y sangre hasta los yesos de las piernas.

—¿Ese no es... nuestro paciente?

—Sí.

—¡No le has sedado! Ni siquiera le has puesto anestesia...

Axer detuvo su trabajo un único segundo para mirar a Anne con el gesto más frío y amenazante que jamás le había dedicado.

—¿Sería mucho pedir que me dejaras hacer mi maldito trabajo?

—Axer, el chico se va a...

Pero entonces empezó a atar cabos. La sangre en Axer, la ropa empapada en el suelo, el muchacho con múltiples heridas nuevas cuando había estado en custodia...

—¿Qué le pasó? —inquirió Anne, aunque ya imaginaba la respuesta y no estaba muy segura de querer escucharla.

—Lárgate, Anne, tómate el día.

—Alguien más entrará y te hará las mismas preguntas; si quieres que te ayude, solo dime qué...

—No necesito tu *sukin syn* ayuda, solo cumple mi maldita orden y lárgate de aquí.

Ella, indiferente a lo que acababa de decir Axer, asumió el papel de asistente de cirugía y comenzó a ayudar a auxiliar al paciente.

Cuando Axer vio cómo Anne levantaba el gotero con la solución e inyectaba en él el sedante para Julio, explotó. Fue como si decenas de agujas de clavaran en su pecho y una tonelada de acero le cayera encima. Simplemente, era demasiado.

—¡OSTAV' MENYA V POKOYE, CHERTOVA SUKA![17]

Anne se sobresaltó al escucharlo gritarle en ruso. Ella no entendía todas las palabras, pero claramente la estaba insultando, y él jamás le había faltado el respeto.

Ella se detuvo y asintió. Había límites, y él acababa de sobrepasar el suyo. Por mucho que lo admirara y le gustara trabajar para Frey's Empire, no permitiría que la tratara de esa manera. No estaría con nadie que abusara de su autoridad de ese modo, y menos un hombre.

Se quitó la bata y se la tendió a Axer.

—Fue un placer trabajar para usted, señor Frey. Tendrá mi renuncia a una hora decente de la mañana.

Cuando Anne abandonó el quirófano, Axer se llevó la mano a la boca dejando un rastro de sangre que las lágrimas pronto emborronaron. Le temblaba, como todo en su cuerpo. Ni siquiera podía respirar bien.

Se pegó a la pared y dejó caer hasta el suelo, rindiéndose.

No le importaba el paciente en la camilla. De todos modos, si moría, él podría revivirlo. Tal vez le delegaría a otro su cirugía, pero eso lo decidiría luego.

Cuando pudiera pensar.

---

17. «¡Déjame en paz, maldita perra!», en ruso. (*N. de la A.*).

Cuando pudiera dejar de llorar.

Sacó la foto del anillo que venía en la carta. Era ese, su anillo. No tenía dudas de que eso era real, lo *sentía*. Su pequeña Schrödinger estaba en peligro, y él no podía hacer nada para ayudarla. O, lo que era peor, lo que podía hacer no estaba dispuesto a hacerlo.

Cuando su teléfono empezó a sonar y vio que se trataba de un número desconocido, no dudó que sería de quienes tenían a Sinaí.

—Voy a matarte cuando te encuentre —sentenció Axer al teléfono.

—Y supongo que eso pensó mi *boss*, por lo que decidió que yo hiciera esta llamada en su lugar. Si algo me pasa, adiós a tu gatita y a la posibilidad de salvarla de esta caja con veneno en la que tú mismo la metiste.

Esa voz...

Maldita sea, todo ese tiempo ideando teorías y posibilidades y la última persona que no se le ocurrió resultó ser la responsable.

¡¿Él?!

Pero no tenía sentido...

¿Por qué querría Aaron Jesper a Sinaí?

Aunque sin duda no era a Sinaí a quien quería, ella solo era el medio para obligar a Axer a acceder a lo que le pidieron. Ese era el objetivo principal, lástima que no lo conseguiría. Axer no iba a dárselo.

—Rompiste el tratado al tomarla a ella y amenazarme —murmuró Axer, apenas controlado para no romper su teléfono y todo el laboratorio en consecuencia—. Ya no estás bajo protección, no perderé nada al enviarle tus pedazos a tu padre.

—No me importa ese tratado. Qué aburrida es la vida cuando no te pueden tocar solo porque tu padre es su socio. Tú hazme lo que quieras, Frey. No te tengo miedo.

—Disfruta de tu momentánea inmunidad. La dimensión de mi venganza será igualmente proporcional a la cantidad de mierda que salga por tu boca en estos momentos.

Aaron incluso rio al otro lado de la línea, así de tranquilo estaba.

—Tu ira no es contra mí —dijo el Jesper—, aunque no lo creas. Deberías relajarte. Yo solo soy un intermediario.

—Y el primero en morir.

—¿Seguro, Frey? ¿Quién te guiará a tu gatita luego? No es muy inteligente de tu parte pensar así. Si me quitas del camino, te jodes. Jamás volverás a saber de ella.

—¿Quién?

—¿Quieres saber quién es el *boss*?

Axer no respondió, pues se sintió al borde de soltar una avalancha de maldiciones por su impaciencia, y no debía hacerlo. No podía demostrar que había perdido el control o jugarían con él como con un títere.

—Es una vieja amiga tuya —añadió Aaron—. Te manda muchos saludos, por cierto. Espera que tomes la mejor decisión y confía en que vas a hacerlo.

—¿Quién es?

—Gabriela.

—No conozco a ninguna Gabriela —espetó Axer pensando que le estaban tomando el pelo.

Axer pudo oír el golpe que se dio Aaron en la frente al otro lado de la línea.

—Lo olvidaba. Tú debes conocerla como Poison.

En todo el sinsentido de la situación, ese alias esclareció un poco las cosas para Axer, y no le gustó lo que concluía.

—Sea cual sea el problema de Poison es cosa de Dain, no mía. Su vendetta no es contra mí, mi único crimen fue revivirla cuando me lo pidieron...

—Ahí te equivocas, genio —cortó Aaron en el tono de un profesor decepcionado—. Descuida, siempre hay una primera vez para todo. Poison va contra los Frey, no contra Dain como una entidad individual. En resumen, tú estás incluido en esto. Y eres el eslabón más débil, perfecto para empezar su plan.

Axer se rio con amargura, sentía su estómago arder como inundado de lava.

«El eslabón más débil».

Los mataría a todos.

—Lamento frustrar los planes de tu querida *boss*, pero tú y ella se pueden ir a la mismísima mierda cruda del desagüe del infierno y bañarse en ella. Yo no tengo lo que quieren.

—Mi paciencia es infinita, no te preocupes, a mí me puedes insultar todo el día si así lo quieres. Por desgracia, la de Poison..., pues no es tan perseverante. Ella necesita una respuesta para ayer, si entiendes a lo que me refiero. Si no firmas, nos quedamos con el gato.

—En lo que a mí respecta se lo pueden quedar, preparar y digerir a su antojo. No cambiará nada cuánto me amenacen, pues Frey's Empire no me pertenece como para que se la ceda a nadie.

—Frey's Empire entero tal vez no, pero tendrás acciones en la empresa, una parte que te corresponda y financie tu vida y tus investigaciones, ¿no? Son millones de dólares nada más tu tesis. Eso no cae del cielo, y dudo que tengas que pedirle cheques diarios a tu padre. Tendrás un fondo propio. Además, una herencia. Suponiendo que no te quede todo el negocio, al menos un porcentaje será tuyo próximamente, ¿no? Vamos, Frey, no me veas la cara de imbécil, soy un Jesper y estudio en la misma organización que tú, sé cómo funciona esto de ser el hijo del rey de un imperio.

Axer no podía mentirle al respecto, y lo sabía.

Era el fin. Se había jodido todo.

Antes tenía la salvedad en su consciencia de poder decir que no había podido salvar a Sinaí porque definitivamente no tenía lo que pedían; él no podía entregar Frey's Empire porque no era dueño de la empresa. Pero ahora... La perdería deliberadamente. Tenía que vivir con el peso de haber tenido que escoger, y no escogerla a ella.

Y es que no era solo el dinero. No era como si le estuviesen pidiendo una cantidad de miles y millones de dólares en efectivo. No. Ceder su parte de Frey's Empire implicaba que quedaba totalmente fuera de la toma de decisiones en la empresa, de su participación de cualquier tipo. No sería más que un cliente ocasional, si es que lograba costearlo. Perdería su carrera. Su investigación. Su tesis. La posibilidad del Nobel. Su futuro. Todo por una persona que de todos modos dejaría de ver pronto, pues él se mudaría precisamente para continuar construyendo su futuro académico y laboral.

Su padre lo repudiaría al saber que cedió su parte en la empresa.

Su familia le daría la espalda.

Y aunque no supiera qué le hizo su primo Dain a Poison, estaba claro que la mujer quería incendiar el mundo como venganza. No podía darle ese poder, y menos dejarla entrar en la empresa de su familia.

No podía. Simplemente no podía.

—Jesper.

—¿Frey?

—Espero que disfrutes mucho de la compañía de Sinaí. Cuando quieras te mando su dieta y lista de alergias. Come mucho y no te dejará dormir hasta tarde, pero te llevarás bien con sus chistes de doble sentido.

—Antes de que...

Pero Axer ya había colgado el teléfono.

Doce llamadas perdidas.

Doce llamadas hasta que Axer contestó.

—¿No fui bastante claro? —rugió Axer al contestarle a Aaron.

—Creo que he sido yo el que no se aclaró del todo. Hablemos en persona. Así entenderás.

—Olvídalo.

—Tienes una oportunidad de razonar esto, ¿la vas a perder?

—¿Qué te garantiza que al verte no te voy a matar?

—Ella. Poison. Ella será mi ángel de la guarda. Lo que sea que intentes, ella lo verá y volará el lugar con todos dentro. Moriré yo también, por supuesto, pero es un riesgo que estoy dispuesto a correr porque confío en tu buen juicio y en que no intentarás nada estúpido.

—¿Por qué haces esto? ¿Por qué la ayudas?

—Digamos que tenemos un enemigo en común. No me interesa lastimarlos a ustedes, pero mientras la esposa de tu primo se vea salpicada de todo esto, yo seré feliz.

—¿Aysel? ¿Ella qué...?

—Es una historia muy larga. ¿Quedamos para vernos cara a cara?

—Voy a matarte.

—Confío en que no. Confío en que, luego de tomarte el día para pensar, entenderás que no es lo más sensato. ¿Te parece mañana?

—Hoy o nunca. Envíame la dirección.

Tras bajar de su helicóptero en Malcolm, Axer se dirigió al club Parafilia, donde Aaron Jesper había reservado un salón privado.

—¿Café o tequila? —preguntó Aaron mientras el ruso se acercaba a la mesa.

—¿Cuchillo o pistola?

Aaron sonrió de oreja a oreja, como si un viejo amigo acabara de referirse a una broma privada, no como si lo acabaran de amenazar de muerte.

—Tu sentido del humor es mi casi no favorito en el mundo, Frey.

—Igual que mi novia, al parecer, pues la secuestraste —dijo Axer al llegar a su altura, y tomó asiento.

—Lo dices muy tranquilo y a la vez con mucha propiedad. Ni yo, que juego a diario a ser monarca del inframundo, podría llamar «mi novia» a quien deliberadamente estoy dejando morir por un poco de dinero.

—Sí, bueno, tú no vas a matarla.

—En eso estamos de acuerdo, pero Poison...

Aaron suspiró y se sacó el teléfono del bolsillo. Con la pantalla encendida y hacia arriba, lo deslizó en la mesa para que Axer pudiera ver la transmisión en vivo de una cuenta en Instagram desconocida.

Solo había un espectador en el *live*: él.

Y la transmisión... Todo lo que podía verse, además de la sofocante oscuridad del cuarto, era una persona en un ataúd de vidrio cerrado con cadenas. El ataúd estaba de pie con una especie de mangueras a los lados. La chica golpeaba y golpeaba cada pared con desesperación sin lograr ni un rasguño en ella, luchando por respirar mientras litros de agua empezaban a alcanzarle las caderas y sus lágrimas se unían a la inundación. Parecía gritar, pero el *live* no tenía sonido, era claustrofóbico solo mirarla batallar en vano.

Axer alzó la vista hacia Aaron, quien con una mirada casi conciliadora parecía decirle «yo no controlo esto» y deslizó un par de hojas por la mesa hasta su dirección.

La declaración de cesión de derechos voluntaria de Axer Frey sobre Frey's Empire a Gabriela Uzcátegui.

—No voy a firmar —protestó Axer luchando con todas sus fuerzas por no volver a mirar hacia la pantalla donde Sinaí Ferreira atravesaba el peor de los traumas posibles.

Aaron le hizo el favor, levantando el teléfono hacia sus ojos.

El agua alcanzó el cuello de Sinaí y seguía subiendo.

Ella se veía tan asustada, tan indefensa, tan frágil y sola... Axer no podía seguirla viendo. Dejaría todo, lo sabía. Dejaría todo solo por mantenerla viva y a salvo a su lado.

—No firmaré, Jesper —soltó mirando a Aaron con todo el odio que sentía en ese momento—. Y, una vez la maten, ya no tendrán nada con qué manipularme. Lo siento por su plan tan milimétricamente calculado, pero no cederé.

Aaron se encogió de hombros y dejó el teléfono encendido sobre la mesa, se acercó a la puerta de la habitación privada, caminando con lentitud, y llamó a uno de los bármanes de Parafilia. Tranquilo, como si no tuviera a Sinaí ahogándose en vivo frente a los ojos de Axer, pidió un whisky. Luego se retractó, y con un silbido hizo volver al barman. Se le antojaba mejor vodka. Frío. Con dos hielos. Y tal vez una cereza.

Axer temblaba en su asiento, el agua cubrió por completo a su Sina. Con los ojos abiertos y aterrorizados, ella aguantaba la respiración.

Diez segundos.

Veinte.

Aaron volvió a llamar al barman. Prefería ron con Coca-Cola. Hoy se sentía atrevido.

Cuarenta segundos.

Aaron tamborileaba con sus dedos en la puerta. Era un sonido irritante pero paciente. No parecía molestarle la espera por su trago.

Cuando el hombre le entregó la bebida, Sinaí dejó salir todo el aire de sus pulmones por su boca y nariz.

Estaría muerta en segundos.

—Solo para que lo sepas —dijo Aaron al sentarse frente a Axer—. Si firmas, no es como si Poison fuese en persona a rescatar a Sinaí y todo se revertiría. Si firmas, te doy las llaves y su dirección. Depende de ti cuánto tiempo tenga de muerta cuando eso pase, y qué tan difícil o imposible se te haga salvarla.

Axer abrió los ojos con horror.

—¿Salvarla? ¡No tengo nada para auxiliarla! No estoy en mi laboratorio ni tengo con qué hacerla sobrevivir el viaje hasta ahí.

—Bueno. —Aaron sonrió—. En ese caso deberías darte prisa.

Axer ni siquiera lo pensó. Tomó el maldito contrato y puso su firma. Perdería Frey's Empire, pero no dejaría que Sina muriera.

Aaron le tendió las llaves y le dijo en qué cuarto de Parafilia estaba ella.

Con las mismas llaves incrustadas en su puño, Axer golpeó a Aaron en el rostro tan fuerte que lo escuchó crujir.

Una sola vez. Ya tendría tiempo luego de terminar de desfigurarlo.

Axer corrió con el corazón latiendo en su garganta. Sentía el pulso en sus párpados, en sus muñecas, el sudor helado correrle desde la nuca hasta la cadera, arañando su columna con escalofríos que parecían llevarlo al borde del desmayo.

Perdió mucho tiempo. Muchísimo tiempo. Todo se habría ahorrado si hubiese firmado a la primera oportunidad, no permitiendo que las cosas se torcieran de esa manera.

Jamás se perdonaría si no...

Usó las llaves para abrir el cuarto y de inmediato corrió al ataúd para abrir los candados que mantenían las cadenas en su lugar.

El agua lo bañó mientras Sinaí se desplomaba en sus brazos.

Estaba helada, rígida y sin pulso; muerta.

—Maldita sea —maldijo en ruso al dejar a Sinaí en el suelo.

No tenía epinefrina. Nada que garantizara que el corazón de Sinaí cooperara con la reanimación. Estaba solo, entregado a la voluntad de la vida, enredado en los hilos del destino. No era ningún dios en ese momento, solo un médico más que entregaba sus conocimientos y limitaciones a salvar una vida, pudiendo, o no, conseguirlo.

Se derramó en pasión en sus compresiones torácicas. No era la primera vez que las realizaba, ni siquiera a ella. Pero aquella vez habían estado en un espacio controlado, en su laboratorio. Cualquier cosa que saliera mal tenía solución ahí donde él manejaba la química y la biología de forma que la vida y la muerte eran solo un par de factores más con que jugar en sus ecuaciones.

Ni siquiera aquella noche que salvó a Soto podría compararse. Su auto era un botiquín ambulante, y estaba la posibilidad de llegar rápido al laboratorio para el lavado estomacal o cualquier percance.

Pero ese día, con Sinaí muerta en sus brazos por su culpa, por creer que al desprenderse de la situación no le importaría lo que a ella pudiera pasarle, por no amarla lo suficiente para salvarle la vida de inmediato... Ese día Axer moría con cada nueva repetición, cada vez que sus labios tocaban los de ella y los sentía tan fríos e inertes, cada vez que derramaba su aliento en ella y sus pulmones no respondían. Cada vez que, con fuerza y apremio, embestía contra su pecho para despertar su corazón. Cada vez que sus ojos se nublaban por las lágrimas y entendía que su desesperación lo hacía poco apto para su tarea, que su sentimentalismo podía costarle la vida que intentaba salvar.

—Vuelve, Schrödinger —susurró aumentando la fuerza de sus compresiones—. No te merezco... No vuelvas por mí, solo vuelve...

Pero ella parecía inmune a sus palabras, a los ruegos de su corazón, a la caricia de sus labios, al aliento que él le infundía.

Estaba perdido.

Estaban perdidos ambos.

Él lo sabía: si ella no despertaba, se mataría él.

Ya no le importaba nada. Dio rienda suelta a su llanto y sus sollozos, aunque casi no podía ver por las lágrimas, y volvió frenético el golpeteo de sus compresiones, agitado y jadeante mientras rogaba a gritos que reaccionara el cadáver de quien había sido su primer amor y su devoción absoluta.

Desplomado encima de Sinaí, cubierto de lágrimas, sudor y el agua que la había asesinado, Axer intentó, en un último acto de fe a la perseverancia, o de negación a perderla, una última ventilación sobre los labios de ella.

Cuando sintió el agua escalarle a la boca, casi se desmayó por la sorpresa. Se apartó de un salto y ayudó a Sinaí a ponerse de lado para que tosiera todo lo que tenía en los pulmones.

Contrario a toda lógica, en lugar de cesar las lágrimas, Axer se desplomó de rodillas para llorar de alivio. Fue entonces cuando los brazos de ella lo rodearon para celebrar la vida, y quien le había devuelto a ella.

—Axer, yo...

—No hables, no digas...

—Estás aquí...

Ella le besó todo el rostro e intentó en vano limpiarle las lágrimas que fluían por el alivio que era para Axer sentir el aliento de ella contra su piel.

Axer se dio cuenta de que le habían devuelto a Sina el anillo antes de encerrarla en el ataúd, así que le tomó la mano y la llenó de besos mientras agradecía una y otra vez cómo volvía el calor a ella.

—No fue el secuestro que teníamos en mente —bromeó Axer, sus labios rozando los dedos cerca del anillo—, pero tendrá que bastar por ahora.

—¿Qué estás...?

—No estoy diciendo nada. No sé lo que digo. Pero te quiero en mi vida, Sinaí Nazareth, no solo en el tablero. Tú eres mi jaque mate.

Epílogo

Lloviznaba mientras Axer conducía. Acababan de salir del laboratorio, pues él tenía que asegurarse de que Sina estaba en perfecto estado pese a que ella intentara quitarle importancia.

También quería que ella tuviera reposo, pero no en una clínica llena de monitores, especialistas, camillas y esa aura hospitalaria que enferma y deprime a cualquiera. Preferiblemente tenerla en su casa, donde él pudiera asistirla si sucedía cualquier percance, y donde ella podía sentirse cómoda, libre y cuidada.

—¿Estás bien? —preguntó Axer a Sina sosteniendo su mano con toda su fuerza, como si pudiera irse en cualquier momento y ese gesto pudiera evitarlo.

Elevó la mano a sus labios y la besó, aspirando su aroma. Quería cerrar los ojos, no pensar en el tráfico. No pensar en nada más. Quería llegar de inmediato y poder pasar el resto de su vida con ella, con la reina definitiva de su tablero.

—La respuesta no ha cambiado desde hace dos minutos, ¿de acuerdo? Estoy bien, Vik. Me lo has preguntado cien veces.

—Diecisiete.

—En seis minutos de camino.

Los labios de Axer se tensaron hacia arriba aunque él intentó difuminar aquella sonrisita.

Sí, definitivamente podía pasar el resto de su vida así.

—Quiero preguntarte... —empezó Sina de pronto mientras Axer volvía a besar su mano.

—¿Adónde vamos?

—Sí, de hecho es un buen comienzo. ¿Me llevas a mi casa?

—No.

—¿A la tuya?

—No, en plural.

—¿A tu cuarto?

—A mi cama.

Sinaí intentó disimular su sonrojo. Algo le decía que no tendrían toda la acción que sugería esa insinuación, sin duda Axer le tendría preparado un bonito, cómodo —y casi eterno— reposo.

—Eso es muy poco esperanzador de tu parte, Frey, no sé si estoy interesada en tu oferta.

—Lo estarás. He extendido el acuerdo por firmar hasta el punto de que, si ciertas condiciones se cumplen, existe una cláusula que te permitirá brincar.

—¿Brincar en dónde, exactamente?

Pero Axer lo dejó a su imaginación con una media sonrisa insinuante.

A Sinaí le gustó, y la archivó en su memoria junto a sus favoritas. Pero al cabo de un momento de silencio y vacilación, decidió que no podía seguir postergando la inminente charla.

—Oye, en serio quiero preguntarte... otra cosa.

Axer no pensó hasta qué punto podrían torcerse las cosas con ese preámbulo, así que su tranquilidad no menguó ni un ápice al contestar:

—Bien, dime.

—¿Cómo lo hiciste? —indagó ella.

—¿De qué hablas?

—El rescate. Digo... ¿qué te pidieron? No mataste a nadie, ¿o sí?

El semblante de Axer se ensombreció y su voz al contestar bajó toda una octava.

—No hablemos de eso.

—Pero es algo que tenemos que hablar...

—No hoy.

—¿Cuándo?

—Nazareth, por favor. Déjame disfrutar el haberte salvado, ¿sí?

—¿Por qué? ¿Qué perdiste?

—¿Por qué asumes que...?

—Dime. Y no inventes nada. Solo dilo y ya está. ¿Por qué te cuesta tanto? ¿A quién te hicieron matar?

Axer todavía no había matado a nadie, y quería poder evitar esas ideas al menos por ese día. Gozar de su victoria, la única que importaba, para luego pensar cómo solventar el desastre que le caería encima, pensar qué hacer con su mundo, qué sería de su vida a partir de entonces, enfrentarse a su familia y, lo que era todavía más importante, planear al milímetro su venganza.

Pero no ese día.

No cuando acababa de salvarla a ella.

Tenía que aferrarse a eso y dejar que Sinaí solo se preocupara por superar, paso a paso, el trauma que había sufrido.

—A nadie —respondió Axer intentando restar importancia al asunto—. Solo... tuve que firmar algunas cosas.

—¿Y firmaste?

Axer dejó salir todo el aire de sus pulmones antes de contestar.

No quería recordar eso.

No quería asumir que, aunque acababa de ganarla a ella, lo había perdido todo.

—Sí.

Durante un rato Sinaí no dijo nada y se limitó a contemplar el camino frente a ellos mientras poco a poco se iban acercando al edificio de los Frey.

Pronto, lo que había comenzado como una llovizna cuando salieron del laboratorio se tornó en una tormenta que emborronaba todo el parabrisas y teñía las calles de un gris oscuro.

Armándose de valor, entre el estruendo de la lluvia y el soplo del aire acondicionado, Sinaí inspiró y dijo:

—No perdiste nada.

—Lo sé —mintió Axer.

—Hablo en serio —insistió ella sentándose de lado para mirarlo mientras él conducía—. Lo que firmaste, lo que cediste... no está perdido.

Axer no dijo nada, pues sabía que ella no entendía de lo que hablaba, pero tampoco iba a discutirlo. No iba a desalentarla y su realismo, que ella tomaría como pesimismo, no ayudaba a nadie en ese momento.

—¿Me estás escuchando? —insistió Sina.

—Sí, te oí. ¿Podemos hablar de esto en otro momento?

—Yo quiero hablarlo ahora...

—Por favor, Nazareth, hemos pasado por mucho estos días, solo quiero...

—Yo soy Gabriela Uzcátegui.

Axer frenó en seco y el vehículo dio bandazos acompañados de chirridos estrepitosos por el agua que inundaba las calles. Por suerte no había otro auto cerca, pues estacionaron con tal brusquedad que pudieron haber sufrido un terrible accidente.

—¿Qué acabas de decir?

Cuando Axer la miró, Sina tuvo que apartar los ojos. No lo soportaba. Él parecía quebrado. Y no como algo reciente, sino como si acabara de decidir mostrarle los fragmentos.

—No perdiste nada —explicó Sina en un hilo de voz—. Todo lo cediste a mi nombre. Gabriela Uzcátegui es mi nueva identidad legal desde hace unos días. Ya no tienes nada de que preocuparte. Tu dinero, tus acciones de Frey's Empire..., todo está intacto y te sigue perteneciendo, en cierta forma.

—¿Qué estás contándome, Nazareth?

—Es todo tuyo. Sigue siendo tuyo. Yo no tocaré ni un dólar, jamás usaré tu autoridad en mi nombre y... nada. Nada cambiará.

—¿Tú hiciste todo esto?

Sinaí no podía responder a eso. Simplemente no podía.

—Responde, Nazareth. ¿Tú hiciste todo esto?

Ella no parecía más dispuesta a hablar que antes, así que él, superado por toda la rabia que lo consumía, la agarró por los hombros con fuerza, apenas superando el impulso de estrangularla.

Ni siquiera le insistió para que respondiera, solo la miró a los ojos, tan cerca como estaban, y terminó soltándola, superado por el asco y el mareo.

—Puedo explicarlo...

—Eso espero, Nazareth —respondió Axer con la mandíbula tensa por el resentimiento—. Espero en serio que tengas una explicación milagrosa para esto. Por tu bien, y en especial por el mío.

—¿Por qué te molestas? Es decir..., no te quitaré nada, ¿no entiendes? Es como si todo esto no hubiera pasado...

—¡Pero pasó, maldita sea! ¡Estuve días sintiendo que me moría porque no sabía dónde estabas o lo que podían estar haciéndote! ¡Te vi morir! Pensé que no... que no... que no podría...

—¡Tú siempre puedes!

—¡Esta vez no! Esta vez fue distinto, maldita sea, Nazareth. ¡Nunca he tenido que socorrer a nadie que ame!

Sinaí tragó saliva. No porque Axer acababa de decirle por primera vez que la amaba, sino porque estaba muy segura de que sería la última.

—Yo no lo había... —Sinaí ya casi no tenía voz, pero tenía que seguir. Ya no había marcha atrás—. Yo no lo había visto de ese modo. Creí... Creí que sería como cuando me induces a ese estado y luego, simplemente, me reanimas.

—Te equivocaste, Nazareth. No sé en qué mierda pensabas al hacer todo esto, pero a quien mataste fue a mí.

—Por favor, yo...

—¿Poison sí tuvo algo que ver?

Sinaí negó lentamente.

—No. Yo aproveché su historia con Dain luego de que Aaron me la contara. Encajaba perfecto y era creíble.

—Te aliaste con Aaron.

—No es lo que parece. Yo le conté todo lo que tenía en mente y él me dio algunas otras ideas y estuvo dispuesto a ayudarme. Pero nada más. Él no me influenció de ninguna manera ni era un complot contra ti. Ni tengo absolutamente nada con él más allá de que ambos estuvimos trabajando en esto. Como te dije, jamás he planeado quitarte nada, solo quería que firmaras.

—¿Por qué?

—Porque... si yo soy la dueña legal de tu parte de Frey's Empire..., tendrás que llevarme contigo adonde vayas.

Los ojos de Axer se abrieron con asombro, comprensión y horror a la vez.

—¿Es por eso? ¿Por la mudanza?

—Quiero todo contigo, Axer. No puedo permitir que esto que tenemos se acabe ahora. Y sé que tú también sientes lo mismo, y si me tocaba reordenar las piezas y continuar un juego ya olvidado para que te decidieras a luchar por...

—¡¿No se te ocurrió pedirme que te llevara conmigo?!

—¡Lo hice! ¿O ya olvidaste esa última discusión antes de que desapareciera? Me dijiste que lo solucionaríamos, que existen las videollamadas y el WhatsApp, que en un par de años tal vez nos reuniríamos y bla bla bla. No quiero ser esa novia a la que le montas cacho a la semana de mudado y la dejas al mes.

—¿Quieres ser la que se secuestra y suicida para obligarme a ceder todo y llevarte conmigo?

—Si lo dices así suena...

—¡FUE EXACTAMENTE LO QUE PASÓ!

—¡PENSÉ QUE NO ME DEJARÍAS MORIR!

—Oh, créeme, debí dejar que te murieras.

Sinaí no quería creer esas palabras. Él las decía al calor del momento. Estaba en shock. Estaba molesto. Realmente no era lo que sentía.

—Se me salió de las manos —susurró Sina con la voz herida—. Ya había empezado, llevé todo demasiado lejos, pero es que no podía creer que no firmarías. No lo hiciste a la primera, pudo haber sido tan fácil y tú...

—Ni se te ocurra intentar culpabilizarme. Estás loca, Sinaí. Y si crees que te llevaré conmigo y seremos la pareja ideal y haré como que no me hiciste pasar el infierno más horrible de mi vida... Sí, rectifico: estás muy loca.

—¿Y qué harás? ¿Dejarme aquí con tu dinero y el poder sobre tu empresa y manuscrito? ¿Decirle a tu padre que perdiste todo por una mocosa que todavía no se gradúa? Brillante, Frey. Tu orgullo te ciega.

—¿Mi...?

Él no podía concebir al extremo que había llegado todo y que ella asumiera que no quería dejarla ganar por orgullo.

Axer le tomó la mano y, por un instante, Sina se esperanzó, pensando que todo se arreglaría, hasta que sintió cómo le quitaba el anillo.

—No arreglarás nada con eso —soltó ella dolida.

—No te lo quito porque sienta que va a solucionar algo. Lo hago porque no lo mereces, y para que entiendas que, incluso aquello que te entregué diciendo que era irrevocable, lo has perdido.

—Entonces ¿terminamos?

Axer rio. Negando con la cabeza, abrió la puerta del copiloto.

—¿Qué haces?

—Sal de mi auto, Nazareth.

—Axer, por favor...

—Te dije que salgas, no me hagas empujarte.

Con la boca abierta y los ojos picando en anticipación a las lágrimas, Sinaí salió.

Quedó sorprendida al ver que Axer iba detrás, avanzando hacia ella hasta posarse de rodillas a sus pies, con el torrente de la lluvia agrediéndole el rostro elevado.

—¿Qué haces, imbécil? —chilló ella.

Él extendió los brazos y sonrió, cínico. El quiebre de un hombre que, renunciando a la inmundicia de su vida, decide dejar nacer al villano.

—¡Ganaste! —gritó Axer sobre el estruendo de la lluvia—. Sinaí Ferreira, Gabriela Uzcátegui o como te quieras llamar. No hay otra reina en este tablero. De hecho, no hay otra pieza en él. Tu jaque mate ha sido tan efectivo que te has quedado sin rey.

Sinaí, horrorizada, se hincó frente a él y le tomó el rostro.

—Vik, no... Estaba desesperada, yo...

Pero Axer ya se había levantado.

—¿Eso fue suficiente para ti? —inquirió—. ¿O necesita otra ofrenda de mi orgullo, majestad?

Antes de que Sina respondiera, él le dio la espalda y caminó hacia su auto, dejándola sola, postrada en medio de la lluvia.

—¡Axer! ¿Me vas a dejar aquí?

Él abrió la puerta del piloto y se asomó una última vez hacia ella.

—Llama a tus contactos, Sinaí. Después del teatro que orquestaste, queda claro que tienes muchísimos.

—¡Axer!

—Vete al infierno.

Cerró la puerta y arrancó lejos de ella.

Tomó su teléfono de la guantera y llamó a su hermana mayor, que atendió al primer tono, como si estuviese esperando su llamada.

—¿Qué pasa? ¿Dónde estás?

—Dile a Sophie que acepto. La quiero en mi equipo. Que prepare lo que haga falta, se mudará con nosotros.

—Yo... Okay, Vik, yo le diré. Sé que fui yo la que te propuso esa idea, pero no puedo evitar preguntar... ¿por qué cambiaste de opinión? ¿Qué pasa con Sinaí?

Verónika no tendría esa respuesta. Al menos no de inmediato. Axer ya había cortado la llamada.

Continuará...